ELISABETH HERRMANN

Totengebet

Lesen erleben

Buch

Berlin, 2015. Anwalt Joachim Vernau erwacht im Krankenhaus und hat keine Ahnung, wie er dorthin gekommen ist. Er erinnert sich nur vage an eine geheimnisvolle junge Frau, Rachel, die er kurz zuvor getroffen hat. Ein Jugendfreund könnte Licht ins Dunkel bringen. Doch statt seiner Erinnerung findet Vernau einen Toten und gerät unter Mordverdacht. Er muss sofort das Land verlassen. In Haifa, Jerusalem und Tel Aviv sucht er nach dem einzigen Menschen, der seine Unschuld beweisen kann. Aber Rachel ist auch die Einzige, die ein Motiv haben könnte. Denn vor dreißig Jahren hat sich in einem Kibbuz im Norden Israels eine Tragödie abgespielt. Der mysteriöse Tod ihrer Mutter hängt mit vier jungen Deutschen zusammen, die damals dort gearbeitet haben. Und einer von ihnen war ... Vernau. Ist der Mord in Berlin Rachels späte Rache? Die Spur führt zurück in den Kibbuz, und Vernaus Suche nach Rachel wird zu einer mörderischen Jagd nach der Wahrheit. Ist seine Zeugin eine eiskalte Killerin? Und für welche Fehler in der Vergangenheit soll Vernau büßen?

Weitere Informationen zu Elisabeth Herrmann
sowie zu lieferbaren Titeln der Autorin
finden Sie am Ende des Buches.

Elisabeth Herrmann
Totengebet

Kriminalroman

GOLDMANN

Originalausgabe

Der Goldmann Verlag weist ausdrücklich darauf hin, dass im Text enthaltene externe Links vom Verlag nur bis zum Zeitpunkt der Buchveröffentlichung eingesehen werden konnten. Auf spätere Veränderungen hat der Verlag keinerlei Einfluss. Eine Haftung des Verlags ist daher ausgeschlossen.

Dieses Buch ist auch als E-Book erhältlich.

Verlagsgruppe Random House FSC® N001967

1. Auflage
Taschenbuchausgabe März 2016
Copyright © 2016
by Wilhelm Goldmann Verlag, München,
in der Verlagsgruppe Random House GmbH
Umschlaggestaltung: UNO Werbeagentur, München
Umschlagmotiv: Iain Sarjeant/Trevillion Images;
Dragan Todorovic/Trevillion Images;
Getty Images/WIN-Initiative
CN · Herstellung: Str.
Satz: omnisatz GmbH, Berlin
Druck und Bindung: GGP Media GmbH, Pößneck
Printed in Germany
ISBN: 978-3-442-48249-8
www.goldmann-verlag.de

Besuchen Sie den Goldmann Verlag im Netz

Für Shirin

Haifa, 7. Oktober 1987

Um kurz vor halb sieben ging die Sonne unter.

Rebecca saß auf der Holzbank neben dem schmalen Bahnsteig, den Blick starr auf die Betonbrücke gerichtet, die in einem weiten Schwung die Gleise überspannte und direkt von der Straße in den Hafen führte. Sie wusste, dass sie spätestens in ein paar Minuten wieder den Platz wechseln musste, um nicht aufzufallen. Seit heute Mittag saß sie hier, und nun, da der Horizont in glühendes Rot getaucht war und der heiße Wind langsam abkühlte, hatte die Hoffnung Zeit genug gehabt, sich in tiefe Sorge zu verwandeln.

Ab und zu fuhr ein Auto über die Brücke. Am Hafeneingang wurde es angehalten, und der Fahrer konnte nach einem kurzen Plausch mit den Sicherheitskräften und dem Vorzeigen der Papiere und Tickets passieren. Manchmal tauchten auch Fußgänger auf. Meist Rucksacktouristen mit ihrem hoch aufgetürmten Gepäck, gekrönt von Schlafsack und Isomatte. Sie kamen einmal pro Stunde mit dem Zug und alle dreißig Minuten mit dem Bus.

Nur ihr Liebster, der kam nicht.

Die erste Fähre nach Limassol auf Zypern hatten sie schon verpasst. Und auch die zweite würde ohne sie abfahren. Was dann? Eine dritte gab es nicht. Sie würde mit ihrer Tasche, in der sie alles für die Flucht untergebracht hatte, bei ihrer Tante Rose anklopfen müssen. Es war nicht weit, nur ein paar hundert Meter, wenn man aus dem kleinen Bahnhof auf den staubigen Vorplatz hinaustrat und sich nach rechts wandte. Sie wohnte in der deutschen Kolonie, direkt an der Ben-Gurion-Straße. Aber Rebecca fürchtete sich davor. Nicht weil die alten Häuser am Hafen verfallen und die Gassen dunkel waren. Auch nicht vor dem, was Tante Rose sagen würde, wenn sie von dem weißen Kleid und dem Schleier erführe, beides in Papier eingeschlagen und ganz unten in ihrer Reisetasche vergraben. Sie fürchtete sich, weil ein Aufbruch bedeutet hätte, dass ihr Plan gescheitert war und sie das Kleid und den Schleier gleich auf dem Bahnhofsvorplatz verbrennen konnte.

Dabei hatten sie alles so gut vorbereitet. Schon vor Wochen, heimlich und in aller Stille. Seit klar war ... Rebeccas Hand legte sich auf ihren Bauch. Noch war er flach, aber in wenigen Wochen würde jeder im Kibbuz sehen können, was passiert war.

»Ist alles in Ordnung?«

Erschrocken sah sie hoch. Der Mann, der den ganzen Tag schon hinter dem Fahrkartenschalter saß, hatte zwischen zwei Zügen sein Kabuff verlassen. Er wollte sich ein wenig die Beine vertreten und hatte zufällig mitbekommen, dass sie seit vier Stunden weder nach Tel Aviv noch nach Akko oder Naharija gefahren war. Sie saß einfach nur da wie bestellt und nicht abgeholt. Ausgesetzt. Sie trug ihre besten Sachen – eine dunkelblaue Baumwollbluse und den knielangen Rock, beides selbst genäht, frisch gewaschen und gebügelt. Die Haare gescheitelt und nach hinten gebunden. Am Handgelenk das Bat-Mizwa-Geschenk ihres Vaters, eine kleine Timex, um den Hals den goldenen Davidstern ihrer Großmutter. An ihrer Erscheinung lag es ganz sicher nicht, dass der Mann sie ansah wie eine Gestrandete. Vielleicht war es ihre Haltung: die Arme verschränkt, etwas vornübergebeugt, die Ecken suchend. Seht nicht zu mir her, nehmt mich nicht wahr, ich bin eine Unsichtbare, die gerade an der größten Herausforderung ihres Lebens scheitert. Ganz langsam tropfte die bleierne Gewissheit in ihre Verzweiflung, dass etwas passiert sein musste.

»Ich warte auf jemanden.«

Der Fahrkartenverkäufer holte ein Päckchen Zigaretten aus der Brusttasche seines Hemdes und zündete sich eine an. Er war hager und nicht sehr groß. Die dunklen Augen in seinem Beamtengesicht lagen tief in den Höhlen, er sah nicht gesund aus. Prompt bekam er nach dem ersten Zug einen Hustenanfall. Zwei Soldaten, die sich ein paar Schritte weiter weg in den Schatten der Mauer gestellt hatten, ihre Maschinenpistolen an die Wand gelehnt, vermutlich auf dem Weg nach Norden an die Grenze zum Libanon, drehten sich zu ihnen um. Sie wechselten ein paar Worte, der eine lachte leise. Was sie wohl dachten beim Anblick des jungen Mädchens mit der Reisetasche zu Füßen?

»Wohin soll's denn gehen?«, fragte der Verkäufer, nachdem er sich wieder beruhigt hatte.

»Tel Aviv«, log sie.

»Der letzte Zug fährt um acht.«

Sie wusste, wie spät es war. Noch eineinhalb Stunden. Die würde sie ihm geben. Danach musste sie zu Tante Rose aufbrechen und ihr ein Märchen erzählen. Die alte Dame war bestimmt schon außer sich vor Sorge, weil ihre minderjährige Nichte seit den Mittagsstunden wie vom Erdboden verschluckt war. Was sollte sie ihr bloß sagen? Dass sie in den falschen Bus gestiegen und eingeschlafen war? Das würde als Entschuldigung nicht ausreichen.

Ein Mann ging über die Brücke. Etwas an ihm kam Rebecca bekannt vor, aber er war nicht ihr Liebster. Ihr Puls begann zu rasen. Konnte man sie von dort oben sehen? Was, wenn jemand aus Jechida sie durch Zufall hier antreffen würde, bevor sie es auf die Fähre schafften?

Wo bist du?, dachte sie verzweifelt. Weißt du denn nicht, was ich ohne dich durchstehe? Unser schöner Plan, scheitert er etwa schon hier, an diesem Bahnhof, die Brücke zum Hafen in Blickweite? Bis jetzt war doch alles gut gegangen. Er hatte den Kibbuz schon gestern Abend verlassen. Heute Morgen war sie kurz an seiner Baracke gewesen und hatte mit klopfendem Herzen hineingespäht. Seine Sachen waren weg, das Bett abgezogen. Ihr Herz hatte jubiliert. Er macht es wahr! Wir verschwinden wie Romeo und Julia, aber wir werden überleben und eine Zukunft haben.

Die Euphorie hatte ihr den Abschied nicht schwer gemacht. Sie war im Kibbuz geboren und aufgewachsen. Eine Tochter der Pioniere, die die Pflöcke ihrer Claims ebenso fest in die Erde gerammt hatten wie ihre Überzeugungen. Deshalb wusste sie auch, wie ihre Zukunft aussehen würde, wenn sie jetzt nicht den entscheidenden Schritt tat.

Es war leichter gewesen, als sie befürchtet hatte. Ein letzter Blick auf die Baustelle, ein Gruß, ein harmloser Ruf in Richtung der anderen, die an der Betonmischmaschine standen, Sand und Zement in Säcken zum Pool karrten, ein Moment der Wehmut, dass sie die Fertigstellung nicht mehr erleben würde. Dann schnell zurück in ihr Zimmer. Das kleine Apartment bewohnte sie seit ihrem vierzehnten Lebensjahr, wie alle anderen Jugendlichen im Kibbuz, die mehr in den Kinderhäusern und Gemeinschaftsräumen aufgewachsen waren als unter einem Dach mit ihren Eltern. Ein letzter Blick auf ihr Zuhause und das Bett ... Sie hatte das Kissen hochgenommen und geglaubt, noch seinen Duft darin zu riechen. Ihr brennendes Herz, die Atemlosigkeit angesichts dessen, was sie vorhatten ... Dann hatte sie die Tür hinter sich zugezogen und sich auf den Weg zur Bushaltestelle gemacht. Dass sie dabei ausgerechnet ihrer Mutter begegnen musste, damit hatte sie nicht gerechnet. Ein Besuch bei Tante Rose in Haifa, soso. Weiß sie Bescheid, dass du kommst? Hast du dich ausgetragen im Dienstplan? Wann kommst du zurück? Kein echtes Interesse lag in diesem Verhör. Fährst du allein? Wer holt dich ab?

Rebecca hatte kein Problem damit, ihre Mutter anzulügen. Es gehörte dazu, dieses fein austarierte Wechselspiel von offizieller und inoffizieller Version ein und desselben Vorgangs, und es ödete sie an. Sie war auf dem Absprung, heraus aus dem Schutz, aber auch aus der Kontrolle der Kibbuzniks. In Jechida hatte es sich gut angefühlt. Hier, auf dem Bahnsteig, fühlte sie sich unter den Augen der fremden Leute und deren unausgesprochenen Spekulationen hilflos. Sie war zum ersten Mal in ihrem Leben allein.

»Entschuldigen Sie bitte.«

Hastig stand sie auf, nahm die Tasche und betrat das schmale Gebäude. Linker Hand war ein Kiosk, der Zeitungen, Limonade und Kaffee verkaufte. Außer ihr befanden sich nur noch die müde Verkäuferin und zwei Männer im Warteraum, die sich leise unterhielten. Sie trugen den Habit orthodoxer Juden und wären gewiss die Letzten, denen ein verzweifelter Teenager auffallen würde. Der Fahrkartenverkäufer draußen auf dem Bahnsteig sah ihr nach. Ob er sich an sie erinnern würde? Bestimmt.

Wo bist du? Warum kommst du nicht?

Tränen schossen ihr in die Augen, aber sie hatte in den letzten Stunden mit einer fast übermenschlichen Anstrengung verhindert, die Fassung zu verlieren. Die Übelkeit zog ihr den Magen zusammen.

Sie rannte auf die schmale Tür zwischen Ticketschalter und Fahrplan zu und schaffte es in letzter Sekunde, sich über das Waschbecken zu beugen. Sie würgte, hustete, kotzte sich die Seele aus dem Leib. Endlich war der Anfall vorüber. Sie richtete sich auf und betrachtete ihr geschwollenes rotes Gesicht im Spiegel.

Rebecca Kirsch, siebzehn, einziges Kind der Eheleute Kirsch aus dem religiösen Kibbuz Jechida, hatte sich mit einem deutschen Saisonarbeiter eingelassen und bekam ein Kind von ihm.

Wasser, viel Wasser. Als sie sich wieder ansah, war ihr Gesicht tropfnass. Tante Rose würde sofort auffallen, dass etwas nicht stimmte. Wohin? Himmel, wohin nur? Sie schloss die Augen und lehnte sich an die Wand, rutschte hinunter, blieb einfach sitzen in diesem winzigen, stinkenden Raum.

Sie gab sich fünf Minuten stilles Weinen. Die Lautsprecherdurchsage kündigte die Ankunft des Zuges aus Akko an. Jemand rüttelte an der verschlossenen Tür und verlangte erst bittend, dann wütend, schließlich verzweifelt, dass geöffnet wurde. Rebecca riss einen halben Meter Toilettenpapier ab und tupfte sich damit die Tränen weg. Der Mann vor der Tür verschwand. Das kleine Fenster über dem Klo stand auf Kipp. Sie hörte das Ächzen der Lok und die Scharniere der Zugtüren. Hastige Schritte, ein paar Abschiedsrufe.

Es gab Ärzte in Tel Aviv. Irgendwo hatte sie davon gehört. Zu denen gingen verzweifelte Frauen, die in einer ähnlichen Lage waren wie sie. Seit Rebecca wusste, dass sie schwanger war, hatte die Welt sich selbst mit einem gewaltigen Ruck angehalten. Nichts ging mehr. Alles um sie herum war unwichtig geworden, wie eingefroren. Es gab nur noch sie und ihre Sünde. Die verfolgte sie wie ein Schatten, stahl sich in ihre Gedanken, wühlte in ihrer Seele, nahm ihr die Luft zum Atmen. Sie wachte morgens auf, und der erste Gedanke war: Vater schlägt mich tot. Sie ging in den großen Speisesaal, wo die anderen lachten und scherzten, und es war, als ob bei ihrem Anblick die Gespräche verstummten und die Blicke sie verfolgten bis hin in die letzte Ecke, in die sie sich verkroch. Sie saß im Unterricht, aber sie war mit ihren Gedanken ganz woanders. Sie arbeitete an den Nachmittagen, aber sie machte Fehler, die ihr vorher nicht passiert waren, weil sie nicht bei der Sache war. Ihre Hände zitterten. Ihre Gedanken waren wie flatternde schwarze Krähen in ihrem Kopf. Ich bin schwanger. Ich bin eine Schande, mein Kind wird ein Bastard sein und seine Kinder auch. Bis ins zehnte Glied wird meine Schuld sie verfolgen …

Sie ging ihm aus dem Weg. Er wartete. Sie wich ihm aus. Er folgte ihr. Sie versuchte so zu tun, als wäre nichts. Er ließ sich nicht täuschen. Eines Abends erwischte er sie auf dem Nachhauseweg.

»Willst du Schluss machen mit mir?«

Die Qual in seinem Blick, die Furcht vor der Wahrheit, die Frage, ob sie sich nur etwas vorgemacht hatten oder ob tatsächlich jenes Wunder geschehen war, das man Liebe nannte – in seinen Armen war alles vergessen. Nie zuvor hatte sie so eine Zuversicht gespürt, dass mit diesem Mann an ihrer Seite alles, wirklich alles gut werden würde.

Und jetzt saß sie auf dem Bahnhofsklo in Haifa und heulte sich die Augen aus. Er war nicht gekommen. Sie erinnerte sich an ihren letzten Kuss und sein Versprechen. »Morgen feiern wir deinen Geburtstag und unsere Hochzeit.«

Zypern war die schnellste Lösung. Kein Rabbi würde eine schwangere Jüdin und einen Christen segnen. Sie brauchten eine standesamtliche Eheschließung außerhalb Israels.

»Danach fliegen wir nach Deutschland. Du wirst sehen, alles wird gut. Vertrau mir.«

Ich vertraue dir, aber es wird von Stunde zu Stunde schwerer ...

Mühsam kam Rebecca wieder auf die Beine. Ihr wurde schwindelig. Ihr Kreislauf und dazu dieser Gestank nach Klostein und Pisse. Sie wühlte in ihrer kleinen Handtasche nach dem Kamm und hielt das Kuvert in den Händen. Vorsichtig zog sie es heraus und öffnete es. Zwei Ferry Tickets kamen zum Vorschein, zusammen mit einem handgeschriebenen Brief. Ein Gedicht. Er hatte ihr die Zeilen übersetzt, und mit ihnen war in ihrem Herzen ein Garten erblüht.

Du bist mein Mond, und ich bin deine Erde ...

Wie fremd diese Worte klangen. Und wie vertraut sie ihr bald werden würden. Sie hatte Angst vor Deutschland und vor diesen Leuten, bei denen sie vorläufig unterkommen würden. Ihr Liebster hatte nicht viel über seinen Vater erzählt. Verbitterung und Verachtung prägten sein Bild, die Mutter stand als passive Figur eher am Rand. Nur für ein paar Tage, hatte er gesagt. Dann suchen wir uns eine Wohnung. Und wenn das Kind erst mal auf der Welt ist, werden auch deine Leute anders über mich denken.

Wie gerne würde ich dir glauben.

Sie faltete das Blatt sorgfältig zusammen und steckte es mit den Tickets zurück in den Umschlag. Seltsam. Das Gedicht gab ihr Kraft. Egal was kommen würde, er wäre an ihrer Seite.

Wieder legte sie die Hand auf ihren Bauch. Er war straffer, kaum merklich gewölbt. Sie versuchte, sich im Spiegel anzulächeln, und freute sich, als es ihr gelang. Nur die Wangen waren noch gerötet und die Augen auch. Ihr Gesicht war etwas runder geworden, die Bräune von der Arbeit auf den Feldern stand ihr. Der strenge Scheitel machte sie erwachsener. Sie hob die Hand und berührte ihr Spiegelbild. Ich bin schön, dachte sie erstaunt. Zum ersten Mal in meinem Leben fühle ich mich schön. Glück und Zuversicht waren wieder da.

Entschlossen nahm Rebecca die Tasche, entriegelte die Tür und durchquerte den Wartesaal. Trübes Licht warf Schatten in die Ecken. Der Mann hinter dem Fahrkartenschalter zog gerade den Vorhang zu. Die müde Verkäuferin räumte den Tresen ab.

Sie trat vor die Tür und blieb vor der Treppe stehen, die hinunter zu dem Vorplatz und der Bushaltestelle führte. Von hier aus ging der Blick nach Osten, hinauf zu den Bergen des Karmel und dem weiten violetten Abendhimmel. Die ersten Sterne leuchteten am Firmament. Vom Hafen kam das eiserne Gebrüll der Kräne. Jedes Mal, wenn die Container auseinandergesetzt wurden, hallte es wie Donner. Sie lief über den Platz zur Brücke, um von dort aus einen Blick auf den Ort ihrer Sehnsucht zu werfen. In halber Höhe überquerte sie die Gleise. Dahinter erhoben sich Verwaltungsgebäude und Lagerhallen. Grelles Licht erhellte den Kai. Links die grauen Schiffe der Kriegsmarine, rechts der Zugang zu den Fähren. Am Ende der Brücke die Fahrkartenkontrolle. Kurz erwog sie, einfach weiterzulaufen. Sie war so weit gekommen, dass es kein Zurück mehr gab. Aber was sollte sie allein auf Zypern? Sie hatte noch nicht einmal Geld für ein Flugticket. Ihr Liebster hatte versprochen, sich darum zu kümmern. Ich bin ein sparsamer Mensch, hatte er mit einem Grinsen gesagt und sie an sich gezogen. Zumindest seit ich dich kenne ...

Rebecca drehte um. Wenn sie sich an der Bushaltestelle auf die Bank setzte, hatte sie nicht nur den Bahnhof im Blick, sondern auch alle, die das Gebäude betreten oder verlassen wollten. Und den Zugang zum Hafen. Jetzt, nach Einbruch der Dunkelheit, war das wichtig. Sie hatte gerade das Ende der Brücke erreicht, als ein Bus von der Straße abbog und inmitten einer Wolke von Staub und Dieselgestank an der Haltestelle ankam. Es war der letzte Express von Tiberias am See Genezareth. Auf dem Weg nach Haifa hielt er nur zweimal: in New Jechida, der Kreuzung weit außerhalb des Kibbuz', und in Naharija.

Die Fahrgäste stiegen aus. Einige liefen direkt auf das Bahnhofsgebäude zu, andere sahen sich um und überquerten dann hastig die Straße, um in den engen Gassen ihrer Wege zu gehen. Es war niemand unter ihnen, den sie kannte. Auch ihr Liebster nicht.

Sie machte sich auf den Rückweg, wich den ersten Ankommenden am Fuß der Brücke aus und wollte gerade auf die Haltestelle zuhalten, als ein Nachzügler den Bus verließ. Wie angewurzelt blieb sie stehen. Es war nicht der gutaussehende, breitschultrige Junge mit dem strahlenden Lächeln, den sie erwartet hatte. Dort, an der Haltestelle, stand jemand, mit dem sie im Leben nicht gerechnet hatte. Groß, hager, leicht gebeugt und, obwohl sie alle der gleiche Jahrgang waren, umgeben von der düsteren Aura des vorzeitig Gealterten. Uri. Die Spaßbremse. Der Eigenbrötler. Egal wo er im Kibbuz auftauchte, erstarb das Lachen. Was hatte er in Haifa zu suchen, dieser gerne in einem Atemzug mit Sodom und Gomorrha genannten Hafenstadt?

Er wischte sich die Hände sorgfältig mit einem Taschentuch ab und sah sich um. Sein Blick blieb an ihr hängen, und wie sie da stand, die Reisetasche in der Hand, paralysiert von seiner Erscheinung, fühlte sie sich, als ob er ein unsichtbares Netz über ihr ausgeworfen hätte, aus dem es kein Entrinnen gab. Alles um sie herum lief in Zeitlupe weiter. Wie sich die Türen schlossen und der Bus über den Platz kroch. Wie die letzten Reisenden in schnellem Schritt die Abfahrtszeit des Zuges mit der auf ihrer Armbanduhr verglichen. Wie zwei Autos, ein Käfer und ein Sabra Carmel, die Brücke über die Gleise zum Hafen hinauffuhren. Wie sie atmete. Ein. Pause. Aus. Pause.

Wie er das Taschentuch einsteckte und langsam auf sie zukam. Er war hier wegen ihr. Irgendetwas Kaltes, Böses in ihr wisperte, dass ihr einsames Warten und das Auftauchen dieses Mannes etwas miteinander zu tun hatten.

Plötzlich schnellte das Leben in Rebecca zurück. Er durfte sie nicht erwischen. Unter gar keinen Umständen. Sie rannte los in Richtung Straße. Er folgte ihr. Gerade sprang die Ampel um, und der Verkehr setzte sich wieder in Bewegung. Sie achtete nicht darauf. Grelles Hupen und das Kreischen von Bremsen gellten in ihren Ohren, als gleich zwei Autos unmittelbar vor ihr eine Vollbremsung machten. Hastig schlängelte sie sich zwischen den Stoßstangen hindurch und gelangte auf den sicheren Gehweg. Dort drehte sie sich um.

Er stand auf der anderen Seite und ließ sie nicht aus den Augen.

Himmel hilf! Es war sowieso schon alles zu spät. Wenn er wusste, warum sie hier war … Sie rannte weg von der Durchfahrtsstraße in die schmale Gasse des alten, heruntergekommenen Hafenviertels. Einige Geschäfte hatten noch geöffnet. Im Schein der Gaslaternen boten Händler Gewürze und Nüsse an, über offener Glut qualmten Fleischspieße und tränkten die Luft mit einem Gemisch von Holzkohle und verbranntem Fett. Die Augen der Männer folgten ihr, als sie nach links abbog und sich in einem Hauseingang versteckte.

Vorsichtig stellte sie die Tasche ab. Uri war gekommen, um sie zu holen. Aber sie würde keinen Fuß mehr in den Kibbuz setzen. Niemals, solange ihr Liebster nicht an ihrer Seite war. Ängstlich sah sie sich um und erschrak, wo sie gelandet war.

Stromleitungen hingen wie Lianen über dem bröckelnden Putz der Häuser. Hinter einigen Fenstern brannte Licht, die meisten waren dunkel. Der Verfall grassierte, viele Araber hatten ihre Häuser in der Unterstadt verlassen und waren in bessere Gegenden weiter oben am Hang des Karmel gezogen. Ein Mädchen hatte schon bei Tag nichts in diesem Viertel verloren. Nach Einbruch der Dunkelheit war es geradezu tabu. Vorsichtig trat sie aus dem Hauseingang und spähte um die Ecke.

Er stand direkt vor ihr. Sie fuhr zurück, als wäre sie in vollem Lauf gegen eine Glaswand geprallt.

»Komm mit«, sagte er.

Sie wollte weglaufen, aber sein Arm schnellte vor und packte sie.

»Lass mich los! Was soll das?«

So nah war sie ihm, dass sie seinen säuerlichen Atem riechen konnte. Wieder stieg die Übelkeit in ihr hoch. Sie taumelte. Er nutzte den Moment der Schwäche, um sie mit sich um die Ecke in den schmalen Hauseingang zu ziehen. Mit ausgebreiteten Armen stützte er sich links und rechts von ihr ab und nahm ihr so jede Möglichkeit zur Flucht. Sie stolperte über ihre Tasche und sackte auf den Stufen zusammen.

»Du wirst jetzt mit mir kommen.«

Rebecca schüttelte den Kopf.

»Keine Widerrede. Danke dem Schöpfer, dass ich dich gefunden habe.«

Sie sah hoch. »Ich verfluche ihn. Hörst du? Ich verfluche ihn, wenn du mich nicht sofort gehen lässt!«

Mit Wucht trat sie ihm gegen das Schienbein, aber er wich aus. Zu schwach, zu verzweifelt. Die Flucht, das Warten, die Ungewissheit hatten ihr zugesetzt. Sie zitterte. Sein Gesicht lag im Dunkeln. Nur die Augen glühten, wild und bedrohlich. Auf einmal bekam sie Angst. Sie war doch schon verloren. Was ging ihn das eigentlich an?

Hektisch raffte sie die Tasche an sich, um sie sich wie einen Schutzschild vor den Bauch zu halten.

»Noch kannst du zurück, Rebecca. Ich helfe dir.«

»Ich will deine Hilfe nicht!«

»Ich bin deine einzige Chance. Komm mit mir.« Er hob die Hand und wollte ihr Haar berühren, doch sie schlug sie mit aller Kraft weg.

Es brachte ihn aus der Balance, aber nicht genug, um aufzuspringen und abzuhauen.

»Ich werde keinen Schritt mit dir gehen. Lass mich in Ruhe.«

»Du bist allein.«

»Nein, das bin ich nicht.«

Sie wollte sich an ihm vorbeizwängen, wieder hielt er sie fest.

»Was machst du hier eigentlich? Ich denke, du bist im Einsatz«, fauchte sie. »Bist du vom Militär desertiert, bloß um mich abzufangen?«

»Ich habe zwei Tage Sonderurlaub. Und wenn es die nicht gegeben hätte, ja, dafür wäre ich auch abgehauen, mit allen Konsequenzen.«

»Lass mich los, oder ich schreie!«

»Ach ja?« Sein Griff wurde härter.

Es tat weh. Doch Rebecca biss die Zähne zusammen. Niemals würde sie ihm zeigen, wie ihr wirklich zumute war.

»Wer soll dir denn hier zur Hilfe kommen? Wer?« Er zog sie an sich. »Ich bin der Einzige, dem du noch trauen kannst.«

Sie roch billiges Rasierwasser. Eifersucht. Waffenöl. Hass. Schweiß. Wut.

»Du bist verrückt. Ich dir trauen? Du träumst. Lass mich gehen. Ich kann nichts dafür, dass *ich* eine Zukunft habe und du nicht.«

Seine Hände um ihre Arme waren wie Schraubzwingen. Sie stöhnte auf, doch er ließ nicht locker. Im Gegenteil.

»Kapierst du's nicht? Es ist aus! Du hast keine Zukunft! Sie ist vorbei! Hier und jetzt ist deine Zukunft vorbei.«

Er presste sie an sich. Sie bekam kaum noch Luft.

»Was habt ihr mit ihm gemacht?«

Er ließ sie so abrupt los, dass sie nach hinten stolperte und beinahe gestürzt wäre. Sie taumelte, und wieder landete sie in seinen Armen. Am liebsten hätte sie ihm aufs Hemd gekotzt, so sehr hasste sie ihn.

»Ist ja gut«, sagte er leise und streichelte ihr übers Haar. »Ich kann dich verstehen. Aber sei jetzt ein braves Mädchen und komm mit mir nach Hause.«

»Ich kann nicht. Ich liebe ihn.«

Sie sah hoch. In der Dunkelheit glühten seine Augen wie schwarze Kohlen. Er ist verrückt, dachte sie. Ich wusste schon immer, dass er verrückt ist und man einen weiten Bogen um ihn machen muss. Seine Lippen verzogen sich zu einem Lächeln, das eher wie eine Grimasse aussah.

»Er kommt nicht mehr. Er hat dich verraten. Siehst du das denn nicht? Wo willst du hin? Du hast keine Chance, Rebecca. Keine.«

»Woher willst du das wissen?«

»Dein geheimer Liebhaber ist weg. Aber nicht mit dir.«

Wenn Worte wie Keulenschläge wären, müsste sie jetzt in die Knie gehen.

»Was sagst du da?«

»Es tut mir leid.«

»Was?«, schrie sie und ging auf ihn los. Mit beiden Fäusten schlug sie auf ihn ein, er wehrte sie ab. »Du lügst! Du dreckiger, hinterhältiger Lügner!«

Uri nahm ihre Hände und hielt sie fest. Die Berührung war so unerträglich, dass sie sich losriss und ein paar Schritte davonstolperte. Ihr Magen krampfte sich zusammen.

»Er ist mit einer anderen abgehauen. Unter den *volunteers* gibt es kein anderes Thema. Rebecca, wenn du jetzt mitkommst, können wir zwei das noch geradebiegen.«

»Ich liebe ihn, und er mich. Wir werden heiraten, und ich werde mit ihm nach Deutschland gehen.«

»Nach Deutschland«, schnaubte er. »Mit einem *goj*.«

Das letzte Wort spuckte er beinahe aus. Angesichts dieser Verachtung fiel es ihr so leicht wie nie zuvor, ehrlich zu sein.

»Ich bin schwanger. Ich erwarte ein Kind.«

Er antwortete nicht. Sie hob die Tasche auf und klopfte den Dreck ab.

»Ein ... Ein Kind?«

Etwas in seinen Augen zerbrach. Beinahe konnte sie hören, wie die Glut in ihm sich in knackendes Eis verwandelte.

»Du bist ...«, flüsterte er. Rebecca hatte ihn noch nie so fassungslos gesehen. »Du hast ... mit ihm ...«

»Ja, hab ich. Und deshalb lass mich jetzt gehen. In deinen Augen bin ich doch eine Hure. Und der weint man keine Träne nach.«

Fast konnte er einem leidtun. Er fuhr sich durch die Haare,

ging ein paar Schritte auf und ab, ohne sie dabei aus den Augen zu lassen.

»Ich werde die Fähre nehmen, notfalls auch allein. Du kannst nichts daran ändern. Wenn es meine Eltern interessiert, dann sag ihnen, dass ich sie achte. Du musst es aber nicht, denn ich weiß, was ich ihnen antue. Leb wohl.«

Nun war es heraus. Wenn Uri es wusste, würde sich bald der ganze Kibbuz das Maul über sie zerreißen. Vielleicht fand sie ja ein billiges Hotel, in dem sie übernachten konnte. Eine Rückkehr nach Jechida war ausgeschlossen, ein Bett bei Tante Rose ebenso. Also musste sie weitergehen, einfach die Gasse entlang, obwohl sie keine Ahnung hatte, wohin in diesem Labyrinth sie führen würde. Schritte folgten ihr.

»Bleib stehen.«

Sie ging weiter.

»Rebecca! Bleib stehen!«

Uri überholte sie, stellte sich ihr in den Weg und sank auf die Knie. Sie war so verblüfft, dass sie innehielt.

»Ich liebe dich, Rebecca. Heirate mich. Ich werde deinem Kind ein Vater sein. Ein guter Vater.«

»Was?«

»Heirate mich, Rebecca!«

Hastig sah sie sich um. Weiter vorne schien die Gasse in eine Straße zu münden. Wenn sie sich links hielt, würde sie über kurz oder lang zurück zum Bahnhof kommen. Dort waren Menschen. Hier schien es, als ob die Ruinen ausgestorben wären und nur die Ratten in den Kellern den seltsamsten, verwirrtesten Heiratsantrag aller Zeiten gehört hatten.

»Nein.«

Sie schob sich an ihm vorbei. Er sprang auf und lief rückwärts neben ihr her.

»Du hast keine Chance. Nimm mich. Niemand wird etwas erfahren. Ich schwöre es dir. Das Kind bekommt einen guten Namen, und du wirst eine ehrbare Frau.«

»Nein! Es gibt bereits einen Vater.«

»Rebecca, hör auf mich. Kehr um. Ich kann dir alles bieten. Ich habe dich geliebt von Kindesbeinen an und werde dich immer lieben. Es ist mir egal, ob du befleckt bist oder nicht ...«

»Befleckt?«, schrie sie. Er zuckte zusammen, aber es war ihr egal. »Ich bin nicht befleckt! Ich bin gesegnet. Gesegnet durch eine Liebe, wie du sie nie erfahren wirst. Nie! Und jetzt verschwinde!«

Als sie weiterlief, folgte er ihr wie ein Hund.

»Rebecca ...« Er schien nachzudenken. Hoffentlich. Es war unfassbar, wie er sich aufführte. »Hör mich an!«

»Du bist mit einer anderen verlobt, hast du das schon vergessen?«, höhnte sie. »Wie schnell wirfst *du* eigentlich all deine Begriffe von Ehre und Anstand über Bord? Wage es nicht, mich auch nur noch ein Mal befleckt zu nennen.«

Tatsächlich hob er die Hände, als ob er aufgeben würde. Sie blieb stehen. Wenn er jetzt zur Einsicht kam, könnten sich hier ihre Wege trennen.

»Ich werde dich heiraten und dich und das Kind retten. Ich verspreche es dir hiermit hoch und heilig. Jetzt komm mit.«

Kapierte er es nicht? Es war so lächerlich, was er sich da ausmalte. Sie vor Schande zu bewahren, indem er sie heiratete. Ihr Liebster würde sicher bald kommen. Etwas hatte ihn aufgehalten, aber er würde sie nicht im Stich lassen. Niemals.

»Rebecca, das hier ist kein Ort für dich. Ich bringe dich nach Hause.«

Sie bemühte sich, ihre Stimme sanft und freundlich klingen zu lassen. »Hast du mir nicht zugehört?«

»Doch. Ich liebe dich. Ich werde alles tun, was du verlangst.«

Sie trat einen Schritt auf ihn zu. Sein hageres Gesicht war gezeichnet von Sorge und etwas anderem, das sie kaum zu definieren wagte. Ein Wissen, vor dem sie sich fürchtete, das ihr Angst einjagte.

»Was ist los?«, fragte sie. »Woher wusstest du, dass ich in Haifa bin?«

Er wich ihrem Blick aus.

»Was macht dich so sicher ...« Sie stieß ihre Faust gegen seine magere Schulter, und er wich eine Schritt zurück. Sofort boxte sie ihn noch einmal, wieder und wieder. »Was ist passiert? Was habt ihr mit ihm gemacht?«

Selbst als sie ihn schüttelte, wehrte er sich nicht, sondern erduldete schlaff wie Gummi ihre steigende Brutalität. So kannte Rebecca sich nicht. Am liebsten hätte sie die ganze Wahrheit aus ihm herausgeprügelt.

»Woher weißt du, dass er nicht mehr kommt? Woher? Verdammt! Rede mit mir! Was hast du ...«

Schwer atmend ließ sie von ihm ab. Alles schien sich plötzlich um sie zu drehen

»Es tut mir ja so leid«, sagte er. »Bitte glaub mir, es tut mir schrecklich leid.«

Durch den Tränenschleier bekam sie mit, wie er sich straffte und die Entschlossenheit in ihn zurückzukehren schien. Panik stieg in ihr auf. Panik und nicht zu Ende gedachte Sätze. Er kommt nicht, was habt ihr, woher weißt du, wer ist sie, aus, aus, was soll ich, Hilfe, Hilfe, Hilfe! Erneut drehte sie sich um und rannte los. Sie musste raus aus diesen schwarzen Gassen, hinaus ins Licht, zu Menschen, die sie schützen konnten.

»Rebecca!«, schrie er und lief ihr hinterher. »Bleib stehen! Um Himmels willen, bleib stehen!«

Beinahe wäre sie hingefallen, als sie viel zu schnell nach links abbog und in fünfzig Metern Entfernung die breite Straße sah, die das Hafenviertel vom Bahnhof trennte. Die Luft wurde knapp, so schnell war sie noch nie gerannt. Hinter ihr konnte sie die Schritte ihres Verfolgers hören. Ihr Herzschlag trommelte in der Brust.

»Hilfe!«, schrie sie, aber niemand würde sie hören, keiner würde die Polizei rufen.

»Rebecca!«

Mit zwanzig Metern Vorsprung erreichte sie die Straße, kaum Zeit für ein paar knappe, keuchende Atemzüge.

Er verlangsamte sein Tempo, blieb stehen und hob die Hände, als ob er aufgeben würde. »Er kommt nicht mehr.«

Sie sah Uri an, und in diesem Moment traf sie die Erkenntnis, dass er recht hatte. Sie lief gerade gegen eine schwarze Wand. Es gab nichts und niemanden mehr, der sie retten konnte.

Ein Lkw donnerte die Straße hinunter. Er hatte grün und verlangsamte sein Tempo nicht. Rebecca schloss die Augen, ballte die Fäuste und dachte an ihren Liebsten. Wie in Trance lief sie auf die Straße. Den Schrei hinter ihr hörte sie nicht mehr.

1

29 Jahre später

Schmerz. Wuchtig, übermächtig.
Sie beugt sich über mich. Das lange Haar fällt ihr ins Gesicht, dieses schöne schmale Gesicht, ich sehe ihre weit aufgerissenen Augen. Angst. Schock.
Mit der Hand berührt sie meine Schulter. Sie sagt etwas, schreit mich an, aber ich kann sie nicht hören. Das Dröhnen in meinem Kopf wird lauter. Jemand reißt sie weg. Ihre Lippen formen das Wort NEIN.
»Nein!«
Wieder ein Schlag, dann ein Sturz ins Nichts.

Ich fahre hoch, verfange mich in einer Schnur. Etwas sticht in meinen Handrücken wie ein Skorpion. Eine Nadel. Im schwachen Licht gedimmter Neonröhren erkenne ich ein Krankenzimmer. Die Tropfflasche baumelt am Galgen. Ich falle zurück auf das harte Kopfkissen. Was ist passiert? Ich will mich erinnern, aber es gelingt mir nicht.

Ein Gesicht. Ihr Gesicht. Blass, mit hohen Wangenknochen und dunkelblauen Augen. Immer wieder taucht es auf aus der Tiefe meines Betäubungsschlafs wie ein Foto, das langsam in der Dunkelkammer Gestalt annimmt. Vom Schemen zur Schärfe. Einige Sommersprossen auf der geraden Nase, die braunen Haare streng zurückgekämmt. Jung sieht sie aus. Jung und sehr verletzlich. Ihr Mund ist der eines Knaben. Ist sie es? Ist sie es nicht? Die Ähnlichkeit ist verblüffend. Blasse Lippen, scharf konturiert. Sie verziehen sich zu einem unsicheren Lächeln.

Ihr Name. Ich darf ihn nicht vergessen. Ihr Name ist ...

»Rebecca?« Meine Stimme klingt wie zerriebenes Glas.

»Nein«, sagt sie leise. »Ich bin Rachel.«

Rachel.

»Ganz ruhig. Alles wird gut.«

Ihre Worte tropfen kühl in mein Blut. Alles wird gut.

»Was ist passiert?«

Die junge Frau lächelt mich an. Irgendetwas stimmt nicht mit ihr. Ich weiß noch nicht, was es ist, aber es beunruhigt mich. Die Grenze zwischen Fiebertraum und Wirklichkeit verwischt. Ständig schiebt sich ein anderes Gesicht vor ihre Züge. Eines, das ich nie vergessen habe, obwohl es so lange her ist.

Sie trägt einen kleinen goldenen Davidstern an einer Kette. Ich will die Hand heben und ihn berühren, ich kenne ihn, er erinnert mich an etwas, doch dann verschwimmt er vor meinen Augen. Alles hebt und senkt sich.

»Nicht jetzt. Ruh dich aus.«

Ihre Worte kommen von weit her, wie aus einem anderen Raum. Ich sehe ihr Gesicht nur noch schemenhaft, als stünde sie auf der anderen Seite eines Fensters, an dem starker Regen hinabrinnt.

»Rachel?« Mühsam setze ich mich auf. »Rebecca?«

Die Übelkeit schießt in mir hoch. Ich reiße mir die Nadel aus der Hand und taumele auf eine Tür zu, hinter der sich glücklicherweise das befindet, was ich gehofft habe: das Badezimmer.

Abwaschbar, steril, unbenutzt – hellgraue Kacheln, eine Dusche, in der ein weißer Plastikstuhl steht, ein Waschbecken, die Toilette. Ich versuche das Unvermeidliche so geräuscharm wie möglich hinter mich zu bringen. Was zum Teufel ist passiert? Im

Spiegel sieht mich ein entfernter Verwandter an, der nicht durch, sondern gegen die Wand gelaufen ist. Eine blutige Schramme zieht sich quer über meine Stirn. Das linke Auge ist fast komplett zugeschwollen und schillert in allen Schattierungen zwischen Gelb und Violett. Beim Atmen schmerzt der Brustkorb. Ich trage eine Halskrause. Entweder bin ich vor einen Lkw gelaufen oder ... Rachel ... Warum nennt sie sich jetzt so?

Ein Schrei. »Lasst ihn los!«
Der Schlag kommt von hinten.
Nacht.
Kaltes klares Wasser. Viel.

Ich brauchte ein paar Minuten, bis ich das Gefühl hatte, ihr wieder gegenübertreten zu können. Dann öffnete ich die Tür und blinzelte, weil das helle Licht blendete. Sie stand am Fenster, und die Erleichterung darüber, dass ich sie nicht geträumt hatte, hielt so lange an, bis sie sich umdrehte.

»Hi«, sagte Marie-Luise.

Bis auf uns beide war der Raum leer. Immer noch keuchend von der Anstrengung, mich auf den Beinen zu halten, lehnte ich am Türrahmen.

»Wo ist sie?« Ich war abgrundtief enttäuscht.

»Wer?«, fragte die Frau am Fenster und kam auf mich zu.

Sie hielt eine Zeitung in der Hand, die sie mehr auf meinen Nachttisch warf, als sie darauf abzulegen. Eben noch hatte ein Engel an meinem Bett gesessen, und nun stand meine ehemalige Kanzleipartnerin vor mir. Der Unterschied war ungefähr so groß wie der zwischen Filterkaffee und Espresso und fiel eindeutig zu Marie-Luises Nachteil aus. Sie bekam mit, dass ich von echter Freude weit entfernt war.

»Hier ist niemand. Außer uns beiden, meine ich. Es ist auch keiner aus deinem Zimmer rausgekommen.«

»Aber …« Ich glaubte sogar, einen Hauch ihres Parfums zu riechen. Etwas, das an weiße Blumen erinnerte, an Reinheit und Frische. »Du musst sie gesehen haben. Eine Frau, Mitte, Ende zwanzig. Dunkle Haare, schlank …«

»Tut mir leid.« Marie-Luise ließ sich auf den abwaschbaren Stuhl fallen, auf dem eben noch Rachel gesessen hatte. Oder Rebecca, mit der ich sie verwechselt haben musste. Oder schlicht und ergreifend eine Wahnvorstellung. »Was verabreichen Sie dir denn hier? Gibt's das auch für Frauen?«

Ratlos starrte ich sie an.

»Okay, war ein Witz. Du bist ja wirklich angeschlagen. Siehst aus wie ein glückloser Boxer. Wie geht es dir?«

»Sie war hier.«

»Schon gut.« Marie-Luise, rothaarig, einen Kopf kleiner als ich und gekleidet, als ob ihre nächste gesellschaftliche Verpflichtung eine Anti-Abschiebe-Demo wäre, zumal sie eher nach dem Tabak ihrer letzten heimlich gerauchten Selbstgedrehten roch als nach weißen Blumen, reichte mir die Zeitung. »Lies. Titelseite.«

Vorsichtig, fast misstrauisch nahm ich ihr das Blatt ab und ging zurück zu meinem Bett.

»Anwalt greift ein – Schläger gefasst!« Die Buchstaben tanzten fast vor Aufregung. »Antisemitischer Übergriff vereitelt. Der Charlottenburger Strafverteidiger Joachim V. stellte sich schützend vor einen Berliner Mitbürger, als jugendliche Hooligans ihn zunächst provozierten und dann auf ihn einschlagen wollten. Das Opfer Rudolph Scholl, ein angesehenes Mitglied der jüdischen Gemeinde Berlins, war gerade auf dem Weg in die Synagoge in der Pestalozzistraße, als die Täter ihm auflauerten. Zeugen riefen die Polizei. Die Täter wurden gefasst. Im vergangenen Jahr wurden bundesweit mehr als 20.000 politisch motivierte Straftaten registriert. Mit Abstand die meisten Delikte begingen Neonazis sowie sonstige, diffus rechts orientierte Kriminelle …«

»Sie hätten wenigstens deinen Namen ausschreiben können.« Marie-Luise verschränkte die Arme vor der Brust und musterte mich aufmerksam.

Ich las den Artikel noch einmal. Eine Rachel tauchte darin nicht auf.

»Was wolltest du denn von Scholl? Oder hat dich reiner Zufall dort vorbeigeführt? Ihm gehört das jüdische Antiquariat. Ich war schon ein paar Mal dort. Man findet immer was. Derzeit werden die ganzen Bibliotheken der Gründergeneration aufgelöst. Erst neulich habe ich die Erstausgabe von Anna Seghers *Das siebte Kreuz* bei ihm gekauft. Für meine Mutter. Hat ja alles nur noch symbolischen Wert, obwohl ich finde, dass gerade Anna Seghers in den Schulen ...« Sie verstummte, weil ich ungeduldig die Hand gehoben hatte, um ihren Redeschwall zu unterbrechen. »Was ist?«

»Sie war dabei. Bei Scholl.«

»Wer?«

»Rachel.« Ich suchte nach einem Wort, das zu ihr passte, und war erleichtert, als es mir einfiel. »Eine Mandantin. Ich war mit ihr zusammen dort.«

Marie-Luise wich meinem Blick aus, und das war kein gutes Zeichen. Wir kannten uns schon so lange. Ich konnte in ihr lesen wie in einem aufgeschlagenen Buch, meinetwegen auch eines von Anna Seghers oder Dieter Noll oder Erik Neutsch oder womit ich mich damals sonst noch so herumgequält hatte, um ihr zu imponieren. Übriggeblieben aus dieser Zeit war das, was ich am ehesten mit »vertraut« und »vertrauend« umschreiben würde. Ihren Büchergeschmack einmal ausgenommen.

»Um was ging's denn?«, fragte sie mit dem Interesse einer gelangweilten Schulkrankenschwester, die die zehnte aufgeplatzte Lippe an einem Tag behandeln muss.

Ich legte die Zeitung auf die Decke und lehnte mich zurück.

Langsam kamen die Schmerzen wieder und mit ihnen offenbar auch meine Erinnerung. »Eine ...« Ich brach ab. Warum war Rachel noch mal bei mir gewesen? Es war um etwas Wichtiges gegangen. Etwas Existenzielles. Etwas, das auch mich betraf. Wie ein bewegungsloser, dunkler Schatten stand es in einer Ecke meines Gedächtnisses und wollte einfach nicht hervorkommen. »Eine Familiensache, glaube ich. Sie wollte ... zu Scholl. Ich habe sie begleitet, weil ich ihn von früher kenne.«

»Was weißt du sonst noch?«

Ich dachte nach und antwortete dann wahrheitsgemäß: »Nichts.«

Die Verblüffung ließ Marie-Luise einige Sekunden schweigen. Ihr Blick suchte in meinem Gesicht nach einem Anzeichen, ob ich sie auf den Arm nehmen wollte. Dann begriff sie, dass ich in meinem Zustand noch nicht einmal mehr dazu in der Lage war.

»Aber du musst dich doch an irgendetwas erinnern. An den Überfall. Wer angefangen hat. Wie das alles passiert ist.«

Ich schloss die Augen und wünschte mir, allein zu sein.

»Irgendwas?«

Nichts.

Marie-Luise stand auf. »Vaasenburg hat mich angerufen.«

Sie wartete, ob die Erwähnung des Kriminalhauptkommissars, mit dem wir schon öfter zu tun gehabt hatten, bei mir eine Reaktion hervorrief.

»Der polizeiliche Staatsschutz ermittelt, wie es so schön heißt. Wie immer, wenn es um antisemitische Übergriffe geht. Die beiden Schläger sitzen noch in U-Haft. Aber ... da scheint es Unstimmigkeiten zu geben.«

Sie wartete ab, ob mich ihr leichtes Zögern zu einer Nachfrage provozieren würde. Es war mir egal. Ich wollte nur meine Ruhe. Ihre leisen Turnschuhschritte entfernten sich in Richtung Tür.

»Welcher Tag ist heute?«, fragte ich hastig.

»Freitag.«

Dann lag ich also seit gestern im Krankenhaus. Es fühlte sich an, als wären Jahre vergangen, seit an einem kühlen Frühlingsmorgen diese junge Frau in mein Büro gekommen war, die ihrer Mutter so ähnlich sah, dass ich an eine Halluzination glaubte.

»Rebecca?«

Sie steht lächelnd auf und reicht mir die Hand. »Rachel, Rachel Cohen. Aber es kommt vor, dass Leute mich mit meiner Mutter verwechseln.«

»Ruh dich erst mal aus.« Marie-Luise betrachtete mich mit ungewohnter Besorgnis. »Ich komme heute Nachmittag noch mal vorbei. Dann wissen wir mehr, und du siehst hoffentlich alles etwas klarer.«

»Was für Unstimmigkeiten?«

»Die Aussagen von den beiden Hooligans widersprechen sich. Aber was will man schon von Leuten erwarten, die nicht geradeaus denken können.«

Bevor sie die Tür öffnete, sagte ich noch schnell: »Danke.«

Ich war froh, dass sie ihren Besuch nicht ausdehnte. Ich wollte allein sein und in meiner Erinnerung finden, was ich verloren hatte. Doch sosehr ich auch nachforschte, mehr als Rachels Namen und ein paar zusammenhanglose Bilder tauchten nicht auf: Sie sitzt in meinem Büro und schlägt die Beine übereinander, und ich Idiot sehe natürlich nur die Beine ... Oder: Ich hole sie ab, und sie läuft auf meinen Wagen zu, ihre offenen Haare tanzen um die Schultern. Sie lächelt wieder, und das kann sie, breit und herzlich, fast wie ihre Mutter vor so langer Zeit ... Oder: Sie beugt sich über mich, während ich k. o. auf der Straße liege, doch irgendein Idiot zerrt sie weg von mir. Ich will sie beschützen, bloß vor wem? Es geht mir nicht gut, und das liegt nicht nur an den

Schlägen, die ich einstecken musste. Ich bin wie erstarrt, gefangen in einer tiefen Trauer, nur um was?

Als die Schwester hereinkam, um die Flasche mit der Elektrolytlösung zu wechseln, schlug ich die Decke zurück und setzte mich auf. Zu schnell. Für einige Sekunden schien der Boden zu schwanken.

»Könnten Sie mir bitte die Hand verbinden? Ich möchte gehen.«

Die Frau, eine resolute Dame mit roten Wangen und kräftigem Griff, sah mich an, als hätte ich von ihr verlangt, die oberen Knöpfe ihres Kittels zu öffnen. »Sie haben eine Gehirnerschütterung und Prellungen, dazu eine angebrochene Rippe. Ich an Ihrer Stelle ...«

»Ich muss raus hier. Wo sind meine Sachen?«

»Wir haben gleich Visite. Der Arzt wird entscheiden ...«

»Nein. Verzeihen Sie bitte. Das werde ich selbst tun.« Ich stand auf, ein grober Fehler. Alles drehte sich. Ich klammerte mich ans Bettgestell. »Und machen Sie mir das Ding an meinem Hals ab.«

Mit sichtlichem Unwillen ging die Schwester zu einem Einbauschrank und öffnete ihn. »Hier.«

Alles da. Schuhe, Hemd, T-Shirt, Anzug ...

»Der Mantel?«

Es war Mitte April, der Himmel draußen war von regenschweren Wolken verhangen. Ab und zu lugte die Sonne hindurch. Eine Birke, noch winterkahl, schwankte im Wind.

»Den hat Ihre Mutter gestern Abend mitgenommen. Sie wollte ihn reinigen lassen.«

»Meine Mutter war hier?«

Die Schwester schloss den Schrank wieder. »Ja, mit Ihrer Tante. Eine reizende Dame, die ebenfalls sehr besorgt um Sie war.«

Frau Huth war weder meine Tante noch reizend und schon gar nicht besorgt um mich.

Ich nahm die Sachen und taumelte ins Bad. Dunkle Flecken, Schmutz und Blut, als ob man mich einmal quer über den Asphalt geschleift hätte. Das T-Shirt ging. Ich zog vor Schmerzen scharf die Luft ein, als ich es über den Kopf zerrte.

Die Formalitäten waren schnell erledigt. Ich bekam die Entlassungspapiere und warf sie vor der Klinik in den nächstbesten Mülleimer. Auf dem Parkplatz wollte ich kehrtmachen, weil ich nicht wusste, wo ich meinen Wagen gelassen hatte – die Schlüssel hatte ich bei mir. Jemand war so freundlich gewesen, sie mit meinen anderen persönlichen Dingen in die Nachttischschublade im Krankenzimmer zu legen. Wahrscheinlich stand das Auto noch in der Nähe von Scholls Wohnung, wo es mich so böse erwischt hatte. Ich ging ein paar Meter zurück, hatte vergessen, was ich eigentlich wollte, und stand einige Augenblicke ratlos vor dem Papierkorb. Die Sonne traute sich wieder für einen Moment hinter den Wolken hervor. Es war seltsam, die Klinik vor mir zu sehen und nicht zu wissen, wie ich hineingeraten war. Im Papierkorb lag ein Umschlag, auf dem mein Name stand. Meine Entlassungspapiere. Ich holte sie wieder heraus und nahm den Bus.

2

Alttay rief an. Der Gerichtsreporter der *Berliner Tageszeitung* wollte ein Interview. Ich lehnte ab und legte auf. Später ärgerte ich mich darüber. Er hatte Informationen, ich nicht. Alttay wusste immer mehr als das, was er schließlich veröffentlichte. Ich würde ihn zurückrufen, sobald ich wieder einigermaßen beisammen wäre, mich entschuldigen und versuchen, mehr in Erfahrung zu bringen, ohne mich dabei von ihm aufs Kreuz legen zu lassen. Aber dafür brauchte ich einen klaren Kopf.

Am Nachmittag stand Marie-Luise mit einer Tüte selbstgebackener Kekse vor der Tür, die wie Tierfutter rochen.

»Warum hast du mich nicht angerufen?«, waren ihre ersten Worte. »Ich komme ins Krankenhaus, und dein Bett ist leer. Hammer! Im ersten Moment denkt man ja an alles Mögliche.«

»Ich musste raus da.«

»Ich an deiner Stelle...« Sie musterte mich genauer. »Das sieht immer noch nicht gut aus in deinem Gesicht. Nicht dass es jemals wirklich gut ausgesehen hätte, du weißt schon, was ich meine. Wie hast du die beiden eigentlich in die Flucht geschlagen?«

»Mit meiner legendären Rechten.«

Sie grinste vielsagend, als ich die Tür hinter ihr schloss und sie vor mir ins Wohnzimmer ging.

»Du bist übrigens mit Lukas M. und Marvin P. aneinandergeraten. Einundzwanzig und zweiundzwanzig Jahre alt. Zwei echte Schätzchen.«

Eine Weile hatten Marie-Luise und ich eine Bürogemeinschaft

gehabt. Was davor zwischen uns gewesen war, war vermintes Gelände, das wir weiträumig mieden. Die Stadt war groß genug für uns beide. Während sie die Kekse in meine Bauhaus-Schale von Marianne Brandt schüttete, die bis dato noch nicht einmal ein Staubkorn hatte berühren dürfen, half sie mir auf der Suche nach den fehlenden Mosaiksteinen.

»Lukas ist seit Ende seiner Lehre als Fachkraft für Automatenservice arbeitslos.«

»Als was?«

»Automatenaufsteller. Ist wohl ein anerkannter Ausbildungsberuf. War mir auch neu. Marvin hat es gar nicht erst versucht. Mehrere Jugendstrafen, Einbrüche, Diebstähle. In den letzten Jahren haben sie sich aber gefangen, wenn man das so nennen kann. Sie wurden … Nun ja, im Jargon nennt man das Pitbulls.«

»Pitbulls.«

Ich setzte mich vorsichtig. Marie-Luise biss in einen Keks, der zu Staub zerfiel und sich in die Schlingen der Auslegware verkrümelte.

»Die beiden waren Ordner, so eine Art Saalsicherheit bei rechts-, sagen wir mal, rechtspopulistischen Versammlungen. Pegida-Demonstrationen, BfD-Parteitage et cetera. Bei ihnen zu Hause hat der Staatsschutz Schlagstöcke, Wurfsterne und Das-Boot-ist-voll-Aufkleber gefunden, das ganze Arsenal. Fehlt nur noch die abgesägte Schrotflinte. Ich habe mir erlaubt, bei Vaasenburg und dem Staatsanwalt als deine Anwältin vorstellig zu werden.«

Ich konnte mir denken, wie ihr Aufzug bei den zuständigen Stellen gewirkt haben musste. Sie sah immer noch aus wie eine Studentin, auch wenn sich langsam erste Fältchen um ihre Augen zeigten. Sie war meine älteste, beste, einzige Freundin. Ich war kein sehr sozialer Mensch. Einer ihrer lobenswerten Charakterzüge war, das völlig zu ignorieren.

»Lukas und Marvin behaupteten, rein zufällig vorbeigekommen zu sein, als du Scholl angegriffen hast.«

Im ersten Moment glaubte ich, sie hätte einen ihrer unverständlichen Witze gemacht. Dann merkte ich, dass sie es ernst meinte. »Als ich was?«

Sie bückte sich und versuchte, einige Krümel aus den Teppichschlingen zu entfernen. Ohne mich anzusehen, sprach sie weiter. »Ist natürlich *bullshit*. Aber das haben sie zu Protokoll gegeben. Wortwörtlich. Du hättest ihn beleidigt und angepöbelt.«

»Was? Was soll ich getan haben?«

Sie hob die Hand – lass mich doch erst mal ausreden, hieß das. »Ich habe Scholl noch auf dem Revier getroffen. Ich dachte, er freut sich, von dir zu hören. Schließlich wurde ihm kein Haar gekrümmt, während du diese Frettchen am Hals hattest. Du Held.« Sie kam wieder hoch und streute die wenigen Krümel auf die Tischplatte. »Aber er hat sich nicht gefreut. Im Gegenteil. Er wollte am liebsten noch nicht mal Anzeige erstatten.«

»Wie jetzt? Er muss doch wissen, was passiert ist. Er war dabei!«

»Ja. Er sagt, er steht noch unter Schock und will erst mal zur Ruhe kommen.«

»Sonst nichts?«

»*Niente*. Jetzt will Rütters natürlich wissen, was wirklich vorgefallen ist.«

Rütters, der Staatsanwalt. Ich nickte. Es reichte ihr nicht.

»Was du gesehen hast«, bohrte sie weiter. »Deine Zeugenaussage. Wer wen wann wo wie angegriffen hat. Also, was ist passiert?«

»Ich weiß es nicht.«

Sie wartete.

»Ich weiß es wirklich nicht. Das Einzige, wofür ich die Hand ins Feuer lege – ich habe Scholl weder angegriffen noch beleidigt.«

»Und?«

Verstand sie denn nicht? Sie hätte mich auch fragen können, was ich an einem bestimmten Tag im vergangenen Jahr gegessen hatte. Ich war in dieser Straße gewesen, aber es fiel mir einfach nicht mehr ein, was sich dort abgespielt hatte.

»Vernau, verstehst du mich nicht? Soll ich es noch mal für dich zusammenfassen? Zwei Hooligans der übelsten Sorte wollen einen Juden vor dir beschützt haben. Vor dir!«

Ich schwieg.

»War es so?«

Ihr Tonfall verschärfte sich, aber dadurch half sie mir auch nicht auf die Sprünge. Sie machte mich nur noch wütender.

»Nein, natürlich nicht. Rachel und ich wollten mit Scholl reden. Nur reden. Ab da setzt es aus.«

»Rachel. Soso.« Sie wischte sich Flusen und Krümel von ihrem Pullover. »Gut. Wie weiter?«

Ich starrte sie an.

»Rachel wie? Hat die Frau auch einen Nachnamen? Eine Rechnungsadresse? Eine Telefonnummer? Irgendwas?«

»Keine Ahnung.«

»Wo finde ich sie?«

»Ich weiß es nicht.«

»Mach dich nicht lächerlich. Sie ist deine Zeugin, und keiner außer dir hat sie gesehen?«

»Sie ist eine Mandantin«, beharrte ich. War sie das? Warum meldete sie sich dann nicht?

Wieder das Bild vom Morgen, eine Momentaufnahme, schnell wie ein Fisch, der aus dem Wasser schnalzt: *Ich am Boden, sie über mich gebeugt, Sorge und Angst im Blick, und dann ...*

Ich stand auf. Jetzt bloß nicht den Faden verlieren. Nur nicht ablenken lassen. Da ist es. Alles kommt wieder. Schneller als gedacht.

»Wir wollten zu Scholl, weil ich ihn kenne.« Ich stockte. Sollte ich ihr sagen, woher? Das würde bloß Fragen provozieren, die ich nicht beantworten wollte. »Jeder in Berlin kennt ihn. Nicht wegen der Bücher. Scholl ist im letzten Jahr als Vertreter des liberalen Flügels bei der Wahl der Repräsentantenversammlung der Jüdischen Gemeinde knapp gescheitert. Erinnerst du dich?«

Sie runzelte die Stirn. »Jetzt, wo du es sagst. Warum wollte deine Mandantin zu ihm?«

Ich begann auf und ab zu gehen, um das Schwungrad meiner Gedanken am Laufen halten. »Sie kommt aus Israel, glaube ich. Sie hat einen zweiten Pass und hat hier auch schon mal gelebt. Sie wollte ...«

Der Faden war wieder weg. Seltsam. Rachels Mutter war mir sofort wieder eingefallen, auch wenn ich mir das blutjunge Mädchen von damals in dieser Rolle nicht vorstellen konnte. Dafür hatte ich jedes Detail ihres Gesichts vor mir. Die Sonne in ihren dunklen, langen Haaren, den heißen Wind, der ihr Hemd und die weite Arbeitshose flattern ließ. Die Anmut, mit der sie die Hand über die Augen legte, weil das Licht stark blendete, und ihr Lächeln, das sie so verschwenderisch verteilte. Ein Lächeln, das mir in die Seele schnitt, wenn ich nur daran dachte. Aber der Schnitt ging tiefer. Etwas war geschehen, das diesen Sommerbildern die Farbe aussaugte. Sie verblichen vor meinem inneren Auge.

»Was wollte sie?« Marie-Luise war meinem ziellosen Gang mit Blicken gefolgt.

Eine partielle Amnesie, gar nicht so selten. Alles, was mit dem Überfall zusammenhing, sogar der Grund von Rachels Besuch in meiner Kanzlei, war gelöscht.

Ich lief in mein Arbeitszimmer. Während der Computer hochfuhr, klaubte ich aus allen Ecken meines Gedächtnisses die wenigen Splitter zusammen, die mir geblieben waren: Rachel hatte ein hervorragendes Deutsch gesprochen. Als ich sie deshalb lobte, erklärte sie mir, dass sie nach dem Militärdienst einige Zeit in

Berlin gelebt hatte. In Friedrichshain, dort also, wo es alle hinzog, die jung waren und noch etwas vom verblassenden Glanz der auferstandenen Hauptstadt erleben wollten. Small Talk, bevor wir auf den Grund ihres Besuches zu sprechen kamen. Ab da setzte es aus bei mir.

Marie-Luise folgte mir und blieb abwartend im Türrahmen stehen. Von dort scannte sie neugierig Zustand und Ausstattung des Raumes. Für dieses Rattenloch hast du mich also verlassen, stand auf ihrer Stirn. Dafür hast du mir und meiner Kanzlei den Rücken gekehrt, um nun auf sechs Quadratmetern mit Blick auf einen Hinterhof voller Müllcontainer dein eigenes Ding durchzuziehen.

»Rachel wollte mit Scholl sprechen. Aber aus irgendeinem Grund hat er das abgelehnt. Ich habe ihr angeboten, sie zu begleiten. Ich weiß ja, wo er seinen Laden hat. – Moment, er ist gleich so weit.«

Unter ihrem abschätzigen Blick dauerte es eine gefühlte halbe Ewigkeit, bis die alte Mühle endlich ihre Arbeit machte. Ich öffnete das Posteingangsfach, das via Cloud mit meinem Büro in Marquardts Kanzlei am Kurfürstendamm verbunden war. Ich scrollte die Seiten hinunter, tippte den Namen Rachel ins Suchfenster, starrte auf den Bildschirm, als ob ich ihn hypnotisieren könnte – nichts.

Marie-Luise kam zu mir. »Keine Rachel«, stellte sie fest.

»Das gibt's doch nicht.« Ich ließ die gesamte Festplatte durchlaufen. »Vielleicht ist es im Büro.«

»Im Büro? Du hast noch eins?«

»Bei Marquardt.«

»Marquardt? Du bist immer noch bei ihm?«

Ich nickte. Gedankenverloren nahm Marie-Luise eine Haarsträhne in den Mund und schlenderte wieder hinüber ins Wohnzimmer. Ich unterdrückte einen Fluch und folgte ihr.

»Ich dachte, du wüsstest das.«

»Klar.« Sie sammelte ihren Parka und die leere Kekstüte ein.

»Ich kann nicht mehr zurück«, sagte ich. Es klang, als ob wir gerade unsere zerbrochene Ehe aufarbeiten würden. Dabei ging es nur um eine Bürogemeinschaft. Aber auch die hatte ihre Tücken.

Sebastian Marquardt, Chef einer gutgehenden Kanzlei am Kurfürstendamm, der seine einzige Tochter Mercedes Tiffany adelig und äußerst wohlhabend in die Levante verheiratet hatte, gab in Marie-Luises Augen ein ordentliches Feindbild ab. Allerdings war er der Einzige, der mir seine Räume zur Untermiete angeboten hatte und diese Miete nur dann einforderte, wenn ich sie auch aufbringen konnte. Wahrscheinlich war es das, was Marie-Luise so sehr beschäftigte. Dass die einen nicht mehr wussten, wohin mit ihrem Geld, während die anderen nie auf einen grünen Zweig kamen.

Sie drängte sich an mir vorbei. »Völlig egal, wo du deine Mails verschlampst. Es wäre nur gut, wenn diese Rachel irgendwann wieder auftauchen würde. Rütters ermittelt. Tut mir leid, ich hätte es dir gerne schonender beigebracht, und zwar auch gegen dich.«

»Was?«

Sie schlüpfte in den Parka und lehnte meine Hilfe mit einer unwilligen Handbewegung ab. »Du hast Lukas und Marvin eins auf die Mütze gegeben. Sie haben Anzeige erstattet.«

»Gegen wen?«

»Gegen dich, mein Lieber.« Sie schloss den Reißverschluss. »Körperverletzung. Finde diese Rachel und bringe sie dazu, eine Zeugenaussage für dich zu machen. Sofern es sie gibt.«

»Natürlich gibt es sie!«

Marie-Luise versuchte ein bedauerndes Schulterzucken und ging zur Tür. »Im Moment weißt du offenbar gar nichts. Informiere mich bitte, sobald sich etwas daran ändert. – Ach so, hätte ich fast vergessen.«

Sie förderte ein Klemmbrett aus ihrer Umhängetasche zutage und hielt es mir entgegen. Ich brauchte gar nicht auf das Papier zu sehen, das daran geheftet war.

»Unterschreib das, falls du glaubst, einen Anwalt zu brauchen.«

Das Papier war eine Mandantenvollmacht.

»Fahr mich zu Marquardt.«

»Bin ich ein Taxi?«, giftete sie mich an.

3

In der Kanzlei am Kurfürstendamm herrschte die heitere Beflissenheit, mit der man freitags am frühen Nachmittag die letzten Dinge vorm Wochenende ordnet. Seit dem Weggang von Mercedes Tiffany, die den Empfang so zart und einfühlsam geleitet hatte wie eine Prinzessin auf der Erbse, nahm mir niemand mehr den Mantel ab und flötete etwas von Earl Grey. Manchmal vermisste ich sie.

Marie-Luise hatte mich schweigend abgesetzt und darauf verzichtet, mich zu begleiten. Marquardt und sie waren seit unseren gemeinsamen Studientagen wie Hund und Katz.

»Mail mir die Sachen zu«, hatte sie zum Abschied gesagt und sich dann, eine schwarze Dieselwolke hinterlassend, mit ihrem Volvo wieder in den Verkehr eingefädelt.

Mit gesenktem Kopf ging ich hastig in mein Büro, damit mich niemand von Marquardts Kollegen auf mein lädiertes Äußeres und die Tagespresse ansprechen konnte. Natürlich hätte ich damit rechnen müssen, dass man auch in Charlottenburger Anwaltskanzleien die Blätter mit den großen Überschriften las. Kaum saß ich hinter meinem Schreibtisch, kam Marquardt federnden Schrittes herein.

»Junge, Junge!«

Sein braungebranntes Gesicht strahlte, jede einzelne pomadierte Haarsträhne saß. An diesem Tag trug er ein rosafarbenes Hemd, das ihm seine perfide Gattin ausgesucht haben musste, und dazu eine mitternachtsblaue Seidenkrawatte.

»Held von Berlin!«

Ich hob beschwichtigend die Hände, aber da krachte auch schon seine Pranke auf meine Schulter. Ich stöhnte auf.

»Tut mir leid«, sagte er und zog sich einen Drehstuhl heran. »Was ist passiert?«

»Das versuche ich gerade herauszufinden.«

Der Computer fuhr hoch.

Marquardt musterte mich von oben bis unten. Zu Hause hatte ich mich zwar umgezogen, doch das frische Hemd schien die Spuren der Schlägerei in meinem Gesicht eher noch hervorzuheben.

»In der Zeitung steht, du hast einen jüdischen Mitbürger gegen zwei Neonazis verteidigt.«

»Das wird sich spätestens morgen geändert haben. Die Neonazis behaupten nämlich, *ich* hätte den jüdischen Mitbürger angegriffen und sie wollten ihn lediglich beschützen.«

»Der ist gut.« Er lachte dröhnend. Bis er bemerkte, dass ich keinen Witz gemacht hatte. »Was?«

Der Bildschirm leuchtete auf. Ich tippte mein Passwort ein, das Marquardt ungeniert mitlas.

»Sie haben Anzeige erstattet. Gegen mich.«

Mein Hauptmieter stieß einen leisen Pfiff aus. »Du hast deine Aussage hoffentlich nicht ohne anwaltlichen Beistand gemacht.«

»Ich kann mich an nichts erinnern. Bis vor ein paar Stunden habe ich noch im Krankenhaus gelegen. Marie-Luise erledigt das gerade für mich und versucht, eine Schonfrist rauszuhandeln.«

»Und?«

»Was und?«, fragte ich gereizt zurück. »Ich habe eine partielle Amnesie.«

»Wie? Echt jetzt?«

»Davon ist doch die Hälfte deiner Steuer-Mandanten betroffen. Das dürfte für dich nichts Neues sein.«

Marquardt lächelte leicht gequält.

»Im Ernst. Das passiert häufig. Vor allem wenn man von zwei Schlägern angegriffen wird. Ein Aussetzer. Blackout. Nur an eine Frau, die dabei gewesen sein muss, an die erinnere ich mich noch. Eine Mandantin. Ihr Name ist Rachel.«

Rachel ohne Nachnamen. Rebecca ohne Nachnamen. Ich war Joe gewesen, nichts weiter. Joe, Mike, Daniel, Rudi, Sabine, Ian, Ken … So viele waren damals dort gewesen. Von den meisten wusste ich noch nicht einmal mehr den Vornamen.

Ich öffnete mein E-Mail-Postfach und tippte »Rachel« ein. Nichts. Ich versuchte es noch einmal. Nichts. Ich begann den kompletten Posteingang abzusuchen. Nichts. Langsam drehte ich mich zu Marquardt um. »War jemand an meinem Computer?«

»Wie kommst du denn da drauf?« Die Empörung in seiner Stimme klang echt.

Ich wies mit der Hand auf den Monitor. »Weil alles fehlt, der komplette Schriftverkehr!«

»Hast du denn nichts ausgedruckt?«

»Nein.« Wütend schob ich den Stuhl zurück und stand auf. »Es war noch gar kein Vorgang. Nur ein erster Termin. Gestern früh. Hat einer von euch sie zufällig gesehen?«

»Ich war im Gericht. Und die anderen waren in ihren Büros. Wir brauchen dringend jemanden für den Empfang.«

»Ja«, knurrte ich. Sooft ich Tiffy auch heimlich verflucht hatte, Rachel wäre an ihr nicht unbemerkt vorbeigekommen. »Sie hatte angerufen. Irgendjemand hätte mich empfohlen. Es ging um eine Familiensache, und wegen der wollte sie auch mit Scholl sprechen. Ich kenne Scholl. Jeder kennt ihn.«

»Der neue Galinski, ja. Immer zur Stelle, wenn es was zu kritisieren gibt. Oh, Verzeihung.« Er hob entschuldigend die Hände. »Das war jetzt rein persönlich und nicht politisch gemeint.«

»Er wäre um ein Haar Opfer eines rechtsradikalen Übergriffs geworden, was wer auch immer verhindert hat.«

»Und du hast die Fresse hingehalten, so wie du aussiehst. Was sagt Scholl eigentlich zu diesem hanebüchenen Quatsch, dass du ihn angegriffen haben sollst?«

»Nichts.«

Sie reißen Rachel weg. Einer von den beiden, stiernackig und fleischig, hält sie fest, weil sie sich verzweifelt wehrt. Ich stürze mich auf den anderen. Da glaube ich noch daran, dass wegziehen hilft.

»Rudi!«, brülle ich.

Scholl hat hastig die Tür zu seinem Geschäft geöffnet und sieht sich um. Wer hat da gerufen?

Statt sich wegziehen zu lassen, hat einer der beiden Kerle jetzt mich im Schwitzkasten. Er ist jung und stark, ausgestattet mit der antrainierten Aggressivität des Erstschlägers. Ich bekomme keine Luft mehr.

Scholl sieht mich. Er hat Angst und ist schockiert, aber für eine kurze Sekunde flackert etwas anderes in seinem Blick auf. Er öffnet den Mund – da trifft mich der erste Faustschlag, der mich zu Boden schleudert. Cut.

Marquardt setzte sich, legte die Fingerspitzen zusammen und lehnte sich zurück. Eine Art körperliche Distanzierung von komplizierten Sachverhalten.

»Scholl sagt nichts? Das wäre das erste Mal. Er ist zwar nicht der Vorsitzende der jüdischen Gemeinde, aber hat sie oft genug nach außen vertreten. Das verstehe ich nicht.«

»Ich auch nicht.«

»Hast du schon was gegessen?«

Die Frage entlockte mir nur ein unwilliges Schnauben.

»Du musst mit ihm reden. Er war dabei, also muss er eine Aussage machen. Und er hat eine Verbindung zu deiner zweiten Zeugin, dieser Rachel. Wo steckt die eigentlich?«

»Keine Ahnung. Der ganze Mailverkehr ist gelöscht.«

»Hast du schon im Papierkorb nachgesehen? In deiner Cloud?«

Ich antwortete langsam und geduldig. »Ja. Jemand hat sich Zugang zu meinen Daten verschafft und alles gelöscht, was auf Rachel hinweist.«

»Bist du dir sicher?«

»Ja.«

»Die NSU? Homeland Security? MAD? BND?«

Er fragte so einfühlend und interessiert, dass ich ihm um ein Haar auf den Leim gegangen wäre. Ich hob die Faust.

»Vorsicht, mein Lieber. Ich bin ein aggressiver Schlägertyp.«

»Schon gut. Vielleicht hast du sie auch nur ...«

»Nein!«

»Okay. Dann ist Scholl deine einzige Chance. Soll ich Oliver rufen?« Oliver war ein Freelancer, der selbst klinisch toten Festplatten ein letztes Zucken abringen konnte. »Der soll sich das mal ansehen. Der findet alles.«

Ich nickte. Eine tiefe Müdigkeit machte sich in mir breit. Vielleicht war es doch zu früh gewesen, das Krankenhaus zu verlassen. Vielleicht war es auch die Enttäuschung über Scholl und Rachel, die mich einfach liegen gelassen hatten. Ich drückte eine der Schmerztabletten aus dem Blister, den mir der Arzt zusammen mit meinen Entlassungspapieren und einigen gut gemeinten Ratschlägen mitgegeben hatte, und wies mit dem Ellenbogen auf den Monitor.

»Das ist aber hohe Kunst«, sagte ich. »Und alles wegen eines ersten Informationsgesprächs. Deshalb wird sich wohl kaum die NSA an meinem Computer zu schaffen machen.«

»Worum ging's überhaupt?«

Mein Blick fiel auf die Delete-Taste. Eine Erinnerung klopfte an, leise, beharrlich, aber niemand machte ihr auf. »Es ist alles gelöscht. Hier und in meinem Kopf.«

»Oliver wird es rausfinden. Komm du erst mal wieder auf die Beine.«

Er ging. Ich berührte die Taste. Erst zaghaft, dann hämmerte ich mehrmals auf sie ein. *Delete*. Wer auch immer dieses Kunststück vollbracht hatte, musste ein Meister seiner Zunft sein.

4

Die Pestalozzistraße im Herzen von Charlottenburg liegt in einer Wohngegend gehobener Bürgerlichkeit. Nach der Wende hatte sich durch den Zuzug vieler Russen der Name »Charlottengrad« eingebürgert, und da die meisten der Neuankömmlinge aus der ehemaligen Sowjetunion jüdischen Glaubens waren, konnten sich auch die Synagogengemeinden an dem so nicht erwarteten Zulauf erfreuen.

Die Freude währte nicht lange. Die kleinen Gemeinden waren mit der Aufnahme der vielen Kontingentflüchtlinge schlicht überfordert. Es knirschte und ächzte im Gebälk. Vor allem als die Neulinge den Altvorderen innerhalb kürzester Zeit zahlenmäßig weit überlegen und noch dazu überaus lernbegierig waren, was das Ausfechten von Grabenkämpfen anbetraf.

Rudolph Scholl hatte mit seiner Voran!-Liste bei den Wahlen der Repräsentantenversammlung gegen alteingesessene Frontkämpfer und neokonservative Neulinge die Quadratur des Kreises versucht: eine gemeinsame Mitte zu finden. Damit war er gescheitert und galt fortan als verbrannt. Wobei dieses »fortan« kaum länger als die vierjährige Legislaturperiode dauern würde, die regelmäßig ganz andere Totgesagte quicklebendig in den Wahlkampf zurückkehren ließ.

Scholl war in der Stadt also recht bekannt. Sein Antiquariat lag in Sichtweite der Synagoge in einer ruhigen Seitenstraße. Zu ruhig vielleicht für ein Geschäft. Die heruntergelassenen Läden in den anderen Erdgeschossen zeugten davon, dass Bäcker,

Metzger, Thaimassagen und Modelleisenbahnhandlungen hier keine Chance gehabt hatten. Aber wer Scholl aufsuchte, kam aus anderen Gründen als denen des täglichen Bedarfs.

Man sah dem Schaufenster eine leicht vergeistigte Vernachlässigung an, als ob seit mehreren Dekaden nur Bruchteile der Auslage erneuert worden waren. Eine verstaubte Werkausgabe von Martin Buber, die *Chagall-Bibel*, kommentiert von Franz Rosenzweig, einige Grafiken im wüsten Strich der sechziger Jahre, in denen ich die Klagemauer und eine Ölberg-Ansicht von Jerusalem zu erkennen glaubte. Dazwischen Tand und Tinnef – gläserne Briefbeschwerer, Leselupen, Nickelbrillen, eine Menora aus blindem Messing und mehrere selbstgeflochten aussehende Binsenkörbchen mit *kippot*, die getragen aussahen. Aber dann sah ich genauer hin.

Henry Miller, *Tropic of Cancer*. Erste legale Ausgabe in den USA von 1961. Somerset Maugham, *A Writer's Notebook* von 1959. Mascha Kaléko, *Verse für Zeitgenossen* von 1958. Eine Originalzeichnung von Urban Gad aus dem Jahr 1912 – die Grande Dame, die da mit Federhut und Stola stolz voranschritt, war seine Ehefrau Asta Nielsen.

Die Holztür öffnete sich, begleitet vom melodischen Klingen eines Windspiels. Der Raum war groß und hoch und halbdunkel, Bücherregale reichten bis an die stuckverzierte Decke. Es roch nach Papier, Druckerschwärze, Staub und Kaffee. Auf den ersten Blick war klar: Hier wurde mehr ge- als verkauft. Waghalsig arrangierte Bücherstapel bedeckten noch die letzten Zentimeter der schweren Eichentische. Auf dem Boden lagen Perserteppiche, deren Glanzzeit einige Jahrzehnte zurückliegen musste. In einer Ecke lehnten mehrere Gemälde – zu wenig Licht, um mehr zu erkennen. Die gegenüberliegenden Gründerzeithäuser verschatteten das Erdgeschoss. Eine fünfarmige Messinglampe verbreitete den gemütlichen Schein von alten Glühbirnen.

»Moment bitte.« Die Stimme eines jungen Mädchens. »Ich komme gleich.«

Bildbände von Dalí, Goya, über die Renaissance und das Judentum im Mittelalter. Die Bibliotheken einer Generation, die sich langsam von dieser Welt verabschiedete: Hemingway. Turgenjew. Kafka. Wilder. Saroyan. Buck. Roth. Celan. Zuckmayer. Greene. Beauvoir. Wieland. Storm. Guareschi. Dante. Gorki. Tucholsky. Forrester. Rosegger. Verne. Viele Ausgaben aus den fünfziger und sechziger Jahren, manche älter, mit handschriftlichen Widmungen. Eine berührte mich tief: »Unserer lieben Ruth zur Bat-Mizwa 1929.« Der einst glühend rote Einband mit dem Schattenriss eines Tigers war ebenso verblasst wie die Tinte. Kipling, *Das Dschungelbuch*.

»Zehn Euro«, sagte die junge Stimme hinter mir.

Ich drehte mich um. Das Mädchen war Anfang zwanzig, hatte dunkelbraune Augen, trug die langen Haare zu einem tief gebundenen Pferdeschwanz und lächelte in sympathische Grübchen. Sie war kleiner als ich und wesentlich kompakter.

»Ein echtes Schnäppchen. Fehsenfeld neunzehnhundertneunundzwanzig, so gut erhalten findet man das kaum noch.«

»Ich wollte eigentlich zu Herrn Scholl.«

»Der ist nicht da. Freitagnachmittag, tut mir leid.« Sie musste mein fragendes Gesicht bemerkt haben, denn ihr Lächeln bekam etwas Erklärendes. »Schabbat. Herr Scholl geht immer zum Gottesdienst.«

»Und morgen?«

»Da haben wir geschlossen«, antwortete sie und nahm das *Dschungelbuch* in die Hand. Sie blätterte es durch, blieb an der Widmung hängen, genau wie ich vor wenigen Augenblicken. »Wer sie wohl gewesen sein mag? Und was aus ihr geworden ist?« Ihre fröhliche Stimme war um eine kaum registrierbare Nuance ins Moll gesunken.

»Ich nehme es.«

Überrascht sah sie hoch. »Aber doch nicht deshalb, oder?«

»Nein«, sagte ich. »Natürlich nicht.«

Behände, fast schon elegant, zwängte sie sich an den Bücherstapeln vorbei in den Hintergrund des Raumes, wo ein völlig überladener Schreibtisch stand. Während sie mit einer verklemmten Schublade kämpfte und schließlich einen Quittungsblock hervorzauberte, machte sich ein Konvolut Zithernotenblätter selbständig und segelte zu Boden.

»Dann grüßen Sie Herrn Scholl bitte von mir. Ich muss ihn dringend sprechen.« Ich sammelte die Noten auf. *Morgenrot, Morgenrot, leuchtest mir den frühen Tod ... Wien, Wien, nur du allein ...* »Mein Name ist Vernau. Wir haben uns gestern getroffen, Herr Scholl, ich und eine Mandantin, hier auf der Straße. Nur ein paar Meter weiter. Ich hätte noch einige Fragen dazu an ihn. Wer den Krankenwagen gerufen hat und was mit Rachel passiert ist.«

Ich hielt inne. Keine Antwort. Langsam stand ich auf. Die junge Frau starrte mich an. Sie sagte nichts. In der Hand hielt sie den Quittungsblock, als hätte sie ihn längst vergessen.

»Rachel«, wiederholte ich. »Rebeccas Tochter.«

Sie setzte sich. »Rachel?«

Ich legte die Noten auf den Stapel zurück und verschob seine Statik so weit nach hinten, dass er von einer Lessing-Gesamtausgabe gestützt wurde. »Ja.«

»Ich kenne keine Rachel.«

»Sie vielleicht nicht.« Ich rieb mir den Staub von den Händen. »Aber Herr Scholl. Ich muss dringend mit ihr Kontakt aufnehmen.«

Die junge Frau fand einen Kugelschreiber und probierte auf einem Buch mit dem spannenden Titel *Familienleben in Deutschland* aus, ob er schrieb. »Zehn Euro«, sagte sie.

Ich zog einen Geldschein aus meiner Hosentasche und reichte ihn ihr. Als sie die Quittung ausstellen wollte, winkte ich ab.

»In der Synagoge, sagten Sie? Dann warte ich um die Ecke auf ihn.«

Ihr Lächeln war verschwunden. »Kommen Sie am Montag wieder.«

»Da ist es zu spät.«

Der Schein verschwand in der Schublade, in einem Durcheinander von alten Briefen in Plastikhüllen, Bindfäden, Büroklammern, Radiergummis, zerfledderten Notizblöcken und Bleistiften. Nur kein Geld. Offenbar war ich der einzige Kunde an diesem Tag.

»Sind Sie wirklich der Mann, der bei dieser Schlägerei dabei war?«

»Ja.«

»Auf welcher Seite?«

»Wie meinen Sie das?«

Mühsam schob sie die Schublade zu. »Mein Vater redet mit mir nicht darüber. Wir sind vorsichtig. In diesen Zeiten muss man bei allem und jedem vorsichtig sein.«

»Ich habe Ihren Vater nicht angegriffen. Ich wurde zusammengeschlagen. In meinem eigenen Interesse bin ich sehr an einer Aufklärung der Ereignisse interessiert.«

Die junge Frau dachte nach. Schließlich reichte sie mir die Hand und betrachtete meine Blessuren mit einer Aufmerksamkeit, die sie sich vorher nicht getraut hatte. »Ich bin Nechama. Nechama Scholl. Das zweite seiner vier Kinder.«

»Gehen Sie nicht zum Gottesdienst?«

»Jemand muss im Laden sein, auch am Schabatt. Wer das kritisiert, sollte unter der Woche vielleicht öfter bei uns einkaufen, damit wir uns gottgefällige Ladenöffnungszeiten leisten können.«

»Ich wollte Sie nicht kritisieren.«

Sie zuckte nur mit den Schultern. »Schon gut. Ehrlich gesagt, ich bin keine Synagogengängerin. Ich gehe lieber zum *davening*. Möchten Sie hier warten?«

»Geht das denn?«, fragte ich überrascht.

»Klar. Ich wollte mir gerade einen Kaffee machen. Für Sie auch einen?«

Wenig später saß ich in einem tiefen Lehnsessel, den Nechama für mich von diversen Bücherstapeln und den Resten zerbrochener Bilderrahmen befreit hatte, und vertiefte mich in Gregor Krauses Schwarzweißfotografien: *Insel Bali, Land und Volk, Feste, Tänze u. Tempel, wohlfeile Ausgabe* von 1920.

»Mit diesen Fotos hat Krause Vicky Baum inspiriert, außerdem Henry Cartier-Bresson und Friedrich Wilhelm Murnau«, erklärte sie mir, die Kaffeetasse in der Hand, als gehöre diese Information zum Standardrepertoire von Erstklässlern.

»Was kostet so was?«, fragte ich und nahm ihr, so vorsichtig, wie es ging, die Tasse ab.

»Fünfundsechzig Euro. Allerdings nur, weil der Umschlag einen Riss hat. Brauchen Sie mehr Licht?«

Noch bevor ich antworten konnte, schaltete sie eine kleine Schreibtischlampe auf dem Tisch neben mir an. Die Dämmerung hatte sich herabgesenkt, und der Schein beleuchtete auch das vordere der Bilder, das ich bis jetzt kaum bemerkt hatte.

»Und das hier?«, fragte ich, deutete auf das Gemälde und hielt dabei die Lampe fest, die auf Thomas Manns *Jakob und seine Brüder* für einen Moment ins Wackeln gekommen war. Ein impressionistischer, gewagter Strich, Natur, Bäume, drei Damen, die an einem Holzgeländer stehen und auf etwas Interessantes blicken, das der Maler dem Betrachter vorenthält.

Nechama ging in die Knie und holte das Bild etwas näher ans Licht. »Die drei Grazien von Julo Levin. Ich glaube, das verkauft mein Vater nicht. Mitglied der Rheinischen Sezession und des Jungen Rheinland, hat sich später dem magischen Realismus gewidmet. Neunzehnhundertdreiunddreißig bekam er Arbeits- und

Ausstellungsverbot. Einundvierzig wurde er von der SS abgeholt. Er musste die Deportationszüge reinigen. Dreiundvierzig kam er nach Auschwitz.« Sie stellte das Bild sanft an der Wand ab. »Das Antiquariat hat mein Großvater einundfünfzig wiedergegründet. Nach seiner Rückkehr. Es ist das einzige jüdische Antiquariat in Berlin. Vor dem Krieg gab es Dutzende. Und bevor Sie jetzt anmerken, dass wir auch eine ganze Menge nichtjüdische Werke haben – es wurde und wird so geführt, wie es neunzehnhunderteinundzwanzig begonnen hat: als eine Schatzkammer des Wissens jedweder Provenienz.«

Ich wünschte mir, dass die Welt mehr solche Menschen und Orte hätte. Antiquariate sollte man unter Denkmalschutz stellen. Was ist schon ein E-Book, auf einem Reader gelesen, gegen ein Buch, das außer seiner eigenen noch so viele andere Geschichten erzählt? Welche Bibliotheken wird einst meine Generation hinterlassen? Wird es überhaupt noch welche bei denjenigen geben, die das geschriebene Wort nur noch zum Austausch von WhatsApp-Nachrichten gebrauchen? Was wird bleiben von uns? Welche Werke werden dieses Jahrhundert prägen? Welches Zeugnis ablegen von unserer Suche nach dem, was mehr sein muss als Brot allein? Ist Herrndorf unser Grass? Jaron Lanier unser Heidegger?

»Und Sie werden es in diesem Sinne weiterführen?«

Scholls Tochter lächelte. Zwei Grübchen erschienen in ihren runden Wangen, apfelrot. »Ich denke, ja. Wir müssten dringend einiges ändern, aber mein Vater wehrt sich dagegen. Jedes Jahr gibt er wieder einen gedruckten Katalog heraus. Alle anderen Händler sind längst im Internet. Mal sehen.«

Sie ging zurück an den Schreibtisch, wo sie sich für eine ganze Weile mit einer Lupe und mehreren Büchern beschäftigte. Als sie mich wieder ansprach, war über eine Stunde vergangen.

»Ich schließe jetzt. Mein Vater dürfte inzwischen oben sein und das Schabatt-Essen vorbereiten. Er wohnt im dritten Stock.«

Lange nicht mehr hatte ich in einem bequemen Sessel die Zeit bei einem Buch vergessen. Eine leise und warme Atmosphäre lag in der Luft, in der man durchaus Fragen hätte stellen können. Wo Nechamas Mutter war, wie sie das Antiquariat weiterführen würde, ob Scholl auch privat an alten Werten festhielt und ob das nicht durchaus dem Wetterleuchten der modernen Zeit vorzuziehen wäre. Warum er nicht, wie er es vorgehabt hatte, Rabbiner geworden war und ob dieser Ort stattdessen die Abkehr von diesem Irrenhaus da draußen war, das man Welt nannte. Nicht zuletzt wie es wäre, wenn ich dem ganzen Irrsinn vor der Tür ebenfalls Adieu sagen würde.

Manchmal sah ich mich als jemand, der mit Hut und Spazierstock durch die Straßen flanierte und das Gespräch vor einem Hauseingang oder in einem Caféhaus den E-Mails und Likes im Internet vorzog. Ein analoges Leben, mit echten Begegnungen und echten Gesprächen. Es war nicht so lange her, dass man sich nicht mehr daran erinnern konnte. Zwanzig Jahre. Kaum ein Wimpernschlag der Ewigkeit. Scholl hatte es geschafft. Noch nicht einmal seine Kasse war elektronisch.

»Darf ich wiederkommen?«

Mein Gegenüber grinste. Offenbar hatte ich mich trotz meiner Zehn-Euro-Ausgabe als guter Antiquariatskunde qualifiziert.

»Klar. Dann zeige ich Ihnen auch die Schätzchen.«

»Welche Schätzchen denn?«, fragte ich und klappte vorsichtig den schweren Bildband zu, den ich fast bis zur letzten Seite durchgeblättert hatte.

Sie zog die verklemmte Schublade auf, fluchte dabei auf Hebräisch und holte eine Plastikhülle mit einem Brief hervor, den sie mir reichte. »Hier. Joseph Roths Liebesbrief an Irmgard Keun.«

Überrascht betrachtete ich das zarte, mit schwungvollen Lettern überzogene Dokument. »Die hatten was miteinander?«, fragte ich, als ob es sich um gemeinsame alte Bekannte handeln würde, die man nur aus den Augen verloren hatte. Je länger ich in diesem Laden war, umso näher kamen sie mir alle, die Roths und Manns, die Lessings und Kiplings.

»Mehr als das. In Paris haben angeblich die Wände gewackelt. Achttausendfünfhundert Euro.«

Ich gab ihr den Autograph zurück. »Haben Sie keinen Safe?«

»Bis jemand diese Schublade aufkriegt, wackeln die Wände hier auch. – Interesse?«

»Beim nächsten Mal.«

Sie verstaute den Brief wieder unter dem Sammelsurium.

»Trotzdem danke. Auch für den Kaffee.«

»Keine Ursache. – Ihr Buch!« Sie reichte mir den schmalen Band. »Der Aufgang gleich links.«

Ich verließ das Antiquariat mit dem Gefühl, dass dies nicht der letzte Nachmittag war, den ich hier verbringen würde.

Den Namen Scholl fand ich auf einem polierten Messingschild im Hauseingang keine fünf Meter weiter.

5

Scholls Wohnungstür im dritten Stock stand einen Spalt breit offen, was ich ungewöhnlich und reichlich vertrauensselig fand. Dann fiel mir ein, dass er wohl seine Tochter erwartete, die gerade unten den Laden abschloss.

»Rudi?«, rief ich und trat ein.

Ich liebe Altbauwohnungen. Sie sind wie gemacht für Begegnungen und ausschweifende Feste, für große Haushalte mit Personal und Menschen, die Zimmer für nichts anderes als den Durchgang zu weiteren Räumen brauchen. Die Diele war so groß wie eine Ein-Zimmer-Neubauwohnung. Von ihr gingen mehrere Türen ab, die allesamt offen standen und dem Besucher ein ebenso ungeniertes wie charmantes Chaos präsentierten. Die Zeit des Wohlstands musste bei Scholl einige Jahrzehnte zurückliegen. Für die orangefarbene, überladene Garderobe würden Liebhaber mit einem Faible für die Entgleisungen der siebziger Jahre gewiss ein Vermögen hinblättern. Das Festnetztelefon war noch mit einer Wählscheibe ausgestattet. Neben der Tür stapelten sich alte Zeitungen. Flickenteppiche machten sich als Stolperfallen auf dem stumpfen Parkett breit. In der Küche standen Töpfe und Geschirr stapelweise im Waschbecken.

»Rudolph?«

Die Zimmer links und rechts sahen aus, als würden sie von Nechama und ihren Geschwistern bewohnt. Poster, Klamotten, Computer, Kleiderstapel. Ohne es zu wollen, drängte sich mir der Gedanke auf, dass Scholl nicht oder zumindest nicht mehr verheiratet war. Mit hoher Wahrscheinlichkeit Letzteres. Immerhin hatte er vier Kinder gezeugt, was vermutlich selbst bei den liberalsten Juden seiner Generation nicht ohne Eheschließung möglich war.

Aus dem Zimmer gegenüber der Eingangstür drang Tellerklirren. Ich klopfte an den Türrahmen. Auf Armhöhe, wie an jedem Durchgang in dieser riesigen, verwirrenden Wohnung, eine *mesusa*. Zumindest glaubte ich, dass diese kleinen Kapseln so hießen. Meine Kenntnisse auf dem Gebiet waren beschämend unvollständig.

Mit dem Rücken zu mir stand Scholl vor dem Esstisch. Er hatte gerade das letzte Gedeck aufgelegt. An dem Mahl würden drei Personen teilnehmen. Erschrocken fuhr er herum.

Das ist er!

Rachels Blick wandert von dem Foto in ihrer Hand zu dem Mann auf der anderen Seite der Straße.

»Herr Scholl! Warten Sie! Wir wollen doch nur mit Ihnen reden! Warten Sie!«

Ich will sie zurückhalten, ihr klarmachen, dass sie das Reden mir überlassen soll. Da lösen sich zwei Schatten aus dem nächsten Hauseingang ...

Er trat einen Schritt zurück, tastete sich, ohne den Blick von mir abzuwenden, an der Tischkante Schritt für Schritt aus meiner Reichweite. Er hatte Angst vor mir.

»Entschuldige bitte. Die Tür stand offen.«

Er war ein feingliedriger, schmaler Mann geworden, dem der Straßenmantel mehr Größe und Statur gegeben hatte. Hellbraune, von weißen Strähnen durchzogene Haare standen in lockigen Büscheln von seinem Kopf ab. Hohe Stirn, schmale Wangen und ein in diesen blassen, asketisch wirkenden Zügen fast sinnlicher

Mund – die einzige Ähnlichkeit zu seiner blühenden Tochter. Die randlose Brille verlieh ihm etwas Weltfremdes. Doch dahinter blitzten wache Augen, braun wie das Nussbaumholz der Anrichte, und maßen mich mit einem Ausdruck tiefster Fassungslosigkeit.

»Ich bin's, Joe. Es ist lange her, aber jemand hat uns gestern wieder zusammengebracht.«

Vorsichtig kam ich näher, Scholl wich weiter zurück. Als er nach einem Tafelmesser griff, blieb ich stehen.

»Jetzt stell dich nicht so an. Du hast gestern zugesehen, wie ich zusammengeschlagen wurde.«

Er schluckte, das Messer noch immer in der Hand, und schüttelte den Kopf. So kam ich nicht weiter. Scholl hatte definitiv Angst vor mir. Er wirkte beinahe paralysiert. Hatte ich ihn tatsächlich bedroht? Unmöglich. Ich befahl mir, sanfter zu sein.

»Kipling. *Das Dschungelbuch*.«

Er warf einen schnellen Blick auf das Exemplar, das ich ihm entgegenhielt.

»Ich habe es eben bei deiner Tochter gekauft. Du hast einen sehr schönen Laden.«

Vorsichtig legte ich das Buch auf dem Tisch ab, in dessen Mitte die Menora stand. Weinkelche glänzten im Licht des siebenarmigen Leuchters.

»Und da dachte ich, dass ich mal kurz bei dir vorbeischaue und mich nach dir erkundige. Wie geht es dir? Hast du alles gut überstanden?«

Scholl legte das Messer ab. Er nickte hastig. Immer noch kein Wort. Sein Blick schweifte kurz zur Tür, als ob er von dort Hilfe erwartete, aber niemand kam. Wir waren allein.

»Ich suche Rachel.«

Er zuckte zusammen.

»Die Frau, die dich gestern sprechen wollte. Rebeccas Tochter. Erinnerst du dich noch an Rebecca? Ja? Ihre Tochter ist in Berlin.«

Nichts war zu hören, nur ein Auto, das unten vorüberfuhr, und das leise Ticken einer alten Wanduhr. Und Scholls schwerer Atem.

Mit langsamen, fließenden Bewegungen tastete er sich von oben bis unten ab und wurde in seiner linken Hosentasche fündig. Er zog ein Taschentuch aus dünner Baumwolle heraus und tupfte sich damit über das Gesicht. Er war leichenblass. Wenn er jetzt vor meinen Augen zusammenbrach, war ich daran schuld. Ich, jener Mann, der auf irgendeine Art und Weise an einem Überfall auf ihn beteiligt gewesen und der nun in seine Wohnung eingedrungen war, ohne zu fragen.

Ich zog mir einen Stuhl heran und setzte mich. »Rudolph? Ist alles in Ordnung?«

»Verzeih mir.« Seine Stimme klang tief und warm, erstaunlich für diesen schmächtigen Körper.

Wir waren nie Freunde gewesen. Aber wir hatten damals eine gute Zeit zusammen gehabt.

»Du warst gestern dabei?«, fragte er. Höflich und distanziert. »So ein Durcheinander. Ja, ich glaube, ich habe dich gesehen. Obwohl ... nach so vielen Jahren und ohne Brille ...«

Offenbar hatte er etwas für Cliffhanger übrig, denn er redete nicht weiter, sondern sah mich nur an, als ob ich jetzt an der Reihe wäre. Geduld, sagte ich mir. Er hat einen guten Grund, verängstigt zu sein. An mir kann es zwar nicht liegen, aber für ihn muss ich trotzdem etwas Furchteinflößendes an mir haben. Langsam wurde er mir unheimlich. Er wirkte, als hätte ihn jemand in eine unsichtbare Zwangsjacke gesteckt.

»Vielleicht weißt du schon, dass die beiden Jugendlichen, die dich angegriffen haben, von der Polizei gefasst wurden. Allerdings klingt ihre Version der Ereignisse anders als alles, was ich mir vorstellen kann. Was genau ist gestern passiert?«

Ein Luftzug strich durchs Zimmer, und die Tür in meinem Rücken fiel mit einem lauten Knall zu. Wir fuhren alle beide zusammen. Scholl tupfte sich erneut die Stirn ab.

»Rede mit mir, Rudolph! Was ist passiert? Ich muss es wissen!«

Vorsichtig knüllte er das Tuch zusammen. »Nichts.«

»Nichts?« Ich wies auf mein Gesicht. »Man hat mich auf offener Straße zusammengeschlagen.«

»Wo soll das geschehen sein?«

Ich beugte mich vor, Scholl zuckte zurück. Ein groteskes Ballett.

»Hier, vor deiner Haustür. Es stand sogar in der Zeitung. Und du, Rudolph, warst dabei. Du hast mich gesehen.«

Drogen, dachte ich. Oder Medikamente. Mit diesem Mann stimmte etwas nicht. Es konnten unmöglich alle Beteiligten dieses Vorfalls ihr Gedächtnis verloren haben.

Umständlich schob er den Ärmel seines Hemdes so weit hoch, dass er auf seine Armbanduhr sehen konnte. »Ich muss dich jetzt leider bitten zu gehen.«

»Ich weiß, du hast alles für den Schabatt vorbereitet. Ich werde dich ganz sicher nicht lange stören. Aber ich brauche deine Hilfe. Ich bitte dich darum. Schließlich habe ich dir gestern auch geholfen.«

Fieberhaft suchte ich in meinem Hirn nach irgendwelchen Talmud-Weisheiten, die ich ihm als frommem Mann präsentieren könnte. Aber mir fiel keine ein.

»Rachel wollte mit dir reden. Worum ging's? Ich finde es doch sowieso heraus. Wenn wir den Tathergang übereinstimmend rekonstruieren können, dann werden die beiden jungen Männer der Lüge überführt und verzichten auf die Anzeige. Ich bin Anwalt. Die Angelegenheit kann mich meine Zulassung kosten.«

Er nickte zögerlich.

»Und um diese Zulassung werde ich kämpfen. Egal ob du mir

hilfst oder nicht. Das heißt, dass auch du um eine Aussage nicht herumkommen wirst. Ich habe dich nicht angegriffen. Wenn du etwas anderes behauptest, legst du einen Meineid ab.«

Er mied meinen Blick und zupfte nervös an der Tischdecke herum. Nicht gerade die Reaktion, die ich mir erhofft hatte. Aber immerhin etwas. Mit Lügen und Meineiden wollte er offenbar nichts zu tun haben. Das könnte eine Chance sein.

Schritte näherten sich. Nechama riss die Tür auf, etwas außer Atem, und stutzte. Sie spürte sofort, dass mein Besuch bei ihrem Vater keine Wiedersehensfreude ausgelöst hatte. Er wirkte erleichtert, sie zu sehen. Ich dagegen hatte Mühe, meinen Ärger zu verbergen.

»Alles in Ordnung?«

Sie ließ mich nicht aus den Augen, kam um den Tisch herum und hauchte Scholl einen flüchtigen Kuss auf die Wange. Er tätschelte ihren Arm und wirkte dabei etwas geistesabwesend.

»Ja, ja, alles ist gut. Wir brauchen noch Wein.«

Die junge Frau ging zu einer Anrichte aus dunkler Eiche und hob eine Karaffe hoch. Sie war halb gefüllt.

»Reicht das hier nicht?«

Scholl sah mich an, worauf ich abwehrend die Hände hob. Ich war hier definitiv nicht willkommen.

»Nein, danke. Nicht für mich. Ich bleibe nur ein paar Minuten. Ich bin gleich wieder weg.«

»Warum steht die Balkontür auf?« Nechama eilte durch den Raum und verbreitete eine ungemütliche Hektik. Auch sie wollte mich loswerden. »Wir heizen noch, und du jagst all die warme Luft raus in die Kälte!«

»Hol uns noch eine Flasche, ja?«

Sie schloss die Tür, die nur einen Spalt breit offen gestanden hatte. Dann blieb sie kurz stehen und sah mich böse an. »Ist wirklich alles in Ordnung?«

Sie schaltete schneller von Freund auf Feind, als manche einen Lichtschalter umlegen können. Scholl schickte ihr ein kleines Lächeln.

»Aber ja. Wir reden nur.«

»Okay. Die Wohnungstür war auch offen.«

»Meine Schuld«, sagte ich schnell, bevor Scholl einen Kopf kürzer gemacht wurde. »Wir sind gleich fertig. Ich bleibe nur noch ein paar Minuten. Wegen mir brauchen Sie nicht ...«

»Nechama?«

Am liebsten hätte sie mich wohl hinausgeworfen. Vergessen die Stunden im Antiquariat, vergessen die geteilte Stille. Ich störte ihren Frieden.

Sie stieß einen ärgerlichen Seufzer aus. »Bin gleich wieder da.«

Wir warteten, bis wir die Wohnungstür ins Schloss fallen hörten. Dann wandte ich mich an Scholl.

»Rebeccas Tochter ...«

»Ich will nicht!« Er brach ab und lauschte seinem Ausruf hinterher. »Ich will nicht daran erinnert werden«, fuhr er leiser fort.

»Gut. Kein Problem.« Dabei hätte ich ihn am liebsten am Kragen gepackt und geschüttelt. »Mach, was du willst. Aber gestern Nachmittag ist vor deiner Haustür etwas passiert, das mich den Hals kosten kann. Sei dir sicher: Ich werde alles, aber auch alles tun, damit es nicht dazu kommt.«

»Ich habe nichts gehört und nichts gesehen.«

»Rudolph, willst du wirklich einen Meineid leisten? Hat der Talmud, was das angeht, nicht klare Anweisungen hinterlassen?«

Scholl räusperte sich. Er atmete hastig, entweder weil ihn die Vergangenheit in Schrecken versetzte oder die Zukunft. »Ich lasse den Fluch ... Also, ich lasse den Fluch hinausgehen ...«

Ich beugte mich vor, um ihn besser verstehen zu können, denn er sprach sehr leise und stockend. Wenn es ans Fluchen ging, wollte ich zumindest wissen, was mich erwartete.

»›… spricht der Herr der Heerscharen, dass er komme in das Haus des Diebes und in das Haus dessen, der in meinem Namen falsch schwöret.‹ Zacharias fünf, Vers vier. Und Jeremias sagt: ›Ob des Meineides trauert die ganze Erde.‹«

»Ja«, pflichtete ich ihm bei. »Eine ernste Sache. Sehr ernst sogar.«

Scholl atmete tief durch, als ob etwas schwer auf seiner Seele läge.

»Die irdischen Richter verhängen eher eine Freiheitsstrafe«, drohte ich ihm so mitfühlend wie möglich. »Bis zu drei Jahren, ohne Bewährung. Ich finde ja, das Schlimmste ist gar nicht das Gefängnis, sondern dass die Familie damit leben muss. Die Freunde. Das ganze Umfeld. Wenn ich mir vorstelle, meine Tochter müsste jemandem sagen, dass ihr Vater im Knast sitzt …«

»Hast du Kinder?«

»Nein.«

»Warum nicht?« In seinen dunklen Augen glomm zum ersten Mal so etwas wie Interesse.

»Es hat sich nicht ergeben. Ich habe bis heute nicht die passende Frau gefunden.«

»Dann wird es Zeit.«

»Rudolph, im Moment mache ich mir weniger Sorgen um *meine* zukünftigen Geschlechter. Eher um deine.«

Antisemitischer Übergriff, Körperverletzung und am Ende jubelten mir die beiden Irren auch noch Volksverhetzung unter. Das bedeutete mein Aus. Mist, ich hätte mit Alttay reden sollen. Wahrscheinlich wusste er längst, dass das Blatt sich gewendet hatte. Ich musste ihn anrufen. Mit Vaasenburg reden. Diese verfluchten verschwundenen Dateien wiederfinden. Die Vielzahl meiner Versäumnisse ballte sich in meinem Magen zu einem kalten Klumpen zusammen. Wenn Scholl dabei blieb, die Aussage zu verweigern, war das mein Ende als Anwalt und Privatperson.

Es sei denn, ich konnte Rachel, die Unsichtbare, die Gelöschte, noch finden …

Langsam stand Scholl auf und holte die Karaffe von der Anrichte. Das Parkett knarrte unter dem Teppich. Er nahm ein Glas von einem Regal, in dem sich im Laufe der Jahre die verschiedensten Behältnisse gesammelt hatten, hielt es ins Licht und stellte es dann vor mir ab. Dann schenkte er uns ein. Schließlich sank er auf den Stuhl und sah mich in resignierter Erwartung an, als erwarte er aus meinem Mund die Höhe des Strafmaßes.

Ich trank einen Schluck. Es war ein guter Landwein. Aus irgendeinem Grund freute mich das. Scholl lebte in einfachen Verhältnissen. Das Antiquariat warf nicht viel ab, vermutlich konnte er die Wohnung aus besseren Tagen nur unter großen Mühen halten. All die Schätzchen waren nichts wert, wenn es keine Schatzjäger mehr gab. Dass er sich am Freitagabend etwas gönnte, und wenn es nur eine halbwegs akzeptable Flasche Wein war, machte ihn für mich greifbarer. Fast sympathisch. Wenn er sich doch nur endlich einen Ruck geben würde.

»Hilfst du mir?«, fragte ich.

Langsam, unendlich langsam nickte Scholl. Ich hätte ihn vor Erleichterung am liebsten umarmt.

»Dann lass uns am besten mit Rachel anfangen. Wo finde ich sie? Was wollte sie von dir?«

Er trank langsam und vorsichtig, um Zeit zu gewinnen. »Das werde ich dir nicht sagen.«

»Ich bin ihr Anwalt. Ich bekomme es sowieso heraus.«

»Tu, was du nicht lassen kannst.«

»Ist es etwas, womit du dich vielleicht belasten würdest?«

»Darüber werde ich dir keine Auskunft geben.« Scholl stellte das Glas ab. Wieder wich er meinem Blick aus. »Aber ich werde dir wahrheitsgetreu berichten, was gestern passiert ist.«

»Und das wäre?«

»Ich bin nach der Mittagspause hinunter in mein Geschäft gegangen. Als ich die Tür aufschließen wollte, hörte ich eine Frau rufen.«

»Herr Scholl! Warten Sie!«

»Sie kam über die Straße auf mich zugerannt. In diesem Moment sind zwei junge Männer aufgetaucht. Offenbar nahmen sie an, dass die Frau mich bedrängen würde, und stellten sich zwischen uns.«
»Moment mal.«

Rachel wird zur Seite gestoßen. Ich laufe über die Fahrbahn. Das gefällt mir nicht. Die Sache läuft aus dem Ruder.
Die beiden Männer sind jung. Sie treten auf mit einer offen zur Schau gestellten, dumpfen Kraft. Rachel wendet sich an Scholl. Der eine reißt sie weg …

»Die beiden waren schon da. Warum? Was wollten diese Hooligans von dir?«
Scholl drehte das Weinglas am Stiel hin und her. »Das weiß ich nicht. Vielleicht haben sie auch auf mich gewartet. Ja, ich denke, das haben sie.«
»Warum?«
Er sah mich wieder an. »Weil sie sich für antiquarische Bücher interessieren?«
»Ist das schon öfter vorgekommen?«
»Die Schmierereien auf den Rollläden? Die Sprüche, wenn ich mit Kippa in die Synagoge gehe? Die Anfeindungen, die meine Töchter in der staatlichen Schule von ihren christlichen und muslimischen Mitschülern ertragen mussten, bis sie endlich aufs jüdische Gymnasium gehen konnten? Du fragst mich, ob das öfter

vorgekommen ist? Ich mache dir jetzt mal einen Vorschlag. Trag eine Kippa oder einen Davidstern und geh damit durch Kreuzberg oder Neukölln. Dann siehst du, in welchen Zeiten wir leben. In Zeiten übrigens, in denen Kopftuch tragende Mädchen und Frauen höchsten Respekt genießen und einfordern.«

Fast hörte er sich wieder an wie der alte Scholl.

»Du hast also einen Angriff befürchtet?«

»Nein, nicht von den beiden. Ich kenne sie. Die sind harmlos.«

»Du kennst sie? Woher?«

»Wir sind uns schon einige Male begegnet. Mit Abstand. Großem Abstand.«

»Die beiden behaupten, ich hätte dich angegriffen.«

»Das werde ich selbstverständlich aus der Welt schaffen. Es kam zu einem Gerangel, und ich würde sagen, keine von beiden Parteien hat der anderen etwas geschenkt.«

Das war nicht das, was ich erwartet hatte. Aber besser als gar nichts.

»Hast du die Polizei gerufen?«

»Nein.«

»Wer dann?«

»Ich weiß es nicht. Auf einmal standen Schaulustige da, wie das so ist. Man muss heutzutage dankbar sein, wenn diese Leute aus sicherer Entfernung wenigstens einen Notruf absetzen.«

»Du weißt erstaunlich wenig für jemanden, der im Mittelpunkt eines Angriffs gestanden hat.«

Erstaunt zog er die Stirn kraus. »Das Gefühl hatte ich nicht.«

»Es ist also um Rachel gegangen?«

»Ich weiß es nicht. Um dich vielleicht? Zumindest hätte man den Eindruck gewinnen können, aber ich bin mir nicht sicher.«

»Um mich?« Er hob fragend die Hände.

In diesem Moment war mir klar, dass er log.

Jemand hatte diese beiden Schlägertypen hergeschickt. Zwei Neonazis, die einen Juden beschützen sollten, die auf der Lauer gelegen und mit einer Frau gerechnet hatten. Aber nicht mit ihrem Anwalt, dem Deppen, der sich eingemischt hatte und jetzt dafür in die Pfanne gehauen wurde.

Scholls Mund verzog sich zu einem schwachen Lächeln, das vielleicht tröstend wirken sollte. »Mehr kann ich dir nicht zusagen. Am besten wendest du dich an Frau Cohen. Wenn sie wirklich deine Mandantin ist, musst du doch über die Hintergründe Bescheid wissen.«

»Sie ist weg. Ich kann sie nicht mehr finden.«

»Dann wird es wohl nicht so wichtig gewesen sein.«

Doch, mein Lieber. Das war es. Und wir beide werden uns zu gegebener Zeit noch einmal darüber unterhalten. Aber erst muss ich meine sieben Sinne wieder zusammenhaben.

Cohen. Rachel Cohen.

Scholl hob die Karaffe und bot mir an, noch einmal nachzuschenken. Ich lehnte ab.

»Joe, mach dir keine Sorgen. Ich werde das aus der Welt schaffen. Eine kleine Rangelei, nichts weiter. Wie geht es dir überhaupt? Was machen die Geschäfte?«

»Eine Rangelei?«

»Können wir uns bitte darauf einigen?«

Mehr war nicht zu holen. Das machte er mir gerade unmissverständlich klar.

Ich trank meinen Rest Wein aus und stand auf. Rachel Cohen – Scholl hatte mir soeben ihren vollen Namen verraten. Das war zumindest ein weiterer Schritt in die richtige Richtung. Rachel Cohen aus Israel, zu Besuch in Deutschland, um einen Anwalt aufzusuchen und gemeinsam mit ihm einen weiteren Mann zu finden, den er noch aus seiner Jugend kennt. Damit musste sich doch etwas anfangen lassen.

»Danke für den Wein.«

»Keine Ursache.«

»Hast du mal was von Mike und Daniel gehört?«, fragte ich.

»Du meinst, Daniel Schöbendorf und ... Doktor Michael Plog?« Die Art, wie er Mikes Namen und Titel betonte, ließ darauf schließen, dass er dasselbe von ihm dachte wie ich. »Man kommt nicht um ihn herum in diesen Tagen, aber ich beschränke den persönlichen Kontakt auf ein Minimum. Und Daniel? Nein. Wir sind uns abhandengekommen, nicht wahr?«

»Ist lange her.«

Er lächelte. »Verdamp lang her ...«

Ein paar Takte Musik, ein Lagerfeuer und das Gefühl, Freunde fürs Leben zu haben ...

»Schabatt Schalom.«

»Schabatt Schalom«, antwortete ich im Hinausgehen.

Ich lief die Treppen hinunter und tippte Alttays Nummer in mein Handy. So schnell konnten die Zeitungen gar nicht drucken, wie ich vom Helden zum obersten Neonazi von Berlin werden würde. Alttay sollte mit Scholl sprechen, damit diese Sache so schnell wie möglich aus der Welt geschafft wurde und gar nicht erst in der nächsten Ausgabe auftauchte. Sobald Scholl seine Aussage gemacht hatte, wahrscheinlich nicht vor Samstagabend – Schabatt! –, konnte ich jeden, der den Müll dieser Hooligans nachdrucken würde, verklagen bis an sein ...

Alttay ging nicht ans Telefon. Er hatte Feierabend. Dieser Tag war mir durch die Finger gerieselt wie Sand.

Ich dachte an Rudyard Kipling und daran, dass ich mich darauf gefreut hatte, das *Dschungelbuch* zu lesen. Jetzt lag es auf Scholls Wohnzimmertisch. Ich ging über die Straße und glaubte allen Ernstes, dieser Besuch hätte etwas Licht in eine dunkle Angelegenheit gebracht. In Gedanken steckte ich mein Handy weg und sah mich um, wo ich den Wagen geparkt hatte, gestern, als meine

Vergangenheit noch so ordentlich und griffbereit gewesen war wie die Fingerhutsammlung meiner Mutter.

Der Schrei brach sich an den Häuserwänden, fürchterlich, unmenschlich. Ich fuhr herum. Ein schwarzer Schatten fiel mit ausgebreiteten Armen vom Himmel herab und schlug dumpf auf den Asphalt. Es dauerte einige Sekunden, bis ich begriff, dass sich gerade ein Mensch in den Tod gestürzt hatte. Ich rannte zurück, blieb vor der ausgestreckten Gestalt stehen, fühlte, wie mein Herz zu rasen begann. Scholl. Es war Scholl.

Blutiger Schaum trat aus seinem Mund. Hektisch riss ich mir die Anzugsjacke vom Leib, knüllte sie zusammen und schob sie ihm vorsichtig unter den Kopf. »Ganz ruhig«, stammelte ich. »Ich rufe Hilfe, bleib ganz ruhig.«

Mit zitternden Händen wählte ich den Notruf und erklärte, was geschehen war. Ein Mann war aus dem dritten Stock gefallen. Ich sah hoch. Bewegte sich da etwas auf dem Balkon, oder täuschte ich mich? – Rudolph Scholl, Pestalozzistraße. Ja, ich kannte ihn. Ja, ich würde bei ihm bleiben.

Ich ließ das Handy sinken. Scholls Hand tastete nach meiner. Mit letzter Kraft zog er mich zu sich heran, ganz nahe an seinen blutigen Mund, ganz nahe an seinen pfeifenden, abgehackten Atem.

»Das Warten ...«, flüsterte er und sah mich an mit seinen dunklen Augen, aus denen alle Angst gewichen war.

Ich kam noch näher. »Ich kann dich nicht verstehen. Bleib ruhig. Der Krankenwagen ist gleich da.«

Er blickte die Fassade hinauf, hoch zu seiner Wohnung und dem Balkon. Vielleicht auch in den Himmel, diesen grauen, widerwilligen Frühlingshimmel, der einen jeden Tag auf das Morgen hoffen ließ. Morgen wird es besser ... Mein Inneres zog sich zusammen. Ich wollte, dass Scholl das Morgen erlebte. Ich wollte, dass er aufstand und hinunter in den Keller ging, um Wein zu holen. Ich wollte mit ihm reden. Wir hatten doch noch so viel zu besprechen. So viel zu erinnern. Wieder spürte ich den Druck seiner Hand. Sie war kalt.

»Das Warten, es war …«

»Was?«, schrie ich. »Du darfst jetzt nicht. Hörst du?«

»Vergebens«, flüsterte er.

Sein Kopf fiel zur Seite. Ich erkannte es an den Augen. Er war tot.

Ein leiser, unterdrückter Aufschrei hinter mir.

Ich drehte mich um. Im Hauseingang stand – Rachel. Noch bevor ich etwas sagen, geschweige denn aufstehen konnte, drehte sie sich um und rannte davon.

»Rachel!«, brüllte ich. »Rachel!«

Da kam Nechama auf die Straße gestürzt. Eine Flasche Wein zerbarst auf dem Bürgersteig. Es war ein hellerer Knall, ein Detail, das ich wahrnahm, weil es so anders klang als Scholls Aufprall, obwohl es etwas ebenso Endgültiges hatte. Die rote Flüssigkeit lief über das Pflaster auf mich zu. Ich trat zu spät zurück. Es blieben blutrote Fußspuren.

»Papa? Papa!«

Entsetzt erkannte sie, was geschehen war. Dann bemerkte sie mich. Sie kam auf mich zu und stieß mich mit solcher Wucht von ihm weg, dass ich fast das Gleichgewicht verlor.

»Was haben Sie getan?«, schrie sie. Immer wieder: »Was haben Sie getan!«

»Nein! Hören Sie, ich muss …«

Ich wollte losrennen, um Rachel einzuholen, die gerade hinter der nächsten Straßenecke verschwand. Aber Nechama hielt mich fest.

»Rachel!«

»Polizei!«, schrie sie. »Hilfe! Dieser Mann hat meinen Vater umgebracht. Er hat meinen Vater getötet!«

6

Michael Plog ließ das Besteck sinken und sah an seiner Frau Sandra vorbei in den Garten hinaus.

»Was ist?«

»Ich glaube, da draußen …«

Leni spielte mit ihren Spaghetti, das kleine Gesicht verschmiert mit Tomatensoße. Berndt durfte schon mit den Erwachsenen essen. Stolz säbelte er an seinem Cordon Bleu herum, das Gesicht feuerrot vor Eifer. Im Hochstuhl saß Susa und lutschte an einer Scheibe Gurke. Wenn Plog früher an ein Familienidyll gedacht hatte, dann war ihm das immer in einem flämischen, fast Vermeer'schen Glanz erschienen. Saubere, rotbackige Kinder und eine liebevolle Ehefrau, die erlesene Gerichte auf Meissner Porzellan servierte. Mittlerweile wusste er, dass drei kleine Kinder das Leben zeitweise zu einer Hieronymus-Bosch-Karikatur mutieren ließen. Immer wenn man sie anfasste, war irgendetwas feucht und klebrig. Von dem, was um ihre Teller herum auf dem Tisch liegen blieb, konnten mittelgroße Haustiere satt werden. Wann begannen Kinder eigentlich, sich wie Menschen zu benehmen?

Plog warf die Serviette auf den Tisch und stand auf. Das Geräusch der Stuhlbeine auf den Fliesen klang wie eine Kampfansage.

Sandra sah ihm besorgt hinterher, als er an die Fensterfront trat. »Hast du die Alarmanlage nicht eingeschaltet?«

»Doch«, gab er zurück und spähte in die Dämmerung. Als seine Eltern vor Jahren verstorben waren, hatte er das Anwesen nicht verkauft, sondern modernisiert. Das Haus bot genau das, was er brauchte: Platz für sein Büro im Keller und für die Kinderzimmer unterm Dach. Im Erdgeschoss hatten sie ein paar Wände entfernen müssen. Nun öffnete sich die Küche nahtlos zum Essbereich und ging in ein großes Wohnzimmer über, dessen Herzstück ein offener Kamin war. Sandra hatte eine Weile gebraucht, bis sie sich daran gewöhnt hatte, dass sie zum Kudamm nun eine halbe Stunde fahren musste. Für sie lag Reinickendorf zu weit ab vom Schuss, abgehängt vom echten Leben, das sich allerdings mit der Geburt des ersten Kindes von alleine erledigt hatte. Trotzdem war es ihr schwergefallen, die Wohnung am Schloss Charlottenburg aufzugeben.

Schließlich hatte sie der Garten überzeugt. Und das Versprechen, sich innenarchitektonisch austoben zu dürfen. Plog hätte es auch vorgezogen, wenn seine Eltern ein Haus im Grunewald oder in Dahlem gehabt hätten. Er war hier aufgewachsen und wusste, dass seine Kinder spätestens als Teenager in die Junge Union eintreten oder ihn verfluchen würden. Das Bündnis für Deutschland brauchte dringend eine straffe Jugendorganisation. Das musste er beim nächsten Parteitag endlich mal ins Rollen bringen.

Er hätte nicht gedacht, dass der Geist seiner Eltern auch nach dem Umbau noch so allgegenwärtig war. Die gepflasterten Gartenwege, das Holzgeländer an der Treppe in den ersten Stock und schließlich der Anblick, wenn er an Feierabend zurückkam – immerzu hatte er das Gefühl, seine Mutter würde gleich mit dem Kochlöffel auftauchen und seinen Vater dazu verdonnern, den Tisch zu decken. Heute wunderte er sich, warum ihm dieses Leben einmal klein und spießig vorgekommen war. Wahrscheinlich mutierte er ebenfalls langsam zu einem Heckenversteher und Gartenzaunanstreicher. Er nahm das gerne in Kauf, denn es gab noch einen weiteren, nicht mit Geld aufzuwiegenden Vorteil: die Uneinsehbarkeit der Liegenschaft. Hohe Sträucher, liebevoll gehegt und verdichtet, hielten neugierige Blicke ab. Wer es dennoch wagte, diese natürliche grüne Mauer zu durchdringen, blieb in einem geschickt verborgenen Maschendrahtzaun hängen. Plog hatte im letzten Jahr gemeinsam mit einer Sicherheitsfirma die Standorte der Kameras und Sensoren ausgewählt. Zwölf waren es insgesamt, hinzu kam die Alarmanlage im Inneren des Hauses. Eine hochsensible Angelegenheit, die am Anfang zu einigen Fehlalarmen geführt hatte. Doch irgendwann hatte auch Berndt begriffen, dass man nach sechs Uhr abends keinen Fußball mehr Richtung Wald kickte, und selbst Sandra hatte den Code schließlich auswendig gewusst – eine intellektuelle Leistung, die er ihr hoch anrechnete. Sie kannte noch nicht einmal ihre eigene Handynummer.

Draußen war alles ruhig. Die Schaukel vielleicht, sie bewegte sich sachte, aber das war sicher nur der Abendwind. Die Terrassentür stand offen. Ein sanfter Duft von Flieder strich herein.

»Und?«, fragte Sandra.

Er drehte sich zum Esstisch um. Doch, ja. Er war stolz auf das, was er erreicht hatte. Mein Haus. Meine Kinder. Meine Frau. Im letzten Frühjahr hatten sie einen Kirschbaum gepflanzt. Jetzt fehlte nur noch das Buch. Sogar das war schon in Arbeit. *Bündnis für Deutschland, das Parteiprogramm*, von Dr. Michael Plog. Erste Auflage: 15.000 Stück. Er stand in den Startlöchern für seinen großen Durchbruch. Dies alles war sein Lebenswerk. Niemand hatte das Recht, das zu zerstören. Immerhin hatte er Opfer dafür gebracht, und manche davon waren ihm nicht leichtgefallen ... Weg damit. Weg mit diesen schwarzen Gedanken. Er hatte noch etwas vor heute, und dem musste er sich mit absoluter Aufmerksamkeit und Konzentration widmen.

»Wahrscheinlich ein Wildschwein am Waldrand. Eine echte Plage.« Er sah auf seine Armbanduhr und kehrte an den Tisch zurück. »Ich muss noch mal weg.«

»Aber du bist doch eben erst gekommen!«

»Ich wollte mit den Kindern zu Abend essen. Das geht nicht, dass sie drei Abende hintereinander ihren Vater nicht zu Gesicht bekommen.«

Sandra seufzte. »Ich weiß.«

»In sechs Wochen geht der Wahlkampf los. Dann wird es noch schlimmer. Und wenn Berndt im September in die Schule kommt, könnt ihr mich auch nicht mehr begleiten.«

Sie bückte sich und hob die Gurkenscheibe auf, die Susa fallen gelassen hatte. Das Kind begann zu quengeln. Gleich halb sieben. Um sieben hatte Susa im Bett zu liegen, eine halbe Stunde später Leni und Berndt. Wenn die gesamte Prozedur vollzogen und die letzte Gutenachtgeschichte vorgelesen war, ließ Plog, sofern er zu Hause war, die Fanfare der Tagesschau durchs ganze Haus schallen, und Sandra kam herunter. Der Abpfiff des Tages. Nachrichten. Schreibtisch. Bett.

»Wie lange?«

»Es geht um Chemnitz und den Eilantrag beim Verfassungsgericht. Der muss heute noch raus. Und dann war heute Nachmittag …«

Er brach ab. Sandra wurde aufmerksam.

Sie war seine Frau, doch das hieß noch lange nicht, dass sie auch seine Vertraute war. Plog hatte den Gedanken an Freunde und Vertraute schon lange aufgegeben. Man lebte besser, wenn man das Maß an zu erwartenden Enttäuschungen auf ein Minimum reduzierte. Aber bei dem, was heute Nachmittag geschehen war und ihn förmlich überrollt hatte, wäre es durchaus von Vorteil, jemanden an der Seite zu haben, der loyal war.

»Was war heute Nachmittag?«

»Als du die Kinder abgeholt hast, stand jemand vor der Tür. Eine Frau.«

»Eine Frau? Was wollte sie denn?« Susa riss sich die Serviette herunter. »Schätzchen, nein. Wir sind noch nicht fertig. – Was ist denn?«

Er sah wie abwesend ins Leere.

»Mike? Was ist los? Du bist so anders heute.«

»Was? Ach so. Nichts. Sie wollte wissen, ob ich Anfang der Achtziger in Israel war.«

Sandra nahm die Serviette und wischte Susa den Mund ab. »Du warst in Israel? Das wusste ich ja gar nicht. Hat das was mit dem Parteiprogramm zu tun?«

»Hoffentlich nicht. Du weißt, wie ich dazu stehe. Im Moment haben die Menschen wirklich andere Sorgen. Das sind Diskussionen von vorgestern.«

»Ach, Schatz.« Er stand neben ihr, und sie legte ihre Hand auf seinen Arm. »Diese Arbeit bis spät in die Nacht. Die ganzen Auftritte, die Presse, die Angriffe auf dich ... Bist du dir wirklich sicher? Manchmal denke ich ...«

Mike mochte es nicht, wenn Sandra mit dem Denken anfing. Es kam selten etwas Brauchbares dabei heraus. Er ging in den Flur und nahm seinen Schlüsselbund vom Magnetbrett. »Ich war mir noch nie im Leben so sicher, Liebes. Jetzt oder nie. Die Zeit ist reif, und wir sind bereit. Ich weiß, dass es hart wird für dich.«

Das war es. Je mehr die junge Partei in die Schlagzeilen kam, je öfter er sein Gesicht als Hoffnungsträger des neuen Bürgertums hinhielt, desto häufiger und gemeiner wurden auch die Anfeindungen. Mike wusste, dass er mit dem Beginn der heißen Wahlkampfphase Personenschutz brauchte, für sich und für seine Familie. Diese Frau ... Er spürte immer noch das Adrenalin durch seine Adern jagen. Wie kam sie dazu, einfach in Berlin aufzutauchen und die Vergangenheit wieder auszugraben? Und Scholl, dieses Weichei. Hoffentlich hatte er nicht geredet. Um Vernau brauchte er sich keine Sorgen zu machen. Der Held von Berlin wusste gar nicht, in was er da hineingeraten war. Damals nicht und heute erst recht nicht. Er hoffte nur, dass bald wieder Gras über die Sache wachsen würde.

Mike ging in die Knie und nahm Sandras Gesicht in seine Hände. Zitterten sie? Nein, er hatte sich unter Kontrolle. Die Kinder sahen aufmerksam zu.

»Ich habe dich damals gefragt, ob du bereit bist, das mit mir gemeinsam zu tragen. Du hast mich um Bedenkzeit gebeten.«

»Und ich habe ja gesagt.« Sie schmiegte ihr Gesicht in seine Hand. Ihre großen blauen Augen wurden feucht. Wie immer, wenn er irgendeine Art von Dramatik in ihre Gespräche einbaute.

»Dafür liebe ich dich.«

»Ich liebe dich auch.«

Er küsste sie auf die geschlossenen Lippen. Sie lächelte.

»Nicht. Nicht vor den Kindern.«

»Du hast recht.«

»Was war jetzt mit der Frau?«

Er wich ihrem Blick aus. Es war eine kalkulierte Geste, die auf eine Nachfrage abzielte.

»Schatz?«

»Als ich die Tür öffnete und sie vor mir stand, die Hand in ihrer Umhängetasche, da dachte ich für einen Moment ... da habe ich geglaubt ...«

»Was?«, flüsterte sie.

»Dass sie da was rauszieht und auf mich losgeht. Die Welt ist voll von Verrückten.«

»Was wollte sie denn?« Sandra nahm Susa den Salzstreuer ab, ohne ihren Mann aus den Augen zu lassen.

»Sie sucht jemanden aus der Zeit, als ich in Israel war. Ich konnte ihr nicht helfen. Sie war wütend. Richtig wütend. Ich musste sie rauswerfen. Im Nachhinein frage ich mich natürlich, ob das richtig war. Wenn jemand so verzweifelt ist ... Ach, vergiss es. Wir werden sie nicht wiedersehen.«

»Bist du sicher?«

»Ja.«

»Du hättest die Polizei informieren sollen.«

»Blödsinn! Dann denkt jeder, dass ich mich wichtigmachen will. Außerdem musste ich dringend noch mal ins Büro. Ich dachte, wir kriegen das ohne Anwälte hin, aber diese linken Zecken machen Ernst.« Er stand auf.

»Komm nicht so spät.«

»Ich beeile mich, aber ich kann nichts versprechen.«

Sandra nickte.

Er schätzte es, dass sie nur wenig fragte und noch weniger Forderungen stellte. Sie war nicht die Frau an seiner Seite, sondern die hinter ihm. Eine treue Weggefährtin, die ihm zu Hause den Rücken freihielt und sich um die Kinder kümmerte. Sie hatte ihren Beruf als Erzieherin aufgegeben, als sie mit Berndt schwanger war. Sie ging auf in ihrer Rolle als Mutter und Ehefrau, und Mike dankte es ihr, indem er nie einen Geburtstag oder Hochzeitstag vergaß und keiner Verlockung nachgab, die sein Ehegelöbnis in Frage gestellt hätte. Er hatte sich, wie man so schön sagte, die Hörner abgestoßen. Zufrieden mit sich beobachtete er, was solche Abweichungen vom Pfad der Tugend bei anderen anrichteten: Scheidungen, Sorgerechtsprozesse, Unterhaltszahlungen. Verheerend für jemanden wie ihn, der den Wert der Familie in seinem Parteiprogramm an die erste Stelle setzte.

Aber manchmal lag er nachts neben dieser weichen, sanften Frau und erinnerte sich an eine Zeit, in der er anders gewesen war. Ein Draufgänger. Ein Hasardeur. Einer, der das Glück herausgefordert hatte. Nicht nur bei den Frauen.

»Nimm deinen Mantel mit. Es ist kühl.«

Sandra hob die Kleine aus dem Kinderstuhl und roch kurz an dem Windelhöschen. Als sie die Nase krauszog, wusste Mike, dass es Zeit war zu verschwinden.

»Mach's gut, Schatz.«

Er drückte Susa einen Kuss auf die Wange, strubbelte Berndt durchs Haar und ließ sich von Leni schnell umarmen. Dann verabschiedete er sich von Sandra und ging hinunter in den Keller, der durch eine Tür mit der Garage verbunden war. Der Mercedes und der alte Golf GTI standen nebeneinander. Er stieg in den Golf und wartete, bis das Garagentor hochgefahren war. Vorsichtig lenkte er den Wagen die Einfahrt hinauf und bog rechts ab in die stille Lotte-Lenya-Straße, an deren Ende sein Haus lag. Ein Blick auf die Armbanduhr, es würde knapp werden. Im Geiste ging er noch einmal genau durch, was er vorhatte. Er musste sich konzentrieren. Wenn er jetzt alles richtig machte, konnte er den Geist aus der Vergangenheit zurück in seine Flasche befehlen. Hoffentlich.

7

Nechamas Schrei hallte in mir nach. Er würde mich noch lange begleiten. Der Schrei – und der Aufprall. Alles andere verblasste gegen dieses ungeheuerliche Ereignis. Drei Stunden hatte Vaasenburg mich im Präsidium am Platz der Luftbrücke festgehalten. Immer wieder das Gleiche gefragt.

»Was wollten Sie bei Herrn Scholl?«

»Er sollte eine Aussage machen. Über die Ereignisse gestern Nachmittag vor seinem Antiquariat.«

»Waren Sie wütend?«

»Nein, ich war nicht wütend. Sauer vielleicht. Ich helfe jemandem und bekomme dafür eine Anzeige. Scholl war bei der Schlägerei dabei. Er hatte mir versprochen, die Sache richtigzustellen.«

»Hat er das?«

Damit ging es wieder von vorne los. Ich wusste, dass ich keine Fehler machte. Mich nicht in Widersprüche verwickelte, einfach bei der Wahrheit blieb. Aber ich war der Letzte, der vor Scholls Tod bei ihm gewesen war. Das wusste Nechama, sie hatte die Spannung zwischen uns gespürt, und das *Dschungelbuch* sprach für sich. Ich hätte es gerne wiedergehabt, aber es war vorerst beschlagnahmt.

»Sie verlassen Scholl also.« Vaasenburg verfügte über ein kaum genutztes Potential an Ironie. Man konnte ihm ansehen, wann er es einzusetzen gedachte. Dies war ein solcher Moment. »Er tritt auf den Balkon und stürzt sich in die Tiefe, nachdem er eben noch seine Tochter mit der Bitte um eine neue Flasche Wein in den Keller geschickt hat?«

»Fragen Sie die Tochter. Nechama Scholl war vielleicht die letzte Person, die ihren Vater lebend gesehen hat. Und dann war auch noch Rachel Cohen am Tatort.«

»Frau Cohen, ja. Zu der kommen wir später.« Vaasenburg tippte auf eine geschlossene Akte. »Damit hätten wir wieder mal Aussage gegen Aussage. Nechama Scholl war im Keller, als ihr Vater starb.«

»Und ich auf der Straße!«

»Das kann niemand bestätigen. Frau Scholl kam erst hinzu, als Sie schon den Notarzt gerufen hatten.«

»Frau Cohen kann das bestätigen. Was unterstellen Sie mir da? Was? Haben Sie die Anwohner befragt? Gibt es sonst keine Zeugen?«

»DFB-Pokal. Bayern München gegen Borussia Dortmund.« Er sah auf die Uhr an der Wand, ein hässlicher Hugo, dem Punkte auf der digitalen Anzeige fehlten.

Machte er Witze? Mein einziger existierender Zeuge war tot. Das wog schwer. Wenn auch nicht so schwer wie meine Trauer darüber, dass ich diesem Mann kurz davor noch gegenübergesessen und mit ihm Wein getrunken hatte. Ich hatte ihn vielleicht nicht gemocht, aber er hatte immerhin mehrere Monate gemeinsam mit mir verbracht und ich teilte mit ihm eine lang verschüttete Erinnerung, die durch Rachel wieder ausgegraben worden war. Und jetzt kam Vaasenburg daher und wollte mir einen Strick daraus drehen, dass Scholls Ableben ausgerechnet während eines Fußballspiels stattgefunden hatte. Es war das einzige Mal in meinem Leben, dass ich Fußball wirklich hasste.

Vaasenburg hatte mir mitgeteilt, dass sie an Scholls Händen Abwehrspuren gefunden hatten und der Zustand der im Winter vertrockneten Topfpflanzen auf seinem Balkon keine Zweifel ließ, dass sich dort ein Kampf abgespielt hatte. Ein Kampf, von dem ich nichts mitbekommen hatte, weil ich, eitel und selbstgefällig und nur um meinen guten Ruf besorgt, auf der Treppe nichts anderes als Alttay im Kopf gehabt hatte.

»Finden Sie Rachel Cohen. Sie war gestern dabei, sie war heute dabei. In beiden Fällen kann sie bestätigen, dass ich mir nichts, aber auch gar nichts vorzuwerfen habe!«

Falsch. Ich warf mir eine Mitschuld an Rudis Tod vor. Ich hatte seine Angst bemerkt, war jedoch aus purem Egoismus nicht weiter darauf eingegangen. Mein ganzes Interesse hatte nur ein Ziel gehabt: heil aus einer Verleumdungskampagne herauszukommen. Stattdessen ritt ich mich immer tiefer hinein. Vaasenburg schien auch keinen rechten Spaß an der Vernehmung zu haben. Ich hatte ihn ein paar Mal erlebt, wenn er Mandanten von mir befragte. Er fühlte sich von mir hinters Licht geführt.

»Wir wurden erst heute Abend und ausschließlich durch Sie in Kenntnis von der Existenz dieser Dame gesetzt«, sagte er, begleitet vom gereizten Trommeln seines Stiftes auf dem vor ihm liegenden Notizblock

»Fragen Sie die Hotels ab.«

Ein müder Blick, ein schiefes Lächeln, mehr Reaktion bekam ich nicht.

»Die Passkontrollen am Flughafen? Der Zoll?«

»Wir tun unser Bestes, Herr Vernau. Wie wäre es, wenn Sie zur Abwechslung zu Ähnlichem bereit wären?«

Ich sah auf meine Uhr. Wie lange wollte Vaasenburg mich hier noch festhalten? Ich hatte die gesamte erkennungsdienstliche Prozedur hinter mir. Marie-Luise hatte mir eine Jeans und ein T-Shirt aus meiner Wohnung gebracht, damit ich vor Vaasenburg nicht in einem Papieroverall von der KTU sitzen musste. Sie würden nichts finden. Weder an mir noch an meiner Kleidung. Kein Blut, keine Haare, keine Stofffasern, keine zerbröselte Geranienerde. Selbst wenn ich bei meinem nicht begangenen Totschlag Handschuhe getragen hätte, wären sie mittlerweile gefunden worden.

Sie hatten nichts. Nichts, was diesem Hauptkommissar das Recht gab, mich festzuhalten. Trotzdem reizte er seinen Handlungsspielraum bis zum Allerletzten aus. Das einzig Positive an meiner Situation war, dass ich keinen Anwalt anrufen musste.

Ich stand auf. »Könnte ich bitte so bald wie möglich Akteneinsicht haben?«

Daraufhin bot Vaasenburg mir noch nicht einmal mehr einen Kaffee an und ließ mich eine weitere Stunde schmoren. Es war kurz vor zweiundzwanzig Uhr, als ich das Präsidium mit einem Gefühl verließ, das zwischen echter Mordlust und resignierter Verzweiflung schwankte.

Marie-Luise stand auf dem Parkplatz und trat hastig eine Zigarette aus, als sie mich bemerkte.

»Hast du wieder angefangen?«

Schweigend fuhren wir los. Ich war unfair und wütend. Aber sie hatte auch nicht gerade ihren einzigen greifbaren Zeugen auf eine so tragische Weise verloren.

»Und?«

Der Mehringdamm war relativ leer um diese Zeit. Wir kamen gut voran. Ich sah die Menschen draußen am Kreuzberg, die die ersten Frühlingsabende nutzten und trotz der Kälte vor den Cafés saßen oder in den Park strömten.

»Ich soll mich zur Verfügung halten.«

Sie schwieg bis zum Kottbusser Tor.

»Selbst Vaasenburg muss doch klar sein, dass du kein Motiv hast. Nichts. Du hast Scholl ja noch nicht einmal gekannt.«

»Doch«, sagte ich.

»Aus dem Fernsehen, meinst du.«

»Nein. Wir ...«

Verwundert sah sie mich an und bremste erst in letzter Sekunde vor einer Horde angetrunkener Jugendlicher. Einer stützte sich auf der Motorhaube ab und machte eine ebenso eindeutige wie einladende Handbewegung in Marie-Luises Richtung. Sie ließ den Motor aufheulen – eher ein Husten, das selbst im weiteren Umkreis noch Belustigung auslöste.

»Wir sind uns schon mal über den Weg gelaufen. Ist lange her.«

Ich sah ihn wieder vor mir auf dem Bürgersteig liegen. Ich würde dieses Bild mein Leben lang nicht vergessen. Marie-Luise bremste ab, weil hinter der Kreuzung an der Heinrich-Heine-Straße ein Blitzer stand.

»Weißt du, wonach das alles aussieht?«

»Nein. Und ich will es auch nicht wissen. Lass mich da vorne raus.« Ich deutete auf die Kreuzung Leipziger Straße.

»Was zum Teufel hattet ihr gemeinsam am Laufen?«

»Nichts. Lass mich raus!«

Sie preschte bei Dunkelgelb über die Ampel. »Ich kenne doch Rütters. Für die Staatsanwaltschaft wird das ein Fest, einen Anwalt zu schlachten.«

Ich drehte mich zu ihr um. Mit angespannter Miene beobachtete sie den Verkehr.

»Und du?«, fragte ich. »Wie siehst du das? Als meine Anwältin?«

»Vernau, ich kenne dich jetzt seit so vielen Jahren, und ich glaube dir. Ich weiß nicht, in was du da reingeraten bist. Aber es sieht verdammt beschissen für dich aus. Im Moment. Wir müssen Geduld haben.«

»Nenn mir das Motiv.«

Sie zuckte mit den Schultern. Der Klumpen in mir wurde zu Eis. Wenn sogar Marie-Luise resignierte …

»Alle Mails sind weg. Jemand war an meinem Computer.«

Sie schnaubte. »Marquardt?«

»Quatsch.«

»Wo ist sie? Ich meine, gibt es diese Frau wirklich?«

»So wahr, wie ich hier neben dir sitze.«

»Weiß Vaasenburg von ihr?«

»Klar. Er checkt das gerade. Sie muss ja eingereist und irgendwo abgestiegen sein. Kannst du mich in die Pestalozzistraße zu meinem Wagen fahren?«

»Ich bin nicht dein ...«

Ich hob die Hand. Stopp! Kein Wort. Da war etwas. Es blitzte auf, scheu wie Rehkitz, das sich nur nähert, wenn nirgendwo ein Zweig knackt und keine wütende Anwältin ihren Frust loswerden muss.

»Was ist?«

»Da ist etwas ...«, sagte ich. »Zur Pestalozzistraße. Bitte. Jetzt.«

Wenige Minuten später hielt sie in zweiter Spur vor dem Antiquariat. Ich stieg aus und vermied es, die Stelle auf dem Bürgersteig anzusehen, wo Scholl seine letzten Worte ausgehaucht hatte. Was hatte er gesagt? Das Warten war umsonst oder so ähnlich ... egal. Ich lief über die Straße zu meinem Wagen, riss die Tür auf und startete mit dem Motor auch das Navigationsgerät. Letzte Ziele.

Da war er. Der einzige nicht gelöschte Hinweis auf Rachels Existenz. An alles waren sie herangekommen. Nur an mein Navigationsgerät nicht. Idioten.

Der Bamberger Hof in der Bamberger Straße. Ein Hotel in Schöneberg. Mit einem Mal, als hätte jemand einen Verdunkelungsvorhang aufgezogen, sah ich sie vor mir.

Ich sah Rachel Cohen, der ein Page die Tür aufhielt, bei dem sie sich mit einem anmutigen Nicken bedankte. Ich sah, wie sie an Buchsbäumen vorbei die Treppe mit dem roten Teppich zu mir hinunterkam, wie sie lächelte mit ihrem schmalen Mund, als sie mich bemerkte, und in mir für ein paar schwache Sekunden die Illusion hervorrief, sie wäre Rebecca. Und ich, der Depp, lächelte zurück.

8

Ein ruhiger Kiez. Gewachsene Bürgerlichkeit, schöne Läden, gute Bars. Mit quietschenden Bremsen hielt ich vor einem Hotel, das sich nahtlos in die Gründerzeitbebauung einfügte. Ich kannte das Restaurant, eines der besten in Berlin. Der Innenhof war eine blühende Oase. Weißer Kies, Oleander und Jasmin. Durch ein gewaltiges, mit Marmor und venezianischen Spiegeln verziertes Entree gelangte man in die Lobby. Alte Gemälde, Kamin, eine tickende Standuhr. Die Rezeption bestand aus einem Louis-Seize-Schreibtisch mit zwei passenden Sesseln und war nicht besetzt. Die Standuhr zeigte auf Viertel vor zehn.

Der Page, der mir die Tür geöffnet hatte, betätigte eine kleine Klingel und verschwand wieder. Im Garten hatte man voller Optimismus die Tische eingedeckt. Aber sie waren leer, die Gäste saßen lieber im Restaurant. Man konnte durch die Fenster hinüber in den anderen Flügel blicken. Es war voll besetzt. Ein Kellner trat aus einer Hintertür und zündete sich eine Zigarette an.

»Guten Abend.«

Ich wandte mich um. Ein junger Mann Anfang dreißig in Anzug und Krawatte schloss gerade eine Tür, die sich perfekt in der Wandtäfelung versteckt hatte. Er war blond, fast weißhaarig, und außergewöhnlich blass. Seine hellen Augen musterten mich freundlich.

»Was kann ich für Sie tun?«

»Ich suche einen Gast. Eine Frau. Rachel Cohen.«

»Sehr gerne.« Der Mann beugte sich über seinen Computer.

»Oh«, er sah mit einem entschuldigenden Lächeln zu mir hoch, »hier wohnt niemand dieses Namens.«

Gut. Der Vogel war ausgeflogen. Nach allem, was ich in den letzten vierundzwanzig Stunden hatte erleben dürfen, hätte es jetzt den Bruch aller Regeln bedeutet, auf Anhieb Glück zu haben.

»Frau Cohen war gestern noch Gast dieses Hauses. Hat sie zufällig eine Nachsendeadresse hinterlassen?«

»Nein. Es tut mir leid. Die Dame ist nicht bei uns abgestiegen.«

Ich deutete auf das Entree und sah sie wieder vor mir. Ihre langen braunen Haare, die ihr über die Schultern fielen. Der beschwingte Schritt. Ihr Lächeln für Vernau, den Vollidioten.

»Sie ist aber gestern am frühen Abend aus diesem Haus gekommen.«

»Vielleicht waren Sie lediglich hier verabredet? Viele Besucher nutzen unser Hotel, um einen Treffpunkt zu haben.«

Zimmer zweihundertvier. Holen Sie mich ab?

»Zimmer zweihundertvier.«

»Ich bedaure sehr, Ihnen nicht helfen zu können. Aus unserem Buchungssystem geht hervor, dass das Zimmer mehrere Tage nicht belegt war.« Er blickte noch einmal auf den Monitor. »Es wurde erst heute zum Wochenende bezogen. Aber nicht von einer Dame.«

»Und die Anmeldeformulare? Die muss sie doch ausfüllen. Würden Sie da noch kurz nachsehen, bitte?«

Der Concierge konnte sich nicht entscheiden, ob er mich als wirklich ratlos oder einfach nur lästig einordnen sollte.

»Unser Reservierungssystem ist sehr verlässlich. Aber wenn Sie darauf bestehen ...« Er holte unter dem Schreibtisch eine Tastatur heraus und tippte Rachels Namen ein. »Cohen? Rachel Cohen?«

»Ja«, antwortete ich hastig.

»Wir hatten noch nie einen Gast dieses Namens. Mehr kann

und darf ich Ihnen nicht sagen. Allein diese Auskunft geht weit über die Diskretion hinaus, zu der ein Haus wie das unsere verpflichtet ist.« Er verstaute die Tastatur wieder unter dem Schreibtisch.

»Danke.« Verwirrt wandte ich mich ab.

Rachel hatte nie in diesem Hotel eingecheckt. Sie hatte mich also belogen. Nur warum? War ich Teil eines Plans? Unmöglich. Alles war Zufall. Niemand hatte mir eingeflüstert, Scholl und Rachel zusammenzubringen. Niemand hatte darauf bestanden, sie zu begleiten. Das war einzig und allein meine Idee gewesen. Und dennoch ... die wenigen Puzzleteile entglitten mir, zersplitterten.

»Einen schönen Abend noch.«

Ein Page hielt mir die Tür auf. Er war älter als der Portier, wesentlich älter. Hager, mit kurzen grauen Stoppeln unter der Mütze, die so bedrohlich schief auf seinem schmalen Kopf saß, dass sie eigentlich jeden Moment herunterfallen musste.

Ich nickte ihm kurz zu und trat hinaus auf die Steintreppe. Es war kalt, und ich hatte keinen Mantel. Hinter meinem Rücken klickte ein Zippo-Feuerzeug. Ich hörte das leise Knistern des Tabaks, der von der Glut gefressen wurde.

Der Page stellte sich neben mich, eine filterlose Zigarette in der Hand. Eine Weile verharrten wir so, Seite an Seite, schweigend.

»Das geschieht manchmal«, sagte er schließlich.

Ich sah ihn an. Im Profil glich er diesen ausgemergelten römischen Senatoren, die sich in Marmor verewigt hatten. Wenn dieses lächerliche Käppi nicht gewesen wäre.

»Dass sie verschwinden«, erklärte er, als ob dies das normalste der Welt wäre.

»So?«

Wenn er mir etwas sagen wollte, dann sollte er es tun und nicht in Rätseln sprechen. Er nahm einen neuen Zug. Die Glut leuchtete seine harten Züge aus und machte sie sanfter.

»Und wohin verschwinden sie?«

Er zuckte mit den Schultern und sah auf die Straße. Es war ein Moment wie in einem *film noir*. Zwei Männer nebeneinander nachts auf der Treppe vor einem Hotel, ins Dunkle starrend, Hüter von Geheimnissen der eine, suchend der andere, in Erwartung des einen passenden Augenblicks, in dem sie die Wahrheit streifen würden, ohne das Gesicht zu verlieren.

Aber wir befanden uns in Berlin und nicht in Casablanca.

»Was wissen Sie über Rachel Cohen?«

»Rachel Cohen?«, fragte er, und einen Moment glaubte ich, dass das alles ein großes Missverständnis wäre.

»Zimmer zweihundertvier«, half ich nach. »Sie hat hier gewohnt. Definitiv. Sie kann unmöglich spurlos aus allen Registern verschwunden sein.«

Er nickte bedächtig und langsam, als ob er darauf achten müsste, dass sein Kopf nicht von dem dünnen Hals fiel oder die Mütze nicht verrutschte.

»Sie haben gesagt, das geschieht manchmal. Warum?«

Vorsichtig wandte er sich um. Die Tür zum Hotel war geschlossen, niemand beachtete uns hier draußen auf der Treppe.

»Ich weiß es nicht. All diese Namen und Daten in all diesen Computern … Natürlich kann man sie löschen. Sie wurden ja nicht aufgeschrieben, sondern bloß in binäre Codes verwandelt. Eins-null-null-eins-eins-null.« Er sah mich an und zog dabei wieder an seiner Zigarette. »Wer macht das mit uns?«

Ein Verrückter. Natürlich. Wahrscheinlich ein verlorener Computer-Nerd der ersten Stunde, der sich mit einem Vierhundert-Euro-Job über Wasser hielt.

»Fragen Sie sich nicht auch manchmal, wo das alles enden wird?«

»Nein«, antwortete ich. »Ich will wissen, wo Rachel Cohen geblieben ist. Ein Mensch kann nicht spurlos verschwinden.«

»Sie steht nicht im Computer, also war sie nicht hier.«

Ein letztes Mal zog er an seiner Zigarette und warf sie dann in einen Buchsbaum. »Aber wenn Sie die Frau meinen, die heute Abend ziemlich überstürzt abgereist ist, eine attraktive Frau, vermutlich Israelin, denn sie hat, glaube ich, hebräisch in ihr Handy gesprochen, wenn ich mich nicht irre, dann ist sie, wenn schon nicht in unserem System, so doch«, er tippte sich an die Schläfe, »hier drin. Etwas, an dem sie sich noch lange die Zähne ausbeißen werden.«

»Heute Abend?«, fragte ich verblüfft. »Wann?«

»Kurz nach Einbruch der Dunkelheit.«

Also gegen sieben Uhr, schätzungsweise. »Und sie hat hebräisch gesprochen? Sind Sie sicher?«

»Ich habe ein Ohr für so etwas. Im Laufe der Jahre lernt man sie kennen, die Sprachen dieser Welt. Hebräisch und englisch.« Er nickte, doch es war mehr eine Bestätigung sich selbst gegenüber. »Sie hat einen Flug nach Tel Aviv umgebucht.«

»Tel Aviv ...« Das konnte passen. Der Mann sagte die Wahrheit. »Welcher Flughafen? Tegel oder Schönefeld?«

Wieder hob er die mageren Schultern. Ich war mir nicht sicher, ob er auf Trinkgeld oder auf eine Eingebung wartete. Der Wind frischte auf, es war bitterkalt ohne Mantel.

»Mehr weiß ich nicht. Sie hat ein Taxi genommen. Wenig später hat die Nachtschicht die Rezeption übernommen. Der Kollege vom Tag hätte Ihnen bestimmt weiterhelfen können.«

»Schönefeld«, sagte ich hastig. »Oder? Es war Schönefeld.«

Nervosität war kein guter Helfer. Ungeduld auch nicht. Aber ich hatte eine Spur. Wie ein Jagdhund blendete ich alles andere um mich herum aus, um dieser Spur zu folgen. »Ich danke Ihnen. Sie haben mir sehr geholfen.«

Ich war schon fast auf der Straße, als mir noch etwas einfiel und ich zu ihm zurückkehrte.

»Warum verschwinden Menschen aus Ihrem System?«

Er war ebenfalls in Begriff gewesen zu gehen und stand schon halb in der Drehtür. Umständlich kam er mir noch einmal um ein paar Stufen entgegen.

»Sie verschwinden nicht wirklich. Es sind nur binäre Codes. So als ob ich ein altes Foto von Ihnen aus einem Album entferne. Sie mögen nicht mehr in dem Album sein, aber Sie existieren weiter.«

»Wer hat Zugriff zu diesem Album?«

Ein letztes Mal sah er mich an. Schmale Augen, hellbraun, halb verdeckt von faltenzerknitterten Lidern. »Der, dem es gehört?«

Damit ging er wieder hinauf, setzte die Drehtür in Bewegung und verschwand hinter goldenen Buchstaben auf dunklem Glas. Ich blieb zurück und fror.

9

Für Berlin ist elf Uhr abends früh. Zumindest für jenen Teil der Bevölkerung, der seinen Tages- oder vielmehr Nachtablauf nicht durch derart lästige Dinge wie Broterwerb beeinflussen lässt.

Die Worte des Portiers gingen mir nicht mehr aus dem Sinn. Ich lenkte den Wagen über den Kurfürstendamm, den ich immer geliebt hatte, egal wie oft er schon totgesagt worden war. Wem gehörten unsere Daten? Was geschah damit? Konnte jemand einfach so eine Person löschen? *Delete* – das Wort hatte eine Bedeutung für mich. Ich wusste nur nicht, welche.

Meine Mutter war seit einiger Zeit nachtaktiv. Als Rentnerin konnte sie tun und lassen, was sie wollte. Dass sie die Wohnung am Mierendorffplatz aufgegeben hatte, in der ich groß geworden war, hatte ich ihr mittlerweile verziehen. Dass sie mit einem Tonkünstler und ihrer ehemaligen Putzfrau in einem Hinterhof in Mitte lebte, war schon schwerer zu akzeptieren.

Natürlich war mir klar, dass dieses späte Hippie-Idyll alles andere als eine Notlösung war. George Whithers musste ein Vermögen für dieses Loft bezahlt haben. Das Ambiente erinnerte zwar eher an einen Recyclinghof im Wedding, aber jeder Bauinvestor würde ihm für diese Lage seine Seele verkaufen. Whithers interessierte das alles nicht. Er brauchte Platz für seine Badewannen und Abrissarmaturen, für seine absonderlichen Instrumente und martialischen Skulpturen, zwischen denen das Unkraut wucherte und die immer mehr Touristen anlockten. Die machten den ganzen Tag Fotos und stellten Whithers merkwürdige Fragen zu atonalen Tonexperimenten. Dazwischen lebten und wuselten Mutter und Hüthchen herum und gaben mir auf meine immer seltener gestellte Frage, warum sie sich das antaten, stets die gleiche Antwort.

»Wir sind zu alt, um noch die Welt zu sehen. Aber hier kommt die Welt zu uns!«

Manchmal schliefen irgendwelche Japaner in den Badewannen.

Man muss lernen, seine Eltern zu akzeptieren. Vermutlich ist das die Vorstufe von Verzeihen.

Allerdings nahm ich es meiner Mutter übel, dass sie so radikal mit ihrem alten Leben gebrochen hatte. Es war ein verlässliches Leben gewesen, mit Kaffeekränzchen und Bridge-Runden. Eines, in dem ich meinen Platz gehabt hatte. Es hatte keine Veranlassung gegeben, es zu ändern. Bis Hüthchen aufgetaucht war und meiner Mutter Sätze wie »Etwas Besseres als den Tod finden wir überall« zurück ins Gedächtnis gerufen hatte.

Hüthchen war es auch, die mir das rostige Hoftor öffnete, ein gehäkeltes Dreieckstuch in der völlig zu Recht vergessenen Farbkombination Orange-Braun um die Schultern gewickelt.

»Jaaaa?«, fragte sie, misstrauisch wie eine Hausfrau, der ein angeblich gerade entlassener Strafgefangener mit Zeitungsabonnements gegenübersteht. Aus dem niedrigen Gebäude hinter ihr drangen metallische Laute, die an einen Standmixer kurz vor dem Kollaps erinnerten.

»Guten Abend.« Ich drängte mich an ihr vorbei. »Ist meine Mutter noch wach?«

»Selbstverständlich«, knurrte Hüthchen und schloss das Hoftor wieder.

Über einen schmalen Pfad, vorbei an ausrangiertem Elektroschrott, gelangte man in das, was meine Mutter großzügigerweise »Loft« nannte.

Linker Hand standen ihre Möbel, rechts arbeitete Whithers in seiner Werkstatt. In der Mitte hatten sich zu der alten Samtcouch vom Mierendorffplatz noch einige Matratzen gesellt, über die Tapisserien geworfen waren, deren Herkunft ich nicht hinterfragen wollte. Auf einem dieser improvisierten Lager hatte sich meine Mutter ausgestreckt, elegant wie Tischbeins *Goethe in der römischen Campagna*, und blätterte in einem Katalog zur Ausstellung *Impressionismus-Expressionismus*. Ich hatte sie verpasst. Mutter natürlich nicht. Ihre Kunst- und Kulturbegeisterung kannte keine Grenzen. Sie ging an den eintrittsfreien Tagen ins Museum, sie ergatterte Karten zu acht Euro fürs Deutsche Theater, sie durchforstete die Programme der Kulturinstitute nach Ausstellungen und Kinovorstellungen, allesamt kostenlos oder für einen minimalen Eintritt, sie besuchte Podiumsdiskussionen, Lesungen und so gut wie jeden Tag der offenen Tür. Damit bewies sie mir, und das musste ich anerkennen, dass man auch mit sehr wenig Geld in einer Stadt wie Berlin am reich gedeckten Tisch der subventionierten Kultur nicht verhungern musste.

»Joachim?« Sie sah hoch und lächelte mich liebevoll an. Die grauen Haare immer noch in kleinen Dauerwellen, selbst zu dieser späten Stunde ordentlich frisiert. Die Augen wach und neugierig, wenn auch mit dieser verräterischen leichten Röte, die auf den Inhalt ihrer Teetasse zurückzuführen war.

»Das freut mich aber. Im Krankenhaus haben sie gesagt, du brauchst noch ein paar Tage. Ich habe schon ein paar Sachen für dich eingepackt.«

Ich beugte mich zu ihr hinunter und küsste sie auf die Wangen. »Bleib liegen«, sagte ich, als sie Anstalten machte aufzustehen. »Ich will nur schnell meinen Mantel holen.«

»Oh.« Suchend sah sie sich nach Hütchen um, die sich mit einer Tasse Kräutertee zu Whithers gesellt hatte.

»*Bonsoir!*«, rief ich zu ihm hinüber.

Whithers war Kanadier und pflegte seinen Akzent genauso sorgfältig wie seinen weißen Vollbart. Er winkte kurz herüber und ließ sich dann von Hüthchen eine Eisenkette reichen.

»Ingeborg hat ihn in die Reinigung gebracht. – Ingeborg?«

Unwillig drehte Hüthchen sich um. Mit ihrem merkwürdigen Umhang und der Kette in der Hand erinnerte sie mich an einen mittelalterlichen Folterknecht. Ihr düsteres Gesicht, das keine Altersmilde zuließ, war eine klare Absage an jedwede Kooperation.

»Hast du Joachims Mantel schon abgeholt?«

»Hängt am Kleiderschrank!«, rief sie zurück. Die Kette rasselte ohrenbetäubend über ein altes Ölfass.

Mutter stand nun doch auf, aber ich war schneller. Der Mantel war in eine dünne Plastikfolie gehüllt und sah aus wie neu.

»Wie geht es dir? Dass sie dich so schnell entlassen haben … Das sieht aber noch gar nicht gut aus in deinem Gesicht.«

»Alles bestens«, beeilte ich mich zu sagen. »Bloß ein paar Schrammen.«

»Du hast heute in der Zeitung gestanden.« Stolz wies sie auf die Nussbaumanrichte, die den Umzug überlebt hatte, aber mittlerweile als Werkzeugschrank diente. Darauf lagen die zusammengeknüllten Reste des Boulevardblattes. Ich wagte nicht daran zu denken, in was sich mein Heldenepos am kommenden Tag verwandeln würde. Alttay. Ich hatte ihn immer noch nicht angerufen.

»Ich bin sehr stolz auf dich. Frau Wesendonk vom Kiosk hat mich auf dich angesprochen, stimmt's, Ingeborg?«

Hüthchen brummte etwas, darauf konzentriert, sich von Withers Eisenkette nicht erschlagen zu lassen.

»Alles halb so wild«, wiegelte ich ab. »Danke für den Mantel. Ich muss jetzt los.«

»Achtzehn fuffzich«, sagte Frau Huth.

Ich kramte in meinen Hosentaschen nach Kleingeld.

»Lass doch.« Mutter versuchte, eine Schublade der Anrichte aufzuziehen, die seit Neuestem klemmte.

»Achtzehn fuffzich«, wiederholte Hütchen.

Ich legte einen Zwanzig-Euro-Schein auf die Anrichte. »Stimmt so.«

»Hilfst du mir mal?«

Mit vereinten Kräften gelang es uns, die Schublade schwungvoll aus dem Fach zu reißen. Der Inhalt – Schrauben, rostige Nägel, eine bemerkenswerte Anzahl Trillerpfeifen aus Blech und andere Trouvaillen, die mit Sicherheit nicht meine Mutter gesammelt hatte –, fiel auf den Boden. Darunter auch ein Foto.

»Ich habe nur diese eine Aufnahme«, sagt sie.

Ich erkenne vier lachende, junge Männer Anfang zwanzig. Sie tragen Arbeitshosen und Stiefel, ihre Oberkörper sind nackt und braungebrannt. Sie stehen auf dem Boden eines rissigen Fundaments, das sie gerade erneuern.

Etwas Elektrisches vibriert in meinen Nervenenden. Rachel sitzt deshalb in meinem Büro, weil sie dieses Foto ausgegraben hat. Meine Vergangenheit. Ich sehe mein eigenes junges Gesicht, glatt, unschuldig, fröhlich ...

Wer hat dieses Bild aufgenommen? Rebecca? Marianne? Sabine? Mike?

Ich erinnere mich dunkel: Es war ein heißer Tag, und ich war schwere Arbeit nicht gewohnt. Aber sie gefiel mir. Die Blasen an den Händen, der Muskelkater, die Erschöpfung, mit der ich abends auf die dünne Matratze fiel. Ein Bier und ich war betrunken.

Ich frage: »Warum sind Sie hier?«

Sie antwortet: »Wer von euch ist mein Vater?«

Tiefe Trauer. Sie breitet sich in mir aus wie schwarzer Rauch.

»Joachim? Was ist denn nur los mit dir?«

»Wie?«

Ich stand auf, zu schnell, und geriet ins Taumeln. Mutter griff nach meinem Arm. Ein Schmerz, irgendwo im Brustkorb. Nicht das Herz, wahrscheinlich die angeknackste Rippe. Ich war einfach zu früh wieder auf den Beinen.

»Das gefällt mir aber gar nicht«, sagte meine Mutter in dem Ton, in dem sie früher wahlweise Mumps, Masern oder Ärger mit der Schule diagnostiziert hatte.

»Woher hast du das?«

»Das Foto? Das war in deiner Manteltasche. Es ist aus Israel, nicht wahr?«

Ich begann die Schrauben und Trillerpfeifen aufzulesen. Hüthchen näherte sich mit der Neugier derer, die anderen gerne beim Aufräumen zusehen.

»Er war in Israel«, erklärte Mutter. »Als junger Mann hat er in einem Kibbuz gearbeitet. Drei Monate lang, oder?«

Ich brummte etwas, stand auf und stopfte den Unrat zurück in die Schublade, die sich nur mit Gewalt wieder schließen ließ.

»Israel«, wiederholte Hüthchen. »Da würde ich auch gerne mal hin.«

»Zum Arbeiten, Frau Huth?«

Wortlos wandte sie sich ab und ging in jenen Teil des Lofts, den man am ehesten als Küche bezeichnen konnte. Dort standen ein Gasherd, ein asthmatisch rasselnder Kühlschrank und die Essecke aus der alten Wohnung. Ich zog den Mantel an und verwahrte das Foto sorgfältig in der Innentasche.

»Willst du schon wieder gehen?«

»Ich muss, Mutter. Ich muss.«

»Isst du auch genug in letzter Zeit? Soll ich dir was aufwärmen? George hat heute Bœuf bourguignon gekocht. Er ist ein Meister darin. *N'est-ce pas?*« Die letzten Worte warf sie in seine Richtung.

Whithers hatte die Eisenkette mittlerweile nach allen Regeln seiner Kunst auf ihre Eignung als begleitende Krawallmacherin hin untersucht. Er ließ sie gerade über ein antikes zinnbeschlagenes Waschbrett rasseln. Darüber hing ein Mikrofon. Das Kabel führte zu einem Mischpult, das mit einer Bauarbeiterplane abgedeckt war. Es hatte den Gegenwert eines gebrauchten Jaguars.

»Danke. *Merci*.« Ich küsste Mutter zum Abschied, mittlerweile bestand sie auf der französischen Art: viermal. »Hast du eigentlich noch ein paar Sachen aus der Zeit damals? Postkarten oder Briefe?«

1987, da schrieb man noch mit der Hand. Wenn es schnell gehen musste, schickte man ein Telegramm oder ein Fax. Vor den Fernsprechern im Postamt bildeten sich nach Schichtende im Kibbuz lange Schlangen. Alle Wartenden waren *volunteers* wie ich. Sie steckten ihre abgezählten Schekel in den Schlitz und wählten Nummern in Irland, Großbritannien, Frankreich oder Deutschland. Die Gespräche waren kurz und unumgänglich notwendig. Mir geht es gut, bitte schickt mehr Geld.

Ich hatte nie einen Fotoapparat besessen. Das Festhalten von Augenblicken, das Suchen nach der richtigen Blende oder das Arrangieren des Motivs zerstörte meiner Ansicht nach den Moment. Vielleicht habe ich damals intensiver gelebt und die Dinge so in mein Gedächtnis eingraviert, wie ich sie gerne in Erinnerung behalten wollte. Es hatte mich ja auch lange Zeit nicht im Stich gelassen.

Jechida – Einheit. So hieß der Kibbuz, in dem ich drei heiße, zehrende Monate verbracht hatte. Er lag im Norden des Landes, in der Nähe der Hafenstadt Haifa, in die wir am Samstagabend aufbrachen, um dort unsere paar verdienten Kröten, eher Taschengeld als Lohn, auf den Kopf zu hauen.

Mutter wandte sich ratlos an ihr besseres Drittel, das in der

Küche zu nachtschlafender Zeit und trotz Bœuf bourguignon so etwas wie Rühreier zu fabrizieren begann.

»Wo ist denn die Kiste mit den Postkartenalben?«

»Weg«, antwortete Hütchen und schlug ein weiteres Ei in die Schüssel.

»Aber ... nein, sie kann nicht weg sein. Ich habe doch extra ›Erinnerungen‹ auf diese Kiste geschrieben. Sie ist im Keller. Oder nein, wir haben ja gar keinen Keller mehr.«

»Schon gut«, sagte ich. »Ist nicht so wichtig.«

Was hätte in dieser Kiste auch sein sollen, außer ein paar flüchtig geschriebene Karten mit nichtssagenden Worten?

»Vielleicht haben wir sie irgendwo untergestellt ... Inge, du musst doch wissen, wo die Kiste mit den Postkartenalben hingekommen ist?«

Mutter ging in die Küche, um diese Frage mit Hüthchen zu klären.

Whithers grinste mich an. »Könnten Sie mir bitte die beiden Abflussrohre reichen, *s'il vous plaît*?«

Ich reichte sie ihm und verabschiedete mich von den beiden Damen. Mutter versprach, all ihre Energie auf die Suche nach den Postkartenalben zu verwenden. Ich bat sie, es nicht zu tun, und verließ die Werkstatt mit dem beunruhigenden Gefühl, dass sie keine Ruhe geben würde, bis sie die schweinsledernen Folianten gefunden hätte.

10

Das Telefon klingelte um zwei Uhr vierzehn. Nachts. Die Stimme am anderen Ende klang heiser. So heiser, dass sie nur verstellt sein konnte.

»Wo ist sie?«

Obwohl mich der Anruf mitten aus dem Tiefschlaf gerissen hatte, war ich schlagartig wach. »Wer?«

»Rachel.«

»Wer sind Sie?«

»Das tut nichts zur Sache.«

Die anonymen Anrufer dieser Welt hatten auf diese Frage alle dieselbe Antwort.

»Welche Sache?«, fragte ich. »Es ist mitten in der Nacht. Rufen Sie mich morgen wieder an, wenn Ihnen Ihr Name wieder eingefallen ist.«

»Es ist dringend«, schnaufte der Anrufer. Männlich, Ende vierzig bis Mitte fünfzig. Rufnummer unterdrückt. »Ich muss mit ihr reden. Sagen Sie ihr das.«

»Ich sage ihr gar nichts, wenn Sie nicht …«

»Ich melde mich wieder.«

»Aber nicht …« Um diese Zeit, wollte ich noch sagen. Aber da hatte der Anrufer schon aufgelegt.

11

»Tel Aviv.«

Marie-Luise setzte sich an ihren Schreibtisch und rief die Seite eines Flugportals auf.

»Wenn von Schönefeld aus, dann hat Rachel Cohen die Abendmaschine um zehn nach neun genommen und sitzt jetzt längst mit einer Margarita am Strand.«

Ich bezweifelte, dass es eine Flüchtende genau dorthin ziehen würde. Aber ich saß ja auch an diesem Samstagmorgen in Marie-Luises Kanzleiwohnung und wusste nicht, warum es mich in Zeiten großer Ratlosigkeit immer wieder zu ihr hinzog. Vermutlich weil ihre fahrige Art mich zur Konzentration zwang. Oder doch eher deshalb, weil sie mich kurz nach sieben aus einem wüsten Traum geweckt hatte, in dem ich Scholl wieder und wieder fallen sah und philosophische Theorien zum Thema »Das Warten war vergebens« ausarbeitete, mit denen ich in Harvard hätte reüssieren können – wenn sie nicht beim ersten Klingeln des Telefons verpufft wären.

»Du hast einen Haftprüfungstermin um elf.«

Ich kann jedem versichern: Diese Worte *machen* klar.

»Ist Vaasenburg wahnsinnig? Er kann mir doch nicht allen Ernstes einen Totschlag zutrauen.«

»Vaasenburg nicht, aber Rütters. Nun reg dich nicht auf. Das müssen sie tun.«

»Ich soll mich nicht aufregen? Was, wenn sie mich gleich einbuchten? Was dann?«

Marie-Luise seufzte. Es klang nicht sehr mitfühlend, eher ungeduldig. Wenn sie mit allen ihren Mandanten so umging, war es kein Wunder, dass sie ständig pleite war.

»Das tun sie nicht, und das weißt du genauso gut wie ich. Zieh dir was an, nimm deinen Perso oder Reisepass mit ...«

»Ich weiß wieder, warum Rachel hier war.«

»Ich höre?«

»Nicht jetzt«, sagte ich. Wer meine Mails löschte, konnte auch jede Telefonleitung anzapfen. Vielleicht wurde ich langsam paranoid, aber Edward Snowden saß immer noch an einem geheimen Ort in Russland und legte beim Besuch seiner Anwälte alle Handys in den Kühlschrank. Hatte ich jedenfalls gelesen. Und Snowden hatte im Vergleich zu mir nur Hochverrat am Hals.

Wenig später also betrat ich zum ersten Mal seit langer Zeit wieder ihre Kanzlei, die einmal unsere gemeinsame gewesen war. Ich hatte erwartet, dass nichts mehr so aussehen würde wie zu meiner Zeit, dass sich bei ihr genauso viel geändert hätte wie bei mir. Das Gegenteil war der Fall. Sogar mein Briefbeschwerer, ein Golfspieler aus Bronze, stand noch auf dem Schreibtisch in meinem alten Büro. Es war ein seltsamer Moment, als ich ihn in die Hand nahm und daran dachte, zu welcher Gelegenheit Marquardt ihn mir geschenkt hatte. Man kennt solche Anwandlungen beim Stöbern in Schallplattenläden oder über Flohmärkte. Nicht der Wert an sich, sondern die Erinnerung macht aus Blech Gold.

Ich stellte den Golfspieler ab und bemerkte, dass Marie-Luise mich die ganze Zeit durch die offene Tür beobachtet hatte.

»Können wir?«, fragte sie scharf, bevor ich eine dumme Bemerkung machen konnte. »Hol dir einen Kaffee aus der Küche.«

Dann saßen wir vor ihrem Computer und checkten Rachels Fluchtweg.

»Wäre dir gestern ihr Name eingefallen, hätten wir das Problem jetzt nicht.«

»Wie oft soll ich dir noch erklären, dass man auf eine partielle Amnesie keinen Einfluss hat? Aber nun ist ja alles wieder da.«

»Dafür ist uns Rachel durch die Lappen gegangen. Schlaues Mädchen.« Marie-Luise scrollte mit gerunzelter Stirn durch das Flugangebot im Internet. »Egal, Israel und Deutschland haben ein Rechtshilfeabkommen. Sie wird ihre Zeugenaussage machen. – Wusstest du, dass Tel Aviv die Partymetropole überhaupt sein soll?«

»Nein.«

Ich suchte nach Flügen, nicht nach Partys. Mein Zeitfenster war verdammt knapp, wenn ich meinen Plan umsetzen wollte. Dafür brauchte ich nicht nur Marie-Luises Hilfe, sondern auch die von Vaasenburg, Rütters, der gesamten Staatsanwaltschaft und wohl noch einer Handvoll anderer, die davon bisher nichts wussten.

»Elf Uhr zehn ab Tegel.« Ich deutete auf den Monitor. »Braucht man für Israel eigentlich ein Visum?«

Sie drehte sich langsam zu mir um. »Das ist hoffentlich nicht dein Ernst. Wir müssen in zwei Stunden im Präsidium sein.«

»Das sehe ich anders.«

»Du kannst dich nicht einfach einem Haftprüfungstermin entziehen. Vernau! Die buchten dich noch am Flughafen ein. Weißt du nicht, wie das aussieht?«

»Doch«, antwortete ich, so ruhig es ging. »Deshalb möchte ich ja auch im Flieger sitzen und ohne Aufsehen durch die israelischen Einreisekontrollen kommen. Kriegst du das hin?«

Sie starrte mich an.

»Kriegst du das hin? Zehn Minuten? Bis der Flieger in der Luft ist?«

»Vernau ...«

Ich holte das Foto heraus und legte es vor ihr auf den Schreibtisch. Bei Tageslicht sah es noch altmodischer aus. Völlig zerknickt, der grün-rote Farbstich fast verblichen. Marie-Luise betrachtete es eingehend und mit kurzer, widerwilliger Heiterkeit, als sie mich erkannte.

»Du hattest mal eine Vokuhila?«

»Jechida. Ein Kibbuz in Israel, Ende der Achtziger. Ich war dort als *volunteer*, eine Art Freiwilligeneinsatz. Man konnte im Hühnerstall arbeiten, im Gewächshaus oder auf dem Bau. Da heben wir gerade ein Fundament neu aus. Rachel Cohen hatte dieses Foto bei sich.«

»Und?«

Ich deutete auf die einzelnen Gesichter. »Daniel Schöbendorf, meine Wenigkeit, Mike Plog, Rudolph Scholl. Wir vier aus Baracke drei. Wir waren schon eine ganz besondere Truppe.«

»Mike Plog und … Rudolph Scholl?«, flüsterte sie.

»Einer von uns ist Rachels Vater, behauptet sie. Sie wollte von uns wissen, wer.«

Marie-Luise sah mich an mit diesem Du-bist-verloren-oder-verrückt-Blick. »Ihr … Vater?«

»Es hat mich genauso überrascht wie dich.«

»Überrascht ist das falsche Wort. Es soll ja vorkommen, dass Männer über Jahrzehnte hinweg die Existenz ihrer Nachkommen leugnen.«

»Da gibt es nichts zu leugnen. Ich habe von Rebecca seit fast dreißig Jahren nichts mehr gehört. Wenn sie mich in Betracht gezogen hätte, dann hätte sie doch nicht so lange gewartet.«

Langsam tastete Marie-Luise nach einem Bleistift. »Wer bitte ist Rebecca?«

»Rebecca Kirsch. Rachels Mutter. Ich habe sie im Kibbuz kennengelernt. Sie war ein Mädchen …« Ich brach ab, weil ich nicht wusste, wie ich einen Menschen beschreiben sollte, auf den man erst sein ganzes Leben gewartet und dann den Rest davon vermisst hatte. Über den ich nun in meinem eigenen Interesse so reden musste, als ob er mir nie etwas bedeutet hätte. »Ein Mädchen«, fuhr ich fort. Meine Stimme klang belegt. »Sie war keine von den *volunteers*. Wir hatten wenig Kontakt zu den Kibbuzniks. Es gab sogar getrennte Essenszeiten im Speisesaal. Wir wohnten in kleinen Datschen, eher Baracken mit Mehrbettzimmern abseits von der Dorfgemeinschaft. Aber wir hatten auf jeden Fall die besseren Partys.«

Ich sah, wie Marie-Luise »1987« und »Jechida« aufschrieb.

»Sie ist Traktor gefahren. Mit siebzehn, stell dir das mal vor. Wir Jungs haben auf den Äckern gearbeitet. Ein Kibbuz ist eine Art kommunistische landwirtschaftliche Produktionsgesellschaft, in der es kein Privateigentum gibt.«

»Du musst mir nicht erklären, was ein Kibbuz ist. Ich bin im Sozialismus groß geworden.«

»Ich weiß.«

»Warum bist du dorthin?«

»Drei Monate Semesterferien und kein Geld für Urlaub?«

Sie nickte. »Dort habt ihr also Rebecca kennen und lieben gelernt. Was war das? Eine«, ihr Blick wanderte zu dem Foto, »*ménage à quatre?*«

»Nein.«

Zehn nach neun. Es würde knapp werden. Doch ich musste Marie-Luise im Boot haben, sonst war mein Plan jetzt schon gescheitert.

Ich setzte mich wieder hin, ihr gegenüber. Es war ein unbequemer Ledersessel aus den vierziger Jahren des vergangenen Jahrhunderts, der angeblich einmal Bertolt Brecht gehört hatte. Wer je seine Wohnung in der Chausseestraße besucht hat – mittlerweile ist sie ein Museum –, wird wissen, dass er einen ähnlichen Sinn für ausgesetzte Möbelstücke gehabt haben muss wie Marie-Luise. Man rutschte nach hinten und blieb, wenn man Pech hatte, in der Lücke zwischen Sitz und Rückenbespannung hängen.

»Wir alle waren verschossen in sie. Aber sie kam aus einer ziemlich konservativen jüdischen Familie.«

»Orthodox?«

»Nein, konservativ eben. Die Kibbuzniks waren Zionisten. Die Gründergeneration hatte den Nationalsozialismus und die Pogrome überlebt. Sie träumten von einem jüdischen Arbeiterstaat nach sozialistischem Vorbild. Aber dieses Ideal bröckelte. Als ich dort war, hatten sie die Kinderhäuser gerade abgeschafft und das alte Familienmodell wieder eingeführt. Die ersten deutschen Freiwilligen kamen in den sechziger Jahren. Damals wurde in jeder zweiten Familie noch deutsch gesprochen.«

Sie lehnte sich zurück, trommelte mit dem Bleistift ein paar Takte auf das Papier. »Ihr vier seid also aus Deutschland gekommen.«

»Wir und noch ein Dutzend andere. Jechida war ein großer Kibbuz, etwa sieben- bis achthundert Einwohner. Über vierzig Freiwillige. Es gab so eine Art Dorf im Dorf, auf der anderen Seite des Gemeinschaftshauses. Wir ...«

»Was war mit Rebecca?«

Ich stockte. Manchmal neigte ich dazu zu vergessen, was für eine großartige Anwältin Marie-Luise war. Wenn es sein musste, auf den Punkt konzentriert.

»Sie war manchmal abends am Lagerfeuer dabei.«

»Wie ist sie an euer Lagerfeuer gekommen?«

Ich sah aus dem Fenster auf die gegenüberliegende Fassade des Hinterhofs, die mittlerweile in einem freundlichen Ocker gestrichen war. »Sie war jung. Wir waren jung. Es gab nicht viel Abwechslung.«

»Warst du mit ihr zusammen?«

»Zusammen ... nein. Ihre Eltern ... Sie war erst siebzehn. Ihre Mutter hat nur überlebt, weil sie als Kind einen der letzten Plätze in einem der Züge nach England bekommen hat. Keiner von uns hatte eine reale Chance bei ihr.«

»Du meinst, Rachel lügt?«

»Das habe ich nicht gesagt.«

Marie-Luise legte den Bleistift ab und lehnte sich zurück. Gedankenverloren begann sie sich mit ihrem abgewetzten Chefsessel von der einen auf die andere Seite zu drehen. »Weißt du, was ich nicht verstehe? Sie hätte einfach ihre Mutter fragen können. Die müsste es doch wissen.«

Rachel nimmt das Foto wieder an sich.

Ich weiß mittlerweile, dass sie gar keinen Anwalt braucht. Ich stand eben im Telefonbuch, die anderen nicht. So hat sie mich gefunden. Mein Name war immer noch in den alten Listen des Kibbuz' vermerkt, zusammen mit den drei anderen, die im Sommer 1987 so unbeschwert in die Kamera gelacht hatten. Uns vier hat sie gesucht. Uns und niemand anders.

Es sei einfach gewesen, das herauszufinden, sagt sie. In Jechida erinnern sich noch einige an diesen Sommer und an die vier jungen Deutschen aus Berlin. Sie hat ihnen das Foto gezeigt und die Listen durchforstet, und schon hatte sie unsere Namen.

»Wer von Ihnen ist mein Vater?«

Erst glaube ich, dass ich sie falsch verstanden habe. Dann wiederholt sie die Frage. Meine erste Reaktion: Abwehr.

»Das muss Rebecca wissen, nicht ich.«

»Meine Mutter ist tot. Wussten Sie das nicht? Sie ist am Tag meiner Geburt gestorben.«

Noch verstehe ich die Tragweite nicht. Ich stehe auf und gehe zum Fenster, nur um ihr den Rücken zukehren zu können. »Wie ... wie ist es passiert?«

»Man hat mir etwas von postnatalen Depressionen erzählt. Sie hat sich umgebracht.«

Ich will fragen, warum. Wie es passiert ist. Aber ich kann es nicht. Stattdessen atme ich tief durch und versuche es mit profes-

sioneller Freundlichkeit. »Man hat es Ihnen wahrscheinlich schon oft gesagt …«

Ich drehe mich wieder zu Rachel um. Sie hat sich gerade heimlich eine Träne aus den Augen gewischt.

»… wie ähnlich ich ihr sehe, ja. Das meint Vater auch immer.«

Überrascht setze ich mich wieder. »Sie haben also einen Vater?«

»Uri«, *antwortet sie.* »Vielleicht erinnern Sie sich an ihn. Er war damals auch im Kibbuz.«

Ich schüttele den Kopf. Einen Uri hat es damals nicht gegeben. Nicht bei den volunteers, *nicht auf den Äckern. Nicht für uns, die wir wenig mehr als Sonne, Bier und Mädchen im Kopf hatten.*

»Uri hat meine Mutter im fünften Monat geheiratet. Er hat mich aufgezogen. Er steht auf meiner Geburtsurkunde. Aber er ist nicht mein leiblicher Vater.«

»Woher wissen Sie das?«

Ihre Selbstsicherheit bekommt einen Riss. Verlegen sieht sie auf ihre Hände, nimmt schließlich das Foto und spielt damit herum.

»Ich habe es immer geahnt. Als Kind habe ich geglaubt, man hätte mich vertauscht. Irgendetwas stimmte nicht. Aber er hat mir nie die Wahrheit gesagt, und ich habe nie gewagt zu fragen. Und jetzt habe ich jemanden kennengelernt …«

Sie bricht ab und spielt nervös mit dem Verschluss ihrer Handtasche. Für mich hat es den Anschein, als ob auch diese Beziehung nicht ganz unkompliziert wäre.

»Ist auch egal. Jedenfalls habe ich nach meiner Geburtsurkunde gesucht und dabei die Unterlagen von der Klinik gefunden. So habe ich entdeckt, dass meine Mutter im fünften Monat schwanger war, als sie heiratete.«

»Das kommt öfter vor, als man meinen sollte.«

»Aber es war nicht Uri! Es war einer von Ihnen.« *Sie legt das Foto wieder hin.*

»Was macht Sie da so sicher?«

Rachel schluckt. Sie muss ein Geheimnis verraten. Will sie das wirklich? Zögernd öffnet sie die Handtasche. Sie sucht ein Kuvert heraus und schiebt es mir nach ein paar Sekunden Bedenkzeit herüber.

»Rebecca«, *steht darauf. Handschriftlich, in Druckbuchstaben, mit Tinte. Es wurde vor langer Zeit mit einem Brieföffner aufgeschlitzt. Ich habe keine Mühe, ein gefaltetes Blatt Papier herauszuholen. Dabei fallen zwei Fahrkarten auf den Tisch. Bis auf die leicht vergilbten Ränder sind sie wie neu. Die Perforation zwischen Abriss und Karte ist intakt. Sie wurden nie benutzt.*

»Ferry Tickets von Haifa nach Limassol«, *erklärt Rachel.* »Vom siebten Oktober siebenundachtzig. Da war sie im dritten Monat.«

Ich falte das Blatt auseinander. Friedrich Rückert, lese ich überrascht.

»Du bist mein Mond, und ich bin deine Erde/du sagst, du drehest dich um mich.«

Sie senkt den Kopf und spricht die letzten Worte mit. »Ich weiß es nicht, ich weiß nur, dass ich werde/in meinen Nächten hell durch dich.«

Das Gedicht ist eines der wunderbarsten der deutschen Romantik. Die Schrift ist schön. Schwungvoll, deutlich, damit kein Wort als unleserlich verschwendet wird. Mit Tinte auf ein weißes Blatt Papier geschrieben, das durch die Jahre fadenscheiniger und weicher geworden ist.

Rachel beobachtet jede Regung von mir. Ahnt sie etwas? Bekommt sie mit, dass ihre Mutter mehr für mich war als eine flüchtige Urlaubsbekanntschaft? Ich muss mich räuspern, um den Hals freizukriegen.

»Das sagt gar nichts.«

Sie schüttelt unwillig den Kopf. »Das sagt alles. Sie kennen Uri nicht. Sex vor der Ehe? Eine Todsünde! Und dann Rückert. Leidenschaft, Herzblut, Poesie. All das, was mein sogenannter Vater nicht hat. Dazu noch ein deutscher Dichter – da gibt es andere. Das Wichtigste aber ist das Datum der Ferry Tickets.«

»Siebter Oktober neunzehnhundertsiebenundachtzig«, lese ich.

»Da war Uri beim Militär und hat bei einer bewaffneten Auseinandersetzung im Gazastreifen einem Shin-Beth-Offizier das Leben gerettet. Ein anderer wurde getötet. Die vier Dschihadisten auch. Sie können es nachlesen.«

»Sind Sie sicher?«

»Er hat sogar eine Urkunde dafür bekommen. Also, wenn Uri an dem Tag an einem Gefecht im Gazastreifen beteiligt war, mit wem wollte meine Mutter dann heimlich nach Zypern abhauen?«

»Ich weiß es nicht.«

»Haben Sie einen Brief von meiner Mutter bekommen?«

»Nein.«

»Sind Sie sicher? Gab es nie Post aus Israel?«

Ich muss gar nicht nachdenken. »So leid es mir tut, nein.«

»Aber Sie müssen etwas wissen! Sie waren doch da! Sie alle vier waren da!«

Ich kann immer noch nicht klar denken. Rebeccas Tod geht mir nahe. Doch ich will es vor diesem Mädchen nicht zeigen, damit es keine falschen Schlüsse daraus zieht. Es ist vielleicht keine angemessene Reaktion, aber die einzige, zu der ich im Moment fähig bin. Rasch schiebe ich das Gedicht und die Tickets in den Umschlag zurück und reiche ihn ihr. Ich fühle mich schlecht, weil ich ihr nicht die Wahrheit sage.

»Ich kann Ihnen nicht helfen.«

Sie springt auf. Ihr hübsches Gesicht ist verzerrt von Wut und Trauer. »Das akzeptiere ich nicht.«

»Rachel, ich verstehe Sie ja.«

»Nichts. Nichts verstehen Sie. Ich habe den Krankenbericht gelesen. Meine Mutter hat sich umgebracht.« *Sie nimmt die Tickets und hält sie mir entgegen, als wären sie ein gerichtsverwertbares*

Beweisstück. »Sie hat sich umgebracht, weil sie verraten und verlassen, weil sie in höchster Not sitzengelassen wurde.«

Ich weiß nicht, was ich sagen soll. Vielleicht zögere ich einen Moment zu lange. Mir fehlen die richtigen Worte. Es ist zu viel, was sie mir da gerade präsentiert. Aber ihr reicht es noch nicht, sie legt noch eine Schippe drauf.

»Es war einer von euch. Und wenn ich ihn kriege, dann gnade ihm Gott.«

Zwanzig nach neun. Die Zeit rannte mir davon. Marie-Luise hatte mir, ohne mich zu unterbrechen, zugehört und sich dabei ihre Notizen gemacht. Jetzt hielt sie inne, sah von ihrem Papier auf und hatte denselben Gedanken wie ich.

»Rache?«

Ich hob hilflos die Hände. »Gut möglich, Scholls Tod könnte das Resultat einer aus dem Ruder gelaufenen Auseinandersetzung sein. Aber mit Sicherheit kein Mord. Rachel ist keine Mörderin. Es war ihr Plan, dass ich sie mit dem Rest der Gang zusammenbringe.«

»Der Rest der Gang ...« Mit einem ironischen Lächeln lehnte Marie-Luise sich zurück. »Was ist aus euch geworden?«

»Der Pool war unser letztes gemeinsames Ding. Eine Baustelle, an der wir alle zusammen gearbeitet haben. Ich bin zwei Wochen früher abgereist als die anderen, weil ich noch nach Jerusalem wollte. Scholl und Plog sind zusammen zurück nach Berlin geflogen, soweit ich weiß. Daniel, der schon immer ein Weltenbummler war, ist weiter nach Griechenland. Korfu, glaube ich. Das war's. *Gone with the wind.*«

Sie nickte mit einem zustimmenden Hmmm. »Und ihr hattet anschließend keinen Kontakt mehr?«

»Nein. Scholl bin ich mal auf dem Flohmarkt am Kupferstichkabinett begegnet. Ein paar Sätze, mehr nicht.«

»Ich denke, das reicht. Wir sollten den Haftrichter unbedingt auf folgende Punkte hinweisen ...«

Ich hörte Marie-Luise reden, aber meine Gedanken, rasend wie ein aus der Kontrolle geratenes Kettenkarussell, blendeten ihre Worte aus. Ich hatte ein Motiv. Zu wem war Rachel noch gegangen? Zu Mike? Zu Daniel? Hatte sie ihnen erzählt, dass Vernau, der Depp, Rebecca nie vergessen hatte? Wollte jemand den Verdacht auf mich lenken? Oder war ich der Täter? In was, verdammt noch mal, war ich hineingeraten?

»Ist alles okay?« Marie-Luise unterbrach sich und warf mir über den Schreibtisch einen besorgten Blick zu.

»Ja, alles in Ordnung.«

»Ihr beide, du und Rachel, seid also gemeinsam in die Pestalozzistraße. Dort ist die Sache dann eskaliert.«

Ich zuckte mit den Schultern. Ich wusste nicht mehr, was ich glauben sollte. Mein Hirn war in der Lage, mich zu narren. So ähnlich musste man sich fühlen, wenn einen die Beine auf einmal nicht mehr tragen wollten oder die Hand beim Schreiben zu zucken begann. Das Vertrauen in die eigenen Fähigkeiten war erschüttert. Ob es jemals wiederkehren würde?

»Lukas und Marvin sind schon da, als ihr eintrefft. Ob durch Zufall oder geplant, werden wir herausfinden müssen. Du bist von ihnen zusammengeschlagen worden und im Krankenhaus gelandet. Die beiden Hooligans belasten dich, der Angreifer zu sein, Scholl verweigert die Aussage. Du bist am nächsten Tag zu ihm, um ihn zum Reden zu bringen.«

»Er war dazu bereit. Und er hat im Großen und Ganzen meine Sicht der Ereignisse bestätigt.«

Wieder kritzelte ihr Stift über das Papier. »Gab es Zeugen, als er dir das gesagt hat?«

»Nechama vielleicht, seine Tochter. Aber sie war nicht lange genug dabei. Er hat sie in den Keller geschickt, um Wein zu holen. Ich habe ... Wie oft soll ich das eigentlich noch wiederholen?«

»Scholl wollte also aussagen. Du verlässt die Wohnung, bist schon auf der Straße, und da passiert es. Könnte es seine Tochter gewesen sein?«

War es so? Oder fehlte mir plötzlich wieder ein Teil? Ich versuchte, meine Unsicherheit mit nervöser Gereiztheit zu überspielen. »Nein ... nein, ganz sicher nicht.«

Ihr Blick schien mich zu durchbohren. »Gibt es irgendetwas, das du mir verschweigst? Dann wäre jetzt ein verdammt guter Zeitpunkt, mit der Sprache rauszurücken.«

Ich stand auf. »Ich muss nach Tel Aviv, Rachel finden.«

»Sie ist eine Tatverdächtige! Ihr seid beide ...«

»Nein!« Ich beugte mich vor. »Rachel Cohens Name wurde aus allen Computersystemen entfernt. Ruf Vaasenburg an und frag ihn, ob er sie auf einer der Passagierlisten der Flüge von Tel Aviv nach Tegel oder bei den Passkontrollen gefunden hat. Wenn ja, bleibe ich da, und Europol, oder wer auch immer mit den Israelis zusammenarbeitet, kann sich darum kümmern. Wenn nein, dann gibt es nichts, was mich hier noch hält. Dann weiß sie, wer Scholl umgebracht hat. Und jemand ist gerade dabei, sie zu löschen.« *Delete.* Ich nahm das Foto und stand auf. »Ruf mich an. Du kannst mich noch bis elf erreichen.«

12

»Ich komme.«

»Gut.«

Rachel Cohen atmete erleichtert auf. Sie warf das Handy in ihre Handtasche und verließ an diesem Samstagmorgen ihr Apartment am Basel Square in großer Hast. Die vier Blocks hinunter zur Dizengoff Street lief sie zu Fuß. Das war immer noch schneller, als ein Taxi zu rufen und darauf zu warten, ob es auch käme.

Es war ein erstaunlich frischer und klarer Morgen für diese Jahreszeit. Das Meer, nur ein paar hundert Meter entfernt, schickte die Schreie der Möwen und den Duft nach Sand und Tang herüber.

Normalerweise säße sie jetzt mit ein paar Freunden am Gordon Beach und würde die Stand-Up-Paddler beobachten, die Windsurfer und die Schwimmer, die sich die Wellen teilten, bevor die Touristen den Strand bevölkern würden. Und natürlich die tätowierten jungen Männer mit ihren muskulösen Körpern, die genau wussten, dass man ihnen mit Blicken folgte, wenn sie vorüberjoggten. Oder sie säße mit Haylee in einem der kleinen Coffeeshops im Yemenite Vineyard, dem quirligen Viertel rund um den Carmel Market. Zu ihren Füßen die Einkaufstaschen, aus denen die Beute des frühen Morgens herauslugen würde: Avocados, Trauben, dunkelrote, kleine Tomaten; ein Pfund Hummus von Ahmad, der sein Geheimrezept für Kichererbsenpüree hütete wie einen Schatz. Sesamkringel, Tahini, Baguette, Croissants und Profiteroles. Letztere eine Morgengabe der französischen Immigranten, die dem Norden von Tel Aviv den Beinamen »Klein Paris« beschert hatten. (War es nötig zu erwähnen, aus welchen bösen Gründen in den letzten Jahren so viele Juden aus Frankreich nach Israel gekommen waren? Benjamin Netanjahu lud sie alle ein zu kommen, aus Frankreich, Deutschland, Italien, Spanien … An den Tischen der Cafés wurde oft darüber diskutiert, wie Israel die Einwanderermassen bewältigen sollte, sollten tatsächlich alle der Einladung folgen).

Rachels Magen knurrte, und sie wünschte sich, sie hätte ihre Wohnung nicht ohne einen Espresso verlassen.

Aber sie musste so schnell wie möglich in die Firma. Die Lufthansa-Maschine war erst nach Mitternacht in Tel Aviv gelandet. El Al flog freitags nicht, und sie war froh gewesen, dass sich vor dem Terminal noch ein paar übermüdete arabische Taxifahrer aufgehalten hatten. Die kurze Fahrt vom Ben-Gurion-Airport zu ihr nach Hause hatte sie, ebenso wie den Flug, in aufgekratzter Müdigkeit verbracht. Nach dem Schock war die Angst gekommen und nach der Angst die Flucht. Die Dinge waren ihr aus der Hand geglitten, und jedes Mal wenn sie im Flieger kurz eingenickt war, deutete Scholl mit zitternder Hand auf sie, öffnete den Mund, und aus diesem Mund quoll Blut …

Dann die Furcht, dass man sie doch noch erwischen würde. Zur Untätigkeit verdammt, die Zeit im Nacken, saß sie eingeklemmt zwischen den engen Sitzen und verbrachte so die längsten vier Stunden ihres Lebens. Beim Landeanflug hatte sie sich über ihren schlafenden Sitznachbarn gebeugt und die schimmernde Küstenlinie betrachtet. Vielleicht sind es meine letzten Minuten in Freiheit, hatte sie gedacht. Fast wären ihr die Tränen in die Augen gestiegen, als sie den alten Hafen von Alt-Jaffa erblickte und die hell erleuchteten Hotels. Tel Aviv, meine große Liebe. Du hast die Flüchtenden schon immer an dein großes Herz gedrückt. Bitte lass mich nicht hängen.

Die Nervosität bei der Einreise, als ihr schien, dass man ihre Papiere diesmal länger als nötig prüfte, dann ein knappes Lächeln. »*Brukhim haBaim.*« Willkommen, aufatmen.

Ich bin zurück.

Zurück von dieser wahnsinnigen Reise nach Berlin und so vielen Fragen, zurück, um neue zu stellen, die mir Angst machen. Zurück in der Ungewissheit, die nur noch schlimmer geworden ist, zurück von den Toten …

In ihrem Apartment angekommen hatte sie den Koffer unausgepackt in die Ecke gestellt, eine Schlaftablette genommen und sich trotzdem unruhig durch den Rest der Nacht gequält.

An der Dizengoff Street hielt sie Ausschau nach einem Taxi. Schabatt, bis Sonnenuntergang. Die Fahrer der wenigen Wagen waren Araber oder Touristen. Normalerweise liebte sie diese ruhigen Stunden, in denen die Stadt, die niemals schlief, Atem schöpfte. An diesem Morgen jedoch verfluchte sie die Tatsache, nicht schon Anfang der Woche nach Berlin geflogen zu sein. Aber es hatte ja alles schnell gehen müssen, wie immer bei ihr. Nur hatte dieses Mal kein Rick neben ihr gestanden und »Mach mal langsam« gesagt.

Rick! Sein Name war ein Stich ins Herz. Allein seinetwegen hatte sie die Büchse der Pandora geöffnet. Die Ungeheuer, die sie befreit hatte, drohten sie nun zu verschlingen.

Ein uralter Ford hielt neben ihr. »Wohin?«

»Rothschild.«

Der Fahrer, ein junger Palästinenser, drehte die arabische Musik im Radio leiser und öffnete ihr die Tür. Rachel ließ sich auf den Sitz fallen, und der Wagen setzte sich, schwankend wie ein Schiff, in Bewegung.

Die kurze Strecke fuhr sie eigentlich mit ihrem eigenen Auto. Doch das stand immer noch auf dem Parkplatz am Hafen, wo sie sich mit Rick getroffen hatte. Im »Container«, einer Bar, die ihrem Namen alle Ehre machte, aber die besten Drinks am ganzen Mittelmeer servierte. Die Liveband spielte ZZ Top und Madonna, sie hatten getanzt, ausgelassen, wild, bis sie sich in den Armen gelegen und geküsst hatten ...

Wieder ein Stich. Sie kannte Rick nun seit einem halben Jahr, er war ein Kollege. Ihre Firma delete.com war eines der erfolgreichen Start-ups, die es aus dem Florentine Quarter an den Rothschild Boulevard geschafft hatten. Zwei Dutzend Mitarbeiter, Israelis, Briten, Deutsche, nach Jahren zwischen Hoffnung und Konkurs endlich zweistellige Gewinne nach Steuern. Die Firma war ihr Baby, das sie großgezogen hatte und auf das sie stolz war. Als Rick zu ihnen gestoßen war, fand sie schnell heraus, dass auch er ein 8200er war – ein Angehöriger der *High Tech Development Unit* des israelischen Militärs – und dass sie gemeinsam am IDC, *dem Interdisciplinary Center*, in Herzlia studiert hatten, wenn auch in getrennten Jahrgängen.

Vor Rick hatten ihre Freunde sie gerne damit aufgezogen, dass sie über der Arbeit ihr Liebesleben vernachlässigte. Sie hatte immer darüber gelacht, laut und herzlich. Wenn ihr der Sinn nach Liebe stand, musste sie nur in einen der Clubs gehen, ins »Radio« oder das »Kuli Alma«, und sich einen von den hungrigen jungen Kerlen aussuchen, die dort mit leuchtenden Augen an der Bar standen. »*Where do you come from? Tel Aviv?*« Für jeden dieser sonnenbrandroten Iren, Franzosen oder US-Amerikaner war es das heißeste, eine waschechte Einheimische aufs Kreuz zu legen. Rachel hatte schnell herausgefunden, dass es einen Zusammenhang gab zwischen der Art, wie ein Mann sich auf der Tanzfläche bewegte, und der, wie er sich im Bett anstellen würde.

Guter Tänzer – du darfst mir einen Drink spendieren.

Schlechter Tänzer – du darfst mir einen Drink spendieren, *toda, and bye* ...

»Mind Space«, sagte sie.

Der Fahrer nickte und schaukelte seine Fregatte über den Boulevard. Fast alle Geschäfte hatten geschlossen.

Rick konnte sogar sehr gut tanzen. Auch im Bett hielt er, was sie sich von ihm versprochen hatte. Es war mehr gewesen als der Hunger nach einer Liebesnacht. Die gemeinsamen Interessen. Wie sie sich die Köpfe heißreden konnten, wenn es um die Weiterentwicklung von delete.com ging. Ihre Ideen, seine Lösungsvorschläge. Rachel hatte begonnen, ihn auch während der Arbeit mit anderen Augen zu sehen. Wenn er im Konferenzraum etwas am Smartboard erklärte, glitt ihre Aufmerksamkeit immer öfter vom Inhaltlichen weg. Sie ertappte sich dabei, wie sie seinen Bewegungen folgte – elegant, zurückhaltend, kräftige, schöne Hände. Wie sie seinen Körperbau beurteilte – breite Schultern, muskulös, mit eins achtzig fast einen Kopf größer als sie. Wie ihre Blicke schließlich sein Gesicht abtasteten – die Stirn fast verschwunden hinter dunklen Locken, dazu der starke Kontrast zu seinen blauen Augen, schmale Nase, sensibler Mund ... Er fragte sie etwas, und sie hatte keine Ahnung, worüber er geredet hatte. Da hatte sie sich zum ersten Mal eingestehen müssen, dass Rick sie durcheinanderbrachte.

Oh ja, sie waren ein gutes Team. Bei der Arbeit, beim Tanzen, im Bett. Nach ein paar Wochen ertappte Rachel sich bei dem Gedanken, dass eine Verbindung mit Rick sich nahtlos in ihren Lebensentwurf einfügen würde. Sie brauchte weder Kinder noch Familienleben, um glücklich zu sein. Auch keinen Partner, der sich aus kleinlicher Eifersucht nicht damit zufriedengab, die zweite Geige zu spielen. Der Mann, der es eines Tages an ihrer Seite aushalten sollte, musste souverän und stark genug sein, um ihr zu folgen. In einem Land wie Israel, das in Rachels Augen von Machos regiert wurde, war so jemand schwer zu finden. Bis Rick aufgetaucht war.

Die Erinnerung an ihre letzte gemeinsame Nacht schmerzte

deshalb so sehr, weil Rachel zum ersten Mal das Gefühl gehabt hatte, mit diesem Mann mehr als nur das Bett teilen zu wollen. Sie hatten immer öfter von Dingen gesprochen, die in der Zukunft lagen. Einer *gemeinsamen* Zukunft. Warum also keine Hochzeit?

Aus diesem Grund war sie, ohne lange darüber nachzudenken, an den alten Schrank ihres Vaters gegangen und hatte die Hutschachtel durchstöbert. Darin lagen alte Fotos, die keinen Platz in den Alben gefunden hatten, ein paar Postkarten in Schwarzweiß, einige Urkunden, alte Zeugnisse, das Familienbuch – und ganz unten der Umschlag. Fassungslos war sie mit dem Gedicht und den Ferry Tickets in der Hand vor ihren Vater getreten.

»Was ist das? Was hat das zu bedeuten?«

Uri war so bleich geworden wie das Papier in ihrer Hand. Sie hatte ihn angeschrien, gefleht, gebettelt. Warum hast du mich angelogen all die Jahre? Rechne doch mal zurück. Sag mir, wer dieser Mann war, mit dem meine Mutter durchbrennen wollte.

Er hatte einfach die Augen geschlossen und alles über sich ergehen lassen. Beharrlich hatte er geschwiegen. In diesem Moment war er nicht mehr ihr Vater. Aller Respekt, alle Liebe, die sie je für ihn empfunden hatte, waren verschwunden. Noch nie hatte sie einen Menschen so sehr gehasst.

Der Fahrer bog in den Rothschild Boulevard ein. Rachel sah aus dem Fenster, aber sie nahm die Gebäude nicht wahr. Stattdessen lief sie in Gedanken noch einmal die Treppen zu Ricks Wohnung hoch. Nie in ihrem Leben hatte sie so eine überwältigende Sehnsucht nach einem Menschen verspürt, einem Menschen, der sie verstehen würde. Dem sie sich anvertrauen konnte. Der sie in die Arme nehmen und ihre Tränen trocknen würde.

Die Tür zu seiner Wohnung öffnete sich. Heraus trat eine Frau Anfang dreißig, bleich, in weiter Bluse und langem Rock. Sie trug eine Perücke, die typische Kleidung einer *haredit*. Überrascht blieb Rachel stehen. Was hatte eine *eshet chayil*, die »ehrenwerte

Frau« eines orthodoxen Juden, bei Rick verloren? Noch dazu allein, im Sündenbabel Tel Aviv, in das diese streng religiösen Eiferer keinen Fuß setzten?

Da erst entdeckte sie Rick, der gerade die Tür schließen wollte, und es war wie ein weiterer Schnitt ins Herz. Er wirkte überrascht, beinahe übertölpelt, während die Frau Rachel abschätzig von oben bis unten betrachtete.

»Wer ist das? Will sie zu dir?«

Langsam, wie in Trance, stieg Rachel zwei weitere Stufen hoch. Rick sah aus, als würde er am liebsten im Erdboden versinken.

»Ja«, antwortete sie ebenso gedehnt wie abwartend. »Rick?«

Er holte tief Luft. »Darf ich vorstellen? Rachel Cohen, meine Chefin. Und das ist Sofia, meine Frau.«

Rachel schloss die Augen. Es war ihr egal, ob der Fahrer sie verstohlen musterte und sich fragte, was mit seiner seltsamen Passagierin nicht stimmte.

Der Schmerz verwandelte sich in kalt glühende Wut. Zweimal verraten, beide Male von den Menschen, die sie am meisten liebte. Ja, sie hatte Rick geliebt. Sie hätte alles dafür gegeben, wenn sie sich dieses Eingeständnis in einem glücklicheren Moment hätte geben können.

»Madam?«, fragte der Fahrer.

Sie nickte ihm kurz zu. »Alles okay. Da vorne können Sie mich rauslassen.«

Rachel war gegangen ohne ein Wort, den triumphierenden Blick der anderen im Rücken, dazu Ricks schwaches »Lass uns reden«. Aus, aus, aus. Weg mit diesem Menschen aus ihrem Herzen.

Noch auf dem Weg hinunter auf die Straße hatte sie den Entschluss gefasst, nach Berlin zu fliegen. Unmöglich, Rick am nächsten Tag im Büro in die Augen zu blicken. Irgendetwas musste zwischen sie und dieses doppelte Waterloo. Etwas, das ihr

Klarheit über ihre Herkunft bringen würde, einen tiefen Schnitt, neue Erkenntnisse. Die Wut, derart belogen worden zu sein, hatte sie bis nach Berlin getragen. Ab da war alles schiefgegangen ...

»Fünfzehn Schekel.«

Der Fahrer hielt. Rachel reichte ihm einen Zwanziger, wartete nicht auf das Rückgeld und stieg aus.

Sie stand vor einem futuristischen Gebäude, schwarz verglast, statt Ecken kühn geschwungene Linien: das Mindspace. Ein Bürohaus am Boulevard Rothschild, in dem sich Start-ups und High-Tech-Entrepreneure angesiedelt hatten. Im Herzen der Weißen Stadt, dem Bauhaus-Viertel, wo sich auf wenigen Kilometern Banken, Theater, Geschäfte und Sterne-Restaurants drängten. In der Mitte der breiten Straße ein Grünstreifen, Treffpunkt von Flaneuren, Touristen und Geschäftsleuten, die an einem der vielen Kioske einen Bagel oder ein Sandwich als schnelle Mittagsmahlzeit zu sich nahmen.

Der Umzug aus dem quirligen Florentine Quarter an den vornehmen Boulevard hatte für Rachel symbolischen Charakter. Die Zeiten von Chaos und Aufbruch waren vorbei. Jetzt kam die Konsolidierung.

Während sie das Foyer betrat und auf den Aufzug wartete, zog sie Parallelen zu ihrem eigenen Leben. Ja, es war an der Zeit. Sie durfte ihre Energie nicht an nutzlose Gefühle verschwenden. Ob Vernau ein guter Tänzer war?

Sie erreichte den sechsten Stock, schlüpfte ungeduldig durch die erst halb geöffneten Lifttüren und hastete den Gang hinunter zu einer der vielen Glastüren.

Delete.com.

Ihr Baby. Ihre Firma. Ihre Rettung.

Der Kaffeeduft überraschte sie. Als Erstes kam ihr Haylee entgegen, Mitte zwanzig, punkig rote Haare, wie immer in ihrem Ramones-T-Shirt (besaß sie eigentlich noch ein anderes?), eine

Immigrantin, die es aus den endlosen Maisfeldern von Marshall glücklicherweise an die University of Illinois in Champaign geschafft hatte und nach ihrem Abschluss weiter nach Tel Aviv. Haylee war eine der besten Programmiererinnen, die Rachel kannte. Zweimal die Woche nahm Sie Hebräisch-Unterricht.

»Hi. Schabatt Schalom.«

»Schabatt Schalom«, antwortete Rachel.

Es war normal, dass auch am Wochenende gearbeitet wurde. Ihre Kunden zahlten für den Support, vierundzwanzig Stunden, sieben Tage die Woche. Wer in Tokio, Houston oder Paris würde schon verstehen, dass der Schabatt am Freitag bei Sonnenuntergang begann und bis zum Aufgehen der drei Abendsterne am Samstag andauerte? Tel Aviv war keine religiöse Stadt. Wer am Wochenende arbeiten musste, der tat es.

Haylee grinste ihr Koboldlächeln. »Auch einen Kaffee?«

»Gerne.«

Rachels Puls begann zu jagen, als sie am Fenster die vertraute Gestalt von Rick erkannte. Wie immer sah er nur kurz hoch und nickte ihr zu. Das beruhigte sie, und gleichzeitig kroch Wut in ihr hoch. Gut. Keine Szene, keine Erklärungen. Saß einfach da wie immer, der Typ. Hatte ja auch nur mal eben eine kleine Terminkollision zwischen Ehefrau und Geliebter ohne Schaden überstanden. Der kommt noch, dachte Rachel. Mach dich auf was gefasst.

»Wie war Berlin?«

»Berlin? Gut. Danke.«

Rachel durchquerte das Großraumbüro und ging direkt auf Rick zu. Ihr Atem schien auf einmal nicht mehr zu reichen, die Knie wollten ihr auch nicht mehr so recht gehorchen. Teenager-Allüren. Sie blieb vor ihm stehen und verschränkte die Arme.

»Kommst du mal?«

Überrascht blickte er auf. Um ihre Unsicherheit zu verbergen, hatte sie einen besonders kühlen Gesichtsausdruck aufgesetzt. Aber sie merkte, wie die kühle Selbstsicherheit zu bröckeln begann.

Sie wartete, bis er ihr Büro betreten hatte, und schloss die Tür besonders sorgfältig. Dann stellte sie die Jalousien vor den Fenstern so ein, dass niemand hineinsehen konnte. Im schattigen Halbdunkel bemerkte sie, dass er grinste.

Sogar das stand ihm gut.

»Du musst meinen Rückflug und die Einreise nach Israel löschen.«

Bis ihr Computer hochgefahren war, dauerte es zwei Minuten. Genug Zeit, die Dinge klarzustellen.

»Das mit uns ...«, begann sie.

»Schon klar.«

Sie wich seinem Blick aus, in dem sie etwas Forschendes zu erkennen glaubte.

»Längst unter Fehltritt verbucht.« Ihre Stimme klang kühl, als würde sie gerade das Übernahmeangebot eines Weltkonzerns ablehnen und sogar geheime Freude an der Abfuhr verspüren.

»Lass mich doch erklären, wie ...«

»Vergiss es. Wirklich. Das ist mein Ernst.«

Rick schlenderte auf ihren Schreibtisch zu und nahm dahinter Platz. Sie musste stehen bleiben oder sich in einen der Besuchersessel setzen – in beiden Fällen würde er die Oberhand im Raum behalten. Sie sollte ihn rauswerfen. Sofort.

Er drehte den Monitor in seine Richtung. Ruhig bleiben, ganz ruhig. Du bist seinen Machoallüren und seinem Grinsen auf den Leim gegangen und hast lange genug geglaubt, euch würde etwas verbinden. Aber das war ein Irrtum.

»Lufthansa?«, fragte er.

Rachel nickte und kam um den Schreibtisch herum. Über

seine Schultern hinweg konnte sie sehen, dass er gerade den Gateway zur *ebase*, dem Intranet der Lufthansa öffnete. Über die *Crew Optimizer Suite* gelangte er zur *NetLineLoad* und von dort zu den Ladeplänen – der Sesam-öffne-dich für die Passagierliste. Während er konzentriert tippte, hob sie eine Jalousie und spähte hinunter auf die Straße.

Nichts Neues auf dem Rothschild Boulevard. Der Kiosk gegenüber öffnete gerade.

Jemand klopfte an die Tür.

»Ja?«

Es war Haylee, die den Kaffee brachte und sich einen neugierigen Seitenblick auf Rick nicht verkneifen konnte. Sorry, Süße, du hast uns nicht beim Knutschen überrascht.

»Danke.«

»Du auch einen, Rick?«

Rachel übernahm das Antworten. »Er ist gleich fertig.«

»Ich bin gleich fertig«, wiederholte Rick wesentlich freundlicher.

Haylee nickte und trollte sich ohne weitere Fragen. Dicke Luft bei der Chefin.

»Bist du als Talia eingereist?«

Rachel nickte. Rick beugte sich wieder über die Tastatur.

»Dann werden wir sie auch wieder ausreisen lassen.«

Talia war eine kosmopolitische Mittdreißigerin, die als selbstständige Inhaberin eines Waschsalons ziemlich gut verdiente und sich mal in den Casinos von Las Vegas, mal an der Wall Street und gerne auch in Paris, London oder Berlin herumtrieb. Nach der ehrenhaften Beendigung ihres Wehrdienstes hatte sie sich bei Ramallah als Siedlerin niedergelassen und brauchte deshalb keinen Waffenschein. Alljährlich kaufte sie die zugelassene Ration von fünfzig Patronen und bunkerte sie in einem Schließfach der Bank of Israel. Sie besaß sämtliche Kreditkarten und den begehrten zweiten Reisepass – ausgestellt von einer Kreisstadt in der norwegischen Finnmark, parkte im Jahr durchschnittlich zweimal falsch und bezahlte die Strafzettel ebenso pünktlich wie Miete, Steuern, Versicherungen und ihre Handyrechnung. Talia war eine vorbildliche Bürgerin des Staates Israel – mit einem winzigen Fleck auf ihrer blütenweißen Weste: Es gab sie nicht.

Sie war eine Erfindung von Rachel. Wann immer sie bei delete. com eine fiktive weibliche Person brauchten, die als Placebo für eine echte einspringen musste, durfte Talia herhalten. Ihr männliches Pendant hieß Dor und führte ein ähnlich unspektakuläres Leben wie sie. Es sei denn, er musste mal eben durch die Passkontrollen von Chile oder einen Platz in einem Flugzeug nach Tokio besetzen.

Außer den Mitarbeitern von *delete.com* war weder Talia noch Dor irgendjemandem bekannt. Die beiden traten allenfalls in Computerlisten in Erscheinung und hatten keine weitere Aufgabe, außer jener als Platzhalter. Die Kunden von delete.com mussten nicht wissen, wie es dem Unternehmen gelang, ihre Daten aus dem Internet verschwinden zu lassen. Denn genau das war Rachels Geschäftsidee. In einer Zeit, in der selbst der Download eines Tierfilms für alle Zeiten irgendwo gespeichert war, kümmerten sich die Mitarbeiter von delete.com um die digitalen footprints ihrer Kunden – um jene Spuren also, die jeder Klick, jedes Aufrufen einer Webseite, jede Internet-Bestellung, jeder Flug, jedes Konzertticket hinterließen. Sie waren, wie Rick es einmal ausgedrückt hatte, die Putzkolonne im Internet, wofür ihre Kunden einen vergleichsweise geringen monatlichen Betrag zahlten. Das war das Stammgeschäft der Firma. Lukrativ waren die Einzelaufträge, die nach sorgfältiger Prüfung durch assoziierte Rechtsanwälte angenommen oder abgelehnt wurden.

Rachel war sich sicher, dass der Erfolg ihres Unternehmens weiterwachsen würde. Die Sammelwut von Google, Facebook und Yahoo stieg ins Unermessliche. Die Menschen wollten ihre Privatsphäre wiederhaben, und *delete.com* gab sie ihnen zurück. Unter Einhaltung sämtlicher gesetzlicher Fristen und Regeln löschte das Unternehmen alle Spuren, die seine Kunden im Internet hinterließen. In einigen Fällen, die äußerst diskret gehandhabt wurden, eben auch mit der Hilfe von Talia und Dor.

»Fertig.«

Das genaue Procedere überließ Rachel ihren Mitarbeitern. Sie war diejenige, die ihre Firma nach außen hin vertrat und darauf achtete, dass die Grenzen der Legalität niemals überschritten wurden. Bis auf wenige Ausnahmen. Diese hier zum Beispiel.

Sie ging zurück zu ihrem Schreibtisch und schaltete den Computer aus. »Danke.«

»Alles okay mit dir?«

»Was soll schon sein?«

Rick stand auf, zögernd, als ob er ihren Platz nur ungern verlassen würde. Einen Herzschlag lang glaubte Rachel, er würde auf sie zukommen und sie in den Arm nehmen. Was sollte sie tun? Ihm eine Ohrfeige verpassend oder schluchzend an seine breite Brust sinken? Hoffentlich keins von beidem ...

Aber er ging nur zur Tür.

»Nichts.«

Als Rachel allein war, ließ sie sich auf ihren Schreibtischstuhl fallen und schloss die Augen. *Step by step*, eins nach dem anderen. Erst mal weg mit Rick und all den peinlichen Erinnerungen. Konzentrier dich auf das, was vor dir liegt.

Du warst nie in Berlin. Du warst nie persönlich bei Vernau, diesem Anwalt. Das Hotel? Zu groß, zu unpersönlich. Gewandte, professionell freundliche Mitarbeiter, die einen Gast vergaßen, sobald er ausgecheckt hatte. Du warst nie bei Scholl.

Das war das Schwerste. Dieses Bild würde sie nie löschen können. Wie er auf der Straße gelegen hatte in seinem Blut. Wie Vernau sie angesehen hatte. Sie musste vorsichtig sein mit diesem Mann. Er war einer von der Sorte, die unbequeme Dinge nicht auf sich beruhen lassen konnten. Er würde eine Zeugenaussage machen, und darin käme ihr Name vor. Was konnte sie dagegen unternehmen? Nichts.

Ich war nicht in Berlin. Es gibt keinen einzigen Beweis mehr. Alles existierte nur in Vernaus Kopf. Und in meinem. Scholl, der in den Himmel gesehen hatte, als ob er wüsste, dass er gleich sterben würde …

Rachel vergrub das Gesicht in den Händen. Sie wollte nicht weinen. Rick würde denken, es wäre wegen ihm. Wie albern. Als ob das noch wichtig war.

Wichtig war eine einzige Frage: Wer ist mein Vater?

Diese Frage hatte Scholl getötet. Sie hatte sie dem falschen Mann gestellt.

Rachel zog die Schreibtischschublade auf. Die Desert Eagle lag in einer Kassette, zu der nur sie und Haylee einen Schlüssel hatten. Es war eine schwere, eher unhandliche Waffe, aber sie war zuverlässig und wirkte furchteinflößend. Mochte Talia nur eine Erfindung sein – ihre Pistole war echt.

Rachel ließ sie in ihrer Handtasche verschwinden und schloss die Kassette wieder ab. Ein Blick auf ihre Armbanduhr: zehn vor elf. Es war Zeit für den nächsten Schritt.

13

Um zehn vor zehn klingelte mein Handy. Marie-Luise bestätigte, was ich befürchtet hatte, jedoch kaum glauben konnte: Es gab keine Rachel Cohen. Zumindest nicht in Berlin. Niemand dieses Namens war ein- und deshalb schon gar nicht wieder ausgereist.

»Wie kann das sein?« Ich stand in der Schlange vor der Passkontrolle. »Dann hat sie einen falschen Namen benutzt. Vaasenburg soll die Passagierlisten noch mal durchgehen.

»Vernau. Ruhig, okay? Ganz ruhig. Vaasenburg ist der einzige Freund, den du hinter den feindlichen Linien hast. Ich werde ganz sicher nicht den letzten Rest Vertrauen erschüttern, indem ich Unmögliches von ihm verlange.«

»Dann habe ich mir das alles nur zusammengereimt?« Mein Vordermann drehte sich zu mir um. Ich lächelte ihn entschuldigend an und senkte die Stimme. »Das ist doch lächerlich.«

»Im Moment sieht es bei der Kripo jedenfalls so aus. Ich versuche an die beiden Hooligans heranzukommen. Leicht wird das nicht. Aber vielleicht erinnern die sich ja an was.«

»Am besten an den, der mir das alles eingebrockt hat. Das ist doch nicht auf dem Mist von diesen beiden Hohlköpfen gewachsen. Da steckt sicher mehr dahinter.«

»Du meinst den großen Plan?«

Die Schlange rückte weiter vor. Die üblichen Fragen zu meinem Gepäck und dem Grund meines Aufenthaltes in Israel – geschäftlich, vielleicht noch ein zwei Tage ans Meer – hatte ich bereits beantwortet.

»Spar dir deine Ironie. Ja, es gibt einen Plan. Ob er groß ist, wage ich zu bezweifeln. Aber irgendjemand hat diesen beiden Vollpfosten bei der Aussage unter die Arme gegriffen. Und Rachels Name wird einfach gelöscht, egal wo sie sich bewegt. Entweder macht sie gemeinsame Sache mit Scholls Mördern, oder sie steht selbst auf der Abschussliste.«

Der Herr vor mir wandte sich wieder zu mir um, und ich nickte ihm freundlich zu. Ich durfte nicht auffallen, stattdessen redete ich, umgeben von Bundesgrenzschutz und Sicherheitspersonal, von Mördern und Abschusslisten.

»Es geht um ein Drehbuch«, sagte ich zu dem Herrn. Er war Anfang sechzig und trug einen papierdünnen Trenchcoat und Hut. »Der Montagsfilm im ZDF. Immer ist jedem alles zu kompliziert.«

Mit keiner Regung seines blassen Gesichts ließ er erkennen, ob er mich verstanden hatte. Zum Glück war er als Nächster bei der Passkontrolle an der Reihe und schob seine Papiere unter der Plexiglasscheibe durch, hinter der ein mäßig interessierter Beamter saß.

»Alles okay?«, fragte Marie-Luise. »Bist du schon durch? Ich bürge quasi für dich bei Vaasenburg. Das weißt du, oder?«

»Weiß ich. Und ich danke dir dafür.«

»Nicht dass du dich absetzt oder so.«

»Wie viel Zeit habe ich?«

»Vaasenburg ist derzeit bei Rütters. Wahrscheinlich muss der Oberstaatsanwalt noch sein Okay geben, dass sie dich nicht gleich per internationalem Haftbefehl suchen. Dein größtes Problem ist die Flucht- und Verdunkelungsgefahr. Wann geht dein Rückflug?«

Der blasse Mann bekam seine Papiere. Nun war ich an der Reihe.

»Nächstes Jahr irgendwann.«

»Was?«

»Es sollte doch billig sein? Und das war billig.«

»Bist du verrückt geworden? Vernau!«

»Buch es einfach für mich um.«

Ich schob dem Beamten meinen Reisepass und das Ticket hin und nickte ihm freundlich zu.

»Du stehst unter Mordverdacht und verschwindest für ein Jahr nach Israel? Hast du sie noch alle?«

Ich ließ das Handy sinken und hoffte, dass keiner der Umstehenden verstand, was Marie-Luise da gerade in den Hörer brüllte.

Der Beamte fixierte mich. Lange. Ich sah zurück. Lange. Dann hob ich das Handy wieder ans Ohr.

»Bitte buch den Rückflug um. Für Montag. Ich maile dir alles zu, sobald ich durch die Security bin.«

Ich trat zur Seite, um ein junges Liebespaar vorzulassen, weil der Herr im Trenchcoat wieder die Ohren auf Empfang gestellt hatte.

»Ich vertraue Vaasenburg«, sagte ich, so leise es bei dem Lärm um mich herum ging. »Genauso wie dir. Sie werden mir letzten Endes nichts nachweisen können, aber das wird dauern. Und während sich die Ermittlungen auf mich konzentrieren, ist Rachel vom Radar verschwunden. Ich mache mir ehrlich gesagt weniger Sorgen um mich. Ich glaube nicht, dass Rachel Rudolph Scholl getötet hat. Aber sie weiß, wer es war. Verstehst du?«

Marie-Luise schwieg. Schließlich sagte sie: »Zum Teufel, dann finde sie.«

14

Fast dreißig Jahre war es her. In meiner Erinnerung war ich damals an einem eher kleinen Flughafen angekommen und ohne viel Aufhebens eingereist. Ein junger Mann hatte uns abgeholt und in einen klapprigen Bus verfrachtet. Ich hatte am Fenster gesessen, in den sternenübersäten Himmel geblickt und mich erwachsen gefühlt. Bereit für die Abenteuer, die im gelobten Land auf mich warteten. Drei Monate raus aus diesem verregneten Deutschland und gemeinsam mit anderen in einem Kibbuz arbeiten – damals war das eine gute Möglichkeit, für wenig Geld ins Warme zu kommen. Wir waren eine internationale Gemeinschaft, alle Anfang zwanzig und nur zu einem verschwindend geringen Teil von idealistischem Wiedergutmachungswillen getrieben. Mike, Daniel, Rudi und ich hatten alle an einem Vorbereitungstreffen derselben Organisation teilgenommen, deshalb kannten wir uns und waren auch gemeinsam von Berlin über Frankfurt abgeflogen. Die anderen, eine Regensburgerin, Marianne, zwei Münchner, die sich ziemlich schnell abgesetzt hatten – Patrick und Peter, die wir Pat und Patachon nannten, ein paar weitere Gesichter ohne Namen …

Mike, der Aufschneider und Womanizer. Rudi, der introvertierte Sinnsucher. Daniel, der Spaßmacher, der selbst wenn er bis zu den Knien im Hühnerdreck stand, seinen Humor nicht verlor und so viele Stempel im Reisepass hatte, dass wir alle vor Neid erblassten. Und dann ich, ein Jurastudent ohne große Ambitionen, der eigentlich nur eine gute Zeit haben wollte. Wir vier aus Baracke III.

Das Dorf der *volunteers* lag außerhalb der Kibbuz-Gemeinschaft. Die ersten Wochen waren die schlimmsten. Blutige Hände, sonnenverbrannte Schultern. Abends waren wir kaum noch in der Lage, in unsere Baracken zu kriechen. Die alten Hasen, einige vor Jahren in den einfachen Baracken gestrandet, machten ihr eigenes Ding und beachteten uns nicht. So viel zum Thema Party.

Doch das änderte sich. Die Hände bekamen Schwielen. Der Muskelkater ließ nach. Der Sonnenbrand verwandelte sich in eine satte Bräune, die selbst dem blassen Bücherwurm Scholl etwas Verwegenes gab. Die harte Arbeit, nie zuvor erprobt, bekam uns. Bald saßen wir nicht mehr schweigend um das Lagerfeuer, sondern waren Teil der Gemeinschaft und straften unsererseits die Neuankömmlinge mit herablassender Nichtachtung.

Ich erinnere mich, dass das »Dorf« der *volunteers* geteilt war. Auf der einen Seite standen die Baracken für die Frauen, auf der anderen die für die Männer. Es waren einfache Behausungen mit jeweils vier bis sechs harten, schmalen Holzbetten. Kein Telefon, kein Fernseher. Einmal in der Woche gab es frische Handtücher und Laken. Hatte einer von uns Besuch »von drüben«, ging man entweder gemeinsam in die Büsche und verkaufte es der Auserwählten als Beweis, dass man durchaus romantisch veranlagt war. Oder man bestach die anderen mit Zigaretten und Bier, damit sie für eine Stunde die Bude räumten. Doch das kam längst nicht so häufig vor, wie ich es mir vorab ausgemalt hatte.

Zwischen den beiden Lagern: ein leerer Pool. Aus dem aufgesprungenen Beton wucherte Unkraut. Die Frauen auf der einen Seite dieser leeren, nutzlosen Fallgrube lagen nach der Arbeit auf ihren Handtüchern in der Sonne und trieben uns auf der anderen Seite mit ihren knappen Bikinis in den Wahnsinn. Wir begegneten den Mädels zwar während der Arbeit, im Speisesaal oder auch mal an der Bushaltestelle, wenn wir am Wochenende nach Haifa fuhren. Aber da trugen sie keine Bikinis. Was fehlte, war eine Möglichkeit, sich ungezwungen näherzukommen. Es gab weder Bar noch Disco, nur das Lagerfeuer. Und das war besetzt von biertrinkenden Bauarbeitern, die ihre T-Shirts im selben Turnus wechselten wie die Handtücher.

Mike hatte die zündende Idee.

Mike, der Verführer. Ein Menschenfänger, ein Magnet. Ein Typ, der Regenschirme in der Sahara verkaufen konnte. Wenn er sich etwas in den Kopf gesetzt hatte, gab er keine Ruhe, bis es klappte.

»Der Pool. Warum zum Teufel bringen wir den eigentlich nicht in Ordnung?«

Das Arbeitsgerät war vorhanden, und auch sonst sprach nichts dagegen. Innerhalb weniger Tage hatte er die Leute vom Kibbuz davon überzeugt, dass es wesentlich weniger Prügeleien unter den angetrunkenen, unterforderten und gelangweilten *volunteers* gäbe, wenn der Pool wieder Wasser hätte und alle gemeinsam daran arbeiten würden, dieses Ziel auch zu erreichen.

Also begannen wir nach Feierabend den Boden aufzustemmen und den gesprungenen Beton abzutragen. Dafür brauchten wir die Unterstützung der Baubrigade. Und eine der Maschinenführerinnen war Rebecca.

Eines frühen Abends kam sie zu uns. In schweren Stiefeln, Jeans und T-Shirt, die Haare unter einem Kopftuch zusammengebunden. Ich weiß noch, dass mich das auf seltsame Weise anrührte. Sie wirkte wie ein Wesen aus einer anderen Zeit. Als ob mit ihr der Aufbruch aus den Anfangsjahren dieses jungen Landes zu uns gekommen wäre in Gestalt einer schmalen, jungen, wunderschönen Frau, die Traktor fahren und Betonmischmaschinen bedienen konnte, die auf dem Feld und einer Baustelle arbeiten konnte und trotzdem aussah wie Schneewittchen im Overall. Sie hatte sich eine Pergamentrolle unter den Arm geklemmt, den Bauplan des Pools aus den sechziger Jahren. Es war eine einfache Zeichnung, dennoch war die Sache kompliziert. Der Pool war nämlich geformt wie eine dicke Acht. Eine Art gigantisches Pantoffeltierchen. Dieser Grundriss würde Probleme bei der Verschalung der Innenmauern bereiten. Wir brauchten einen Könner, jemand, der über die Fähigkeiten eines Betonbauers verfügte. Niemand von uns hatte sie.

»*I can do it*«, sagte Rebecca.

Mike strahlte sie an. Rudi schaffte seinen Campingklappstuhl herbei, auf dem sonst niemand außer ihm Platz nehmen durfte. Ich reichte ihr die Hand und sagte: »*Hi, I'm Joe.*« Sogar Daniel schälte sich aus seiner Hängematte.

Rebecca lächelte mich an. Sie sah aus wie Liz Taylor mit Sommersprossen, und unter dem Blick ihrer veilchenblauen Augen wurde ich zu Richard Burton.

»Wir landen in wenigen Minuten.«

Mit geübten Handgriffen klappte die Stewardess das Tablett vor mir hoch. Ich war eingeschlafen, oder ich hatte mit offenen Augen geträumt. Sie ist tot, dachte ich. Das Mädchen mit den Sommersprossen hat sich umgebracht.

Trauer und Schuld bilden eine unheilige Allianz. Offiziell war ich auf dem Weg zu Rachel, aber tief in den dunklen Ecken meines Gewissens wusste ich, dass ich mich noch aus einem anderen Grund auf diese Reise gemacht hatte.

Der Flughafen von Tel Aviv ist mittlerweile eine hochmoderne Abfertigungsmaschinerie mit den wohl besten Sicherheitsstandards der Welt. Schwerbewaffnete Soldaten standen an jeder Ecke, ab und zu wurde ein Reisender aus der Menge herausgepickt und durchsucht. Ich hatte kein Gepäck dabei, nur meine Aktentasche, und strebte quer durch die gewaltige Rundhalle mit den Duty-free-Geschäften und Cafés auf den Ausgang zu.

Die Luft war immer noch dieselbe. Warm, ein Hauch von Diesel und Öl. Shuttlebusse, Reisegruppen, »Taxi!-Taxi!«-Rufe und der brüllende Lärm der startenden und landenden Flugzeuge. Ich schätzte das Wagnis ab, mir einen Mietwagen zu nehmen, und entschied mich schließlich für das günstigste Modell.

Ich hatte kein Hotel gebucht. Mein einziger Anhaltspunkt in Tel Aviv waren zwei Namen: Rachel und Uri Cohen. Nach einer nervenaufreibenden Irrfahrt in die Innenstadt erreichte ich die Ha-Yarkon-Street und die Hotels an der Strandpromenade – gesichtslose Hochhäuser mit verspiegelten Fassaden und austauschbarer Innenarchitektur –, und ich nahm das »Grand Zion«, weil die Tiefgarage problemlos zu erreichen war. Eine gewaltige Eingangshalle, mehrere Bars, an denen gelangweilte Geschäftsleute aus dem Nahen und Mittleren Osten den Mädchen hinter dem Tresen auf den Hintern schauten, viel Marmor, Onyx und Kunststoff. Albtraumartige Gebilde, die von der Decke hingen und moderne Lampen sein sollten. Die Zimmer auf der Meerseite kosteten einen Aufschlag, dessen Höhe in keiner Relation zu dem erwarteten Vorteil stand. Ich bekam eine merkwürdig um den Fahrstuhlschacht herumgebaute Butze mit Aussicht auf die Dächer der umliegenden Gebäude: Wassertanks, Stromleitungen, Parkplätze, flirrende Hitze über geteerter Dachpappe. Eine Stadt in Weiß und Grau.

Ich duschte schnell, wechselte das durchgeschwitzte Hemd, warf die SIM-Karte aus meinem Handy in den Papierkorb und fuhr wieder nach unten.

»Haifa?«, fragte ich eine der netten Damen, deren Lächeln im Gegensatz zu dem dünnen Firnis von Luxus und Weltläufigkeit um mich herum echt war. »Wie weit ist das von hier ungefähr?«

Sie hieß Valerie, zumindest stand der Name auf dem Schild an ihrem Jackett, und sie sprach deutsch mit einem Schweizer Akzent.

»Mit dem Bus oder dem Auto?«

»Auto.«

»Rechnen Sie mit mindestens eineinhalb Stunden.«

Bis zum Einbruch der Nacht wäre ich also zurück.

»Danke. Kennen Sie zufällig jemanden namens Uri Cohen?«

Mit einem Anflug ehrlicher Betrübnis schüttelte sie den Kopf. »Nein. Leider nicht.«

Mit dem Lift fuhr ich hinunter in die Tiefgarage. Es war idiotisch, Rachel und Uri auf gut Glück finden zu wollen. Ich musste dorthin, wo man die beiden kannte. Nach Jechida. Zurück in einen Kibbuz, den ich vor fast dreißig Jahren wütend und frustriert verlassen hatte. Zurück in eine Tragödie, die mir ihr wahres Ausmaß erst eine Generation später gezeigt hatte.

Laut meinem Faltplan, den ich am Flughafen erstanden hatte, gab es Jechida noch. Ein winziger Fleck im Norden Israels, hinter Haifa in Richtung Naharija und der Grenze zum Libanon gelegen. Nicht weit von der Küste entfernt, über die Autobahn gut zu erreichen. Nur das letzte Stück dürfte etwas holprig werden.

Die Strecke von Tel Aviv nach Haifa war gut ausgebaut. Ab und zu konnte ich in der Ferne das Meer glitzern sehen. Er fühlte sich gut an, dieser ungeplante Ausflug in ein fremdes Land. Ich war der festen Überzeugung, dass ich in Jechida genügend Menschen antreffen würde, die erst gestern noch mit Rachel und Uri gesprochen hatten. So würde ich die beiden finden, den falschen Vater und die verzweifelte Tochter. Sie würden reden, die Wahrheit und nichts als die Wahrheit sagen, und Rachel würde sich nicht nur an den Ablauf der unglücklichen Schlägerei erinnern, sondern auch daran, wer zuletzt bei Scholl gewesen war. Oder aufklären können, dass es sich bei diesem rätselhaften Balkonsturz tatsächlich um einen Unfall gehandelt hatte, eine aus dem Ruder gelaufene Diskussion, Handgreiflichkeiten, egal was. Rachel war unschuldig, auch wenn sich herausstellen sollte, dass sie als Letzte mit Scholl geredet hatte.

Es war auf einer staubigen mit Schlaglöchern übersäten Landstraße, als mir zum ersten Mal der Gedanke kam, dass es vielleicht nicht ganz so unkompliziert ablaufen würde. Die Sonne stand tief am wolkenlosen, dunstigen Himmel, als ich ankam.

Jechida war ein kleines Dorf geblieben, inmitten weiter Felder, die mit Plastikfolie abgedeckt waren und das Sonnenlicht reflektierten. Erdbeeren, erinnerte ich mich. Hier wurden viermal im Jahr Erdbeeren geerntet. Wenn es die Bushaltestelle noch gab, dann hatte ich sie übersehen. Ich war so schnell wieder aus dem Dorf hinaus, wie ich hineingekommen war. Etwas weiter weg standen einige Neubauten auf einem Hügel, das zweisprachige Hinweisschild verriet, dass die Siedlung New Jechida hieß.

Ich wendete und fuhr zurück. Langsamer dieses Mal, wobei ich nach links und rechts in die wenigen Abzweigungen spähte. Wo ging es noch mal zum Kibbuz? An der einzigen nennenswerten Kreuzung? Davor? Danach?

Ein paar Kinder kickten einen schlappen Fußball über die staubigen Vorgärten. Wäsche trocknete an langen Leinen. Die kleinen Häuser schienen sich unter der Hitze zu ducken. Die Fensterläden waren geschlossen.

Ich hielt an und stieg aus. Augenblicklich hörten die Kids mit dem Spielen auf und kamen näher. Ein Junge, vielleicht acht oder neun Jahre alt, bückte sich und hob einen Stein auf. Sie trugen keine Schuhe. Ihre Kleidung wirkte ärmlich und abgerissen, sie hatten alle dunkle Augen und schwarze Haare. Wo zum Teufel war ich hier gelandet? Auf jeden Fall nahe der Grenze zum Libanon. Jechida war, abgesehen von der Idee absoluter Gleichheit seiner Bewohner, auch ein Wehrdorf gewesen. Errichtet lange vor der Gründung des Staates Israel, aber durchaus mit der Absicht, die Claims in Palästina abzustecken.

Hatte ich das verdrängt? Das Donnern der Düsenjäger, den Hügel mit den Sendemasten? Die jungen Soldatinnen und Soldaten, die im Heimaturlaub neben ihren Maschinengewehren schliefen?

»Jechida?«, fragte ich. »Old Jechida?«

Einer der Jungen, der etwas größer war als die anderen und den Anführer mimte, kam, den Fußball unter den Arm geklemmt, auf mich zu. Der Rest wahrte Distanz. Er trug Schuhe und war etwas besser gekleidet.

»*Dollar*«, sagte er.

»*No dollars*«, antwortete ich. »*Is this the road to the kibbuz?*«

Der Junge warf seinen Kameraden ein paar Worte zu, die nicht gerade freundlich klangen und offenbar eine Einschätzung meiner Person enthielten. Ich kam nicht gerade gut weg.

»*Dollar*«, wiederholte er.

Ich schüttelte den Kopf und ging zurück zu meinem Auto. Augenblicklich kam die Meute näher. Zwei weitere Jungen, keine acht Jahre alt, hoben ebenfalls Steine auf. Ich hoffte, die Autoscheiben würden einiges aushalten.

Dann ein schriller Pfiff. Alle stoben auseinander. Ein Mann trat aus einem der Häuser. Älter, mit tiefen Furchen in seinem sonnenverbrannten Gesicht. Er trug ein bodenlanges Hemd und alte Sandalen. Ich war definitiv nicht in einer jüdischen Siedlung gelandet.

»*Hi*«, sagte ich, weil ich nicht wusste, ob ein Schalom oder ein *merhaba* taktisch klüger gewesen wäre. »*Road to the kibbuz?*«

Er kam näher und musterte mich samt meinem Wagen mit skeptischer Neugier. »*Kibbuz gone*«, sagte er. »*Gone.*«

Weg? Hatte ich mich so gründlich verirrt? »*The kibbuz?*«, fragte ich vorsichtig.

»*Kibbuz gone*«, antwortete er.

Ich deutete in die verschiedenen Himmelsrichtungen, aber jedes Mal schüttelte er den Kopf und wiederholte nur die beiden Worte: »*Kibbuz gone.*«

»*Okay*«, resignierte ich. »*Where? The gone kibbuz?*«

Vage deutete er auf eine holperige Abzweigung von der Hauptstraße.

»*This way?*«, fragte ich.

Er nickte. »*But ... gone.*« Er wandte sich ab und ging wieder ins Haus.

Gone.

Die Kibbuz-Bewegung hatte ihre größten Erfolge in der allgemeinen Euphorie nach der Staatsgründung gefeiert. Doch sie tat sich schwer mit dem Überleben. Die Menschen wollten nicht mehr alles miteinander teilen. Viele Siedlungen privatisierten, manche schlossen ganz, wenn sie nicht einen überzeugenden wirtschaftlichen Erfolg nachweisen konnten, waren sie das Auslaufmodell der Idealisten. Es gab sie zwar noch, aber nur, wenn sie sich der neuen Zeit angepasst hatten. Jechida gehörte also nicht mehr dazu. Das hatte ich nicht erwartet.

Die unbefestigte Straße führte vorbei an endlosen Erdbeerfeldern. Der Weg zog sich mit dem Auto so viel mehr als damals zu Fuß. Endlich tauchten in der Ferne die langgestreckten Lagerhäuser aus dem Dunst auf. Das Wellblech auf den Dächern war verrostet, und in den Holzwänden fehlten Bretter. Einige Reihenhäuser kamen in Sicht, mit Vorgärten und Wäscheleinen, weiß verputzt. Vor jedem Haus stand ein Auto. Die Kinder auf der Straße sahen anders aus als die von eben. Sie trugen Jeans, Turnschuhe und Sweatshirts. Das hier war eine klassische Mittelstandssiedlung, wenn auch kein Kibbuz mehr.

Ein Mann kam aus einem der Häuser und lief zu seinem Wagen. Er öffnete den Kofferraum und holte mehrere Plastiktüten mit Einkäufen heraus. Ich kurbelte die Scheibe herunter.

»Schalom.«

Er drehte sich zu mir um und lächelte mich mit vorsichtiger Freundlichkeit an. »Schalom.«

»*The kibbuz?*«, fragte ich.

Der Mann stellte die Tüten ab und schloss den Kofferraum. »*Where you come from?*«

»*Germany*«, antwortete ich. »*I have been working as volunteer, many years ago.*«

Er deutete die Straße hinunter. »*Straight on.*«

Ich bedankte mich und fuhr langsam weiter. Auf einmal wurden die Häuser kleiner und die Vorgärten karger. Ich wollte etwas wiedererkennen, aber es gelang mir nicht. Diese baufällige Siedlung sollte mal mein Kibbuz gewesen sein? Über dessen Hauptstraße die Traktoren und Mähdrescher gefahren waren, wo in Gewächshäusern Tomaten und Avocados in verschwenderischer Fülle gediehen waren, wo in jedem dieser kleinen Häuser eine Familie mit mindestens vier kleinen Kindern gelebt hatte?

Vor einem großen, schmucklosen Gebäude ließ ich den Wagen ausrollen und stieg aus. Das Gemeinschaftshaus. Erbaut vermutlich in den zwanziger oder dreißiger Jahren im Geiste des Bauhaus, demzufolge die Dinge dem Zweck zu dienen hatten und nicht umgekehrt. Nun blätterte die Farbe ab, die Regenrinnen rosteten durch, und die Fenster waren blind vom Dreck der Straße.

Stille.

Irgendwo bellte ein Hund. Der sandige Staub knirschte unter meinen Sohlen, als ich den alten Hauptweg entlangging. Verdorrte Büsche dort, wo damals Hibiskus und Oleander geblüht hatten. Ein paar Bäume standen noch, der Rest war gefällt worden. Als der Zaun zu Ende war, blieb ich stehen und sah mich um.

Motorenlärm. Stimmengewirr aus dem großen Speisesaal. Einmal in der Woche abends ein Film. Das Brüllen der Kühe, die zum Melken in den Stall trotten. Der Duft von Jasmin und Hühnerstall. Der Regenbogen über den Feldern, wenn die Abendsonne in den Wassernebel scheint.

Nichts davon war mehr da. Als hätte es diesen Ort nur in meiner Phantasie gegeben. Das vor mir war ein unscheinbares kleines Dorf mit einer Neubausiedlung, umgeben von riesigen, produktiv bewirtschafteten Feldern, für deren Ernte man nur noch Maschinen brauchte. Was von meinem Kibbuz noch übrig war, würde in ein paar Jahren endgültig vom Erdboden verschwunden sein.

Ich sollte irgendwo in der Neubausiedlung oder in New Jechida klingeln und fragen, was aus den alten Listen geworden war. Ob es sie noch gab – irgendjemand musste sie ja aufbewahren. Irgendwo müssten auch noch einige ehemalige Kibbuzniks sein. Sie würden sich vielleicht nicht an uns Freiwillige erinnern, aber vielleicht an Rebecca, das Mädchen auf dem Traktor. Die Alten wüssten es bestimmt. Nur ob sie es mir auch erzählen würden?

Dann, als ich die Augen schloss und in der späten, warmen Sonne stehen blieb, roch ich den Duft von den Feldern. Gemähtes Korn, feucht und bitter, vermischt mit Staub und glimmendem Holzfeuer. Ich wollte noch nicht fragen. Ich wollte zurück in den Sommer von damals und noch einmal jung sein. Alles vor mir haben. Am Anfang stehen. Etwas zum ersten Mal erleben und deshalb für einzigartig halten. Nicht wissen wollen, dass alles durch Wiederholung an Größe verliert. Die Liebe ebenso wie der Schmerz.

Sie rollt den Bauplan aus und erklärt, wie die Arbeiten ablaufen sollen. Wir hören zu und sind nicht ganz bei der Sache. Jedes Mal wenn sie sich vorbeugt, können wir im Ausschnitt ihres T-Shirts den Ansatz ihrer Brüste sehen. Sie weiß es nicht. Scholl wird knallrot. Mike öffnet ein Bier mit seinem Feuerzeug und zieht anerkennend die Augenbrauen hoch.

Andere kommen dazu. Ein paar Mädchen von gegenüber, einige Bewohner der Iren- und Britenbaracken. Zum Schluss sind wir

Feuer und Flamme. Rebecca lächelt uns an. Jeder Einzelne glaubt, sie meint mit diesem Lächeln nur ihn allein.

Nach links ging es in Richtung der ehemaligen Baracken. Dorniges Gestrüpp erschwerte den Weg. Von der kleinen Siedlung der *volunteers* waren ein paar Bretter geblieben, ausgeblichen von der Sonne. Das war alles. Das ... und der Pool.

Erde und Dreck reichten fast bis zum Rand, weshalb er mehr wie ein überdimensionales verlassenes Gemüsebeet aussah. Die Farbe war fast vollständig abgeblättert. Aber als ich an einer Stelle in die Knie ging und die Erde wegwischte, kam ein Rest des alten Türkisgrüns zum Vorschein. Ich fühlte mich wie ein Archäologe, der ein Pharaonengrab erhofft hatte und in einem Kohlenkeller gelandet war. Man sollte nicht an solche Orte zurückkehren. Ich war nur hier, weil ich etwas über Rachel herausfinden wollte und dies die einzige Schnittstelle in unseren Leben war. Ich alter, sentimentaler Esel.

Der Stein landete mit einem Knall auf dem Beton. Hastig sprang ich auf und sah mich um. Ein Knacken, dann leichte, schnelle Schritte, die sich in die Richtung des alten Gemeindehauses entfernten.

Es war ein kleiner Stein, eher ein Kiesel. Ich hob ihn auf. Er war warm vom Sonnenlicht oder von einer Hand, die ihn lange gehalten hatte. Ich folgte dem Attentäter. Nicht in der Absicht, ihn zu bestrafen. Ich war einfach nur neugierig, ob er mich auf etwas aufmerksam machen oder mich bloß ärgern wollte.

Verdorrte Zweige griffen nach meiner Kleidung, als ich durch Dornengestrüpp stolperte, das sich um meine Knöchel verfing und beim Losreißen blutige Kratzer hinterließ. Nach wenigen Minuten war ich schweißüberströmt und verdreckt. Keuchend blieb ich stehen. Nichts war zu hören. Nur trockenes Rascheln und ... ein Lied.

Leise, von weit her. Ich kannte die Melodie, sie klang, als hätte James Last in den siebziger Jahren auf einem israelischen Kreuzfahrtschiff angeheuert. Jeden Donnerstagabend hatten sie diese Musik im Gemeinschaftshaus gespielt. Dazu romantische Chansons und ab und zu auch eine Softversion aktueller Hits. Der Donnerstagabend war so etwas wie die Partynacht vor dem Schabatt gewesen, dem heiligen Ruhetag. Nicht für uns, nur für die Kibbuzniks. Wir hatten jedes Mal verzweifelt in unseren Weltempfängern nach RTL London gesucht, weil diese Easy-Listening-Heiterkeit in unseren Ohren so spießig klang wie der Musikgeschmack unserer Eltern, dem wir gerade entronnen waren.

Ich bahnte mir den Weg in die Richtung, aus der die Musik kam. Hinter dem Gemeinschaftshaus hatten sich die Hühnerställe befunden, das wusste ich noch. Einmal nach links, ein weiterer Marsch durch das Unterholz, und ich stand vor einem kleinen Bungalow, dem ehemaligen Gerätehaus. Jemand hatte es umgebaut und bewohnbar gemacht. Vor den Fenstern hingen bunte Gardinen, ein kleiner Garten war angelegt worden, der verriet, dass sein Besitzer ihn nicht wegen seiner Schönheit, sondern zur Bereicherung des Speiseplans bewirtschaftete. Tomaten leuchteten dunkelrot, und von irgendwoher duftete es nach Jasmin, süßem Reis und Brathuhn.

Ich zögerte weiterzugehen. Doch ich hatte Hunger. Die Musik wehte durch die luftigen Gardinen und legte sich wie ein akustischer Weichzeichner über das rissige Holz der Fensterläden und den fast zugewachsenen Pfad zum Haus. Ich hörte Töpfe klappern und die zornige Stimme einer Frau, die jemanden mit einem hastigen Wortschwall zurechtwies. Die Tür wurde aufgerissen. Heraus stürmte der Junge mit dem Fußball.

Er sah mich am Rande des Gartens stehen und hielt abrupt inne. Der Ball fiel auf den Boden. Mit trotziger Stimme rief er etwas ins Haus. Ich hielt ihm den Stein entgegen. Der Junge senkte den Kopf. Die Musik wurde ausgedreht. Eine Frau erschien in der Tür.

Sie trug ein geblümtes Kleid mit einem unvorteilhaften Schnitt. Ihre Figur war füllig, das lange Haar hatte sie im Nacken zu einem Knoten gebunden. Nun legte sie die linke Hand über die Augen, um mich besser erkennen zu können. Ihr Gesicht wirkte hart, als ob sie sich permanent gegen etwas wehren müsste. Ich sollte mich umdrehen und gehen, aber etwas in diesen Zügen ließ mich nicht los.

»Schalom«, sagte ich, unsicher, ob ich näher kommen oder gehen sollte.

Die Frau schickte den Jungen mit einer ungeduldigen Kopfbewegung ins Haus. Er gehorchte ohne Widerrede. Ich warf den Stein in die Tomaten. Sie kam die zwei Stufen der Holztreppe herunter und ging langsam auf mich zu.

»*Hi, I'm a former volunteer.*«

Ob das mein Eindringen ausreichend erklärte? Ein ehemaliger Freiwilliger, der hier hinten nichts zu suchen hatte. Ich sollte zurück auf die Straße gehen, zu den anderen Häusern, und dort mein Glück versuchen.

Ich lächelte sie an. So herzlich wie es ging, um ihr die Furcht zu nehmen. Ein fremder Mann kurz vor Einbruch der Dunkelheit in ihrem Garten, das schien hier nicht oft vorzukommen. Sie stellte das, was sie in der rechten Hand gehalten hatte, in eine Ecke hinter der Tür.

Als sie sich zum Haus umdrehte, sah es so aus, als ob sie es um Erlaubnis bitten würde. »Komm rein«, sagte sie.

15

Drinnen war es angenehm kühl. Die Luft strich durch die geöffneten Fenster herein, aber ganz vertreiben konnte sie den Duft nach Essen nicht.

»Ich bin Merit. Erinnerst du dich noch an mich?«

Sie hatte mich in die Küche geführt, gleich den ersten Raum, der links von dem winzigen Flur abging. Ein Holztisch, vier Stühle, das übliche unaufgeräumte Chaos, wenn zu viel Kram auf zu wenig Platz zusammenkommt. Ich zog einen der Stühle vom Tisch weg und nahm Platz.

»Merit ... der Name sagt mir jetzt erst mal nichts.«

»Kann er auch nicht.« Ihr Deutsch hatte einen leicht bayrischen Zungenschlag.

»Ich bin als Marianne Wegener hergekommen und als Merit Mansur geblieben.«

»Marianne?«

Damals hatte ich ein paar Tage im Gewächshaus gearbeitet, weil mir eine Ladung Kupferspulen gegen die Schienbeine geknallt war. Ich pflanzte Stecklinge um. Eine Arbeit, die man auch im Sitzen erledigen konnte. Angeleitet hatte mich eine fröhliche junge Frau mit kurzer Jean-Seberg-Frisur und einem krachend bajuwarischen Dialekt. Ein echter Kumpeltyp, ein Mädchen zum Pferdestehlen – und genau deshalb für keinen von uns Kerlen auf der anderen Seite des Pools von Interesse. Marianne.

»Du bist geblieben? Warum denn?«

Sie nahm zwei Gläser von einem Bord über dem Spülstein und

ließ Wasser hineinlaufen. Dann reichte sie mir eines und stellte das andere auf den Tisch, bevor sie sich mir gegenübersetzte.

»Ich fand die Kibbuz-Idee großartig. Alle wirtschaften gemeinsam in einen Topf und bekommen dasselbe raus.«

Sie trank einen Schluck und beobachtete mich dabei. Ich wollte mir nicht anmerken lassen, wie schockiert ich war. Zum einen darüber, jemanden aus unserer gemeinsamen Zeit hier vorzufinden, zum anderen weil es die Jahre nicht allzu gut mit ihr gemeint hatten. Ihr einstmals rundes, fröhliches Gesicht wirkte verbittert. Sie war damals eine kräftige Person gewesen. Jetzt sah sie aus wie eine kampfbereite Bulldogge. Vielleicht ahnte sie, was ihr Anblick gerade in mir auslöste.

»Was ist passiert?«, fragte ich.

Merit verzog den Mund. »Die Natur des Menschen, sie kommt den besten Absichten in die Quere. Jechida wurde privatisiert. Wer wollte, der konnte sein Haus behalten. Die anderen wurden ausbezahlt. Die meisten haben sich von dem Geld einen schicken kleinen Neubau vorne an der Straße geleistet oder sind gleich nach New Jechida gezogen. Du bist daran vorbeigekommen.«

»Und du?«

Mit einer vagen Kopfbewegung wies sie in den Raum. »Schau dich um. Was hätte ich für diese Bruchbude schon bekommen? Ich war eines der letzten Neumitglieder. Sabine hat es damals auch versucht. Du erinnerst dich doch noch an sie? Eine Kleine, Stramme. Hat immer Gretchenzöpfe getragen.«

»Nein. Oder doch. Ja ...«

»Ist nichts aus euch geworden. Du hast Schluss gemacht, hat sie mir erzählt.«

»Kann sein«, antwortete ich vorsichtig. Wie kam es, dass ich mich an jede einzelne von Rebeccas Sommersprossen erinnerte, aber das blonde Gretchen komplett aus meinem Portfolio gestrichen hatte? Ich fragte: »Was heißt *versucht*?«

»Man muss es wollen, wirklich wollen. In diesem Land Fuß zu fassen ist nicht einfach. Erst recht nicht in einem Kibbuz. Ich habe mich durchgebissen. Sabine ist später weiter nach Jerusalem und hat da eine Weile gejobbt. Nach ein paar Jahren ist sie wieder nach Deutschland. Es ist eine Sache wegzugehen, und eine ganz andere, nicht zurückzukommen.«

»Du meinst Daniel? Er hat es geschafft.«

»Ja«, sagte sie gedankenverloren. »Er war aber auch der Typ dazu. Wo er jetzt wohl steckt? Wie geht es dir? Was ist aus den anderen geworden?«

Ich gab ihr eine kurze Zusammenfassung der Lebensläufe, die mir bekannt waren. Danach saßen wir einen Moment schweigend da und warteten darauf, dass der andere weiterreden würde. Schließlich gab ich mir einen Ruck.

»Und jetzt? Was machst du so?«

»Ich arbeite in der Wäscherei. Früher hat das nichts gekostet. Inzwischen müssen die Leute dafür bezahlen, und die Aufträge sind erheblich weniger geworden. Auch Sauberkeit ist offenbar eine Frage des Geldes.« Es klang bitter.

»Warum gehst du nicht zurück?«

»Du meinst, ich soll wieder zum Christentum konvertieren und so tun, als hätte es die letzten dreißig Jahre meines Lebens nicht gegeben?«

Sie wartete auf eine Nachfrage von mir. Aber ich konnte es mir auch so ausmalen: Ihr Lebensmodell hatte nicht funktioniert. Mit Ende vierzig, Anfang fünfzig war das eine ernüchternde Bilanz, wenn man nie einen Plan B gehabt hatte.

Der Junge tauchte wieder auf. Er drückte sich am Türrahmen herum und schien darauf zu warten, dass ich seine Steinattacke verriet. Dass das nicht geschah, verunsicherte ihn. Merit fragte mich, ob ich hungrig sei, und als ich bejahte, trug sie ihrem Sohn auf, noch ein Gedeck auf den Tisch zu legen.

»Jacob«, sagte sie.

Der Junge war nicht schnell genug, sich ihrer Hand zu entziehen, als sie ihm durch das dunkle Haar strich. Er beobachtete mich mit klugen Augen. Seine Mutter hatte ihm irgendetwas über mich erzählt und seine Nachfragen mit unwirschen Befehlen gekontert. Er stellte einen weiteren Teller auf den Tisch.

Es gab Huhn und Reis, Hummus und Oliven, dazu einen trockenen roten Landwein. Die Befangenheit wich. Einmal ertappte ich Merit dabei, wie ihr Blick länger an meinem Gesicht hängenblieb. Sah sie das, was ich auch bei ihr bemerkt hatte? Die Spuren der Jahre, die uns verändert hatten? Sie wirkte älter, als sie sein durfte. Tiefe Schatten unter den Augen, der Mund ein harter Strich. Vor allem wenn sie Jacob zurechtwies.

Sie habe das Haus gemeinsam mit ihrem Mann vor zwanzig Jahren gekauft, erzählte sie. Damals, als der Kibbuz sich aufgelöst und eine große Fabrik das Land übernommen hatte. Am Anfang waren noch viele der kleinen Häuser bewohnt. Doch bald zog es die jungen Leute in die Neubauten, und die alten folgten ihnen. Wer wollte schon noch auf den Erdbeerfeldern arbeiten? Oder in Häusern wohnen, die noch nicht mal ein eigenes Bad hatten?

Merit brach das Brot mit harten, abgearbeiteten Händen. Der Garten warf genug ab für den Sommer, ihre beiden ältesten Kinder, ein Sohn und eine Tochter, waren erwachsen und bereits aus dem Haus. Ihr Mann Ilan arbeitete im Hafen von Haifa und kam nur zum Schabatt nach Hause. Manchmal auch gar nicht. Jacob sah kurz hoch, als er den Namen seines Vaters hörte. Er schien den resignierten Unterton in der Stimme seiner Mutter zu kennen, auch wenn er nicht wusste, worum es ging. Er aß schnell und wurde zwischendurch immer wieder von seiner Mutter auf Iwrit ermahnt. Vielleicht wartete er immer noch darauf, dass ich ihr den Stein präsentierte. Als wir fertig waren, sprang er auf und verließ das Zimmer.

»War Rachel hier?«, fragte ich.

Statt zu antworten senkte Merit den Kopf. Silberne Fäden zogen sich durch ihre Haare. Sie schenkte sich ein weiteres Glas Wein ein. Die Hast, mit der sie es leerte, verriet mehr als Durst.

»Wer soll das sein?«

»Rebeccas Tochter.«

Sie sah über die Schulter in die Richtung, in die Jacob verschwunden war. Aus einem der Nebenzimmer erklang das scheppernde Geräusch eines Fernsehsenders.

»Rebecca?«

»Du musst dich an sie erinnern.«

»Muss ich das?«

Mit müden Bewegungen stellte sie die Teller zusammen. Draußen senkte sich die Dämmerung, irgendwo über dem Meer musste gerade die Sonne untergehen.

»Der Pool«, sagte ich. »Sie hat damals die Betonmischmaschine bedient und gemeinsam mit uns die Verschalung hochgezogen. Sie war die Einzige aus dem Kibbuz, die uns dabei geholfen hat. Ohne sie hätten wir das nie geschafft. Sie konnte zupacken wie ein Mann, dabei war sie schmal und schlank, eine wunderschöne junge …«

Etwas in Merits Augen sagte mir, dass ich die Schwärmerei nicht übertreiben sollte.

»Ja.« Ihre Stimme klang kalt. »Jetzt erinnere ich mich. Die wunderschöne junge Rebecca. Sie hat euch allen den Kopf verdreht, nicht wahr? Und dann hat sie sich ein Kind machen lassen. Weißt du, dass das wochenlang Thema in Jechida war? Rebecca und ein *volunteer*? Ausgerechnet ein Deutscher. Ihre Familie ist deshalb weggezogen und hat mit ihr gebrochen.«

»Das ist nicht die Art, wie man mit einer Siebzehnjährigen in Not umgeht«, sagte ich langsam. »Sie hat sich umgebracht.«

Merit griff hinter sich und öffnete die Tür des rasselnden Kühlschranks. »Ich weiß«, sagte sie nach einem kurzen Nachdenken über ihre letzten Worte und stellte eine Schale mit frischen Datteln auf den Tisch. »Es war eine Tragödie. Wenigstens hat sie dem Kind die Schande erspart. Sie hat einen von hier geheiratet. Uri.«

»Uri Cohen.«

Sie schob die Schale zu mir hinüber. »Ein anständiger Mann. Er hat sie auf Händen getragen, obwohl er nur zweite Wahl war und sie nichts brauchte außer einer Heiratsurkunde. Auch das gab wieder böses Blut. Uri war eigentlich einer anderen versprochen. Und dann nimmt er Rebecca, die für alle hier nur noch eine *Bat Zona* war. Aber ...«

»Batsonna?«, fragte ich nach.

»Schlampe. *Bitch*. Kennst du doch. Weißt du doch, was damit gemeint ist.«

»Nicht im Zusammenhang mit Rebecca«, sagte ich scharf.

Merit senkte den Kopf, als ob sie in sich hineinlauschen würde. »Das kam nicht von mir«, sagte sie schließlich. »Das waren die anderen. Ich habe sie gemocht. Wir waren befreundet, fast, würde ich sagen ... Das ging auf einmal so rum im Kibbuz. Unter der Hand, ein einziges Getuschel.«

»Seit wann?«

Rebecca war jemand, den alle mit Respekt behandelt hatten. Sie gehörte zu den Stuyvesants von Jechida, jenen Gründerfamilien, die diesen Kibbuz 1920 aus der Erde gestampft hatten. Das allein machte es zu etwas Besonderem, dass sie auf einmal in unserer abgelegenen Ecke aufgetaucht war.

»Seit wann haben die Leute so schlecht über sie geredet?«

»Seit klar war, dass sie schwanger ist. Bei aller Liebe, aber Uri? Kannst du dir Uri als heißblütigen Lover vorstellen? Das konnte keiner.«

»Woher wussten denn *alle*, dass es angeblich einer von uns war?«

Merit schenkte mir ein hartes Lächeln. »Glaub mir. Wenn auch nur einer von den Jungen aus dem Kibbuz bei ihr zum Zug gekommen wäre – Uri rechne ich da übrigens mit ein –, er hätte das blutige Laken aus dem Fenster geflaggt. Es wäre rausgekommen. Das hätte keiner für sich behalten. Aber so war es ja wie die Jungfrauengeburt. Ein einheimisches Mädchen treibt sich die ganze Zeit bei den *volunteers* herum. Plötzlich ist es schwanger. Aus dem Kibbuz war es keiner. Die nächste Siedlung ist mehrere Kilometer weg. Dahin hatte sie auch keinen Kontakt, zumindest nicht so einen. Damit blieb eigentlich nur, dass es einer von den knackigen Kerlen aus den *barracks* war. Tja.« Sie strich ein paar Krümel vom Tisch.

»Was wäre passiert, wenn Uri sie nicht geheiratet hätte?«

»Schwer zu sagen. Wusstest du, dass ihre Mutter eine der Letzten gewesen ist, die noch einen Kindertransport nach England erwischt hat?«

Ich nickte.

»Der Großvater hatte damals eine Anzeige aufgegeben, weil er Adoptiveltern in Großbritannien für sie gesucht hat. Kleines Mädchen in gute Hände abzugeben, das muss man sich mal vorstellen. Vor ein paar Jahren waren Schüler aus Österreich hier, die eine Ausstellung darüber gemacht haben, daher weiß ich das. Jedenfalls hat Rebeccas Mutter, sie hieß Ruth, als Einzige aus ihrer Familie überlebt und kam nach Kriegsende als ganz junges Mädchen hierher. Du musst dir mal den Film von Mark Jonathan Harris ansehen, er hat sogar einen Oscar dafür bekommen. Darin wird erzählt, warum diese Kinder es ihr Leben lang schwer hatten, Beziehungen einzugehen. Identitätsverlust. Schuldgefühle und dann auch noch die Auflösung der Familienstruktur, wie sie ja mal im Kibbuz angedacht war. Von ihren Eltern hätte sie keine Hilfe erhalten. Aber jemand wie Rebecca findet ja immer jemanden, der ihr aus der Patsche hilft.«

Ihr leises Schnauben verriet sie. Merit war nie zu einer der

Stuyvesants, Vanderbildts oder Rothschilds von Jechida geworden. Man hatte sie abgelehnt, allenfalls als unvermeidliches Übel hingenommen. Gut möglich, dass es an ihr selbst gelegen hatte, an ihrer Sprödigkeit, ihrer burschikosen Art. Alles, was Rebecca im Überfluss besessen hatte – Anerkennung, einen Platz in der Gesellschaft, die Fähigkeit, unvoreingenommen auf andere zuzugehen ... okay, ich muss es zugeben, sie hatte einfach verdammt gut ausgesehen –, all das war Merit verwehrt geblieben. Gut möglich, dass die konservativen Strukturen im Kibbuz es ihr zusätzlich schwer gemacht hatten. Aber sie konnte nicht alles auf die anderen schieben.

Ich sagte: »Sie hat einen hohen Preis dafür bezahlt.«

»Jetzt tu nicht so, als ob eine Ehe mit Uri die Hölle wäre. Sie hat sich sehr verändert, und lange ist sie auch nicht mehr geblieben. Ein paar Wochen nur, glaube ich, nach der Verlobung mit ihm. Dann sind sie nach Tel Aviv.«

Wir schwiegen. Irgendwo im Haus lief ein Fernseher. Merit wischte ein paar Krümel vom Tisch in die hohle Hand und warf sie, ohne aufzustehen, ins Spülbecken.

»So eine gottverdammte Scheiße«, sagte ich.

Merit nickte. »Ich weiß. Ich kann dich gut verstehen. Das ist ja das Seltsame. Man hat an Rebecca sehen können, was einem selber fehlt. Sie hatte etwas ... Sie hatte diese Gabe ...« Sie wandte den Blick ab und blickte aus dem Fenster hinaus in den Garten. Der mitleidlose Zug um ihren Mund verschwand.

»Ich weiß nicht, wie ich es erklären soll«, fuhr sie fort. »Diese Gabe, dass jeder sie liebt. Sie hat die Menschen für sich gewonnen, ohne etwas dafür zu tun. Sie musste nie um etwas kämpfen. Das Glück ist ihr in den Schoß gefallen, Tag für Tag. Weißt du, was ich meine?«

»Ja.« Ich wusste es genau. »Aber dann hat sie einen Fehler begangen, und die Leute haben sich von ihr abgewandt. Du auch?«

Merit nahm eine Dattel und betrachtete sie eingehend. »Du auch«, gab sie zurück.

Ich wollte antworten, dass ich nichts von Rebeccas Notlage gewusst hatte. Sie und ihr Liebhaber hatten allen Grund gehabt, ihre Beziehung geheim zu halten. Der Zeitpunkt zum Abhauen war gut gewählt: als ein großer Teil der Freiwilligen den Kibbuz verließ und die Neuen kamen.

»Ich habe es nicht mitbekommen.« Der Satz klang hohl. »Du?«

»Was?«

»Ob du etwas mitbekommen hast von dieser geheimen Liebesgeschichte?«

»Ich weiß nicht, ob es überhaupt eine war. Vielleicht hat sie sich bloß was vorgemacht und ist auf das reingefallen, was ihr irgendein Kerl nach dem fünften Bier ins Ohr geflüstert hat.«

»Das glaube ich nicht.«

»Ach, komm schon! Erzähl mir doch nicht, dass du alle Frauen nüchtern abgeschleppt hast? Ihr habt sie sitzengelassen, und sie musste es ausbaden.«

»Wir?«

»Na ja, einer von euch. Oder?« Sie biss in die Dattel.

»War Rachel deshalb hier? Um unsere Namen herauszufinden?«

»Schon möglich.« Merit spuckte den Kern aus und legte ihn auf ihrem Teller ab.

»Und du hast sie ihr gegeben?«

»Warum nicht? Nimm eine. Sie sind gut.«

Ich wusste, dass sie insgeheim ganz zufrieden damit war, wie grausam das Leben manche Ungerechtigkeit wieder geraderückte, zumindest in ihren Augen. Rachel hatte ihr die Chance gegeben, sich an uns zu rächen. Dafür dass wir sie damals links liegen gelassen hatten. Es musste eine große Genugtuung für sie sein, dass wir endlich dafür zur Rechenschaft gezogen wurden.

Die Datteln waren wirklich gut.

»Erstaunlich, dass du dich nach all der Zeit noch so genau an unsere Namen erinnern kannst.«

Sie stieß ein leises, amüsiertes Schnauben aus. »Ja, ich habe sie heimlich in Baumrinden geritzt und euch über Jahre hinweg in meine Nachtgebete eingeschlossen. Ist es das, was du hören willst?«

»Ich will die Wahrheit hören. Schließlich will ich Rachel helfen. Sie steckt in großen Schwierigkeiten. Hat sie dir gesagt, wo du sie erreichen kannst?«

Merit begann die nächste Dattel in Zeitlupe zu essen.

»Hat sie eine Adresse hinterlassen? Eine Telefonnummer?«

Mein Gegenüber schüttelte kauend den Kopf.

»Erzähl mir doch nicht, dass sie hier aufgetaucht und du die Namen sämtlicher *volunteers* von vor knapp dreißig Jahren runterrattern konntest!«

Sie spuckte den Kern in die hohle Hand. »Natürlich nicht. Aber vor ewigen Zeiten hatte mal jemand die Idee, ein Treffen der ehemaligen Freiwilligen zu veranstalten. Damals gab es das Archiv noch, und ich habe eine Liste gemacht. Das Treffen ist nie zustande gekommen, aber die Liste habe ich aufgehoben.«

»Kann ich sie mal sehen?«

»Klar.«

Merit stand auf und ging ins Nebenzimmer. Wenig später kam sie mit einer abgewetzten Kladde zurück und legte sie aufgeschlagen vor mir ab. Ich starrte auf die lange Reihe von Namen und die Adressen. Ian, David, Melissa, Pierre, Alexandra, Sabine, Patrick, Guglielmo ... Manche kannte ich, die meisten nicht. Daniel, Joachim, Rudolph und Mike aus Berlin. Baracke III. Das Baukombinat.

»Hast du ein Telefon?«

»Natürlich.«

Sie ging in den Flur und kam mit einem vorsintflutlichen Nokia zurück. Ich nahm es und trat hinaus in den Garten. Das war unhöflich. Aber sie wusste schon mehr über die ganze Geschichte, als mir lieb war.

Marie-Luise meldete sich nach dem vierten Klingeln.

»Versuche, Mike Plog zu erreichen. Und Daniel Schöbendorf. Wir müssen wissen, ob Rachel bei ihnen war.«

Stille.

»Marie-Luise?«

Das grünlich schimmernde Display zeigte an, dass die Verbindung weiter bestand.

»Plog? Michael Plog? *Der* Plog?«

»So viele von seiner Sorte wird es in Berlin nicht geben.«

»Der, der jetzt mit dem BfD ins Abgeordnetenhaus einziehen will? Ich hab's ja gleich geahnt.«

»Genau der«, sagte ich. »Soweit ich weiß, gehört er zum gemäßigten Flügel. Also nimm bitte Kontakt zu ihm auf. Frag ihn, ob Rachel bei ihm gewesen ist …«

»Sie war bei ihm.«

Jetzt brauchte *ich* einen Moment.

»Was? Wann?«

»Gestern um halb fünf nachmittags. Passt genau, wenn sie anschließend von Reinickendorf nach Charlottenburg gefahren ist, um Scholl zu treffen. Plogs Frau hat das bei der Polizei ausgesagt.«

Ich spähte zum Haus hinüber. Von Merit war nichts zu sehen. Aber das musste nichts heißen. Ich ging ein paar Schritte weiter in ein Zucchinibeet, das reiche Ernte versprach.

»Plogs Frau war bei der Polizei? Warum?«

»Weil ihr Mann gestern Nachmittag früher nach Hause gekommen ist. Wenig später ist eine junge Dame aus Israel dort aufgetaucht. Die beiden sind im Arbeitszimmer verschwunden. Nach einer halben Stunde ist sie wieder gegangen.«

Mein Herz schlug schneller. Rachel. Plog. Polizei. Das klang nach noch mehr Ärger.

Ich konnte Merit am Küchenfenster stehen sehen. Abwartend, mit verschränkten Armen. »Rachel Cohen war doch angeblich nie in Berlin«, hörte ich mich sagen. In meinem Kopf ratterten die Gedanken durcheinander wie irre Güterzüge. »Wenn es zwei weitere Zeugen gibt, glaubt Vaasenburg mir jetzt endlich?«

»Leider ja.«

»Wieso leider? Das ist doch gut für mich. Oder? Was wollte Rachel von Plog?«

»Dasselbe wie von dir. Wissen, wer ihr Vater ist. Hilfe auf der Suche nach ihm. Was weiß ich. Das wird sie der Polizei erklären müssen. Vernau, bitte tu mir einen Gefallen und halte dich fern von ihr. Komm zurück. Das ist doch absolut idiotisch, in Israel auf eigene Faust nach ihr zu suchen. Überlass das Leuten, die dafür ausgebildet sind und wissen, wie man mit so einer Situation umgeht.«

Das klang ziemlich aufrichtig, so kannte ich Marie-Luise gar nicht.

»Was für eine Situation meinst du?«

»Michael Plog hat nach Rachels Besuch das Haus verlassen und ist mit seinem Wagen frontal gegen einen Baum gekracht.«

»Er hatte einen Unfall? Wollen sie Rachel den etwa auch noch in die Schuhe schieben? Das ist doch lächerlich.« Ich ging ein paar Schritte weiter, bis ich um die Hausecke herum war und sicher sein konnte, dass Merit mich nicht belauschte. »Lächerlich«, wiederholte ich und wartete darauf, dass vom anderen Ende der Leitung wenigstens eine Art widerwillige Zustimmung kam. »Rachel hat nichts damit zu tun.«

»Sie war bei ihm.«

»Und? Ist sie jetzt neben Fensterstürzen auch noch für Verkehrsunfälle zuständig?«

»Es war kein Unfall.«

»Nein? Was denn dann?«

»Jemand hat die Bremsen des Wagens manipuliert. Plog ist frontal in den Baum gerast, Ein Glück, dass er es nicht noch bis auf die Stadtautobahn geschafft hat. Nicht auszudenken, wen er da alles mit in den Tod hätte reißen können ...«

Ich wollte mich setzen, aber es gab nichts. Ich hatte das Gefühl, keine Kraft mehr zu haben und mich irgendwo abstützen zu müssen. Die Schmerzen in der Brust wurden wieder stärker. »Ist er tot?«, fragte ich und wollte die Antwort gar nicht mehr wissen.

16

Rachel ließ das Auto hinter dem katholischen Hospiz der Borromäerinnen stehen. Bevor sie ausstieg, blieb sie noch eine Weile hinter dem Lenkrad sitzen und beobachtete die Umgebung. Die Nähe zum Busbahnhof zog viele Gestalten an, die nicht unbedingt verreisen wollten. Es war jener Teil von Jerusalem, der trotz seiner Nähe zur Altstadt seine besten Tage hinter sich hatte. Dicke Stromleitungen klebten an den Fassaden der heruntergekommenen Häuser. Vorne an der HaAyin Het Street hielten sich noch einige Backpacker-Hostels und billige Straßenrestaurants. Die meisten Touristen aber mieden den arabischen Teil der Stadt und zogen es vor, in der Nähe des King David abzusteigen, mit Blick auf den Ölberg und den Felsendom. Wenn die Muezzins aus den Minaretten ihre Gebete über die Dächer der Altstadt sandten, klang das für Pilger und Besucher gleichermaßen exotisch.

Rachel erinnerte es an *Homeland*.

Sie liebte die Serie. Obwohl die CIA-Agentin Carrie eine Kunstfigur war, erdacht in einem *writers' room* irgendwo in Los Angeles, fühlte sie sich ihr nah. Sie strich sich mit den Händen über die Haare, genau wie Carrie. Warf dann einen schnellen Blick in den Rückspiegel, um ihr Make-up zu checken und zu sehen, was sich auf der Straße hinter ihr abspielte, auch diese Geste war ihr aus *Homeland* vertraut. Die Drehbuchautoren hatten wirklich Ahnung.

Die Luft war geschwängert von Holzfeuern und dem Duft gegrillter Fleischspieße. Einige Läden, vollgestopft mit Mehlsäcken und verstaubten Konserven, hatten noch geöffnet. Neonlicht fiel auf müde Männer hinter alten Registrierkassen. Die Straße war eng und nicht gepflastert. Rachel stolperte durch knöcheltiefe Schlaglöcher. Einer der Alten, die an verrosteten Campingtischen Backgammon spielten, rief ihr etwas hinterher. Sie achtete nicht darauf. In diesem Teil Jerusalems war es besser, einfach nur seiner Wege zu gehen und das zügig, ohne nach links oder rechts zu sehen. Sie nahm den Schal, der locker um ihre Schultern gelegen hatte, und bedeckte sich damit das Haar. Carrie.

Das Damaskustor erhob sich wie ein bleicher Monolith aus der Stadtmauer. Ein paar Taxis warteten an der Sultan Suleiman Street auf späte Gäste, die sich bis zu dieser Stunde nach Sonnenuntergang noch in der Altstadt aufgehalten hatten. Die Fahrer lehnten an den Türen, plauderten miteinander und warfen Rachel interessierte Blicke hinterher. Glücklicherweise nicht mehr.

Die Stimmung in der Stadt hatte sich seit Rachels Aus- und Umzug nach Tel Aviv schleichend geändert. Nonnen wurden mit Steinen beworfen, Pilger beschimpft. Selbst Touristen berichteten von aggressiven Übergriffen im arabischen Viertel. In den letzten Wochen war es vermehrt zu tödlichen Attacken von Palästinensern auf Juden gekommen. Das freundliche Miteinander der Religionen war schon immer ein Trugschluss gewesen. In guten Zeiten eine vibrierend fragile Koexistenz. In schlechten wie diesen ein zerbrechender Waffenstillstand.

Rachel kannte den Weg noch wie im Schlaf. Sobald man über die breiten, terrassenähnlichen Stufen das Damaskustor erreichte, eines von acht Stadttoren, tauchte man in die Dunkelheit der uralten Wehrmauern ein und fand sich auf der anderen Seite in einem Labyrinth wieder. Der Weg links führte direkt in den Basar, den man als Fremder nur mit eiserner Willenskraft ohne Kamelhocker, Schachspiel oder Teppich wieder verließ. Nach rechts ging es Richtung Grabeskirche und weiter hoch zum christlichen

Viertel. Wer von den Hauptwegen abkam, landete in einer verfallenden Parallelwelt, die nichts mit der ramschigen Touristenattrappe zu tun hatte: halb verfallene Häuser, dunkle Torbögen, bitterste Armut. Im Winter war das Leben in den ungeheizten, feuchten Löchern des arabischen Viertels die Hölle. Im Sommer war sie wenigstens heiß.

Rachel hätte die Via Dolorosa mit geschlossenen Augen gefunden. Gleich rechts war die Bäckerei, die die besten Baklavas der Stadt anbot. Der Inhaber Nassir hatte ihr als Kind jedes Mal, wenn sie vorübergestromert war, ein paar der klebrigen Süßigkeiten zugeschoben. Noch immer grüßten sie sich freundlich und plauderten ein paar Takte miteinander, wenn Rachel tagsüber vorbeikam und sich einen Pappteller voll süßer Sünde kaufte. Jüdische Kinder kamen nicht mehr. Sie mieden das Viertel.

Nassir's Pastry Shop war geschlossen, die meisten anderen Geschäfte auch. Die letzten Andenken- und Teppichläden, die T-Shirt-Shops und Shisha Markets wurden gerade mit Holzlatten und Gittern verrammelt. Dreckiges Wasser floss durch die Abflussrinne in der Mitte der Gasse. Ein Mann schüttete seinen Eimer direkt vor Rachels Füßen aus. Sie wusste nicht, ob es Absicht war. Ein Stück weiter trafen sich drei schmale Straßen und bildeten einen der wenigen kleinen Plätze. Linker Hand erhob sich die Felssteinmauer des österreichischen Hospizes, eine pittoreske Attraktion, deren Besuch sich lohnte, wenn man wusste, wo sich die Klingel befand. Rachel hatte dort oft im Garten gesessen, bei Apfelstrudel und leiser Musik von Johann Strauss. Wiener Walzer, die aus den offenen Fenstern perlten und sich mit dem Rascheln der trockenen Palmwedel, dem Singen der Vögel und dem dezenten Geschirrklappern zu einer ganz eigenen Melodie verbündeten. Es hatte etwas von einer untergegangenen Zeit, und Rachel liebte solche kleinen Fluchten. Die Zeder im hinteren Teil des Gartens war noch von Kaiser Franz Josef persönlich gepflanzt worden, der unter seinen vielen Titeln auch den des Königs von Jerusalem geführt hatte. Es hieß, hier gebe es den besten Apfelstrudel außerhalb von Wien. Rachel kannte Wien nicht, aber sie hatte keinen Grund, diesen Ruf anzuzweifeln.

Sie wich einem Mann aus, der eine gewaltige, von Tüchern bedeckte Last auf einer Schubkarre abtransportierte. Alles musste in Jerusalems Altstadt zu Fuß oder mit dreirädrigen Lastmofas erledigt werden. Die Gassen waren zu eng, um Lieferfahrzeuge durchzulassen.

Jetzt kam der dunkelste Teil des Wegs. Rachel tauchte von der Dämmerung ein in die Nacht rund um den alten Tuchmarkt. Viele einzelne niedrige Häuser, die wirkten, als hätte eine riesige Hand sie planlos zusammengeschoben, immer eng und enger. Die schmalen Gänge dazwischen waren überspannt mit Planen oder provisorisch überdacht. Magere Katzen stoben auseinander, Müllsäcke stapelten sich in jeder Ecke.

Weit hinten baumelte eine einzelne Glühbirne, die die Finsternis um Rachel herum noch schwärzer machte. Sie beschleunigte ihre Schritte und war gleichzeitig darauf bedacht, auf dem glitschigen, unebenen Boden nicht auszurutschen. Bei Tag, wenn alle Geschäfte geöffnet hatten und ein paar wenige Sonnenstrahlen ihren Weg durch die eng stehenden Häuserschluchten fanden, mochte dieser Irrgarten ein romantisches Bild abgeben. Männer in malerischer Tracht auf kleinen Hockern vor den Geschäften, den Rosenkranz in der Hand, ein Glas Tee auf der Eingangsstufe. I-love-Jerusalem-T-Shirts, bunte Kleider aus billigen Stoffen, Ramsch und Tinnef. Gewürze in großen Säcken, der Duft von Koriander, Anis und Safran. Touristen auf dem Weg zur Al-Aksa-Moschee und der Klagemauer. Nachts war er gefährlich.

Rachel öffnete ihre Tasche und tastete nach der Waffe. Das kühle Metall beruhigte sie. Man hatte sie kurz vor dem Ende ihrer zweijährigen Militärzeit gefragt, ob sie Karriere machen wolle. Die 8200-er hätten sie gerne behalten. Schon das Angebot war eine Auszeichnung. Aber sie hatte nach einigen Tagen Bedenkzeit abgelehnt und es nie bereut.

Ein Fauchen ließ sie zusammenfahren. Einige ausgehungerte Straßenkatzen balgten sich um eine Mülltüte. Erst am Ende der dunklen, tunnelartigen Gassen atmete Rachel auf und tauchte ein in das sanfte Licht eines fast andalusisch anmutenden, weiten Platzes: der Rabinovich Square. Vor einigen der Coffeeshops und Bars saßen noch Gäste. Leise Musik und Gelächter echoten über die Hauswände. Das jüdische Viertel. Eine andere Welt.

Sie hätte auch durch das Jaffator kommen können. Aber sie wollte weder erkannt noch angesprochen werden. Eigentlich hatte sie vorgehabt, nie wieder hierher zurückzukehren.

Der Mensch plant, G'tt lacht.

Den Schal fast bis über die Augen gezogen huschte Rachel, geschützt durch die Schatten der Arkadengänge, in die HaTamid Street. Der Weg war gepflastert, Hibiskus und Jasmin blühten vor Fenstern und Hauseingängen. Die Häuser wurden hier wesentlich besser in Schuss gehalten. Helle Steine, ockerfarbene Anstriche, bunte Türen und Fenster. Es war nicht unbedingt eine wohlhabende Gegend. Die lagen außerhalb der alten Stadtmauern, umgeben von weitläufigen Gärten und Schutzzäunen. Als Kind hatte sie ihren Vater einmal gefragt, woher die krassen Unterschiede zwischen den einzelnen Vierteln innerhalb dieser Mauern kämen, wo doch alle in derselben Stadt lebten.

»Weil es *unsere* Stadt ist, Kind«, hatte Uri gesagt. »Dort wo *wir* sind, sieht es eben anders aus.«

Rachel wusste mittlerweile, dass die Palästinenser das mit der Frage, wem Jerusalem gehörte, anders sahen. Aber jede Erklärung, warum die eine Ecke hell, die andere dunkel, warum die eine verwahrlost, die andere gepflegt war, mündete unweigerlich in politische Diskussionen und damit letzten Endes in Uris tiefe Verachtung gegenüber all jenen, mit denen er *seine* Stadt, aber nicht *seine* Religion und Herkunft teilte. In den letzten Jahren schien er immerhin nachdenklicher geworden zu sein. Der Rechtsruck der Politiker und die Radikalisierung der Siedler beunruhigten ihn. Die Antwort der meist jugendlichen Gewalttäter aus den besetzten Gebieten war brutal und stellte die israelische Gesellschaft vor eine durchaus beabsichtigte Zerreißprobe. Rachel wusste nicht, ob Uri heute anders über den ewigen Konflikt mit den Feinden Israels dachte. Es war klar, dass es so nicht weitergehen konnte, aber eine Lösung war nicht in Sicht. Zumindest keine, die Rachel auf Anhieb überzeugt hätte und die beide Seiten wieder an den Verhandlungstisch gebracht hätte. Es sah so aus, als ob diese Tische ausgedient hätten, und zwar überall auf der Welt. Die Politik war zu einem zahnlosen Tiger geworden, der außer Gebrüll nichts gegen die immer radikaler werdende Gewalt ausrichten konnte.

Die Gespräche mit ihrem Vater waren ohnehin selten gewesen und eher ein Meinungsdiktat, statt eine echte Diskussion. Warum verließen denn immer mehr junge Israelis das Land? Warum versuchte denn jeder, der – über welchen Weg auch immer – Verwandte im westlichen Ausland auftreiben konnte, einen zweiten Pass zu bekommen? Auch Rachel hatte damals überlegt, einfach in Berlin zu bleiben. Das Jahr war so schnell vorübergegangen. Eine einzige große Party mit Nächten ohne Sirenen und dem tiefen, guten Schlaf bis in den Mittag. Aber dann hatte dieses verfluchte Wort Heimat sie nicht mehr losgelassen. Familie …

»*F****«, würde Carrie jetzt sagen.

Sie suchte nach dem Schlüssel. Vorsichtig öffnete sie das schmale dunkelgrüne Eisentor, das in den Innenhof führte. Hohe Mauern schützten ihn vor neugierigen Blicken. Der Olivenbaum spendete Schatten an heißen Tagen, wenn die Sonne senkrecht am Himmel stand. In einem steinernen Trog plätscherte Wasser.

Zur Linken gelangte man in das zweistöckige Haus, in das sie nach Uris zweiter Heirat gezogen waren.

Rachel sah auf ihre Armbanduhr. Die kleinen Zeiger leuchteten grün. Halb acht. Es war die Zeit, in der Uri und Daliah ihre Verwandtschaft abklapperten. Jene Leute also, die Rachel immer als einen Fremdkörper angesehen hatten und die sie das auch spüren ließen. Wenn die beiden sich an ihre Gewohnheiten hielten, dann lief ab jetzt die Uhr rückwärts. Eine knappe Stunde, von der keine Sekunde ungenutzt verstreichen durfte.

Die Haustür öffnete sich mit dem leisen, altbekannten Quietschen. Rachels Sohlen knirschten auf der Treppe, die steil und gerade nach oben in den ersten Stock führte. Sie holte ihr Handy aus der Tasche und aktivierte das Spotlight. Noch von der Straße aus hatte sie gecheckt, dass die Fensterläden geschlossen waren. Oben konnte sie Licht machen, aber nicht hier auf der Treppe.

Vorsichtig drückte sie die Klinke zur Wohnung herunter und wollte, so wie sie es seit vielen Jahren gewohnt war, nach zwei Schritten die Flurlampe einschalten, als sie über ein unerwartetes Hindernis stolperte. Mit einem lauten Krachen knallte ein Maschinengewehr zu Boden, das jemand mitsamt seiner Ausrüstung ohne nachzudenken einfach im Flur abgestellt hatte.

Joel. *WTF?*

Sie legte den Schalter um und schloss für einen Moment geblendet die Augen. Zeit genug für ihren Halbbruder, wie von der Tarantel gestochen aus dem Bett zu springen und nur mit einer Unterhose bekleidet die Zimmertür aufzureißen.

»Rachel? Alles okay?«

Sie bückte sich und wollte das Gewehr aufheben, eine TAR-21, aber da war Joel auch schon bei ihr und nahm es ihr ab.

Ich habe so ein Ding schon bedient, da hast du noch in die Windeln gemacht.

»Schalom, Joel. Ich habe nicht mit dir gerechnet.«

»Drei Tage Urlaub.« Er trug das Sturmgewehr und seine Sachen, darunter auch eine schusssichere Weste, in sein Zimmer und warf alles aufs Bett. »Du hättest Dad Bescheid sagen sollen.«

Eben nicht. Und du machst gerade alle meine Pläne zunichte.

»Wie geht es dir?«, fragte sie und ignorierte den Vorwurf einfach.

Joel war bei der Nachal-Brigade, der kämpfenden Pionierjugend, die in der West Bank nahe Hebron eingesetzt war. Fünf Jahre jünger als sie, einen Kopf größer, ein herausragender Sportler und begeisterter Soldat. Mit seinen kurzgeschnittenen Haaren, dem muskulösen Oberkörper und dem hübschen Gesicht, halb Junge, halb Mann, zog er die Blicke der Mädchen auf sich. Er streifte sich ein T-Shirt über und stieg in seine Jeans.

»Kannst ruhig weiterschlafen. Ich bin gleich wieder weg.«

Sie ging ins Wohnzimmer. Das war ja mal gründlich schiefgelaufen. Sie hatte vorgehabt, unten im Wohnzimmerschrank nach Rebeccas Abschiedsbrief zu suchen. Vernau hatte ihn nicht bekommen, Plog hatte es ebenfalls bestritten, und Scholl konnte sie nicht mehr fragen. Es wurde immer wahrscheinlicher, dass dieser Brief gar nicht bis nach Deutschland gelangt war.

Auffindesituation: Rebecca Cohen lag ausgestreckt auf dem Bett (…) Ein Brief in den Händen der Toten wurde der schichtleitenden Schwester übergeben, mit der Bitte um Weitergabe (…)

Vielleicht hatte Daliah ihn in die Finger bekommen und verschwinden lassen? Daliah. Die Frau, die Uri zwei Jahre nach Rebeccas Tod geheiratet hatte. Irgendwann hatte sie alles entsorgt, was an ihre Vorgängerin erinnerte. Es war ein Schock für Rachel gewesen, als sie den Schrank ihrer Mutter öffnete und alle Sachen verschwunden waren. Uri hatte sie darin aufbewahrt, und das kleine Mädchen ohne Mutter war oft in den Schrank gekrochen und hatte sich ein Nest aus Rebeccas Sachen gebaut. Dort im Dunkeln hatte sie sich der fremden Frau nahe gefühlt, dort sah niemand ihre Tränen.

Rebeccas Kleider verschwanden als Erstes. Die Möbel wurden verkauft, als sie nach Jerusalem umzogen, weil dort Daliahs Familie lebte. Wenig später kam dann Joel auf die Welt. Rachel verspürte keine Eifersucht auf ihren Bruder, eher eine große innere Distanz. Wahrscheinlich hielt Joel sie für kalt und herzlos. Aber das war sie nicht. Sie hatte sich bloß nie als ein Teil dieser Familie gefühlt. Sie war das Kind, das schuld am Tod seiner Mutter war. In diesem Glauben hatte man sie aufwachsen lassen.

Und nun war alles anders.

Rachel hatte Vernau in die Augen gesehen und ihm geglaubt. Schade eigentlich. Ein guter Typ. Einer von denen, die mit zunehmendem Alter immer interessanter wurden. Er hätte ihr als Vater gefallen. Ganz anders als Scholl. Er ... Der Schwindel kam gemeinsam mit dem Bild des sterbenden Mannes auf dem Trottoir. Sie stützte sich an der Rückenlehne eines Couchsessels ab.

»Ist alles okay?«

Joel war ihr gefolgt. Das tat er, seit er laufen konnte. Anfangs hatte sie ihn weggeschubst, da sie seine kindliche Zuneigung kaum ertragen konnte. Später hatte sie sie über sich ergehen lassen, ohne sie zu erwidern. Eigentlich tat Joel ihr leid. Er konnte nichts dafür, mit so einer Schwester gestraft zu sein.

»Schon okay. Lass mich einfach allein.«

»Willst du was trinken? Einen Kaffee vielleicht? Ein Bier?«

Unwillig wehrte sie ab. »Nein. Ich bin nur gekommen, weil ich noch ein paar Unterlagen brauche.«

»Du willst heiraten.« Er schlenderte grinsend zur Couch und ließ sich fallen.

Wütend riss sie die Tür zum Wohnzimmerschrank auf, ging in die Hocke und begann das untere Fach zu durchwühlen.

»Warum wartest du nicht, bis Dad kommt? Er kann dir bestimmt helfen.«

Er hat mir mein ganzes Leben nicht geholfen. Er hat mich mit seinem Schweigen in der Hölle schmoren lassen.

»Glaub ich nicht«, antwortete sie barsch und warf einen Aktenordner nach dem anderen auf den Tisch. Ihr Verdacht gegen Daliah verdichtete sich umso mehr, je länger sie suchte.

Genau dort, wo Joel gerade alle viere von sich streckte, hatte Uri gesessen und Löcher in die Luft gestarrt. Keine einzige ihrer Fragen hatte er beantwortet. Daliah war irgendwann dazwischengegangen und hatte Rachel mehr oder weniger hinausgeworfen.

»Dein Vater ist ein Ehrenmann«, hatte sie gezischt. »Diese alte Geschichte wird nicht wieder aufgewärmt.«

»Es ist *meine* Geschichte. Und ich habe ein Recht darauf.«

»Du hast nichts. Gar nichts. Du *mamser*.«

Da war es wieder, dieses Wort. Du bist ein Bastard und musst für den Fehler deiner Mutter büßen bis ins zehnte Glied. So sagt es das jüdische Gesetz. Und an das halten wir uns doch alle hier, nicht wahr?

»Geh zurück nach Tel Aviv und komm erst wieder, wenn du dich bei dem Mann, der dir ein Dach über dem Kopf und seinen guten Namen gegeben hat, entschuldigst!«

Rachel war wortlos gegangen.

Rick ... ihr Herz zog sich zusammen. Da wird man einmal im Leben schwach und braucht Hilfe, und schon rammt einem das Schicksal die nächste Faust in die Magengrube.

»Was genau suchst du eigentlich?«

Sie unterdrückte einen Seufzer. Joel wusste offenbar nichts von ihrem Fund und dem Zerwürfnis. Die Sache war unter den Teppich gekehrt und totgeschwiegen worden. So wurde das bei den Cohens immer schon gehandhabt. Irgendwie kamen die drei ihr vor wie die chinesischen Affen: nichts sehen, nichts hören, nichts sagen.

»Einen Brief. Den Abschiedsbrief meiner Mutter. Ich weiß erst seit kurzem, dass es ihn gegeben hat.«

Joel setzte sich auf. Sein jungenhaftes Lächeln verschwand und machte einem besorgten Ausdruck Platz. »Du solltest wirklich warten, bis die beiden ...«

»Ich habe lange genug gewartet.« Sie knallte ein dickes Fotoalbum auf den Tisch – der Einzug der Cohens ins Gelobte Land Anfang der zwanziger Jahre, ungezählte Schwarzweißaufnahmen von Verwandten, die ihr Uri nun auch noch genommen hatte. Sie war keine Cohen. Sie war ... ein herrenloser Bastard. Wo steckte bloß der verdammte Brief? Uri hatte ihn ihr nicht gegeben.

Er war an mich gerichtet. Die letzten Worte einer Mutter an ihr Kind. Oder ... an meinen Vater, meinen richtigen Vater. Wie konnte Uri mir das nur vorenthalten?

Rachel hatte nie nah am Wasser gebaut. Irgendwann hatte sie gemerkt, dass sie das Weinen verlernt hatte. Doch jetzt spürte sie, dass ihre Augen feucht wurden. Ausgerechnet vor meinem kleinen Bruder, dachte sie. Aber auch das ist er nicht mehr. Niemand ist mehr das, was er mal war. Rebeccas Tod und Uris Lüge haben mich hinauskatapultiert aus dieser Familie. Ich weiß nicht, zu wem ich gehöre.

Sie kroch fast in den Schrank, nur um Joel ihr Gesicht nicht zu zeigen. Seine nervöse Sorge trug nicht gerade dazu bei, dass sie sich konzentrieren konnte.

»Hat es was mit eurem Streit zu tun?«

»Was für ein Streit?«, fragte sie zurück. Ihre Stimme klang dumpf.

Sie war bei einem Sammelsurium von Erbstücken angelangt, für die niemand Verwendung hatte: sechs schwarz angelaufene silberne Schneckenzangen in einer mit Goldbrokat überzogenen Kiste. Wofür um Himmels willen brauchten Juden Schneckenzangen? Brüchige Wimpel mit dem Wahrzeichen von Jechida, einer stilisierten aufgehenden Sonne hinter einem Pflug. Sie stockte. Ihr Bat-Mizwa-Kleidchen, eingeschlagen in ein weiches Baumwolltuch. Vorsichtig nahm sie es auseinander.

Das sollte ich mitnehmen. Das gehört wirklich zu mir.

»Dad redet seit ein paar Tagen nicht mehr. Das tut er eigentlich nur, wenn einer von uns beiden ihn enttäuscht hat.«

Rachel faltete das Kleid sorgfältig zusammen. »Vielleicht war es ja umgekehrt.«

Joel brauchte einen Moment, um den Vorwurf zu kapieren. »Du meinst, er hat dich ... Das glaube ich nicht. Wie denn?«

»Geht dich nichts an.«

»Dann kann ich dir auch nicht helfen.«

Sie schickte ihm einen kalten Blick. »Ich habe dich nicht darum gebeten. Geh rüber und schlaf weiter.«

Das Kleid stopfte sie in ihre Handtasche. Joel beobachtete sie mit wachsendem Unmut.

»Du kommst einfach hierher, wenn die beiden nicht da sind, und wühlst in ihren Sachen rum?«

»In *meinen* Sachen, Joel. Ich habe nicht vor, noch einmal herzukommen.«

»Was?«

Er sah sie mit so großem Entsetzen an, dass sie Mitleid mit ihm bekam. Ihr kleiner Bruder war der Nachgeborene, der legitime Sohn einer zweiten Ehe. Was konnte er dafür, dass sein Vater vor langer Zeit einmal einem gefallenen Mädchen die Ehre gerettet hatte? Und dass dieses Mädchen, statt ihm dafür bis ans Ende ihrer Tage dankbar zu sein, die Frechheit besessen hatte, sich auch noch umzubringen?

Sie setzte sich auf den Boden und umschlang die Knie mit den Armen. »Es ist besser so. Ich war hier doch immer bloß ein Fremdkörper. Denkst du, das hätte ich all die Jahre nicht gemerkt? Jetzt ist es an der Zeit, die Wahrheit herauszufinden und einen klaren Schnitt zu machen.«

Warum sah er sie so an? Verstand er sie nicht? Redete sie unverständliches Zeug?

»Ich will herausfinden, wer mein richtiger Vater ist.«

Joel fuhr sich mehrmals mit beiden Händen durch die stoppelkurzen Haare. »Dein richtiger Vater? Du hast einen richtigen Vater!«

»Nein.«

»Nein?«

Der Blick aus seinen fast schwarzen Augen war so ratlos, dass Rachel beinahe gelacht hätte.

»Daliah und Uri haben uns all die Jahre glauben lassen, ich wäre eine Cohen. Das bin ich aber nicht. Meine Mutter war schwanger von einem anderen.«

Er öffnete den Mund – und schloss ihn wieder.

Ja, kleiner Bruder. Genau so habe ich auch dagesessen, als mir die Ferry Tickets vor die Füße gefallen sind und ich in der kleinen Ledermappe das Gedicht von Rückert gefunden habe. Du bist mein Mond, und ich bin deine Erde … Es hat ein wenig gedauert, bis ich alles verstanden hatte. Es gab einen anderen im Leben meiner Mutter. Ich habe es geahnt. Schon immer.

»Von wem?«, stieß er hervor. Er sah aus, als wollte er im nächsten Moment aufspringen, sein MG holen und sich diesen Typen vorknöpfen.

»Das weiß ich nicht. Meine Mutter hat Uri im fünften Monat geheiratet, um mir einen Namen zu geben: Cohen. Niemand sollte mit dem Finger auf mich zeigen und mich einen Bastard nennen.«

»Wenn das einer wagt, dann …«

» Sie hat sich umgebracht, am Tag meiner Geburt«, unterbrach Rachel seine Wut. »Und all die Jahre wurde der Deckel draufgehalten. Pssst, die arme Frau ist bei der Geburt ihres Kindes gestorben. Aber es war anders, ganz anders. Rebecca wurde sitzengelassen. Von einem Mann, den sie mehr geliebt hat als ihr Leben. Mehr als mich.«

»Wer ist die Sau?«

Rachel zuckte mit den Schultern. »Der Einzige, der es mir sagen könnte, ist Uri. Aber der hält den Mund. Sieht durch mich durch, als wäre ich Luft. Ich habe ihn hundertmal gefragt. Er gibt mir keine Antwort. Als ob er ...« Sie brach ab, weil der Gedanke zu ungeheuerlich war, um ihn laut zu Ende zu bringen.

Es gab Grenzen bei dem, was man über einen anderen Menschen denken durfte. Uri ist doch selbst an allem schuld, dachte sie. Mit einem einzigen Wort, einem einzigen Namen könnte er das ganze Rätsel aufklären. Dass er es nicht tut, muss einen Grund haben. Er ist derjenige, der damals vom Unglück meiner Mutter profitiert hat. Schweigt er, weil er es mit herbeigeführt hat? Schämt er sich? Was um Himmels willen darf ich nicht erfahren?

»So ein Schlamassel«, stöhnte Joel gerade. »Sag mir Bescheid, wenn du den Kerl gefunden hast. Eine Kugel ist zu schade für ihn.«

»Das ist meine Sache.«

»Ich bin dein Bruder!«

»Wir sind noch nicht mal miteinander verwandt, Joel. Also lass mich jetzt bitte in aller Ruhe meine Sachen zusammensuchen. Nachher kannst du es dann brühwarm deinen Eltern erzählen, wenn sie nach Hause kommen.«

»Aber ...«

»Mach es mir nicht so schwer, okay?«

Sie stand wieder auf und nahm sich die nächste Schrankseite vor. Wo war bloß dieser verdammte Brief? Hatte Uri ihn vernichtet? Oder Daliah? Das würde zu ihr passen.

Rachel hörte, wie Joel hinter ihrem Rücken aufstand und das Zimmer verließ. Dieser große, dumme Junge. Jetzt hatte er etwas, woran er knabbern konnte. Im selben Moment bereute sie den Gedanken. Was konnte er schon dafür? Die Fehler hatten andere gemacht, vor vielen Jahren. Hätte sie alles auf sich beruhen lassen sollen? Nur um des lieben Friedens willen?

Es ist ihr Frieden, nicht meiner, dachte sie trotzig.

Sie wühlte sich gerade durch mehrere Dutzend angegrauter Servietten, als sie die Haustür zuschlagen hörte. Erst glaubte sie, Joel wäre gegangen. Dann wurde die Wohnzimmertür aufgerissen. Sie fuhr herum.

Bleich vor Zorn und schwer atmend kam Uri auf sie zu. Ihm folgte, nicht minder aufgelöst, die dürre Gestalt Daliahs. Rachel kam auf die Beine und wischte sich unsicher die Hände an ihrer Jeans ab. Warum kamen die beiden so früh zurück? Als sie das Kuchenpaket sah, das Daliah eher auf den Tisch warf als ablegte, wusste sie die Antwort: Frankfurter Kranz. Niemand konnte mehr als ein Stück davon hinunterbringen. Uris Schwester Taljah bestand immer darauf, ihren Gästen die Reste mitzugeben, was schätzungsweise zwei Kilo dieser Monstrosität aus Buttercreme und Krokant bedeutete. Die Gespräche mit ihr waren ähnlich schwer verdaulich: Nachbarschaftsklatsch, Krankheiten, ihre eigenen ebenso wie die, vor denen Uri sich hüten sollte, politisches Halbwissen, gepaart mit Verschwörungstheorien. Jede Chance zur Flucht wurde ergriffen, keine Ausrede war zu dünn, um nicht an den Haaren herbeigezogen zu werden. Heute mussten Uri und Daliah besonders gut geschwindelt haben, denn so schnell konnte sich sonst niemand aus den Untiefen von Tajahs Buttercreme befreien.

Uri sah das von Rachel angerichtete Chaos und drehte sich zu seiner Frau um. »Du bleibst draußen.«

»Aber ...«

Sein Blick signalisierte ihr, dass es besser war, ihm zu gehorchen.

»Wir reden noch«, keifte sie in Richtung Rachel.

Bestimmt nicht.

»Was tust du hier?« Uri warf seine Kippa auf den Couchtisch und nahm die Schachtel mit den Schneckenzangen hoch. Er hielt sie Rachel anklagend entgegen. »Wolltest du die hier mitnehmen? Dann hättest du nur zu fragen brauchen. Die sind von deiner katholischen Großmutter aus Wiesbaden. Pack sie ruhig ein. Es ist dein Erbe.«

Er warf die Schachtel auf den Tisch. Der Deckel sprang auf, die Zangen landeten klirrend auf den Kacheln. Es war so absurd, dass Rachel beinahe laut aufgelacht hätte. Sie konnte sich gerade noch beherrschen.

»Ich habe keine Großmutter in Wiesbaden. Das ist deine Familie. Nicht meine.«

Sie betrachtete den Mann, der sie großgezogen hatte. Seine hagere Gestalt, die immer ein wenig zu schwanken schien, wenn er sich aufrichtete. Die tiefen Falten um den Mund, das Gesicht eines enttäuschten Gelehrten. Sie war überrascht, dass sein Anblick Trauer in ihr hervorrief. Sie hatte mit Wut gerechnet.

»Ich suche Rebeccas letzten Brief.«

»Du suchst was?« Er ging zum Schrank. Wütend betrachtete er die Verwüstung, die sie angerichtet hatte.

»Rebeccas Abschiedsbrief. Er wird im polizeilichen Untersuchungsbericht erwähnt.«

Langsam schloss er die hölzernen Türen. »Du warst bei der Polizei?«

»Nein. Bei der Staatsanwaltschaft im Beit Hadar Dafna.«

Das Hadar-Dafna-Building war ein vierzehnstöckiges Verwaltungsgebäude mit mehr als tausend Büroräumen an einer dicht befahrenen Straße in Tel Aviv. Gerüchten zufolge, die vor allem durch Romanautoren wie Frederick Forsyth und Tim Powers angefeuert wurden, nutzte der Mossad einige der Etagen.

Ob sie stimmten oder nicht – wer zur Staatsanwaltschaft musste, hatte sowieso andere Sorgen, als sich darum Gedanken zu machen. Rachel war unangemeldet dort aufgetaucht, geradezu kopflos im Vergleich zu ihrer sonst eher analytischen, kühlen Vorgehensweise. Aber wer verhielt sich schon normal, wenn sich ein ewig schwelender Verdacht zu einem seelischen Flächenbrand ausweitete?

Eine nette Offizierin hatte sie ins Archiv begleitet. Rachels Ausweis und ihre Geburtsurkunde reichten, um Einblick in die Akte Rebecca Cohen nehmen zu dürfen. Darin gab es auch einen Anhang mit Fotos. Rachel hatte sie sich nicht angesehen. Es gab so wenige Erinnerungen an ihre Mutter. Genau vier Bilder, die Rachel hütete wie einen Schatz. Die Aufnahmen vom »Auffindeort der Leiche« hätten ein so schreckliches Gegengewicht dazu gesetzt, dass sie darauf verzichtete. Sie erinnerte sich noch daran, dass sie zu zittern begonnen hatte und die Offizierin mit einem Glas Wasser herbeigeeilt war. Rachel war in diesem Moment nichts anderes gewesen als ein einziger unfassbarer Gedanke: Ich bin nicht schuld am Tod meiner Mutter. Aber wer dann?

»Der Brief«, wiederholte Rachel und kam auf ihn zu. Uri hatte die Augen geschlossen. Wieder schien es, als ob er kaum merkbar schwanken würde. »Er ist weg. Wo hast du ihn versteckt?«

Sie hob die Hand. Er stand immer noch da, als ob er im Stehen schlafen würde. Langsam ließ sie sie wieder sinken. Sie brachte es nicht über sich, ihn zu berühren.

»Ich habe mir die ganze Akte durchgelesen. Ich will den Abschiedsbrief meiner Mutter.«

»Es gibt keinen.«

»Lüg mich nicht an!«

»Sie hat nichts hinterlassen. Dir nicht und mir auch nicht.«

Lauernd trat sie einen Schritt näher. »Nicht mal *ihm*?«

Er sagte nichts. Lots Weib war ein Mann und sein Name war

Uri. Mit einem Blick voller Verachtung wandte sie sich ab und nahm ihre Tasche.

»Nein«, sagte er leise.

»Was? Ich kann dich nicht hören, *Vater*.«

»Nein!«

»Du lügst!«

Die Tür wurde aufgerissen. Daliah stürmte in den Raum, gefolgt von Joel. Beide, Mutter und Sohn, hatten rote Flecken im Gesicht. Selbst im Ärger waren sie sich so ähnlich.

»Was ist hier los?«, schrie Daliah. Sogar ihre Ohren waren rot, wahrscheinlich weil sie sie abwechselnd zum Lauschen an die Tür gepresst hatte. »Ich lasse nicht zu, dass du meine Familie terrorisierst!«

Rachel ging an ihr vorbei. Ohne ein Wort des Abschieds, ohne auch nur einen von ihnen anzusehen. Aber Daliah ließ sich nicht so einfach abschütteln.

»Ich will, dass das aufhört. Verstehst du mich? Hörst du mir zu?« Sie war Rachel in den Flur gefolgt, packte sie an der Schulter und zog sie mit unerwarteter Kraft zu sich herum. »Wir haben alles für dich getan. Alles!«

»Ihr habt mich verarscht«, zischte Rachel. »Ihr beide. Ihr habt meine Herkunft vernichtet. Und jetzt, wo ich etwas darüber herausfinden will, bin ich es, die das Haus zum Einsturz bringt?«

Daliah ließ sie los. Im Halbdunkel des Flurs glänzten ihre weit aufgerissenen Augen wie im Fieber. »Du weißt nicht mehr, was du sagst. Du bist verrückt.«

»War es Rebecca?«

Der Flur verdunkelte sich noch mehr. Joel stand im Türrahmen zum Wohnzimmer.

»Sie hat dir Uri weggenommen. Hast du ihr dafür den Mann genommen, den sie geliebt hat?«

»Was?«, flüsterte Daliah. Ihre Lippen bebten vor Wut. Hass

züngelte in ihren Augen, es war wie ein kleines Feuer, das in diesem blutleeren Gesicht entzündet wurde.

»Es muss ja nur ein kleiner Trick gewesen sein. Nichts Schlimmes. Eine simple Intrige, um zwei Menschen eins auszuwischen, die das Glück gepachtet hatten. Du hast deins ja bloß im zweiten Anlauf gekriegt. Genau wie Uri. Zwei zweite Geigen. Zweimal zweite Wahl. Passt doch.«

Der Schlag traf Rachels Wange mit solcher Wucht, dass sie mit dem Hinterkopf gegen die Wand schlug. Joel riss Daliah im letzten Moment zurück, sonst hätte sie gleich die nächste Ohrfeige ausgeteilt. Rachel hielt die Hand an ihr brennendes Gesicht. Sie war mehr verblüfft als verärgert. Einen solchen Gewaltausbruch hatte sie Daliah nicht zugetraut.

»Hör auf!«, brüllte Joel. Mit noch größerem Erstaunen registrierte Rachel, dass er sie meinte und nicht seine Mutter, die nun in ein röchelndes Schluchzen ausbrach. »Es ist genug! Genug! Egal, was passiert ist, du hast nicht das Recht, meine Eltern zu beleidigen.«

Rachel nickte und stieß sich von der Wand ab. »Na, dann entschuldige ich mich doch mal in aller Form bei *deinen Eltern*.«

Sie war schon im Hof, als sie die schweren, schnellen Soldatenschritte ihres Bruders hinter sich hörte.

»Warte!«, rief er.

Rachel drehte sich um. »Joel, es ist okay. Tut mir leid. Ich hab's nicht so gemeint.«

Er nahm sie in die Arme. »Egal was ist, du bleibst meine Schwester.«

Sie nickte, so gut ihr das in seinen muskulösen Armen möglich war.

»Du weißt doch, wie sie sind«, sagte er und ließ sie los. »Was ist das überhaupt für ein Brief?«

»Der Abschiedsbrief meiner Mutter, bevor sie sich in der Klinik das Leben genommen hat. Er ist für mich. Oder für … für den Mann, der mein leiblicher Vater ist.«

»Rachel, das ist so lange her. Den gibt es bestimmt nicht mehr.«

»Würdest du so einen Brief vernichten?«

Seine glatte Stirn runzelte sich. »Lass uns doch mal gemeinsam nachdenken. Der Brief. Hat sie ihn zu dir gelegt? Ins Tuch oder so?«

»Nein.« Es fiel ihr schwer, darüber zu sprechen. Ihr Gesicht schmerzte, und sie hatte sich danebenbenommen. Joel war ihr einziger Verbündeter. »Sie hatte ihn bei sich. Wahrscheinlich in den Händen, aber er muss runtergefallen sein, als sie … als sie gestorben ist«, endete sie mühsam.

»Und dann?«

»Die Polizei hat ihn der Schwester gegeben, damit sie ihn in Verwahrung nimmt und weiterleitet.«

»Dann hat ihn wahrscheinlich der Lover, entschuldige bitte, der Geliebte deiner Mutter. Ja genau, er wird ihn haben. Und er wird wahrscheinlich nicht freudestrahlend auf dich zueilen und dich in die Arme schließen.«

Nein. Wahrhaftig nicht.

Noch nicht mal ein Brief, dachte sie. Kein Wort hat sie mir hinterlassen. Ich komme ja kaum hinterher damit, wie viele Menschen mich in meinem Leben verraten haben.

»In welcher Klinik war das?«

»Im Hadassah Medical Center.«

»Hier? In Yerushalayim?«, fragte er erstaunt.

»Nein, in Tel Aviv.«

»Wer hat sie überhaupt gefunden?«

»Eine Schwester.« Überrascht sah sie Joel an. »Eine Krankenschwester. Maya … Maya irgendwas. Oh Joel!«

Sie warf sich ihm an den Hals und drückte ihm einen schallenden Kuss auf die Wange.

»Bin ich also wieder dein Bruder, was?«, fragte er ärgerlich.

»Es tut mir leid. Ich bin total durcheinander. Und stinksauer auf Uri. Und auf Daliah. Ich kann ja verstehen, dass deine Mutter diese erste Ehe am liebsten ausradieren würde. Aber so funktioniert das nicht. Ich bin nun mal da. Und mit mir all die Fragen.«

Er nickte und trat zurück in den Türbogen. »Was wirst du jetzt tun?«

»Weitermachen. Meinen Vater suchen, bis ich ihn finde. Den Mann, der schuld daran ist, dass meine Mutter sich umgebracht hat.«

»Was du da oben gerade gesagt hast …«

»Das war Blödsinn, und es tut mir leid. Es muss damals so viele Verletzungen gegeben haben, dass die beiden bis heute nicht darüber hinweg sind. Obwohl es langsam mal Zeit wäre, oder?«

Ein schwaches Lächeln begleitete sein Nicken. »Und dann?«

Rachel verlagerte den Riemen ihrer Tasche von der einen auf die andere Seite. »Keine Ahnung. Ihm ins Gesicht spucken, wenn ich ihn gefunden habe, diesen Verräter.«

»Sag Bescheid, wenn es so weit ist. Er kriegt von mir eine Kugel zwischen die Augen.«

Sie spürte den Lauf ihrer Pistole durch den dünnen Baumwollstoff.

Nett von dir. Aber das ist mein Job.

»Schalom, Joel.«

»Schalom, Rachel.«

Er hob die geballte Faust, sie stieß leicht mit ihrer an seine. So trennten sie sich in dieser stillen Seitenstraße des jüdischen Viertels von Jerusalem. Dieses Mal ging Rachel durch das Jaffator.

17

Merit hatte den Tisch abgeräumt und ließ gerade Wasser über das Geschirr laufen.

»Keine Adresse?«, fragte ich.

Sie zuckte entschuldigend mit den Schultern. Draußen war die Sonne in einem glühenden Farbspektakel untergegangen. Die Neuigkeiten aus Deutschland hatten mich schockiert. Ich durfte keine Zeit mehr verlieren.

»Nichts? Gar nichts?«

Sie trocknete sich die Hände ab. »Ich glaube, sie kommt aus Tel Aviv. Sie hat diese Chuzpe, die du hier nicht findest. Kleider, Frisur, alles schick und modern.«

Merit strich sich, wahrscheinlich unbewusst, eine Haarsträhne hinters Ohr. Sie kam selten heraus aus diesem Kaff. Jemand wie Rachel, jung, hübsch, gestylt, mit Smartphone und iPad und all dem anderen urbanen Kram, war für sich der sprichwörtliche bunte Hund auf der Dorfstraße.

»Tel Aviv? Bist du sicher?«

»Es gibt nur eine Stadt, in der junge Frauen so rumlaufen können. Ohne BH.«

Dieses Detail war mir an Rachel gar nicht aufgefallen. Aber im kalten Berlin hatte sie auch eine Jeansjacke getragen.

»Was hast du jetzt vor?«

»Ich werde sie suchen. Außerdem werde ich Kontakt zu den anderen aufnehmen und herausfinden, was genau damals geschehen ist.«

»Ja. Vielleicht solltest du das tun. Vielleicht aber auch nicht.«

»Du sprichst in Rätseln.«

»Ich dachte immer, ihr wart Freunde fürs Leben.«

Über der Tür war ein Bord angebracht, auf dem ein Aschenbecher stand. Sie musste sich recken, um danach zu greifen. Wahrscheinlich eine Vorsichtsmaßnahme wegen Jacob, der mir schlau genug schien, einfach auf einen Stuhl zu steigen. Sie bot mir eine an, ich lehnte ab.

»Das ist doch die Zeit, in der Freundschaften entstehen. Studium. Ausland. Gemeinsam durch dick und dünn. Alle für einen, einer für alle.«

Sie zündete sich die Zigarette an.

»Hast du *American Sniper* gelesen?«, fragte ich.

Sie schüttelte den Kopf.

»Chris Kayle schreibt, dass er Freunde in seinem *platoon* hatte, für die er im Kampf sein Leben gegeben hätte. Dann war der Irak-Krieg vorbei. Sie haben sich nie wiedergesehen.«

Merit nickte und rauchte. »Männer.«

»Vielleicht. Vielleicht sind wir wirklich unfähig, aber das glaube ich nicht. Bis auf Daniel war keiner dabei, mit dem ich im Alltag etwas hätte anfangen können.«

»Daniel …« Sie blickte dem Rauch hinterher. Es sah schwermütig aus.

»Er wollte von Griechenland aus weiter nach Indien. Oder Thailand. Keine Ahnung. Er hatte meine Adresse. Aber er hat sich nie mehr gemeldet.«

Es war still. Jemand hatte den Fernseher ausgeschaltet. Der Jemand stand an der Küchentür und beobachtete uns schon eine ganze Weile.

»Jacob!«, rief Merit. Hastig drückte sie die Zigarette aus und scheuchte den Jungen zurück.

Ich stand auf und folgte ihr. Hinter der Küche gab es nur

noch zwei Räume: eine Art Wohnraum mit Fernseher und einer Klappcouch und Jacobs Zimmer. Trotz der wenigen Dinge, die er besaß, war es so unaufgeräumt, wie Kinderzimmer eben unaufgeräumt sind. Ein paar Poster an der Wand, ein wackeliger, überladener Schreibtisch, ein schmales Bett mit einem bunt bedruckten Überwurf. Merit hob ein Paar Turnschuhe vom Boden auf und drückte sie ihrem Sohn mit einer Kaskade entnervter Anweisungen vor die Brust.

»*Good night*«, sagte ich.

Er nickte nur kurz.

Ich wartete in der Küche darauf, dass seine Mutter zurückkam. Als sie schließlich erschien, fiel ihr Blick auf die zwei Hunderteuroscheine, die ich ihr unter den Aschenbecher geschoben hatte.

»Joe, bitte ... das sollst du nicht tun.«

»Es ist nicht für dich. Für Jacob. Und fürs Telefon, falls dir noch was einfällt. Du erreichst mich am besten über meine Kollegin in Berlin. Hast du was zu schreiben?«

Sie zog die Schublade des Küchentischs auf und holte einen Kugelschreiber und einen beschriebenen Zettel heraus, der wie eine Einkaufsliste aussah, die schon vor langer Zeit abgehakt worden war. »Hier.«

Ich notierte Marie-Luises Nummer darauf. Als ich ihr beides zurückgeben wollte, fiel mein Blick auf den Werbeaufdruck. *Delete.com*, Tel Aviv.

»Ist der von Rachel?«

Merit warf Stift und Zettel in die Schublade und schloss sie hastig. »Keine Ahnung.«

Es war dunkel geworden. Tief im Westen versank ein violetter Nachthimmel im Schwarz.

Wir sagten weder »Auf Wiedersehen« noch »Komm doch mal wieder vorbei«. Jechida war für uns beide Vergangenheit, es gab nichts, das uns noch verband.

»*Mazel tov*«, sagte sie. Viel Glück.

In der Ecke neben der Tür stand ein Baseballschläger.

Ich glaube, sie sah mir noch eine ganze Weile hinterher. Aber vielleicht täuschte ich mich auch.

18

Mike Plog lag in einem Einzelzimmer. Der Fernseher lief, gerade zeigten sie noch einmal, wie die Feuerwehr sein Autowrack auf den Abschleppwagen hievte. Keine neuen Hinweise, dafür ein Phantombild, das mit Rachel allenfalls die Haarfarbe gemein hatte. Seine Frau hatte mit Liz Taylor nicht viel anfangen können. Aber wenigstens stimmte der Rest ihrer Aussage mit seiner überein.

Das war ganz schön knapp.

Der Schock war vorbei, aber in seinen Adern kochte beim Anblick der Bilder immer noch das Adrenalin. Ein dicker Verband schützte seinen Hals. Schweres HWS-Trauma, das hatten die Ärzte nach seinem Beschwerdebild diagnostiziert. Sandra saß in einem Stuhl neben seinem Bett und hielt die Fernbedienung. Ein ungewohntes Bild.

»Ein Wunder, dass du das überlebt hast … Die Kinder wissen von nichts. Was soll ich ihnen denn bloß sagen? In der Schule und im Kindergarten wird es wieder losgehen mit den dummen Sprüchen.«

Plog versuchte zu nicken, aber das ging nicht mit der Halskrause. Also brummte er zustimmend. Er war es gewohnt, angegriffen zu werden. Doch dass die Leute vor den Kindern nicht haltmachten … Als bekannt geworden war, wer der Vater von Susa, Berndt und Leni war, hatte für die drei ein wahrer Spießrutenlauf begonnen. Spielkameraden und Mitschüler quälten sie mit dem Blödsinn, den sie zu Hause aufschnappten.

»Es wird nicht mehr lange dauern. Sobald wir Personenschutz bekommen, kann ich die Kinder in Privateinrichtungen unterbringen.«

»Ich weiß nicht, ob das ...«

»Still.«

Sein Parteichef erschien auf dem Bildschirm. Gerhard Jontzer, Anfang vierzig, ein gelackter Streber in Anzug und Krawatte, der beim letzten Parteitag die alte Spitze weggefegt hatte. Mit Jontzer war ein ganz neuer Zug in die Sache gekommen, ein Rechtsruck, der die letzten Liberalen vertrieben hatte. Plogs politisches Überleben hatte in diesen Wochen davon abgehangen, wie schnell er sein Fähnlein von der einen in die andere Windrichtung hängen konnte. Es war ihm geglückt. Wenn die Umfragen stimmten, würden sie mit an Sicherheit grenzender Wahrscheinlichkeit zum ersten Mal ins Berliner Abgeordnetenhaus einziehen. Zwei Senatorenposten waren ihnen sicher. Einer für Jontzer. Der zweite für Plog.

»... war diese Tat ein nicht zu duldender Angriff auf die Meinungsfreiheit. Wir werden es nicht hinnehmen, dass Mörder und Terroristen unser Recht auf Versammlungsfreiheit und Demonstrationen beschneiden. In Chemnitz werden wir zeigen, was wir von diesen ...«

Ging es etwa gar nicht um ihn, Plog? Moment mal! Er hatte gerade ein Attentat überlebt, und Jontzer schwafelte von Meinungsfreiheit und machte Stimmung für das BfD und den nächsten Aufmarsch.

»Mach das aus«, raunzte er Sandra an.

Verwundert drückte sie den Knopf. Normalerweise waren ihm Jontzers seltene Fernsehauftritte so wichtig wie die Osteransprache des Papstes.

Mit einem Stöhnen sank er auf das Kissen zurück. »Und? Irgendetwas Neues?«

Hoffentlich hatten sie dieses Biest bald gefasst. Diese Verrückte, die gestern Nachmittag bei ihnen zu Hause aufgetaucht war und unzusammenhängendes Zeug gestammelt hatte. Ein Brief. Rebecca. Israel. Er sollte etwas mit ihrer Mutter gehabt haben. Erst ganz langsam war ihm gedämmert, worauf das alles eigentlich hinauslief. Glücklicherweise hatte Scholl ihn vorgewarnt. Die einzige sinnvolle Tat, die dieser Idiot in seinem ganzen Leben vollbracht hatte. Viel genutzt hatte es diesem Feigling nicht. Es war doch alles ewig lange her. Wie konnte sich Scholl von diesem Mädchen so unter Druck setzen lassen? Jetzt war er tot. Und er, Mike, lag im Krankenhaus und hatte mit viel Glück überlebt. Wumm! Der Moment des Aufpralls poppte vor seinen Augen auf, und ihm wurde schwindelig.

Er gibt Gas. Sieht auf die Uhr. Die Tachonadel steigt auf fünfzig, auf fünfundfünfzig, sechzig. Das rot-weiß gestreifte Hinweisschild taucht in der Ferne auf. Achtung, gefährliche Kurve.

Er tritt auf die Bremse.

Nichts.

Er tritt erneut auf die Bremse – kein Widerstand. Der Wagen schießt die Straße hinunter. Sein Herz pocht, irgendetwas schnürt ihm die Kehle zu.

Verdammte Scheiße. Du bist zu schnell ... Zu schnell ...

Damit hat er nicht gerechnet. Das Schild rast auf ihn zu. Die Scheinwerfer erfassen die Bäume dahinter. Noch mal volle Kraft auf das Bremspedal – keine Reaktion.

Seine Finger umklammern das Lenkrad. In letzter Sekunde versucht er, den Wagen herumzureißen. Das Heck bricht aus. Im Scheinwerferkegel stürzen das Schild und Äste auf ihn zu, er presst Augen und Mund zusammen, stemmt sich verzweifelt gegen das Lenkrad, hört ein ohrenbetäubendes Knirschen, dann einen Schlag und dann ... Nichts mehr.

»Mike?«

Der Schock. Kaum zu glauben, was schlappe sechzig Stundenkilometer im Körper anrichten konnten. Mike spürte Sandras Hand auf seiner Stirn und blinzelte.

»Du Armer. Was du alles durchmachen musst …«

»Hat sich die Polizei schon gemeldet? Haben sie diese Frau gefasst?«

Mit einem Seufzen legte sie die Fernbedienung auf seinem Nachttisch ab. »Nein. Aber sie fahnden nach ihr. Möchtest du mir jetzt vielleicht sagen, um was es ging? Schließlich habe ich für dich eine Falschaussage gemacht.«

»Nein, hast du nicht. Sie war da. Aber ohne dich kann ich es nicht beweisen. Die glauben mir doch kein Wort.«

»Weißt du, wie blöd das ist, jemanden zu beschreiben, den man nie gesehen hat? Liz Taylor! Ein Glück, dass sie bei der Polizei noch nicht mal ein Phantombild hinkriegen, sonst hätten sie mich am Ende noch verhaftet.«

»Keiner verhaftet dich, Schatz.«

Sandra war einfach nicht belastbar. Mittlerweile kam ihm seine Idee gar nicht mehr so genial vor. Er hätte sie nicht in die Sache hineinziehen dürfen. Sie war ungeeignet, flexibel zu reagieren.

»Wenn ich mich bedroht fühle, kräht kein Hahn danach. Wenn aber eine Unbekannte in mein Heiligtum, meine Familie, einbricht, ist das etwas anderes.«

Mike konnte ihren Blick nicht deuten. Es war, als ob sie gerade innerlich zwei Schritte von ihm abrückte. Er fasste ihre Hand und wollte sie näher an sich heranziehen, doch sie machte sich los.

»Ich will nicht, dass du unsere Familie benutzt.«

»Ich?«, fragte er verblüfft.

»Wir sind nicht dein Schutzschild. Egal vor was. Sag mir endlich, was diese Frau von dir wollte!«

»Sie ist Jüdin. Sie hat etwas gegen mich. Reicht das?«

Sandra nickte, als ob er mit diesem Satz ihre schlimmsten Befürchtungen bestätigt hätte.

»Ich habe immer gesagt, dass ihr zu weit geht. Das Existenzrecht Israels ist ein heikles Thema. Die Leute wollen Arbeitsplätze, weniger Ausländer und Flüchtlinge und ein Recht darauf, dass Ehe und Familie geschützte Güter sind. Da kommt ihr mit euren außenpolitischen Themen und stecht in ein Wespennest.«

Das war Jontzers Idee gewesen. Tatsächlich hatte die Aufnahme dieses Punktes ins Parteiprogramm für beträchtlichen Wirbel gesorgt. Seither waren sie in der Lügenpresse so präsent wie nie zuvor.

Manchmal war es Plog beinahe unheimlich, wie explosionsartig sich ihr Erfolg und die damit einhergehende, wütende Ablehnung vermehrt hatten. Und wie leidenschaftlich Sandra zu Hause die Themen diskutierte. Hoffentlich dachte sie nicht darüber nach, ebenfalls in die Politik zu gehen. Am Küchentisch zu debattieren war etwas ganz anderes, als draußen im Land das Gesicht dafür hinzuhalten. Wenn er die Bilder von den Aufmärschen und Demonstrationen sah, von den Brandanschlägen und Übergriffen auf Flüchtlingseinrichtungen, wenn er sah, wie Hass und Verachtung gesellschaftsfähig wurden und Jontzer alles tat, um die aufgeheizte Stimmung im Land für sich zu nutzen, beschlich ihn eine ungute Ahnung. In manchen Nächten träumte er davon, Goethes Zauberlehrling zu sein. Sie hatten Wasser auf die Mühlen eines Mobs gegossen, und nun drehte sich das Rad und ließ sich nicht mehr stoppen. Dabei wollten sie doch nur das, was die neue Apo, die »besorgten Bürger« auch wollten: ein Deutschland in Frieden und Wohlstand, ohne Sozialschmarotzer und Wirtschaftsflüchtlinge.

»Jetzt siehst du, was du davon hast. Du öffnest den Terroristen sogar noch Tür und Tor.«

»Sandra ...«

»Hoffentlich erwischen sie die Schlampe. Von mir aus gerne irgendwo in Syrien.«

Manchmal hatte Plog das Gefühl, dass Frauen wesentlich radikaler dachten als Männer. »Das BKA ist doch schon dran.«

»Die sitzt doch längst wieder in Israel und plant das nächste Attentat.«

Hoffentlich, dachte Plog. Hoffentlich verschwindet sie, am besten auf Nimmerwiedersehen.

»Hol mir mal einen Schluck Tee.«

»Oh. Ja, natürlich.« Sandra stand auf und ging zur Tür. »Brauchst du noch irgendetwas? Eine Zeitung? Rasierklingen?«

»Nur Tee.«

Plog wartete, bis sie gegangen war, dann setzte er sich mühsam auf. Sein Körper schmerzte, als ob er sich bei dem Aufprall sämtliche Knochen gebrochen hätte. In der Nachttischschublade lag sein Handy. Es funktionierte, und der Akku war noch nicht leer.

Er rief Frau Werther-Schubarski an, seine Sekretärin, die es gewohnt war, für ihn zu jeder Tageszeit ans Telefon zu gehen. Nach ihren überschwänglichen Genesungswünschen gab sie ihm endlich die eingegangenen Telefonanrufe durch. Alles Parteikollegen. Alles Stiefellecker. Die Liste würde morgen so lang sein wie das Mitgliederverzeichnis der Partei. Es war niemand dabei, den er nicht kannte. Bis auf den letzten Namen.

»Hoffmann«, wiederholte Frau Werther-Schubarski auf seine Bitte hin. »Marie-Luise Hoffmann. Eine Anwältin. Sie sagt, es gehe um eine Privatsache. Möchten Sie die Nummer haben?«

»Nein, danke. Das hat Zeit.«

Er verabschiedete sich, nachdem sie ihm wortreich das Mitempfinden der gesamten Landespartei versichert hatte, und warf das Handy zurück in die Schublade.

Eine Privatsache. Noch dazu eine Anwältin. Plog hegte bei seinem Lebenswandel keinerlei Befürchtungen. Vielleicht hatte

Berndt endlich mal im Kindergarten zurückgehauen, wenn die anderen Blagen ihn vermöbeln wollten. Oder Susa war in der Schule der Kragen geplatzt, und sie hatte ihrer Lehrerin klargemacht, dass sie als Tochter eines BfD-Politikers nicht ständig mit süffisanten Fragen à la »… wie bei euch zu Hause die deutschen Kolonien in Westafrika bewertet werden« belästigt werden wollte. Es gab nichts, das er sich vorzuwerfen hatte.

Bis auf diese eine Sache damals. Herrgott, er war nicht so wie Scholl! Auch nicht wie Vernau – zwei, die nichts zu verlieren hatten, weil es in ihrem Leben nichts zu verlieren gab. Hoffentlich fassten sie diese Rachel bald.

Die Tür ging auf, Sandra kam zurück. Sie balancierte ein Tablett, voll beladen mit Keksen und Schokoriegeln. Alles, nur keinen Tee.

»Die Cafeteria hatte schon zu. Ich werde mich gleich morgen beschweren. Wir zahlen doch nicht für eine teure Zusatzversicherung, damit du im Ernstfall verdurstest.« Sie stellte das Tablett auf dem Tisch vorm Fenster ab und zog die Gardinen zu. Dabei plapperte sie munter weiter.

»Ich habe gleich den Schwestern Bescheid gesagt. Alles Filipinos, ich hoffe, die können deutsch und haben mich verstanden …«

Er schloss die Augen.

19

Delete.

Hatte Rachel dieses Wort in meiner Gegenwart erwähnt? Oder warum war es mir schon die ganze Zeit durch den Kopf gegeistert? *Delete.com* bot »*legal corporate and private solutions*« an, also Hilfe, wenn jemand das Gefühl hatte, seine Spuren im Ozean des Internets hinter sich herzuziehen wie ein gewaltiges Fischernetz, in dem sich jede Menge Beifang breitmachen konnte.

Mir war klar, dass es kein Entrinnen gab. Jeder Flug, jede Kontobewegung, jede aufgerufene Webseite addierte sich im Lauf der Zeit zu einem Spiegelbild meiner Persönlichkeit im Netz. Zumindest von jenem Teil meiner Persönlichkeit, die Geld ausgab. Daraus schusterten die Googles, Yahoos und Facebooks dieser Welt sich ihre Algorithmen zusammen. Meinen Avatar im Internet.

Ich hatte das bisher nicht allzu ernst genommen. Meine Einkäufe zahlte ich bar, und wen zum Teufel sollte es interessieren, wenn ich übers Wochenende nach London flog oder mir pinkfarbene Maßhemden bestellte? Die Seitenbanner mit Werbung beachtete ich schon lange nicht mehr. Aber die Entwicklung hatte meine Vorstellung längst überholt. In absehbarer Zeit würde mir mein Avatar nicht mehr bloß Werbung für Städtereisen nach Madrid und maigrüne Maßhemden senden. Er würde mich so gut kennen, dass er meine Wünsche vorhersagen konnte, noch bevor ich sie verspürte.

Eine Margarita, zum Beispiel.

Ich löschte den Browserverlauf und ging von der Internetecke des Hotels hinüber zur Bar. Wäre doch nett, wenn mir der Drink jetzt einfach über den Tresen zugeschoben würde. Statt darauf warten zu müssen, dass die beiden Russen zwei Stühle weiter endlich aufhörten, das Mädel am Mixer vollzuquatschen. Das Lachen des einen dröhnte wie ein Presslufthammer. Der andere klang wie ein Hahn kurz vor dem Ersticken.

Das Mädchen eiste sich los und kam zu mir. Ich bat um ein Maccabee.

»*Which room number?*«, fragte sie, und stellte die eiskalte Flasche vor mir ab.

Welche Zimmernummer?

Ich sah auf die Karte in meiner Hand.«*Three zero eight.*«

Sie nickte und druckte die Rechnung aus. Jeder, der ein Interesse daran hatte, wusste jetzt, dass Herr Vernau gerne mit einem Bier aufs Zimmer ging. Ich legte einen Schein in die Mappe, nahm die Flasche und ging auf mein Zimmer.

Noch am Flughafen hatte ich zweitausend Schekel abgehoben, was gut fünfhundert Euro entsprach. Der Kometenschweif meiner Daten war lang. Kreditkarte bei der Autovermietung. Check-in im Hotel. Hinter Haifa hatte ich getankt. Mein Avatar wusste, dass ich mich gerade in Israel aufhielt und am ersten Tag ziemlich aktiv gewesen war.

Rachels *legal solutions* stutzten den Kometenschweif. Ganz verschwinden lassen konnte sie ihn allerdings nicht. Ihre Firma vollbrachte keine Wunder. Aber sie sorgte dafür, dass man für ein paar Dollar im Monat sicher sein konnte, dass der London-Flug, das pinkfarbene Hemd und das Maccabee an der Grand Zion Bar aus dem Internet verschwanden, so schnell das möglich war.

Passagierlisten wurden länger gespeichert als ein Hemd. Doch sobald die Bestellung ausgeliefert und die Rücksendefrist für die Tickets verstrichen war, sobald nach den Datenschutzgesetzen der einzelnen Länder die Zeit der Speicherung meiner Daten ablief, wurden sie gelöscht. In Großbritannien, Deutschland, Irland oder wo auch immer. *Delete.com* war so etwas wie der Internet-Staubsauger, der meinem Avatar zum Strichmännchen machte.

Soweit die *legal solutions*.

Als Anwalt hatte ich schnell gelernt, dass alles, was seine Legalität betont, zumindest Kenntnis von der illegalen Seite hatte.

Rachel Cohen war auf keiner Webseite namentlich erwähnt. Aber ich hatte ein Foto gefunden, die Aufnahme eines Großraumbüros mit gut zwanzig Mitarbeitern. »*We are more than happy to be at your service*«, überglücklich, Ihnen zu Diensten zu sein, lautete das Firmenversprechen, und mitten im Kreis all dieser jungen, strahlenden, der Zukunft und dem Kunden zugewandten Mitarbeiter stand sie. Mehr Beweise brauchte ich nicht.

Legal hin oder her. Rachel hatte ihre Aufenthaltsdaten in Deutschland gelöscht, weiß der Geier wie. Wenn ihr das gelungen war, saß sie wahrscheinlich gerade vor einem Monitor, hatte mich im Visier und wünschte mir *l'chaim* zu meinem Bier (zumindest war es eine interessante und schmeichelhafte Vorstellung).

Vielleicht wurde ich ja langsam paranoid. Aber irgendjemand hatte es auf meine alte Kibbuz-Gang abgesehen. Scholl war tot. Plog lag schwer verletzt im Krankenhaus. Daniel war seit langer Zeit verschwunden.

Mein Blick fiel auf mein Bett, frisch bezogen, Queen Size – zumindest was Betten angeht, haben die Hotels eine Menge dazugelernt –, und trank mein Bier fast in einem Zug aus.

Eine halbe Stunde später warf ich mich auf eine durchgelegene Matratze in einem Hostelzimmer im Yemenite Wineyard. Der Ventilator verteilte die Hitze mit leierndem Quietschen. Das Bier im Gemeinschaftskühlschrank war billig und genauso kalt wie im Grand Zion, nur ohne ein hübsches Mädchen, das die Flasche für mich öffnete. Dafür hatte hier niemand nach meiner Kreditkarte gefragt, und der Anmeldeschein wurde von Hand ausgefüllt. Und ich musste auch nicht alleine schlafen.

»*L'chaim,* Rachel«, sagte ich und hob das Bier Richtung Ventilator.

Eine Kakerlake huschte die Wand entlang unter mein Bett.

20

Merit hatte in der Küche gesessen und eine zweite Flasche Wein geöffnet. Die war inzwischen auch fast geleert.

Jacob schlief. Eine Weile hatte sie darauf gewartet, ob Vernau noch mal zurückkommen würde. In Filmen geschah so etwas, im richtigen Leben nie. Sie beobachtete ihre Hand, die nach der Flasche griff und das Glas noch einmal füllte. Das letzte. Danach war Schluss.

War es denn wirklich so schlimm, sich zu betrinken? Gab es nicht allen Grund dazu? Schließlich bekam man nicht alle Tage Besuch aus der Vergangenheit. Das warf Fragen auf, mit denen man sich am besten bei einer Flasche Wein beschäftigte. Oder zwei. Oder drei ...

Wie er sich umgesehen hatte bei ihr. Der Anwalt aus Berlin, der sogar in Jeans und T-Shirt reicher aussah als jeder andere hier in Jechida, diesem g'ttverlassenen Kaff an der Grenze. Wie bemüht er gewesen war, sich nichts anmerken zu lassen. Das Essen hatte ihm geschmeckt, da war sie sich sicher. Der Wein auch. Aber der Rest ... Sie musste nicht in den Spiegel sehen, um zu wissen, was die harten Jahre mit ihr gemacht hatten. Nichts erinnerte mehr an die Marianne von einst, das Mädchen aus Regensburg, diese naive Idealistin. Warum war sie damals noch mal nach Israel gegangen? Hatte sie wirklich geglaubt, die Leute würden sie hier mit offenen Armen empfangen, damit sie ihr schlechtes Gewissen abarbeiten könnte? Diesen Zahn hatten ihr die Kibbuzniks schnell gezogen.

Und erst die *volunteers*. Sie hatte nie zu dieser Spaß-und-Kreisch-Fraktion gehört. Typen, die mehr schlecht als recht ihre Arbeitsstunden ableisteten und danach bei Bier und Haschisch miteinander abhingen. Die Iren waren am schlimmsten. Nein, die Briten und die Niederländer. Und erst die Frauen. So viel wie in Jechida wurde wohl nirgends in Israel gepoppt. Die Hitze, der Alkohol, die stickigen, dunklen Baracken … Die Iren konnten noch nicht mal gut küssen. Die Briten waren zu betrunken. Sie hatte es mal mit einem Typen aus Amsterdam versucht, wie hatte der noch mal geheißen?

Sie trank einen Schluck Wein und rollte dann das Glas in den Handflächen hin und her. Jon? Jobst? Ach, es war völlig egal. Die richtig guten Typen hatte sie sowieso nie abbekommen. Die, mit denen sie sich alles hätte vorstellen können. Einen gemeinsamen Neuanfang. Ein gemeinsames Leben.

Irgendwann, Jahre nach dieser blöden Sache, hatte sie aufgehört, an Rebecca zu denken. Wahrscheinlich als eine der Letzten in Jechida. Ab da war es ihr besser gegangen. Als Ilan vorsichtig zu fragen anfing, was sie denn davon hielte, zum Judentum zu konvertieren, schien dieses Kapitel ihres Lebens endgültig beendet zu sein. Sie musste sich nicht mehr vergleichen. Sie lebte jetzt ihr eigenes Leben. Sie nahm den neuen Glauben an, heiratete, bekam Kinder, und dann, eines Tages, war es vorbei mit dem Kibbuz. Es war natürlich nicht über Nacht gekommen. Aber doch verhältnismäßig schnell.

Nun saß sie in einer heruntergekommenen Bruchbude, zählte jeden Schekel und wusste längst, dass Ilan in Haifa eine andere hatte.

Sie leerte das Glas.

Regensburg ist auch keine Lösung.

Ihre Eltern waren tot, zu ihren Geschwistern war der Kontakt schon lange eingeschlafen. Freunde in Deutschland hatte sie nicht, wahrscheinlich war sie unfähig, Beziehungen aufzubauen. Sonst säße sie auch nicht jeden Abend allein in der Küche und hätte Angst vor dem Tag, an dem auch noch Jacob gehen würde.

Dann wäre sie ganz allein.

Wenn man es recht bedachte, waren ihre ersten Monate in Jechida gar nicht so schlecht gewesen. Es widerstrebte Merit, von Glück in ihrem Leben zu reden. Es war meistenteils unterdurchschnittlich verlaufen. Aber diese Zeit damals, eigentlich ...

Mühsam kam sie auf die Beine und ging hinüber ins Wohnzimmer. Abends klappte sie die Couch aus. Seit Ilan kaum noch nach Hause kam, war es ein gemütlicher Schlafplatz. Auf dem Tisch stand ihr Laptop.

Es bereitete ihr einige Mühe, das Passwort richtig einzutippen. Dann leuchtete der Bildschirm auf, und sie suchte nach der Datei mit dem Titel »*Class of 87*«. Eine blöde Idee. Kein Schwein hatte ihr geantwortet, als sie vor ein paar Jahren einen nach dem anderen von der Liste angeschrieben hatte. Die Hälfte der Briefe war mit dem Vermerk »Unbekannt verzogen« zurückgekommen. Doch in der ersten Euphorie, die kurz darauf so kläglich erstickt worden war, hatte sie einen Film erstellt. Zusammengeschnitten aus dem Super-Acht-Material, mit dem man damals noch gearbeitet hatte. Die meisten Kibbuzniks hatten ihr dabei geholfen. So waren ansehnliche zehn Minuten zusammengekommen, die sie an ihrem Laptop mit Musik unterlegt hatte.

Es dauerte, bis die Datei geladen war und sich öffnete. Merit stolperte zurück in die Küche und holte sich den letzten Rest Wein. Dann ließ sie sich auf die Couch fallen und betrachtete die ersten Bilder.

Heimkehr der Mähdrescher. Junge Männer und Frauen auf Heuwagen. Dazu die fröhliche Musik. *Bashana haba'ah Neishev al hamirpeset.*

Da. Da war sie. Lachend und jung, so jung. Ein kräftiges Mädel, so hätte man daheim gesagt. Mit der Nachsicht, mit der man alte Aufnahmen von sich verzeiht, betrachtete sie ihr junges Ebenbild. Ganz hübsch. Fröhlich. Braun gebrannt. Warum hatte sie damals nur so viel Pech gehabt? Sabine zum Beispiel. Neben ihr, die mit der Heugabel. Plump, vierschrötig, breit grinsend. Sabine, deren größte Meisterleistung es gewesen war, jeden Morgen »Im Frühtau zu Berge« zu singen – beim Zähneputzen. Sabine, die einem selbst von fern auf den Senkel ging. Bei den Jungen war sie angekommen. Wahrscheinlich weil sie sich jedem an den Hals geworfen hatte und sogar bei den Bauarbeiten rangeklotzt hatte wie ein Kerl. Nein, das konnte es auch nicht sein. Wo war der Fehler? War Marianne einfach nur schüchtern gewesen? Was hatte sie falsch gemacht?

Sie folgte einem Heuwagen auf seiner Fahrt über die holprige Kibbuz-Straße. Am Steuer der Zugmaschine saß Rebecca. Merits Hand schoss vor. Sie hielt den Film an.

Dieses herzförmige Puppengesicht. Sogar in Schwarzweiß konnte man erkennen, dass sie blaue Augen hatte. Die Haare unter einem Kopftuch, ein Hemd mit hochgekrempelten Ärmeln, eine Arbeiterhose, Gummistiefel. Das Lächeln, mit dem sie kurz in die Kamera grüßte.

Mit brennenden Augen starrte Merit auf das eingefrorene Bild. Alles, alles kam wieder hoch. Wie plump sie sich neben Rebecca gefühlt hatte. Jede andere wurde unsichtbar, sobald dieses Mädchen irgendwo auftauchte. Selbst in so einem Aufzug. Alle rissen sich darum, mit Rebecca zu arbeiten. Die Mädels, weil man mit niemandem so viel Spaß hatte, und die Jungs ... warum wohl?

»Warum wohl?«, fragte Merit den letzten Schluck Wein, bevor sie ihn trank.

Sie ließ den Film weiterlaufen. Ein Schwenk über das Gelände. Das Gemeinschaftshaus. Die Baracken der *volunteers*. Es war schwer gewesen, das Material zusammenzubekommen, denn dieser Teil des Kibbuz war für seine Bewohner weder interessant noch attraktiv. Der verschüttete Pool, die Wäscheleinen vor den niedrigen Holzhütten.

Vernau. Mein Gott, Vernau!

Merit schlug die Hand vor den Mund, um nicht laut loszukichern. Meine Güte, diese Matte! Sie hätte ihm die Aufnahmen zeigen sollen. Ein schlaksiger Junge mit schulterlangen Haaren, der sich gerade, über einen Handspiegel gebeugt, rasierte. Er sah hoch und grinste.

Mike und Scholl. Waren die damals so eng miteinander? Ein spielerischer Ringkampf, bei dem Mike, der ungleich kräftigere der beiden, den schmalen Scholl in die Knie zwang. Und Daniel.

Wieder hielt Merit den Film an.

Daniel ... Sie erinnerte sich noch genau an den Moment, als diese Aufnahme entstanden war. Daniel stand bis zu den Knien in Schutt und Erde, eine beladene Schaufel in der Hand. Die Schubkarre neben dem zugemüllten Pool war schon fast voll. Wenig später würde Vernau kommen und mithelfen, aber in diesem Moment war er allein.

Merit hatte die Aufnahme mit ihrer eigenen Filmkamera gemacht, genau wie die vielen Fotos, die irgendwo noch in Pappschachteln lagerten. Daniel, mein G'tt, wie lange hatte sie nicht mehr an ihn gedacht. Dabei war er der Einzige gewesen, den sie damals wirklich vermisst hatte. Noch lange nachdem die anderen längst gegangen und die Baracken neu belegt waren, hatte sie an ihn gedacht. Auch jetzt machte es einfach nur Spaß, ihn anzusehen. So als ob man einen alten Freund auf der andere Straßenseite sieht, der einen nicht bemerkt. Die stille Beobachterin. Vielleicht war das ja ihre Rolle gewesen? Ihre Aufgabe, ihr Platz in dieser unsteten Gruppe, in der sie sich so oft an den Rand gedrängt gefühlt hatte. Die Chronistin. Die Hüterin, die nur einmal aus dem Schatten hervorgetreten war ...

Im Gegensatz zu Vernau stehen Daniel die langen Haare. Mittelblond, an den lockigen Spitzen ausgebleicht. Beim Anheben der Schaufel treten seine Muskeln hervor. Schweiß glänzt auf seinem nackten, braun gebrannten Oberkörper. Er trägt eine Jeans, die Hosenbeine hat er über den Knien abgeschnitten. Er wirft eine Schaufel Dreck auf die Schubkarre und sieht hoch. In die Kamera. Er lächelt sie an. Ein Schatten fällt ins Bild, jemand stößt sie an.
Cut.

Merit schloss die Augen, während auf ihrem Laptop die Bilder weiterliefen. Das Buffet im Speisesaal – so viel Quark und Joghurt hatte sie seitdem nie wieder gegessen. Ein Dutzend Leute an der Bushaltestelle. Drei junge Frauen, deren Namen sie vergessen hatte, beim Einfangen von Hühnern, die sich aus dem Verschlag befreit hatten.

Es war ein witziger Film, bei dem bestimmt viele gelacht hätten. Nur Merit wusste, wie die Szene mit Daniel weitergegangen war.

Sie sank zurück und starrte an die niedrige Decke. Fahles Licht fiel von draußen herein, von der Straßenlaterne vorne an der Kreuzung. Es malte das Fenstergitter an die Wand.

»Sorry! I'm so sorry. Are you allright?«
Die Kamera liegt im Dreck. Rebecca hat sie ihr mit der Papprolle aus der Hand geschlagen. Natürlich war es bloß ein Versehen, klar. Mädchen wie Rebecca tun nichts aus Berechnung oder Absicht. Es ist einfach so, dass sie Mädchen wie Marianne das Leben schwer machen. Durch nichts als ihre pure Existenz.
»Daniel!«, ruft sie. Er klettert aus der Grube, aus seinem zärtlichen Lächeln wird ein Strahlen. »Look what I've found!«
Marianne hebt ihre Kamera auf, die immer noch surrt. Sie schaltet sie aus und geht so unbefangen wie möglich zu den beiden hinüber.

»Sie hat die Pläne gefunden«, sagt Daniel, als ob es sich bei dem Pergament, das er gerade entrollt, um eine Schatzkarte handeln würde. *»Great.«*
Rebecca sieht schüchtern zu Boden, doch dann lächelt sie ihn an.
»Great«, wiederholt die Frau, die damals noch Marianne heißt.

Merit schaltete den Laptop aus.

Sie stand auf, fiel zweimal zurück, und schaffte es schließlich unter Aufbietung aller Konzentration, zum Wandschrank zu gehen und die alten Pappschachteln herauszuholen. Gleich die erste fiel ihr aus den Händen, und der Inhalt ergoss sich über den Boden. Ächzend ging sie in die Knie und begann alles wieder einzusammeln. Das Gewächshaus, die riesigen, offenen Kuhställe, die Avocado- und Pomelo-Plantagen ... Tränen traten ihr in die Augen, als sie sich so plötzlich mit dem Verlust all dessen konfrontiert sah. Sie hatte gar nicht gewusst, wie sehr sie daran gehangen hatte. Die Baracken. Die Mädchen in den Bikinis und Badeanzügen. Die Pokerrunde bei den Iren, Mike mit seinem unverschämten Grinsen ... Mike hatte sie auch nur verarscht, wie alle anderen.

Sie plumpste nach hinten und blieb eine Weile so sitzen. Irgendwann zog sie die nächste Schachtel zu sich heran und leerte sie aus. Die Frauen bei der Feldarbeit. Das Maschinenhaus, in dem Rebecca gerade mit Uri einen Traktor reparierte. Die Kupferspulenhölle, so hatten sie die riesige Wellblechhalle genannt, auf die den ganzen Tag die Sonne knallte und in der es über Mittag schnell an die fünfzig Grad heiß wurde. Vernau saß dort und löste alte Etiketten mit Terpentin ab. Strafversetzt, nachdem er in die Orchideen gepinkelt hatte. Eine von den Geschichten, die abends am Lagerfeuer Lachkrämpfe hervorgerufen hatten. Die Cafeteria und das Buffet, die langen Tische, an denen sie getrennt von den Kibbuzniks saßen. Der Küchendienst war genauso beliebt wie die Hühner. So viele Fotos, die keinen mehr interessierten. Warum? Für wen? Damit sie irgendwann allein und betrunken in ihrer Hütte hockte und den alten Zeiten hinterherheulte?

Ihr Glas war leer. Am liebsten hätte sie es an die Wand geschleudert, aber davon wäre Jacob wach geworden, und wirklich hilfreich waren solche Ausbrüche nicht. Nein, da musste schon etwas anderes her. Sie ließ sich nach hinten fallen und blieb mit ausgebreiteten Armen auf den Fotos liegen, auf ihren Erinnerungen, dem bisschen Glück von gestern ...

Mühsam drehte Merit sich auf den Bauch. Sie schob die alten Aufnahmen zusammen wie nach einem verlorenen Kartenspiel, und dann, in einem Anfall von maßloser Rage, zerknüllte und zerriss sie alles, was ihr in die Finger kam. Abrupt hielt sie inne. Es war ein ganz bestimmtes Foto, das ihre Aufmerksamkeit erregte. Noch eins. Und noch eins. Erst ungläubig, dann in beinahe panischer Hast suchte sie weitere Aufnahmen aus dem Haufen heraus. Zwei hatte sie zerrissen. Sorgfältig legte sie die Teile wieder zusammen und hatte schließlich die ganze Serie vor sich.

Ganz hinten in jenem Teil ihres Gehirns, das noch in der Lage war, lebenswichtige Dinge wie den Gang zur Toilette oder das Öffnen einer weiteren Weinflasche zu koordinieren, tauchte ein Gedanke auf. Er hatte etwas mit Überleben zu tun, mit Ausbruch, Neuanfang. Mit der überwältigenden Erkenntnis, dass es manchmal im Leben doch eine zweite Chance gab.

Sie beschloss, ihn weiterzuverfolgen, wenn sie wieder nüchtern war.

21

Der Rothschild Boulevard zählt zu den besten Adressen von Tel Aviv. Eine breite, schattige Straße, die zum Flanieren einlädt. Bauhaus und Klassizismus wechseln sich ab mit Bausünden der siebziger Jahre, dazwischen breitet sich mehr und mehr die moderne Hochhausarchitektur aus.

Das Mind Space Building hat keine Ecken. Es ist die Umsetzung eines kühnen Entwurfs aus Glas und Beton, ein futuristischer Monolith mitten im quirligen Leben der Straße. Damen mit Hut und Hund überqueren hoheitsvoll die Fahrbahn, Skater in hautengen Jumpsuits schlängeln sich durch die Massen, ohne jemanden zu berühren oder zu gefährden. Die Frauen tragen Haute Couture, die Männer Maßanzüge. Viel junges Volk, teure Autos Stoßstange an Stoßstange, in der Mitte der Straße eine breiter Grünstreifen mit Parkbänken und Kiosken, der Duft von frisch geröstetem Kaffee, Croissants und Benzin.

Vor genau so einem Kiosk stand ich, einen Lachs-Bagel in der einen, einen Cappuccino to go in der anderen Hand, und beobachtete, wer das Mind Space betrat.

Es hatte acht Stockwerke, in jedem residierten mehrere Firmen. So viel hatte ich herausbekommen, als ich mir vor einer halben Stunde das Foyer angesehen hatte. Keine Security, kein Portier. Vier Fahrstühle, die leise und effizient arbeiteten, allerdings nur wenn man eine Chipkarte dafür besaß oder sich über die Gegensprechanlage bei jemandem angemeldet hatte. Kein Treppenhaus. Zumindest nicht im Foyer.

Der Bagel war gegessen, der Cappuccinobecher fast leer. Zehn Uhr. Langsam versiegte der Strom der Pendler. Um halb elf machte ich mir erstmals Gedanken über die Existenz einer Tiefgarage, durch die Rachel ungesehen ins Haus gekommen sein konnte. Um elf wusste ich, dass an mir kein Privatdetektiv verloren gegangen war, und betrat das Foyer.

Ich klingelte bei *delete.com* und bekam ohne weitere Nachfrage den Lift geschickt. Er brachte mich hinauf in den vierten Stock zu einer lichtdurchfluteten Büroetage. Die Glastür mit der Firmenaufschrift war weder bewacht noch verschlossen. An den Schreibtischen saßen konzentriert arbeitende Menschen, in meinen Augen gerade alt genug, um sich in einer Fußballkneipe ein Bier bestellen zu dürfen. Ich durchquerte das halbe Großraumbüro, ehe überhaupt jemand auf mich aufmerksam wurde.

Das Mädchen hatte knallrote kurze Haare, war an sämtlichen sichtbaren (wahrscheinlich auch an den nicht sichtbaren) Körperstellen halsabwärts mit martialischen Tattoos gezeichnet, klirrte beim Gehen, als ob sie einen Werkzeugkasten bei sich hätte, und schenkte mir ein bezauberndes Lächeln mit Metall in der Oberlippe.

»*Hi. I'm Haylee. How are you?*«, begrüßte sie mich auf Englisch.

Sie streckte die Hand aus. Ums Gelenk hatte sie sich schätzungsweise drei Meter Eisenkette gewunden. Ich erwiderte die nette Geste und stellte mich ebenfalls auf Englisch vor.

»Ich muss mit Rachel Cohen sprechen«, sagte ich dann. »Ist sie da?«

»Es tut mir sehr leid, aber sie ist auf einem Termin außer Haus.«

»Wann kommt sie zurück?«

Haylee lächelte, als würde sie dafür bezahlt. Dieses Mal mit einer Nuance ins Bedauern. »Das darf ich Ihnen nicht sagen.«

»Natürlich. Wo kann ich sie erreichen?«

»Das darf ich Ihnen auch nicht sagen.«

Ein junger Mann zwei Schreibtische weiter wurde auf uns aufmerksam. Als Haylee es merkte, beugte er sich wieder über seine Tastatur.

Ich reichte ihr eine meiner Visitenkarten. »Es ist wichtig. Nicht nur für mich, auch für sie. Ich wohne im Grand Zion.«

»Ein schönes Hotel.« Sie las meine Heimatadresse und strahlte mich an. »Sie kommen ja aus Berlin. Da möchte ich unbedingt auch mal hin.«

»Kein Problem. Sagen Sie Bescheid, wenn Sie da sind. Dann trinken wir was zusammen.«

Zum ersten Mal wirkte Haylees Lächeln echt. »Danke. Ich werde es Rachel ausrichten, wenn sie sich meldet. Aber das kann dauern.«

Sie begleitete mich zurück zum Fahrstuhl und rief ihn mit ihrer Chipkarte. Mir musste dringend etwas einfallen. Jäger schicken ihre Hunde ins Unterholz. Angler hängen einen Köder an den Haken. Ich sagte: »Es geht um einen Brief. Sagen Sie ihr bitte, dass ich weiß, wo er ist.«

Die Fahrstuhltüren öffneten sich. Haylee drückte auf *Ground Floor* und trat zurück, um mich in die Kabine zu lassen.

»Falls Sie ein datenschutzrelevantes Problem haben …«

»Nein«, unterbrach ich sie. »Ich habe mich vermutlich nicht klar genug ausgedrückt. Rachel Cohen hat ein Problem, und ich bin die Lösung.« Ich ließ sie gar nicht erst wieder mit ihrem Entschuldigungslächeln anfangen. »Ist das klar? Haben Sie das verstanden?«

Bei Haylee war Schluss mit der guten Laune. »Einen schönen Tag noch.«

»Schalom.«

Die Türen schlossen sich, die Kabine sackte nach unten. Ich drückte, solange Haylees Chipkartenbefehl noch galt, auf die Taste mit dem P. P wie *Parking*.

Ich musste keine Viertelstunde warten, da flog der Vogel aus dem Nest. In der Zwischenzeit gelang es mir, nicht nur mein Hemd, sondern auch alles andere, was ich am Leib trug, durchzuschwitzen. Die Tiefgarage hatte keine Lüftung. Die aufgestaute Hitze hielt sich darin und hatte keine Chance, durch das Rollgitter zur Straße hin zu entweichen. Ich fühlte mich, als ob sich ein unsichtbarer Eisenring um meinen Brustkorb legte, der immer enger wurde.

Es gab drei Parkebenen. Ich hatte mich in der Nähe des Fahrstuhls im ersten Untergeschoss positioniert. Chefs beanspruchen ihre Parkplätze grundsätzlich so nah wie möglich an der nächsten Klimaanlage. Jedes Mal, wenn der Lift sich in Bewegung setzte, rechnete ich mit Rachel. Einmal öffnete sich tatsächlich die Tür, und ich konnte gerade noch rechtzeitig im Schatten der Notfalltreppe verschwinden. Zwei Männer in Arbeitsoveralls kamen heraus und hielten auf einen Lieferwagen zu, der ziemlich breit in der Ausfahrt geparkt war. Sie unterhielten sich in einem Tonfall, den ich auch draufhabe, wenn ich das dritte Knöllchen in Folge vor Marquardts Büro kassiere.

Dann war es endlich so weit.

Ungeduldig stürmte Rachel aus der Kabine, noch bevor sich die Türen des Aufzugs richtig geöffnet hatten. Ich trat aus dem Schatten und verstellte ihr den Weg. Sie fuhr zusammen und gab einen erschrockenen Laut von sich.

»Sie?«

»Wir müssen reden.«

Die Türen hinter ihr glitten zu, den Weg zur Treppe schnitt ich ihr ab. Sie trug die klassische Geschäftsgarderobe: Kostüm und halbhohe Pumps. Nicht dazu passen wollte die Messenger Bag mit Überschlag. Noch bevor ihre Hand darin verschwunden war, hatte ich sie gepackt.

»Was soll das?«

»Wo steht Ihr Wagen?«

Ich zerrte sie in die Garage. Sie wollte sich losreißen, aber ich hatte nicht vor, den Vogel noch einmal davonfliegen zu lassen.

»He! Sie tun mir weh!«

»Schlüssel? Na los. Her damit.«

Für einen Moment lockerte ich meinen Griff – ihre Chance. Sie duckte sich weg und rannte los, kam jedoch nicht weit. Nach zwei Metern hatte ich sie wieder. Dieses Mal nahm ich sie in den Schwitzkasten. Sie keuchte, strampelte und versuchte, mit ihren Absätzen mein Schienbein zu treffen. Zweimal hatte sie Glück. Mir ging dabei eher die Luft aus als ihr.

»Schluss jetzt!«, rief ich. Schienbeine waren unfair. »Rachel! Hören Sie zu. Wir müssen reden.«

Ihre Gegenwehr ließ nach, aber das musste nichts heißen. Wer zwei Jahre beim israelischen Militär durchgehalten hatte, kam auch mit älteren Männern in Tiefgaragen klar.

»Wo ist der Brief?«, fauchte sie mich an.

Ich ließ sie los, wobei ich auf jede ihrer Bewegungen achtete. Sie ließ die Hand auf ihrer Tasche. Wahrscheinlich hatte sie eine Waffe dabei – ehemalige Militärangehörige machten fast alle von der Möglichkeit Gebrauch, ohne Probleme eine Lizenz zu bekommen.

»Sie haben ihn nicht. Was soll das?«

»Rachel, bitte machen Sie keinen Aufstand. Wir gehen jetzt zum nächsten Polizeirevier. Dort werden Sie eine Aussage machen. Es ist mir egal, wie Sie Ihr Erscheinen am Tatort vor Scholls Wohnung erklären. Hauptsache Sie sagen die Wahrheit.«

Sie sah sich hektisch um, aber die Arbeiter waren mit ihrem Lieferwagen längst weg. Mit hilfsbereiten Angestellten, die vormittags ihr Büro verließen, war hier unten nicht zu rechnen. Die Überwachungskamera hatte den Treppenausgang im Visier, eine zweite hielt auf das Rolltor. Wir standen im toten Winkel.

»Ich will den Brief!«, wiederholte sie trotzig.
»Es gibt keinen. Wenigstens nicht bei mir.«
»Dann ist die Unterhaltung hiermit für mich erledigt.«
»Nein. Kommen Sie mit.«

Ich fasste sie unter den Arm – zu rücksichtsvoll. Ich hätte es wissen müssen. Die rasche Bewegung nahm ich nur aus dem Augenwinkel wahr. Der Schlag landete direkt an meiner Schläfe, präzise und kalkuliert. Als Nächstes fand ich mich auf dem dreckigen Boden in einer halb versickerten Öllache wieder. Gegen Rachels Nahkampfausbildung waren die beiden Hooligans vor Scholls Wohnung blutige Anfänger.

Sie rannte zu ihrem Auto. Ich kam viel zu langsam auf die Beine. Alles drehte sich, Schwindel und Schmerz tanzten eine makabre Polka zwischen Kopf und Magen.

Irgendwo wurde ein Motor angelassen, Reifen schlitterten auf glattem Beton. Hinter mir lag die Ausfahrt. Ich drehte mich um und lief sie hinauf in Richtung Rollgitter, das sich gerade quietschend in Bewegung setzte. Rachel gab Gas. Der Motor heulte auf. Ich blieb am Ende der Ausfahrt mit ausgebreiteten Armen stehen.

Sie preschte die Steigung hoch. Blendende Scheinwerfer. Hupen. Gleich hatte sie mich. Jetzt.

Sie stoppte, die Stoßstange direkt an meinen Knien.

»Du verdammtes Arschloch!«, schrie sie. »Verschwinde!«

Ich stützte mich auf der Motorhaube ab.

»Hau ab! Du bist genauso ein Wichser wie die anderen! Verpiss dich!«

»Rachel«, keuchte ich. Irgendetwas stimmte mit meiner angebrochenen Rippe nicht. Ich bekam keine Luft mehr.

Der Motor heulte auf. Ich wurde ein paar Schritte nach oben gedrängt, konnte mich kaum noch auf den Beinen halten.

Sie beugte sich aus dem Fenster. »Was ist? Willst du, dass ich dich über den Haufen fahre? Ja? Willst du das?«

Ich hatte keine Ahnung. Ich merkte nur, wie meine Knie nachgaben und ich, ohne etwas dagegen tun zu können, direkt vor ihrer Kühlerhaube auf den Asphalt aufschlug. Das Blut rauschte mir in den Ohren. Die Luft wurde knapp. Wahrscheinlich hatte sie mir mit ihrem K.-o.-Schlag den Todesstoß versetzt. Beim Mossad machten sie es so. Hörte man jedenfalls immer mal wieder. Ein Schlag, ein Tritt, und zwei Tage später kotzte man erst Blut und danach seine Seele aus.

Bei mir ging es offenbar schneller.

Weit entfernt hörte ich eine Autotür zuschlagen. Jemand kam näher. Es war ein Déjà-vu. Rachel beugte sich über mich. Mit ihrer kühlen Hand strich sie mir die Haare aus der Stirn und hob ein Augenlid an. Ich blinzelte.

»Steh auf«, sagte sie.

Ich wollte etwas Wichtiges röcheln. Letzte Worte. Man sollte sich auf solche Momente vorbereiten, denn aus dem Stegreif fällt einem meist nichts Sinnvolles ein.

»Ich sterbe.«

»Sicher. Aber nicht heute«, antwortete sie herzlos.

22

Irgendwo am Strand, ein Stück außerhalb von Tel Aviv. Es war ein strahlend schöner Tag, sehr windig, aber Rachels Wagen stand geschützt auf einem Parkplatz. Ein idealer Ort für Surfer. Die Wellen brachen sich außerhalb der Bucht, wo Dutzende Wassersportler mit ihren Boards über die gischtigen Kämme jagten. In der Ferne erhoben sich aus dem Dunst die Hochhäuser Tel Avivs.

Sie kam mit zwei Kaffeebechern von einem Kiosk zurück, der etwas weiter entfernt am Eingang des Parkplatzes stand. Ich konnte wieder atmen, hatte aber mein Vertrauen in mich noch nicht wiedergefunden. Der Zusammenbruch im Parkhaus war neu. Ein einzelner Schlag hätte mich nicht derart schachmatt setzen dürfen. Vielleicht hatten die Ärzte in Berlin doch recht gehabt. Wenn ich auf sie gehört hätte, läge ich jetzt noch auf einem frisch bezogenen Bett in einem halbwegs netten Krankenhauszimmer, könnte Eurosport sehen und müsste mir um nichts Sorgen machen, außer um die Frage, wo ich um fünf einen Drink herbekam, der nicht nach Pfefferminztee schmeckte.

Rachel warf ihre Handtasche auf die Rückbank und nahm neben mir auf der Fahrerseite Platz. In ihrem grauen Kostüm, der weißen Bluse und den halbhohen Pumps wirkte sie an diesem Ort fehl am Platz. Ein VW rollte neben uns, kleine Steine spitzten ans Blech. Auf dem Dach waren drei Surfbretter befestigt.

»Das war nicht der Todesstoß der Ninja-Krieger.« Sie hob den Deckel ihres Bechers und blies in den Kaffee, um ihn abzukühlen. »Nur Karate.«

»Was ist da drin?« Ich wies auf die Umhängetasche.

»Geht dich nichts an.«

»Damit hören wir jetzt auf. Endgültig. Ich bin Anwalt. Ich kann es mir nicht leisten, unter Mordverdacht zu stehen.«

Sie trank einen Schluck, sah nach links hinaus aufs Meer und zuckte schließlich mit den Schultern.

»Du warst bei Plog«, fuhr ich fort. »Er hat nur knapp einen Anschlag überlebt. Du warst bei Scholl. Er ist tot. Und unsere Begegnung im Parkhaus ...«

»Selber schuld.«

»Räumst du eigentlich jeden aus dem Weg, nur weil dir seine Antworten nicht passen?«

»Du hast mich angelogen.«

»Du bist untergetaucht.«

Sie stieß ein verächtliches Lachen aus. »Untergetaucht? Wann denn? Wo denn?«

Ich stellte meinen Becher auf dem Armaturenbrett ab. Mittlerweile waren mehrere junge Männer aus dem Bus gestiegen und begannen, die Surfbretter abzuladen. Ich konnte sie im Rückspiegel beobachten. Hoffentlich verstanden sie kein Deutsch.

»Ein Anruf beim Polizeipräsidenten in Jerusalem, ein Tipp an die Generalstaatsanwaltschaft und du hast heute noch eine bewaffnete Sondereinheit in deinem Büro, die sämtliche Computer beschlagnahmen und so lange nicht freigeben wird, bis klar ist, wie du das geschafft hast.«

»Was?«

»Deine Ein- und Ausreise zu löschen.«

Sie drehte sich zu mir um. Ihr Blick war eiskalt. »Du kennst unseren Polizeipräsidenten?«

»Nein«, antwortete ich wahrheitsgemäß. »Aber ich kann auf Anhieb ein Dutzend Leute anrufen, die mit ihm im Sandkasten gespielt haben.«

Ein Dutzend war übertrieben. Eigentlich käme dafür nur Marquardt infrage. Wahrscheinlich reichten seine Beziehungen auch gar nicht so weit. Doch er hatte einen engen Draht zu etlichen Politikern und Wirtschaftsbossen. Immer wenn wir mit unserem Latein am Ende waren, kam von ihm der Satz: »Ich muss mal wieder mit dem und dem essen gehen.« Wenig später waren die Steine dann aus dem Weg geräumt. Meistens jedenfalls.

»Für ein Unternehmen wie deines sehr unangenehm. Um nicht zu sagen geschäftsschädigend.«

»Ihr werdet nichts finden.« Ihre Antwort kam zu schnell. »Ich war nie in Berlin.«

»Hör auf! Habe ich etwa Halluzinationen? Sieh mir in die Augen und sag mir, dass wir uns nie begegnet sind.«

Sie drehte den Kopf weg und starrte hinaus auf die Bucht.

»Außer mir gibt es noch weitere Zeugen, die sich an dich erinnern. Das sind Bilder in Köpfen, keine binären Codes. Der Page in deinem Hotel zum Beispiel. Scholls Tochter, wenn sie wieder bei Sinnen ist nach dem Mord an ihrem Vater. Und der Film aus der Überwachungskamera in meiner Kanzlei.«

Den gab es nicht, genauso wenig wie eine Kamera.

Rachel saß reglos da, nur ihre Nasenflügel blähten sich minimal. Wahrscheinlich ratterte in ihrem Kopf eine geheime Liste, was sie bei ihrem Löschzug alles vergessen hatte.

»Das ergibt zusammengenommen ein ziemlich genaues Bewegungsprofil. Du glaubst, du kannst es ausradieren? Nein, Rachel. So leicht geht das nicht.«

Sie trank einen Schluck Kaffee, um Zeit zu gewinnen. Die Surfer hatten ihre Boards befreit und liefen zum Strand hinunter.

»Okay«, sagte sie schließlich. »Es war dumm von mir. Ich werde das wieder in Ordnung bringen.«

»Wie denn? Erklär mir, was du bei Scholl zu suchen hattest. Warum du bei Plog warst. Was du mit mir vorhast.«

Sie öffnete die Tür und stieg aus. Notgedrungen musste ich ihr folgen. Der Wind blies mir ins Gesicht. Hinter den Dünen spielten zwei Teams Beachball, ihr Lachen und die Aufschläge waren bis zum Parkplatz zu hören. Ich lief Rachel hinterher, die mit großen Schritten hinunter zum Ufer eilte. Fast sah es so aus, als ob sie wieder davonlaufen würde.

»Rachel!«

Außer Atem musste ich stehen bleiben. Mir war klar, welches Bild ich hier am Strand der Starken und Schönen abgab: Anzug und Hemd verdreckt, kaum verheilte Wunden im Gesicht und dann auch noch bei der kleinsten Anstrengung kollabieren.

Einer der jungen Sportler fing den Ball und drehte sich zu mir um. »*Do you need help?*«

Ich beugte mich vornüber und stützte mich mit den Händen auf den Knien ab. Dabei versuchte ich zu atmen. Rufen ging nicht mehr. Rachel sah sich um, ob ich ihr folgte. Sie blieb stehen und warf den Jungen ein paar Worte zu, die daraufhin ihr Spiel fortsetzten.

Sichtlich genervt kam sie zu mir. »Geht's? Oder soll ich einen Krankenwagen rufen?«

Sie stützte mich, damit ich wieder aufrecht stehen konnte.

»Du bist aber nicht gut in Form.«

»Ich habe ein Schädel-Hirn-Trauma und drei gebrochene Rippen. Mindestens.«

»Aber … doch nicht von mir?«

»Das habe ich mir in der Pestalozzistraße eingefangen, von Scholls rechten Schlägern. Da dachte ich noch, so ein Mist passiert einem nur einmal im Leben. Ich wollte ihn dazu bringen, eine Aussage zu machen. Weil die Frau, um die es ging, das Weite gesucht hatte. Ich fahre also am nächsten Tag noch mal zu ihm. Er sagt, er hilft mir. Zwei Minuten später ist er tot. Und wer steht wieder an der Ecke und sieht zu? Wer wohl?«

»Bist du deshalb hier?«

»Nein«, schnaubte ich. »Reiner Zufall, dass wir uns ausgerechnet in der Tiefgarage deiner Firma über den Weg gelaufen sind. Ich will wissen, warum mich in Deutschland ein Haftbefehl erwartet.«

»Ist das wahr? Du machst keine krummen Dinger mit mir?«

»Ich? Mit dir? Soll ich jetzt lachen, oder was?«

Entweder war sie eine hervorragende Schauspielerin, oder sie überlegte gerade tatsächlich, ob sie mir trauen konnte.

»Rudolph Scholl war vorbereitet«, sagte sie schließlich. »Weißt du noch, wie du mich am Nachmittag im Hotel abgeholt hast und wir zu ihm gefahren sind? Jemand muss ihm geholfen haben. Jemand …« Sie stockte, als ob ihr gerade etwas eingefallen wäre.

»Ja?«, fragte ich nach. »Wer war dieser Jemand?«

Sie drehte sich weg und ließ sich die Haare ins Gesicht wehen. Ihr kurzes Zögern reichte. Sie war nur so lange aufrichtig, wie es in ihre Pläne passte.

»Vielleicht warst du es ja?«, fragte sie trotzig. »Als wir bei Scholl aufgetaucht sind, waren die beiden Schläger schon da. Sie wussten, wer ich bin. Einer hat mich eine verfickte jüdische Schlampe genannt. Wie kann das sein?«

»Es sind hirnlose Idioten, die man …«

»Die meine ich nicht. Solche Typen sind Dreck am Schuh. Abwischen und weitergehen. Ich meine: Warum hatte Rudolph Scholl überhaupt eine Verbindung zu diesen Typen? Wer hat sie ihm geschickt? Woher wussten sie, wer ich bin?«

Wir gingen ein paar Schritte weiter. Ich fühlte mich wie ein Greis an der Timmendorfer Strandpromenade, gestützt und geführt von einer jungen Pflegerin, aber langsam konnte ich wieder durchatmen.

Ich sagte: »Okay. Das werden wir herausfinden. Viel wichtiger ist aber: Wieso warst du am nächsten Tag bei Scholls Fenstersturz schon wieder in der Nähe?«

»Er wollte mit mir reden. Mit Sicherheit wusste er etwas über meinen Vater und wollte es mir sagen. Bloß ... ich bin zu spät gekommen. Das musst du mir glauben.«

Rachel sah mir an, wie skeptisch ich war.

»Du musst! Ich habe eine SMS von ihm bekommen. Warte.« Sie griff in die Seitentasche ihrer Kostümjacke und holte ein Handy heraus. »Da, schau: *Liebe Rachel, verzeihen Sie einem alten Esel. Würden Sie mir die Ehre erweisen, mir beim Schabattmahl nach dem Gottesdienst Gesellschaft zur leisten? Ihr Rudolph Scholl.*«

Abgeschickt worden war die Nachricht am Freitagabend um sechzehn Uhr dreiundzwanzig.

»Ist das seine Handynummer?«, fragte ich.

»Keine Ahnung. Wenn man sie wählt, kommt eine automatische Ansage. Die Nummer gehört zu einer Prepaidkarte, die wir von hier aus nicht zuordnen können. Gekauft in einem Laden in der Berliner Kantstraße.«

»Euer Generalstaatsanwalt würde nun natürlich die Möglichkeit in Betracht ziehen, dass Scholl öfter die Telefonnummer gewechselt hat. Er war als öffentliche Person häufig Anfeindungen ausgesetzt. Warum also vermutest du jemand anders hinter dieser Nachricht?«

»Es war eine Falle. Jemand hat mich dorthin gelockt, damit ich ...« Sie schluckte. »Damit ich sehe, wie er in die Tiefe stürzt. Oder damit ich erst recht verdächtigt werde. Die Nachricht war gar nicht von Scholl. Aber ich war so aufgeregt und habe nicht weiter darüber nachgedacht. Erst viel später, zu spät. Dabei hätte mich schon dieses eine Wort misstrauisch machen sollen.«

Ich las die SMS noch einmal. »Welches?«

»*Gottesdienst.* Es ist ein *minhag*, also ein religiöser Brauch, dass man den Namen des Schöpfers und Erlösers nicht ausschreibt.«

»Aber ich lese und höre ihn doch dauernd. Gott, Allah, Jahwe...«

Sie lief ein paar Meter bis zum Ende der Flutlinie, wo Äste und anderes Treibgut in der Sonne trockneten. Mit einem kurzen Stock kam sie wieder und schrieb G'TT in den Sand. Dann JHWE.

»Fromme Juden betrachten den Namen des Herrn als etwas Heiliges, das man nicht verletzen darf.«

Ich deutete auf den Apostroph. »Er ist doch verletzt. Es fehlt ein Buchstabe.«

Sie warf den Stock weg und verwischte die Buchstaben mit dem Fuß. »Deshalb darf ich ihn zerstören.«

»Das verstehe ich nicht.«

»Verlangt ja auch keiner. Ein Jude würde das Wort ›Gottesdienst‹ nicht so schreiben. Aussprechen ja, das ist kein Problem. Aber schreiben nie ohne Apostroph. Scholl war fromm. Er hat mir diese SMS nicht geschickt.«

»Wer dann?«, fragte ich und gab ihr das Handy.

»Scholls Mörder?« Sie strich sich mit einer nervösen Handbewegung die Haare aus dem Gesicht. Vergeblich. Der Wind war zu stark. »Ich komme gerade an, biege um die Ecke, höre und sehe dich neben ihm, überall Blut. Dann fängt auch noch diese Frau an zu schreien, du hättest ihn umgebracht. Du! Anstatt mich ständig mit irgendwelchen Anschuldigungen zu konfrontieren, frag dich mal, was ich von dir halten soll!«

Sie drehte um und hielt auf den Parkplatz zu. Ich ließ sie laufen und sah mir die Wellen an, die sich weit draußen brachen und die Surfer angelockt hatten. Nach einer Weile hoffte ich, dass sie sich wieder beruhigt hatte. Ich rechnete damit, den Wagen nicht mehr auf dem Parkplatz vorzufinden, aber er stand noch da. Rachel saß bei geöffneter Tür hinterm Lenkrad und las irgendwelche Mails auf dem Handy. Jedenfalls sah sie kaum hoch, als ich mich schwer atmend neben sie auf den Sitz fallen ließ. Ich erkannte gerade noch, dass sie das Bild eines attraktiven jungen Mannes mit einer Handbewegung wegwischte.

»Du solltest vielleicht mal zum Arzt.«

Wahrscheinlich war das ihre Art, mir einen Waffenstillstand anzubieten.

Sie warf das Handy in ihre Tasche und steckte den Schlüssel ins Schloss. Bevor sie ihn umdrehen konnte, legte ich meine Hand auf ihre. Sie zog sie zurück, als hätte sie einen elektrischen Schlag bekommen.

»Wohin?«, fragte ich. »Wohin geht die Reise?«

Rachel dachte nach. Vermutlich nicht über die nächsten Schritte. Eher darüber, ob sie sie mit mir gemeinsam gehen sollte.

»Wir fahren ins Krankenhaus«, sagte sie schließlich.

»Das ist nicht nötig. Mir geht es gut.«

»Klar. Du klappst fast zusammen, aber es geht dir gut. Keine Sorge. Es ist eine Klinik für Frauenheilkunde und Geburtshilfe. Dürfte Neuland für dich sein. Oder?«

»Was machen wir denn da?«, fragte ich, ohne auf ihre letzte Bemerkung einzugehen.

Sie startete den Wagen. »Wir suchen die Krankenschwester, der man damals den Abschiedsbrief meiner Mutter anvertraut hat. Ihr Name stand im Untersuchungsbericht.«

»Ich will dir nicht zu nahe treten, aber das ist fast dreißig Jahre her.«

»Hast du eine bessere Idee?«

»Okay. Klingt nach einem Plan.«

Sie fuhr los.

»Ich heiße übrigens Joachim.«

»Joe, ja. Ich bin Rachel.« Sie grinste. »Na, da wissen wir ja schon eine Menge über uns.«

Unter sorgfältiger Vermeidung der Schlaglöcher steuerte sie den Wagen über den Parkplatz und hinterließ dabei eine Staubwolke.

Nein, dachte ich. Wir wissen gar nichts voneinander.

23

Die Fahrt ging einmal quer durch die Innenstadt. Unterwegs wies Rachel mich auf die eine oder andere Sehenswürdigkeit hin: den alten Hafen, den Leuchtturm, die Bauhaus-Architektur der Dizengoff Street, und wenn ich die Augen geschlossen hielt und nur auf die Geräusche und den Geruch achtete, war es wie eine Zeitreise. Haifa, die Hafenstadt. Jerusalem, die Königin. Tel Aviv, wo ich damals nur ein paar Tage auf der Durchreise verbracht hatte, das pulsierende Herz.

Die Busse röhrten und zischten immer noch mit ohrenbetäubender Lautstärke. In den fetten Dieselgestank mischte sich die Holzkohle von den vielen Grillständen rund um den Markt. Staub, salzige Luft, Abwasser, ab und zu ein Hauch frische Minze oder Orange. Laute Rufe, Hupen, Musik an jeder Straßenecke. Die jaulende Sirene einer Ambulanz ein paar Blocks weiter – genau so war es auch damals gewesen. Eine Großstadt am Mittelmeer, heiß, dunstig, laut, unvergesslich.

Rachel telefonierte. Ich verstand kein Wort. In meinen Ohren klang diese Sprache immer noch fremd. Kein romanischer Einfluss, keine Ähnlichkeiten. Irgendetwas gefiel ihr nicht, aber sie blieb hartnäckig. Dann legte sie auf.

»Die Krankenschwester arbeitet nicht mehr dort. Sie dürfte inzwischen über achtzig sein.«

»Lebt sie noch?«

»Ja. Ich habe sogar eine Adresse. Ein Seniorenheim in Ramat Gan, ganz hübsche Gegend.«

Beim Fahren tippte sie die Adresse in das Navigationsgerät ein.

»Vielleicht haben wir Glück und sie erinnert sich noch. Ich meine, dass sie gesund im Kopf ist.« Sie klang nicht mehr ganz so zuversichtlich.

»Einen Suizid auf der Mutter-Kind-Station vergisst man nicht so schnell.«

»Ja. Aber vielleicht ist sie dement. Sie heißt Maya Gutman. Ihr Name stand im Polizeibericht.«

»Hast du ihn noch?«

»Nein.« Wie aus der Pistole geschossen.

Ich nahm an, dass es eine Kopie des Berichtes irgendwo als Fotodatei auf ihrem Handy gab.

»Was genau stand da drin?«

Rachel setzte eine Sonnenbrille auf, weil wir nun die Innenstadt Richtung Süden verließen und auf eine der breiten Ausfallstraßen auffuhren.

»Meine Mutter hat Tabletten genommen. Einen Mix aus Benzodiazepinen und Tranquilizern.«

»Woher hatte sie das Zeug?«

»Wahrscheinlich noch aus der Kibbuz-Apotheke. Sie muss das von langer Hand geplant haben. Sie und Uri haben Jechida kurz vor ihrer Hochzeit verlassen. Also muss sie damals schon über einen Suizid nachgedacht haben, sonst hätte sie ja die Tabletten nicht mitgenommen. Die beiden sind nach Tel Aviv gezogen und haben geheiratet. Es sollte wohl so etwas wie ein Neuanfang sein. Aber tatsächlich hat meine Mutter alle hinters Licht geführt.«

Sie fuhr ruhig und aufmerksam. Nur das Zittern ihrer Stimme ab und zu verriet, wie wenig sie diese neuen Erkenntnisse verarbeitet hatte.

»Als es so weit war, ging sie ins Krankenhaus und brachte mich zur Welt. Damit hatte sie alles erledigt, was es für sie noch zu tun gab. Das Kind war gesund und hatte einen guten Namen. Deshalb hatte sie so lange durchgehalten, nur deshalb hatte sie diesen Mann geheiratet. Eigentlich müsste ich ihr dankbar sein für so viel Fürsorge.«

»Aber warum hat sie sich umgebracht?«

»War ja klar, dass du das nicht verstehst«, sagte sie bitter.

»Dann erklär es mir.«

»Sie hatte keine Chance! Als ledige Mutter? Mit einem Kind von dem Mann, der ihr Leben zerstört hatte? Ihre Familie hatte sie verstoßen. Für die ganze Kibbuz-Gemeinschaft war sie ein gefallenes Mädchen. Mit siebzehn war ihr Leben zu Ende. Was lag denn schon noch vor ihr? Die aus der Not geborene Gemeinschaft mit einem Mann, den sie nie geliebt hatte. Was hinter ihr? Ein entsetzlicher Verrat, der ihr von jemandem angetan worden war, ohne den sie wohl trotz allem nicht leben konnte. Verdammt! Gib mir meine Tasche, da müssen Papiertücher drin sein.«

Ich griff nach hinten und wollte gerade nachsehen, da riss sie mir die Tasche weg. Mit einer Hand am Lenkrad, mit der anderen in der Messenger Bag, redete sie weiter.

»Zu ihren Leuten im Kibbuz hatte ich nie Kontakt. Die wollten mich nicht. Und Uris Familie ist nie mit mir warmgeworden. Ich war nicht richtig. Irgendetwas war immer falsch an mir. Jetzt weiß ich endlich, was. Alle wussten, dass ich ein Kuckuckskind war und dass meine Mutter sich umgebracht hatte. Aber das durfte man ja nie laut sagen. Also haben sie mir erzählt, meine Mutter wäre bei meiner Geburt gestorben. Und mich trotzdem all die Jahre schief von der Seite angesehen.«

»Wie bist du damit klargekommen?«

»Wie wohl?«

Sie fand ein Taschentuch. Irgendwie gelang ihr das Kunststück, sich damit die Augen zu trocknen, die Nase abzureiben und trotzdem in der Spur zu bleiben.

»Und dann, zum ersten Mal im Leben, passiert etwas. Man

denkt plötzlich darüber nach, wie es wäre, selbst eine Familie zu gründen.«

Das wütend weggewischte Foto auf dem Handy? Rachel tat so, als ob sie sich auf den Verkehr konzentrieren müsste. In Wirklichkeit überlegte sie, ob sie nicht schon viel zu viel von sich preisgegeben hatte. Vermutlich war ich der erste Mensch, mit dem sie seit ihrer Entdeckung darüber sprach. Ich wollte nichts falsch machen. Sie musste aufhören, diese Dinge nur mit sich auszutragen. Sie brauchte Hilfe.

»Deshalb hast du deine Geburtsurkunde gesucht.«

»Ja. Im Schrank meines Vaters. Und auf einmal hatte ich die Ferry Tickets und ein deutsches Liebesgedicht in der Hand.«

»Eigentlich ...« Ich suchte nach Worten, die nicht banal klangen. Immer wenn ich im weitesten Sinne von Liebe redete, klang es in meinen Ohren falsch. »Eigentlich hast du etwas sehr Schönes gefunden.«

Sie lachte bitter. »Ja. Das dachte ich anfangs auch. Bis ich den Untersuchungsbericht angefordert habe. Selbst wer nicht bis drei zählen kann, weiß danach, wer wirklich schuld ist am Tod meiner Mutter.«

»Einer von uns, nehme ich an«, sagte ich.

Rachel nickte.

»Du hast Scholl, Mike und mich gefunden. Was ist mit Daniel?«

Ein schneller, misstrauischer Seitenblick. »Weißt du das denn nicht?«

»Keine Ahnung. Er hat zur gleichen Zeit aufgehört wie ich und ist dann weiter nach Griechenland.«

»Tatsächlich?«

Dieser Unterton ... Eine stählerne Freundlichkeit lag in ihrer Stimme, nicht anteilnehmend, nicht interessiert.

»Was soll das?«, fragte ich. »Machst du mir Vorwürfe?«

»Nein. Entschuldige bitte. Ich bin total angespannt und durcheinander.« Sie lächelte mich an, und dieses Mal wirkte es aufrichtig. »Ich weiß, ich bin kindisch. Menschen treffen sich und gehen wieder auseinander. Die einen bleiben ihr Leben lang befreundet, die anderen verlieren sich aus den Augen. Es tut mir leid. Ich suche nach Erklärungen. Ich wünsche mir, dass du mir dabei hilfst.«

»Das werde ich.«

Beide hingen wir unseren Gedanken nach, und es waren nicht die schönsten. Was war aus uns geworden? Das Leben hatte uns damals in alle vier Himmelsrichtungen zerstreut. Einer war religiös geworden. Der andere ein Rechtsaußen-Politiker. Der Dritte war weiter um die Welt gereist. Ich hatte nach meiner Zeit in Jerusalem mein Studium begonnen. Neue Freunde, neue Herausforderungen. Jechida war in Vergessenheit geraten. War es meine Schuld, dass ich Rebeccas Geheimnis nicht gelüftet hatte? Wäre ich noch einmal nach Jechida zurückgekehrt, vielleicht... Hätten Rebecca und ich eine Chance gehabt?

Irgendwann verließ Rachel die Schnellstraße mit den vielen Staus und Baustellen und fuhr in einen grünen Vorort. Vor die Skyline von Tel Aviv schoben sich weiße Wohnblöcke und kleinere, zweigeschossige Häuser. Auf den Grünstreifen in der Mitte der Straßen wuchsen Palmen. Ein Gebäude mit spiralförmigen Außentreppen, das sämtliche Gesetze der Statik außer Kraft zu setzen schien, erregte meine Aufmerksamkeit.

»Gaudí?«, fragte ich erstaunt.

»Zvi Hecker. Er wird aber oft mit Gaudí verglichen. Vielleicht kommen wir nachher noch an dem Libeskind-Bau an der Bar-Ilan-Universität vorbei. Sieht aus wie eine Kreuzung von Berliner Philharmonie und Jüdischem Museum. Aber wie es scheint...« Die männliche Stimme aus dem Navigationsgerät gab einen militärisch knappen Befehl. »... eher nicht.«

Rachel bog nach links ab in eine ruhige Seitenstraße. Vor einem langgestreckten, flachen Haus, das etwas zurückgesetzt und geschützt von blühenden Büschen auf der linken Seite auftauchte, hielt sie an.

»Da wären wir.«

Beit Avot Ramat Gan stand auf einem Schild. Das Gebäude hatte einen verglasten Vorbau, in dem sich eine Art Empfangsbereich befand. Ich vermutete, dass der Komplex in den siebziger Jahren des vergangenen Jahrhunderts hochgezogen worden war und seitdem nicht viele Renovierungen erlebt hatte.

Rachel ging voran. Sie sprach mit einem jungen Mann, der gerade die Sträucher mit einer elektrischen Handheckenschere schnitt und dabei virtuos vermied, sich selbst zu verstümmeln. Er schaltete das Gerät aus und deutete auf ein Fenster im zweiten Stock.

»Wir sollen uns anmelden«, sagte Rachel.

Ich folgte ihr in den Vorbau. Dort saß eine kleine, rundliche Frau in viel zu engen Jeans und einem T-Shirt, das definitiv zu eng war für ihre außergewöhnliche Oberweite. Ich versuchte, das Namensschild an ihrem Busen zu lesen, ohne den Rest allzu offensichtlich zur Kenntnis zu nehmen. Tanith Rozmann. Flink und freundlich reichte sie uns die Hand und ließ sich von Rachel über den Anlass unseres Besuches aufklären.

»Die Pralinen«, sagte meine Begleitung auf Deutsch in auffordernder Ton. »Für Tante Maya. Hast du die etwas zu Hause liegen gelassen?«

»Pralinen?«, fragte ich zurück. »Tante Maya hat Zucker, wenn ich dich daran erinnern darf.«

Mit einem entschuldigenden Lächeln wandte sich Rachel wieder an Tanith und erklärte ihr wortreich eine Situation, von der ich rein gar nichts begriff. Aber danach durften wir passieren.

Durch einen hell gestrichenen Flur mit großen Fenstern erreichten wir die Treppe.

»Die Hälfte der Leute hier spricht deutsch«, erklärte mir Rachel, während sie darauf wartete, dass ich langsam Stufe um Stufe erklomm. »Deshalb dachte ich, dass es am wenigsten auffällt, wenn du ein Verwandter auf Besuch bist. Sie haben sogar Altenpfleger mit Deutschkenntnissen eingestellt. Hier lebt und stirbt die Generation, die den Holocaust noch am eigenen Leib erfahren hat. Viele Traumata kommen im Alter mit voller Wucht zurück.«

Ich blieb stehen, um Atem zu holen. Aber auch um hinunterzusehen in den Flur. Ein Greis im Rollstuhl wurde gerade von einem Pfleger in den Garten geschoben. Rachel stellte sich neben mich. Der Mann musste hoch in den Neunzigern sein.

»Sie vergessen das erlernte Hebräisch und kehren zu ihrer Muttersprache zurück«, sagte sie leise. »Ich habe von einer Frau gelesen, die sich jedes Mal, wenn eine Feuerwehrsirene heult, mit ihrem Koffer vor die Tür setzt. Sie glaubt, dass sie deportiert wird.«

Der Pfleger schob den alten Mann über einen Gartenweg aus unserem Blick.

»Das ist schrecklich«, sagte ich schließlich.

»Ja. Aber von diesem Erbe will bei euch ja keiner mehr etwas wissen.«

»Rachel ...«

»Maya Gutman hat Zimmer zweihundertelf.«

Sie drehte sich um und lief leichtfüßig nach oben. Wenig später hatte ich sie keuchend eingeholt. Sie wartete, bis ich einigermaßen ruhig atmete, und klopfte dann an.

»Frau Gutman?«

Keine Antwort.

Rachel klopfte noch einmal. Wir wechselten einen besorgten Blick. Dann drückte sie vorsichtig die Klinke herunter.

24

Maya Gutman lag in ihrem Bett. Zart und zerbrechlich wirkte sie, als ob ein Windhauch sie aus dem geöffneten Fenster forttragen könnte. Ihr Haar war schlohweiß und lichtete sich an manchen Stellen, sodass die rosafarbene Kopfhaut durchschimmerte. Ein kleines, blasses Gesicht, die pergamentartige Haut durchzogen von knittrigen Falten und übersät von Pigmentflecken. Blaue Adern traten auf den Handrücken hervor. Sie schlief, aber für einen Moment glaubte ich, sie wäre gestorben, so reglos lag sie da.

»*Geveret* Gutman?«, flüsterte Rachel.

Ratlos sah sie mich an. Sollten wir die alte Frau wecken oder unverrichteter Dinge wieder abziehen?

Das Zimmer war hübsch, wenn auch unpersönlich. Ich nahm an, dass Frau Gutman ihre Habe komplett in dem riesigen Wandschrank verstauen konnte. Kein Nachttisch mit Fotos, kein Bademantel an der Tür. Noch nicht einmal Pantoffeln vorm Bett. Vermutlich war sie schon seit einiger Zeit nicht mehr aufgestanden.

Neben dem Fenster befand sich eine Glastür, die auf einen kleinen Balkon führte. An der Wand links ein Tisch mit zwei Stühlen. Ich holte sie und stellte sie vor dem Bett ab. Rachel setzte sich, ich nahm neben ihr Platz.

»Frau Gutman?«

Die Hände der alten Frau zuckten unruhig über die Bettdecke. Rachel beugte sich vor und berührte sie sanft. Maya Gutman blinzelte und öffnete die Augen. Sie waren milchig weiß.

Rachel sah mich erschrocken an.

»Misses Gutman?« Ich versuchte es auf Englisch. »*My name is Joachim Vernau. I am here with Rachel Cohen.*«

Maya Gutman räusperte sich. Es ging über in einen ordentlichen Husten. In einen wahren Hustenanfall.

Ich rannte hinaus auf den Flur. Am Ende stand ein Rollwagen mit Wasserflaschen und Gläsern. Als ich zurückkam, saß Rachel auf der Bettkante und klopfte der alten Dame sanft auf den Rücken. Ich goss Wasser in ein Glas und reichte es ihr. Langsam, mit jedem Schluck, besserte sich der Husten und hörte schließlich auf.

»*Toda.*« Mayas Stimme klang hoch und zittrig. »Danke. Vernau, ein ungewöhnlicher Name. Woher kommt er?«

Jetzt war ich an der Reihe, überrascht zu sein.

»Aus Süddeutschland, glaube ich.« Vorsichtig nahm ich ihr das Glas ab und stellte es mit der Flasche auf den Tisch. Dann zog ich meinen Stuhl näher zu ihr heran und setzte mich. »Mein Urgroßvater kam aus der Nähe von Darmstadt.«

Ein kleines Lächeln huschte über ihr Gesicht. Es war irritierend. Diese weißen Augen konnten nichts sehen, und dennoch waren sie auf mich gerichtet, und ich fühlte mich von ihnen beobachtet.

»Darmstadt, das ist in der Nähe von Heidelberg, nicht wahr? Mein Vater hat dort studiert. Er war Ingenieur. Das Schloss, es steht doch noch? Ihr habt es nicht abgerissen?«

»Nein«, sagte ich hastig.

»Gut, gut.« Sie tätschelte Rachels Hand. »Wäre auch schade darum gewesen. Nun sagt mir, was euch zu mir führt. Oder ... kennen wir uns? Sind wir uns schon einmal begegnet?«

»Nein«, beruhigte ich sie und redete schnell weiter, bevor Rachel den Mund öffnen und ihre Version der Ereignisse zum Besten geben konnte. »Ich bin Anwalt. Diese junge Frau hier ist zu mir gekommen, weil sie Hilfe in einer Familienangelegenheit braucht.«

Die junge Frau runzelte ärgerlich die Stirn, hielt aber weiter den Mund.

»Frau Gutman, haben Sie vor fast dreißig Jahren auf der Mutter-Kind-Station im Hadassah Medical Center gearbeitet?«

Die Antwort kam zögernd. »Ja?«

»Erinnern Sie sich noch an eine Frau namens Rebecca Cohen? Sie hat bei Ihnen entbunden.«

»Junger Mann, ich bin alt. Wissen Sie eigentlich, wie alt? Vierundneunzig.« Sie legte den Kopf mit einem Ächzen, als hätte die kurze Konversation sie bereits ermüdet, zurück auf das Kissen. »Ich hatte so viele Mütter auf meiner Station, ich kann mich nicht an jede einzelne erinnern. Dabei ist noch alles in Ordnung hier oben.« Sie tippte sich mit ihrem dünnen Zeigefinger an die Schläfe. »Nur die Augen machen nicht mehr mit. Der Arzt sagt, eine Operation ist zu gefährlich. In meinem Alter, lächerlich. Vierundneunzig. Ist das ein Alter, junger Mann?«

»Nein«, sagte ich mit einem Lächeln. Wenn sie es schon nicht sah – hören konnte sie es.

»Rebecca Cohen, ist das Ihre Mutter, Kleines? Sie heißen doch auch so, nicht wahr?«

Rachel öffnete den Mund, und wieder ging ich ihr dazwischen.

»Sie hat sich umgebracht, auf Ihrer Station. Am Tag der Geburt ihrer Tochter. Es muss eine Tragödie gewesen sein. Ich weiß, als Krankenschwester, noch dazu auf einer Entbindungsstation, wird man regelmäßig mit Tragödien konfrontiert. Mit dem Schicksal. Mit unvorhergesehenen Komplikationen. Doch der Fall Rebecca Cohen liegt anders. Sie bringt ein gesundes Mädchen zur Welt. Alles ist gut. Sie stillt das Kind. Sie wickelt es vielleicht sogar. Sie übergibt es einer Schwester. Alles normal. Aber dann schreibt sie einen Abschiedsbrief und schluckt Schlaftabletten. Auf Ihrer Station.«

Rachel hatte mehrfach versucht, mich zu unterbrechen.

»Joe!«, sagte sie scharf, als ich eine kurze Pause machte. »Wir sind nicht hier, um Frau Gutman Vorwürfe zu machen.«

Natürlich nicht, *stupid*. Aber wir wollen sie doch an ihre Verantwortung erinnern, oder?

»Der Selbstmord.« Die Stimme der alten Frau klang leise und kraftlos. »Oh du lieber G'tt, ja. Ich erinnere mich, und jetzt bist du hier, Rachel. Bist du genauso hübsch wie sie?«

»Ich ... ich weiß es nicht.«

»Ja«, antwortete ich an Rachels Stelle. »Es ist, als ob ich ihre Mutter vor mir sähe, jedes Mal.«

Maya Gutman wandte den Kopf zu mir um. Wieder sah sie mich mit ihren blicklosen Augen an.

»Dann haben Sie sie gekannt?«

»Nicht lange. Nicht gut. Aber gut genug, um sie nicht zu vergessen und ihrer Tochter zu helfen. Frau Gutman, was ist in jener Nacht passiert?«

Ich spürte Rachels Ungeduld. Es fühlte sich an, als ob die Luft zwischen uns elektrisch geladen wäre. Am liebsten hätte sie die alte Frau mit Fragen bestürmt, doch das durfte ich nicht zulassen. Die Erinnerung ist wie ein offener Sack Federn. Man muss sich ihr behutsam nähern, sonst wirbelt alles durcheinander und fliegt auf und davon.

»Sie war ... müde.«

Ich beugte mich vor, um die fast geflüsterten Worte besser zu verstehen.

»Es war eine sehr anstrengende Geburt. Du warst ein echter Racker.« Mayas Hände tasteten nach Rachel und streichelten sie. »Aber stramm! Und stark! Und hübsch! Ich habe mich nach deiner Geburt zwei Wochen um dich gekümmert. So lange, bis dein Vater in der Lage war, dich aufzunehmen. Wie war noch mal sein Name?«

»Uri«, flüsterte Rachel. »Uri Cohen.«

»Er hat sehr gelitten unter dem Verlust. Wirklich sehr. Es war, als ob dieser starke Mann daran zerbrochen wäre. Wie geht es ihm heute?«

»Er hat wieder geheiratet. Wir sind kurz danach nach Jerusalem gezogen. Ich habe einen Halbbruder. Joel.«

»Yerushalayim.« Maya lächelte. »Viele finden dort ihren Frieden. Manche auch nicht. Die Zeiten, die Zeiten ... Als ich jung war, habe ich dort immer Apfelstrudel gegessen.«

»Im österreichischen Hospiz. Es ist eine Oase des Friedens, nicht wahr?« Rachel streichelte die Hand der alten Frau. »Meine Eltern wohnen im jüdischen Viertel, am Rabinovich Square.«

»Den kenne ich nicht.«

»Er heißt auch erst seit ein paar Jahren so. Es gab ziemlich heftige Diskussionen deshalb. In der Nähe vom Jewish Quarter Café. Um die Ecke von der Klagemauer.«

Die alte Dame nickte ratlos. Sie hatte den Faden verloren. Von draußen drang das Geräusch des Straßenverkehrs durch die geöffneten Fenster. Der Vorhang bauschte sich leicht. Ich wartete, aber Maya Gutman sah schon wieder so aus, als ob sie eingeschlafen wäre.

»Ich muss leider noch einmal auf Rebeccas Suizid zurückkommen. Hat es irgendwelche Vorzeichen gegeben?« Mit einem ärgerlichen Seitenblick auf Rachel versuchte ich, das Gespräch wieder in Gang zu bringen. »War sie niedergedrückt? Unglücklich? Hatte sie so etwas wie diese post ... diese ... Wie heißt das noch?«

»Postnatale Depressionen«, ergänzte Rachel eisig.

»So was halt.«

Maya blinzelte. Sie begann wieder Rachels Hand zu streicheln.

»Nein. Deine Mutter war erschöpft, aber glücklich. So schien es zumindest, als sie dich im Arm hielt. Sie war voller Liebe zu dir, bitte glaub mir das. Umso mehr waren wir erschüttert, als wir am nächsten Morgen in ihr Zimmer kamen. Sie hatte darum gebeten, nicht gestört zu werden. Meine Schicht begann um fünf Uhr morgens. Ich dachte, gib ihr noch ein wenig Zeit. Um sechs klopfte ich und trat ein. Da war sie schon mehrere Stunden tot.«

»Ich weiß.« Rachel nickte. »Das haben Sie und Ihre Kolleginnen übereinstimmend zu Protokoll gegeben. Ich habe den Bericht gelesen. Da ... darin stand auch etwas von einem Brief.«

Mayas Hand streichelte weiter, doch sie sagte nichts.

»Ein Abschiedsbrief. Die Polizei hat ihn bei ihr gefunden. Sie haben ihn weitergeleitet. An wen?«

Stille.

»Maya? Erinnern Sie sich an den Brief?«

Ein Seufzer entrang sich der mageren Brust. »Der Brief, ja ...«

»An wen war er gerichtet? Was haben Sie damit gemacht?«

Die weißen Augen schlossen sich. Eine Träne lief über die zerfurchte Wange und fiel aufs Kissen.

Das war ganz schlechtes Timing. Offenbar hatte Maya beschlossen, das Gespräch zu beenden.

»Frau Gutman?« Vorsichtig berührte ich ihren Arm. Nur Haut und Knochen. »Hören Sie mich? Sollen wir morgen noch mal wiederkommen?«

Ich hörte, wie Rachel nach Luft schnappte. Warum zum Teufel hatte sie es so eilig? So viele Jahre lang war es schließlich auch ohne den großen Unbekannten gegangen. Wer sagte eigentlich, dass es tatsächlich einer von uns war? Vielleicht hatte Rebecca alle hinters Licht geführt, und es war ein Kibbuznik oder ein sturzbesoffener Ire oder eine Zufallsbekanntschaft aus einer Disco in Haifa. Ich wollte, dass Rachel zur Polizei ging und ihre Aussage machte – und endlich mit dieser erbarmungslosen Jagd aufhörte.

»Maya, bitte.« Nun berührte Rachel wieder die alten Hände. »Es ist unsagbar wichtig für mich. Ich glaube, dieser Brief war an meinen richtigen Vater gerichtet.«

»Oh, mein liebes Kind ... natürlich, natürlich! Und ich habe ihn auch übergeben.«

»Ja? An wen denn?«

Grenzenloses Erstaunen breitete sich auf dem Gesicht der alten Dame aus. »Na an ihn. An Uri Cohen.«

25

»Rachel! Warte!«

Vor dem Gebäude holte ich sie ein. Sie wühlte in ihrer Tasche nach dem Autoschlüssel. Ich konnte sie in dem Zustand unmöglich fahren lassen.

»Beruhige dich. Was ist denn so schlimm daran?«

»Er hat mich angelogen!«, schrie sie. »Alle lügen mich an! Du auch! Jeder! Alle!«

»Das ist doch Blödsinn. Gib mir den Schlüssel. Ich fahre.«

»Zur nächsten Polizeiwache? Nein danke.«

Tatsächlich hatte ich einen Moment mit dieser Möglichkeit gespielt.

»Dann gib mir dein Handy.«

»Warum?«

»Weil ich jemanden anrufen will.«

»Wen?«

»Marie-Luise Hoffmann, meine ehemalige Kanzleipartnerin. Ich muss wissen, wie der Stand der Dinge in Deutschland ist. Dann sehen wir weiter.«

»Okay.«

Sie wühlte in den Tiefen ihrer Tasche herum und reichte mir schließlich ein Smartphone. Gerade als ich danach greifen wollte, zog sie es wieder weg.

»Moment.«

Konzentriert tippte sie auf dem Display herum.

»Jetzt.« Die Rufnummer war unterdrückt.

Ich ging ein paar Schritte zur Seite und wählte. Endlich hob Marie-Luise ab. Als sie mitbekam, wer sie gerade anrief, änderte sich augenblicklich ihr Ton von freundlich zu warnend.

»Bist du allein?«

»Nein.«

»Dann ist sie also bei dir.«

Ich drehte mich zum Wagen um. Rachel stieg gerade ein.

»Ja.«

»Okay, hör mir einfach nur zu. Sie haben sämtlichen Fluggesellschaften und dem Bundesgrenzschutz die Hölle heißgemacht. Nichts. Rachel Cohen war gar nicht in Berlin. Zumindest nicht im fraglichen Zeitraum. Zweitausendneun allerdings hat sie ein knappes Jahr hier gelebt. Viele Israelis reisen nach dem Militärdienst erst mal ein Jahr um die Welt, und noch mehr landen in Berlin. Sie war nicht auffällig und hatte einen Job bei einem Start-up-Unternehmen in Rummelsburg, Media Spree glaube ich. Dank ihr hat sich die Außer-Haus-Lieferung von Pizza geradezu revolutioniert.«

»Ist sie sonst noch durch irgendetwas aufgefallen?«

»Damals nicht. Aber aus dieser Zeit gibt es das Passfoto, und das wurde unter anderem der Kantorin aus der Synagoge in der Pestalozzistraße vorgelegt. Sie glaubt sich zu erinnern, dass sie Rachel am Freitag nach dem Schabatt-Gottesdienst vor der Synagoge gesehen hat. Also gerade mal schräg gegenüber von Scholls Antiquariat. Sie soll sich auffällig verhalten haben. Als ob sie auf jemanden gewartet hätte, aber dabei nicht hätte gesehen werden wollen.«

»Sie glaubt...«

»Dann haben wir noch die Aussage von Alexandra Plog, die Rachel ebenfalls gesehen haben will.«

»Die eine glaubt, die andere will gesehen haben. Das ist doch...«

»Vernau, ich tue hier nichts weiter als dir den Hals zu retten.

Sie werden über kurz oder lang nachweisen, dass Rachel Cohen in Berlin war und dass sie gegen sämtliche Pass-, Einreise- und Meldegesetze verstoßen hat. Was das für sie nach deutschem Recht bedeutet, muss ich dir nicht erklären. Das BAMF und das Auswärtige Amt sind schon ganz scharf auf sie. Ich bin mir sicher, die Israelis sehen das ähnlich. Allerdings haben die noch weniger Humor als Vaasenburg.«

»Ich werde es ihr ausrichten.«

Durch die Heckscheibe des Wagens konnte ich erkennen, dass die Tatverdächtige den Arm auf meine Rückenlehne gelegt hatte und ungeduldig mit den Fingern darauf herumtrommelte.

»Mir wäre lieber, du tätest etwas ganz anderes«, sagte Marie-Luise. »Halte dich von ihr fern. Du bist der Einzige von euch vieren, der bisher einigermaßen ungeschoren davongekommen ist. Ich hätte gerne, dass es so bleibt.«

Sie schwieg. Wahrscheinlich um mir Zeit zu geben dahinterzukommen, was sie mit ihrer Andeutung meinte.

»Wie ... der Einzige von uns vieren? Was ist mit Daniel?«

»Er ist tot.«

Es war, als ob mir jemand die Kehle zudrücken würde. Ich musste nach Luft ringen, und diesmal lag es ganz bestimmt nicht an meinen gebrochenen Rippen.

»Tot?«, wiederholte ich. »Das ist doch ...« Ich wandte mich ab und lief ein paar Schritte über geborstene Wegplatten und anderen Schutt, den irgendwer am Straßenrand abgeladen hatte. Rachel sah mir fragend hinterher. »Das gibt's doch nicht. Wann ist das passiert?«

»Er ist im Herbst siebenundachtzig spurlos verschwunden. Seine Mutter hat ihn zehn Jahre danach offiziell für tot erklären lassen.«

»Im Herbst siebenundachtzig? Wann genau?«

»Das weiß keiner. Ich versuche derzeit, mit ihr in Kontakt zu treten, aber sie mauert. Ich kann es gut verstehen. Sie hat über Jahre hinweg die Behörden in Deutschland, Griechenland und Albanien auf Trab gehalten.«

»Albanien?« Mehr als wiederholen konnte ich im Moment nicht. »Wie kommt er denn dahin?«

»Über Korfu. Mehr weiß ich auch noch nicht. Es ist Wochenende, und die zuständige Staatsanwaltschaft in Neukölln ...«

»Warum wurde er für tot erklärt?«

»Weil sie seine Leiche nie gefunden haben. Ich muss erst die alten Akten anfordern. Dann kann ich dir mehr sagen. Komm nach Berlin zurück. Bitte. Ich will dich nicht in ihrer Nähe haben.«

Normalerweise wäre dieser Spruch Grund für einen schwachen Witz gewesen, aber noch nicht einmal so etwas brachte ich mehr zustande. Ich stand völlig neben mir. Mein Atem ging schwer, der Boden hob und senkte sich unter meinem Blick.

»Rachel hat damit nichts zu tun.«

»Klar, dass du das so siehst. Trotzdem werde ich den üblen Gedanken nicht los, dass alles mit ihr zu tun hat.«

»Ende der Achtziger war sie noch nicht mal auf der Welt! Was soll das?«

»Ist alles okay mit dir?«, fragte Marie-Luise. »Du atmest so komisch. Du musst dringend zum Arzt.«

Ich holte tief Luft. Die Folge davon war, dass sich der Schmerz wie ein glühendes Korsett um meine Brust legte.

»Alles okay. Ich danke dir. Bitte bleib dran. Ich melde mich wieder, sobald ich kann.«

»Komm zurück. Du machst alles nur noch schlimmer!«

»Ich werde Rachel jetzt nicht allein lassen. Merkst du denn nicht, was los ist? Lange bevor sie geboren wurde, ist etwas eskaliert. Beide, Vater und Mutter, kommen ums Leben.«

»Es war ein Suizid. Und im anderen Fall ganz klar ein verschollener Weltenbummler.«

»War es wirklich Selbstmord? Und warum wollte Daniel der Tramper, der nur in Hostels oder unter freiem Himmel geschlafen hat und am liebsten dort war, wo kein Tourist seinen Fuß hinsetzt, ausgerechnet nach Korfu? Auf dieses griechische Mallorca?«

»Ich diskutiere das erst mit dir, wenn du wieder in Berlin bist.«

»Okay. Bis dann.«

Ich beendete das Gespräch und kehrte zu Rachels Wagen zurück. Die Messenger Bag lag auf ihrem Schoß. Sie wartete, bis ich mich gesetzt hatte.

»Und?«, fragte sie. Ihre Unbefangenheit war verschwunden. Sie wusste, dass ich etwas herausgefunden hatte. »Was ist los?«

»Daniel. Daniel Schöbendorf. Er ist tot. Seit fast dreißig Jahren.«

Jetzt war ich an der Reihe, sie genau zu beobachten. Und ich bekam eine hervorragend gespielte Überraschung zu sehen.

»Echt jetzt?«, fragte sie. »Seit dreißig Jahren?«

Ich gab den Versuch auf, mich anzuschnallen.

»Du weißt es längst. Du warst bei seiner Mutter. Das hast du nämlich am Tag von Scholls Tod in Berlin getan. Du hast einen nach dem anderen abgeklappert. Du suchst nicht deinen Vater, sondern einen Schuldigen.«

Sie senkte den Blick. Ihre Finger spielten mit dem Schlüsselanhänger, es klimperte.

»Wir fahren jetzt gemeinsam zur Polizei. Dort wirst du eine Aussage machen. Alles andere interessiert mich nicht. Wie du zu Uri stehst. Welche Probleme ihr miteinander habt. Ob er dich angelogen hat oder nicht. Es ist mir scheißegal. Ich will nur, dass du endlich die Wahrheit sagst.«

»Ich dachte, du bist mein Anwalt«, sagte sie kleinlaut.

Aber ich ging ihr nicht mehr auf den Leim. Mir war selten eine so junge und gleichzeitig so raffinierte Frau über den Weg gelaufen.

»Du brauchst keinen Anwalt, sondern einen Trottel, der für dich den Hals hinhält. Tut mir leid.«

»Das stimmt nicht. Ich brauche dich! Du hast Daniel gekannt. Du bist der Einzige, dem er vielleicht die Wahrheit sagt …«

»Wer? Von wem zum Teufel redest du?«

Rachel presste die Lippen zusammen und starrte aus dem Fenster auf die grünen Büsche und den angedorrten Rasen des Heims, in dem Maya Gutman ihre letzten Tage verbrachte.

»Von Uri«, sagte sie schließlich. »Der Mann, der mich aufgenommen und mir seinen Namen gegeben hat.«

Da erst verstand ich. Sie wühlte in ihrer Tasche nach einem Tempo, während ich auf die Moskitoleichen auf der Frontscheibe starrte und eins und eins zusammenzählte.

»Du glaubst, Uri hat Daniel damals …?«

»Ich weiß es nicht.«

»Er war doch als Soldat irgendwo im Einsatz!«

»Das hat er mir gesagt. Er hat auch diese komische Urkunde erwähnt, in der er für seinen Einsatz belobigt wurde. Aber ich habe sie nicht gefunden. Und den Brief auch nicht.«

»Dann frag …«

»Verstehst du mich nicht?«, schrie sie. »Er redet nicht mehr mit mir! Was soll ich denn davon halten? Und was soll ich ihn fragen? Dad, hast du damals deinen Nebenbuhler aus dem Weg geräumt? Er hat mir ins Gesicht gesagt, dass er nichts von diesem Brief weiß! Wem soll ich glauben? Uri, der mich mein ganzes Leben belogen hat? Oder Maya Gutman?«

»Wir beenden die Sache. Jetzt. Du kommst mit zur Polizei. Dort kannst du …«

Mit einer einzigen geschickten Bewegung griff sie in ihre Tasche und hielt plötzlich eine Pistole in der Hand. Der Lauf war direkt auf mich gerichtet.

»He, Mädel. Was soll das?«

»Die Sache, was auch immer du damit meinst, hat vor fast dreißig Jahren angefangen. Ich will sie aufklären. Auf der Stelle.«

»Okay«, sagte ich. »Verstehe. Steck das Ding weg.«

»Für wie blöd hältst du mich?«

Rachel war nervös, gleichzeitig wusste ich, dass eine Waffe in der Hand eine trügerische Selbstsicherheit auslösen kann.

»Steig aus«, befahl sie.

»Und dann?«

»Steig aus! Du fährst.«

»Wohin? Sie werden vor deinem Büro auf dich warten. Und vor deiner Haustür auch. Überall dort werden sie stehen, wo du dich verkriechen könntest. Sie kriegen dich, Rachel. Stell dich.«

Sie entsicherte die Waffe mit einer einzigen raschen Bewegung. Mir fiel ein, dass sie im Gegensatz zu vielen anderen Freizeitrambos genau wusste, was sie da gerade tat.

»Raus. Wie oft soll ich es noch sagen?«

Blitzschnell hielt sie mir den Lauf an die Schläfe. Das Metall war kalt. Doch das war nicht der einzige Grund, weshalb mir eine Gänsehaut den Rücken hinunterlief. Ich zog zum ersten Mal die Möglichkeit in Betracht, neben einer Killerin zu sitzen. Mit derselben Präzision konnte sie auch Plogs Wagen manipuliert haben, mit derselben Wut hatte vielleicht ein Schlag gegen Scholls Brust gereicht, um ihn über die Brüstung zu stürzen.

»Steig aus«, zischte sie. »Ich mag dich. Also tu, was ich sage. Sobald wir am Ziel sind, bist du mich los, und ich stelle mich. Deal?«

Ich öffnete die Tür. Im selben Moment stand sie schon auf der Straße.

»Hier rüber.«

Ich ging um den Wagen herum auf die Fahrerseite, während sie die hintere Tür aufmachte. Wir setzten uns beide gleichzeitig, ich vorne, sie hinter mich auf die Rückbank. Jeder Gedanke an Flucht war verschwendete Zeit.

»Warum lässt du dir nicht helfen?«

»Du sollst losfahren!«

»Und wohin?«

»Erst mal los. Die Straße rauf und auf den Zubringer zur A Eins.«

Ich startete den Wagen und fädelte mich vorsichtig ein. Soweit ich mich erinnern konnte, war das der Weg zurück in die Innenstadt. Ich fuhr halbwegs ruhig, weil ich mir befahl, auf nichts anderes als den Verkehr zu achten. Das war nicht gerade leicht, wenn man eine tickende Zeitbombe auf dem Rücksitz hatte. Immer wieder spähte ich in den Rückspiegel, aber Rachel hatte den Kopf ans Fenster gelehnt. Ich konnte sie nicht sehen.

»Und jetzt?«

»Weiter«, sagte sie. »Die übernächste Ausfahrt.«

»Ich meine etwas anderes.«

»Und ich meine die übernächste Ausfahrt.«

Wir schwiegen. Fieberhaft suchte ich nach einem Ausweg. Rachel würde mich nicht umbringen, redete ich mir ein. Aber das hatte sie bei Plog und Scholl vermutlich auch nicht vorgehabt.

»Lass uns reden«, sagte ich. »Du willst erst zu Uri. Das ist okay. Ich bin dein Anwalt. Ich bin dafür da, dich zu beschützen. Nicht um dich noch tiefer in alles hineinzureiten.«

Keine Antwort. Dafür schob sie den Lauf der Waffe zwischen die Halterung der Kopfstütze, sodass ich sie direkt im Nacken hatte.

»Soll ich dich begleiten? Hilft es dir, wenn wir gemeinsam mit ihm reden?«

Meine Stimme hörte sich falsch an. Ich würde sie niemals nach Jerusalem bringen, und mit Uri zu reden kam schon gleich zweimal nicht infrage. Sie wusste das. Ich war schlecht in solchen Sachen. Das Metall bohrte sich in meine Haut. Ich bog ab, auf einem Schild konnte ich den Namen Herzl Street unter der hebräischen Schrift erkennen.

»Wohin fahren wir?«

Vor uns lag eine große Kreuzung. Die Ampel sprang gerade auf Rot, und ich machte eine Vollbremsung. Links und rechts von uns starteten die Autos durch.

»Rachel! Wohin?«

»Du weißt es«, kam die Antwort.

Nun konnte ich sie wieder im Rückspiegel sehen. Ihre Augen waren klar. Klar und kalt. Ich überlegte, wie viel Zeit mir blieb, bis sie reagieren würde. Immerhin war ich keine Zielscheibe, die plötzlich aus dem Boden sprang und auf die man blitzschnell reagieren musste. Ich war ein Mensch, und es hatte Momente gegeben, in denen wir uns gemocht hatten. Das könnte meine Chance sein.

Vielleicht drei Sekunden.

Drei Sekunden waren genug.

Ich gab Gas, bog nach links ab und lenkte mitten in den Gegenverkehr. Das Letzte, was ich mitbekam, war ein gewaltiger Schlag in die linke Seite des Wagens. Und Rachels Schrei.

26

Sein Bild hing im Flur an der Wand. Es stand im Regal vor den Büchern, die er zuletzt gelesen hatte. Seine Augen beobachteten sie liebevoll im Wohnzimmer, sein Lächeln begleitete sie in den Schlaf. Daniel war überall. Er blieb immer das lachende Baby, der freche Erstklässler mit der riesigen Zuckertüte, der schlaksige Teenager mit den langen Haaren, eine Gitarre auf den Knien, und der athletische Surfer, das Brett neben sich im Sand, im Hintergrund die Silhouette Alt-Jaffas im Sonnenuntergang.

Margit Schöbendorf mochte dieses Foto am liebsten. Nur selten holte sie es aus dem Rahmen. Doch jetzt war einer dieser kostbaren Momente gekommen. Sie löste die Halterung und entfernte die Pappe auf der Rückseite. Dann las sie die wenigen Worte, hingeworfen in seiner flüchtigen, kaum leserlichen Handschrift. Daniel hatte sich beim Schreiben nie Mühe gegeben, schon als Kind nicht. Immer schnell, schnell, immer husch, husch.

Mutsch, ich bin überglücklich. Dan.

Am Anfang hatte sie das Foto noch herumgezeigt. Das spendet doch Trost, hatten sie zu ihr gesagt. Dass er glücklich gewesen sei in seinen letzten Wochen oder Monaten, denn so genau wusste keiner, wann Dan gestorben war.

Aber das stimmte nicht. Denn sie hielt nur eine Momentaufnahme in den Händen. Was war danach geschehen? Schon aus Griechenland hatten sie keine Nachricht mehr erhalten, nur die letzten Abrechnungen seiner Reiseschecks. Ein paar kaum entzifferbare Kopien und Durchschläge, nach einer quälend langen

Zeit des Wartens, unendlich viel Papierkram, von den Behörden aus Korfu zur Verfügung gestellt.

Daniel hatte sich ein Boot gemietet. Klein war es, mit einem Außenbordmotor. Fischer benutzten diese Nussschalen. Touristen ohne Ortskenntnisse kamen eigentlich gar nicht an solche Seelenverkäufer heran, weil sie von Strömung und Wind, vor allem aber vom Grenzverlauf innerhalb dieser schmalen Schifffahrtsstraße keine Ahnung hatten. Weder das Boot noch Daniel wurde je gefunden. Ludwig war damals schon schwer krank gewesen, doch für diese letzte Reise hatte er seine wenigen verbliebenen Kräfte mobilisiert. Gemeinsam waren sie auf die griechische Insel gereist, ein Paar in Trauer um seinen einzigen verlorenen Sohn.

»Eksamilion«, hatte der Bootsvermieter mit einem Schulterzucken gesagt und hinaus aufs Meer gedeutet.

Ksamil, so hieß die Halbinsel auf der gegenüberliegenden Seite der Meerenge. Nur vier Kilometer entfernt ragte die Küstenlinie Albaniens aus dem Wasser. Die Straße von Korfu war ein wichtiger Schifffahrtsweg. Und damals, 1987, immer noch die Grenze zwischen NATO und Ostblock.

Dorthin also sollte ihr Sohn abgetrieben worden sein. Wenn er die Überfahrt überlebt hatte. Die albanische Küstenwache und die Geheimpolizei schossen scharf auf alles, was sich bewegte. Vielleicht war er in Seenot geraten und hatte die Orientierung verloren, vielleicht hatte man ihn mit einem Schmuggler oder Schleuser verwechselt.

Auf deutscher Seite vermutete man einen Grenzzwischenfall, doch mit den schwachen Mitteln der Diplomatie kamen die Beamten bei den Behörden hinter dem Eisernen Vorhang nicht weiter.

Dann fielen in Europa die Grenzen. Damals war Ludwig schon über ein Jahr tot, er hatte es nicht mehr miterlebt. Jene aufregenden Zeiten, als ein Land nach dem anderen seine Despoten davonjagte. Für Margit waren sie nur aus einem Grund von Interesse: Sie wollte endlich Gewissheit über den Tod ihres Sohnes.

Aber die Staatssicherheit in Albanien hatte ihren Abschied wohl gründlicher vorbereitet als die Stasi in der DDR. Darüber hinaus gab es keinen Rückhalt in der Bevölkerung, die Untaten des Geheimdienstes aufzuarbeiten. Mehr als siebentausend Menschen sollten unter der Gewaltherrschaft der Sigurimi getötet worden sein, mehr als hunderttausend hatten in Gefängnissen gelitten. Doch Margit stand vor verschlossenen Türen. Viermal war sie nach Tirana gereist. Einmal auch an die Bucht von Ksamil, wo sie hinüber nach Korfu gestarrt und erst lange nach Sonnenuntergang die Kraft gefunden hatte, den Rückweg anzutreten.

Dans Tod blieb unaufgeklärt. Die ewig blutende Wunde im Herzen einer Mutter.

Eines Tages, als sie sich längst damit abgefunden hatte, niemals Genaueres über die Todesumstände ihres Sohnes zu erfahren, war die Hoffnung zurückgekehrt. Dank einer jungen Frau aus Israel, die genauso hartnäckig forschte wie sie und sich nicht abweisen ließ. Durch sie war Margit darauf gekommen, dass sie all die Jahre über in die falsche Richtung ermittelt hatte.

Sie küsste das lachende Gesicht ihres Sohnes und steckte das Foto zurück in den Rahmen. Im letzten Jahr hatte sie ihren fünfundsiebzigsten Geburtstag gefeiert. Man hätte meinen können, der Schmerz und die Trauer hätten sie schneller altern lassen. Kein Lebensmut, immer wieder depressive Phasen, der Verlust von Freunden, die es irgendwann nicht mehr ausgehalten hatten, dass jedes Gespräch sich um Daniel gedreht hatte. All das müsste einen doch früh ins Grab bringen. Aber das Gegenteil war der Fall. Sie hatte nicht damit gerechnet, so alt zu werden und auch noch so gesund zu bleiben. Als ob die Suche nach ihrem Sohn ein innerer Motor wäre, der alle Rädchen und Scharniere in Gang hielt. Ihre Blutwerte waren beeindruckend, ihr Haar immer noch zum größten Teil braun, nur hier und da von grauen Strähnen durchzogen. Die Augen, ja, die Augen waren ziemlich klein mittlerweile. Ihr einstmals rundes Gesicht wurde langsam länglich, weil alles nach unten zog. Über Falten hatte Margit nie nachgedacht, die waren unwichtig. Über Gesundheit auch nicht, die brauchte man nicht für Trauer und Resignation.

Aber jetzt, seit ein paar Tagen, dankte sie ihrem Schöpfer. Dafür dass sie die Treppen bis in den dritten Stock immer noch ohne Atempause schaffte und dass sie sich, wenn sie aufstand, nur kurz auf der Armlehne des Sessels abstützen musste. Du hast dich gut gehalten. Die Knie sind halbwegs in Ordnung. Die Beine stehen den Einkauf im Supermarkt noch locker durch. Den Rollator hatte sie nur in Charlottenburg gebraucht, doch auf dem buckeligen Kopfsteinpflaster vor Scholls Antiquariat war er eher Behinderung als Hilfe gewesen. Rudolph Scholl … Sein Tod erfüllte sie mit einer solchen Genugtuung, dass sie über sich selbst erschrak.

Margit Schöbendorf stellte das Foto nicht an seinen ursprünglichen Platz zurück. Der war im ehemaligen Schlafzimmer, aus dem sie ein paar Jahre nach Ludwigs Tod ihr Büro gemacht hatte. Sie brauchte einen eigenen Raum für den Schriftverkehr, die Ordner, das Fax, später auch den Computer. Dieser Raum, der keinem anderen Zweck gewidmet war als dem rätselhaften Verschwinden ihres Sohnes, war ihr Jungbrunnen. Sobald sie sich an den Schreibtisch setzte und im Internet mit ihren albanischen Freunden chattete – Kontakte, die im Laufe ihrer jahrelangen vergeblichen Suche gewachsen waren, oft mit Schicksalsgenossen in Tirana, die ebenfalls Angehörige verloren hatten –, spürte sie das Alter nicht mehr. Wann immer sie hochsah, fiel ihr Blick auf die vielen Fotos von Dan, und sie war ihm nahe.

»Und Ludwig?«, hatte ihre Schwägerin Karin vor langer Zeit einmal gefragt. »Du hast einen Schrein für deinen Sohn errichtet. Dein Mann dagegen kommt gar nicht mehr vor.«

Seitdem stand auch ein Bild von Ludwig auf dem Schreibtisch. Nicht das Hochzeitsfoto. Das wäre albern gewesen. Was hatte sie denn noch mit der schlanken jungen Frau zu tun, sie sie damals Mitte der sechziger Jahre gewesen war? Und Ludwig … Ach, der schöne Ludwig. Die Diabetes hatten sie zu spät erkannt, die Herzschwäche war dazugekommen. All die Medikamente, dann die Frühverrentung … Aber sie hatte ein Foto gefunden, auf dem er lächelte. Es stammte aus der Zeit, als noch Postkarten und Briefe von Daniel gekommen waren und Ludwig sie ihr mit einer Mischung aus Stolz und Unverständnis in der Küche beim Abendbrot immer und immer wieder vorgelesen hatte.

»Was will der Junge denn bloß in Thailand?«, hatte er gebrummt und kopfschüttelnd auf die braungebrannte Schönheit mit Blüten im Haar gedeutet, die auf der Ansichtskarte abgebildet war. Oder: »Jetzt hat er in Spanien auf einem Schiff angeheuert. Ausgerechnet auf Mallorca, dieser Putzfraueninsel. Mit Handlangerdiensten kommt er doch nie auf einen grünen Zweig.«

Margit hatte all diese Strände und Kirchen, die exotischen Vögel und stolzen Schiffe, die Buchten mit dem türkisgrünen Wasser und die tropischen Regenwälder betrachtet und ein leises Ziehen im Herzen verspürt. Manchmal war ihr Blick aus dem Fenster in den Hinterhof gegangen, einem schmucklosen Viereck mit Mülltonnen und Fahrrädern, abgegrenzt durch die alten Garagen und die ehemalige Werkstatt. Kein einziger grüner Zweig. Sie konnte Dan verstehen. Wenn er zurückkehrte von seinen Reisen, so prall gefüllt mit Geschichten und Abenteuern, wenn er eine Muschel aus seinem Rucksack zog oder eine Koralle, eine kleine schwarze Perle aus der Südsee oder einen Dolch, mit dem angeblich kannibalische Opferrituale durchgeführt worden waren, wenn sie noch das Meer in seinen drahtigen Locken roch und die seltsamen Flecken aus seinen Hosen wusch, nach deren Herkunft – Blut? – sie nicht zu fragen wagte, dann hatte sie das

Gefühl, die Welt wäre zu ihr in die Mietwohnung gekommen. Eine Welt, die sie nie kennengelernt hatte und der Ludwig ebenso skeptisch gegenüberstand wie Nasi Goreng oder Frühlingsrollen, die sie einmal am Stand vor dem Supermarkt probiert hatten.

»Ich kann nicht hierbleiben«, hatte Dan ihr erklärt.

Das war kurz nach der Diagnose gewesen, als es Ludwig schon schlecht gegangen war. Er hatte sich nebenan hingelegt. Ein Glück.

»Ich würde verrückt werden. Ich habe doch mit alldem nichts mehr zu tun.«

Mit alldem ... diesem kleinen Leben in den kleinen Räumen. Dann hatte er ihr erzählt, dass er ein halbes Jahr nach Israel gehen wolle, um in einem Kibbuz zu arbeiten. Margit hatte aufgeatmet. Keine Haie vor Australien, keine eingeborenen Menschenfresser im Regenwald des Amazonas. Israel, das war ja fast noch Europa. Kultiviert, demokratisch ... Na ja, ab und zu rasselten sie schon ziemlich heftig mit den Säbeln da drüben.

»Aber du bist Deutscher. Meinst du nicht, dass du dort Schwierigkeiten haben wirst?«, hatte sie ihn gefragt.

Seine Antwort war ein Lachen gewesen. »Da wird jede Hand gebraucht. Außerdem hat es was, wenn der Sohn eines Nazis Aufbauarbeit in Israel leistet.«

»Daniel! Dein Vater war in der HJ. Mehr nicht.«

»Er hat sich freiwillig zum Volkssturm gemeldet, um den Heimatboden zu verteidigen.«

»Das hättest du auch, wenn du damals aufgewachsen wärst.«

Margit erinnerte sich noch genau an diesen Moment. Jedes Mal wenn sie daran dachte, war es, als ob ein glühender Stich ihren Bauch durchzuckte. Sie schämte sich. Denn es war der letzte Satz gewesen, den ihr Sohn aus ihrem Mund gehört hatte. Ihr Leben würde sie dafür geben, wenn sie diesen Satz zurücknehmen könnte. Wie Daniel sie angesehen hatte, wütend, fast hasserfüllt.

»Das hätte ich nicht. Und komm mir nicht immer damit, wie jung und verblendet ihr damals wart.«

Damit war er hinausgestürmt. Am nächsten Morgen war sein Bett gemacht gewesen, und auf dem Kissen lag ein Zettel: *Leb wohl, Mutsch.*

Sie hatte Ludwig nie von dieser Auseinandersetzung erzählt. Er hätte es nicht ertragen. Der Untergang des Dritten Reiches war seine Katharsis gewesen. Anders als viele andere seiner Generation hatte er mit dem braunen Pack gebrochen. Sein einziges Versäumnis war sein Schweigen gewesen. Nie hatte er mit seinem Sohn über diese Zeit gesprochen. Es gab von Daniels Seite wütende Anschuldigungen, die Ludwig nicht gerade hilfreich konterte mit Sprüchen wie: »Solange du deine Füße unter meinen Tisch« und so weiter und so fort. Eine ernsthafte Auseinandersetzung war von beiden Seiten aus unmöglich gewesen. Daniel, der zu jung und zu heißblütig gewesen war, um seinem Vater zuzuhören. Und Ludwig, ja, Ludwig ... Manchmal glaubte Margit, dass die Unfähigkeit ihres Mannes, über sein eigenes Versagen zu sprechen, ebenfalls eine alte Last aus jener Zeit gewesen war. Wenn Ludwig erfahren hätte, in welcher Verfassung sein Sohn weggegangen war, er hätte es nicht ertragen.

Und so kamen alle Liebe und alle Tränen zu spät, dachte Margit. Verloren stand sie mit dem Bilderrahmen im Wohnzimmer und wusste nicht mehr, was sie eigentlich vorgehabt hatte. Ob das erste Anzeichen von Demenz waren? Tante Friede hatte Alzheimer gehabt. Eine Schwester ihrer Mutter, schon lange tot. Alle waren sie tot. Da wird man hineingeboren in die liebevolle Geborgenheit einer Familie, später kommen die Freunde hinzu, schließlich wird man selbst Mutter, und irgendwann beginnt es, dass einer nach dem anderen geht. Am Anfang fällt es nicht weiter auf. Am Ende ist es so, als wäre man die letzte Überlebende einer ausgestorbenen Spezies.

Aber ich bin noch nicht am Ende.

Das Foto also. Zurück ins Büro? Nein. Es sollte an einen anderen Platz.

Sie stellte es auf den kleinen Beistelltisch neben der Couch, die sie abends in ein Bett verwandeln konnte. Der Gedanke, dass all das Umräumen, das Ordnen, das Suchen und Verzweifeln vergebens gewesen waren, machte sie erstaunlicherweise nicht wütend. Im Gegenteil. Er gab ihr die Kraft, an die Zukunft zu denken. Das war ein Gefühl, das sie schon lange nicht mehr gehabt hatte.

Die beiden Jungen vom Supermarkt, die ihr ab und zu die schweren Tüten nach oben trugen, fielen ihr ein. Hakan und Cem, so hießen sie. Ob die ihr helfen würden, das Büro auszuräumen? Ganz sicher. Dann könnte sie sich wieder ein Schlafzimmer einrichten und den Spiegelschrank für ihre Kleider nutzen.

Der Brief aus Israel lag noch auf dem Tisch, neben dem Ergebnis aus dem Labor. 99,9 Prozent Übereinstimmung. Jedes Mal, wenn ihr Blick auf diese Zahl fiel, schlug ihr Herz schneller.

Mit dem Brief hatte alles angefangen. Obwohl er erst vor ein paar Tagen gekommen war, hatte sie ihn schon so oft gelesen, dass sie ihn auswendig konnte. Eine schöne Handschrift, mit Tinte aufs Papier gebracht. So was bekam man heutzutage nicht mehr. Rachel wusste, wie man die Herzen alter Frauen eroberte.

Sehr geehrte Frau Schöbendorf,
Ihr Sohn Daniel hat im Sommer 1987 als Freiwilliger im Kibbuz Jechida in Israel gearbeitet. Ich habe Grund zu der Annahme, dass meine Mutter Rebecca ihn sehr gut kannte. Das Resultat bin ich. Bitte erschrecken Sie nicht. Ich will nur meinen Vater kennenlernen. Ihr Sohn war einer von vier jungen Deutschen, die dafür infrage kommen. Sie sind damals leider alle auf Nimmerwiedersehen verschwunden.

Meine Mutter kann ich nicht mehr fragen, sie ist tot. Mein Ziehvater verweigert mir jede Auskunft. Alles deutet darauf hin, dass Daniel vorhatte, gemeinsam mit meiner Mutter ein neues Leben zu beginnen. Aber sie müssen sich verpasst haben. Sie wurden auseinandergetrieben und haben sich nie wiedergefunden. Wissen Sie zufällig mehr darüber? Hat er jemals von Rebecca gesprochen?

Wenn Sie Daniels Adresse oder seinen Aufenthaltsort kennen, würde ich mich sehr freuen, wenn Sie sie mir mitteilen. Es geht mir nicht um Vorwürfe, sondern nur darum, ihn einmal kennenzulernen und zu erfahren, ob er die große und einzige Liebe meiner Mutter war. Auch zu den drei anderen Männern würde ich gerne Kontakt aufnehmen, vielleicht wissen sie ja, was damals geschehen ist und warum Ihr Sohn und meine Mutter zusammengekommen sind. Falls Sie mir weiterhelfen können, würde ich mich sehr freuen. Ich habe Ihre Nummer im Telefonbuch gefunden und würde mir in den nächsten Tagen erlauben, Sie anzurufen.

Mit freundlichen Grüßen
Rachel Cohen

Sie waren auseinandergetrieben worden …

Irgendetwas an dieser ganzen Korfu-Geschichte hatte Margit nie gefallen. Aus diesem Grund war sie so beharrlich gewesen und hatte jede einzelne Spur verfolgt, auch wenn sie noch so vage war. Mit dem Ergebnis, dass sie immer wieder in die Irre geführt worden war.

Ein Wunder, dass ich nicht verrückt geworden bin, dachte sie. Und ein zweites Wunder, dass sich dieses Mädchen aus Israel bei mir gemeldet hat. Ohne sie würde ich immer noch glauben, dass Daniel irgendwo zwischen Korfu und Albanien ertrunken ist.

»Er ist tot?«

Rachels Frage am Telefon hatte ehrlich betroffen geklungen. Sie war extra aus Tel Aviv nach Berlin gekommen, um die vier Männer zu finden, die damals in Jechida unter einem Dach gelebt hatten.

Etwas tief in Margits Herzen hatte ihr gesagt, dass sie gerade mit ihrer Enkeltochter sprach. Sie war so aufgeregt, dass sie kaum den Hörer halten konnte.

»Wir müssen uns sehen«, stammelte sie. »Es gibt so vieles, das Sie nicht wissen.«

Das Mädchen stimmte zu.

Sie trafen sich im Hamburger Bahnhof, einem Museum für moderne Kunst in der Mitte Berlins. Margit warf keinen Blick in die Ausstellung. Das Café im rechten Flügel des aufwendig renovierten Gebäudes lag in Laufnähe zum Hauptbahnhof und versprach Diskretion und Ruhe. Sie brach rechtzeitig auf und saß um zwölf allein an ihrem Tisch. Jedes Mal, wenn jemand durch die Schwingtür in den Raum trat, hielt sie den Atem an.

Und dann.

Dann kam sie.

Sie erkannten sich ohne Worte. Margit erblickte ihren Sohn in Rachels Lächeln, in ihrer schlanken, sportlichen Figur, sogar in der Art, wie sie sich hastig eine Haarsträhne hinters Ohr schob. Sein Mund, seine Augen, seine Art sich zu bewegen …

Die beiden Frauen waren aufeinander zugegangen, zurückhaltend, fast schüchtern. Hatten sich angesehen, beide mit Tränen in den Augen. Dann eine wortlose, lange Umarmung, in der sie sich gegenseitig festgehalten hatten, als ob sie sich versichern wollten, dass gerade ein Albtraum zu Ende ging. Schließlich, um keine weitere Aufmerksamkeit zu erregen, hatten sie einen anderen Tisch in der Ecke gewählt.

Margit wusste noch, dass sie damals das Gefühl nicht losgeworden war, neben sich zu sitzen und diese Situation wie eine Außenstehende zu beurteilen. Eine alte Frau und ein junges Mädchen. Großmutter und Enkelin. Zwei ganze Leben lang belogen und umeinander betrogen. Wie sie sich ansahen! Wie jede versuchte, in der anderen die Erinnerung an einen geliebten Menschen hervorzurufen! Die Frage nach dem Schuldigen rückte für die wenigen kostbaren Minuten in den Hintergrund.

»Du hast seine Augen«, sagte die alte Frau mit zitternder Stimme.

»Wie war Daniel?«, fragte die Israelin. »Sie müssen mir alles über ihn erzählen.«

Und Margit redete und redete, und ihr Gegenüber hörte zu.

Zum ersten Mal nach langer Zeit hatte wieder jemand Interesse daran, alles über ihren Sohn zu erfahren. Über sein kurzes Leben, seine abenteuerlichen Weltreisen und schließlich sein rätselhaftes Verschwinden. Am Schluss des Gesprächs sprach die junge Frau aus, was Margit schon längst zur Gewissheit geworden war.

»Ich glaube nicht, dass er meine Mutter sitzengelassen hat. Irgendetwas ist da passiert. Nicht auf Korfu, sondern in Israel. Im Kibbuz.«

Margit, die dreißig Jahre lang um ihren ertrunkenen Sohn geweint hatte, fühlte sich wie der Eiserne Gustav. Die ehernen Ringe um ihre Brust zersprangen.

»Haben Sie den Brief meiner Mutter dabei?«

Margit wusste nicht, was Rachel meinte. Sie schüttelte den Kopf. Sofort veränderte sich das Verhalten ihres Gegenübers.

»Einen Brief. Sie hat ihn am Tag nach der Entbindung geschrieben. Bevor sie sich umgebracht hat. Wenn Daniel wirklich mein Vater ist …«

»Er ist es!«, rief Margit. Der Mann am Nebentisch, in seine Zeitung vertieft, sah kurz hoch. Sie senkte die Stimme. »Er ist es. Dafür brauche ich doch keinen Brief.«

»Aber ich. Es sind die letzten Gedanken meiner Mutter vor ihrem Tod. Hat sie ihm verziehen, oder hat sie ihn verflucht? Das ist wichtig für mich.«

»Natürlich, natürlich. Es tut mir sehr leid. Wir haben nie einen Brief bekommen. Sonst hätte ich es doch schon lange gewusst.«

Neben dem unangetasteten Stück Kuchen lag eine Papierserviette. Margit benutzte sie, um sich die Tränen aus den Augen zu wischen. Sie spürte Rachels Blick auf sich, wachsam, jedes ihrer Worte prüfend, misstrauisch.

»Vielleicht wollte er nicht gefunden werden? Auch nicht von seinen Eltern? Vielleicht war Ihr Sohn einfach ein Arsch? Eine Frau bekommt ein Kind von ihm, und er sagt niemandem was. Warum? Diese ganze Heimlichkeit … Hätten die beiden nicht einfach nach Deutschland kommen können?«

Margit zerknüllte das Papiertuch.

»Er muss meine Mutter sehr geliebt haben.« Rachel hatte Mühe, ihre Stimme unter Kontrolle zu halten. »Aber beide kamen wohl aus Familien, auf die sie nicht unbedingt zählen konnten.«

Margit entschied sich, der jungen Israelin vorerst nichts von Ludwigs HJ-Vergangenheit zu erzählen. Später vielleicht, wenn man sich besser kannte. Im Moment aber erschien ihr diese Begegnung so zart und flüchtig, dass ein einziges falsches Wort sie beenden könnte.

»Er war glücklich«, fuhr sie fort und schob Rachel das letzte Foto ihres Sohnes über den Tisch. »Da war er gerade in Tel Aviv, zum Surfen. Er war ein großartiger Sportler. Drehen Sie es um«, ermunterte sie ihr Gegenüber.

Rachel las Daniels letzten Satz. »Das beweist gar nichts.« Ihre Stimme war nur noch ein Flüstern.

Margit hatte Mühe, sie in dem mittlerweile vollen Lokal mit den hohen Decken und der lauten Akustik zu verstehen. Sie las mehr von Rachels Lippen, als dass sie ihre Worte hörte.

»Kommen Sie mich besuchen. Ich habe alles aufgehoben von ihm. Seinen ersten Milchzahn, die kleinen Schuhe, die Strichmännchen … Ach, einfach alles.«

»Ich muss jetzt gehen.«

»Nein! Warten Sie, bitte.« Margit sah sich vorsichtig um und beförderte dann einen kleinen Plastikbehälter aus ihrer Handtasche. »Ich war in einem Labor, und die haben mir das hier mitgegeben. Bis heute Abend könnten wir Bescheid wissen.«

»So schnell?« Misstrauisch nahm die junge Frau den Testbecher entgegen.

»Sie wollen doch auch Gewissheit, oder? Es kostet einen enormen Aufschlag. Aber es lohnt sich doch, oder?«

Ein paar Minuten später kam Rachel von der Damentoilette zurück und schob Margit den Becher zu.

»Rufen Sie mich an. Aber ich will das Ergebnis schriftlich. Mit Unterschrift und Stempel und allem, was es amtlich macht.«

»Natürlich.« Margit war nun genauso nervös wie Rachel, die auf ihre Armbanduhr sah.

»Ich muss jetzt wirklich los. Ich habe noch zwei Termine. Mit Rudolph Scholl und Michael Plog. Sie waren doch Freunde. Sie müssen etwas wissen.«

»Was ist mit diesem Anwalt, Joachim Vernau?«, fragte Margit.

»Er behauptet, dass er von alldem nichts mitbekommen hat. Dabei ist es direkt vor seiner Nase geschehen. War er blind?«

Der Kellner trat an ihren Tisch und brachte die Rechnung. Ein paar kokette Sätze lang stritten sie darum, wer sie begleichen dürfe, dann hatte Rachel gewonnen. Nachdem der Mann, belohnt mit einem großzügigen Trinkgeld, abgezogen war, wechselte Rachel den Platz. Sie saß jetzt nicht mehr auf der anderen Seite des kleinen Tisches, sondern rechts über Eck.

»Sie glauben also auch, dass mein Sohn Israel nie verlassen hat?«

»Ich glaube sogar noch viel Schlimmeres.«

Margit Schöbendorf erinnerte sich noch genau, wie nachdenklich Rachel dagesessen und das laute Drumherum beobachtet hatte, dieses Kommen und Gehen und Rufen und Lachen von fremden Menschen.

»Jemand hat eine falsche Spur gelegt«, hatte das Mädchen schließlich gesagt. »Absichtlich, mit krimineller Energie. Merken Sie sich diese drei Namen, Frau Schöbendorf.«

Damit war sie gegangen.

Margit rückte Daniels Foto auf dem kleinen Tisch noch einmal gerade. Nein, sie hatte kein schlechtes Gewissen. Diese Jahre des Leids waren durch nichts zu vergelten. Endlich hatte ihr Hass ein Gegenüber bekommen. Es waren drei Namen, die sich ihr eingebrannt hatten. Scholl, Plog, Vernau.

27

Laute Rufe. Jemand klopfte ans Fenster. Rachels Wagen stand mitten auf der Kreuzung. Die Motorhaube war aufgesprungen, von irgendwoher kam ein böses Zischen, das sich nach einer durchtrennten Heißwasserleitung anhörte. In der Fahrertür steckte ein schwarzer Audi.

»Rachel?«

Mühsam drehte ich mich um. Die Rückbank war leer. Wieder klopfte es an die Scheibe, wütende Worte prallten dagegen. Ich kletterte über Gangschaltung und Handbremse auf die andere Seite des Wagens und hangelte mich nach draußen.

Rachel war verschwunden. Rund um die Unfallstelle hatte sich bereits ein Dutzend Menschen eingefunden, die gerade von einem gedrungenen braun gebrannten Mann mit Glatze darüber informiert wurden, was geschehen war. Seinem Tonfall nach konnte es sich bei mir nur um einen gemeingefährlichen Irren handeln, der hinter Gitter gehörte.

»Hey you!«

Drohend kam er auf mich zu und überschüttete mich mit Vorwürfen und Verwünschungen. Ich achtete nicht auf ihn, sondern bahnte mir einen Weg durch die Menge und suchte die Straße nach Rachel ab. Die ganze Zeit folgte er mir. Mittlerweile war ein Stau entstanden, und die anderen Fahrer hupten, schrien, stiegen aus. Das Chaos war komplett.

»*A woman?*«, fragte ich. Eine Frau. In meinem Auto. Ob sie jemand gesehen hatte.

Kopfschütteln überall. Die meisten hatten den Knall gehört und dann erst mitbekommen, was geschehen war. In dem allgemeinen Durcheinander war Rachel untergetaucht.

Der Mann mit Glatze baute sich mit verschränkten Armen vor mir auf. Er war einen halben Kopf kleiner als ich, aber in meiner Verfassung genügte ein Fingerschnippen, um mich auf den Asphalt zu werfen.

»*A girl. She is gone.*«

Ein Mädchen, verschwunden.

»*Maybe she is in shock. She disappeared.*«

Vielleicht steht sie unter Schock. Sie ist verschwunden.

Zumindest ließ er die Arme sinken. Ich fand eine Visitenkarte und reichte sie ihm. Zögernd nahm er sie an. Als ich mich wegdrehen wollte, schwankte der Boden.

»*I have to ...*«

Das Letzte, was ich sah, war sein verdutztes Gesicht.

Als ich wieder aufwachte, lag ich in einem Krankenwagen. Die Kreuzung war mittlerweile geräumt, die beiden Unfallwagen standen ein paar Meter weiter am Straßenrand. Blechschaden. Rachels Auto hatte es schlimmer erwischt als das andere. Ein Sanitäter nahm mir gerade Blut ab. Ich schob ihn zur Seite und schnallte mich los.

»*One moment*«, sagte ich zu ihm. »*Just one moment.*«

Mit einem resignierten »*Okay*« half er mir. Ein weißes Polizeiauto mit blauen Streifen parkte vor dem Krankenwagen. Zwei Uniformierte der *Mischteret Jisrael* befragten den Glatzkopf. Als er sich umdrehte und auf Rachels Blechhaufen deutete, war mir klar, was als Nächstes kommen würde. Verhör, Papierkram, Wache.

»*Thank you*«, sagte ich und sprang von der Ladefläche auf die Straße.

Sie hatten mein Blut und meine Visitenkarte. Mehr brauchten sie nicht.

Der Verkehr floss wieder. Über eine staubige Böschung gelangte ich zu einer Art Industriegelände mitten in der Stadt. Reifenlager, Autowerkstätten, Musterküchen. Während ich mir den Dreck aus der Kleidung klopfte, lief ich auf den Showroom eines Badezimmerausstatters zu und verschwand hinter einer großen Glastür. Es war schockierend kalt. Durch die fassadengroßen Fenster konnte ich sehen, dass man oben auf dem Zubringer gerade mein Fehlen bemerkt hatte. Der Glatzkopf war kurz davor, in die Luft zu gehen, der Sanitäter diskutierte mit dem Polizisten, deutete dann aber hilflos in die falsche Richtung. Ich konnte aufatmen. Jetzt brauchte ich nur noch einen Hinterausgang und ein Taxi.

Es hatte sich eine Menge getan im Sanitärsektor. Jacuzzis, Regenduschen, Wandmosaike, temperierte WC-Sitze … Beäugt von zwei jungen Damen, die nicht wussten, wie sie meine seltsame Erscheinung einordnen sollten, schlenderte ich an den verschiedenen Abteilungen vorbei. Am liebsten hätte ich mir in einer freistehenden Kupferwanne ein Bad eingelassen. Aber daran war unter den skeptischen Blicken des Verkaufspersonals nicht zu denken. Außerdem sind Festnahmen in solchen Situationen immer undankbar.

Von der Bäderausstellung führte eine Brandtür in den Lagerraum. Niemand achtete auf mich. Die beiden Angestellten hatten glücklicherweise entschieden, mich in Ruhe zu lassen. Hastig zwängte ich mich an Paletten mit Duschwänden und Regalen voller Armaturen vorbei und gelangte zu einem großen Ausgang, der normalerweise mit Rolltoren verschlossen war. Ein Mann auf einem Gabelstapler entdeckte mich und nickte mir auf meinen Gruß hin freundlich zu. Wahrscheinlich schlugen sich des Öfteren Besucher zu diesem Ausgang durch, da sich der Besucherparkplatz auf der Rückseite des Gebäudes befand.

Die Straße war ruhig. Die flirrende Mittagshitze stand über

der Stadt. Auf die gegenüberliegende Seite hatte sich ein italienisches Restaurant verirrt, das gut besucht war. Als ein Taxi hielt und zwei Geschäftsleute entließ, die gemeinsam auf den Eingang zustrebten, schnappte ich mir den Wagen und kam zehn Minuten später am nördlichen Busbahnhof an. Ab jetzt war es besser abzutauchen. Keine Besuche in meinem Hotelzimmer mehr, keine Fahrten mit dem Mietwagen. Unterwegs hob ich an einem Bankautomaten noch zweitausend Schekel ab – unnötig, da die Hin- und Rückfahrt zusammen keine fünf Euro kostete. Aber erst als ich mich hinten in den Bus gesetzt hatte und sich die Türen schlossen, als der Fahrer sich gemächlich in den Stau auf der Stadtautobahn einfädelte und ich wenig später an der Unfallstelle vorbeifuhr – beide Wagen wurden gerade abgeschleppt, die Polizei war verschwunden –, erst als der Fahrer einen Radiosender mit Popmusik einstellte und die Vororte von Tel Aviv an den Fenstern vorüberzogen, fühlte ich mich sicher.

Ich war auf dem Weg nach Jerusalem. Und ich hatte keine Ahnung, was mich dort erwartete.

28

Mike Plog bekam die Krücken, auf die er bestanden hatte. Es hatte Mühe gekostet, sie durchzusetzen. Noch schwieriger war es, damit umzugehen. Als die Kripo am Vormittag eintraf, fand die Krankenschwester ihn schweißüberströmt auf dem Flur, wo er keuchend auf einem der Stühle an der Wand Platz genommen hatte.

»Kriminalhauptkommissar Vaasenburg«, stellte sich der eine vor. Er war groß, schlank, mit stoppelkurzen Haaren. Die breiten Schultern und der Griff, mit dem er Plog unterfasste und hochzog, verrieten, dass er viel Sport trieb.

»Mein Kollegin Roberta Herzinger.«

Die Frau war deutlich sanfter. Gemeinsam geleiteten sie Plog in sein Zimmer zurück.

»Schön haben Sie es hier.«

Herzinger trat ans Fenster und sah hinunter in den parkähnlichen Krankenhausgarten. In der Zwischenzeit kroch Plog stöhnend ins Bett.

»Einzelzimmer, Hotelkomfort. Sie sind privat versichert, nehme ich an.«

»Ja«, keuchte Plog und zog die dünne Decke über sich. »Ich schlafe ungern mit fremden Menschen in einem Raum.«

»Das kann ich verstehen.«

Sie kam zurück. Beide, Vaaasenburg und die Kommissarin, die ihn nicht mochte – solche Schwingungen spürte Plog –, zogen sich die Polsterstühle heran und nahmen vor seinem Bett Platz. Der Kommissar legte eine Visitenkarte auf den Nachttisch.

»Herr Plog«, begann er, »unsere Kriminaltechniker haben bestätigt, dass die Bremsen Ihres Wagens manipuliert wurden. Das war nicht der erste Übergriff auf Sie, den Sie zur Anzeige gebracht haben.«

Er nickte. »Wir leben in einem Land, in dem das Recht auf freie Meinungsäußerung nur noch unter Personenschutz ausgeübt werden kann. So geht das nicht weiter.«

»Kommt auf die Meinung an«, gab Herzinger zum Besten.

Ihr Kollege oder Vorgesetzter sah sie nur kurz an, und sie hielt den Mund.

»Sind wir schon wieder so weit?« Plog konnte es nicht lassen. »Das klingt doch sehr nach Zensur. Wie sagte schon Voltaire? ›Ich verachte Ihre Meinung. Aber ich gäbe mein Leben dafür, dass Sie sie sagen dürfen.‹«

Herzinger hob die Augenbrauen und murmelte »Voltaire«, jedoch nicht laut genug, um darauf einzugehen.

Mike Plog kannte diese Typen. Meinungsterroristen. Gedankendiktatoren. Alles, was ihnen nicht gefiel, war rechts und deshalb zum Abschuss freigegeben. Manchmal hatte er nicht übel Lust, ihnen unter die Nase zu reiben, wo dieses Land ohne Leute wie ihn enden würde.

Vaasenburg schlug ein Notizbuch auf. Goldig. Dass die Polizei noch mit Papier und Bleistift arbeitete. Wahrscheinlich teilte sich die ganze Wache einen einzigen flackernden Macintosh.

»Wir haben bereits mit Ihrer Frau gesprochen«, sagte der Kommissar. »Ihre Sicherheitsvorkehrungen sind vorbildlich. Allerdings wurde die Kamera für die Garage ausgerechnet am Freitagnachmittag ausgeschaltet.«

»Das war ich.«

Vaasenburg sah von seinem leeren Blatt hoch. Er hatte graue Augen, nicht besonders empathiefähig, dachte Plog.

»Warum?«

»Ich habe Damenbesuch erwartet. Ich wollte nicht, dass irgendjemand von der Security davon erfährt. Es hätte einen falschen Eindruck erweckt.«

»Welchen Eindruck erwecken Sie denn so normalerweise?«, fragte die Herzinger.

Mittlerweile war sich Plog sicher, dass diese Frau eine tiefe Abneigung gegen ihn hegte. Das freute ihn. Es machte ihn wach und spornte ihn zu Höchstleistungen an.

»Falls es Ihnen entgangen sein sollte, demnächst finden die Wahlen zum Abgeordnetenhaus statt.« Plog sprach freundlich, fast schon fürsorglich, als würde er die Unwissenheit dieser Frau zu seinem ganz persönlichen Anliegen machen. »Ein Foto, dem politischen Gegner in die Hände gespielt, und schon sehen alle ihre Vorurteile bestätigt.«

»Die da wären?«

»Wasser predigen, Wein trinken. Falls Sie verstehen, was ich meine. Ich trete für den Schutz von Ehe und Familie ein. Der Besuch einer jungen Frau an einem Freitagnachmittag in meinem Privathaus, noch dazu in Abwesenheit meiner Gattin, wäre Wasser auf die Mühlen derer, die mich liebend gerne bei einem Fehltritt erwischen würden.«

Herzinger warf ihrem Chef einen bewundernden Blick zu. »So um die Ecke zu denken, dafür braucht es Talent.«

»Stellen Sie Ihr Licht nicht unter den Scheffel. Das tun Sie doch auch. Beruflich, meine ich.« Sein Lächeln signalisierte Verständnis und Mitgefühl. Sein Verstand agierte berechnend.

Sie war kaltgestellt. Für den Rest des Gesprächs würde er sich nur noch um den Kommissar kümmern müssen. Der hatte etwas auf seinen Block gekritzelt, das Plog aus seinem Blickwinkel heraus nicht erkennen konnte.

»Erzählen Sie uns, wie es zu dem Treffen gekommen ist«, sagte er.

Plog griff nach der Fernbedienung und ließ das Kopfteil seines Bettes so weit hochfahren, bis er beinahe aufrecht saß.

»Sie hat am Donnerstag in meinem Büro angerufen und sich als Rachel Cohen vorgestellt, die Tochter einer jungen Frau, die ich vor langer Zeit in einem Kibbuz in Israel kennengelernt habe.«

»Sie waren in Israel?«

Herzingers Frage irritierte Plog. Warum unterbrach sie ihn dauernd?

»Ja, vor vielen Jahren. Zur Aufbauhilfe für dieses junge Land. Meine damalige Euphorie ist natürlich mittlerweile einer gewissen Ernüchterung gewichen. Wenn Sie sich das Pulverfass im Nahen Osten ansehen, dann sind die Siedlungspolitik und das Verhalten der Israelis gegenüber den Palästinensern unverantwortlich. Darf ich das sagen? Als Deutscher?«

»Bitte sehr«, sagte die Beamtin kühl. »Sie stehen ja gerade unter Polizeischutz. Nutzen Sie die Gunst der Stunde.«

»Roberta.« Vaasenburg kannte die Ausfälle seiner Kollegin offenbar.

Plog überlegte, ob er sich über sie beschweren sollte.

»Fahren Sie fort.«

»Die Tochter einer alten Bekannten also. Sie sei nur kurz in Berlin und wolle mich gerne sprechen. Ihre Mutter sei früh verstorben, vielleicht hätte ich ja noch einige Erinnerungen an sie.«

Er machte eine strategische Pause. Statt wie erhofft nachzufragen, warteten die beiden einfach ab. Auch gut.

»Wir haben uns für den frühen Freitagnachmittag verabredet. Ich konnte mir die Zeit freinehmen, weil gegen unsere Demonstration in Cottbus ein Eilantrag beim Oberverwaltungsgericht eingereicht worden war. Die Besucherin ist in unser Haus nach Reinickendorf gekommen. Meine Frau war nicht da, sie hat die Kinder von der Kita und vom Hort abgeholt.«

»Wie erstaunlich.« Wieder die Herzinger. »Treten Sie nicht vehement dafür ein, dass Kinder in den ersten Lebensjahren zur Mutter gehören?«

Jetzt fing sie an, ihm wirklich auf den Geist zu gehen.

»Nur weil unsere Familienpolitik vielleicht diametral zu Ihren eigenen Auffassungen steht ...«

»Herr Plog. Frau Herzinger. Nichts gegen politische Diskussionen.« Vaasenburg mischte sich ein.

Das hätte er vielleicht mal früher tun sollen. Was hatten solche Frauen überhaupt im Staatsdienst zu suchen? Kein Wunder, dass das Land den Bach hinunterging.

»Vertagen wir sie auf später. Rachel Cohen ist also wann zu Ihnen gekommen?«

»Um halb vier. Es war ein sehr kurzes Gespräch. Wir fanden schnell heraus, dass ich ihr nicht helfen konnte. Sie suchte nach einem Schuldigen, dem sie die Verantwortung für den Tod ihrer Mutter in die Schuhe schieben konnte.«

Vaasenburg schrieb mit. Gut.

»Damals, vor fast dreißig Jahren, hat ihre Mutter sich wohl umgebracht. Kurz nach Rachels Geburt. Ich war schockiert, das zu hören, denn auch wenn ich sie damals nicht besonders gut kannte, war Rebecca Cohen mir als ein fröhlicher und aufgeschlossener Mensch in Erinnerung.«

»Aufgeschlossen?«, fragte die Herzinger mit einem Stirnrunzeln.

»Ja. Sie war uns Freiwilligen gegenüber sehr ... Nun ja, sie mochte uns. Anders als die Kibbuzniks, die wenig Kontakt zu uns suchten. Rebecca war sehr aufgeschlossen.«

Die Herzinger wechselte einen kurzen Blick mit dem Kommissar.

»Können Sie das genauer definieren?«

»Nein«, sagte Plog. »Und selbst wenn ich es könnte. Rebecca Cohen ist tot. Das verbietet der Respekt.«

Dieser Frau lag schon wieder eine Antwort auf der Zunge, die sie aber in letzter Sekunde hinunterschluckte.

»Ihre Tochter Rachel war über meine Diskretion sehr aufgebracht. Ich konnte sie verstehen. Sie hatte erst vor kurzem die genaueren tragischen Umstände vom Tod ihrer Mutter erfahren und hoffte nun, von mir Aufschluss über die Gründe zu bekommen. Nur die kannte ich leider nicht. Es gab damals Gerüchte, Getuschel. Aber darum habe ich mich nicht gekümmert. Meine Zeit als Freiwilliger war ohnehin fast vorüber.«

»Um was ging es bei diesen Gerüchten?«, fragte Vaasenburg.

»Sie soll etwas mit einem Deutschen gehabt haben. Damals waren nur vier deutsche junge Männer in dem Kibbuz, daher lag es für meinen Besuch nahe, mich um Informationen zu bitten. Ich habe sie ihr nicht gegeben, denn für mich steht die Ehre einer Frau immer noch über der Neugier eines Kindes.«

Die Herzinger stieß einen verblüfften Laut aus. Wäre die Sache nicht so ernst, hätte sich Plog das Lächeln nicht verkniffen. Er wusste genau, auf welche Reizworte solche Leute ansprangen. Er beschloss, seine Ausführungen bei Gelegenheit noch mit einer Prise Vaterland und gesundem Volksempfinden zu würzen. Wahrscheinlich würde sie dann schreiend hinausrennen.

Der Kommissar schrieb wieder mit. »Was ist dann passiert?«

»Sie hat ein paar Drohungen ausgestoßen und ist gegangen.«

»Welche Art von Drohungen?«

»›Ich werde dich schon noch zum Reden bringen, sieh dich vor, du bist genauso schuld wie die anderen ...‹«

»Genauso?« Die Herzinger war schnell, das musste man ihr lassen. »Schuld an was?«

Plog seufzte. Begriffen diese Leute denn nicht, dass man über gewisse Dinge am besten schwieg? Wem war damit geholfen, wenn die ganze üble Geschichte noch einmal ans Licht gezerrt wurde?

»Rebecca war schwanger.«

»Von einem von … Ihnen?«

»Ja.«

»Von wem?«

»Von mir nicht. Leider.« Plog grinste, weil er wusste, dass das die Herzinger erst recht auf die Palme bringen würde. »Anfangs fühlte ich mich geschmeichelt, aber dann wurde die junge Frau ziemlich ausfallend. Wir … Sie hat im Plural gesprochen, nehmen Sie das zu Protokoll?« Er deutete auf den Notizblock. »Wir seien schuld an allem, hätten uns der Verantwortung nicht gestellt et cetera pp. Ihre Mutter habe sich wegen uns umgebracht. Das ist es, was diese junge Frau umtreibt. Sie will wissen, wer ihr leiblicher Vater ist. Da sie ihn nicht findet, nimmt sie einen nach dem anderen von uns aufs Korn. Früher hat man das Sippenhaft genannt, oder?«

»Nicht ganz«, erwiderte die Herzinger eisig.

»Wer hat eigentlich Zugang zu Ihrem Wagen?«, fragte der Kommissar.

»Ich, meine Frau, der Gärtner, der einmal die Woche kommt, und die Security-Firma.«

»Wann wurde der Unfallwagen zuletzt benutzt?«

»Am Nachmittag, von meiner Frau. Um die Kinder abzuholen. Da war noch alles in Ordnung.«

»Ihre Frau ist wann nach Hause gekommen?«

»Als ich Frau Cohen zur Tür gebracht und mich verabschiedet habe.«

»Ihre Gattin und Frau Cohen sind sich also begegnet?«

Plog schloss die Augen. »Ja«, antwortete er dann.

Das Verhör strengte ihn an. Vor allem wenn er daran dachte, wie schwer es ihm gefallen war, Sandra diesen entscheidenden Part einzubläuen. Dieses Gespräch hatten sie im Flüsterton geführt, in der Klinik zwischen Notaufnahme und Röntgen. Sandras Argument, sie wisse doch gar nicht, wie die Fremde aussehe, konnte er in letzter Sekunde entkräften. Kurz bevor sie ihn zur Untersuchung schoben, hatte er Liz Taylor erwähnt. Denk an die junge Liz Taylor ... Für den Bruchteil einer Sekunde hatte er sie tatsächlich noch mal vor sich gesehen: Rebecca. Die Israelin mit den dunklen Haaren und den Veilchenaugen. Die eine Tochter bekommen hatte, die ihr schockierend ähnlich war.

»Herr Plog?«

Er öffnete die Augen. Der Kommissar nickte ihm aufmunternd zu. Den hatte er schon mal auf seiner Seite. Auf diesen weiblichen Pitbull kam es nicht an.

»Ich habe sie noch kurz einander vorgestellt. Das hat meine Frau Ihnen doch schon gesagt, oder?«

Vaasenburg nickte flüchtig, ließ aber nicht im Mindesten erkennen, ob Sandra ihre Sache gut gemacht hatte.

»Wie ist Frau Cohen in die Garage gelangt?«

»Das Tor stand offen. Das ist häufig so.«

Um beide Ansprechpartner gleichermaßen zu berücksichtigen, wandte er sich an die Herzinger. Die Frau hatte den Blick seiner Feinde: Ich kriege dich. Ich vernichte dich. Ich stelle dich an den Pranger. Nein, dachte er. Du nicht. Du bist ein zu kleines Licht.

»Die Kinder lassen ihre Taschen oft im Auto, manchmal sind auch die Einkäufe noch im Kofferraum. Erst einmal wird in die Bude gestürmt, nach mir die Sintflut. Wir sind eine ganz normale Familie. Wenn Vati zu Hause ist, haben die anderen Zeit.«

Der Stift lag auf dem Papier. Keine Notizen. Nahmen sie ihn etwa nicht ernst?

Der Kommissar lehnte sich zurück und strich mit der freien Hand kurz über das ausziehbare Tablett des Nachttisches, bevor er den Block dort ablegte. »Wann haben Sie Ihren Sohn angerufen?«

Plog blieb buchstäblich die Luft weg. »Meinen ... Sohn?«

Sein Gegenüber blätterte mit Links in seinen bisherigen Notizen, allerdings so, dass Plog von seinem Bett aus nichts erkennen konnte.

»Lukas Möller, Alter: einundzwanzig. Mutter: Angelika Möller. Gerichtliche Vaterschaftsfeststellung neunzehnhundertsiebenundneunzig, Unterhaltstitel ebenfalls gerichtlich eingeklagt, eine weitere Klage von Frau Möller zurückgezogen, da Sie sich damals offensichtlich außergerichtlich geeinigt haben. Lukas, der ewig verleugnete Sohn. Haben Sie ihm die Gelegenheitsjobs als Saalordner verschafft? Als eine Art Wiedergutmachung, weil Ihre zweite Familie ebenfalls nichts von Ihrem Sohn wissen wollte?«

Plog war klar, dass ab sofort jedes Wort aus seinem Mund gegen ihn verwendet werden würde. Er fühlte sich übertölpelt, an den Pranger gestellt.

»Ich bin Opfer eines Attentats«, sagte er langsam, damit es endlich auch der letzte Esel kapierte. »Statt die Täterin zu fassen, graben Sie diese uralte Geschichte aus? Ist das unser Rechtsstaat? Wenn ja, dann ist das Gespräch hiermit für mich beendet.«

»Haben Sie nach Rachel Cohens erster Kontaktaufnahme Lukas und seinen Kumpel Marvin gebeten, vor Scholls Laden zu warten und sie abzupassen?«

»Ich verlange einen Anwalt.«

»Was genau sollten die beiden tun? Dem Mädchen einen Denkzettel verpassen? Sie einschüchtern?«

Plog schwieg.

»Kann es sein, dass Sie Ihren Sohn, der Ihnen ja schon zuvor bei der einen oder anderen unangenehmen Sache zur Seite gestanden hat ...«

Der Kommissar drehte sich zu seiner Kollegin um. Jetzt schlug deren große Stunde. Sie musste alles auswendig gelernt haben, denn sie ratterte die Sätze herunter, als sei sie eine Gerichtsstenotypistin, die eine Zusammenfassung repetierte.

»Lukas Möller, elf Festnahmen, drei Verurteilungen. Landfriedensbruch, Körperverletzung, Strafvereitelung, alles im Umfeld sogenannter Informationsveranstaltungen in der Gründungszeit Ihrer Partei, dem Bündnis für Deutschland. Seine Beteiligung beim Überfall auf Rudolph Scholl ist durch seine Zeugenaussage zweifelsfrei bewiesen.«

»Er hat Scholl beschützt!«, schrie Plog. »Und wenn Sie es partout wissen wollen: Ja! Ich habe ihn angerufen und gebeten, vor Scholls Laden Wache zu schieben, falls diese Verrückte dort auftaucht.«

»Nach Ihrem ersten Telefonat?«

Plog schlug mit der flachen Hand auf sein Bett. Es war eine matte Geste im Vergleich zu dem, was er in Wirklichkeit gerne getan hätte.

»Ich dachte, ich bin ein Bürger dieses Landes, der einen gewissen Schutz genießt, wenn es um Leib und Leben geht. Jemand hat meinen Wagen manipuliert. Ich sollte auf der Stadtautobahn ungebremst in einen Pfeiler rasen. Aber statt dass Sie sich darum kümmern, stellen Sie mich hier an den Pranger. Und das alles nur, weil ich einen Freund warnen und beschützen wollte.«

»Dieser Freund ist jetzt tot.«

»Sehen Sie? Sehen Sie es denn nicht?«

»Mir fehlen noch einige Zusammenhänge«, sagte der Kommissar. »Eine junge Frau behauptet, dass Sie gemeinsam mit drei Freunden schuld am Suizid Ihrer Mutter sind. Sie können ihr nicht helfen, warnen aber Ihren Kumpel Rudolph Scholl. Richtig?«

»Richtig.«

»Als Sie das Haus verlassen, fahren Sie gegen einen Baum, weil jemand die Bremsen Ihres Wagens manipuliert hat.«

Plog verstand nicht. Sollte er den Satz »Rachel Cohen ist

schuld« als Mosaik legen, damit sie es endlich kapierten? »Ist das nicht offensichtlich?«

»Ist es wirklich einzig und allein um die ungeklärte Vaterschaft gegangen?«, fragte der Kommissar.

Plog starrte ihn an. »Um was denn sonst? Das liegt doch auf der Hand?«

»Nicht, wenn man Ihren Parteivorsitzenden gegen das Existenzrecht Israels wettern hört«, warf die Herzinger ein.

Plog stöhnte. »Ich wusste es. Das bringt nur böses Blut.«

»Warum distanzieren Sie sich dann nicht davon?«

»Weil ich für ein Land kämpfe, in dem auch abweichende Meinungen toleriert werden, und zwar egal ob sie Ihnen gefallen oder nicht. Gegen mich wurde ein Mordanschlag verübt. Und Sie denken, das hat etwas mit meiner Politik zu tun? Ja? Weil Leute wie ich per se an den Galgen gehören, oder was? Weil Andersdenkende in diesem Land ungeschützt dem linken Pöbel ausgesetzt sind? So einfach ist das nicht. Sie werden sich schon die Mühe einer ordentlichen Ermittlung machen müssen. Was sagt diese Person denn? Sie haben sie doch hoffentlich gefasst?«

»Sie ist flüchtig«, erwiderte Vaasenburg.

Plog spürte, wie seine Handflächen nass wurden und sein Herz zu rasen begann. »Wie bitte? Habe ich Sie richtig verstanden?«

»Wir vermuten, dass sie sich bereits wieder in Israel aufhält. Die dortigen Behörden sind informiert. Es ist nur eine Frage der Zeit, bis die Kollegen sie haben.«

»Moment. Einen Moment bitte.« Plog sah von einem zum anderen und spürte, dass die beiden ihm etwas verheimlichten. »Sie vermuten? Was soll das heißen? Ist diese Frau etwa zu Fuß gegangen? Ist sie übers Mittelmeer geschwommen? Nein? Sie ist … untergetaucht? Einfach so?«

»Dazu liegen uns derzeit keine Erkenntnisse vor«, sagte Vaasenburg knapp.

»Was, wenn sie noch in Deutschland ist? Vergessen Sie die politischen Hintergründe. Hier geht es um einen privaten Rachefeldzug.«

»Das sieht das BKA anders«, warf die Herzinger ein. »Der Staatsschutz ermittelt in Ihrer Sache genauso wie bei jedem abgefackelten Mercedes.«

Jetzt war es genug. Plog musste seine Entrüstung nicht länger spielen. Hier saß der Feind an seinem Bett, und dieser Kriminalhauptkommissar dachte nicht daran einzugreifen.

»Mein Leben ist ja wohl keine Sache! Für Rachel Cohen ist meine parteipolitische Gesinnung nebensächlich.«

»Sie ist Israelin.« Vaasenburg blieb ruhig. »Deshalb steht dieses Motiv zunächst einmal im Raum.«

»Was ist mit den anderen?«, fragte Plog hastig. Natürlich hatte er die Zeitungen gelesen. Trotzdem wollte er es aus Herzingers Mund hören: dass im Fall Scholl das Existenzrecht Israels ja wohl nicht die geringste Rolle gespielt hatte.

»Wir vermuten Zusammenhänge im Fall von Herrn Scholl«, sagte die Herzinger nicht gerade fröhlich.

»Zusammenhänge?«, höhnte Plog. »Zwei von vier Deutschen bekommen Besuch von Rachel Cohen. Einer ist tot, der andere liegt lebensgefährlich verletzt im Krankenhaus. Was ist mit Vernau? Lebt der wenigstens noch?«

Der Kommissar schwieg und sah ihn freundlich an. Plog blieb auf der Hut. Was spielten die beiden hier? *Bad cop, good cop?* Für wie blöde hielten sie ihn eigentlich?

»Im ärztlichen Untersuchungsbericht ist lediglich von Prellungen die Rede«, sagte Vaasenburg. »Lebensgefährlich war Ihr Unfall nicht.«

Plog deutete auf die Halskrause, öffnete den Mund und schloss ihn wieder. Diskutieren war sinnlos. Die beiden malten sich die Welt, wie sie ihnen gefiel.

»Die Zeitungen haben ein wenig übertrieben«, sagte er matt.

Die Herzinger lächelte ihn ebenso falsch wie herzlos an. »Ja, immer diese Schmierfinken von der Lügenpresse. Allerdings beziehen sich alle Agenturmeldungen auf die Verlautbarungen Ihres Pressesprechers. Der scheint wohl auch zu Übertreibungen zu neigen. Oder macht sich das einfach zu gut, sechs Wochen vor Beginn des Wahlkampfs?«

»Wie bitte?«

»Ich meine ja nur.« Die Herzinger sah ihren Chef um Entschuldigung bittend an. »So ein Attentat ist nun mal die beste PR, die man sich vorstellen kann.«

»Gehen Sie«, krächzte Plog. Ihm blieb die Spucke weg. »Das hier ist doch keine polizeiliche Befragung. Ich werde mich bei Ihrem Vorgesetzten über Sie beschweren.«

»Tun Sie das.« Vaasenburg stand auf. »Wir sind auch schon fertig.«

»Was machen Sie jetzt? Bekomme ich Polizeischutz? Wird nach dieser Frau gefahndet? Was ist eigentlich mit meinem guten alten Freund Rudolph Scholl geschehen? Das ist doch kein Zufall! War diese Frau dort? Hat Rachel Cohen etwas mit seinem Tod zu tun?«

Vaasenburg steckte sein Notizbuch weg. »Das sind laufende Ermittlungen, zu denen ich Ihnen nichts sagen kann.«

»Aber ich bin ein Teil davon. Ich verlange Akteneinsicht. Sie werden von meinem Anwalt hören.«

»Auf Wiedersehen.«

Die Herzinger stand nun ebenfalls auf und öffnete die Tür.

»Und von meiner Pressestelle!«, brüllte Plog ihnen hinterher. »Ich werde dieses Gespräch nicht vergessen, hören Sie? Ich werde alle davon informieren, wie die Berliner Polizei ermittelt.«

Die Herzinger nickte ihm freundlich zu. Plog hatte das Gefühl, Gift und Galle spucken zu müssen.

»Wie sie ermittelt, wenn das Opfer nicht in ihr linkes Weltbild passt.«

Die Tür schlug zu.

Schwer atmend warf Plog sich auf das Kissen. Er versuchte, den Verlauf des Gesprächs noch einmal zu rekapitulieren und hatte das Gefühl, sich ganz gut geschlagen zu haben. Diese Herzinger! Früher, als er noch in der FDP gewesen war, hätte ein Anruf beim Innensenator genügt. Aber mit seinem Austritt und der Gründung der BfD hatte sich viel geändert. Die Mitglieder der neuen Partei wurden geächtet wie die Linke oder früher die Grünen. Es würde ein langer, beschwerlicher Weg werden, bis sie sich nicht nur den Respekt der Straße, sondern auch den der Regierungsparteien erkämpft haben würden. Der erste Schritt war der Einzug ins Abgeordnetenhaus von Berlin.

Mit einem Stöhnen griff er zur der Tageszeitung, die auf seinem Nachttisch lag. Gestern hatte er es auf die Titelseite geschafft. Heute war er nur noch im Berlin-Teil vertreten. »Plog auf dem Weg der Besserung. Tatverdächtige weiterhin flüchtig.«

Er sah auf die Uhr und fragte sich, wann Sandra endlich mit dem Kuchen kam.

29

»*Meine Eltern wohnen im jüdischen Viertel, am Rabinovich Square.*«
Damit ließ sich doch etwas anfangen.

Die knappe Stunde im Bus hatte ich damit verbracht, die stärker gewordenen Schmerzen zu ignorieren und mich auf die wenigen Fakten zu konzentrieren.

Uri hatte wieder geheiratet und war nach Jerusalem gezogen. Rachels jüngerer Bruder hieß Joel. Er musste Anfang, höchstens Mitte zwanzig sein. In diesem Alter war man in der Nachbarschaft bekannt. Entweder weil man seine Blicke über die liebreizenden Töchter des Viertels schweifen ließ, oder weil man gerne mal über die Stränge schlug. Rachel war sicher ebenfalls bekannt wie ein bunter Hund. Fast dreißig und noch nicht verheiratet. Jerusalem war eine konservative Stadt. Wer dort lebte, hielt sich an Regeln. Wer sie brach, konnte nicht mit Verständnis oder der Anonymität der Großstadt rechnen.

Und Uri?

Jeder Versuch, ihn mir vorzustellen, misslang. Ich hatte ihn einfach nicht auf dem Schirm. Er war der große Unbekannte, der Mann im Hintergrund. Derjenige, der letzten Endes von Daniels Verschwinden am meisten profitiert hatte. Allerdings nur auf den ersten Blick. Die kurze Ehe mit Rebecca hatte in einer Tragödie geendet.

Ich verließ den Busbahnhof und stieg auf der anderen Seite einer breiten Straße in die Metrolinie 1 ein. Nach sechs Stationen tauchte zur Rechten die Altstadtmauer auf. Ein kurzer Spaziergang über einen belebten Platz, umbrandet von Verkehr, und ich blieb überrascht stehen. Zwischen zwei Restaurants und einem Stand, an dem Saft aus Granatäpfeln gepresst wurde, befand sich ein schmaler Eingang. Darüber, umschlungen von Stromleitungen und fast verdeckt von einer verwitterten Reklametafel, ein Schriftzug.

New Palm Hostel.

Gegenüber eine dünne Akazie, darunter die Tische des Restaurants, fast alle besetzt. Gewürzläden mit offenen Jutesäcken – marokkanische Minze, libyscher Thymian, Koriander, Gelbwurz, Muskat. Ein Mann, auf dem Kopf ein Tablett mit Ka'ak, Sesambrot. Er drängte sich behände an mir vorbei in den dunklen Hauseingang. Die Versuchung, ihm zu folgen, war groß.

Später. Dies war nur die erste von einer Vielzahl verschütteter Erinnerungen. Der Geruch: Holzkohle und Zatar. Die Sprache: Arabisch. Musik aus scheppernden Transistorradios. Knatternde Motorräder. Lautes Hupen. Ich war im Nahen Osten.

Die Altstadt dürfte sich seit Jahrhunderten nicht verändert haben. Sogar das Angebot der Händler war zeitlos: Teppiche, Andenken, T-Shirts. Vor einer Bäckerei blieb ich stehen. Der Laden bestand aus einem schlichten Verkaufsraum, relativ groß, mit Tischgestellen, auf denen die Bleche mit den verschiedenen Kuchen standen. Die Backstube lag direkt nebenan. Es war Nachmittag, die Arbeit war getan. Zwei Männer saßen auf Hockern und unterhielten sich, ein Junge, kaum zehn Jahr alt, wurde herangepfiffen und kam eifrig auf mich zu. Ich deutete auf das erste Blech – Baklava, Blätterteig mit Pistazien, in Zuckersirup getränkt –, bekam die doppelte Menge, die ich geordert hatte, und fand selbst dann noch den Preis mehr als erträglich.

In Berlin gibt es gutes Baklava, aber man muss es suchen. Nach ein paar Tagen schmeckt es nicht mehr. Zwar behält es Farbe und Aussehen, aber es wird zäh. Dieses hier war frisch und warm, und noch lange, nachdem ich das klebrige Papier entsorgt hatte, schmeckte ich die Süße in meinem Mund.

Jerusalem.

Die Via Dolorosa. Singende Pilgergruppen auf dem Weg zur Grabeskirche. Verzückung. Glaube. Geschäft. Ich ließ mich durch die engen Gassen schieben und realisierte erst in diesem Moment, wo ich eigentlich war: im brodelnden, fast überkochenden Schmelztiegel der Religionen. An der Klagemauer verließ ich das arabische Viertel und erreichte mit zweimal nachfragen den Rabinovich Square.

Da stand ich nun. Etwas weiter ging es zu den vier sephardischen Synagogen. Im Jewish Quarter Café servierte man ermatteten Touristen Cappuccino. Im Holy Bagel ... heilige Bagel offenbar. Ganz in der Nähe wohnte Rachels Familie. Ich entschied mich für den Cappuccino.

Der junge Mann, der mir die Tasse brachte, dachte kurz nach. »Uri Cohen? *No.*«

»*And Rachel?*«

Sein Gesicht hellte sich auf. »*Rachel, yes.*«

Die Wegbeschreibung war einfach. Zweimal um die Ecke, dann ein Haus, in dessen Hof ein Ölbaum stand. Ich zahlte, gab Trinkgeld, trank aus und betrat eine schattige Gasse, die wegführte von dem Trubel rund um den Ölberg und die *Western Wall*.

Stille. Zwei orthodoxe Juden kamen mir entgegen. Hüte, Mäntel, Schläfenlocken. Sie achteten nicht auf mich, sondern gingen, in ein Gespräch vertieft, weiter. Ein Ölbaum hinter hohen Steinmauern. Das musste es sein. Nirgendwo ein Klingelschild.

Die Tür zum Hof ließ sich öffnen.

Es war ein kleines Geviert, keine fünfzig Quadratmeter. In der Mitte ein Olivenbaum. Die Treppe führte hinauf in den ersten Stock. Auf den Stufen standen ein paar Terrakottatöpfe, bepflanzt mit Oleander.

»Uri? Uri Cohen?«

Ein Fenster über mir wurde leise geschlossen. Ich trat ein paar Schritte zurück.

»Hello? Anybody at home?«

Jemand zu Hause? Offenbar. Nur warum zeigte er sich nicht?

»Uri? Ich bin's. Joe. Joe aus Berlin. Ich komme wegen Rachel.«

Stille. Irgendwo das leise Quietschen einer Tür.

Die Treppe führte in den Schatten. Sie war steil und eng. Die Schmerzen kamen zurück. Eine rissige Holztür. Keine Klingel.

Auf mein Klopfen blieb es still.

»Uri? It's me, Joe. Joachim Vernau from Berlin. Please open the door«

Mach auf.

»Do you remember Jechida? The kibbuz? … And Rebecca?«

Spätestens jetzt musste ihm klar sein, wer vor der Tür stand.

Sie wurde aufgerissen. Vor mir erschien ein junger Mann im Kampfanzug, der ein Sturmgewehr auf mich gerichtet hielt.

Das Erste und Einzige, was mir einfiel, war: »Schalom.«

Er packte mich am Arm, zog mich ins Innere und warf die Tür hinter mir zu. Mit schnellen Griffen tastete er mich ab.

»Asshole«, sagte er, was mir niemand übersetzen musste. *»What do you want?«*

Was ich wollte? Auf keinen Fall von einem Soldaten der israelischen Armee in Empfang genommen werden.

»Uri«, sagte ich. *»I'm here to see Uri.«*

Am Ende des Flurs wurde eine Tür geöffnet. Ein hagerer, großer Mann sah überrascht auf den Soldaten und auf mich. Es folgte ein erregter Erklärungsversuch des Jungen in Uniform, während ich immer noch mit erhobenen Armen im Flur stand.

Der Mann sagte: »Joe?«

»Uri?«

Der Soldat ließ das Gewehr sinken. Wieder wechselte er einige zornige Worte mit dem Mann. Schließlich wandte er sich ab, ging in ein Zimmer und knallte die Tür hinter sich zu.

»Ich bitte um Entschuldigung«, sagte der hagere Mann mit deutlichem Akzent und kam in den Flur. Er streckte mir die Hand entgegen. »Tritt ein.«

Er führte mich ins Wohnzimmer, dessen Fenster zum Innenhof gingen. Er musste mich gehört haben. Vielleicht hatte er gehofft, dass ich wieder abziehen würde, wenn mir keiner aufmachte.

»Tee?«, fragte er.

»Gerne«, erwiderte ich.

»Setz dich. Was für eine Überraschung.«

Er musterte mich ohne echte Freude. Das also war Uri. Rebeccas Retter. Rachels Vater. Der Mann, der da gewesen war, im Gegensatz zu mir. Er ging aus dem Zimmer, und ich hörte durch die offenen Türen, dass er Wasser laufen ließ.

Es war ein streng gehaltener Raum, weit von jeder Gemütlichkeit entfernt. Eine harte Couch, zwei Sessel aus den sechziger Jahren. An der Rückseite ein großer Schrank, Urkunden an den Wänden. Ich betrachtete einige, konnte jedoch die Schrift nicht entziffern. Ein heller Fleck auf der Tapete. Dort musste ein weiterer Rahmen gehangen haben, der vor kurzem entfernt worden war.

»Zucker? Oder etwa Milch?«

»Nein danke«, rief ich zurück. »Wer war der junge Mann, der mich so freundlich empfangen hat?«

Uri kam in den Flur. »Mein Sohn Joel. Er ist bei der Armee.«

»Ist die Sicherheitslage in Jerusalem so angespannt, dass er sogar zu Hause mit dem MG herumläuft?«

Seine Augen, graubraun, verengten sich. »Sie ist immer angespannt«, antwortete er und ging zurück in die Küche.

Ich folgte ihm.

Diesem Raum sah man an, dass er von einer weiblichen Hand eingerichtet worden war. Bunte Topflappen, Kräuterkästen vor dem Fenster, kitschige Eieruhren und anderer Kram auf den übervollen Regalen. Auf dem Gasherd stand ein Kessel. Uri suchte nach einer Teekanne. Er kannte sich nicht sehr gut aus.

»Ich muss mich entschuldigen, meine Frau kümmert sich normalerweise um diese Dinge. Sie ist einkaufen.«

Bei der Suche nach Tee und Sieb kam ihm ein halbes Dutzend Gewürzgläser entgegen. Wir konnten sie auffangen, bevor sie auf dem Terrazzoboden zerschellten.

»Danke«, sagte er knapp.

Er war ein Mann, der sich in der Küche sichtlich unwohl fühlte. Vielleicht lag es auch an mir. Wahrscheinlich ging er gerade im Geiste die verschiedenen Gründe durch, die mich ausgerechnet zu ihm in dieses Haus geführt hatten.

»Ich freue mich, dass wir diese Unterhaltung auf Deutsch führen können«, sagte ich. Es war eher eine Frage als eine Feststellung.

Uri ging darauf ein. »Ich habe nach einem Einsatz im Gaza-Streifen das Militär verlassen und bin ein paar Jahre zum Shin Bet gegangen, dem israelischen Sicherheitsdienst. Dort war ich zuständig für die Bewachung unserer Botschaften im Ausland, unter anderem auch der in Berlin.«

»Warum hast du dich nie gemeldet?«

»Warum sollte ich? Wir kannten uns nicht. Oder, sagen wir es mal so: Ich kannte dich. Aber du … du hattest andere Dinge im Kopf.«

Es war klar, welche er meinte. Und dass ihm das bis heute keine Ruhe ließ. Ich war hier nicht willkommen.

»Wo ist Rachel?«, fragte ich.

Uri ging zum Herd und regulierte die Gasflamme. Er zuckte mit den Schultern. »Sie ist nicht hier.«

»Das kann ich mir mittlerweile denken. Hast du eine Idee, wo sie sich aufhält?«

»Sie ist erwachsen.«

Er stellte zwei Teebecher auf einen kleinen Tisch vorm Fenster. Dann wühlte er in einer Besteckschublade nach Löffeln.

»Ich muss sie finden. Deine Tochter ist da in etwas hineingeraten ...«

Mit einem Knall schob er die Lade zu. »Ich sehe keine Veranlassung, mit dir über meine Tochter zu reden.«

»So.« Ich setzte mich, ohne auf eine Aufforderung zu warten. »Aber Rachel hatte sie, als sie mit mir über dich gesprochen hat.«

Sein Gesicht – bleich für diese Sonne und dieses Land – verdüsterte sich.

Uri. Irgendwo in Jechida mussten wir uns schon einmal über den Weg gelaufen sein, sonst hätte er mich nicht reingelassen. Aber er war ein Fremder für mich. Jemand, den ich einer Universität, einer Bibliothek oder einer Behörde zuordnen würde, keinem landwirtschaftlichen Betrieb. Leicht vornübergebeugt, mit kurzen eisgrauen Haaren und tiefen Falten zwischen Nase und Mund. Keiner, der das Leben jauchzend umarmte.

»Worüber genau?«, fragte er.

»Über dich und Rebecca.«

Uri nickte. Man hatte ihn auf das Thema vorbereitet. Es kam nicht aus heiterem Himmel.

»Rachel ist etwas durcheinander«, lenkte er ein. »Sie hat erst vor kurzem die Umstände erfahren, die zum Tod ihrer Mutter geführt haben.«

»Durcheinander ist untertrieben. Sie ist eine Gefahr für sich und andere, wenn ich sie nicht bald finde.«

»Soso.« Uri schien die Ruhe wegzuhaben. Der Kessel pfiff, er nahm ihn vom Gas, löschte die Flamme und goss das Wasser in die vorbereitete Kanne. »Eine Gefahr. Wie kommst du darauf?«

»Scholl ist tot. Rudolph Scholl. Einer von vier Deutschen, die im Sommer siebenundachtzig in Jechida waren. Plog ist schwer verletzt. Mike Plog, der zweite von uns vieren. Daniel Schöbendorf ist in Griechenland gestorben, er war der dritte. Ich bin der Letzte, und ich möchte gerne am Leben bleiben. Deshalb habe ein paar Fragen an dich.«

»An mich?«

»Wo ist Rachel?«

»Ich weiß es nicht. Und wenn ich es wüsste, würde ich es dir nicht sagen.« Vorsichtig trug er die Kanne zum Tisch. »Ich erweise dir nach den Regeln der Gastfreundschaft meinen Respekt, mehr nicht.«

»Ich will keinen Respekt. Ich will wissen, was damals passiert ist.«

»Damals? Siebenundachtzig meinst du? Da kann ich dir nicht helfen. Ich war bei der Armee und hatte einen Einsatz.«

»Wie lange?«

»Bitte?«

»Wie lange? Von wann bis wann?«

Es war ein Testballon. Ich rechnete eher damit, von ihm hinausgeworfen zu werden, als etwas zu erfahren. Trotzdem antwortete er mir.

»Von Mai bis Oktober.«

»Wann im Oktober?«

»Ich bedaure sehr, aber das habe ich nicht mehr im Kopf.«

»Um den siebten, achten herum?«

Ein Geräusch an der Tür. Die Frau musste auf leisen Sohlen herangeschlichen sein und hatte wohl lange genug dort gestanden, um den letzten Teil unseres Gesprächs mitzubekommen.

Sie war einen Kopf kleiner als Uri, eine drahtige Person in einem dünnen Baumwollkleid mit grau gesträhnten, schulterlangen Haaren. Ihr längliches Gesicht mit den tief liegenden Augen und dem strengen Kinn wirkte wie das einer Frau, die sich bewusst entschieden hatte, keinen einzigen ihrer wenigen Vorzüge zu betonen. Sie hatte einen hübschen Mund und zarte Ohren, hinter die sie sich jetzt die Haare strich. Sie fragte Uri etwas auf Iwrit, er antwortete ihr.

»Meine Frau Daliah.«

Daliah schenkte mir ein unfrohes Lächeln und reichte mir die Hand. Offenbar hatte Uri mich als verirrten Touristen oder flüchtigen Bekannten vorgestellt, denn sie ließ sich von ihrem Mann nur ein Glas Wasser geben und verschwand gleich wieder um die Ecke. Ich hatte das Gefühl, dass sie dort stehen blieb, weiter lauschte und wesentlich mehr verstand, als sie uns weismachen wollte.

»Also?«, fragte ich. »Kannst du dich noch daran erinnern, wo du am siebten und achten Oktober siebenundachtzig gewesen bist?«

Wiedér dieses vorsichtige Lächeln, das in seinen Mundwinkeln stecken blieb und die Augen nicht erreichte.

»Warum ist das so wichtig für dich?«

»Nicht für mich, Uri. Für Rachel. Sie braucht Gewissheit, was in diesen Tagen passiert ist. Du hast ihre Mutter geheiratet, demnach bist du wohl derjenige von uns, der am meisten darüber weiß.«

Uri nahm ein Teesieb von einem Haken unter dem Gewürzregal und setzte sich mir gegenüber an den Tisch. Vorsichtig schenkte er ein.

»Wenn ich dich recht verstehe, mein Freund aus alten Tagen, dann bist du derjenige von uns, der in Schwierigkeiten ist. Was sonst sollte dich dazu bringen, hinter meiner Tochter her zu sein?«

Er schob mir eine Zuckerdose hinüber, die ich ignorierte.

»Meinen Hals kann ich retten. Den von Rachel nicht.«

»Ist das eine Drohung?«

Sollte er davon halten, was er wollte. Er nahm die Dose, ein kitschiges Ding mit Rosenblüten, und drehte sie einmal um sich selbst.

»Was wird ihr vorgeworfen?«

»Rachel ist insgesamt dreimal in Erscheinung getreten. Beim ersten Mal gab es eine Schlägerei. Beim zweiten Mal ist Rudolph Scholl unter noch nicht geklärten Umständen ums Leben gekommen.«

»Rudolph?«, fragte er, als ob er diesen Namen zum ersten Mal hören würde.

»Ein ehemaliger *volunteer* aus Jechida. Beim dritten Mal war ich nicht dabei, aber es gab einen Schwerverletzten, Mike Plog.«

»Mike ...«

»Plog.«

Seine Kiefer mahlten, als ob er diese Namen zerkauen würde.

»Sie muss eine Aussage machen«, sagte ich. »Nur so können wir beweisen, dass sie keine Tatbeteiligte, sondern lediglich eine Zeugin ist.«

»Und dann?«

»Könnte es sein, dass die Fahndung nach ihr aufgehoben wird und die Ermittlungen sich wieder darauf konzentrieren, den wahren Täter zu finden.«

»Du willst sie also der Polizei ausliefern. Du warst selbst dabei, hast du gerade gesagt. Vielleicht willst du ja nur deinen eigenen Hals retten?«

»Dann säße ich nicht hier. Uri, Rachel trägt eine Waffe bei sich. Sie hat mich bedroht.«

Täuschte ich mich, oder entlockte ihm diese Vorstellung gerade eine geschickt verborgene Heiterkeit?

»Sie ist in einer emotionalen Ausnahmesituation. Wenn ich ihr Vater wäre ...«

»Ja?«, fragte er.

Ich schwieg, weil mein letzter Satz eine Anmaßung gewesen war.

»Was bildest du dir ein?« Uri, schlagartig ernst, stand langsam auf und ging zur Tür. Er sah hinaus in den Flur, der offenbar leer war. »Du glaubst, für Rachel verantwortlich zu sein? Sie beschützen zu wollen? Vielleicht empfindest du sogar etwas für sie. Was? Väterliche Zuneigung?«

»Ich weiß es nicht. Vielleicht.«

Uri sah aus, als ob er gleich seinen Sohn rufen würde. Dem wollte ich zuvorkommen.

»Danke. Ich gehe.«

»Wo willst du hin?«

Ich stand auf und blieb noch einen Moment unschlüssig stehen. »Ich weiß es nicht. Vielleicht setze ich mich unten vor eure Tür und warte auf sie.«

»Du gehst zur Polizei?«

»Nur wenn sie freiwillig mitkommt.«

Uri hielt mir die Tür auf, ich ging voraus in den Flur. Ich war tatsächlich mit meinem Latein am Ende. Was hatte ich erwartet? Einen Vater, der Unglück von seiner Tochter abwenden wollte? Stattdessen hatte ich hier einen Mann vorgefunden, der vor langer Zeit eine Katastrophe hatte verhindern wollen, was ihm nicht gelungen war. Was helfen alle Orden, alle Urkunden, alle Belobigungen einer steilen Laufbahn, wenn man sich an ihrem Ende eingestehen muss, im wichtigsten Punkt seines Lebens versagt zu haben?

»Sie ist oben.«

Überrascht blieb ich stehen. Wir waren schon fast an der Haustür. Neben Joels Zimmer gab es eine schmale Stiege. Meist führte sie auf ein *rooftop*, denn mehr als zwei Stockwerke gab es in diesen Altstadtbauten nicht.

»In der *sukka*.«

Er trat zur Seite und machte mir den Weg frei. »Die Laubhütte. Wir nutzen sie nur einmal im Jahr, aber für Rachel ist sie … nun ja, eine Art Zufluchtsort.«

»Danke«, sagte ich. Mehr fiel mir nicht ein.

30

Die Sonne stand tief am Himmel, als ich die Dachterrasse betrat. Der Ausblick über Jerusalem war überwältigend. Die goldene Kuppel des Felsendoms erhob sich aus einem Meer von weißen und grauen Würfeln, auf denen Satellitenschüsseln und Klimaanlagen der einzige Hinweis darauf waren, dass wir uns im einundzwanzigsten Jahrhundert befanden.

Die *sukka* war eine Art Bretterverschlag mit kleinen Fenstern. Statt eines Daches trug sie belaubte Äste, deren Blätter mittlerweile verdorrt waren, und stand auf der Mitte der Terrasse. Eine Mauer umschloss die vier Seiten, hoch genug, um zu schützen, niedrig genug, damit man auch im Sitzen den Ausblick genießen konnte. Zwei ausrangierte Sessel waren hinaufgewuchtet worden, auf einer alten Weinkiste standen abgebrannte Windlichter und zwei leere, verstaubte Flaschen. Ich vermutete, dass Joel noch den einen oder anderen Abend hier oben verbrachte. Sonst wirkte das *rooftop* bis auf die Tage des Laubhüttenfestes verwaist.

Rachel lag auf einer Pritsche und schlief. In dieser Hitze. Durch die Ritzen der Bretter fielen Sonnenstreifen, in ihnen tanzte Staub. Sie bewegte sich, blinzelte, öffnete dann erstaunt die Augen.

»Joe?« Ihre Hand schoss blitzschnell in die Tasche.

»Lass das.«

Sie sah mich an und rührte sich nicht mehr. Es gab nichts, worauf ich mich setzen konnte, nur den blanken Boden. Aber so wie ich mittlerweile aussah, konnten mir Staub und Dreck auch egal sein.

»Ist alles in Ordnung?«

Als Antwort hob sie den Arm. Blaue Flecken, mehr nicht.

»Und bei dir? Bist du verrückt geworden?« Sie richtete sich etwas auf.

»Du warst anders nicht zu stoppen.«

»Wir hätten beide dabei draufgehen können.«

»Wir doch nicht. Wir sind aus Stahl, stimmt's?«

Sie reichte mir ihr Kissen, das ich auf den Boden legen konnte. Ich fühlte mich alt. Jeder Knochen tat mir weh. Am meisten die verletzte Rippe. Ich wusste, wie gefährlich eine solche Verletzung sein konnte, aber ich blendete den Gedanken genauso aus wie den, wo das alles enden sollte. Zwei auf der Flucht. Zwei, die sich misstrauten. Zwei, die trotzdem nicht ohne den anderen weiterkamen. Ich hatte einer fremden jungen Frau einen Gefallen tun wollen und fand mich auf einem Dach in Jerusalem wieder. Es gab Menschen, die schlimme Dinge von mir dachten, und ich wollte das wieder in Ordnung bringen.

»Wie hast du mich gefunden?«

Ihre dunklen Augen blickten kühl. Sie hatte einen kleinen Zweig in den Haaren. Beinahe hätte ich ihn herausgepflückt.

»Das war leicht. Ich habe mit Uri gesprochen.«

»Oh, er redet mit dir«, sagte sie spöttisch. »Das sind ja ganz neue Entwicklungen. Kaum taucht Herr Vernau auf, reden die Stummen, und die Verschwundenen erscheinen. Wenn du jetzt noch Tote lebendig machen kannst …«

»Hör auf«, unterbrach ich ihre Ironie. »Ich bin nicht dein Feind.«

Um ihren Mund zuckte ein verächtliches Lächeln.

»Ich kann nichts wissen, denn ich war damals schon gar nicht mehr dabei, Ich habe den Kibbuz zwei Wochen vorher verlassen. Nur für den Fall, dass ich es dir bisher nicht klar genug gemacht habe, dann jetzt mit aller Härte: Rebecca wollte nichts von mir.

Das gibt niemand gerne zu, schon gar nicht vor einer Fremden, die du warst. – Bist«, setzte ich hinzu. »Wir kennen uns ja kaum, und viel Zeit für vertrauensbildende Maßnahmen hatten wir bisher nicht. Rebecca war ...«

Rachel sah mich aufmerksam an.

»Ich weiß nicht, ob du das kennst«, fuhr ich fort. »Diese Leichtigkeit, mit der Beziehungen beginnen, aber auch wieder beendet werden. Freundschaften, so tief wie eine Pfütze, und ewige Liebe, die noch nicht mal bis zum Morgengrauen dauert. Wir haben etwas verwechselt, damals in Jechida. Wir waren eine Gemeinschaft auf Zeit, aber wir glaubten, alles wäre für immer und ewig.«

Ihr Blick wurde dunkler, fast so, als ob sie diese Erfahrungen kannte und ihrer schon lange überdrüssig geworden war.

»In diesem ganzen Hier und Jetzt, dem Leben für den Augenblick, dem Nichts-verpassen-wollen, gab es etwas, vor dem wir Pfützenschwimmer einen heiligen Respekt hatten: dass uns etwas begegnet, das für immer wäre.«

»Für immer«, wiederholte sie leise. Sie wandte den Kopf ab, damit ich nicht in ihr Gesicht sehen konnte. »Man will es so sehr, nicht wahr?«

»Ja.«

Ich fragte mich, ob sie Goethes *Faust* gelesen hatte. All unsere großen Fragen, all unsere beschämend kleinen Lösungen waren schon so oft erzählt worden. Sie halfen nicht, es besser zu verstehen. Allenfalls dabei, sich mit der eigenen Ratlosigkeit nicht so allein zu fühlen.

»Rebecca war ein Mensch, bei dem man das Immer wollte. Sie war so etwas wie ein Versprechen, dafür dass es einen Grund gibt, gut zu sein. Dass es die Liebe gibt. Dass man den einen Menschen an der Seite hat, den man braucht, um alles zu überstehen. So war Rebecca. Das löste sie in den anderen aus, in den meisten wenigstens. Noch dazu sah sie aus wie ein Filmstar und konnte sogar Mähdrescher fahren. Wer auch immer dir erzählt hat, sie wäre leichtfertig gewesen, der hat keine Ahnung. Ich glaube, sie hat auf genau so einen Menschen gewartet und ihn gefunden.«

»Und dann ...«

»Keiner weiß, was dann geschehen ist. Ich habe einmal versucht, bei ihr zu landen. Es war nicht gerade einer meiner glänzendsten Auftritte, deshalb gebe ich ihn auch nicht so oft zum Besten.«

»Ach ja?« Sie sah mich wieder an, und diesmal funkelte Belustigung in ihrem Blick.

»Rebecca war sehr nett, aber sie hat mich dankend abgelehnt. Es gebe da schon jemanden. Das war ein harter Schlag für mich, denn bis dato hatte ich mich für den größten Verführer seit Valentino gehalten. Es hätte nicht viel gefehlt, und ich wäre im Staub von Jechida vor ihr auf die Knie gesunken. Glücklicherweise hat sie das nicht zugelassen. Aber seitdem war mir klar, dass es jemanden in ihrem Leben gab. Einen Deutschen, einen von uns.«

»Wen?«

»Das weiß ich nicht. Sie hat es mir nicht gesagt. Wahrscheinlich hat sie geahnt, dass das nur böses Blut geben würde. Ein paar Tage und Nächte machte ich das, was man in solchen Situationen tut: trinken, spielen, einen Ersatz suchen und hoffen, dass man nachts nicht aus Versehen den falschen Namen stöhnt ...«

»Echt? Du hast es einfach mit einer anderen getrieben? Du warst so ein *fucking asshole*?«

»Nicht nur mit einer, und ich bin nicht gerade stolz darauf. Ich denke, so wie ich mich damals benommen habe, wäre bei manchen durchaus auch heute noch eine Entschuldigung angebracht.« Ich suchte nach Namen, doch mir fiel auf Anhieb keiner ein. »Aber dazu ist es jetzt zu spät. Wir alle müssen lernen, dass unser Bild nicht bei jedem, dem wir im Laufe unseres Lebens begegnet sind, in Silber gerahmt auf dem Kamin steht.«

»Und Rebecca?«

»Ich ging ihr aus dem Weg, weil mir mein Auftritt peinlich war. In der Baracke suchte ich Streit, einmal habe ich grundlos eine Schlägerei angezettelt und bin als geprügelter Hund vom Schlachtfeld. Mike hat mich dermaßen beim Pokern abgezockt, dass ich meine Mutter um eine Blitzüberweisung bitten musste. Sie hatte hart dafür gearbeitet. Letzten Endes war das wohl auch der Grund, warum ich meine Zelte in Jechida früher abgebrochen habe. Sonst wäre ich vielleicht nie dort weggekommen ...«

Ich versuchte, mit dem Fuß eine Falte in dem Flickenteppich zu glätten.

»Dann wärst du da gewesen«, hörte ich Rachels leise Stimme. »Denkst du manchmal an dieses Was-wäre-wenn?«

»Seit du aufgetaucht bist.«

Die Falte ließ sich nicht entfernen.

»Sie hätte dich nicht genommen«, fuhr Rachel fort. »Sie wollte, dass ich einen Platz in der Gemeinschaft bekomme.«

»Bei uns gibt es das auch.«

»Für die Tochter einer Jüdin und eines *goj*? Wie hättest du das denn meistern wollen?«

»Keine Ahnung«, sagte ich. »Der Mensch wächst mit seinen Aufgaben.«

»Hättest du nicht immer Daniel in mir gesehen? Und deine Frau, würde sie nicht immer Rebecca in mir erkennen?«

»Ich habe keine Frau.«

»Warum nicht? Du bist doch schon ...« Sie brach gerade noch rechtzeitig ab.

»Alt? Uralt, in deinen Augen.«

»Wenn du damals gewusst hättest, dass Daniel es war, was hättest du getan?«

»Schwer zu sagen. Möglich, dass wir aneinandergeraten wären. Mehr nicht.«

Ihr schmaler Mund wurde zu einem Strich.

»Daniel war ein netter Kerl. Niemand hatte etwas gegen ihn.«

»Trotzdem ist er verschwunden. Spurlos. Ausgerechnet in der Nacht, in der er mit meiner Mutter abhauen wollte. Irgendjemand hat nicht nur sein, sondern auch ihr Leben zerstört.«

»Jedes Jahr verschwinden ...«

»Nein! Hast du dich nie gefragt, warum? Wer hatte ein Motiv? Du und deine Freunde? Ihr wart eifersüchtig, okay. Reicht das für einen Mord?«

»Manchmal reicht schon ein Blick. Ein Wort. Ein Euro.«

»Gibt es vielleicht jemanden, für den Rebeccas Liaison ein Verrat an ganz anderen, viel wichtigeren Dingen war? An der Tradition. Der Ehre. Den Religionsgesetzen.«

»Rachel, ich glaube nicht, dass Uri ein Mörder ist.«

»Du glaubst, ja? Weißt du es?« Wieder geriet sie in diese unberechenbare Stimmung zwischen Aufbegehren und Verzweiflung. »Denkst du, mir macht es Spaß, darüber nachzudenken, ob der Mann, den ich all die Jahre für meinen Vater gehalten habe, ein Mörder ist?«

»Das ist doch Wahnsinn! Hör endlich auf damit!«

»Mit was?«

Wir fuhren herum. In dem niedrigen, schiefen Durchgang stand Uri. Kein Muskel in seinem Gesicht verriet, wie viel er mitbekommen hatte von unserem Gespräch. Er trat ein. Damit hatte die Hütte die Grenzen ihrer Kapazität erreicht.

»Was?«, wiederholte er.

Rachel zog die Beine an. Sie sah aus wie ein kleines Kind, das sich zu hoch hinauf an das Regal mit den verbotenen Kisten gewagt hatte.

»Frag!«

Sie sah mich an. Sag du was, flehte ihr Blick.

»Frag!«, schrie Uri.

Rachel zuckte zusammen.

»Sie will wissen …«, setzte ich an.

»Ob ich Daniel umgebracht habe?«

Bei dem Satz schlug Rachel die Augen nieder. Uri zog scharf die Luft ein.

»Hast du's getan?«, fragte ich. »Oder weißt du irgendetwas aus dieser Zeit? Dann solltest du jetzt damit herausrücken.«

Uri, der Soldat, setzte sich müde auf die Pritsche wie nach einem verlorenen Krieg. Als ob er nicht wahrhaben wollte, dass er geschlagen war, und trotzdem den Nacken beugen musste. Kein Mann, der das Kind eines anderen wie sein eigenes großgezogen hat, will das gefragt werden.

Rachel zögerte, dann legte sie eine Hand auf seinen Unterarm. »*'Aba?*«

Die Möglichkeit von Schuld war so nah wie nie zuvor. Nur wir drei in dieser engen, heißen Hütte auf einem *rooftop* in Jerusalem.

»Es ist so lange her«, begann er mit leiser Stimme. So leise, dass ich ihn kaum verstehen konnte. »Fast dreißig Jahre. Man könnte meinen, dass die Dinge irgendwann einmal in Vergessenheit geraten. Aber so ist es nicht.«

Vorsichtig, als ob er sich einem scheuen Vogel nähern würde, legte er seine Hand auf Rachels. Sie ließ es geschehen.

»Jedes Jahr wurde ich daran erinnert. Und jedes Jahr wurde es schlimmer. Dein Geburtstag, Rachel. Jedes Jahr an deinem Geburtstag war es, als ob das alles erst gestern passiert wäre.«

»Was?«, flüsterte sie.

31

Margit Schöbendorf wich dem schwarzen Rauch aus. Der Wind kam von Norden, aber er schien sich ständig zu drehen. Die Nachbarn schauten aus den Fenstern, um zu sehen, wer da unweit vom Spielplatz vor den Garagen sein Unwesen trieb. Wenn sie Margit erkannten, schlossen sie die Fenster wieder. Keine Brandstifter. Keine Vandalen. Nur die Verrückte aus dem dritten Stock mit ihrem hässlichen Hund, die ein kleines Lagerfeuer machte.

»Maxl, weg da!«

Der Dackel schnupperte an der Rolltasche, die sie zum Einkaufen benutzte. Margit holte einen weiteren Ordner daraus hervor. Die Korrespondenz mit den Politikwissenschaftlern in Tirana, die seit Jahrzehnten die Öffnung der Archive forderten – bisher vergeblich. Sie warf ihn in die Glut. Dann der nächste, Behördenschriftverkehr mit dem Auswärtigen Amt und dem albanischen Department für Grenze und Migration – Hinhalteschreiben, diffus auf der deutschen, ärgerlich bis aggressiv auf der albanischen Seite. Weg damit. Den nächsten Ordner hielt sie etwas länger in der Hand. Darin befanden sich die Schreiben der albanischen Zeitzeugen, die sie im Lauf der Jahre aufgetrieben hatte. Ein ehemaliger Grenzsoldat, einige Fischer, die Bewohner des Küstenstreifens, von dem sie vertrieben worden waren, weil der Tourismus den Schmuggel von seinem Sockel als lukrativste Einnahmequelle gestoßen hatte. Von vielen hatte sie seit Jahren nichts mehr gehört. Ins Feuer damit. Sie überlegte, ob noch etwas in den Garagen lag, das sie ebenfalls verbrennen könnte. Die Reifen musste sie irgendwann einmal abholen lassen. Altpapier? Das hatte sie schon vor Jahren entsorgt.

Irgendjemand hatte ihr mal erzählt, dass die langgestreckte Baracke unter Denkmalschutz gestellt werden sollte. Spinnereien. Sie war hässlich und baufällig, die schuhkartonartigen Verschläge waren viel zu eng für die großen Autos. Man hatte sie für VW Käfer und Dauphinen gebaut, für Roller und Motorräder, vielleicht noch für die kleinen Flitzer von Fiat und Alfa Romeo. Die Werkstatt war der Treffpunkt der gesamten Hausgemeinschaft gewesen. Später wurden die Wagen größer und die Aufträge kleiner. Aber sie hatten immer ihr Auskommen gehabt. An der Mauer zum Nachbargrundstück war noch ein heller, rechteckiger Fleck zu erkennen. Dort hatte ihr Schild gehangen. Und jetzt?

Margit drehte sich um. Niemand da. Zwei Schulschwänzer rauchten auf den Schaukeln nebenan, wo ein Spielplatz in die Verwahrlosung abglitt. Durch die Hofeinfahrt kam eine junge Frau mit roten, zerzausten Haaren, in Parka und Gummistiefeln.

»Frau Schöbendorf?«

Wollte sie sich beschweren? Sie war ja fast fertig. Das Plastik schmolz, die Pappe darunter brannte lichterloh. Es stank zum Gotterbarmen. Maxl humpelte auf die Besucherin zu. Statt zu bellen, wedelte er mit dem Schwanz. Die Frau bückte sich und streichelte ihn. Maxls Schwanz wedelte schneller, es kam Margit vor wie Hochverrat.

»Frau Schöbendorf?« Die Frau richtete sich auf und kam näher.

»Was gibt's?«, gab Margit unwillig zurück. Sie warf einen Blick in die Rolltasche. Noch vier Ordner. Dreimal war sie schon in ihre Wohnung zurückgekehrt, um ihn erneut zu beladen. Und die Regale bogen sich immer noch.

Etwas außer Atem streckte die Frau ihr die Hand entgegen.

»Marie-Luise Hoffmann. Ich bin Anwältin. Ich habe ein paar

Mal versucht, Sie telefonisch zu erreichen. Hätten Sie denn jetzt Zeit, mir ein paar Fragen zu beantworten?«

»Was für Fragen?« Margit erwiderte zwar den Händedruck, blieb aber skeptisch. Sie zog die Verschlusskordel des Rollers zu, damit der Inhalt vor neugierigen Blicken geschützt blieb.

»Was machen Sie denn da?«

Interessiert betrachtete die Anwältin den Stapel der brennenden Ordner. Verkohlte Papierfetzen tanzten im schwarzen Rauch. Die Asche fiel auf die Holzbank, ein Relikt aus der Zeit, als man sich auf Hinterhöfen noch getroffen und geplauscht hatte.

»Ein Feuer«, erklärte Margit wahrheitsgemäß. »Was kann ich für Sie tun?«

»War vor kurzem eine junge Frau bei Ihnen? Rachel Cohen?«

Margit wusste, dass die Redewendung »alle Alarmglocken schrillen« sehr genau beschrieb, was die Frage gerade in ihr ausgelöst hatte. Sie versuchte, sich nichts anmerken zu lassen und alles, ihren Gesichtsausdruck, ihre Haltung und ihren Tonfall möglichst nicht zu verändern.

»Eine Rachel Cohen? Nein. Wer soll das sein?«

Die Frau sah sie prüfend an, dann ging sie zu den brennenden Ordnern und stieß den sorgfältig aufgeschichteten Stapel um.

»Lassen Sie das!«, rief Margit empört.

Einer fiel der Anwältin direkt vor die Füße. Er qualmte schon. Aber die Schrift auf dem Rücken war noch lesbar. Sie ging in die Knie, um die Wörter zu entziffern.

»*Sigurimi*«, buchstabierte sie. »Das ist die albanische Geheimpolizei. Was haben Sie denn mit denen zu tun? Und warum verbrennen Sie das ganze Zeug?«

Margits Herzschlag beschleunigte sich. Das Feuer war ein Akt der Reinigung. Die Vernichtung der Fehler der Vergangenheit. Etwas sehr Persönliches. »Das geht Sie nichts an. Würden Sie mich bitte in Ruhe lassen?«

Die Anwältin stand auf. »Das kann ich nicht. Ich muss Sie bitten, mit mir zu reden. Über kurz oder lang wird die Polizei bei Ihnen auftauchen.«

»Die Polizei?«

»Ja. Es geht um den Tatablauf beim Tötungsermittlungsverfahren im Fall von Rudolph Scholl. Sagt Ihnen der Name etwas?«

Margit schüttelte langsam den Kopf und griff nach ihrem Roller.

»Dann frage ich Sie nach Ihrem Sohn. Daniel. Sind das alles Akten, die mit seinem Verschwinden zu tun haben?«

»Lassen Sie mich in Ruhe!«

»Das kann ich nicht. Wir haben dasselbe Interesse wie Sie, nämlich den Tod Ihres Sohnes aufzuklären.«

Etwas in Margit riss. Der Geduldsfaden? Nein. Eher der dünne Firnis von Höflichkeit und Distanz, der sich im Lauf der Jahre über ihre Trauer gelegt hatte.

»Welches Interesse denn? Niemand hat Interesse! Keiner! All die Jahre hat man mich für verrückt gehalten. Schauen Sie sich das an! Papier! Nichts als Papier! Hat es mir meinen Sohn zurückgebracht? Bringen *Sie* mir meinen Sohn zurück?« Wütend starrte sie die Fremde an. »Was? Höre ich etwas?«

Maxl legte den Kopf schief.

»Frau Schöbendorf ...«

»Ich will nicht mit Ihnen reden. Guten Tag. Maxl, komm.«

Margit zerrte den Roller hinter sich her. Wenn sie geglaubt hatte, die Anwältin mit diesem Ausbruch in ihre Schranken weisen zu können, so hatte sie sich getäuscht. Die Frau lief einfach unbeirrt hinter ihr her.

»Sie verbrennen die albanischen Akten. Also sind Sie davon überzeugt, dass Daniel nicht bei einem Grenzzwischenfall ums Leben gekommen ist. Wie dann? Wer hat bei Ihnen dieses Umdenken ausgelöst? Rachel?«

Margit lief weiter, ohne sich umzusehen.

»Wenn Rachel Cohen bei Ihnen war, dann müssen Sie zur Polizei gehen. Es ist wirklich wichtig. Wir brauchen Zeugen, die sie hier gesehen haben und mit ihr Kontakt hatten.«

Was? Von was redete diese Frau?

»Wer ist wir?«

»Herr Vernau, ein Kollege von mir, und ich.«

Margit blieb so abrupt stehen, dass die Anwältin beinahe in sie hineingelaufen wäre.

»Vernau?«

»Ja. Darf ich?«

Diese aufdringliche Person nahm ihr einfach den Roller aus der Hand. Und sie, Margit, ließ es geschehen. Mit einem Mal hatte sie das Gefühl, keinen Schritt mehr gehen zu können. Ein Schmerz breitete sich in ihrem rechten Arm aus und zog hinauf bis zur Schulter. Oder zum Herzen? Bekam sie hier, keine fünfzig Meter von ihrem Hauseingang entfernt, vielleicht einen Infarkt?

»Vernau ...« Margit rang nach Luft. Um nichts in der Welt wollte sie ihre Schwäche zeigen. »Vernau, Scholl, Plog ...«

»Sie kennen alle drei?«

Ob sie die Bank noch erreichen würde? Sie streckte den Arm nach der Rolltasche aus. Die Anwältin schien zu bemerken, dass etwas mit ihr nicht stimmte.

»Kann ich Ihnen helfen?«

»Nur ... einen Moment ... sitzen.«

Sie spürte den Griff unter ihrem Arm. Behutsam wurde sie zur Bank geleitet. Margit erreichte sie mit letzter Kraft. Die Anwältin nahm neben ihr Platz. Der Wind drehte sich wieder und trieb den Rauch nun direkt auf sie zu. Jemand aus einem der Stockwerke über ihnen rief: »Eine Unverschämtheit!«, und warf wütend das Fenster zu. Margit hustete, ihre Sitznachbarin wedelte sich frische Luft zu. Maxl saß vor der Haustür und stieß einen sehnsuchtsvollen Laut aus. Dann kehrte er resigniert zu seinem Frauchen zurück.

»Stinkt ja irre«, sagte die Frau. »Wie viele von den Dingern haben Sie denn verbrannt?«

»Zwanzig, mindestens …«

»So viele?«

»Es kommt einiges zusammen über die Jahre.«

»Und alles umsonst.«

»Ja«, sagte Margit leise und sah dem Rauch hinterher.

Eine Weile blieben sie nebeneinander sitzen. Margit wusste nicht, wie sie den ungebetenen Besuch wieder loswerden sollte. Sie erinnerte sich an mehrere Nachrichten auf ihrem Anrufbeantworter und dass sie nicht zurückgerufen hatte, weil die Begegnung mit ihrer Enkelin ihr allein gehörte. Vielleicht wurde man so, wenn man noch nicht einmal den eigenen Sohn zu Grabe hatte tragen dürfen. Egoistisch, hart, verschlossen. Eine Eigenbrötlerin, die niemandem mehr Nähe gestattete. Bis auf eine Ausnahme.

Rachel war Daniels Tochter. Und sie würde das Mädchen beschützen, vor was und wem auch immer.

Aber die Anwältin gab keine Ruhe.

»Diese Namen. Scholl, Plog und Vernau. Sie haben sie behalten. Sie wissen, dass damals irgendetwas nicht mit rechten Dingen zugegangen ist.«

»Ich versuche damit abzuschließen.« Margit wies auf die Rauchschwaden. Das Feuer schwelte mehr, als dass es brannte. Ein Wunder, dass noch keine von den hysterischen Spielplatzmüttern die Polizei gerufen hatte. »Was ist mit diesem Vernau?«, fragte sie.

»Er sucht Rachel. In Israel.«

»Ist sie schon wieder dort?«

Die Worte klangen enttäuscht, und das war Margit auch. Der

hastige Abschied … Sie hatte geglaubt, er wäre so etwas wie ein Beginn gewesen. Sie gehörten doch zusammen. Aber wenn das Mädchen das Land schon verlassen hatte, war es vergebene Liebesmüh, auf ein baldiges Wiedersehen zu hoffen. Das tat … weh. Erstaunt lauschte Margit in sich hinein. Sie hatte den Schmerz abgekapselt und war verwundert, dass er sich mit solcher Vehemenz zurückmeldete.

»Also war sie hier.«

Margit brummte etwas, das durchaus auch Ärger darüber sein konnte, sich so schnell verraten zu haben.

»Wann?«

»Das weiß ich nicht mehr.«

»Frau Schöbendorf, wenn Sie ihr helfen wollen, dann versuchen Sie sich zu erinnern. Rachel Cohen steht unter Mordverdacht.«

»Was?«

»Sie war bei Rudolph Scholl, genau zu dem Zeitpunkt, als er umgebracht wurde. Sie wissen doch, was passiert ist?«

Ein unwilliges, schnelles Nicken.

»Es gibt Zeugen.«

Wieder dieser Schmerz. »Zeugen?«, fragte Margit, als würde jemand in einer fremden Sprache zu ihr reden.

Die Gedanken in ihrem Kopf überstürzten sich. Egal was sie sagte, sie würde Rachel damit schaden. Am liebsten wäre ihr, diese Anwältin würde verschwinden.

»Warum wollen Sie das wissen?«

»Herr Vernau war auch am Tatort. Er hat Rachel dort gesehen.«

»Vielleicht war er es ja und will bloß von sich ablenken.«

»Bestimmt nicht. Also?«

»Sie war hier, bei mir. Am Freitag. Bis in den Abend.«

Die Anwältin nickte, als ob sie Margits Lüge verstehen würde.

Doch niemand konnte das. Niemand, der nicht fürchten musste, zum zweiten Mal einen wichtigen Menschen zu verlieren.

»Sie wollen Rachel schützen. Aber das tun Sie nur, wenn Sie die Wahrheit sagen.«

»Erlauben Sie mal!«

»Sie glauben also, dieses Mädchen aus Israel sei Ihre Enkelin. Der einzige Mensch, der Ihnen nach dem Tod Ihres Sohnes geblieben ist.«

Margit beugte sich hinab und kraulte ihrem Hund den Hals. »Mein Gutster«, sagte sie. »Mein Gutster.« Nicht darauf hören, was fremde Leute sagen. Die wissen nichts, gar nichts. Es war so mühsam. Dieses Erklären und Erinnern, wenn man es mit Leuten zu tun hatte, die von nichts eine Ahnung hatten.

»Frau Schöbendorf, Ihr Sohn ist tot. Irgendwo im Meer zwischen Korfu und Albanien ist er angeblich verschollen. Ich kann nur erahnen, was es für Sie bedeutet haben muss, alle Hoffnung zu begraben. Dann taucht eines Tages Rachel auf. Plötzlich ist alles anders. Rudolph Scholl stirbt. Und Sie verbrennen die albanischen Akten. Erklären Sie es mir.«

Maxl versuchte, sich aufzurichten und mit den Vorderpfoten die Bank zu erreichen. Er fiepte und jieperte, aber Margit achtete nicht auf ihn. Sie wickelte nur die Leine um ihre Hand.

»Rachel Cohen ist meine Enkelin«, sagte sie schließlich. »Ich habe einen DNA-Test machen lassen. Sie wollte das auch. Noch am Freitag habe ich die Probe in ein Labor in Wilmersdorf gebracht. Es hat ganz schön viel Geld gekostet. Aber sie haben mich noch reingeschoben, und ich konnte es ihr noch sagen. Rachel ist Daniels Tochter. Zu neunundneunzig Komma neun, neun, neun Prozent.« Sie suchte nach einem Taschentuch, um sich über die tränenden Augen zu wischen. »Daniel wollte heiraten. Er wurde Vater. Er hat mir damals geschrieben, dass er kommen und mir jemanden vorstellen will. Er ist nicht der Mensch, der andere im

Stich lässt. Sehen Sie?« Margit wies auf den Grillplatz. »Ich vernichte nur wertloses Zeug. Die beiden haben gelogen, dass sich die Balken bogen.«

»Wer jetzt? Ich verstehe nicht ganz. Wer hat Sie belogen?«

»Scholl und Plog. Sie haben behauptet, Daniel hätte mit ihnen gesprochen. In der Nacht, bevor er abgehauen ist. Die beiden haben die Spur nach Griechenland gelegt.«

»Wann haben sie das getan?«

Margit wies mit einer müden Kopfbewegung auf den Scheiterhaufen. »Damals, siebenundachtzig. Ich wollte doch wissen, was mit meinem Jungen passiert ist. Sie haben eine Aussage gemacht, bei der Polizei. Hier in Berlin. Fragen Sie mich nicht, wie lange ich darum bitten musste, dass man sie endlich zur Rede stellt ...«

»Und?«

Margit stöhnte auf. Warum war nur alles so kompliziert? Konnte diese Frau sie nicht einfach in Ruhe lassen? Die Anwältin beugte sich vor und nahm sie ins Visier.

»Was haben Scholl und Plog damals ausgesagt?«

»Dass Daniel seine Sachen gepackt hat und bei Nacht und Nebel abgehauen ist. Ihm wäre alles zu viel geworden. Die Verantwortung. Die Erwartung. Ein Kind mit gerade mal zwanzig. Eine Jüdin und ein Deutscher, zwei Familien, die das nie akzeptieren würden ... Ach, dummes Zeug. Wer das behauptet, kannte Daniel nicht.«

»Ganz ruhig, Frau Schöbendorf. Welcher Ordner war es? Können Sie sich daran noch erinnern?«

Margit schüttelte wieder den Kopf. Alles war durcheinander. Die Namen, die Erinnerungen, die Ordner ...

»Konzentrieren Sie sich. Sie haben es nicht vergessen. Sie sind nur etwas neben der Spur.«

»Das bin ich nicht! Es ist bloß ...« Mühsam stand sie auf und deutete auf die glimmenden Reste. »Irgendetwas ist mit meinem Jungen passiert. Und dann steht Rachel vor mir und ... und zeigt mir ein Gedicht. Es war wie ein letzter Gruß, wie eine Botschaft ... ein Versprechen. Ich verlasse dich nicht. *So* war Daniel. *Das* war mein Kind. Es hat nie eine andere gegeben.« Sie wandte sich ab. Ihre Augen brannten. Keiner sollte sie so sehen. So verletzt. So schwach.

Die Anwältin stand auf und ging zurück zu dem Grillplatz. Margit war es egal. Sollte sie in der Asche wühlen. Sie würde nichts finden als wertloses Papier.

»Komm, Maxl«, sagte sie mit erstickter Stimme. Langsam kehrte sie zurück zum Haus.

»Frau Schöbendorf!«

Margit schloss die Tür auf. Sie wollte nicht mehr reden. Sie wollte mit ihrem Schmerz alleine sein.

»Warten Sie.«

Margit ließ dem Hund den Vortritt und schlüpfte dann selbst durch die Tür. Gerade noch rechtzeitig. Die Anwältin kam zu spät. Sie rüttelte am Knauf und spähte dann durch das geriffelte Glas in den Hausflur.

»Frau Schöbendorf!«

Margit holte Luft und begann, die Treppe hinaufzusteigen.

»Welche andere? Machen Sie auf! Wer ist die andere Frau?«

32

Mit stockender Stimme hatte Uri erzählt, dass er Rebecca an besagtem 7. Oktober 1987 in Haifa getroffen hatte.

»Sie wäre fast vor ein Auto gelaufen, so durcheinander war sie.«

Ich fragte: »Woher wusstest du, was Daniel vorhatte?«

»Es gab ein Gerücht, das sich wie ein Lauffeuer im Kibbuz verbreitet hatte. Einer von den Freiwilligen hätte Ärger. Ärger wegen eines Mädchens aus dem Kibbuz. Ich wusste, dass Rebecca gerne mit euch zusammen war. Deshalb bin ich zu ihrem Zimmer, um mit ihr zu reden. Und da habe ich den Brief gefunden.«

»Einen Abschiedsbrief?«

»Ja. Nur ein paar kurze Sätze. ›Ich will mein Glück, und das ist dort, wo Daniel ist. Deshalb gehe ich fort von euch.‹« Ein Muskel in seinem Gesicht zuckte. »Ich ging zu ihrer Mutter und erfuhr, dass sie zu ihrer Tante Rose nach Haifa wollte, die dort in der deutschen Kolonie lebte. Ich wusste nicht, was ich denken sollte. Die einen sagten, Daniel wäre bei Nacht und Nebel vor genau so einer Herausforderung geflohen. Aber Rebeccas Brief sprach davon, dass sie diejenige wäre, dass sie sich auf ihn verließ … Ich nahm den Bus. Ich hatte den festen Vorsatz, die beiden nicht aufzuhalten. Rebeccas Glück war mir, egal was du von mir denkst, wichtiger als alles.«

Rachel zog die Augenbrauen hoch. »So kenne ich dich ja gar nicht. Woher kam dieses Gerücht?«

Mit einem gequälten Gesichtsausdruck hob er die Schultern. »Ich weiß es nicht. Es kam aus den Baracken, mehr wollte ich auch gar nicht erfahren. Der Gedanke, dass Rebecca in Haifa sitzen und auf jemanden warten würde, der sie in eine unhaltbare Situation bringen könnte, war unerträglich für mich.«

Rachel stand hastig auf und stieß beinahe mit den Ästen über ihr zusammen. Die Laubhütte war zu eng für solche Gespräche, die Liege, auf der wir saßen, war nichts für Konfrontationen von Angesicht zu Angesicht.

»War es nicht eher so, dass du dir Chancen ausgerechnet hast?«

»Ja.«

»Ja?«, fragte sie, ärgerlich und verblüfft zugleich.

»Ja. Ich habe gehofft und gebetet, dass Daniel nicht dort auftauchen würde. Ich habe gehofft und gebetet, dass ich endlich eine Chance bei ihr hätte. Dass ich sie retten könnte. Es war hochfahrend und eitel. Denn hüte dich vor der Erfüllung deiner Wünsche ...« Er lehnte sich zurück an die Bretterwand. »Hast du Tim Burtons *Corpse Bride – Hochzeit mit einer Leiche* gesehen?«

Ich kannte den Film. Die Geschichte ging zurück auf eine alte russische Sage, *Die Leichenbraut*.

Rachel nickte, aber es fiel ihr schwer.

»Ich hatte einen Zombie geheiratet. Rebecca gab es nicht mehr. In dieser Sekunde, als sie in Haifa lieber vor einen Lkw gelaufen wäre, als meine Hand anzunehmen, in dieser Sekunde ... war sie gestorben. Ich hatte ihr den Todesstoß versetzt. Ich hatte ihr gesagt, dass der Mann, den sie liebte und für den sie alles aufgegeben hatte, ein ehrloser, nichtsnutziger *ben zona* war. Sie hatte einen Nervenzusammenbruch, und damals gab es nur wenig Hilfe in dieser Hinsicht. Ich bin so schnell wie nur möglich mit ihr nach Tel Aviv. Aber es war zu spät. Sie lebte, doch sie war nicht bei uns. Nicht bei mir und nicht bei dir. Als ... als es so weit war, ging sie ins Krankenhaus. Mit deiner Geburt war ihre Zeit auf dieser Erde vorüber.«

Langsam, wie in Trance, setzte Rachel sich wieder. Das Gestell der Liege knarrte. Es war fast unerträglich heiß.

»Und ... und der Brief?«

»Es war derselbe, den sie damals in Jechida auf ihr Bett gelegt hatte. In Haifa habe ich ihn ihr zurückgegeben. ›Ich will mein Glück, und das ist dort, wo Daniel ist.‹ Ich habe ihn nach ihrem Tod vernichtet.«

Rachel schluckte. »Nur die Ferry Tickets und das Gedicht, die hast du nicht gefunden. Weil sie ganz hinten in der Mappe mit meiner Geburtsurkunde steckten. Hättest du sie auch weggeworfen?«

Uri überlegte, dann nickte er.

»Ich glaube dir nicht.«

»Rachel ...«, unterbrach ich sie, aber sie würgte mich schon nach dem ersten Wort ab.

»Ich glaube dir nicht! Das bist nicht du, Uri. So selbstlos. So ... was soll ich sagen? Liebend?«

Ich wollte einwenden, dass Rebeccas Tragödie auch Uris Tragödie gewesen war, dass wir alle einmal mit heißem Herzen gefühlt hatten und dass sich nicht nur die Dinge, sondern auch die Menschen änderten. Doch sie wollte nichts hören.

»Was ist aus meinem Vater geworden?«

»Ich weiß es nicht. Ich habe mich nie darum gekümmert. Daniel war fort. Und der Kibbuz wurde für Rebecca unerträglich.«

»Gerüchte! Das hast du selbst gesagt. Daniel hätte meine Mutter nie verlassen.«

»Kanntest du ihn?«, fuhr ihr Vater sie an. »Warst du damals dabei?«

Er verließ die brütend heiße Hütte, Rachel folgte ihm. Ich versuchte vorsichtig, wieder auf meine steifen Beine zu kommen.

»Du etwa?«, fauchte sie. »Du warst doch in Gaza, oder nicht? Wo warst du eigentlich genau in der Zeit nach dem siebten Oktober siebenundachtzig?«

Uri antwortete wütend auf Iwrit, sie konterte mindestens genauso aufgebracht. Ihr Tonfall geriet in eine besorgniserregende Dissonanz. Ich ging ebenfalls hinaus auf die Terrasse, gerade noch rechtzeitig, um Rachel davon abzuhalten, mit den Fäusten auf ihren Vater loszugehen.

»Rachel!«

Es gelang mir, sie von ihm wegzuziehen, obwohl sie sich wehrte.

»Dein ganzes Leben warst du eifersüchtig auf ihn.« Wieder wollte sie sich losreißen. »Hast du ihn beobachtet? Hast du mitbekommen, dass die beiden abhauen wollten? Hast du ihn abgepasst und irgendwo verscharrt?«

Ohne sie aus den Augen zu lassen, ging Uri ein paar Schritte zurück. Offenbar begriff er erst jetzt, dass Rachel ihn tatsächlich verdächtigte.

»Hör auf!«, brüllte ich sie an. »Es ist erwiesen, dass Daniel in Griechenland ums Leben gekommen ist.«

»Ist er nicht.« Rachel fuhr sich mit dem Handrücken über die Nase. In ihren Augen standen Tränen der Wut. »Ich war bei seiner Mutter. Sie hat Beweise.«

»Welche Beweise?«

»Genug, um alles noch einmal aufzurollen. Von Anfang an.« Sie sah zu Uri. »Und deshalb frage ich dich: Steckst du mit Plog und Scholl unter einer Decke?«

»Ob ich … was?«

Er sah seine Tochter an wie eine Fremde. Und Rachel benahm sich auch so.

»Du hast mich sehr wohl verstanden. Oder hast du es allein durchgezogen?«

»Um Himmels willen, Rachel. Was meinst du? Ich weiß nicht, wovon du redest.«

»Oh doch. Ganz genau sogar.«

Er presste die Lippen aufeinander. Sein hageres Gesicht wirkte eingefallen. Ohne einen von uns anzusehen, stand er auf, lief zur Treppe und verschwand. Rachel sah ihm verblüfft hinterher.

Dann wandte sie sich an mich. Schau ihn dir an, sagte ihr Blick. Jetzt weißt du, was ich meine.

»So geht Uri Cohen mit allem um, was nicht in sein Weltbild passt. Er duckt sich weg. Der große, tapfere Soldat … Der große, tapfere Soldat!«, schrie sie ihm hinterher.

Von der Mauerbrüstung hatte man einen beeindruckenden Blick auf die Stadt. Die Sonne war untergegangen. Aus dem Westen stieg, inmitten eines unwirklichen Blau, der Mond auf. Eine leichte Brise kam auf, wohltuend nach dieser Hitze. Der Besucherstrom zur Klagemauer riss immer noch nicht ab. Aus einem Minarett ganz in der Nähe erscholl der Gebetsruf des Muezzins. *Allâhu akbar* … In die Wiederholung fielen andere ein, über diesen Kanon legte sich der Klang einer Kirchenglocke. Ein ganz normaler Abend in einer alles andere als normalen Stadt.

Rachel stellte sich schließlich neben mich. Vielleicht war es der Anblick, vielleicht auch diese rätselhafte Symphonie des Glaubens, die uns schweigen ließ.

Welch eine verfahrene Situation. Welch eine zerrissene Familie.

»Und jetzt?«, fragte sie schließlich.

Ich ging ein paar Schritte über die Terrasse und sank auf einen der ausrangierten Sessel, die neben der *sukka* standen.

»Du wirst mit mir nach Tel Aviv kommen und deine Aussage machen. Den Unfall nehme ich auf meine Kappe. Die Waffe wird nicht erwähnt.«

Sie reagierte nicht. Ich baute ihr gerade eine goldene Brücke, und ihr war es egal.

»Wir sind am Ende angelangt, Rachel. Mehr werden wir nicht herausfinden. Mutmaßungen. Annahmen. Ein paar Zeilen eines Gedichtes …«

»Scholl ist tot. Rudolph Scholl. Er war dein Freund.«

Was sollte ich darauf antworten?

»Interessiert dich denn gar nicht, wer das getan hat und warum?«

»Doch. Aber dafür müssen wir mit Berlin zusammenarbeiten.«

»Berlin ...« Widerwillig nahm sie in dem zweiten Sessel Platz. »Dort stehe ich immer noch unter Mordverdacht.«

»Das räumen wir aus der Welt.« Ich versuchte, zuversichtlich zu klingen. »Gibt es irgendetwas, das du mir noch nicht gesagt hast?«

Rachel strich über den Staub auf der Weinkiste und betrachtete anschließend interessiert ihre Fingerspitzen.

»Rachel?«

»Nein«, antwortete sie. Vermutlich dachte sie an ihren Ziehvater.

»Ich bin Anwalt. Solange Uri keine klare Aussage macht, gilt die Unschuldsvermutung.«

Sie warf sich zurück in den Sessel und starrte hinauf in die aufgehenden Sterne und zu dem fetten gelben Mond. »Anwalt. Klar ...«

Ich stand auf. Für mich gab es hier nichts mehr zu tun. Es war ein naiver Versuch gewesen, zwei Menschen aus ihrer Verbohrtheit zu holen, und er war gescheitert.

»Komm mit nach Tel Aviv.« Ich wartete. »Also?«

Sie reagierte nicht.

»Ich fliege morgen zurück nach Berlin. Ich kann dich dort vertreten, wenn du willst.«

Auf dem Weg hinunter hoffte ich, Joel nicht in die Arme zu laufen. Aber meine Sorge war unbegründet. Die Wohnungstür war zu. Ergab es Sinn, noch einmal mit Uri zu reden? Ich hatte die Hand schon erhoben, um anzuklopfen, doch dann ließ ich es bleiben. Hinter dieser Tür saß ein junger Mann mit einem Maschinengewehr. Oben auf dem Dach hielt eine Tochter ihren Vater für einen Mörder. Und Uri tat nichts, um eine Klärung herbeizuführen.

Auf dem Weg über den Hof glaubte ich, dass er oben am Fenster stand und mich beobachtete. Aber ich konnte mich auch täuschen.

33

Rachel wartete, bis Vernau das Haus verlassen hatte. Ihr Hals wurde eng, und die Augen brannten, aber sie würde nicht losheulen. Sie hörte die Menschen auf den Straßen, Gelächter und Rufe in allen Sprachen der Welt. Sie kamen, weil sie etwas suchten. Die Antwort auf Fragen, die Erlösung von Schmerz. Jerusalem war Verzückung, Wahn und Hass, drei Tage all inclusive.

Das Display ihres Handys leuchtete auf. Ricks Foto erschien. Das Vibrieren dauerte lange, sie unterband es nicht. Ihr Zeigefinger schwebte über seinem Gesicht, fuhr über das Lächeln, dieses falsche, hinterhältige Lächeln, mit dem er sie eingewickelt hatte. Sie wusste, was geschehen würde, wenn sie das Gespräch annahm. Er würde drauflosreden und ihr alles erklären. Sogar für die Frau, die seinen Ehering trug, würde er eine Erklärung haben. Und ihr verletztes Herz lechzte nach dieser Schmiersalbe aus Liebesschwüren und Vergebung. Sie würde nicht rangehen. Oder doch.

»Ja?«, bellte sie ihn an.

»Rachel ...«

Verdammt, verdammt. Seine Stimme. *Fuck you!*, wollte sie schreien.

»Die Polizei war eben hier.«

Sie kapierte nicht. Er rief sie an, um ihr das mitzuteilen? Polizei?

»Warum?«

»Jemand hat mit deinem Wagen einen Unfall verursacht.«

»Ich weiß«, antwortete sie und versuchte, sich einen Kübel mit Eiswürfeln vorzustellen, den sie über ihren Bauch schüttete.

»Und dann ist da noch was.«

Sie stand auf und ging zur Mauer. »Ich höre.«

»Du sollst dich bei denen melden. Sonst jagen sie eine Fahndung raus. Ich fürchte, mit dem Löschen deiner Flugdaten ist es nicht getan. Wenn sie rausfinden, dass wir das waren ...«

»Ich kümmere mich drum.«

»Wo bist du?«

»Geht dich nichts an.«

»Rachel, falls es was mit deiner Mutter zu tun hat, dann lass mich dir helfen.«

Sie beugte sich vor, spähte hinunter auf die enge Gasse und fragte sich, ob ihr Handy den Sturz aus dieser Höhe überleben würde. Nach einer halben Minute hob sie es wieder an ihr Ohr und fragte: »Bist du noch dran?«

»Ja«, antwortete er knapp.

»Halt dich raus aus meinem Leben. Okay?«

»Ich will doch nur ...«

»Halt dich raus oder geh. Und mit geh meine ich, pack deine Sachen und verschwinde auch aus meiner Firma.« Ich bin immer noch deine Chefin, sollte das heißen. Ich kann dich jederzeit rauswerfen, und es wird nicht einfach für dich sein, einen neuen Job zu kriegen. Sie widerte sich selbst an dafür. Das war sie nicht.

»In Ordnung.«

»Was heißt das jetzt?«

»Ich halte mich raus. Die Anrufnotiz habe ich dir auf den Schreibtisch gelegt.«

»Welche Anrufnotiz?«

»Von einer Anwältin aus Berlin. Ihr Name ist Marie-Luise Hoffmann. Sie bittet um die Vollmacht zur Akteneinsicht in den Vermisstenfall Daniel Schöbendorf und ...«

Rachels Herz schlug bis zum Hals. »Und was?«

»Und den Selbstmord deiner Mutter. Rachel, was um Himmels willen ist da los?«

Das hatte ich dir sagen wollen. Aber dann ist ja leider deine Ehefrau dazwischengekommen.

»Will sie sonst noch was?«

»Moment.« Sie hörte Papier rascheln. »Nur, dass du dich umgehend bei ihr melden sollst. Willst du ihre Nummer haben?«

»Schick sie mir aufs Handy.«

»Wir müssen reden.«

»Wir müssen gar nichts.«

»Rachel, meine Frau hat ...«

Sie legte auf und wartete. Keine halbe Minute später hatte sie die Nummer in Berlin. Als sie anrief, meldete sich am anderen Ende eine helle Stimme, leicht außer Atem. Im Hintergrund waren Straßengeräusche zu hören.

»Cohen.«

»Rachel? Rachel Cohen? Wo ist Vernau?«

»Bitte sagen Sie mir erst, wer Sie sind.«

»Natürlich. Mein Name ist Marie-Luise Hoffmann. Ich bin Anwältin und kenne Herrn Vernau schon, na ja, ziemlich lange. Nicht dass sie jetzt denken, wir wären Freunde. Wir sind Kollegen. Berufskollegen trifft es besser. Obwohl, also eigentlich ist es doch etwas mehr. Nicht viel mehr, aber immerhin.«

Das kurze Gespräch mit Rick hatte keine Klarheit gebracht, es hatte Rachel eher in noch tiefere Verwirrung gestürzt. Trotzdem musste sie lächeln. Diese Marie-Luise Hoffmann schien in Bezug auf Männer ähnliche Definitionsschwierigkeiten zu haben wie sie.

»Können Sie mir vielleicht sagen, wo ich Herrn Vernau finde? Sein Handy ist immer noch aus.«

»Er ist auf dem Weg in sein Hotel in Tel Aviv. Das Grand Zion, glaube ich. Worum geht es?«

»Einen Moment. – Sie Vollidiot!« Ein Auto hupte so laut, dass es Rachel fast das Trommelfell zerriss. Es folgten weitere schwer zuzuordnende Geräusche.

»Frau Hoffmann?«

»Ja, entschuldigen Sie bitte. Ich hatte Grün, er nicht. Warten Sie bitte einen Moment. Ich fahre kurz rechts ran. Es geht nämlich darum, dass ich heute bei Frau Schöbendorf war. Sie kennen die Dame, nicht wahr?«

»Ja«, antwortete Rachel und war auf der Hut.

»Es gibt offenbar eine Aussage, aufgenommen in Berlin neunzehnhundertsiebenundneunzig. Rudolph Scholl und Michael Plog waren nach ihrer Rückkehr aus Israel bei der Polizei und haben Daniels Flucht bestätigt.«

Noch mehr Eis. Einen Gletscher, bitte.

»Das kann nicht sein.«

»Herr Scholl ist tot, wie Sie wissen.«

»Damit habe ich nichts zu tun. Das kann ich beweisen.«

Rachel fragte sich, ob die falsche SMS dafür ausreichte. Sie hatten recht, alle hatten sie recht. Sie musste zur Polizei. Jede weitere Verzögerung ritt sie immer tiefer in den Schlamassel.

»Wie?«, fragte diese Hysterikerin in Berlin. »Wie genau wollen Sie das beweisen?«

»Herr Vernau weiß Bescheid.«

»Herr Vernau sollte langsam mal mit seinem Herrschaftswissen herausrücken. Sie sind immer noch tatverdächtig. Er macht sich strafbar, wenn er Sie weiter deckt.«

»Ich werde es ihm ausrichten. Haben Sie diese Aussage gelesen?«

»Noch nicht. Aber ich werde sie finden.«

»Plog ist ein Arsch. Ein rassistischer, reaktionärer Arsch. Ihre Sorge um Herrn Vernau ehrt sie. Wie sagt ihr noch mal so schön? Eine Krähe hackt der anderen kein Auge aus. Niemand, der damals dabei war, wird auspacken. Und wenn doch einer dazu bereit ist, fällt er vom Balkon. Vernau war hier, um seine Haut zu retten. Nicht meine. Es war ein Männerding, das da abgelaufen ist.«

Sie wollte auflegen und der Frau am anderen Ende der Leitung irgendwo in Berlin eigentlich nur noch die Chance geben, *goodbye* zu sagen. Aber dann hörte sie doch weiter zu.

»Ich verstehe Ihre Enttäuschung, Frau Cohen. Lassen Sie mich bitte die Aussage überprüfen. Vielleicht war es gar kein Männerding. Es könnte genauso gut sein, dass es noch jemanden gab, den wir bis jetzt überhaupt nicht auf dem Schirm hatten.«

»Da soll noch jemand gewesen sein? In Jechida?«

»Ja.«

»Daniel, Scholl, Plog und Vernau. Wer soll sonst noch von Daniels Plänen gewusst haben?«

»Eventuell eine Frau.«

»Eine Frau? Wer denn?«

»Sehen Sie, deshalb brauche ich Ihr Einverständnis, die Sache weiterzuverfolgen.«

»Eine Frau? Meinen Sie meine Mutter?«

»Nein. Ganz sicher nicht.«

»Und sie wurde in dieser Aussage erwähnt? Dann muss ich sie finden.« Bis eben hatte Rachel sich gefühlt, als ob sie an einer Kreuzung stünde, von der nur Sackgassen abgingen. Plötzlich gab es eine neue Abzweigung. »Was brauchen Sie?« Es war noch nicht alles verloren. Sie musste nicht passiv dasitzen und die Waffen strecken.

»Eine Vollmacht. Wie lautet Ihre E-Mail-Adresse?«

»Rachel Punkt Cohen at delete Punkt com.«

»Drucken Sie sie aus. Unterschreiben Sie das Ding, scannen Sie es ein und schicken Sie es mir zurück.«

»Und mit dieser Vollmacht bekommen Sie Akteneinsicht? Sagen Sie mir dann auch sofort den Namen dieser Unbekannten?«

Das kurze Zögern sprach Bände.

»Das müssen Sie schon der Polizei überlassen. Hören Sie, Rachel? Der Polizei und Ihren Anwälten. Suchen Sie sich einen guten Vertreter in Israel.«

»Können Sie heute denn noch etwas erreichen?«

»Ich versuche es gleich noch mal bei Herrn Plog. Und morgen bin ich im Archiv. Ich melde mich umgehend. Okay?«

»Okay.«

Rachel legte auf. Sie musste zurück nach Tel Aviv und die Dinge in Ordnung bringen. Mit der Polizei reden. Ihren Schreibtisch aufräumen, um Platz zu haben für diese neue Entwicklung. Als sie sich hastig umdrehte, um zur Treppe zu gelangen, stieß sie fast mit Uri zusammen.

Sie hatte nicht gehört, dass er noch einmal aufs Dach gestiegen war. Wie er sich vor der Treppe aufbaute, mit verschränkten Armen, als sei er der Wächter dieses Hauses und aller seiner Geheimnisse.

»Lass mich durch.«

»Wer war das?«

»Das geht dich nichts an«, fauchte sie.

»Von welcher Frau habt ihr geredet?«

»Sag du es mir. Ich weiß nur, dass es eine Zeugin gibt, von der wir bisher keine Ahnung hatten.«

Er trat einen Schritt zur Seite. Sie konnte durch.

»Du weißt, wer sie ist. Du weißt alles. Was ist das Schlimmste, was passieren könnte, wenn du es mir erzählst?«

Sein schmaler Mund verschloss sich, sein müder Blick wanderte über sie hinweg zu den Dächern mit den Satellitenschüsseln und den hässlichen Kästen der Klimaanlagen.

»Du hast mich doch schon verloren«, sagte sie leise und ging.

34

Es empörte Plog, dass das Abendessen schon um kurz nach fünf gebracht worden war. Welcher normale Mensch in der Mitte seines Lebens hatte um diese Zeit Hunger? Als die Schwester eine Stunde später kam, um das Tablett abzuholen, wies er sie harsch zurecht. Keine Minute später klopfte es schon wieder. Aus Protest schaltete er den Fernseher ein und stellte die Lautstärke auf maximal.

Er hörte sie erst, als sie vor ihm stand und »Herr Plog?« rief.

Eine Frau, Ende dreißig, mit roten Haaren und einem abgewetzten Bundeswehrparka. Ihre gesamte Erscheinung entsprach so sehr seinem Feindbild, dass er vor Überraschung die Fernbedienung fallen ließ. Die Frau hob sie auf und schaltete den Ton ab, bevor sie sie ihm wieder zurückreichte.

»Hoffmann. Marie-Luise Hoffmann. Ich bin eine Kollegin von Herrn Vernau.«

Plog tastete nach dem Knopf, mit dem er im Notfall die Schwester rufen konnte. »Vernau?«

»Ich soll Ihnen viele Grüße von ihm ausrichten. Er ist gerade in Tel Aviv.«

»In Tel Aviv? Ja? Darf ich fragen, was Sie zu mir führt?«

Er rückte ein Stück hoch, um dieser Frau nicht halb flach gegenüberzuliegen. Sie holte sich ohne weitere Umstände oder Nachfragen einen Stuhl und setzte sich.

»Selbstverständlich. Es geht um Ihre Zeugenaussage Ende siebenundachtzig im Vermisstenfall Daniel Schöbendorf.«

»Ich weiß nicht, was Sie meinen.«

Die Frau, die sich Hoffmann nannte, beugte sich vor und nahm ihn ins Visier. »Wirklich nicht? Hatten Sie nicht erst vor kurzem Besuch von Kriminalhauptkommissar Vaasenburg?«

»Ich wüsste nicht, was Sie das angeht.«

Die Besucherin holte eine Visitenkarte heraus und legte sie auf seinem Nachttisch ab. »Rachel Cohen. Der Name wird Ihnen doch mit Sicherheit etwas sagen. Frau Cohen rollt derzeit den Vermisstenfall Daniel Schöbendorf wieder auf. Herr Vernau und ich unterstützen sie dabei. Deshalb bin ich hier.«

»Frau ...«

»Hoffmann.«

»Frau Hoffmann. Sie spazieren hier einfach unangemeldet herein und stellen mir Fragen. Sie wollen Anwältin sein?«

Sie nickte, immer noch freundlich.

»Was ist das dann hier? Hausfriedensbruch?«

»Ein Krankenbesuch, Herr Plog. Lassen Sie uns doch nicht drumherum reden. Wir müssen den Hergang von Daniel Schöbendorfs Flucht aus dem Kibbuz Jechida so genau wie möglich rekonstruieren. Das ist damals nicht geschehen, weil die Ermittlungen sich auf Griechenland konzentriert haben. Von dort kam sein angeblich letztes Lebenszeichen. Wir glauben aber, dass es mindestens genauso wichtig ist, die Umstände seines Abgangs in Israel zu klären. Deshalb möchte ich von Ihnen wissen, ob Sie sich vielleicht noch an etwas erinnern können.«

»Und Joe, ausgerechnet Joe, schickt Sie?«

»Er wäre gerne persönlich gekommen. Aber das letzte Wiedersehen mit einem Freund aus alten Kibbuztagen hat wenig erfreulich geendet.«

»Joe ...«

»So nennen Sie ihn, nicht wahr?« Sie lächelte. »Klingt cooler als Joachim. Er ist ein Trickser, schon immer gewesen. War er damals auch in Rebecca verliebt?«

Plog drückte den Knopf. »Ich muss Sie jetzt bitten zu gehen. Mein Büro wird Ihnen gerne die Passagen aus dem BGB heraussuchen, die sich mit Privatsphäre beschäftigen.«

»Nicht nötig. Nur eine letzte Frage: Was haben Sie damals der Polizei gesagt? Ich kann natürlich auch zur Staatsanwaltschaft gehen und im Archiv draußen am Westhafen suchen.« Sie sah auf ihre Armbanduhr, irgendein billiges Teil aus Plastik. »Bis acht Uhr ist noch geöffnet. Wenn ich mich beeile, habe ich die Information schon heute Abend auf meinem Schreibtisch.«

»Das, könnte ich mir vorstellen, dürfte schwierig werden. Dazu brauchen Sie doch bestimmt Vollmachten und Genehmigungen. Seien Sie versichert, von mir bekommen Sie die nicht.«

»Ach, Herr Plog.« Sie stand auf. »Glauben Sie mir, ich weiß über meine Rechte mehr, als Sie vermutlich jemals über Ihre wissen werden. Sie haben behauptet, Daniel hätte den Kibbuz in Jechida damals bei Nacht und Nebel mit einer anderen Frau verlassen. Wie sind Sie darauf gekommen?«

»Das geht Sie einen feuchten Dreck an.«

»Schon wieder falsch, Herr Plog. Wie wollen Sie eigentlich Innensenator werden, wenn Sie sämtliche Fragen nach Recht und Gesetz an Ihre Sekretärin delegieren? Mord verjährt nicht. Es mehren sich die Hinweise, dass Daniel Schöbendorf Jechida nie verlassen hat.«

Sein Herz begann zu jagen. Was faselte diese Frau da? Wann kam endlich die verdammte Schwester? »Alles, was ich weiß, ist, dass er nach Griechenland abhauen wollte.«

»Hat er Ihnen das gesagt?«

»Ja, verdammt noch mal! Das heißt ...« Er hustete, drückte noch einmal den Knopf. Sah sie denn nicht, dass es ihm dreckig ging? »Scholl hat es mir gesagt.«

Sie beugte sich so weit herab, dass er beinahe ihre Haarspitzen im Gesicht hatte. »Scholl? Rudolph Scholl?«

»Ja!« Er rückte etwas zur Seite, um die Distanz wiederherzustellen. »Er hat es mir gesagt. Irgendwann, als herauskam, dass Rebecca sich die Augen ausheulte. Wenig später haben wir schon unsere Sachen gepackt und sind zurück nach Deutschland. Die Aussage damals in Berlin haben wir zusammen gemacht. Was wollen Sie eigentlich? Das ist fast dreißig Jahre her.«

Plog klingelte erneut. Er würde sich beschweren. Und wie er sich beschweren würde.

»Ich werde das überprüfen.«

»Bitte, tun Sie das«, erwiderte er gereizt. »Und jetzt gehen Sie.« Sie war schon fast an der Tür, als ihm einfiel, dass er sie so nicht gehen lassen konnte. »Moment! Warten Sie! Welche neuen Hinweise gibt es?«

Die Klinke in der Hand, blieb sie stehen und drehte sich aufreizend langsam zu ihm um. »Ich weiß nicht, ob ich Ihnen das sagen darf.«

»Aber in das Zimmer eines Schwerstkranken eindringen und ihm Fragen stellen, das dürfen Sie?«

»Ja. Zumindest solange Sie sie mir beantworten.«

Plog schlug die Decke zurück und hangelte mit seinen Füßen nach den Pantoffeln, die ihm Sandra gebracht hatte. Dann griff er nach dem Morgenmantel, den er nach seinem Besuch in der Cafeteria am Nachmittag achtlos ans Fußende des Bettes geworfen hatte.

Ein kurzes Klopfen, und ein Pfleger trat ein. »Was gibt's?«, fragte er knapp.

Plog winkte ab. »Schon gut. Danke.«

Der junge Mann, keine zwanzig, wie Plog schätzte, warf der Anwältin einen entnervten Blick zu. »Ich räum mal kurz ab. Hatten Sie denn wieder keinen Appetit?«

»Das Zeug kann man nicht essen«, knurrte Plog und schlüpfte in den Frotteemantel. Schmelzkäse, Margarine, Graubrot. Dazu, der Gipfel der Zumutung, Pfefferminztee. Ein Glück, dass die Cafeteria noch geöffnet war. »Ist das der Lieferant von der JVA?«

»Einen schönen Abend noch.« Der Pfleger schien Kritik gewohnt zu sein, er ging gar nicht erst darauf ein.

Plog schloss die Tür hinter ihm und verknotete den Gürtel des Morgenmantels. »Frau ... Hoffmann? Ja?«

Sie nickte, sichtlich und übertrieben in Eile, denn sie warf einen mehr als deutlichen Blick auf ihre Armbanduhr.

»Sie müssen das verstehen. Nach so langer Zeit steht plötzlich diese junge Frau vor mir und ist ihrer Mutter wie aus dem Gesicht geschnitten. Das war ein Schock. Und dann diese Vorwürfe, völlig ungerechtfertigt und aus der Luft geholt. Glauben Sie mir. Rebecca war ein wunderschönes Mädchen. Aber sie und ich waren damals nicht zusammen.«

Sein Gegenüber nickte zustimmend. »Wenn ich Ihnen etwas glaube, dann das.«

Er ignorierte den Seitenhieb und unterstrich seine Zerstreutheit, indem er wie geistesabwesend den nicht vorhandenen Bart an seinem Kinn streichelte. Dabei fiel ihm auf, dass er sich seit zwei Tagen nicht rasiert hatte. »Sie können es drehen und wenden, wie Sie wollen, aber ich bin nur am Rande Zeuge dieser Tragödie geworden.«

»Und kein sehr zuverlässiger, wenn ich das mal so sagen darf.«

»Die Aussage damals, wie schon gesagt, Rudi und ich haben sie gemeinsam gemacht. Bitte verstehen Sie das nicht falsch.« Plog spürte seine Nervosität und hoffte, dass diese Hoffmann aus so grobem Holz geschnitzt war, dass sie es nicht bemerkte. Er seufzte, und es klang aufrichtig. Kein Wunder. »Welche neuen Hinweise gibt es? Muss ich befürchten, dass Frau Cohen wieder auftaucht und noch mal versucht, mich umzubringen?«

»Hat sie das denn?« Ihre hellbraunen Augen musterten ihn abschätzig.

»Ja. Da Sie offenbar mit dem Herrn Kriminalkommissar sehr gut bekannt sind, wird er Ihnen den Attentatsversuch auf mich bestätigen. Das war Tötungsabsicht. Vom Tisch wischen geht da nicht mehr. Egal was Sie von mir halten. Also, welche Hinweise gibt es?«

Sie ließ die Klinke noch einmal los.

»Dokumente, die belegen, dass es Daniel mit Rebecca ernst war.«

»Ja«, sagte Plog nachdenklich. »Das mag so gewesen sein, jedenfalls zeitweise. Wir haben ja alle nach einer Erklärung gesucht, nachdem Daniel plötzlich weg war. Rudis Version von einer Panikattacke war die einzig plausible.«

»Gut möglich. Daniels Mutter ist mittlerweile anderer Meinung. Sie hat der Griechenland-Version nie getraut. Ich denke, wir müssen alle Zeugen von damals noch einmal befragen. Gab es noch jemanden in Ihrem illustren Kreis? Eine Frau vielleicht?«

»Eine Frau?«, wiederholte er.

»Ja. Hat es noch eine Frau gegeben? Jemand, der Teil Ihrer Gruppe war, ohne richtig dazuzugehören? Gab es Gerüchte? Irgendwelche Hinweise?«

»Nein ...«

»Herr Plog, es wäre gut, wenn Sie uns helfen würden. Meine Nummer haben Sie. Bitte melden Sie sich, wenn Ihnen noch etwas einfällt. Ich rate es Ihnen dringend.«

Damit verließ sie den Raum. Plog stand da und rührte sich nicht. Er rechnete damit, dass jeden Moment die Tür auffliegen und sie wieder hereinmarschieren könnte. Erst als er ihre Schritte auf dem Flur nicht mehr hörte, schleppte er sich zu seinem Bett zurück.

Herr im Himmel. Kam diese ganze Scheiße von damals wieder hoch. Es gab niemanden, mit dem er darüber reden konnte. Jontzer, sein Parteichef? Der würde ihn für verrückt erklären und danach von ihm abrücken. Sandra? Die würde ihn erst recht nicht verstehen. Israel, das war eine andere Zeit, ein anderes Leben. Keiner, der nicht dort gewesen war, würde das verstehen. Die Arbeit. Die Hitze. Die Nächte. Kaum verborgene Rivalitäten. Eine Zeit, die er aus seinem Leben radiert hatte, genau wie Vernau, Rudi und Daniel. Er hatte nicht daran erinnert werden wollen, welcher Mensch er damals gewesen war. Leidenschaftlich, unbedacht, impulsiv und egoistisch. Er hatte geglaubt, er könnte sich um hundertachtzig Grad drehen und einfach vergessen. Lange Zeit war das gutgegangen.

Bis Rachel vor ihm gestanden hatte.

Ich will das nicht!, hätte er am liebsten geschrien. Lasst mich in Ruhe! Mike ist tot! Tot! Es gibt ihn nicht mehr! Ich bin Michael Plog, Platz zwei der Landesliste des BfD. Familienvater. Ehemann. Ich habe nichts mehr mit dem Jungen von damals zu tun, der einfach nur leben und seinen Spaß haben wollte. Zu jung, zu dumm, um zu wissen, auf wen er sich eingelassen hatte.

Eine Anwältin aus ... Plog nahm die Karte vom Nachttisch und kniff die Augen zusammen, um die kleine Schrift besser lesen zu können ... Prenzlauer Berg. Natürlich. Eine Latte-macchiato-Sozialistin, die ihm etwas anhängen wollte. Dabei hatte sie nichts gegen ihn in der Hand. Gar nichts.

Druck auf diese Frau konnten sie nicht ausüben, schon gar nicht im Wahlkampf. Vielleicht danach. Aber nur, wenn sich etwas fand, mit dem sie arbeiten konnten. Frauen wie diese Hoffmann waren Menschen, die jeden Versuch, sie zum Schweigen zu bringen, öffentlich machen würden. Nein, eine neue Märtyrerin konnte niemand gebrauchen.

Das Handy riss ihn aus seinen wüsten Gedanken. »Sandra«, stand auf dem Display. Es war ungewöhnlich, dass sie so spät noch durchklingelte. Und dass sie sich nicht damit aufhielt, nach seinem Befinden oder dem Abendessen in der Klinik zu fragen, sondern gleich mit der Tür ins Haus fiel.

»Sie hat angerufen. Sie hat ihren Namen nicht genannt, aber sie hat angerufen. Hier, bei uns zu Hause.« Sandras Stimme klang hysterisch.

»Wer?«, fragte Plog.

»Wer wohl! Kannst du dir das denn nicht denken? Sie! Die Frau, die dich umbringen wollte!«

Ein Glück, dass er nicht an einen Überwachungsmonitor angeschlossen war. Sein Puls schnellte auf hundertachtzig. Nur engste Vertraute kannten seine private Telefonnummer und die Adresse. Er stand nicht im Telefonbuch, und auf seine Visitenkarten ließ er seit ewigen Zeiten nur die Büroanschriften drucken. Wie zum Teufel war sie da rangekommen? Er atmete tief durch, als er seinen Fehler erkannte. Das Haus seiner Eltern, die Telefonnummer seiner Eltern ... Die Angaben mussten immer noch irgendwo im Kibbuz herumfliegen. Wahrscheinlich war er der Einzige, der in all den Jahren nicht umgezogen war.

»Und ... was hat sie gesagt?«

»Ich weiß es nicht. Ich verstehe es nicht. Sie wollte dich sprechen. Ich habe gefragt, in welcher Angelegenheit. Da wurde sie ganz seltsam und sagte, dass sie das nur mit dir selbst bereden will.«

»Moment mal, Sandra. Ganz ruhig. Ich hatte eben Besuch von einer Anwältin. Vielleicht war die das?«

Schwer vorstellbar, denn trotz ihrer gegenseitigen Abneigung hatte diese Frau auf ihn nicht den Eindruck gemacht, als würde sie mit anonymen Anrufen arbeiten. Außerdem hatte sie gerade erst mit ihm gesprochen und wusste, wo er sich aufhielt.

»Nein. Ganz sicher nicht. Mike, sie hat schon mal versucht, dich umzubringen. Keiner weiß, wo sie steckt. Vielleicht ist sie immer noch in Berlin.«

Plog stand auf und schaffte es diesmal nicht, in seine Pantoffeln zu schlüpfen. »Das ist doch Blödsinn.«

»Wir brauchen eine Fangschaltung. Und endlich eine Geheimnummer. Wir müssen die Polizei informieren. Du musst raus aus diesem Krankenhaus, die ganze Welt weiß, wo du gerade bist, und du hast keinen Personenschutz. Nichts.«

Sandra schluchzte auf. Die ganze Sache schien sie mehr mitzunehmen, als er gedacht hatte. Vielleicht hätte er doch nicht so tief in die böse Kiste greifen sollen.

»Schatz, das sind irgendwelche linken Hetzer, die …«

»Nein!« Sie schrie so laut, dass er den Hörer ein paar Zentimeter weit weg hielt. »Sie hat gesagt, dass sie eine Bombe hochgehen lässt. Hörst du? Eine Bombe! Das war eine Warnung, eine ganz klare Terrordrohung.«

»Sandra. Sandra! Ganz ruhig. Lass uns überlegen, was wir tun können.«

»Wir? Es tut mir leid, Mike.«

»Was tut dir leid? Du musst dich doch nicht entschuldigen.«

Er konnte hören, dass sie tief durchatmete. Sie versuchte, Ruhe in sich hineinzupressen, aber ihre Stimme war kurz vorm Kippen.

»Ich gehe zu meiner Mutter. Zumindest so lange, wie diese Frau frei herumläuft. Es ist wegen der Kinder. Ich kann es ihnen nicht zumuten, in so einer Gefahr zu leben.«

»In meinem Büro gehen jeden Tag solche Drohungen ein. Das darfst du nicht ernst nehmen.«

»Nicht ernst nehmen? Hast du nicht gehört, was sie gesagt hat? Mach, was du willst. Ich gehe.«

»Sandra!« Er lief zum Schrank und zog seine Reisetasche aus dem oberen Fach. »Warte. Ich komme nach Hause. Wir reden miteinander, was zu tun ist.«

»Es geht um deine Kinder. Du siehst ja, was aus ihnen wird, wenn man sich nicht um sie kümmert.«

Damit spielte sie auf Lukas an, absolut unlogisch und außerdem eine Verdrehung der Tatsachen. *Sie* war damals die treibende Kraft gewesen, sich den Jungen vom Hals zu halten. *Sie* hatte jeden Kontakt unterbunden, *sie* hatte den untersten Satz der Düsseldorfer Tabelle durchgesetzt. Es gefiel ihr immer noch nicht, dass er den Jungen wenigstens ab und zu mal unter seine Fittiche nahm. Und jetzt warf sie ihm vor, *er* hätte sich nicht ausreichend um Lukas gekümmert.

»Ja«, beruhigte er sie. »Das verstehe ich ja. Sie werden diese Frau finden. Es ist nur eine Frage der Zeit. So lange müssen wir ruhig Blut bewahren.«

»Das tue ich, Mike. Das tue ich. Ich werde mir jetzt ein Taxi rufen und mit den Kindern zu meiner Mutter fahren.«

»Sandra!«

Sie legte auf.

Mit einem Fluch begann er, seine Habseligkeiten in die Tasche zu stopfen. Er war schon fast im Begriff, das Zimmer zu verlassen, als ihm auffiel, dass er noch im Schlafanzug war. Wütend riss er sich Jacke und Hose vom Leib und zog sich an.

Er verabschiedete sich nicht, dafür blieb keine Zeit. Die Nachtschwester sah irritiert hoch, als er an ihr vorbei zu den Aufzügen eilte. Aber bis sie ihr Kabuff verlassen und ihn erkannt hatte, war der Lift schon da. Ihr »Herr Plog! Wo wollen Sie denn hin?« war das Letzte, was er von ihr hörte.

Er nahm ein Taxi, aber er kam zu spät. Das Haus empfing ihn mit der Leere, die er befürchtet hatte. Er ging in sein Arbeitszimmer und ließ sich in den Chefsessel fallen. Alles schien sich aufzulösen. So wenig brauchte es also, um aus einer Familie und einer Karriere ein Ruinenfeld zu machen. Doch damit war jetzt Schluss. Er würde an die Öffentlichkeit gehen und die Jagd auf Rachel Cohen zu einer Sache der Allgemeinheit machen. Die Polizei hatte versagt. Damit blieb ihm nur noch die Flucht nach vorne.

Das Klingeln des Telefons, eigentlich ein melodisch dudelnder Dreiklang, zerriss die nächtliche Stille. Plog schreckte hoch. Auf dem Display leuchtete »Rufnummer unterdrückt« auf. Er hob die Hand und bemerkte zum ersten Mal, dass sie zitterte. Seltsam. Er verspürte keine Angst, nur eine ohnmächtige Wut gegen diese Frau. Nachdem er den Knopf zur Gesprächsaufzeichnung gedrückt hatte, hob er ab.

»Frau Cohen?«, sagte er. »Ich bin allein. Wir können über alles reden.«

35

Der letzte Bus nach Tel Aviv fuhr kurz vor dreiundzwanzig Uhr. Ich schaffte ihn mit knapper Not – Jerusalem bei Nacht ohne Ortskenntnisse ist eine echte Herausforderung.

Es waren nur wenige Sitzplätze besetzt. Ein paar junge Leute, wahrscheinlich auf dem Weg zu einer Party, zwei Soldaten und einige müde Frauen, die abgearbeitet aussahen und schwere Einkaufstaschen zu ihren Füßen abstellten. Der Bus hielt noch einmal in einem Vorort und verließ dann über breite Serpentinen und eine gewaltige Autobahnbrücke die Berge Judäas. Ich verschlief die Fahrt. Nach einer knappen Stunde erreichten wir um Mitternacht den nördlichen Busbahnhof, wo ich mir ein Taxi nahm und mich ins Grand Zion bringen ließ.

Sie saßen zu zweit in den ausladenden kubistischen Ledergarnituren. Die Lobby war um diese Zeit immer noch erstaunlich belebt, an der Bar reihten sich Touristen und Geschäftsleute. Gedämpfte Fahrstuhlmusik, ab und zu lautes Lachen. Valerie war im Dienst. Sie lächelte mich wieder herzlich an, aber man konnte ihr ansehen, dass Nachtschichten nichts für sie waren. Als ich nach einer Nachricht für mich fragte und sie meine Erscheinung mit dem Namen Vernau in Verbindung brachte, wies sie auf die beiden Herren mittleren Alters in Anzügen, die angeblich schon seit Stunden auf mich warteten.

Der Linke, etwas größer und schlanker als sein Begleiter, bemerkte mich als Erster. Der andere faltete hastig seine Zeitung zusammen, beide standen auf und kamen auf mich zu.

»Mister Vernau?«, fragte der Größere. Ich erkannte den Polizisten in ihm, noch bevor er mir seinen Dienstausweis zeigte, ein blauer Davidstern im Lorbeerkranz auf weißem Grund.

»Mein Name ist Shosh Schwartzmann. *Mefake'ah* des *Mischteret Jisrael*. Oder in Ihrer Sprache: Hauptkommissar der Israelischen Polizei.« Sein Deutsch war, trotz des starken Akzentes, klar und gut verständlich. In meinen Ohren klang die Sprachmelodie der meisten Israelis, als ob sie aus der Normandie oder der Bretagne stammen würden. Sehr französisch. »Mein Kollege Moran Haim.«

»Was kann ich für Sie tun?«

Es war halb eins, nicht gerade die Zeit, zu der Ermittlungsbeamte zu Hochform auflaufen.

»Wir suchen Rachel Cohen.«

Ich zwang mich zu einem Lächeln. »Ich auch.«

»Wir dachten, Sie könnten uns sagen, wo wir sie finden.«

»Ich bedaure.«

Damit wollte ich an ihnen vorbei zum Lift, aber der Kleinere versperrte mir den Fluchtweg.

»Was wird das?« Ich drehte mich zu Schwartzmann um. »Wollen Sie mich festnehmen?«

Der Polizist gab seinem Kollegen einen Wink, der trat unwillig zur Seite.

»Nein. Falls Ihnen einfällt, wo die Dame sich aufhalten könnte, melden Sie sich bitte.« Er reichte mir eine Visitenkarte. Die eine Seite war in Hebräisch, die andere in lateinischen Buchstaben beschriftet. »Nichts weiter als ein Amtshilfeersuchen. Ich hoffe, Sie haben einen angenehmen Aufenthalt in unserem Land. Sind Sie privat oder geschäftlich hier?«

»Privat. Weshalb suchen Sie Frau Cohen?«

Schwartzmann überlegte kurz. »Die deutschen Behörden brauchen eine Zeugenaussage von ihr.«

Es klang nach einer ehrlichen Antwort. Allerdings konnte diese Kontaktaufnahme auch der Auftakt zu einem Auslieferungsverfahren sein. Israel war kein EU-Mitgliedsstaat. Bevor ein europäischer Haftbefehl hier durchgesetzt werden konnte, mussten erst einmal rechtsgültige Tatsachen beschafft werden, und das bedeutete einen ganzen Rattenschwanz an Papierkram. Schriftliche Beweismittel, beeidete Erklärungen, gesetzmäßige Urkunden, richterliche Beschlüsse – alle in Englisch und Hebräisch übersetzt und mit dem Siegel des Justizministeriums versehen. Darauf folgte die Prüfung und erst danach das Verfahren. Vorausgesetzt man hatte die Person, um die es ging. Es kostete Zeit und baute darauf, dass in Deutschland bereits die entsprechende Vorarbeit geleistet worden war.

»Sie sind doch Anwalt.« Schwartzmann hätte durchaus auch in einer Law-and-Order-Serie mitspielen können. Dunkle Augen, kühler Blick. Die wache Aufmerksamkeit des Jägers, der darauf wartete, dass das Wild die Lichtung betrat. Er war etwas jünger als ich und offenbar wie alle hier in diesem Land – bis auf den übergewichtigen Busfahrer vielleicht – fit und durchtrainiert. Ich konnte mir vorstellen, dass ihm die Wartezeit in der Lobby im Angesicht der Damen an der Bar gut gefallen hatte. »Wir wurden informiert, dass Frau Cohen in Berlin Ihre Mandantin war.«

»Von wem?«

Schwartzmann verzog bedauernd den Mund.

»Berlin ist Berlin«, antwortete ich. »Und hier ist Urlaub. Tel Aviv soll doch die Partymetropole schlechthin sein. Wo geht man denn da hin? Können Sie mir vielleicht etwas empfehlen?«

Er wandte sich an seinen Kollegen und sprach iwrit, weshalb ich kein Wort verstand. Wahrscheinlich übersetzte er, was ich gesagt hatte, und das ganz bestimmt nicht mit der Absicht, mir die heißesten Bars der Stadt zu verraten. Valerie war wiederaufgetaucht und sortierte Rechnungsbelege.

»Florentine.« Schwartzmann reichte mir zum Abschied die Hand. »Das ganze Viertel. *Have fun.* Aber melden Sie sich bitte, wenn Sie vorhaben, die Stadt zu verlassen.«

Ganz bestimmt nicht.

»Danke.«

Die beiden gingen nach draußen. Hinter der Drehtür wechselten sie noch ein paar Worte mit den Männern von der Security und verschwanden dann in der Nacht. Ich hoffte, dass Rachel es sich noch einmal überlegte und freiwillig mit den Behörden zusammenarbeitete. Schwartzmann machte einen vernünftigen Eindruck.

Valerie schob ihre Belege zusammen und winkte mich unauffällig zu sich heran. »Alles in Ordnung, Herr Vernau?«

»Ja. Wo kann ich telefonieren?«

»In Ihrem Zimmer. Sie haben dort ein Festnetztelefon und ein Verzeichnis der internationalen Vorwahlen.«

Ich sah mich um. »Gibt es hier unten keine Möglichkeit?«

»Doch, in unserem Business Center. Aber das hat schon geschlossen.«

»Schade. Trotzdem herzlichen Dank«, sagte ich und wollte gehen.

»Warten Sie bitte, Herr Vernau. Sie haben eine Nachricht bekommen.«

Früher hatte es an den Hotelrezeptionen Schlüsselfächer gegeben, die gleichzeitig als Briefkasten dienten. Aber seit dem Verschwinden der Schlüssel und ihrer schweren Anhänger gab es auch die Fächer nicht mehr. Wahrscheinlich hatte das Internet sie überflüssig gemacht, genau wie Faxgeräte und Telefonkabinen. Hotels waren keine verschwiegenen Orte mehr. Schon beim Einchecken gab man mehr von sich preis als bei einer erkennungsdienstlichen Behandlung.

Valerie reichte mir einen Umschlag, auf dem mein Name und

die Zimmernummer standen. »Hier.« Sie schob mir eine der weißen, anonymen Sicherheitskarten zu. »Hinter den Aufzügen rechts. Bitte verraten Sie mich nicht. Und bringen Sie mir die Karte zurück.«

»Ehrenwort.«

Im Gehen riss ich den Umschlag auf. Es war eine Nachricht von Marie-Luise, die dringend um einen Rückruf bat.

Mit der Karte war die Tür zum Business Center problemlos zu öffnen. Bei meinem Eintreten leuchteten helle Neonröhren auf. Mehrere Computerarbeitsplätze und Drucker standen bereit. Und Telefone.

Ich wollte nicht von meinem Zimmer aus telefonieren. Natürlich war leicht nachvollziehbar, wer im Grand Zion um ein Uhr morgens welche Nummer in Deutschland anrief. Vielleicht steckte Valerie auch mit Schwartzmann unter einer Decke, und der halbe *Mischteret*-Apparat hing jetzt mit in der Leitung. Es war unprofessionell, Rachel zu schützen. Aber wenn ich es nicht von Anfang an gewollt hätte, wäre ich nicht hier.

Marie-Luise ging nicht an ihr Handy. In Berlin war es zwei Uhr morgens. Ich versuchte es noch mal. Und noch mal. Und noch mal. Wenn sie es nicht ins Klo geworfen hatte, würde sie irgendwann abheben.

»Wer auch immer um diese Uhrzeit …«

»Ich bin's.«

Ein Stöhnen. »Klar, wer sonst.«

»Du wolltest mich sprechen?«, fragte ich.

»Ja, aber nicht mitten in der Nacht. Ich muss erst mal wach werden. Warte. Oder kann ich dich zurückrufen?«

»Nein. Ich bleibe dran. Sonst schläfst du wieder ein.«

Es folgten einige Minuten mit rätselhaften Verrichtungsgeräuschen, dann hatte ich sie wieder am Apparat.

»Sorry. Ich muss mich erst mal ordnen. Also: Wo steckst du?«

»Im Hotel.«

»Du warst den ganzen Tag nicht zu erreichen. Hast du mit ...«

»Ja«, unterbrach ich sie hastig. »Es geht ihr gut. Sie kommt morgen und macht ihre Aussage.«

Schweigen.

»Was ist? Warum wolltest du mich sprechen?«

»Es gibt da eine andere Frau.«

»Wo? Bei wem? Bei mir?«

Sie lachte gequält. »Nein. Im Jahr neunzehnhundertsiebenundachtzig in deinem Kibbuz. Kannst du dich an jemanden erinnern, der scharf auf Daniel war? Außer Rebecca natürlich.«

»Jeder war damals scharf auf jeden. Was hat das mit unserer Geschichte zu tun?«

»Ich muss morgen ... nachher zum Amtsgericht wegen der Todeserklärung und der vorangegangenen Vermisstenanzeige mit den vollständigen Unterlagen der damaligen Ermittlung. Wenn ich da nichts finde, dann sicher im Archiv der Staatsanwaltschaft. Es geht um die Aussagen von Plog und Scholl. Ich vermute, dass es noch jemandem in eurem vierblättrigen Kleeblatt gegeben hat.«

»Weißt du mehr?«

Marie-Luise seufzte. »Ich war bei Margit Schöbendorf, und da ist ihr was rausgerutscht. Aber sie will es mir nicht sagen. Warum redet eigentlich keiner? Warum tun alle so, als ob ihr nicht in der Hühnerkacke, sondern in einem japanischen Atomforschungsinstitut gearbeitet hättet?«

»Keine Ahnung. Vielleicht, weil keiner gerne über Hühnerkacke spricht.«

»Ist es nicht eher so, dass alle irgendwas verbergen wollen? Margit Schöbendorf ist mir nicht geheuer. Rachels Besuch hat etwas bei ihr ausgelöst. Etwas, das sie zu verwirren und unter Druck zu setzen scheint.«

»Die Frau glaubt, sie hat eine Enkelin. Plötzlicher Familienzuwachs irritiert nun mal. Glaub mir, ich weiß, wovon ich rede.«

»Würde einen das nicht eher froh machen? Stattdessen wirkt sie wie unter einer Negativladung Strom. Heute hat sie sämtliche Akten verbrannt. Draußen im Hof. Es ist nichts passiert, glücklicherweise. Aber sie spinnt sich eine Theorie zusammen. Ich will das überprüfen. Wenn es tatsächlich eine andere Frau gegeben hat, die in den Aussagen von Scholl und Plog auftaucht, hätten wir noch eine Zeugin. Ich war heute bei Plog im Krankenhaus.«

Sie platzierte wieder einen ihrer Cliffhanger.

»Und?«, fragte ich.

»Er streitet es ab. Er gehört zu den Typen, die sogar ihre eigene Blutgruppe abstreiten würden. Einfach aus Prinzip. Ist das nicht merkwürdig? Eine weitere Zeugin würde seine Version der Ereignisse doch bestätigen.«

Ich setzte mich an einen der Computer und loggte mich ein. »Dann geh zu ihm und konfrontiere ihn mit der Aussage von damals, wenn du sie hast.«

»Genau das hatte ich vor.« Sie gähnte herzhaft. »Wie läuft's bei dir?«

Ich fasste zusammen, was sich ereignet hatte. Marie-Luise unterbrach mich nicht und wartete, bis ich fertig war.

»Schon merkwürdig.«

»Was?«

»Das alles. Du bist in Israel, weil Rachel und Uri sich in Widersprüche verwickeln. Ich bin in Berlin. Hier sind es Margit Schöbendorf und Plog. Warum gehen wir nicht einfach ins Bett und schlafen?«

»Ruf mich an, wenn du mehr weißt.«

»Wo denn? In deinem Hotel?«

Ich versprach, mein Handy wieder zu aktivieren.

Schwartzmann hatte mich gefunden. Vaasenburg wusste sicher längst, wo ich war. Also hatte es auch keinen Zweck, in das Hostel zurückzukehren. Ich nahm den Lift in meine Etage. Mein Zimmer war bei Nacht noch deprimierender als bei Tag. Die Klimaanlage hatte es heruntergekühlt, das Bett war halbwegs bequem, und wenn man das Licht löschte, war die Umgebung egal.

Ich schlief sofort ein und träumte wirres Zeug. Ich sah Rebecca, die im Meer stand und nicht mehr herauskonnte. Sie schrie um Hilfe. Ich stand am Ufer und war wie gelähmt. Neben mir, ebenso untätig, Rudi, Daniel und Mike. Und eine Frau. Aber ich wusste nicht, wer sie war, und als ich es endlich geschafft hatte, den Kopf zu drehen, war da nichts außer einem Schuh.

36

Merit gab Jacob einen flüchtigen Kuss. Ungeduldig wartete sie darauf, bis er endlich seine letzten Sachen eingesammelt und sich auf den Weg zum Schulbus gemacht hatte. Kaum war die Tür hinter ihm ins Schloss gefallen, stürzte sie zum Telefon und hörte die Nachricht ab, die sie unter der Dusche verpasst hatte. Es war die Beschwerde eines Kunden aus New Jechida, dass ein Fleck aus seiner Hose nicht ordnungsgemäß entfernt worden war.

In der Küche lag noch Jacobs angebissener Marmeladentoast auf dem Teller. Sie wollte gerade die Essensreste in den Mülleimer werfen, da brach sie in Tränen aus.

Das mache ich alles nur für dich. Du sollst es doch mal besser haben als ich. Vielleicht bleibst du dann und verschwindest nicht wie deine Geschwister nach Deutschland, weil sie sich dort »verwirklichen« können.

Verwirklichen ... Müde ließ sie sich auf einen Stuhl sinken und starrte auf die halb volle Tasse mit dem kalten Kaffee. Letzten Endes lief es immer aufs Gleiche hinaus. Man machte seine Fehler. Ohne die schien es nicht zu gehen im Leben. Ihr größter war es gewesen, viel zu lange an ihren sozialromantischen Träumen kleben zu bleiben.

Einst war sie mit den Fortschrittlichen angetreten, und nun fand sie sich im Lager der Gestrigen wieder. Die anderen hatten moderne Häuser, Klimaanlagen, Satellitenschüsseln und Autos, mit denen sie die Einkäufe fast bis vor die Tür fahren konnten. Merit besaß bloß ein Fahrrad und, nur weil Jacob sonst gar nicht mehr nach Hause gekommen wäre, auch einen Fernseher. Den zahlte sie immer noch ab. Das einfache Handy hatte keine sechzig Schekel gekostet und wurde von ihrem Sohn mit tiefster Verachtung gestraft.

Die Wäscherei lief schlecht. Sie war mit den Strom- und Wasserrechnungen im Rückstand. Seit Wochen lebten sie von Zucchini, und wenn die Bohnen reif waren, kämen die an die Reihe. Ihre Bandscheibe meldete sich. Die Knie taten ihr weh. Im Spiegel blickte ihr das Gesicht einer reizlosen Frau entgegen, die ihren Zenit längst überschritten hatte. Das Alter kam, und sie hatte nicht vorgesorgt. Alles, was sie besaß, war in diesem Haus, das noch nicht einmal ihr gehörte. Man hatte es ihr mietfrei überlassen. Wahrscheinlich waren sie froh, dass überhaupt noch jemand in diesem Teil von Jechida lebte und die Vandalen abhielt. Sie sollte sich einen Hund anschaffen.

Der Gedanke an einen deutschen Schäferhund ließ wieder etwas von ihrem alten Sarkasmus aufblitzen. Da würden sie sich die Mäuler zerreißen, die braven Bürger von New Jechida. Für sie war Merit immer die Deutsche geblieben. Egal wie nahe sie damals dran gewesen war, sich einen echten Platz im Leben zu erobern ...

Was würde sie anders machen, wenn endlich der erlösende Rückruf käme? Auf keinen Fall in Israel bleiben. Dahin zurückgehen, wo das Leben einfach und planbar war. Mit Kranken- und Sozialversicherung und einer kleinen Rente, von der man wenigstens mit Ach und Krach leben konnte. Ihre beiden Ältesten Jorim und Hanna hatten einen zweiten Pass. Sie konnten jederzeit Deutsche werden. Also genau das, was ihre Mutter einmal gewesen war und wovon sie sich so lange zu befreien versucht hatte. War das nicht echte Ironie des Schicksals?

Sie trank einen Schluck Kaffee und wartete. Sie machte Jacobs Bett und räumte das Wohnzimmer auf. Das Telefon klingelte nicht. Sie spülte das Geschirr, ging in den Garten, überprüfte die Bohnen, die Avocados und die Kürbisse. Sie kam zurück – er hatte sich nicht gemeldet. Von Stunde zu Stunde stieg ihre Wut.

Am Mittag hatte er seine Chance verspielt. Das Ultimatum, das sie ihm gestellt hatte, war längst abgelaufen. Dabei hatte er versprochen, sich gleich am nächsten Tag zu melden und das Geld zu besorgen. Wie freundlich er gewesen war. Wie sanft seine Stimme. Dabei hatte sie ihn ganz anders in Erinnerung gehabt und sich vor diesem Anruf gefürchtet. Mit einem Tee, um die Nerven zu beruhigen, setzte sie sich auf die Stufen vor dem Haus.

Hunderttausend Euro. In bar. Dann wird Daniel auf ewig in Griechenland verschollen bleiben. Und glaub ja nicht, du könntest mich verarschen. Ich habe vorgesorgt für den Fall, dass mir was passiert …

Waren das Stare? Merit sah hoch zu dem aufgeschreckten Vogelschwarm, der sich laut zeternd über dem Dach der Gemeinschaftshalle neu versammelte. Hunderttausend Euro. Was man damit alles anfangen konnte. Als Erstes hier wegziehen. Vielleicht nach Tel Aviv. Deutschland war keine Option, allein der Gedanke, wie ihre Familie sie aufnehmen würde, jagte ihr einen Schauer des Abscheus den Rücken hinunter. In Tel Aviv könnte sie versuchen, eine Arbeit zu finden. Mit den Rücklagen würde sie ziemlich lange durchhalten. Vielleicht eine kleine Wohnung, sie musste ja nicht im Zentrum sein. Irgendwo, zum Beispiel in Ramat Gan oder Jaffa. Jacob würde eine anständige Schule besuchen, und sie könnte sich was zum Anziehen kaufen, mal ausgehen, vielleicht einen Mann kennenlernen, der ihr die Sorgenfalten wegküssen würde.

Ach, lieber doch keinen Mann. Männer stellten bloß Fragen. Vor allem wenn die Frau Geld hatte. Nicht nach dem Woher, sondern eher: »Kannst du mir vielleicht was geben?« Sie hatte die Schnauze voll vom Teilen.

Merit legte die Hand über die Augen, weil die Sonne blendete. War da jemand? Im Gebüsch hinter dem Gemeinschaftshaus? Für einen Moment hatte sie geglaubt, dort eine Gestalt zu sehen, die gebückt durchs mannshohe Unkraut schlich. Sie hatte sich getäuscht. Wer sollte schon zu ihr kommen? Der letzte Besucher war Joe gewesen, Joachim Vernau. Und wonach hatte er sich als Erstes erkundigt, nachdem er krampfhaft versucht hatte, seinen Schock über ihr ärmliches Zuhause zu verbergen? Nach Rebecca. Natürlich!

Sie stand auf, ging ins Haus, stellte den Becher neben dem Telefon ab und versuchte es erneut. Wieder nichts.

Langsam wurde sie wütend. Was bildete der Kerl sich eigentlich ein? So lange hatte er in Frieden und Wohlstand leben können. Wenn sie nur ein einziges Mal richtig nachgedacht hätte, wäre sie schon viel früher darauf gekommen, dass es bei ihm etwas zu holen gab.

Ein Schatten verdunkelte die Haustür. Merit fuhr herum. Sie konnte nicht erkennen, wer da im Gegenlicht stand. Aber dass er nicht in freundlicher Absicht gekommen war, verriet die Art, wie er dort stehen blieb. Dunkel, bedrohlich. Sie wollte gerade eine scharfe Frage stellen, da bemerkte sie den Baseballschläger in seiner Hand.

Sie warf den Hörer auf die Gabel und rannte in die Küche. In fliegender Hast riss sie die Schublade auf, aber noch bevor sie nach einem Messer greifen konnte, wurde sie auch schon herumgerissen und gegen das Regal geschleudert. Es schwankte. Gläser stürzten auf sie herab. Merit wollte sich aufrichten. Aus den Augenwinkeln sah sie, wie der Schatten ausholte. Der Schlag traf sie mitten in der Bewegung, riss ihr fast das Ohr ab und zerschmetterte das Schlüsselbein. Mit einem Schrei ging sie in die Knie. Sie wusste: Er war gekommen, um sie zu töten.

Hektisch kroch sie unter den Tisch. Er umfasste ihr Bein und zog sie wieder heraus. Sie wehrte sich. Blut lief ihr von der Stirn in die Augen, die ganze linke Seite ihres Gesichts war ein einziger Schmerz.

»Hilfe!«, schrie sie. »Hilfe!«

Es war das deutsche Wort, ein anderes kam ihr nicht mehr in den Sinn. »Nein!«

Sie umklammerte das Tischbein, und – oh Wunder – er ließ los. Wimmernd blieb sie liegen, zusammengekauert, halb totgeschlagen, so verängstigt, dass sie kaum noch zu atmen wagte. Sie sah Turnschuhe, eine Jeans, mehr nicht. Mann oder Frau? Die Gestalt ging zwei Schritte zur Einbauwand und öffnete eine Schublade. Es klirrte. In affenartiger Geschwindigkeit kroch sie unter dem Tisch hervor und trat mit voller Wucht dagegen. Das Möbelstück krachte von hinten in ihren Angreifer, er stöhnte wütend auf und drehte sich zu ihr um. Er trug eine schwarze Sturmhaube. Die Augen ... Die Augen! Sie raste in den Flur und durch die Tür ins Freie, dann quer durch den Garten über den Trampelpfad in Richtung der alten Baracken. Noch im Laufen erkannte sie ihren Fehler: Es war eine Sackgasse. Das Gelände war zu den Feldern hin mit einem Stacheldrahtzaun abgegrenzt. Sie lief geradezu in ihr Verderben.

Hinter einer fast völlig eingestürzten Hütte, von der nur noch eine löchrige Holzwand stand, versteckte sie sich. Das Adrenalin rauschte wie ein kochender Wasserfall durch ihren Körper. Vorsichtig tastete sie nach der Kopfverletzung. Heiß, geschwollen, taub. Als sie ihre Finger betrachtete, waren sie voller Blut. In unendlichem Jammer krümmte sie sich zusammen.

Selbst schuld, selbst schuld, trommelten ihre Gedanken. Du hast die Geister der Vergangenheit geweckt. Sie keuchte, und sie wusste, dass sie viel zu laut war. Aber ihr Körper spielte verrückt und ließ sich nicht mehr beherrschen.

Vorsichtig spähte sie durch einen Spalt zwischen zwei Brettern.

Alles blieb ruhig, bis auf das Rascheln von vertrockneten Gräsern und Blättern. Sie verfluchte sich, dass sie das Handy nicht bei sich hatte, dass sie nicht gleich den Notruf gewählt hatte. Aber alles war so brutal und schnell gegangen – sie hätte noch nicht einmal ihren eigenen Namen sagen können.

Er ist hier, um mich zu töten. Oh Himmel! Er will mich töten!

Merit begann zu zittern. Die Hitze in ihrer linken Gesichtshälfte verwandelte sich erst in Glut und dann in Schmerz. Den Arm konnte sie gar nicht mehr heben. Wie sollte sie da fliehen? Wie Hilfe rufen? Jacob, dachte sie, wenn er aus der Schule kommt und dem Kerl in die Arme läuft ... Vor Schmerz und Erschrecken hätte sie um ein Haar laut aufgeschrien. Sie wusste, dass sie nicht in Sicherheit war. Er würde sie finden. Vielleicht wenn sie es schaffte einen Bogen zu machen und sich zum alten Gemeindehaus durchzuschlagen ... Nein, sagte die Vernunft. Ja!, schrie die Panik.

Sie lauschte. Nichts zu hören.

Merit holte tief Luft, sprang hinter der Wand hervor – und da stand er, den Baseballschläger erhoben.

»Nein«, wimmerte sie und taumelte zurück. »Nein!«

Sie wollte fliehen und drehte ihm den Rücken zu. Der nächste Schlag schien sie zu spalten. Sie wusste, dass es aus war, als sie die Erde auf sich zustürzen sah. Jacob, dachte sie noch, dann wurde es schwarz.

37

Marianne. Marianne Wegener …

Marie-Luise Hoffmann holte die Blätter aus einer abgewetzten Hängeregistraturmappe und breitete sie auf dem Tisch aus. Ihr Magen knurrte. Gleich Mittag. Kein Fax von Rachel, keine Nachricht, keine E-Mail. Ans Telefon ging sie auch nicht mehr. Nicht zum ersten Mal fragte Marie-Luise sich, warum sie sich überhaupt all die Mühe machte für jemanden, mit dem sie nicht das Geringste verband.

Für Margit, redete sie sich ein. Für eine Mutter, die ihren Sohn verloren hatte und so lange allein gelassen worden war, dass sie niemanden mehr an sich heranließ. Vielleicht auch für Rachel, obwohl sich ihre Sympathie zu der jungen Frau in Israel in Grenzen hielt. Das Mädchen hatte ein Recht darauf, die Wahrheit zu erfahren.

Ganz bestimmt nicht für Vernau.

Den halben Vormittag hatte sie damit verbracht, Rachel für ihre Untätigkeit zu verfluchen und anschließend Vaasenburg davon zu überzeugen, trotzdem Akteneinsicht zu bekommen. Ein Mausklick bei INPOL, eine E-Mail mit Anhang, und der Fall wäre erledigt gewesen. Stattdessen musste er sich mit Staatsanwalt Rütters *austauschen*, und irgendwann im Laufe des Nachmittags würde die Absage wegen Irrelevanz und Rücksicht auf ein laufendes Ermittlungsverfahren bei ihr eintrudeln.

»Danke, Birte.«

Die junge Jurastudentin hatte am Eingang einfach nur ihren

Studienausweis vorgezeigt. Recherche über eine Semesterarbeit mit dem Titel *Strafrechtliche Wiederaufnahmeverfahren in der Zivilprozessordnung*, dazu ein nettes Lächeln beim Pförtner und unten, in den endlosen neonblau beleuchteten Gängen, zwei drei Fragen an die Mitarbeiter der Aktenführung.

»Und was machste jetzt damit?«

Die beiden Frauen saßen in der Cafeteria, einem hellen Raum mit großer Glasfront, die den Blick über die Spree freigab, die Frachtschiffe, die Kräne, den braunen Rost der Container und einen bleigrauen Himmel. Marie-Luise mochte den Westhafen. Er erinnerte sie an Helmut Käutners *Unter den Brücken*, einen Film, der 1944 in Berlin und Brandenburg gedreht worden war und den sie, als sie noch fast ein Kind gewesen war, irgendwann einmal im Westfernsehen gezeigt hatten. Sie hatte sich schwärmerisch und Hals über Kopf in Carl Raddatz verliebt, den Verlierer dieser melancholischen Schwarzweißgeschichte. Seitdem waren Häfen für sie das Sinnbild von unerfüllter Sehnsucht. Auf dem Flohmarkt am 17. Juni hatte sie vor Jahren ein Autogramm von Raddatz aus den vierziger Jahren erstanden und hütete es wie einen Schatz.

»Ich weiß es noch nicht.«

Marie-Luise beugte sich wieder über die Papiere. Zeugenaussage in der Vermisstensache Daniel Schöbendorf vom 21. November 1987. Erschienen im Präsidium waren Michael Plog, damals einundzwanzig Jahre alt, und Rudolph Scholl, neunzehn.

»Ausgesagt hat nur einer: Plog. Scholl muss stumm wie ein Fisch danebengesessen haben. Zumindest hat er mit unterschrieben.«

Sie hob die zusammengehefteten Blätter an und wies auf die letzte Seite. Birte schüttete Zucker aus einem Spender in ihren Latte.

»Ein uralter Vermisstenfall. Und erst jetzt tauchen Ungereimtheiten auf?«

»Ja. Seine Tochter hat den Stein ins Rollen gebracht. Daniels Tochter. Sie will ihren Vater finden. Am Anfang standen vier junge Männer zur Auswahl.«

»Vier?« Birtes dunkle Augen, meist schlafzimmermäßig verhangen, was jedoch mehr auf ihre Nächte im Berghain zurückzuführen war, diese müden Augen weiteten sich erstaunt. »Holla die Waldfee.«

»Es ging lediglich um die theoretische Möglichkeit einer Vaterschaft. Zusammen war ihre Mutter damals offenbar nur mit einem: Daniel. Von ihm wurde sie schwanger. Er hat aber«, sie blätterte in der Akte, »in der Nacht vom siebten auf den achten Oktober den Kibbuz Jechida verlassen, um, und jetzt kommt's, mit einer gewissen Marianne Wegener nach Griechenland durchzubrennen. Marianne Wegener. Wer ist diese Frau? Warum hat bisher niemand sie erwähnt? Vernau nicht, Plog nicht. Scholl können wir ja nicht mehr fragen.«

»Warum wohl?« Birte hatte aus der Zeitung von Scholls tragischer Geschichte erfahren und Marie-Luise die ganze Fahrt über mit Fragen gelöchert. »Wie glaubwürdig ist diese alte Aussage?«

»Sie bekräftigt die Indizien, dass Daniel tatsächlich in Griechenland gewesen sein könnte. Hier.« Sie zeigte der Studentin einige graue Kopien. »Der Mietvertrag für das Boot. Zwei auf Korfu ausgestellte Reiseschecks.«

»Zeig her.« Birte zog die Kopien zu sich herüber. »Das könnte ich auch.« Sie nahm einen Kugelschreiber und schrieb *Daniel Schöbendorf* auf eine Papierserviette. Schreibschrift, nach rechts geneigt, runde Buchstaben, nichts Außergewöhnliches. Sie schob die Schriftprobe zu Marie-Luise.

»Sieht fast genauso aus. Das könnte jeder gefakt haben. Hat man die Sachen einem Schriftsachverständigen vorgelegt?«

Marie-Luise blätterte sich durch die Seiten. »Ja, warte. Einem Doktor Ernst Speichert, Psychologe und forensischer Schriftgutachter. Aber das war vor fast dreißig Jahren. Ich weiß nicht, wie weit die urkundentechnischen Verfahren damals waren.«

»Was ist mit den Zeugenaussagen aus Griechenland?«

»Moment, da gibt es Übersetzungen.« Marie-Luise überflog die Papiere. »Das hier ist die Aussage von Yannis Nikolaidis. Kann sich nicht mehr erinnern, nur an sein Boot. Es trug den schönen Namen Leda. Ein junger Mann hat es gemietet, Rucksacktourist. Kein Wort von einer Begleitung ... merkwürdig.« Sie blätterte die Unterlagen weiter durch. »Kein Hotel. Vielleicht hat er im Schlafsack am Strand übernachtet. Damals war das ja alles noch möglich.«

»Heute auch, wenn man die Stellen kennt.«

Birtes Blick wurde noch wacher. Davon träumte jeder Jurastudent: dass all die trockene Paragraphenfresserei eines Tages in einem Fall von cineastischem Ausmaß ihren Sinn finden würde. Natürlich nur falls man sich auf Strafrecht und nicht auf Güter- oder Genossenschaftsrecht spezialisiert hatte.

»Diese Aussage«, Marie-Luise deutete auf das Protokoll, »unterstützt jedenfalls die Vermutung, dass Daniel tatsächlich bis nach Korfu gekommen und dort verschollen ist. Seine Mutter hat ihn Jahre später für tot erklären lassen.«

»Wie traurig. Sie hat nie wieder etwas von ihm gehört?«

»Nie wieder. Und das ist wirklich irritierend. Seine letzte Nachricht an sie stammt nämlich aus Israel. Es war die Ankündigung seiner baldigen Heimkehr mit einer großen Überraschung. Daniels Mutter geht bis heute davon aus, dass er vorhatte, mit Rebecca nach Deutschland zu kommen. Erst wollten sie heiraten, wahrscheinlich auf Zypern, und dann weiterreisen. Seine Tochter Rachel glaubt das auch.«

Birtes Gesicht war ein einziges großes Fragezeichen. Sie deutete auf das Polizeiprotokoll. »Du hast doch eben noch gesagt, dass alle Indizien für Griechenland sprechen.«

»Ja. Aber wenn wir sie einfach mal in Zweifel ziehen, wenn wir einfach mal annehmen, dass Plog und Scholl gelogen haben, was haben wir dann? Eine unbekannte Person könnte unter Daniels Namen auf Korfu aufgetaucht sein. Derjenige löst zwei Schecks ein, mietet ein Boot, versenkt es irgendwo und haut wieder ab.«

»Wer?«

»Es muss jemand sein, dem sehr daran gelegen war, dass Daniel nicht in Israel verschwunden ist. Für wen hätten die beiden gelogen?«

Birte zog die Stirn kraus. »Für sich selbst natürlich. Vielleicht hat einer von ihnen Daniel um die Ecke gebracht. Oder sie wissen, wer es getan hat, und wurden zu der Aussage gezwungen oder dafür bezahlt. Es gibt auch noch eine dritte Möglichkeit. Ist sie dir schon mal in den Sinn gekommen?«

»Du meinst, dass Daniel lebt?«

»Wäre doch möglich. Erst neulich hat etwas über eine Frau in der Zeitung gestanden, die vierzehn Jahre lang verschwunden und längst für tot erklärt worden war. Zufällig gerät sie in eine Routinekontrolle, fliegt auf, gesteht alles. Nur zu ihrer Familie wollte sie auch jetzt keinen Kontakt.«

»Ich habe davon gehört. Aber ich glaube nicht, dass Daniel untergetaucht ist.«

»Warum nicht? Vielleicht war er schizophren oder verwirrt oder einfach nur ein absoluter Mistkerl?« Birte rührte ihren Latte um. »Meine Cousine hatte mal was mit einem Typen, der für sie die ganz große Liebe war. Er hat ihr sogar einen Heiratsantrag gemacht, richtig klassisch mit Ring und Kniefall und so. Zwei Tage später gehen sie in die Panorama Bar, und da wird er von einem Miststück angetanzt, dass die Luft brennt. Sie ist an dem Abend allein nach Hause gefahren, er hat sich nie wieder gemeldet. Oder diese Fälle, dass Männer über Jahre hinweg zwei Familien haben, und keine weiß von der anderen … Was steht da noch mal?«

Marie-Luise studierte die wenigen Seiten. »Ich zitiere: *überraschten wir Daniel dabei, wie er mitten in der Nacht und in großer Hast seinen Rucksack packte. Auf unsere Frage, wohin er gehen wolle, sagte er: ›Die ganze Sache wächst mir über den Kopf. Ich muss hier weg.‹ Er erklärte uns, dass er schon längere Zeit mit Marianne Wegener zusammen sei, einer der* volunteers *im Kibbuz, und dass Rebecca sich fälschlicherweise eingebildet habe, er sei der Vater ihres Kindes. Außerdem geht es um Geld. Daniel soll Spielschulden gehabt haben.«* Sie legte die Blätter ab.

Birte sagte: »Hm.« Mehr nicht.

Ein kleiner Schubverband kroch am Fenster vorbei.

»Ist es denn sicher, dass diese Rachel ... also, dass sie tatsächlich Daniels Tochter ist?«

»Ja«, sagte Marie-Luise. »Frau Schöbendorf hat einen Test gemacht, als Rachel bei ihr war.«

»Geht das denn so schnell?«

»Gegen Aufpreis ja. Was so lange dauert, ist meistens die Post. Der Test selbst ist in ein, zwei Stunden erledigt.« Etwas klickte in ihrem Hinterkopf. Zwei Informationen waren gerade eine Verbindung eingegangen. Nur welche?

»Scheißkerle.« Die Studentin holte ein Päckchen Tabak heraus und sah sich suchend um. »Rauchste noch?«

»Ab und zu.«

Sie packten ihre Sachen zusammen, nahmen die Getränke mit und gingen vor die Tür, wo ein selten geleerter Standaschenbecher wartete.

Birte drehte, reichte Marie-Luise die fertige Zigarette und gab ihr Feuer.

»Wo genau ist jetzt euer Problem?«

»Unser Problem«, Marie-Luise nahm einen Zug – wie sie das Rauchen vermisste, »ist Rachel. Ihre Mutter hat sich wegen Daniel umgebracht. Kurz nach der Geburt. Dieser angebliche oder tatsächliche Verrat von ihm hat sie zerbrochen. Ihre Tochter will die Wahrheit wissen. Sie glaubt, Daniel sei in Israel etwas passiert. Ganz von der Hand weisen kann ich das nicht, denn seine Flucht wirkt überstürzt und ist durch nichts als ein Gedächtnisprotokoll und eine Kritzelei auf einem Leihschein belegt.«

»Und?«

»Wir haben die Sorge, dass sie vielleicht die Nerven verloren hat.«

»Wir, dass sind Herr Vernau und du?«

»*Herr* Vernau«, wiederholte Marie-Luise amüsiert. »Mach mal dein Praktikum bei ihm, dann vergeht dir der Respekt.«

»Ich dachte, ihr beide ...«

»Nein. Wir haben uns getrennt. Beruflich, es war ja eigentlich immer rein beruflich.«

Birte war anzusehen, dass die Frage nach dem Privaten sie deutlich mehr interessierte. Aber darauf erhielt sie keine Antwort.

»Warum machst du das alles? Doch nicht wegen dieser Rachel, oder?«

Marie-Luise trat die Zigarette aus. »Ich muss los.«

Birte nickte. »Rein beruflich, ja ...«

Sie grinste, aber Marie-Luise hatte keine Zeit, sie über ihren Irrtum aufzuklären.

»Danke dir. Wir sehen uns.«

Keine zehn Schritte weiter hatte sie schon ihr Handy in der Hand. Vernau meldete sich nicht. Eine Verbindung ins Grand Zion war ihr zu teuer, ein Fax würde reichen. Und ein Gespräch mit Vaasenburg, der endlich begreifen musste, dass der Schlüssel zu Rudolph Scholls Tod in der Vergangenheit lag.

Warum machst du das alles?

Für Margit. Für Rachel.

Ein Anwalt darf seine Mandanten nicht mögen. Und ehemalige Kanzleipartner erst recht nicht.

Marie-Luise sah, wie Birte in ihren Fiat stieg und davonbrauste. Was war es, das sie vorhin so beunruhigt hatte? Der Vaterschaftstest und die Frage, wie lange so etwas dauerte. Margit Schöbendorf wird Rachel das Ergebnis doch gesagt haben, dachte sie und schloss ihren Wagen auf. Die Kopien verfrachtete sie auf den Beifahrersitz. Die Lust nach einer zweiten Zigarette stieg ins Unermessliche. Im Handschuhfach lag eine, in Zellophan eingewickelt, zusammen mit einem Streichholzbriefchen. Sie setzte sich auf den Fahrersitz, ließ die Tür offen, rauchte und spielte die verschiedenen Möglichkeiten durch.

Hatten die beiden sich am Flughafen getroffen? Eher unwahrscheinlich. Raus nach Schönefeld hätte Margit es auf keinen Fall mehr geschafft. Wahrscheinlich hatten sie telefoniert. Warum zum Teufel ging ihr dieser Test nicht mehr aus dem Kopf? Vielleicht stimmte er ja gar nicht, und Margit hatte gelogen, um Rachel nicht zu verlieren. Dann war Daniel nicht der Vater, sondern ... Wer?

Vier Männer kamen in Frage. Der Gedanke, dass Vernau auf seine späten Tage rein theoretisch doch noch im Spiel sein könnte, amüsierte sie. Es gab niemanden, der für die Vaterrolle weniger geeignet war als er.

Vaasenburg müsste das Labor ausfindig machen und das Ergebnis überprüfen. Sie griff zu ihrem Handy und wählte die Nummer des Hauptkommissars, hatte aber nur den Anrufbeantworter am Apparat.

»Kalli? Ich muss mit dir reden. Dringend. Es geht um einen Vaterschaftstest.« Fast hätte sie gelacht, so absurd klang dieser Satz. »Melde dich. Ich glaube, ich bin da auf was gestoßen, das im Fall Rudolph Scholl sehr wichtig sein könnte.«

38

Das Fax kam, Rachel nicht.

Ich saß in der Lobby, sah alle paar Minuten auf die Uhr und wusste, dass ich hier nur noch für das eigene Protokoll wartete. Ein Mitarbeiter von der Rezeption – Valerie war nirgends zu sehen – brachte es mir.

Eine Kopie von Plogs Aussage aus dem November 1987. Ich überflog sie und blieb bei einem Namen hängen. Marianne Wegener.

Merit. Der Name löste den Countdown einer inneren Zeitbombe aus. Ich bat an der Rezeption, mir die Nummer von Uri Cohen in Jerusalem herauszusuchen. Nichts. Also bat ich, eine Nachricht für Rachel Cohen hinterlassen zu dürfen, falls sie doch noch auftauchte, kritzelte die Zeilen hastig auf einen Zettel und lief die Treppe hinunter in die Tiefgarage. An den roten Ampeln, von denen es in Tel Aviv jede Menge gab, las ich das Fax noch einmal durch. Es war, als ob ich Plog sprechen hörte in seinem leicht nasalen Tonfall, der ihm immer etwas Arrogantes gegeben hatte.

Wir sind gegen Mitternacht des 7. Oktober 1987 in unsere Hütte zurückgekehrt, das war Baracke III, glaube ich. Dort überraschten wir Daniel dabei, wie er mitten in der Nacht und in großer Hast seinen Rucksack packte. Auf unsere Frage, wohin er gehen wolle, sagte er: ›Die ganze Sache wächst mir über den Kopf. Ich muss hier weg.‹ Er erklärte, dass er schon längere Zeit mit Marianne Wegener zusammen sei, einer der volunteers *im Kibbuz, und dass Rebecca sich fälschlicherweise eingebildet habe, er sei der Vater ihres Kindes. Es sei nur eine Affäre gewesen, die er seiner festen Freundin Marianne erst jetzt gestanden habe. Er wisse keine andere Lösung als Flucht. Er sei da in eine Sache hineingeraten, die ihn überfordere. Deshalb habe er beschlossen, gemeinsam mit Marianne Wegener den Kibbuz Jechida zu verlassen. Er gehe nach Griechenland und werde dort bleiben, bis Gras über die Sache gewachsen sei. Er bat uns um Geld, aber wir hatten zu wenig Bares, um ihm weiterhelfen zu können. Als wir ihn nach dem genauen Grund seiner Flucht fragten, wich er uns aus und sagte, wir würden es noch früh genug erfahren und dass wir nicht alles glauben sollten, was über ihn erzählt würde. Wir hatten eher den Eindruck, dass es um Geld ging, das er sich von jemandem geliehen hatte. Es gab geheime Pokerturniere, bei denen es angeblich oft um richtig große Summen ging ...*

Poker. Mike war damals schon ein Fuchs. Ein Zocker. Sie hatten um alles gespielt. Geld. Bier. Mädchen.

Mike lächelt. Er teilt die Karten aus. Ich bin neugierig. Ich habe schon öfter mal gespielt, um Zigaretten oder ein paar Mark. Dieses Spiel ist eine andere Liga.

Er zündet sich eine Zigarette an. Unsere Chips sind die Kronkorken von Bierflaschen. Darin stehen Zahlen, mit Filzstift geschrieben. Der Tisch ist eine umgedrehte Pflanzkiste. Wir sitzen auf der Erde oder auf fragilen, halb verrosteten Stahlstühlen, die jemand vor dem Müll gerettet hat.

Das Spiel ist schnell und aggressiv. Texas Hold'em, nicht Omaha oder Seven Card Stud. Mike gibt. Zwei setzen blind. Verdeckte Karten, ich gehe mit. Der Flop ist mein Goldtopf. Ich kombiniere – und gewinne die erste Partie. Schulterklopfen. Bierflaschen stoßen aneinander. Die Kronkorken türmen sich vor mir.

»Um es mit Doyle Brunson zu sagen: ›Glück ist nur die Tür. Um zu gewinnen, musst du durchs Fenster kommen.‹«

Mike grinst und schiebt die Karten zusammen. Es muss kurz vor Mitternacht sein. In einigen Baracken brennt noch Licht. Grillen zirpen. Der Brite, Ian – warum fallen mir erst jetzt all die Namen wieder ein –, ein Typ wie James Brolin mit Boxernase, gibt als Nächster.

Ich verliere.

Mike hatte mich abgezockt, wahrscheinlich zusammen mit Ian. Zwei Wochen Lohn, so lächerlich gering er auch war, das war eine harte Lehre. Seitdem hatte ich mich ferngehalten von den Runden, die einen eigenen verschworenen Kreis bildeten. Briten und Schweden hauptsächlich, aber auch der eine oder andere Deutsche. Ob Daniel dabei gewesen war, wusste ich nicht. An jenem Abend jedenfalls nicht.

Spielschulden. Eine ungeplante Schwangerschaft. Das waren die Fakten. Und ein neuer Name: Merit. Es war die letzte Chance, die ich Rachels fixer Idee gab. Wenn Merit bestätigte, was Plog damals ausgesagt hatte, war die Sache erledigt. Dann war Rachels vermeintlicher Heldenvater nichts als ein feiger Versager. Ich würde noch Zeit für ein kurzes Telefonat mit ihr haben, und dann ab nach Hause. Für den Nachmittag hatte ich mir bereits einen Flieger herausgesucht. Umsteigen in München, Ankunft in Berlin kurz vor Mitternacht.

Ich würde Rachel nie mehr wiedersehen, das war mir klar. Wir waren damals eine Rotte egoistischer Idioten gewesen. Ich hatte es die ganze Zeit gewusst. Einzig um mir meinen Teil an dieser Geschichte schönzureden, hatte ich mich auf dieses Abenteuer eingelassen.

Und weil es Momente gegeben hatte, in denen ich in Rachel ihre Mutter wiedererkannt hatte. Dieses wunderschöne Mädchen, das die Sonne im Lächeln trug. Ich wollte keinen Mord aufklären. Ich wollte Rachel auch nicht als Tochterersatz. Es war etwas ganz anderes. Nie wieder lieben wir so ernst und groß wie in unserer Jugend. Vielleicht machte ich mir etwas vor, aber in diesem Moment glaubte ich an eine Brücke, über die man noch einmal zurück zu sich selbst gehen kann, zu dem Menschen, der man einmal war.

An der nächsten Ampel, kurz vor dem Jarkon, rief ich Marie-Luise an. Sie ging nicht an den Apparat.

»Ich komme zurück«, sprach ich auf den Anrufbeantworter. Ich wollte, dass es neutral klang. Job erledigt. Ich habe getan, was ich konnte. *Shit happens.* »Vorher fahre ich noch kurz zu Marianne Wegener. Sie heißt heute Merit. Merit irgendwas. Als Letzte von allen lebt sie noch in dem alten Kibbuz. Wenn sie Plogs Aussage bestätigt, ist Daniels Verschwinden geklärt.«

Die Ampel sprang auf Grün. Im Rückenwind des Hupkonzerts gab ich Gas und warf das Handy auf den Beifahrersitz.

Du bist mein Mond, und ich bin deine Erde ...

Im Westen glitzerte das Meer.

Libanon. Golanhöhen. Damaskus. Eine Fahrt in die Schlagzeilen der Nachrichten, Grenzen und Kriege. Im Stau auf der Autobahnabfahrt Naharija gab ich aus Langeweile die syrische Hauptstadt ins Navigationssystem ein. Ich bekam den Vorschlag, über die Sinai-Halbinsel, Ägypten und den Irak zu fahren – dreitausend Kilometer, zwei Tage. Für eine Strecke, deren Luftlinie kürzer war als die von Berlin nach Magdeburg.

In Jechida hielt gerade der Schulbus und spuckte eine Meute Kinder aus, die sich in lachende oder zeternde Gruppen aufteilten. Ein Junge ging allein in die Straße zum alten Kibbuz entlang.

Ich fuhr langsamer und ließ die Beifahrerscheibe herunterfahren. »Jacob?«

Er drehte sich zu mir um und erkannte mich. Sein eben noch freudiges Gesicht wurde zu einer trotzigen Maske.

»*Come in.*«

Ich hielt links an, beugte mich über den Sitz und wollte ihm die Tür öffnen, aber er ging einfach weiter. Den Blick auf den Boden gerichtet, die Tasche über der Schulter, ein magerer, kleiner Wanderer, der sich von mir nicht helfen lassen wollte. Er lief am Auto vorbei und legte sogar noch einen Zahn zu.

Ich fuhr langsam hinter ihm her.

»*Jacob! I'll take you home.*«

Er tat so, als ob er mich nicht gehört hätte. Keine Ahnung, für wen oder was er mich hielt. Wenn ich Gas gab, war ich zehn Minuten früher bei Merit als er. Auch in Ordnung. Sie würde eher über Daniel reden, wenn ihr Sohn nicht muffig im Nebenzimmer saß und jedes Wort belauschte.

In einer Wolke aus Staub ließ ich den Wagen vor dem Gemeinschaftshaus stehen, das im grellen Mittagslicht noch erbarmungswürdiger vor sich hin verfiel, und lief, ohne nach links und rechts zu sehen, durch den Garten auf das Haus zu.

Die Tür stand offen.

»Merit?«

Es war, als ob die Zeit gefrieren würde. Als ob ich an einem Filmset in der Kulisse stünde, und der Regisseur hatte gerade *Freeze!* gerufen.

Ich wusste sofort, dass etwas nicht stimmte. Man kann das spüren, noch bevor man sich persönlich überzeugt hat. Es gibt Menschen, die sagen, ich weiß, dass dem und dem gerade etwas passiert ist. Man sollte das nicht als Unfug abtun. Ich bin davon überzeugt, dass Orte ein Gedächtnis haben. Dass sich etwas in der Luft verändert, im Licht, in der Chemie … Schwer zu beschreiben, man muss es selbst erlebt haben.

Ich habe damals meinen Vater gefunden. Ich komme ins Wohnzimmer, er sitzt in seinem Fernsehsessel, eine umgefallene Bierflasche neben ihm auf dem Boden. Der Arm hängt schlaff über der Lehne, der Kopf ist nach links gerutscht, von der Tür aus gesehen könnte man meinen, er wäre nur mal eben eingenickt. Ein Stillleben, das seit seinem Berufsunfall zu unserem Alltag geworden ist. Es ist seit Monaten derselbe Anblick, der sich mir beim Eintreten präsentiert. Er ruft eine erzwungene Achtsamkeit ab. Kein lautes Geräusch, um den trügerischen Frieden noch eine halbe Stunde zu erhalten. Darüber hinwegsehen, den Geruch ignorieren, ihm nicht zeigen, dass aus Respekt Enttäuschung geworden ist.

So war das damals. Doch dann bleibe ich stehen und sehe genauer hin. Etwas stimmt nicht. Hat die Uhr aufgehört zu schlagen? Ist es die Stille? Was ist es, das mir sagt: Dieser Mann im Fernsehsessel ist tot? Vielleicht derselbe Instinkt, der so viele Jahre später in einem heruntergekommenen Haus an der Grenze zum Libanon *Freeze!* flüstert. Bleib, wo du bist. Oder noch besser: Dreh um und sieh zu, dass du dich vom Acker machst.

»Merit? Bist du da?«

Vorsichtig berührte ich die Tür und schob sie ganz auf. Die rostigen Angeln gaben ein lautes Quietschen von sich. Der Flur sah ziemlich ordentlich aus, aber es gab hier auch wenig, das man durcheinanderbringen konnte. Die Fußmatte lag halb an der Wand, als hätte sie jemand hochgehoben und zur Seite geworfen. Doch schon in der Küche wusste ich, dass hier niemand seinen Hausschlüssel gesucht hatte. Es war die Handschrift eines Zerstörers, der nur wenig Zeit hatte und dafür eine ziemliche Wut im Bauch.

Der Tisch, an dem wir zusammen gesessen hatten, stand quer im Raum, die Stühle waren umgekippt. Der Eindringling hatte die Schubladen herausgezogen und sie auf die Erde fallen lassen, die Schränke geöffnet, das Geschirr herausgefegt. Es sah aus, als ob ein Wirbelsturm das Haus erfasst und durchgeschüttelt hätte.

Im Wohnzimmer flogen die Federn aus aufgeschlitzten Kissen im Luftzug herum. Der Wandschrank war durchwühlt, Hunderte von Schwarzweißfotos lagen überall herum. Ich hob eines auf: Es zeigte den Kuhstall von Jechida. Sogar Jacobs Zimmer war nicht verschont geblieben. Was sich nicht hatte zerschmettern, zerfetzen oder zertreten lassen, lag in surrealen Anhäufungen auf dem Boden.

Ich nahm einen Globus hoch – er war von der einen bis zur anderen Seite aufgeschlitzt. Als ich den Raum verlassen wollte, klirrten Scherben.

In Jacobs Zimmer waren keine Scherben.

»Merit?«

Ich trat in den engen Flur. Die Haustür bewegte sich, als ob ein Windstoß sie gerade erfasst hätte.

»Bist du hier?«

Stille.

Keine fünf Minuten, und Jacob würde nach Hause kommen. Ich musste ihm entgegengehen und ihn aufhalten. Wenn der Täter noch in der Nähe war … Zurück in die Küche. Der Inhalt der Schubladen, Besteck, Scheren, Gartenwerkzeug, alles lag verstreut auf dem Boden. Ich wollte nach einem Messer greifen, nach irgendetwas, das mir ein Gefühl von Sicherheit geben würde. Da sah ich das Blut.

Spritzer in Kniehöhe an der Tür des Unterschranks. Schlieren auf dem Holzboden. Handabdrücke, die bezeugten, dass jemand sich verzweifelt an den Stuhlbeinen festgeklammert hatte. Tropfen, die mich wie eine Fährte aus dem Haus und über die Vortreppe in den Garten führten.

»Merit!«, schrie ich. »Wo bist du?«

Sie war quer durchs Zucchinibeet gelaufen. Stängel und Blüten lagen zertreten auf der Erde. Ein paar Meter weiter hatte es die Bohnen erwischt. Merit hatte sich offenbar nicht lange damit aufgehalten, durchs Gartentor Richtung Gemeinschaftshaus und Straße zu rennen. In ihrer Panik hatte sie stattdessen versucht, in das Gebüsch hinter dem Gemeinschaftshaus zu kommen. Das verwilderte Terrain bot mehr Schutz als die marode Straße, auf der sie einige Kilometer hätte laufen müssen, um Hilfe zu bekommen. Sie war verwundet. Das Blut – wenn es ihr Blut war, und eine andere Möglichkeit ließ das verwüstete Haus eigentlich nicht zu –, sprach sogar von sehr schweren Verletzungen. Sie brauchte ein Versteck, für eine Flucht war sie zu schwach.

»Komm raus! Ich will dir helfen!«

Irgendetwas war hinter meinem Rücken. Ich fuhr herum. Die sachte Bewegung rührte von der Wäsche auf der Leine her, hinter dem Haus. Kinderjeans, T-Shirts. Kleine Strümpfe.

Das Gelände war tückisch, uneben, eine dornige Herausforderung. Aber Merit war durchgebrochen, mit einer irrationalen Verzweiflung, denn schon fünfzig Meter weiter sah ich den Pool und die Überreste der verfallenen Baracken, und noch ein Stück weiter hinten den hohen Zaun. Vielleicht hatte er ein Schlupfloch. Ich lief quer über den Schutt, der nur von einer dünnen Schicht aus Erde und Staub bedeckt war. Ich rief nach ihr, ich wandte mich nach rechts, um das Terrain von hinten aufzurollen. Eigentlich hätte ich die Polizei rufen müssen, aber ich hatte immer noch kein funktionierendes Handy, und jede Sekunde war kostbar. Ein halbes Fußballfeld, uneben, von Trümmern und Müll übersät. Ich sollte umkehren, doch ich wollte nicht aufgeben. Je länger ich suchte, desto größer wurde meine Panik, dass ich zu spät kommen würde. Etwas Helles schimmerte hinter den Resten einer Baracke, etwas, das dort nicht hingehörte.

Etwas, das aussah wie ein Bein. Ein Körper, hingeworfen wie vom Blitz getroffen. Das Kleid bis zum Schritt hochgezogen. Sie lag auf dem Bauch, und noch bevor ich bei ihr angekommen war, wusste ich: Sie war tot.

Meine Hände bluteten von den Dornenzweigen, meine Kehle war wie zugeschnürt, ich bekam kaum noch Luft. Ich rannte los, doch ich war viel zu langsam. Als ob ich in diesem verfluchten Gelände stecken bleiben würde. Als ob Löcher, Schutt und verrosteter Draht unüberwindliche Hindernisse wären. Ich wollte nicht, aber ich musste. Mit jedem Schritt wurde mir klarer, dass ich mich einer Leiche näherte. Keuchend kam ich bei ihr an und fiel auf die Knie. Ich war tatsächlich zu spät gekommen, zu spät. Merits Hinterkopf war blutverkrustet, die linke Schläfe eingedrückt. Kein Puls, die Haut kühl, die Hände und Unterarme ebenso zerkratzt wie meine. Sie ist tot, hämmerte es in meinem Hirn. Sie ist tot. Ich wusste, dass ich sie nicht berühren durfte. Trotzdem streichelte ich ihren Arm und den Teil ihres Kopfes, der unversehrt geblieben war. Sie ist tot ...

»Imma?«

Jacob musste gerade das Chaos im Haus entdeckt haben. Er war noch im Garten, und um nichts in der Welt wollte ich zulassen, dass er seine Mutter fand.

»Imma! Efo at?«

Seine Stimme schlug so etwas wie Vernunft in mein völlig zugenageltes Hirn. Er kam näher. Das durfte er nicht. Kein Kind sollte seine tote Mutter finden. In affenartiger Geschwindigkeit rief ich mehrere Szenarien ab. So tun, als ob nichts geschehen wäre? Die Wahrheit sagen und hoffen, er würde mir ins Haus folgen? Mich ihm einfach in den Weg stellen und sagen: Du kommst hier nicht durch?

»Imma!«

Vielleicht war ich auch ganz froh, dass er aufgetaucht war. Das verschaffte mir eine Mission und führte mich weg von Merits zerschundenem Körper. Ich lief zum Haus, rannte rücksichtslos durch die Büsche, obwohl ich dabei Spuren zerstörte. Mit ausgebreiteten Armen kam ich in Merits Garten an, bereit, den Jungen mit allen Mitteln davon abzuhalten, das Brachland hinter mir zu betreten.

»Jacob!«

Er starrte mich an. Ein Motor heulte auf, hinter dem Gemeinschaftshaus. Ich hatte nicht darauf geachtet, ob dort noch weitere Wagen gestanden hatten. Aber irgendjemand wollte sich gerade mit einem Affenzahn aus dem Staub machen.

»Jacob. *Stay. Stay here!*«

Wie in Trance kam der Junge auf mich zu. Mein Befehl interessierte ihn nicht. Oder er kam gar nicht erst bei ihm an. Er war blass. Seine dunklen Augen sahen an mir vorbei in Richtung Pool. Er wusste, dort war etwas.

Autoreifen auf Kies, jemand fuhr eine Volte auf der Buckelpiste hinter der Gemeindehausruine. Ich musste losrennen, zur Straße, um herauszufinden, wer sich da gerade aus dem Staub machte. Aber der Junge stolperte genau in meine und Merits Richtung. Seine Tasche lag im Gras, er hob die Füße nicht richtig und geriet ins Straucheln.

»*Stay!*«, brüllte ich.

Er ging unbeirrt weiter.

Wieder heulte der Motor auf. Der Fahrer gab noch in der Kurve Gas. Da lief ich los. Jacob begann ebenfalls zu rennen. Ich erwischte ihn, bevor er an mir vorbeilaufen konnte. So ein magerer, kleiner Junge. Und solche Kräfte. Der Wagen jagte die Straße hinunter in Richtung Neubaugebiet. Ich konnte ihn nicht sehen, dafür war er unüberhörbar. Zweimal schlug der Unterboden auf, hässliche Geräusche von schleifendem Blech. Unterdessen zappelte Jacob schreiend in meinen Armen, biss, trat, wand sich wie ein gefangenes Tier, bis ich ihn endlich so fest an mich presste, dass er sich nicht mehr rühren konnte.

Es war Merits Mörder, der gerade das Weite suchte. Der brüllende Lärm wurde leiser und leiser.

»*Imma*«, wimmerte Jacob. Es musste so etwas wie Mutter oder Mama heißen. »*Imma* ...«

Vorsichtig lockerte ich meinen Griff. Er wusste, dass er gefangen war, und leistete keinen Widerstand, als ich ihn zurück in Richtung Hauseingang zog. Unterwegs las ich seine Tasche auf. Vor der Tür drückte ich ihn mit sanfter Gewalt auf die Stufen.

»*Handy?*«, fragte ich. Dann fiel mir ein, dass er vielleicht gar nicht wusste, was ich meinte. »*Do you have a cell phone?*«

Er wischte sich mit dem Handrücken Tränen und Rotz aus dem Gesicht und wies dann auf seine Schultasche. Vorsichtig stand ich auf, ohne ihn dabei aus den Augen zu lassen. Aber er blieb, wo er war. Ich reichte ihm die Tasche, und er zog ein älteres Motorola hervor.

»*Could you call the police?* Polizei?«

Mit steifen Fingern drückte er einige Tasten und wollte mir das Telefon weiterreichen. Aber das würde uns nicht helfen.

»*Ask for Mister Schwartzmann, police of Tel Aviv. Mister Schwartzmann, okay?*«

Der Junge redete auf jemanden am anderen Ende ein. Zwischendurch stockte seine Stimme, und der scheue Blick, mit dem er mich mehrmals streifte, sprach Bände. Wahrscheinlich gab er gerade eine Täterbeschreibung durch, Einbrecher, Räuber, Kidnapper oder etwas Ähnliches, und die würde ziemlich genau auf mich passen.

Ich verstand nichts, nur der Name des Kriminalkommissars fiel mehrere Male. Die Hände in den Hosentaschen, lief ich ungeduldig ein paar Schritte auf und ab. Keine hundert Meter entfernt lag Merits Leiche im Gebüsch, und ihr Sohn wusste von nichts und würde es auch nicht verstehen, egal, wie behutsam ich es ihm erklären würde.

Er hielt mir das Telefon entgegen.

»Mister Schwartzmann?«, fragte ich hastig. »Vernau hier. Ich bin in Jechida. Ich brauche dringend Hilfe.«

»Was ist passiert? Sie sind in ein Haus eingebrochen und halten einen Jungen gefangen?«

»Nein. Das stellt sich für den Jungen vielleicht so dar. Ich bin an einem Tatort, und ich fürchte, es ist etwas Entsetzliches geschehen.«

Ich drehte mich zu Jacob um – er war weg. Mir blieb fast das Herz stehen. »Jacob?«

Er war nicht im Garten, demnach musste er im Haus sein. Ich entdeckte ihn in seinem Zimmer. Er saß in der Ecke auf dem Boden, ein Tablet auf den Knien, Kopfhörer auf den Ohren, die Arme um die angewinkelten Knie gelegt, und schien das Chaos um sich herum kaum wahrzunehmen. Ich wollte auf ihn zugehen. Er hob die Arme und versteckte sein Gesicht – eine hilflose Geste der Angst. Also ging ich zurück in den Flur und schloss die Tür hinter mir.

»Mister Schwartzmann?«

»Ich höre.«

»Merit Mansur ist tot. Sie liegt erschlagen auf einem Stück Brachland hinter den Grenzen des alten Kibbuz in Jechida. Jemand hat zudem das ganze Haus durchwühlt. Ihr Sohn Jacob ist gerade von der Schule gekommen. Ich bleibe bei ihm, bis Ihre Kollegen eintreffen.«

»Das möchte ich Ihnen auch dringend raten«, antwortete er. »Wo genau?«

Ich gab ihm eine Beschreibung durch, er versprach, dass in Kürze die gesamte Armada von Notarzt, Spurensicherung und Polizei hier auftauchen werde. Dass ich mich zur Verfügung halten solle. Ob ich den Täter gesehen hätte. Ob mir etwas aufgefallen sei. Wann ich das Haus betreten hätte und so weiter und so fort. Bis ich begriff, dass er nichts anderes tat, als einen Verdächtigen am Tatort festzuhalten, waren Minuten vergangen.

Irgendwann, mitten im Satz, legte ich auf. Ich setzte mich vor

Jacobs Tür auf den Boden. Merit hatte einen billigen, abgetretenen Läufer in den Flur gelegt, jetzt war er verrutscht. Wahrscheinlich hatte der Täter auch darunter gesucht. Vielleicht ein gefakter Raubmord. Nur welcher Dieb jagt sein Opfer erst quer durch die Pampa und zerschmettert ihm dann den Schädel?

Die Scherben! Als ich vorhin mal im Haus gewesen war, hatte ich den Täter überrascht. Merit musste etwas besitzen, das ihn von der sofortigen Flucht nach dem Mord abgehalten hatte. Etwas so Wichtiges, dass er nach der Tat umgekehrt war und alles durchsucht hatte. Geld? Ausgeschlossen. Ich erinnerte mich an die rostige Blechdose, in die Merit meine beiden Scheine gesteckt hatte. Ein paar hundert Schekel waren darin gewesen, mehr nicht.

Die Büchse lag auf dem Boden in der Küche, das Geld war weg.

Es war still. Irgendwo weit weg bellte ein Hund. Ich hörte den Kühlschrank rasseln.

Und dann dachte ich, es geht nicht, dass er davonkommt. Er wird nicht hier im Norden bleiben. Er wird so schnell wie möglich in die nächste Großstadt fahren, nach Haifa oder Tel Aviv, und ich kann ihn vielleicht noch einholen, bevor er die Autobahn erreicht. Niemand wird eine Straßensperre errichten. Niemand wird ihn aufhalten. Sie werden Merits Leiche finden und mich verhören, wenn ich hierbleibe. Sie werden mich festnehmen und so lange in Gewahrsam halten, bis ein Zusammenhang zwischen mir und der Toten erwiesen ist, und der liegt auf der Hand. Wir waren vor dreißig Jahren zur selben Zeit am selben Ort.

Jemand will, dass wir deshalb sterben. Einer nach dem anderen. Daniel.

Es war wie ein Schlag in die Magengrube. Ha, du Volltrottel! Hast dich vorführen lassen wie ein Tanzbär in der Manege. Was, wenn all die Spuren nicht von Daniels Mörder verwischt worden sind, sondern von ihm selbst? Was, wenn Daniel tatsächlich Spielschulden gehabt hat und deshalb untergetaucht ist? Wenn er, wie jährlich ein paar hundert andere, einfach sein altes Leben weggeworfen und irgendwo ein neues begonnen hat? Daniel doch nicht. Der doch nicht. Dieser ehrliche, aufrichtige, sympathische Junge. Das *kann* er nicht getan haben. Da *muss* doch was passiert sein. Wir rennen hier im Kreis wie aufgescheuchte Hühner und suchen nach ihm, dabei will er vielleicht gar nicht gefunden werden. Und um das zu verhindern, bringt er uns einen nach dem anderen um.

Merits Blutspuren, der verrückte Tisch, die umgeworfenen Stühle … Sie hat sich gewehrt, aber hier hat er sie zum ersten Mal erwischt. Kaltblütig und grausam. Will sie wie eine Ratte erschlagen. Warum keine Pistole? Er hat keine. Will auch keine. Scheut die Scherereien, die das mit sich bringt. Patronenhülsen und Kugeln sind wie Fingerabdrücke. Einmal zugeordnet, ist es ein Kinderspiel für jeden Ballistiker, auch die Waffe zuzuordnen. Ein Fenstersturz bei Scholl. Eine manipulierte Bremsleitung bei Plog. Eine Eisenstange oder ein Baseballschläger bei Merit. Phantasievoll und variabel. Gerne auch ein verschollenes Boot irgendwo zwischen Korfu und Albanien.

Er sucht. Hastig. Hat keine Zeit. Weiß er, dass Jacob bald aus der Schule kommt? Er hat Kontakt zu Merit. Er wühlt nicht planlos herum, sondern dort, wo etwas versteckt sein könnte. Der Vandalismus soll bloß seine eigentliche Absicht verbergen. Er hat es nicht auf Geld abgesehen. Es muss etwas anderes sein.

Merits Rolle in Bezug auf Daniels Verschwinden. Bis zum heutigen Tag gab es sie gar nicht. Niemand hat sie bisher direkt mit den Ereignissen in Jechida in Verbindung gebracht. Auf einmal gräbt Marie-Luise Plogs alte Aussage aus, und Merit steht im Fokus des Killers.

Daniel also? Es ergab einfach keinen Sinn. Leises Weinen kam aus Jacobs Zimmer. Von ferne das Jaulen eines Krankenwagens.

»Jacob?«

Er saß noch immer so da, wie ich ihn zurückgelassen hatte. Völlig in sich zurückgezogen, so klein wie möglich, schockstarr. Ich ging vor ihm auf die Knie und wollte ihn berühren, aber er rückte weg. Das Tablet fiel auf den Boden. Vorsichtig hob ich es auf und reichte es ihm. Er nahm die Kopfhörer ab.

»*Okay. Okay. The police is coming.*«

Es war ihm egal, ob die Polizei kommen würde. »*Imma?*«, fragte er mit erstickter Stimme. »*Mommy?*«

Ich setzte mich neben ihn, lehnte mich mit dem Rücken an die Wand und schloss die Augen.

Es war zu spät. Ich würde niemanden mehr einholen.

39

Schwartzmann war keinen Deut besser als Vaasenburg. Zumindest was die Verhörmethoden betraf. Meine Verwicklung in diesen Fall, von dem keiner wusste, wann er eigentlich begonnen hatte und wen er noch alles mit in den Abgrund reißen sollte, war offensichtlich. Gerade unterbrach er seine Fragestunde und sah hinüber zur Grenze zwischen Merits Grundstück und den Baracken. Uniformierte Polizisten rollten Flatterband ab und markierten die Grenze zwischen dem Tatort und dem Rest der Welt. Zwei Männer in weißen Overalls durchkämmten das Gelände. Der Arzt, der sich erst um Merits Leiche und danach um Jacob gekümmert hatte, begleitete die traurige Prozession. Ein Zinksarg, zwei Träger. Ich hoffte, dass er jemanden bei dem Jungen gelassen hatte.

Von der Straße arbeitete sich gerade ein Wagen mit hebräischer Aufschrift und der Übersetzung *Forensic Chemistry* zu uns durch. Meine Einwände, dass damit die letzten noch vorhandenen Spuren zerstört wurden, wischte Schwartzmann beiseite.

»Wir haben Reifenabdrücke, den Rest überlassen Sie bitte unseren Leuten.« Er schob das Kinn vor, was ihm wohl etwas Entschlossenes verleihen sollte. »Herr Vernau. Mir ist der Bericht aus Berlin wohlbekannt. Dort waren Sie Zeuge eines Tötungsdeliktes. Wie würden Sie Ihre Rolle hier in Jechida am besten beschreiben?«

»Ich habe eine Tote gefunden.«

Schwartzmanns Miene sprach Bände. Ich hätte ihm auch etwas von rosa Kaninchen erzählen können. Ihm war das zu viel des Zufalls. Mir auch.

»Eine alte Freundin von Ihnen, ich weiß. Warum sind Sie hier?«

Ich erklärte es gerne noch einmal. Wenn Schwartzmann erwartete, dass ich mich in Widersprüche verwickeln würde, konnte ich ihm auch nicht helfen.

»Merit Mansur wurde Anfang der achtziger Jahre in einer Zeugenaussage erwähnt. Damals hieß sie noch Marianne Wegener. Ich wollte mit ihr darüber sprechen.«

»Die Zeugenaussage betrifft vermutlich den Vermisstenfall Daniel Schöbendorf?«

Gute Arbeit. Offenbar hatte Schwartzmann ziemlich beste Freunde in Berlin. Anders war nicht zu erklären, dass er so gut im Bilde war.

Der Zinksarg wurde an uns vorbeigetragen. Wir traten ein paar Schritte zur Seite. Kein Muskel regte sich in seinem Gesicht. Wahrscheinlich hatte er solche Transporte schon zu oft gesehen. Ich erinnerte mich daran, wie die tote Merit ausgesehen hatte, und konnte gerade noch die aufsteigende Übelkeit unterdrücken.

»Merit ...«, begann ich. »Also, Marianne ist damals angeblich mit Daniel nach Griechenland gegangen. Wenn das stimmt, ist sie die Letzte, die mit dem Vermissten zusammen war.«

Schwartzmann öffnete den Mund, um etwas zu sagen, beherrschte sich aber. Wahrscheinlich hatte er dieselbe Frage stellen wollen, die ich jetzt hinterherschob – und sich rechtzeitig besonnen, dass ich kein geeigneter Gesprächspartner für diese Art von Gedankenaustausch war.

»Warum hat man diese Aussage damals nicht weiterverfolgt?«

Er unterdrückte einen Seufzer. »Weil es in Israel keinen Vermisstenfall Daniel Schöbendorf gegeben hat.«

»Wie das? Hier in Jechida ist er zweifelsfrei zum letzten Mal lebend gesehen worden.«

»Falsch. Das war in Griechenland.«
»Ich sagte, zweifelsfrei.«
Die Männer in den Overalls kamen zurück in Merits Garten. Und wieder quer durch die Zucchini. Es war ein absurder Gedanke, dieses Beet ausgerechnet jetzt mit Merit zu verbinden. Aber sie hatte es geliebt und um diesen vergessenen Flecken Erde gekämpft. Sie hatte ihm allerhand abgerungen. Gärtner sind keine Pessimisten. Gärtner sind Menschen, die an eine Zukunft glauben. Egal wie wenig sie letzten Endes von der Ernte erwarten. Egal ob sie enttäuscht werden und alles wieder einmal spärlicher ausfällt als erhofft. Die vielen Menschen hier, die rücksichtslos in dem Beet herumtrampelten, waren nur die Vorhut von Zerstörung und Verfall. Niemand würde sich mehr um diesen Garten kümmern. Seltsame Gedanken. Ich wandte mich ab.

Die Spurensicherung ging ins Haus. Sie würden überall meine Fingerabdrücke finden.

Ich fragte: »Gibt es einen Vorgang zu Daniel Schöbendorf? Kann ich ihn einsehen?«

Um den Mund des Kommissars zuckte zum ersten Mal so etwas wie eine amüsierte Regung. »Ich fürchte, ich muss Sie bitten, mit uns nach Tel Aviv zu kommen.«

»In der Wanne, ja?«

»In was?«

»Ich habe einen Mietwagen. Steht hinter der Ruine da.« Ich wies auf das Gemeinschaftshaus.

»Ihre Papiere?«

»Im Wagen.«

Er rief einen Uniformierten herbei, der gerade versuchte, sein Band an einer Brombeerhecke zu befestigen. Der Mann legte die Gerätschaften auf den Boden und kam zu uns herüber. Schwartzmann wies ihn an, mich zum Auto zu begleiten.

Als ich zur Straße kam, bemerkte ich, dass inzwischen ein zweiter Ring gezogen worden war. Hinter dem Flatterband standen bereits die ersten Schaulustigen. Gerade wurde der Zinksarg verladen. Eine ältere Frau hob die Faust und stieß wütende Verwünschungen aus. Mein Begleiter herrschte sie an, doch sie ließ sich nicht beirren. Um den Transporter durchzulassen, mussten die Leute zur Seite treten. Mein Wagen stand hinter der Absperrung. Während zwei weitere Polizisten das Band für die Durchfahrt entfernten und die Leute beiseitedrängten, schnappte ich ein Wort auf.

Zona.

Es kam aus dem Mund der Frau. Sie war das Sinnbild von Rechtschaffenheit und Apfelkuchen. Irgendwie erinnerte sie mich sogar an meine Mutter: Die leicht gebeugte Haltung, das nach hinten gebürstete, in Wasserwellen gelegte dünne Haar, eine hüftumspielende Kaftanbluse über der elastischen, nicht kneifenden Jerseyhose in Beige. Bequeme Treter, nicht teuer, aber auch nicht billig. Um ihr dünnes Handgelenk schlackerte eine goldene Armbanduhr. Sportlich schien sie auch zu sein. Anders war ihr Auftauchen aus dem nobleren Teil von Jechida nicht zu erklären, es sei denn, sie hätte sich mit dem Auto auf den Weg gemacht.

»*Bat zona*«, zischte sie. Dann wandte sie sich an ihre Nachbarin und übergoss sie mit einem Redeschwall, der unwidersprochen ankam.

Schlampe. Merit hatte dieses Wort einmal benutzt. Die grausame und hartherzige Reaktion auf Rebeccas Schwangerschaft und ihre Liaison mit einem *volunteer*.

»*Pardon me*«, wandte ich mich an die Frau. »*What did you say?*« Ich wollte, dass sie das Wort noch einmal wiederholte.

Tatsächlich war sie so verblüfft, dass sie ihre Tirade abbrach und mich irritiert von oben bis unten musterte. »Sind Sie Deutscher?«, fragte sie mit der Stimme einer feinen Dame der gehobenen Gesellschaft, der solche Worte eigentlich nicht über die Lippen schlüpfen sollten.

»Ja. Und ich war ein Freund der Toten.«

Die Begleiterin der gehässigen Dame murmelte etwas zu den anderen Leuten, die nun, in Ermangelung spannenderer Abläufe, ihre Antennen in unsere Richtung ausfuhren.

»Ich bedaure zutiefst, Ihnen nicht mein Mitgefühl aussprechen zu können, mein Herr.«

»Darf ich erfahren warum?«

Sie kniff die Augen zusammen, dann nestelte sie eine Brille aus ihrem züchtigen Ausschnitt hervor, die an einer Goldkette hing, und setze sie auf. Der Blick, mit dem sie mich sezierte, hatte etwas Makabres. Die grauen Augen wurden durch das Glas unnatürlich vergrößert. Das Ergebnis ihrer Studien schien sie nicht zu befriedigen. Sie stieß ihrer Freundin mit dem Ellenbogen in die Seite und flüsterte ihr etwas zu.

»Was haben Sie gegen Merit?«, bohrte ich nach.

Der Polizist, der mich begleiten sollte, half gerade dabei, den Transporter der Rechtsmedizin durch die Menge zu lotsen. Dabei behielt er mich ständig im Blick. Eine Flucht wäre sowieso aussichtslos gewesen. Nicht nur dass ganz Jechida mittlerweile wusste, dass ich der Freund einer Schlampe war. Die Leute hätten vermutlich mit Freuden die Jagd auf mich eröffnet.

»Ich kenne Sie.« Die Frau nahm ihre Brille ab und ließ sie wieder in den Ausschnitt gleiten. »Waren Sie auch einer von denen?«

»Von welchen?«

Ich nahm ihre Freundin ins Visier. Eine barocke Endsechzigerin mit einem in die Jahre gekommenen Puttengesicht. Irgendwie erinnerten mich die beiden wirklich an meine Mutter und Hüthchen. *Good mom, bad mom.* Ich lächelte die Putte an.

»Was meint sie? Können Sie es mir erklären?«

Die Dicke sprach offenbar kein Deutsch, aber einige der Umstehenden übersetzten freundlicherweise. Sie schüttelte den Kopf. Die Frau, die mich angeblich kannte, nahm es mit stiller Genugtuung zur Kenntnis. Der Transporter quälte sich über Schlaglöcher an uns vorbei. Ich zog die Brillenschlange ein Stück zur Seite.

»Was war mit Merit?«, fragte ich. »Ich weiß, dass keiner von Ihnen sie leiden konnte. Aber das heißt noch lange nicht, dass sie eine Schlampe war.«

»Ach, junger Mann ...« Ich meinte, einen schwachen Wiener Dialekt herauszuhören. »Ich glaube nicht, dass ich das ausgerechnet Ihnen gegenüber erörtern muss.«

»Was?«

Ihre grauen Augen waren auch ohne Brille unheimlich. »Wissen Sie das denn wirklich nicht? Diese Frau ist schuld daran, dass sich ein junges Mädchen das Leben genommen hat. Sie waren in dem Sommer damals auch hier. Ich kann mich noch genau an Sie erinnern. Sie haben meine Orchideen zerstört.«

»Ich habe was?«

»Sie waren im Gewächshaus und haben in meine Orchideen uriniert.«

»Ich?«

Sie deutete mit dem Zeigefinger auf mich. »Ja, Sie. Etwas anderes als trinken und randalieren hattet ihr doch nie im Kopf!« Ihr Vorwurf klang so aggressiv, als hätte ich diese Schandtat erst gestern begangen. Sie wollte gehen.

»Warten Sie, bitte. Ich muss mit Ihnen reden.«

Der Transporter war durch, die Absperrung wurde geschlossen. Ich sah, wie der zu meiner Begleitung abgestellte Polizist wieder auf mich zukam.

»Aber ich nicht«, zischte sie und ging zurück zu ihrer Freundin, um sich lauthals über mich zu beschweren.

»Wer war das?«, wandte ich mich an einen älteren Herrn, der seine Rolle als Zuhörer sichtlich genossen hatte.

Auch er rückte ab von mir und sah sich hilfesuchend um. Ich war amüsiert und entsetzt zugleich. Kaum zu glauben, dass diese alte Frau sich nach so langer Zeit noch an mich erinnerte. Noch dazu an eine derart lächerliche Geschichte. Die Sache mit den Orchideen war kurz vor meiner Abreise passiert. Wenn sie das noch wusste, dann vielleicht auch …

»*Sorry, Sir*«, empfing ich den Polizisten und deutete auf die Frau, die uns nun den Rücken zukehrte. »*This woman knows something. You should take her personal details.*«

Daraufhin redeten alle wild und wütend durcheinander. Glücklicherweise nahm der Mann meine Petzerei ernst. Er deutete auf sein Opfer und wartete ungeduldig, bis die Menge, allen voran die Putte, sie ausgeliefert hatte. Ich konnte nicht verstehen, worum es bei dem Geschrei ging, aber die Wellen der Empörung schlugen hoch. Erst recht als er auf mich zeigte. Alles Sträuben nutzte nichts. Mit ausgesuchter Höflichkeit hob er das Band und schob *this woman* vor sich her in meine Richtung.

»Was haben Sie ihm gesagt?«, herrschte sie mich an. »Warum werde *ich* jetzt verhaftet?«

»Beruhigen Sie sich. Das ist keine Verhaftung, nur eine Identitätsfeststellung.«

Hastig drehte sie sich zu ihren Nachbarn um, doch von dieser Seite war keine Hilfe mehr zu erwarten. Die Schaulustigen waren zu weit weg, auf der anderen Seite des Flatterbandes. Nun hatten sie noch mehr, worüber sie spekulieren konnten.

»Ich habe nichts getan!« Sie wandte sich an den Polizisten und überschüttete ihn mit einer unüberlegten Abfolge von Beleidigungen und Erklärungen, die dieser in stoischer Gleichmut über sich ergehen ließ. Währenddessen schob er uns in Richtung Gemeindehaus.

Die Ruine selbst war zur Sicherung des materiellen Milieus rund um den Ereignisort ungeeignet. Aber ein kleines Stück weiter in Richtung Kibbuzgrenze nutzte man den Schatten aus. Dort gab es mittlerweile einen weiteren abgesperrten Bereich. Auf umgewidmeten Tapeziertischen standen mehrere Kisten mit Gummihandschuhen und Artefakt-Tüten. Eine junge Polizistin stellte gerade ein paar Klappstühle auf. Die Schwere der Tat, die Flucht des Mörders, vor allen Dingen jedoch das riesige Areal rund um Merits Haus machten eine längere Anwesenheit der Ermittler unumgänglich notwendig.

Mein Auto stand offen. Schwartzmann hing gerade über dem Handschuhfach. Mir war klar, dass sie den Wagen beschlagnahmen würden. Er sah uns kommen und kontrollierte, bis wir bei ihm angelangt waren, die Fahrzeugpapiere.

Die Frau begann erneut, sich zu beschweren. Mittlerweile schlich sich allerdings ein bittender Unterton ein. Sie schien zu begreifen, dass sie mit Beleidigungen allein nicht weiterkam.

Schwartzmann unterbrach sie irgendwann und wandte sich an mich. »Was hat Ihnen Frau Kirsch gesagt?«

Erst dachte ich, ich hätte mich verhört. »Frau Kirsch? *Geveret* Kirsch?«

Sie funkelte mich wütend an.

»Sind Sie mit Rebecca verwandt?«

»Ich bin die Mutter«, zischte sie. Dann überschüttete sie Schwartzmann wieder mit Vorwürfen.

»Sie hat Merit Mansur eine Schlampe genannt.«

Frau Kirsch brach irritiert ab.

Ich wandte mich an sie. »War es nicht so? Könnten Sie uns erklären, wie Sie das gemeint haben?«

Schwartzmann überreichte seinem Mitarbeiter meine Wagenpapiere. Nichts in seinem Gesicht verriet, was er über meine Einmischung dachte. Ich holte meinen Ausweis heraus, doch er winkte nur müde ab.

»Später. Bitte nehmen Sie dort drüben Platz und warten Sie, bis jemand kommt und Ihre Aussage aufnimmt.«

Ich schlug die Autotür zu. »Gilt das auch für mich?«

Seine Stimme ließ symbolische Eisblumen auf der Frontscheibe wachsen. »Ganz besonders für Sie.«

»*Bevaqashah*«, sagte mein uniformierter Begleiter und wies auf die Klappstühle. »*Please.*«

Ich ging voran, Rebeccas Mutter trottete missmutig hinter mir her. Ein weiterer Wagen traf ein. Darin saß eine matronenhaft wirkende Frau mit einer Frisur wie ein Bienenkorb. Sie stieg aus und wurde von Schwartzmann wie eine alte Bekannte begrüßt. Gemeinsam gingen sie ins Haus.

Ich rückte Frau Kirsch einen Stuhl zurecht. Sie nahm einen anderen. Also zog ich meinen direkt neben sie.

»Eine Psychologin, nehme ich an.«

Sie antwortete nicht, verschränkte die Arme und sah betont interessiert zum Absperrband hinüber. Die Putte machte eine Geste, die »lass uns telefonieren« bedeuten konnte. Oder sie hatte mir gerade einen Vogel gezeigt.

»Der arme Junge.«

Keine Reaktion.

Wie hart war diese Frau eigentlich? Ich ließ sie ein paar Minuten schmoren. Meiner Erfahrung nach widmete man sich Zeugen ihres Kalibers entweder gleich, um sie loszuwerden, oder erst nach mehreren Stunden, um sie weichzukochen. Was sie mit mir vorhatten, wusste ich nicht.

Die Frau mit der Amy-Winehouse-Frisur kam wieder heraus. Sie führte Jacob an der Hand, der niemandem in die Augen sah und wahrscheinlich viel dafür gegeben hätte, wenn sie ihn ohne diese Hilfe zu ihrem Auto gebracht hätte. Ich stand auf und ging ein paar Schritte auf ihn zu. Wie aus dem Nichts tauchte mein Bodyguard neben mir auf und stellte sich zwischen uns.

»Jacob!«, rief ich.

Der Junge sah kurz hoch, erkannte, wer ihn ansprach, und blickte wieder zu Boden. Er hatte seine Schultasche dabei. Wer zum Teufel denkt in so einer Situation daran, einem Kind die Schultasche mitzugeben?

»*I am so sorry.*«

Die Psychologin öffnete die Beifahrertür, und Jacob kletterte auf den Rücksitz. Dann stieg auch sie ein, wendete, wobei sie jede Menge Staub aufwirbelte, umfuhr die markierten Areale und hupte an der Absperrung, bis jemand von den Zuschauern das Band für sie anhob.

»Er ist ein Kind«, sagte ich und setzte mich wieder.

Frau Kirsch presste die schmalen Lippen zusammen. Sie scharrte unruhig mit den Füßen. Saß da wie auf glühenden Kohlen. Es war eine Sache, geschützt durch die Menge Gemeinheiten von sich zu geben. Es war eine andere, sich dafür zu verantworten. Das also war Rebeccas Mutter.

Ich erkannte keine Ähnlichkeit. Vielleicht waren ihre Haare auch einmal kastanienbraun gewesen, und sie hatte sie offen getragen. Nun hatten sie eine graubraune Farbe. Ihre Bluse war trotz der Hitze bis oben zugeknöpft. Unruhig spielte sie an ihrer Armbanduhr herum und stieß unwillige Seufzer aus.

»Was wird jetzt aus ihm?«, fragte ich und bekam keine Antwort. »Wo ist sein Vater?«

»In Haifa irgendwo.« Ihre Stimme klang gepresst. »Er kommt schon seit zwei Jahren nicht mehr nach Jechida. Kein Wunder.«

»Warum?«

»Weiß ich's? Weil sie ihn aus dem Haus getrieben hat? Sie ist eine *zona*, dabei bleibe ich.« Trotzig sah sie zu Boden.

»Aber das war doch mal ein Kibbuz. Sie hatten gemeinsame Ziele. Gemeinsame Ideale. Soll Jacob etwa nach Haifa zu einem Vater, der sich seit ewigen Zeiten nicht mehr hat blicken lassen? Oder gibt es für die Kinder von Schlampen hier generell keinen Platz?«

Sie stand auf. Sofort war der Polizist da und wies sie unmissverständlich an, wieder Platz zu nehmen. Bei dem anschließenden Wortgefecht blieb er der Sieger. Schnaufend vor Wut ließ sie sich erneut auf dem Klappstuhl nieder.

»Also keine Gnade«, fuhr ich fort, als hätte es die Unterbrechung nicht gegeben. »Nicht für Jacob. Und auch nicht für Ihre eigene Tochter.«

»Ich wusste, dass Sie die Sprache auf Rebecca bringen. Ausgerechnet Sie. Dass Sie es wagen, noch einmal hierherzukommen. Sie sehen ja, wohin das führt. Mord und Totschlag. Genau wie damals.«

Ich beugte mich vor und legte die Unterarme auf die Knie. So konnte ich ihr besser ins Gesicht blickte, auch wenn sie sich wie in diesem Augenblick abwandte. Außerdem verringerte das meine Rippenschmerzen, die sich mit ziemlicher Vehemenz zurückmeldeten.

»Genau wie damals?«

Sie sah erneut auf die Uhr, dann zu dem Polizisten, schließlich zu den Schaulustigen, die sich langsam trollten. Es half nichts. Niemand kam, um sie aus dieser Zwickmühle zu erlösen. Ich war mir sicher, dass sie ihre beleidigenden Worte über Merit mittlerweile mehr als bereute.

»Was ist damals passiert?«

Sie stieß einen ärgerlichen Laut aus, der alles bedeuten konnte.

»Was, Frau Kirsch? Ich bin nicht zu meinem Vergnügen hier. Mittlerweile sind alle, die irgendjemand mit Rebecca in Verbindung bringt, tot. Alle bis auf mich. Wissen Sie, wie Merit gestorben ist?«

Diesmal drehte sie den Kopf so weit weg, dass ich glaubte, ihre Nackenwirbel knacken zu hören.

»Der Täter hat sie zunächst in ihrem Haus überfallen und sie dabei schwer verletzt. Ihr ist die Flucht gelungen, durch den Garten hinüber zu den Baracken. Dort hat er ihr aufgelauert und ihr den Schädel eingeschlagen. Soll ich Ihnen beschreiben, wie das aussieht? Die Knochensplitter? Diese Mischung aus grauen Gehirnzellen und Blut? Die eingedrückte Gesichtshälfte?«

»Nein! Hören Sie auf! Hören Sie auf!« Sie sprang hoch und lief los.

Der Polizist hatte sie schon nach wenigen Schritten eingefangen. Sie wehrte sich, er brüllte sie an, und wahrscheinlich brachte er ihr auch noch kurz und knapp etwas über Flucht, Widerstand gegen die Staatsgewalt und Unterbindungsgewahrsam bei. Jedenfalls gab sie ziemlich schnell auf und fing, noch bevor sie wieder bei mir war, an zu heulen.

Ich habe ein echtes Problem mit heulenden alten Frauen. Mir bricht dabei das Herz, jedes Mal. Sobald meine Mutter feuchte Augen bekommt, ist jeder Widerstand zwecklos, ich knicke ein. Egal worum es geht. Frau Kirschs Anblick hingegen löste in mir weder Mitgefühl noch Beschützerinstinkt aus. Im Gegenteil. Ich hätte sie am liebsten geschüttelt und geohrfeigt, wenn ich dabei nicht Gefahr gelaufen wäre, ihr die zarten Knochen zu brechen und mir eine weitere Anzeige einzufangen.

Kaum saß sie, steckte sie sich die Finger in die Ohren. Es war einfach nur unfassbar lächerlich. Wahrscheinlich würde sie bald müde werden, aber so viel Zeit hatte ich nicht. Ich wartete, bis der Cop eine Konversation über sein Funkgerät begann, und zog ihr den rechten Arm nach unten. Sie wollte mich schlagen, doch ich hielt sie fest.

»Sie tun mir weh!«

»Hören Sie mir zu.«

»Ich denke nicht daran.« Es folgte ein wütender Monolog auf Hebräisch, in dem mit Sicherheit weitere Nettigkeiten in meine Richtung fielen.

»Frau Kirsch. Frau Kirsch!«, herrschte ich sie an. »Wie sieht das denn aus! Jeder Polizist hier muss doch glauben, dass Sie etwas mit dem Mord zu tun haben, wenn Sie sich weiter so aufführen.«

Das saß. Sie tastete ihren Körper ab und wurde in der Mitte fündig. Halb abgewandt von mir zog sie ein Papiertuch aus der Hosentasche hervor und tupfte sich damit die Tränen ab.

»Jetzt reißen Sie sich mal zusammen. Ich bin Anwalt, ich weiß genau, was diese Leute mit Ihnen vorhaben.« Mit einer Kopfbewegung wies ich auf den unschuldigen Beamten hinter unserem Rücken. »Sie haben sich abfällig über eine Ermordete geäußert. Das macht Sie verdächtig.«

Sie riss die Augen auf und schnappte nach Luft oder nach Worten, doch ich ließ sie gar nicht erst wieder anfangen.

»Ich habe es selbst gehört. Kann es sein, dass Sie ihr sogar den Tod gewünscht haben.«

»Was?«, japste sie. »Was wollen Sie da gehört haben?«

»Wann können wir miteinander reden?«

Sie zerknüllte das Taschentuch. Dann warf sie einen nervösen Blick auf das Haus und die Leute, die im Gelände immer noch Spuren sicherten. »Worüber?«

»Über Rebecca.«

»Das ... das kann ich nicht.«

»Vielleicht ändern Sie Ihre Meinung nach ein paar Tagen im Gefängnis. Jeder hat mitbekommen, wie Sie sich über Merit geäußert haben. Keiner hat verstanden, worüber wir uns im Anschluss auf Deutsch unterhalten haben. Frau Kirsch, nehmen Sie mich als Verbündeten. Und nicht als Feind.«

Wie erwähnt, ich mag es nicht, wenn alte Frauen heulen. Weit schlimmer ist es, sie auf diese Art und Weise zu erpressen und dabei nicht mal einen Hauch von schlechtem Gewissen zu haben. Sie schluckte. Sie rang mit sich. Das Taschentuch musste dafür herhalten, bis sie nur noch Fetzen in den Händen hielt.

»Ich an Ihrer Stelle würde mein Angebot annehmen. Sonst fallen mir vielleicht noch ein paar andere Sachen ein, die Sie gesagt haben *könnten*.«

Sie schnaubte Wut und Verachtung heraus, dann endlich kam die Resignation. Sie kommt immer, wenn mein Gegenüber erst einmal begreift, dass ich es ehrlich mit ihm meine.

»Also?«

»Al-Markez Street drei«, sagte sie leise. »In New Jechida. Ich weiß wirklich nicht, was ich Ihnen sagen soll.«

»Sie sollen gar nichts. Sie müssen.«

Frau Kirsch hob die dünnen Augenbrauen.

»Nach über dreißig Jahren ist es an der Zeit, oder?«

Rasch steckte sie die Papierfetzen weg.

Als unser Cop wenig später zu uns kam und sie zu Schwartzmann führte, drehte sie sich wie hilfesuchend nach mir um. Ich nickte ihr zu. Sie gab ihre Personalien an und gab ihm wahrscheinlich eine kurze Zusammenfassung der übelsten Gerüchte, die über Merit kursierten. Danach konnte sie gehen. Bei mir sah es anders aus. Schwartzmann verließ den Garten in meine Richtung. Ihm folgte ein Mann, den ich bis jetzt noch nicht gesehen hatte. Seiner Miene nach zu urteilen war er hier der Boss. Schwartzmann stellte ihn als einen Kollegen aus Haifa vor.

»Und jetzt zu Ihnen.«

40

Wir gingen gemeinsam ins Haus. Ich musste Schwartzmann und seinem Kollegen erklären, wo ich überall gewesen war. Er schien mir zu glauben, zumindest unterbrach er mich nicht und ließ mich reden. Der andere hielt sich zurück, was in dieser Situation nicht unbedingt ein gutes Zeichen war.

»Der Täter hat eindeutig etwas gesucht«, sagte ich.

Wir waren wieder in der Küche. Der Kommissar aus Tel Aviv ging in die Knie und begutachtete die Blutspuren. Dabei sah er auch unter die Schränke. Der Kommissar aus Haifa führte mich zurück in den Flur. In seinen Augen zertrampelte ich gerade wichtige Spuren.

»Hier, das Geld. Es ist weg.«

Ich benahm mich idiotisch. Längst stand eine Nummerntafel neben der umgefallenen Blechdose. Irgendwo im Haus war der Fotograf zugange. Das Klicken seiner Kamera drang bis zu uns.

»Er hat es mitgenommen. Aber das war kein Raubmord.«

»Was macht Sie so sicher, dass es ein Mann war?«

Der Kommissar richtete sich wieder auf und hielt etwas in der Hand. Eine Frau im Overall war sofort bei ihm und streckte ihm eine kleine Plastiktüte entgegen.

»Dieser Schlag ... Ich war schon ein paar Mal in der Rechtsmedizin. Zu kräftig für eine Frau.«

»Newton'sche Mechanik. Masse, Geschwindigkeit, Kraft. Mit einer Axt können Sie noch nicht mal eine Walnuss spalten, wenn Sie die Klinge nur auflegen. Aber holen Sie mal aus.«

Er hielt mir die Tüte hin. Darin glitzerte ein kleiner Davidstern an einer Kette. Einen Moment lang verlor ich die Kontrolle. Zwar hatte ich mich sofort wieder in der Gewalt, aber ich musste für einen Sekundenbruchteil so entgeistert ausgesehen haben, dass er seine nächste Frage nur pro forma stellte.

»Wem gehört das?«

»Ich weiß es nicht. Merit?«

Er reichte die Tüte weiter. Gemeinsam verließen wir das Haus. Es war früher Nachmittag geworden. Die Sonne brannte vom Himmel. Ganz weit oben zog ein Flugzeug einen Kondensstreifen hinter sich her. Ich sah auf die Uhr. Mit viel Glück und einer gnädigen Sicherheitskontrolle könnte ich es noch schaffen.

»Darf ich gehen?«

»Sie müssen noch Ihre Aussage machen. Ein Kollege wird sie aufnehmen.«

»Und dann?«

»Dann tun wir unsere Arbeit. Herr Vernau, wie lange hatten Sie vor zu bleiben?«

»Mein Flugzeug geht um fünf.«

»Das werden Sie nicht mehr bekommen.«

»Und mein Wagen?«

»Auch dafür brauchen wir noch ein wenig. Kommen Sie gegen sechs wieder, dann sehen wir weiter. Ich muss Sie nochmals bitten, sich zu unserer Verfügung zu halten.«

Er übersetzte das Gespräch für seinen Kollegen aus Haifa. Dem war unsere Bekanntschaft ein Dorn im Auge, seit wir einander vorgestellt worden waren.

»Wie lange?«, fragte ich.

»Das hängt davon ab, wann der Moment gekommen ist, an dem ich Sie von der Liste der Verdächtigen streichen kann. Sie sind Anwalt. Das wissen Sie doch ganz genau. Sie können sich wirklich nicht erinnern?«

»An was?«

»Wo Sie den Davidstern schon einmal gesehen haben?«

»Nein. Überall. In Jerusalem kriegt man sie nachgeworfen. Ist er überhaupt echt?«

»Wir sehen uns dann um sechs.«

Schwartzmann wandte sich wieder an seinen Begleiter und wechselte ein paar Worte mit ihm. Der Tonfall zwischen den beiden war nicht sehr freundlich. Wahrscheinlich gab es Unklarheiten, wer hier die Oberhand behalten sollte. Der Kommissar aus Tel Aviv, der glücklicherweise genauso wie ich erkannte, dass dieser Fall im Zusammenhang mit dem Rechtshilfeersuchen aus Deutschland stand. Oder der andere, der mit demselben Recht behaupten konnte, dass sich dieser Mord auf seinem Territorium abgespielt hatte. Es war beruhigend zu sehen, dass das Gerangel um Kompetenzen und Zuständigkeiten überall auf der Welt das gleiche war.

»Sie werden Ihren Wagen nicht vor morgen früh zurückerhalten.«

»Aber das ist ein Mietwagen. Ich muss ihn heute abgeben.« Das Geld war mir egal. Ich hatte nur keine Lust, an diesem abgelegenen Flecken Erde festzusitzen.

»Reichen Sie die Quittung ein, ich werde sehen, was ich tun kann.«

Die drei gingen zurück ins Haus. Ich schlenderte unbehelligt die Straße entlang. Niemand hielt mich auf.

New Jechida, wie Frau Kirsch das Neubaugebiet genannt hatte, war zu Fuß etwa eine Viertelstunde entfernt. Die Schaulustigen hatten sich verzogen. Es war heiß, und nach einem Kilometer bereute ich, nicht in Shorts und Hawaiihemd unterwegs zu sein.

Als Kind war ich viel gelaufen. Busse und Straßenbahnen waren etwas für die seltenen Ausflüge oder Besuche bei entfernten, todlangweiligen Verwandten. Der Schulweg war ein Abenteuer, man lief immer Gefahr, zu spät zu kommen. Die Versuchung zum Abbiegen war einfach zu groß. Nicht so wie heute, wo den Kindern selbst der Ranzen noch nachgetragen wird und sie sich gegenseitig WhatsApp-Nachrichten schicken, während sie nebeneinander auf einer Bank sitzen. Vier, fünf Kilometer waren damals normale Härte, egal bei welchem Wetter.

Vier, fünf Kilometer in dieser Gluthitze, allein, ohne Freunde, die einen quer über die Felder jagen oder einem ihre toten Käfer zeigen, können sich ziehen. Jacob hatte noch nicht einmal ein Fahrrad.

Ich wusste, dass Merit von meinem Besuch enttäuscht gewesen war. Vielleicht hätte ich mir mehr Mühe geben sollen. Aber das hätte bedeutet, mich für sie zu interessieren. Man kennt das ja. Kaum fragt man genauer nach, ist der Damm gebrochen, und man wird Mitwisser von Plänen, Strategien und Absichten, die niemals Wirklichkeit werden. Man will eigentlich sagen: Spar es dir. Richte dich ein in dem, was du hast, denn mehr wird es nicht werden. Nicht *einiges* muss sich ändern, sondern *du*. Aber man schweigt und nickt und lässt ihnen ihre Zukunftsträume, weil sie vielleicht das Einzige sind, was die Gegenwart für sie erträglich macht.

Genau da hätte ich einhaken sollen. Merits Leben war festgefahren, irgendwo im Abseits, und das schon ziemlich lange. Was war es, das sie auf einmal zu einer Zielscheibe gemacht hatte? Welche schlafenden Hunde hatte sie geweckt? Die Frage, wie sie an Rachels Davidstern gekommen war, wollte ich mir gar nicht erst stellen. Nicht jetzt.

Der Kleinbus eines Fernsehsenders preschte über die Piste auf mich zu, wenig später folgten einige Privatwagen. Nach der Polizei kamen die Journalisten. Ein paar Autos näherten sich aus der entgegengesetzten Richtung. Keiner hielt an, obwohl ich den Daumen hob.

Als ich New Jechida erreichte, hatte ich keine trockene Faser mehr am Leib. Ich keuchte wie nach einem Marathon, obwohl ich nie einen gelaufen war. Die Schmerzen in der Brust meldeten sich zurück. Wenn ich wieder in Berlin war, würde ich mich durchchecken lassen.

Die Bushaltestelle. Ich erreichte sie mit Mühe und Not und legte mich auf die Bank, die Aktentasche unter den Kopf. Niemand war auf der Straße. Grillen zirpten. Weit über mir donnerte ein Düsenjäger dahin.

Ich verfluchte Schwartzmann, weil er mir den Wagen weggenommen hatte. Durfte er das überhaupt? Ich hätte gerne Rachel angerufen. Oder Marie-Luise. Marquardt. Schlimmstenfalls meine Mutter. Sie wusste gar nicht, dass ich in Israel war. Wenn Marie-Luise ihr erzählen würde, ich wäre nach Korfu abgehauen und hätte mich dort in ein Schlauchboot gesetzt, sie würde es glatt glauben. Weil sie Vertrauen in Marie-Luise hatte. Und dann? Wenn sich herausstellte, dass alles nur ein Bluff gewesen war? Was würde sie dann tun?

Ich hielt den Fahrer eines Vans an, der aus der anderen Richtung kam und in mir einen verirrten Touristen vermutete, und fragte ihn auf Englisch nach der Al-Markez Street. Er nahm mich mit, ein freundlicher Mann meines Alters, Familienvater, gerade vom Einkaufen aus dem nächstgelegenen Supermarkt auf dem Weg nach Hause. Die gewundene Straße führte vorbei an Felssteinmauern und dünnen Hecken, an Hühnerställen und Überlandstromleitungen, an Industriehöfen mit Betonbauteilen und den Vorgärten der neuen Siedlung, die ich schon kannte.

»Misses Kirsch«, sagte er und deutete auf ein hübsches Haus, das man so auch in Falkensee oder anderen sogenannten Gartenstädten rund um Berlin sehen konnte. Sechziger Jahre, noch solide Stein auf Stein gebaut, geradlinig, schnörkellos, mit Terrasse und einem durchdacht angelegten, etwas vertrockneten Ziergarten.

Ich bedankte mich und wartete, bis er um die Ecke gebogen war. Er tat es langsamer, als es die leere Straße und die hohen Zäune erforderten. Sicher wollte er sehen, was ich vorhatte.

Neben dem breiten Tor aus verzinktem Eisen war eine Klingel. Es dauerte, bis sich drinnen endlich etwas regte. In der Zwischenzeit hatte ich das Gefühl, dass ich beobachtet wurde. Im Haus gegenüber bewegte sich eine Gardine am Fenster. Jedes Gebäude war mit Kameras und Alarmanlagen gesichert. Es roch nach Staub, Rosen und Knoblauch. Irgendwo musste jemand kochen. Das wäre eine Tortur nach Frau Kirschs Geschmack: ich, den Magen in den Kniekehlen, und sie in der Küche, wo sie vielleicht gerade geschmorte Lammhaxe zubereitete.

Endlich ging das Tor auf. Rebeccas Mutter erwartete mich am Hauseingang. Sie äugte besorgt zur Straße hinüber und ließ mich dann hastig, als führten uns moralisch nicht ganz einwandfreie Begehrlichkeiten zusammen, ins Haus.

Sie schloss die Tür hinter mir und sagte: »Geradeaus, bitte.«

Es roch leider nicht nach Lammhaxe. Eher nach uralt Lavendel.

Ich kam in ein quadratisches Wohnzimmer mit zugezogenen Gardinen, vollgestopft mit Büchern. Ein Raum wie aus einer anderen Welt, als ob die Zeit stehen geblieben wäre. Gerahmte Schwarzweißfotografien an den Wänden zeigten Familienstillleben vergangener Generationen. An der Rattangarnitur hätte Marie-Luise ihre Freude gehabt. Der Parkettboden – keine schwere Eiche, sondern filigranes, an manchen Stellen abgetretenes Fischgrätmuster – war bedeckt mit Perserteppichen, die schon bessere Tage gesehen hatten. An jedem Türrahmen die *mesusa*, vor dem Fenster eine *menora*, der siebenarmige Kerzenleuchter.

»Nehmen Sie Platz. Möchten Sie etwas trinken?« Die steif gestellte Frage verriet ebenso ihr ganzes Auftreten, dass sie mich am liebsten sofort wieder losgeworden wäre.

»Ein Wasser, bitte.«

Sie musterte mich kurz von oben bis unten. Wahrscheinlich lag ihr auf der Zunge, dass ich die Schuhe ausziehen oder mich erst mal unter die Dusche stellen sollte. Aber dann drehte sie ab und ließ mich allein.

Kein einziges Foto von Rebecca. Stattdessen Frau Kirsch, Herr Kirsch. Eltern, Großeltern, je älter die Bilder, desto strenger der Blick. Nur ein einziges Mal lächelte jemand: eine junge Frau mit einem altmodischen Kinderwagen aus Korb. Die kopfsteingepflasterte Straße und das Geschäft im Hintergrund, eine Kohlenhandlung, sahen deutsch aus.

»Meine Schwester.«

Frau Kirsch war mit einem Glas Leitungswasser zurückgekommen und suchte nun nach einem Platz dafür auf dem Couchtisch, auf dem sich Illustrierte, Bücher und Zeitungen stapelten.

Ich wartete auf eine Erklärung, doch es kam keine. So fremd, wie wir uns waren, noch dazu nicht einmal freundschaftlich zugeneigt, stand es mir nicht zu, Fragen in diese Richtung zu stellen. Sie setzte sich in einen der knarrenden Korbstühle. Ich nahm ihr gegenüber Platz und leerte das Glas in einem Zug. Unvernünftig, ein zweites würde ich wohl nicht bekommen.

»Schön haben Sie es. Seit wann wohnen Sie hier?«

»Es sind jetzt dreißig Jahre. Wir haben den Kibbuz zu einem guten Zeitpunkt verlassen. Wir sind damals noch ausbezahlt worden. Andere hatten nicht so viel Glück. Sie mussten nach der Privatisierung Kredite aufnehmen.«

»Oder in den Bruchbuden bleiben, wie Merit. Warum waren Sie heute dort?«

»Wir treffen uns manchmal zum Kaffee bei einer Freundin von mir. Sie wohnt im Neubauviertel, ganz in der Nähe. Wenn man einen Krankenwagen und die *Mischteret* sieht, will man natürlich wissen, was los ist.«

»Ein Mord im Kibbuz. Im letzten Haus. Sie wussten doch alle, um wen es ging.«

Frau Kirsch zuckte mit den Schultern.

»Was haben Sie gegen Merit?«

»Nichts«, antwortete sie schnell. »Es ist nur so, wenn hier eine Frau ohne Mann ganz alleine lebt …«

»Sie war verheiratet.«

»Ach, Sie wissen doch, was ich meine. Es gibt Gerede. Mehr nicht.«

»Mehr nicht?«

Sie legte die Hände übereinander. »Es tut mir leid. Wenn es das ist, was Sie hören wollen. Wenn sie so eine gute Freundin von Ihnen war.« Aus ihrem Mund klang es, als hätten wir dort zusammen einen Puff aufgemacht.

»Sind Sie eigentlich verheiratet?«, fragte ich so unschuldig wie möglich.

»Selbstverständlich. Mein Mann ist gerade zur Kur am Toten Meer.«

»Eigentlich möchte ich mit Ihnen über Rebecca sprechen.« Bei der Erwähnung des Namens zuckte sie kaum merklich zusammen. »Wussten Sie, dass Ihre Tochter damals mit einem *volunteer* zusammen war?«

»Nein.«

»Aber sie war schwanger von ihm.«

Frau Kirsch hob die Augenbrauen. Ein Thema wie dieses hatte hier nichts zu suchen. Ich versuchte mir vorzustellen, wie sie vor dreißig Jahren gewesen sein könnte. Jünger, das auf jeden Fall. Auch toleranter und liebevoller? Wohl kaum.

»Wann hat Sie es Ihnen gesagt? Haben Sie jemals darüber gesprochen?«

»Ich wüsste nicht, was Sie das angeht.«

Freundlich lächelte ich sie an. »Wir waren uns doch darüber

einig, dass wir beide, Sie und ich, bei der Wahrheit bleiben. Sie, was Rebecca angeht, und ich, was die Polizei und unsere kleine Unterhaltung betrifft.«

Sie dachte nach und sagte schließlich: »Nein.«

»Waren wir das nicht?«

Mein Gegenüber seufzte. »Nein, wir haben nicht darüber gesprochen. Es war ... kein Thema.«

»Entschuldigen Sie bitte. Ihre eigene Tochter erwartet ein Kind. So etwas ist doch irgendwann unübersehbar.«

»Sie war mit Uri verlobt, also hatte alles seine Richtigkeit.«

»Aber ...« Ich brach ab, unsicher ob ich der Richtige war, ihr jetzt mit Vorwürfen zu kommen. Ich hatte keine Kinder. Meine einzige Erfahrung auf diesem Gebiet beschränkte sich darauf, dass ich selbst mal eines gewesen war. Ich schluckte meinen Ärger herunter und behielt einen bitteren Geschmack im Mund. »Aber es war nicht richtig. Es war sogar grundfalsch. All das, Ihr Schweigen, die Verbindung mit Uri, hat doch erst zu der Katastrophe geführt.«

»Wer sagt das?«

»Ihre Tochter hat sich umgebracht. Wie würden Sie das nennen? Einen bedauerlichen Zwischenfall?«

Die alte Dame senkte den Kopf. Sie strich mehrfach über die Falten ihrer Bluse. Ihre Hände waren alt, hübsch, schlank, feingliedrig. Das Armband der Uhr war etwas zu weit. Ich war ein Fremder, in diesem Haus ungefähr so willkommen wie Holzbock oder Schimmelbefall. Noch dazu stocherte ich in einer Tragödie herum, die niemanden unberührt gelassen haben konnte. Noch nicht einmal so eine Mutter.

»Haben Sie sich nie gefragt, wie es dazu kommen konnte?«

Sie schüttelte den Kopf und fing wieder an, nach ihrem Taschentuch zu suchen. »Eine Schande«, flüsterte sie. »So eine Schande.«

Mein Magen zog sich zusammen. Ich sah mir an, wie sie schniefte und sich die Nase abtupfte. Ich hatte kein Mitgefühl mehr für sie. Keinen Respekt, keine Achtung.

»Was war mit Uris Familie? War die derselben Meinung? Dass er sich mit Rebeccas Kind einen Bastard ins Haus holt?«

»Selbstverständlich. Ich weiß, dass Sie das nicht verstehen. Es ist auch nicht leicht. Die Cohens haben uns damals die Schuld gegeben. Dabei haben wir Rebecca anständig erzogen. Als sie uns eines Tages erzählte, dass sie den jungen Cohen heiraten würde, waren wir auch bereit, über diese Sache hinwegzusehen.«

»Diese Sache war Rebeccas Schwangerschaft.«

»Ich hatte es seit Wochen geahnt. Ach was, schon länger. Sie war ja nur noch bei den Baracken. Angeblich um den Pool zu renovieren. Wir haben es ihr verboten, aber sie ist trotzdem hingegangen. Und dann ... ist etwas passiert. Auf einmal war sie anders. Wir machten uns große Sorgen. Was, wenn sie etwas mit einem *volunteer* angefangen hatte? Einem *goj*? Ich war nie eine Freundin davon, diese Leute in unsere Gemeinschaft zu lassen. Aber wir haben sie gebraucht, also wurden sie toleriert.«

Wahrscheinlich vergaß sie gerade, dass jemand von genau diesen Leuten an ihrem Wohnzimmertisch saß.

»Nicht das vertrauensvollste Umfeld für ein junges Mädchen«, sagte ich. »Ab wann haben Sie gewusst, dass es einer von uns war?«

»Daliah hat es mir erzählt.«

»Daliah?« Ich hoffte, es wäre nur eine Namensgleichheit. »Uris zweite Frau? Sie kommt aus Jechida?«

»Daliah war das Mädchen, das Uri eigentlich versprochen war. Schon von Kindesbeinen an. Aber er hatte immer nur Augen für unsere Rebecca. Das gab natürlich böses Blut. Erst recht als er sich von seiner Verpflichtung lossagte und Rebecca zur Frau nahm. Es stimmt, was Sie gesagt haben. Das war nicht richtig.«

»Wäre Ihnen ein uneheliches Enkelkind lieber gewesen?«

»Was für eine Frage. Das eine ist so falsch wie das andere. Ausgerechnet wir, die wir uns immer an die Regeln gehalten haben, hatten sie gebrochen. Da wird nicht unterschieden. Es betrifft immer die ganze Familie. Nun kennen Sie den wahren Grund, warum wir fortgezogen sind. Niemand verlässt freiwillig einen Kibbuz. Heute mag das anders sein. Aber damals blieb uns keine Wahl.«

Der Vorfall musste für Monate das Gesprächsthema schlechthin gewesen sein. In einer so kleinen und konservativen Gemeinschaft gleich mehrere Tabubrüche auf einmal: eine Jüdin aus konservativem Haus liebt einen *volunteer*. Das Mädchen wird auch noch schwanger. Der werdende Vater verschwindet. Und der Retter in der Not löst ein Eheversprechen, um ausgerechnet das gefallene Mädchen zu heiraten. Eine Daily Soap wäre mit dem Stoff über Jahre hinweg ein Dauerbrenner.

»Ich verstehe es immer noch nicht ganz. Ihre Tochter heiratet einen angesehenen jungen Mann und bekommt ein eheliches Kind. Wo ist das Problem? Ich meine, abgesehen davon, dass der Weg zum Ziel vielleicht etwas steiniger war als üblich und ihre moralische Messlatte gerissen hat.«

Sie schnaubte. »Wissen Sie eigentlich, was die jüdischen Religionsgesetze über Selbstmord sagen?«

»Dasselbe wie die christlichen, nehme ich mal an. Es war ihre Tochter! Verdammt! Sie hätte Hilfe gebraucht! Wo waren Sie? Frau Kirsch, wo waren Sie?«

Ihre kleinen Augen weiteten sich entsetzt. Wahrscheinlich hatte es noch nie jemand in diesem Museum gewagt, sie so anzuschreien. Aber ich musste es tun, sonst hätte ich das Glas an der Wand zerschmettert oder den Rattantisch in seine Einzelteile zerlegt.

Ich stand auf und ging zum Fenster. Draußen ein lieblicher

Rosengarten. Es war eine falsche Welt, in der ich mich befand. Rosen in der Wüste und eine Mutter, die ihrer Tochter nicht verzeihen konnte.

»Nein, nein. Ich war da«, sagte sie leise. »Mein Mann hat es mir verboten, trotzdem war ich im Krankenhaus und wollte zu ihr und dem Kind.«

Mit einem Ruck drehte ich mich um.

»Ich habe ihm gesagt, ich müsste zum Arzt. Eine Routineuntersuchung. Er hat mich in die Klinik gefahren, in dieselbe, in der Rebecca lag. Aber dann …«

Natürlich. Dann hatte sie der Mut verlassen. Und am nächsten Morgen war Rebecca tot. Sie schluckte, suchte nach Worten.

»Dann kam Daliah aus dem Fahrstuhl. Sie sagte mir, es sei jetzt ganz schlecht und dass es eine sehr schwere Geburt gewesen wäre und dass ich am nächsten Tag wiederkommen sollte. Sie wusste ja, welche Probleme wir miteinander hatten, und sie meinte, es wäre vielleicht ein Schock für Rebecca, wenn ich so plötzlich auftauchen würde.«

Sie sah dabei auf den Couchtisch. Ich kam näher.

»Daliah? Die abservierte Versprochene? Ausgerechnet Daliah war im Krankenhaus am Tag von Rebeccas Niederkunft?«

Frau Kirsch nickte und starrte dabei immer noch nach unten.

»Ein nettes Mädchen. Sie hat versprochen, meinem Mann nichts zu sagen. Es war ja schon Abend, und es hatte keinen Zweck zu warten. Ich hatte fest vor, am nächsten Tag wiederzukommen. Mit dem Bus nach Haifa morgens um neun und dem Zug hätte ich es bis nach Tel Aviv geschafft und wäre am Nachmittag rechtzeitig zurück gewesen, bevor er von der Arbeit gekommen wäre. Keiner hätte etwas gemerkt. Aber dann kam der Anruf. Da … war es dann schon zu spät.«

Ich setzte mich wieder. Das war ja nicht zu fassen.

»Daliah hat Sie weggeschickt?«

Frau Kirsch tupfte sich wieder im Gesicht herum und nickte dabei.

»Wie kam es, dass sie auf einmal so eine gute Freundin von Rebecca geworden ist?«

»Das weiß ich nicht. Wir hatten ... nun ja, wir hatten keinen Kontakt mehr zu unserer Tochter.«

»Aber wenn man die, sagen wir mal, normale menschliche Natur zum Maßstab nimmt, müsste Daliah ziemlich sauer auf Rebecca gewesen sein. Immerhin war Uri der Mann, mit dem sie hätte glücklich werden sollen.«

»Vielleicht konnte sie ...« Das Wort kam ihr einfach nicht über die Lippen. »Vielleicht war es ihr möglich zu ...«

»Verzeihen?«, fragte ich. »Sind Sie sicher?«

Sie schüttelte den Kopf, und dieses Mal sah es ziemlich ratlos aus.

»Es war mir ehrlich gesagt egal. Ich hatte gehofft, dass die Dinge sich wieder einrenken. Irgendwann würden auch die Cohens wieder mit uns reden, und vielleicht wäre sogar mein Mann eines Tages zur Besinnung gekommen, wenn er das Baby gesehen hätte. Ich habe nicht weiter darüber nachgedacht. Daliahs Auftauchen war wie ein gutes Omen. Der Anfang vom Ende eines Albtraums. Wenn Daliah ... wenn sie Rebecca verzeihen konnte, dann könnte mein Mann, also dann könnten wir das doch auch. Oder? Aber es hat ja nicht sollen sein.«

»Haben Sie sich nie gefragt, wer Rachels richtiger Vater ist?«

»Doch, natürlich. Es gab ja diese Gerüchte. Und auf einmal war Merit im Spiel.«

Ich atmete scharf ein. Endlich kamen wir der Sache näher. Zwar hätte ich nicht sagen können, wo in diesem Wust aus glücklichen, unglücklichen, beendeten und neu angefangenen Beziehungen jetzt auch noch Merit ihren Platz finde sollte, doch ich ließ mich gerne überraschen.

»Merit hieß damals Marianne. Sie war Deutsche, aus der Gegend von Regensburg, glaube ich. Damals wohnte sie noch in den Baracken. Sie hat übrigens auch im Gewächshaus gearbeitet, genau wie Sie.«

Der Blick, den sie auf mich abschoss, sprach Bände.

»Obwohl sie gut und fleißig war, wurde niemand so recht mit ihr warm. Vielleicht lag es daran, dass sie zu bemüht war, zu uns zu gehören. Später ist sie konvertiert, aber das sind ja meistens die Schlimmsten. Wissen alles besser und wollen uns vorschreiben, wie wir uns zu verhalten haben. Ich will nicht abstreiten, dass manche sich wirklich berufen fühlen. Aber Merits Bemühen war zu aufdringlich. Sie wäre ein nettes Mädchen gewesen, wenn sie nicht so einen Drang gehabt hätte, wahrgenommen zu werden.«

»Ist mir damals gar nicht aufgefallen.«

Zum ersten Mal klickte sich ein schnelles Lächeln in ihr Gesicht. »Sie war nicht Ihr Typ, deshalb haben Sie sie links liegen lassen.«

»Woher wollen Sie das wissen?«

»Es gibt Mädchen wie Merit, die Beachtung geradezu erflehen, und es gibt Mädchen wie Rebecca, die es nie darauf angelegt hatte und wegen der wir abends trotzdem einen Eimer Wasser neben die Haustür stellen mussten, um die vielen Verehrer abzuschrecken. Sie sind vermutlich ein Mann, der das weniger Oberflächliche schätzt.«

»Wenn Sie sich da mal nicht täuschen.« Ich musste mir von dieser Dame nicht auch noch mein Frauenbild erklären lassen. »Wie ging es weiter?«

»Rebecca zog sich zurück. Sie redete kaum noch, und ich hatte das ungute Gefühl, dass sie in Schwierigkeiten steckte. Wie groß diese Schwierigkeiten waren, konnte ich mir damals noch nicht ausmalen. Eines Tages war sie verschwunden. Sie müssen sich das mal vorstellen: Eine Siebzehnjährige, ein unbescholtenes

Mädchen, verschwindet einfach so. Wir haben nur deshalb nicht die Polizei gerufen, weil klar war, dass sie aus freien Stücken gegangen ist.«

»Woher wussten Sie das?«

»Ihre Reisetasche war weg und einige Kleidungsstücke. Unter anderem auch ein Kostüm, das sie sich erst ein paar Wochen zuvor hatte schneidern lassen. Ein Kostüm in Weiß. Ich habe sie noch gefragt, zu welcher Gelegenheit sie glaubt, das in einem Kibbuz anziehen zu können. Da hat sie geantwortet: ›Die Gelegenheit kommt schon noch.‹« Wieder wurden ihre Augen feucht. Das nächste Taschentuch musste herhalten. »Sie hat Jechida am frühen Morgen verlassen, angeblich um ihre Tante zu besuchen. Dort kam sie aber nie an. Am Abend riefen wir unsere Verwandte an und erfuhren, dass Rebecca sich gar nicht bei ihr gemeldet hatte. Der Besuch war nur ein Vorwand gewesen. Mein Mann war außer sich. Erst recht als wir entdeckten, dass sie auch noch ihren Pass mitgenommen hat. Kurz darauf kam dann der Anruf von Uri. Er sagte, wir sollten uns keine Sorgen machen.«

»Uri?«, fragte ich. »Was hat er Ihnen noch erzählt?«

»Wir sind aus allen Wolken gefallen. Vor allem als er uns sagte, dass er und Rebecca heimlich ein Paar wären und sich nur wegen Daliah nicht getraut hätten, ihre Beziehung öffentlich zu machen. Dass sie in einer Kurzschlusshandlung gemeinsam wegwollten, es sich dann aber anders überlegt hätten. Mit dem letzten Bus kamen sie zurück. Alle beide. Rebecca sprach nicht, sondern ging gleich in ihr Zimmer, und aus Uri bekamen wir auch kein Wort heraus. Wie ein glückliches Paar wirkten sie nicht. Aber wir haben es, nun ja, akzeptiert. So könnte man es nennen. Den Gerüchten würde damit auch niemand mehr Glauben schenken.«

»Eine Win-Win-Situation also«, sagte ich bitter.

»Nicht wenn Sie sich vor Augen halten, was danach geschehen ist. Ein paar Tage später standen die Cohens vor unserer Tür, Uris

Eltern, im Schlepptau die heulende Daliah, und forderten, dass unsere Tochter sofort ihre Beziehung zu ihrem Sohn lösen sollte. Nur das war unmöglich. Denn Rebecca war nun ganz legitim guter Hoffnung. Es war nicht mehr zu leugnen und nicht mehr zu übersehen.«

»Hat sie gesagt, von wem das Kind war?«

Wieder ein Kopfschütteln. Dieses Mal allerdings über meine offensichtliche Unfähigkeit, das ganze Drama zu begreifen.

»Ich bitte Sie! Völlig klar, dass es von Uri war. Das war zumindest die offizielle Version. Dabei ist es auch geblieben.«

»Dann erzählen Sie mir jetzt bitte noch die inoffizielle. Und Merits Rolle dabei. Hatte sie etwa auch etwas mit Uri?«

Frau Kirschs Rücken straffte sich. Ihre Augen bekamen wieder diesen harten Glanz. »Wir reden von jenem Tag neunzehnhundertsiebenundachtzig, an dem meine Tochter mit Uri zurückkam, unglücklich und verschlossen. An diesem Tag fehlte Merit und am folgenden auch. Sie kam nicht zur Arbeit. Meldete sich nirgendwo ab, war einfach weg. Das geschieht häufiger. *Volunteers* sind eben keine richtigen Mitglieder der Gemeinschaft. Sie kommen und gehen, wie sie wollen. Viele sind überrascht, dass sie in einem Kibbuz arbeiten müssen, richtig arbeiten. Die meisten Leute in diesem Alter kennen das doch gar nicht. Sie haben sich vorher ausgemalt, mit Blumenkränzen im Haar auf Erntewagen herumzufahren, und scheitern dann an der Realität. Nicht wenige packen bald schon ihre Sachen und verschwinden, oft ohne ein Wort des Abschieds oder der Erklärung. An jenem Tag also fehlte nicht nur Merit, sondern auch ein deutscher Junge.«

»Daniel«, sagte ich. »Er hieß Daniel Schöbendorf.«

»Bitte unterbrechen Sie mich nicht ständig. Für den Kibbuz spielte es keine Rolle, aber Rebecca hat es sehr mitgenommen. Sie verkroch sich, wollte mit niemandem mehr reden. Erst war ich erstaunt. Ich dachte, vielleicht hatte sie Streit mit Uri. Auf Merit wäre ich nie im Leben gekommen. Sie gehörte nicht unbedingt zu den Mädchen, mit denen Rebecca eng befreundet war. Irgendwann fiel mir auf, dass es zwischen Uri und Rebecca auch nicht stimmte. Die beiden trafen sich kaum. Und wenn, dann besprachen sie nur die Angelegenheiten der bevorstehenden Hochzeit. Er liebte sie. Jeder konnte das sehen. Aber Rebecca ... Sie begann nachts im Schlaf aufzustehen und durch das Haus zu wandern. Einmal habe ich sie dabei überrascht, wie sie vor die Tür gehen wollte. Nur im Nachthemd! Ich konnte sie in letzter Sekunde daran hindern. Sie schrie ...« Frau Kirsch brach ab. Irritiert sah sie zur Tür, als ob dort die Erscheinung ihrer Tochter stehen würde. Sie rieb sich über die Augen. »Daniel, immer wieder Daniel. Ich habe es klar und deutlich gehört. Plötzlich war mir alles klar. Alles.«

Ich wagte kaum zu atmen. Endlich hatten wir eine Zeugin für die Vorfälle von damals. Endlich kam Licht in die Sache.

»Das Kind war nicht von Uri. Es war von Daniel. Aber der war mit Merit über alle Berge. Drei Tage später war diese ...« Sie schluckte das Wort *zona* wohl gerade noch herunter. »War sie wieder da, als ob nichts gewesen wäre. Und weil wir damals alle Hände voll zu tun hatten, wurde sie auch wieder in die Gemeinschaft aufgenommen. Ich sah mir das eine Weile an. Meine Tochter, die mehr und mehr zu einem Schatten wurde, und daneben Merit, das blühende Leben. Sie hat ja immer geglaubt, eines Tages eine von uns sein zu können. Alles hat sie uns nachgemacht, zu unseren Gottesdiensten ist sie gegangen, hat sich angezogen wie wir, hat dem Rabbiner die Tür eingerannt ... Aber so einfach geht das nicht. Sie muss die Ablehnung gespürt haben. Wir wollten sie nicht. Merit hat das mitbekommen. Mit einem Mal hatte sie dann etwas Selbstzufriedenes an sich. Wie eine Katze, die Sahne aus der Schüssel des Nachbarn geschleckt hat. Als ob sie einen Weg gefunden hätte, es uns heimzuzahlen. Eines Tages habe ich sie direkt darauf angesprochen. Ich wollte wissen, was aus Daniel geworden ist. Wenn er der Vater des Kindes war, wenn er tatsächlich derjenige sein sollte, der meiner Tochter das Herz gebrochen und sie in die Ehe mit einem ungeliebten Mann getrieben hatte, dann wollte ich es wissen.«

Obwohl es warm im Zimmer war, fröstelte ich.

»Was hat sie gesagt?«

Der Blick aus ihren Augen war eiskalt. Als ob Merit an meiner Stelle auf ihrer Couch säße.

»Sie hätte Daniel abserviert, weil er so ein Langweiler wäre. Eigentlich hätten sie nach Griechenland gewollt, aber weiter als bis nach Tel Aviv wären sie nicht gekommen. Sie hätte ihn noch zum Flughafen gebracht, dort hätten sich ihre Wege dann getrennt. Dass meine Tochter schwanger wäre und offenbar nicht wüsste, von wem, hätte sie sich selbst zuzuschreiben. Rebecca sei so etwas wie …«

Frau Kirsch brach ab. Es wollte ihr einfach nicht über die Lippen. Und ich, ich hatte keine Schwierigkeiten, mir Merit in dieser miesen Rolle vorzustellen. Welch ein Triumph über jene, die alles bekamen und alles hatten.

Ich musste mich räuspern, um die Kehle freizubekommen. »Rebecca sei wohl etwas leichtsinnig gewesen, interpretiere ich jetzt mal.«

Frau Kirsch nickte dankbar.

»Wie plausibel ist Ihnen diese Aussage erschienen?«

Sie zuckte mit den Schultern. Eine Geste irgendwo zwischen nicht wissen und aufgeben.

»Dass Daniel der Vater ihrer Enkelin ist, stimmt. Alles andere ist eine Lüge«, sagte ich. »Haben Sie Merit etwa geglaubt? War das der Grund, dass Sie Ihre eigene Tochter quasi aus dem Haus geworfen haben? Dass ein Kind ohne seine Großeltern aufwachsen musste, allein mit einem Vater, der sich immer nur als zweite

Wahl gefühlt hat, und einer Stiefmutter, der es ganz genauso gegangen sein muss? Wissen Sie eigentlich, was Rachel all die Jahre durchgemacht hat? Man hat ihr erzählt, dass ihre Mutter bei der Geburt gestorben sei.«

»Sie ... hat die wahren Umstände gar nicht gekannt?«

»Hätten Sie nur mal mit ihr darüber gesprochen. Hätten Sie ihrer eigenen Tochter einfach mal vertraut. Was zum Teufel wäre denn so schlimm daran gewesen, dass sie einen Deutschen liebt? Warum hatte sie nicht den Mut, das offen zuzugeben? Es war Daniel, mit dem sie durchbrennen wollte. Daniel hat sie geliebt.«

»Hat er mit Ihnen darüber gesprochen?«

»Nein. Das ist ja das Schlimme. Dass die beiden das alles allein mit sich ausmachen mussten. Frau Kirsch, ich glaube, dass damals in Jechida etwas Schreckliches geschehen ist.«

»Was?« Sie schrie beinahe.

»Daniel ist nicht abgehauen. Etwas oder jemand hat ihn davon abgehalten, sich mit Rebecca in Haifa zu treffen.«

»Was denn nur?«

»Keine Ahnung. Merit, Scholl, Plog ... Sie alle müssen etwas gewusst haben.«

Mit wachsender Befremdung hatte Frau Kirsch mir zugehört. »Dann sollten Sie besser mit der Polizei darüber sprechen und nicht mit mir.«

»Das werde ich.«

»Warum hätte Merit sich denn so eine Geschichte ausdenken sollen? Warum erzählt sie überall herum, dass sie es war, die meiner Tochter den Freund ausgespannt hat?«

»Vielleicht hat man sie dafür bezahlt, um ein Verbrechen zu vertuschen. Und nun, nachdem längst Gras über die Sache gewachsen ist, wühlt Rachel alles wieder auf. Merit wird auf grausame Weise zum Schweigen gebracht. Warum? Weil sie vorhatte, die Wahrheit zu sagen?«

»Nein«, schlussfolgerte Frau Kirsch mit erstaunlicher Klarheit. »Die Wahrheit hätte ihr nichts gebracht. Sie wollte wahrscheinlich Geld.«

»Exakt. Damit haben wir das Motiv. Aber noch nicht den Täter. Wer hätte damals etwas davon gehabt, Daniel aus dem Weg zu räumen? Und vor allem warum? Ausgerechnet in der Nacht, in der er vorhat, vor aller Welt zu seiner Geliebten zu stehen? Wer von allen Beteiligten ist heute noch am Leben und hätte ein Interesse daran, dass nichts aus dieser Zeit noch einmal aufgewärmt wird?«

Ich hatte das Gefühl, dass ihr etwas dämmerte und dass es ihr ganz und gar nicht gefiel. Mir übrigens auch nicht.

»Auf Anhieb fällt mir niemand ein«, log sie.

Wieder stand ich auf. »Ich schätze, ich werde auch noch einmal darüber schlafen. Behalten Sie dieses Gespräch bitte für sich. Niemand sollte etwas davon erfahren.«

Sie nickte erleichtert und erhob sich ebenfalls mit einem leisen Ächzen. Draußen an der Haustür spähte sie wieder in die Rabatten, doch es war niemand zu sehen.

»Eine letzte Frage hätte ich noch«, sagte ich. »Daliah und Rebecca, hatten die beiden bei der Arbeit viel miteinander zu tun?«

»Nein. Meine Tochter war eher praktisch veranlagt. Sie wollte Ingenieurin werden.« Frau Kirsch schluckte. Unser Gespräch musste einiges in ihr aufgebrochen haben. Ich hoffte, dass es ihr eines Tages möglich sein würde, über ihren Schatten zu springen. Oder über den ihres Mannes, denn der schien mir in diesem Haus der wahre Strippenzieher zu sein. »Daliah hat damals in der Kibbuz-Apotheke gearbeitet. Die beiden kannten sich aus dem Kinderhort und der Schule, und natürlich läuft man sich in so einem kleinen Ort ständig über den Weg. Aber sie waren nie Freundinnen.«

»Danke.«

»Was werden Sie jetzt tun?«

Gute Frage.

»Ich muss zurück zum Kibbuz.« Allein bei dem Gedanken standen mir Schweißperlen auf der Stirn.

Sie wollte noch etwas loswerden, traute sich jedoch nicht. Vielleicht einen Gruß an Rachel. Aber dann kam eine ganz andere Frage.

»Was werden sie mit Jacob machen?«

»Er kommt zu seinem Vater, nehme ich an. Und wenn der ihn nicht will, dann wahrscheinlich in ein Heim. In beiden Fällen verliert er sein Umfeld und seine Freunde.«

»Meinen Sie, er könnte vorübergehend bei uns wohnen?«

Nur zu gerne hätte ich ihr etwas Nettes gesagt. Doch ich wollte ihr keine großen Hoffnungen machen, dass durch eine gute Tat die gesamte miese Vergangenheit in Gold gebadet würde.

»Reden Sie erst einmal mit Ihrem Mann darüber.«

Ich reichte ihr die Hand, es kam ein flacher, müder Druck zurück.

Noch bevor ich die Straße erreicht hatte, war sie in ihrem Haus verschwunden.

Jechida musste warten.

41

Der erste Bus, der schließlich kam, nachdem ich eine halbe Stunde lang dem Verdursten entgegengedörrt hatte, war klimatisiert und fuhr nach Haifa. Wir brauchten eineinhalb Stunden, bis wir die Ausläufer des Karmelgebirges und die ersten grünen Vorstädte erreichten. Vom Meer sah ich nichts. Am Busbahnhof Ha-Mifratz kaufte ich mir eine Flasche Wasser, ein Sandwich und ein billiges Smartphone plus SIM-Karte. Damit setzte ich mich raus in die Sonne, weil mich die Fahrt auf die Temperatur einer Amphibie heruntergekühlt hatte, und suchte die Nummer von Rachels Firma heraus. Es meldete sich die atemlos fröhliche Stimme von Haylee. Ich erkundigte mich, wo Rachel sei, und hatte sie zu meiner Überraschung keine zehn Sekunden später am Apparat.

»Wo bist du?«, war ihre erste Frage.

Gerade keuchte ein anfahrender Bus vor mir geschätzte fünfzig Tonnen Feinstaub aus.

»In Haifa«, hustete ich.

»Die Nachrichten laufen rauf und runter. In Jechida ist ein Mord passiert. Was machst du in Haifa? Ich dachte, du wärst längst auf dem Weg nach Berlin ...«

Hektisch stand ich auf und ging zurück in das Gebäude. Moderne Boutiquen, Smoothie-Bars, Telefonanbieter. Ein großer Fernsehmonitor im Schaufenster eines Elektrogeschäfts: i24news.tv. Kein Ton, doch die Bilder sprachen für sich. Das Absperrband, die Ruine des Gemeinschaftshauses, der Versuch, mit dem Teleobjektiv näher an Merits Haus heranzuzoomen. Dann Schwartzmann. Er bewegte stumm die Lippen.

»Bist du noch dran?«, fragte Rachel.

»Ich war dort und habe sie gefunden. Es ist Merit. Unsere Zeugin. Sie war die andere Frau.«

»Oh Himmel. Das tut mir leid. Was ist passiert?«

Es klang ehrlich besorgt. Aber ich traute ihr nicht mehr.

»Ich erzähle es dir, wenn wir uns sehen.«

»Ja, natürlich«, sagte sie hastig.

Wir verabredeten uns um sechs in einem Lokal an der Ben Gurion, Ecke Dizengoff Street.

Am späten Nachmittag kam ich in Tel Aviv an. Unterwegs hatte ich versucht zu schlafen, doch Merit weckte mich immer wieder. Ihr Gesicht, der hingeworfene Körper im trockenen Gras, das Summen der Fliegen, der Geruch nach Blut und Urin. Ich müsste mit dem Sandstrahler durch mein Gedächtnis gehen, um das herauszukriegen. Vielleicht würde es besser werden, eines Tages, wenn ich wusste, wer ihr das angetan hatte.

Rachel war bereits da. Es war ein netter, kleiner Laden, den sie ausgesucht hatte. Ich mag die Dizengoff. Sie ist nicht so teuer wie der Boulevard Rothschild, weniger Ketten, dafür etliche Geschäfte, in denen der Inhaber noch selbst hinterm Tresen steht. Sie stand auf, nahm mich flüchtig zur Begrüßung in den Arm und musterte mich besorgt.

»Du siehst furchtbar aus.«

»So rieche ich auch.«

Ich sehnte mich nach meinem dunklen, kalten Hotelzimmer und dem Moment, in dem ich mir die Decke über den Kopf ziehen konnte.

Wir gaben bei einer etwas unbeholfenen Kellnerin unsere Bestellung auf.

»*Two glasses of water?*«, fragte sie erstaunt.

Wir hatten beide keinen Hunger. Rachel erbarmte sich schließlich und bestellte einen Büffelmozzarella mit Tomate.

»Himmel, Joe. In was bist du da bloß reingeraten?«

In was *ich* hineingeraten war?

Ich erzählte ihr nicht alles. Bloß das, was Merit in Jechida zugestoßen war und wie ich sie gefunden hatte.

Rachel hörte stumm zu und nippte ab und zu an ihrem Wasser. Ihr Entsetzen schien echt zu sein. Aber vor mir saß eine Frau, die nicht nur tricksen konnte. Sie hatte darüber hinaus eine Verbindung zu den beiden Mordopfern und zu Plog. Und zu Uri, der in seinem düsteren Schweigen für mich immer weniger greifbar wurde.

Sie wischte einen Tropfen vom Glas, bevor er die Tischplatte erreichen konnte. »Ich sehe sie noch vor mir. Jemand, mit dem es das Leben nicht gut gemeint hat. Der um jeden Zipfel Glück kämpfen muss. Was genau hatte sie mit Daniels Verschwinden zu tun?«

Ich erklärte es ihr, so gut es ging. »Vielleicht war sie damals Teil eines Plans, mit dem Daniels Untertauchen gedeckt werden sollte. Wahrscheinlich hat sie sich, jung und naiv, wie sie war, gar nicht mal viel dabei gedacht. Sie wollte bloß deiner Mutter eins auswischen. Es hat eben nie jemand nachgefragt, ob sich die angebliche Flucht der beiden auch tatsächlich so abgespielt hat. Auf einmal bist du nach so langer Zeit aufgetaucht, und Merit wurde klar, dass sie unversehens im Zentrum einer Mordermittlung stehen könnte. Nur wenn sie bei ihrer Aussage bliebe, würde das ganze Kartenhaus nicht zusammenfallen.«

»Was für ein Kartenhaus?«, fragte Rachel.

»Das wüsste ich auch gerne.«

Sie lehnte sich zurück. Über uns wölbte sich eine Markise in den italienischen Nationalfarben Rot, Grün und Weiß. Menschen eilten vorbei, sie trugen volle Einkaufstaschen und bunt bedruckte Tüten, in denen sie ihre Schätze nach Hause schleppten. Die junge Kellnerin kam und brachte zweimal Besteck und den Mozzarella. Er stand in unserer Mitte, keiner rührte ihn an.

»Uri kann heute nicht bei Merit gewesen sein«, sagte sie schließlich, nahm ein Basilikumblatt und legte es auf den Tellerrand. »Ich habe mich noch persönlich von ihm verabschiedet, bevor ich nach Tel Aviv gefahren bin.«

»Hat er ein Auto?«

»Nein. Man braucht keins, wenn man in der Altstadt von Jerusalem lebt.«

»Und … Daliah? Hat sie eins?«

Rachels »Ja« klang wie eine Frage. Eine misstrauische, abwartende Frage, was als Nächstes kommen würde.

»Wo war sie heute?«

»Daliah? Was hat sie denn mit all dem zu tun?«

Es gab so viele Motive. Die meisten Leute glauben, es müsse einen direkten Zusammenhang zwischen Täter und Opfer geben. Aber das stimmt nicht. Es gibt auch Menschen, die nicht für sich, sondern für andere töten. Man hat sie gar nicht auf dem Radar. Die Verbindung zu ihrem Opfer ist nicht auf den ersten Blick ersichtlich. Wenn sie geschnappt werden, dann meistens deshalb, weil sie einen Fehler begangen haben. Oder es ist der reine Zufall.

»Sie und Uri waren seit Kindesbeinen einander versprochen. Dann lässt er sie für deine Mutter sitzen. Der Weg zu ihm war für sie erst nach dem Tod der Widersacherin frei.«

Rachel verschränkte die Arme, als ob sie frieren würde. Sie trug ein hübsches Sommerkleid, was mir erst jetzt auffiel. Das, was junge Frauen so ab dreißig Grad im Schatten tragen: Blümchen, tiefer Ausschnitt, Spaghettiträger.

»Dann wäre ihr Hassobjekt doch eher meine Mutter gewesen und nicht Daniel, oder?«, fragte sie.

»Wo ist eigentlich dein Davidstern?«

Ihre Hand fuhr zum Hals, aber da war nichts.

»Ich muss ihn verloren haben.«

»Wo?«

»Keine Ahnung. Warum fragst du?«

Der Verdacht hatte sich bisher unauffällig in einer Ecke herumgedrückt. Jetzt kam er heraus und setzte sich zu uns an den Tisch. Es war wie damals in der Pestalozzistraße, und genau so, mit weit aufgerissenen Augen, starrte Rachel mich nun an. Ich wich ihrem Blick aus.

»Sag es mir«, flüsterte sie. »Wo ist er?«

»Sie haben ihn in Merits Haus gefunden.«

»Meinen ... meinen Davidstern? Wie soll er denn da hingekommen sein? Ich war doch nur einmal da! Letzte Woche, bevor ich nach Berlin ... in Berlin. Ich muss ihn da schon verloren haben.«

»Bist du sicher? Wie kommt er dann in Merits Haus?«

Sie schüttelte genauso wütend wie verzweifelt den Kopf. »Ich weiß es nicht. Kennst du das denn nicht? Du hast etwas erst vor ein paar Tagen noch gesehen und bist dir sicher, es wird irgendwo wieder auftauchen. So ist es mir mit dem Stern gegangen. Ich habe ihn vermisst. Aber er hätte auch im Büro oder bei Rick sein können.«

»Wer ist Rick?«

»Unwichtig«, sagte sie so schnell, dass es durchaus wichtig sein konnte. Allerdings nicht jetzt.

»Ich habe ihn in Berlin noch an dir gesehen«, sagte ich. »Demnach kannst du ihn gar nicht in Deutschland verloren haben. Sag mir, wie er zu Merit gekommen ist.«

»Du denkst doch nicht allen Ernstes, ich fahre raus nach Jechida und kille diese Frau? Warum sollte ich?«

»Vielleicht willst auch du jemanden schützen?«

»Wen denn?«

Ich brauchte einen Verbündeten. Ich musste mit jemandem

reden, meine Gedanken ordnen, die Dinge auf den Tisch legen und wie ein Puzzle hin und her schieben, bis es passte. Zurückweisungen. Verschmähte Liebe. Die ganze Geschichte erinnerte mich an das, was von Wollknäueln übrig bleibt, wenn sie Katzen in die Krallen fallen. Ich musste ordnen, sortieren. Blau für Daniel und Rebecca. Grün für Uri und Daliah. Rot für Scholl, Plog und mich. Seit meinem Gespräch mit Frau Kirsch war ein weiteres wirres Knäuel dazugekommen: Daliah und Rebecca.

»Also noch mal. Wo ist Uri?«

Rachel antwortete nicht. Mit zusammengepressten Lippen saß sie da und hatte offenbar beschlossen, kein Wort mehr mit mir zu reden.

»Und Daliah?«

Keine Antwort.

»Ich müsste noch einmal einen Blick in den Untersuchungsbericht werfen. Den von Rebeccas Suizid. Es ist nur ein Detail, aber es könnte wichtig sein.«

Sie wandte sich von mir ab, als ob sie nun langsam genug von meiner Person hätte. Die junge Kellnerin kam zu uns an den Tisch und fragte, ob etwas mit dem Mozzarella nicht stimme. Ich wiegelte sie freundlich ab und legte einen Fünfzig-Schekel-Schein auf den Tisch.

»Fax ihn mir bitte ins Hotel.«

»Du stellst meine ganze Familie unter Generalverdacht.«

»Nein. Ich bin nur dem, was euch erwartet, vielleicht einen halben Tag voraus.«

»Und das wäre?«

»Such Uri. Und lass mich mit Daliah reden.«

»Sonst?«

Ich stand auf. »Ihr wisst, wo ihr mich findet. Ich will Uris Alibi. Bis auf die Sekunde genau. Wenn er keines hat, dann gnade ihm Gott. Und dir auch, wenn du mich belogen hast.«

Ihre Augen wurden schmal. Sie hatte die Angewohnheit, die Nasenflügel ganz leicht zu blähen, wenn sie wütend wurde. Und das war sie.

»Frag Daliah, was sie an Rebeccas Todestag in der Klinik zu suchen hatte.«

»Was …?«

»Frag sie einfach.«

Damit stand ich auf und suchte mir einen Weg an den Tischen vorbei zur Straße. Ich hörte noch, wie Rachel ihren Stuhl hastig zurückschob, aber sie folgte mir nicht. Vielleicht ging sie auch in eine andere Richtung. Ich wünschte, dass es mir egal wäre, wohin sie jetzt verschwand und bei wem sie Hilfe suchte. Ich wünschte, ich würde mir nicht vorkommen wie Vernau, der Depp, der sich ohne Not in die Beziehungskisten eines halben Kibbuz hatte hineinziehen lassen. Ich wünschte mir, dass ich nicht so enttäuscht wäre und endlich mal mit dem Hadern aufhören könnte. Dass ich heute nicht nach Jechida gefahren wäre. Dass jemand anders diese grausige Entdeckung gemacht hätte, die mich noch ewig verfolgen würde. Aber die einfachste Lösung war wohl, ganz mit dem Wünschen aufzuhören.

Es ist nicht weit von der Dizengoff zum Strand. Keine zehn Minuten. Doch Tel Aviv verändert völlig sein Gesicht. Die enge Bebauung der Stadt wird abgelöst von modernen Hochhäusern und breiten, dicht befahrenen Straßen. Die Menschen, die mir um diese Uhrzeit entgegenkamen, trugen Strandmatten und Badetaschen, waren braun gebrannt und hatten einen Tag am Meer hinter sich. Auf der Promenade war Rushhour. Surfer, Radfahrer, Jogger, Großfamilien, Hunde, alle waren unterwegs. Die Restaurants bereiteten sich auf den Abendansturm vor, die Cafés und Bars am Strand schlossen gerade. Im Meer tobten sich Surfer und Stand-up-Paddler aus. Die Sonne stand tief, und die Silhouetten der Menschen hoben sich wie tanzende Scherenschnitte vom Horizont ab. Ich ging hinunter an den breiten Strand und setzte mich auf einen verlassenen Liegestuhl.

Marie-Luise meldete sich sofort.

»Es ist Merit«, sagte ich. »Das heißt, ich sollte besser sagen, sie war es. Marianne Wegener war Merit Mansur. Aber wir können sie nicht mehr fragen, ob sie Plogs Aussage bestätigt. Sie wurde heute umgebracht.«

In Marie-Luises Schweigen hinein fasste ich die Ereignisse des Tages so gut es ging zusammen. Stellenweise klang es, als ob ich ein Polizeiprotokoll wiedergeben würde. Ich hörte mich reden und konnte nicht fassen, dass ich tatsächlich Sätze wie »Ich fand sie auf der Seite liegend mit einer letalen Kopfverletzung, vermutlich Schädelfraktur« von mir gab. Es war meine Art, die Sache nicht an mich heranzulassen. Die Trauer würde kommen, aber es wäre eine andere als die um Rebecca.

»Um Gottes willen. Komm nach Hause, Vernau. Sofort.«

»Morgen. Ich muss hier noch einigen Kram erledigen. Sie haben mein Handy und meinen Wagen. Außerdem will ich noch mal mit Uri reden.«

Und mit Daliah. Ich wollte wissen, ob sie es gewesen war, die einer jungen Mutter auf der Entbindungsstation verschreibungspflichtige Schlaftabletten in die Hand gedrückt hatte. Es war der letzte Gefallen, den ich Rachel tun würde.

»Tu das nicht. Halte dich ab jetzt da raus, ja? Rede mit niemandem mehr. Nimm einfach den nächsten Flieger und komm zurück nach Berlin.«

»Was ist los?«, fragte ich alarmiert.

»Margit Schöbendorf wurde festgenommen. Es ist absurd, aber die Beweismittellage ist so, dass sie wahrscheinlich dem Haftrichter vorgeführt wird.«

Es dauerte einen Moment, bis meine grauen Zellen eine Verbindung hergestellt hatten und ich wusste, von wem sie sprach.

»Die Mutter von Daniel? Ist das dein Ernst? Wie alt ist sie denn jetzt?«

»Über siebzig, nehme ich an. Sie hat, nachdem Rachel bei ihr war, ein Labor aufgesucht. Es gibt ja eine ganze Menge davon, aber dieses eine bietet gegen einen horrenden Aufpreis das Ergebnis von Vaterschaftstests schon in zwei bis drei Stunden an. Es gibt nur ein einziges Labor in ganz Berlin, das so etwas macht. Rate mal, wo.«

»Woher soll ich das wissen?«

»In der Schlüterstraße. Frau Schöbendorf hat dort gewartet. Das Ergebnis hat sie vergangenen Freitag kurz vor sechs Uhr abends erhalten.«

Die Schlüterstraße war keine fünf Minuten von Scholls Antiquariat entfernt. Ich wusste, was das hieß, und mir sträubten sich die Nackenhaare.

»Margit Schöbendorf hätte also ohne Probleme nach dem Schabbatt-Gottesdienst bei Scholl auftauchen können. Sie hat gerade den Beweis in der Hand, dass Rachel ihre Enkelin ist. Sie weiß, dass man sie nach Strich und Faden belogen hat. Sie will Scholl zur Rede stellen. Seine Adresse ist ihr bekannt, sie hat nach Daniels Verschwinden mehrfach versucht, mit ihm Kontakt aufzunehmen. Dabei könnte es passiert sein.«

»Das ist doch lächerlich. Hat sie etwa auch die Bremsen an Plogs Wagen manipuliert?«

Eine Frau über siebzig, unterwegs als Rächerin ihres Sohnes, das wäre ja vielleicht noch glaubhaft. Scholls Sturz vom Balkon musste kein Mord, er konnte auch das tödliche Ergebnis eines Streits sein. Bei Plog sah die Sache schon anders aus. Das war perfide und durchdacht gewesen, vor allem aber: Es setzte Kenntnisse voraus, deren sich nicht viele ältere Damen rühmen konnten.

»Ihr Mann hatte eine Autowerkstatt.«

»Eine Autowerkstatt? Seit wann?«, fragte ich. Das konnte alles nur noch ein schlechter Witz sein.

»Seit den sechziger Jahren. Sie hat früher oft mitgeholfen, das haben einige Nachbarn nach der Festnahme bestätigt. Ich weiß, dass sich das alles ziemlich heftig anhört, aber so ist es.«

»Und ... die Verbindung zu Merit? Was ist damit? Hat sie etwa auch noch einen Killer in Israel beauftragt?«

»Sie war selbst da.«

»Was?«

»Nach dem Tod ihres Mannes war sie in Israel. Ich habe sie nur kurz sprechen können und muss auch gleich wieder rein. Sie hat Uri in Tel Aviv besucht und wollte von ihm Näheres über die letzten Wochen im Leben ihres Sohnes erfahren.«

»Uri.«

Ich wusste nicht, was mir mehr die Beine wegzog: dass plötzlich jemand im Fokus der Ermittlungen stand, den ich so gar nicht auf dem Schirm gehabt hatte, oder dass es ausgerechnet Daniels Mutter war.

»Margit Schöbendorf und Uri haben sich gekannt. Nur ... wo sind die gemeinsamen Interessen?«

»Vielleicht jagen sie alle, die Schuld an Rebeccas Tod haben. Deshalb bitte ich dich ja auch zurückzukommen. Sie werden die Schuldigen finden, das werden sie. Ganz bestimmt. Du warst damals auch dabei, vergiss das nicht.«

»Hast du etwa Angst um mich?«

»Nein. Ich scheue lediglich den Papierkram. Du Idiot! Natürlich habe ich Angst. Jetzt erst recht, nachdem du mir erzählt hast, wie Merit ums Leben gekommen ist.«

»Ich glaube das alles nicht.«

»Deine Sache. Zweifle soviel du willst, aber tu es bitte hier. Wann kommst du?«

»Ich denke, dass morgen der Wagen freigegeben wird. Ich nehme die nächste Maschine, irgendwann am Nachmittag. Dann bin ich abends in Berlin. Ist das okay?«

»Kannst du nicht gleich abhauen? So eine Beschlagnahme ist doch ein Notfall, die Autovermieter wissen bestimmt, was man in solchen Fällen macht.«

»Bis morgen.«

Margit Schöbendorf. Wer weiß, vielleicht hatte sie sich mit Rachel verabredet, und beide wollten gemeinsam zu Scholl. Sie sieht mich ins Haus gehen, nutzt die Gunst der Stunde und schleicht mir durch die offene Tür nach. Wartet in Scholls Wohnung. Es hatte einen Moment gegeben, in dem ich geglaubt hatte, außer uns wäre noch jemand Drittes anwesend. Genau. Irgendwo war eine Tür zugeschlagen. Sie wartet, bis ich gegangen bin. Dann stellt sie Scholl zur Rede. Die beiden gehen auf den Balkon. Warum auch immer, vielleicht hat sie seine Geranien bewundert – hatte er überhaupt Geranien? Egal. Sie wird gefragt haben, warum er damals gelogen hat. Daniel, ihr Sohn, hätte doch niemals die Liebe seines Lebens alleingelassen. Daniel ist gar nicht nach Griechenland. Er ist in Israel geblieben. Gib es zu. Sag die Wahrheit. Was habt ihr meinem Sohn angetan?

Und Scholl? Was hatte er wohl darauf gesagt? War es so schlimm, dass sie die Beherrschung verloren und ihn über die Brüstung gestoßen hatte? Wenn ich Marie-Luises hastige Sätze richtig verstanden hatte, war sie bei der Vernehmung von Margit Schöbendorf als Rechtsbeistand anwesend. Im Moment konnte ich nicht viel mehr tun als warten. Ich überlegte, ob ich Rachel anrufen und ihr von dieser Entwicklung erzählen sollte. Nach dem dritten Klingeln legte ich jedoch auf.

Die Sonne stand tief am Horizont. Ein frischer Wind vom Meer machte die Hitze erträglich. Ich streckte mich auf der Liege aus und gab mich der Illusion hin, Urlaub zu haben. Den Abend in einer der vielen Bars am Strand oder im Florentine einläuten. Spät essen, irgendwo rund um den Carmel Market. Nachts in Old Yafa eine Coverband entdecken, die Rolling Stones oder AC/DC oder ZZ Top im Programm hatte. Mit einer Frau im Arm barfuß durch den warmen Sand laufen. Vergessen, einfach nur vergessen, um mich wieder an die kostbaren Dinge erinnern zu können. Ich schloss die Augen und sah tatsächlich Rebecca vor mir, als hätten wir uns erst gestern voneinander verabschiedet.

Wir stehen am Pool. Der Dreck ist weg, die Fliesen sind zum Teil heruntergeschlagen. Ich werde es nicht mehr miterleben, wenn zum ersten Mal wieder Wasser eingelassen wird. Meine Sachen sind gepackt. Ich nehme den Bus nach Haifa, von dort aus werde ich nach Jerusalem weiterfahren. Sie hat Gummistiefel an und einen Arbeitsoverall, die Haare hat sie unter einem Kopftuch zusammengebunden. Ich sehe sie und will diesen Ort nie mehr verlassen.

Sie nimmt mich in den Arm, ich will sie küssen, doch sie dreht schnell den Kopf weg und lacht unsicher.

»Es tut mir leid«, flüstert sie. »Joe, du bist echt ein wunderbarer Mann. Und du wirst eines Tages sehr, sehr glücklich sein.«

»Versprochen?«, frage ich und hoffe, dass mir die Stimme nicht wegkippt.

Ich will nicht anfangen zu heulen. Nicht vor ihr und schon gar nicht vor den anderen, die unten im Pool stehen und den alten Mörtel aus den Fugen kratzen. Ich sehe ihre Lippen, ihre Augen, eine dunkelbraune Haarsträhne, die das Kopftuch nicht erfasst hat, und mit der der Wind spielt. Ich kann ihren Duft riechen, Kernseife und Rosen, und ich merke, wie sie die Umarmung löst und mich allein lässt. Ich stehe einfach nur da und spüre, wie dieser Moment sich in meine Erinnerung ätzt, als wäre sie eine Milchglasscheibe.

Vielleicht habe ich Rebecca deshalb bis heute nicht vergessen. Weil ich immer noch darauf warte, dass ihr Versprechen endlich wahr wird.

42

Valerie freute sich, meine Kreditkarte wieder durchzuziehen.

»Brauchen Sie einen Platz in der Tiefgarage?«

»Nein, *toda*.«

Sie reichte mir die Karte zurück. »*Welcome back*, Mister Vernau. Ich habe ein Fax für Sie. Warten Sie bitte einen Moment, ich muss es holen.«

Damit verschwand sie kurz, und ich ließ mich einlullen vom schläfrigen Spiel eines unsichtbaren Pianisten. Die Lobby war leer bis auf ein paar Touristen, die ihren Reiseführer studierten und sich darüber austauschten. Die blaue Stunde. Gerade wurden die Mädchen an der Bar von zwei jungen Herren abgelöst. Sie sahen müde aus, wahrscheinlich hatten sie sich den ganzen Tag das leere Geschwätz der Geschäftsreisenden angehört, die ihre Erfolge feierten und sich die Misserfolge schön tranken.

Ich schlenderte vorbei an ausladenden Sitzlandschaften aus weißem Leder und meterhohen Blumengestecken. Warum Hotellobbys die Ausmaße von Werften haben müssen, ist mir ein Rätsel. Ich mag die kleineren Häuser lieber. Orte mit Geschichte und Charme, aber die waren in Tel Aviv schwer zu finden.

An der Bar bestellte ich bei der Ablösung einen Martini. Der Keeper, der mit seinen zurückgegelten Haaren aussah, als hätte er zu viele Mafia-Filme gesehen, stellte ihn gerade umständlich vor mir ab, als Valerie mit einem Umschlag auf mich zukam und ihn auf den Tresen legte.

»Danke. Darf ich Sie zu einem Drink einladen?«

Sie lächelte, dieses Mal die professionelle Variante, mit der sie sich aufdringliche Gäste vom Leib hielt. »Das hat die Geschäftsleitung verboten.«

»Wann haben Sie Feierabend?«

»Herr Vernau.« Sie zog die Augenbrauen hoch, was mich fatal an die Sprechstundenhilfe unseres Hausarztes erinnerte, wenn sie mir Waschlappen eine Tetanus-Impfung verpassen musste. »Verspielen Sie nicht meine tiefen Gefühle für Sie.«

»Okay.« Ich gab dem Barkeeper ein Zeichen. »Servieren Sie der Dame nach Dienstschluss einen Drink von mir, egal was.«

Valerie kicherte und übersetzte. Der Mafioso setzte ein Killergrinsen auf, mit dem er tiefstes Verständnis für die Strenge der eisernen Lady signalisierte. Sie kehrte zurück zur Rezeption, und den ganzen langen Weg durch die Lobby wusste sie, dass ich ihren Hüftschwung bewunderte. Ich leerte den Martini in einem Zug. Alkohol verringert die Erkenntnis von Selbstbetrug beträchtlich.

Ich hatte gerade mehr schlecht als recht mein Zimmer erreicht, als das Telefon klingelte. Valerie meldete sich, und für ein paar verrückte Sekunden glaubte ich, sie hätte ihre Meinung geändert.

»Ein Herr möchte Sie gerne sprechen. Er sagt, unter vier Augen. Darf ich ihn hochschicken?«

»Wie ist sein Name?«

»Er meint, Sie kennen sich.«

Uri. Das ging aber schnell.

»Okay.«

Es ging los.

Ich legte auf und checkte die Minibar. Mit einem Bier in der Hand ging ich auf den Flur und wartete. Es dauerte ein paar Minuten, bis ich den Fahrstuhl hörte. In der Zwischenzeit schloss ich Wetten ab, welche Geschichte Uri mir auftischen würde. Die des verratenen Liebhabers, die des erpressten Mörders oder die des liebenden Vaters, der von nichts eine Ahnung hatte.

Der Fahrstuhl hielt. Die Türen glitten auseinander. Ein kräftiger Mann im Anzug trat heraus und sah erst in die falsche Richtung. Dann drehte er sich zu mir um. Er erkannte mich und ich ihn.

Bei unserer letzten Begegnung hatte ich ihm dreihundert Mark in die Hand gedrückt, für die meine Mutter zwei Wochen lang putzen gegangen war, und ihm gesagt, dass er die Straßenseite wechseln sollte, würden wir uns in Berlin jemals über den Weg laufen. Dreißig Jahre schnurrten zusammen. Ich fühlte mich, als ob ich statt aus meinem Hotelzimmer gerade aus Baracke III gekommen wäre und diesem Arsch, der mich damals über den Tisch gezogen hatte, noch einmal mein gesamtes Bargeld aushändigen müsste.

»Schalom«, sagte er und kam auf mich zu.

Mit jedem Schritt kehrte der Abstand zurück. Wir waren erwachsen. Standen mitten im Leben. Alles, was ich heute von ihm wusste, war, dass er sich zum Prügelknaben einer Besorgte-Bürger-Partei gemacht hatte und nach einem Attentat eigentlich schwer verletzt in einem Berliner Krankenhaus liegen sollte. Dafür wirkte er erstaunlich gesund. Vielleicht dachte er auf dem Weg über den Flur zu mir ja auch an die dreihundert Mark und daran, was er damals mit dem Geld gemacht hatte. Wahrscheinlich hatte er es beim nächsten Spiel verloren und die ganze Sache längst vergessen. In seinem Spießerzwirn und der grauen Seidenkrawatte sah er nicht aus, als ob er mich zu einer Partie Omaha einladen wollte.

»Mike?«

Er zog einen Pilotenkoffer hinter sich her.

»Hier?«, fragte er und ging, ohne die Antwort abzuwarten, an mir vorbei ins Zimmer. Sein Rasierwasser hing noch in der Luft, als ich die Tür hinter uns schloss. Er nahm auf dem Sessel vor dem Fenster Platz und schob kurz die Gardine zur Seite.

»Schön.«

Ich setzte mich und ließ ihn nicht aus den Augen. Er zog seinen Koffer zu sich heran, öffnete die Schnallen, griff jedoch nicht hinein. Er hatte immer noch diese flinken Spielerhände, die austeilten und die Karten mischten und den anderen die vermeintlich guten *draws* zuspielten. Ihn anzusehen und diesen Anblick mit dem geschickten Dealer von damals zu vergleichen war verwirrend. Als ob er Blei unter seinem Anzug trüge, das alles an ihm nach unten gezogen hätte. Aus dem braun gebrannten Spieler von einst war ein blasser Mittvierziger mit Bauchansatz geworden, mittelmäßig gutaussehend, um einiges über das Verfallsdatum eines Schwiegermuttertraums hinaus. Er war dem Jungen von damals noch ähnlich, vielleicht wie sein rasenmähender Onkel.

Ich kannte sein lächelndes, um Vertrauen werbendes Gesicht aus der Zeitung, aber mir war nie aufgefallen, dass seine Schultern so sehr nach vorne sackten.

»Was machst du in Tel Aviv?«

Er lehnte sich zurück und zog die Hosen dabei etwas hoch, damit sie keine Falten bekämen. »Geschäftlich.«

»Seit wann?«

»Das tut nichts zur Sache. Ich habe zufällig gehört, dass du auch in der Stadt bist. Eine schöne Gelegenheit, guten Tag zu sagen.«

»Von wem?«

»Von deiner Freundin Frau Hoffmann. Sie hat mich im Krankenhaus besucht und mir gesagt, wo ich dich finde.«

Hatte sie das? Ich trank. Seine linke Hand zitterte leicht. Er tat vielleicht so, als wäre er ein Staubsaugervertreter auf der Durchreise oder ein Politiker der sogenannten kleinen Leute von der Straße, aber alles an Mike Plog war Berechnung. Das war schon in Jechida so gewesen und hatte sich, wenn man sich die Mühe machte, seinen weiteren Lebenslauf zu betrachten, auch danach nicht geändert. Ich glaubte nicht an Zufälle. Er war hier, weil es ihn genauso nach Israel getrieben hatte wie mich. Nur seine Motive dürften andere sein.

Wenn es hart auf hart kam, war die Bierflasche meine einzige Waffe. Als ich sie absetzte, war sie zur Hälfte leer, und ich deutete damit auf die Minibar.

»Nimm dir eins.«

Mike achtete beim Aufstehen darauf, mir nicht den Rücken zuzudrehen. Das Zimmer war in ein schummriges Halbdunkel getaucht, nur die Lampe neben dem Bett brannte. Es war zu klein, selbst die geringste Bewegung des anderen blieb nicht unbeobachtet. Er holte eine Flasche aus dem Kühlschrank, öffnete sie und trank ein paar tiefe Schlucke.

»L'chaim«, sagte ich. »Auf das Leben.«

»Auf das Leben. Wir beide. In Israel. Nach fast dreißig Jahren. Wer hätte das gedacht.«

Er ging zurück zum Sessel und setzte sich wieder. Auch das mit der Hose bekam er noch mal hin, trotz Bierflasche.

»Und du?«, fragte er. »Was machst du hier?«

»Ich war in Jechida.«

Das Licht war extrem schwach, dennoch glaubte ich, ein Glimmen in seinen Augen zu erkennen.

»Jechida, ja ... alte Zeiten.«

Er hob die Flasche. Ich nutzte den Moment, um meine auszutrinken und neben dem Bett abzustellen. Damit war sie griffbereit. Der Nachteil an der Aktion: Ich habe schnell getrunkenen Alkohol noch nie gut vertragen. Erst der Martini, jetzt das Bier. Ich musste einen klaren Kopf behalten, wenn ich herausfinden wollte, was Plog in Israel zu suchen hatte.

Ich sagte: »War Rachel Cohen auch bei dir?«

Mike nickte. »Verrückt, was? Dabei hat Rebecca damals keinen von uns rangelassen. Auf einmal steht dieses Mädel vor mir und will mir weismachen, ich könnte ihr Vater sein.« Er lachte, bevor er die Flasche wieder an den Mund hob.

Nach außen hin strahlte er eine Unverwundbarkeit aus, als hätte er in Drachenblut gebadet. Doch da war nach wie vor das kaum wahrnehmbare Zittern seiner Hand. Irgendwo hat jeder eine verwundbare Stelle. Mike war ein Bluffer. Das hier war ganz sicher nicht der Besuch eines alten Jugendfreundes. Hier saß jemand, der im Begriff war, alles zu verlieren. Der gerade mit ansah, wie ihm sein rechtschaffenes Leben durch die Finger glitt. Er hatte seine Vergangenheit noch einmal aus dem Schrank geholt und übergestreift wie einen viel zu engen Mantel. Sie passte nicht mehr zu ihm. Er wollte jünger wirken, salopp, entspannt, und saß da wie ein Schauspieler, der seine Rolle nicht beherrschte.

»Und?« Amüsiert deutete er in meine Richtung. »Bist du's? Hast du dich deshalb ins gelobte Land aufgemacht, um deine verlorene Tochter in die Arme zu schließen? Alle Achtung. Hätte ich dir gar nicht zugetraut. Dann ist die Angelegenheit ja wohl erledigt.«

»Nein. Wir suchen immer noch Rachels Vater.«

Seine graublauen Augen, die das jugendliche Strahlen schon lange verloren hatten, blickten erstaunt. »Wir, wer ist das? Lass mich raten. Du und die Kleine. Hat sie dich um den Finger gewickelt? Das kann sie vermutlich ganz gut. Bei mir war sie nicht so freundlich. Hat mir mit einem Gedicht vor der Nase rumgewedelt und geglaubt, das würde mich irgendwie beeindrucken. Habe ich damals Gedichte gelesen? Ganz sicher nicht.«

»Es war Daniel.«

Er straffte die Schultern und hob die Flasche, als wolle er auf diese neue Erkenntnis trinken. »Daniel. Tatsächlich. Damit wäre das also geklärt. Schade, dass er es nicht mehr miterleben kann. Ich habe nie wieder von ihm gehört. Du?«

»Nein.«

»Griechenland ... Ein Aussteiger, das war er doch schon immer. Ist um die halbe Welt gereist und nur nach Hause zurück, um sich Geld zu holen. Wir haben uns aus den Augen verloren. Das kommt vor. Ich lasse mir deshalb kein schlechtes Gewissen einreden, von niemandem. Du weißt, dass er verschollen ist und für tot erklärt wurde?«

»Du bist der Letzte von uns, der mit ihm gesprochen hat.«

Mike trank seine Flasche in einem Zug leer und betrachtete das Etikett. Heineken. Man bekommt es überall auf der Welt, an allen Bars, in allen Kneipen. Die Coca-Cola der Biere.

»Nein«, sagte er schließlich. »Das war Rudi. Als es darum ging, bei der Polizei eine Aussage zu machen, bekam er Muffensausen. Er hatte einfach Schiss. Er wollte nicht der Überbringer der schlechten Nachricht sein. Ihm war klar, dass diese Aussage irgendwann auch bei Rebecca landen würde. Ihr eigener Lover, durchgebrannt mit einer anderen ... Er hätte dagestanden wie eine Petze. Ich glaube, Rudi war auch in sie verschossen.«

Er lächelte. »Ja, eigentlich bin ich mir sogar sicher. Wir waren doch alle scharf auf sie. Du auch. Sorry, ich will nicht in alten Wunden herumstochern.«

Ich wusste nicht, wie lange ich das noch ertragen würde. Wenn Mike über Rebecca sprach, bekam sein Ton etwas Herablassendes. Als ob das alles damals nicht ernst gewesen wäre und wir uns alle wie Trottel aufgeführt hätten.

»Deine Aussage ...«

Er unterbrach mich. »Ich hab das bloß gemacht, weil Rudi nicht als der Böse dastehen wollte. Ein reiner Freundschaftsdienst.«

»Tatsächlich? So viel Scheu und Anstand.«

»Einem alten Kumpel hilft man eben. Also nagele mich jetzt bitte nicht darauf fest. Er war es, der angeblich mit Daniel gesprochen hat. Ich hatte ein Spiel bei den Iren.«

»Angeblich?«

»Er hat geschworen, dass es so war. Ganz ehrlich«, er beugte sich vor und stützte die Arme auf den Knien ab, »da fragt man schon noch mal nach. Daniel und Marianne. Ich war ziemlich von den Socken, als ich das erfahren habe. Das wäre mir doch aufgefallen. Hast du was bemerkt?«

»Nein.«

»Eben. Wenn wir was bemerkt hätten, wäre uns das doch aufgefallen. *Diese* Kombination auf jeden Fall.«

Ich sagte: »Ich war nicht mehr da. Mich musst du rauslassen.«

»Ja, stimmt. Du bist ja nach Jerusalem. Wir anderen hatten das ganze Drama auszubaden. Nicht dass auch nur einer von denen aus dem Kibbuz mit uns geredet hätte. Trotzdem hingen wir mit drin, weil wir mit Daniel befreundet waren. Alle standen wir auf einmal unter Generalverdacht. Am Anfang wusste ich noch nicht mal, was eigentlich los war. Erst als Rebecca nicht mehr wiederkam und die Gerüchte die Runde machten, da dachte ich, Daniel, der Hund.«

»Mehr nicht?«

Sein Blick huschte zu seiner Tasche. Er konnte sie öffnen und herausziehen, was auch immer er darin mit sich führte. Es gab zwei Möglichkeiten, dieses Gespräch zu beenden: Ich trank mit ihm den Kühlschrank leer, und wir verabschiedeten uns schulterklopfend und *Bashana haba'a* singend voneinander wie verlorene Freunde, die sich durch Zufall ausgerechnet in Israel wiedergetroffen hatten. Oder er gestand mir irgendwann nach dem zehnten Bier, was mit Daniel passiert war und warum er Merit und Scholl getötet hatte. Um ehrlich zu sein: Ich hatte Angst vor der zweiten Möglichkeit. Niemand möchte gerne mit einem bestialischen Mörder allein in einem Hotelzimmer Bier trinken.

Er verzog den Mund zu einem Kumpelgrinsen. »Schon eine Meisterleistung, dass Daniel bei Rebecca gelandet ist. Aber er war der Typ dafür. Romantiker. Blümchen. Gedichte. Er hätte die geilste Braut des Universums haben können. Und was macht der Depp?« Er lockerte sich die Krawatte, obwohl die Klimaanlage auf Hochtouren lief. »Haut einfach ab. Na ja, keine zwanzig, eine schwangere Freundin und dann die ganze Familie mit dazu ... Da kann man schon mal Panik kriegen. Dann lieber Korfu.«

»Er war nicht auf Korfu.«

»Nicht? Aber das hat Rudi behauptet. Und Marianne auch.«

»Reines Hörensagen. Es gibt keinen Beweis dafür. Jetzt erst recht nicht mehr.«

Er stellte die leere Flasche auf der Fensterbank ab. »Du hast unsere Aussage gelesen.«

»Sie ist nun Teil der Ermittlungsakten.«

Zum ersten Mal spürte ich so etwas wie Nervosität. Eine ganz leichte Änderung der Schwingung, als ob über die Oberfläche eines stillen, kalten Bergsees plötzlich ein Zittern läuft. Mikes Hand bewegte sich unruhig auf und ab, strich den Stoff der Hose glatt, entfernte einen imaginären Fussel.

»Du meinst die Ermittlung gegen unbekannt, ja? Gegen das Schwein, das mein Auto manipuliert und Rudi umgebracht hat? Ja?«

Das Zimmer war so klein, dass er an den Kühlschrank herankam, ohne aufzustehen. Er holte zwei Heineken heraus, öffnete sie beide und reichte mir eine Flasche.

»Merit ist tot.«

Er kniff leicht die Augen zusammen. Als ob er sich fragte, mit welchem Einsatz er in die nächste Runde gehen sollte. Ich hatte wieder den Jechida-Flashback. Er hielt mich für einen Anfänger und sich für den mit dem Durchblick. Doch die Regeln von damals galten nicht mehr. Er war nicht mehr der große Checker. Ich sah, wie er das bemerkte.

»Merit?«, fragte er.

Mike trank. Fast die halbe Flasche in einem Zug. Ich fragte mich, wie er sich unter Alkohol verändern würde. Vielleicht wäre er dann ein weinerlicher Waschlappen, der an meiner Brust alles gestehen würde. Im Moment sah es nicht danach aus. Er wischte sich mit dem Handrücken über den Mund.

»Du meinst Marianne. Meinst du doch, oder?«

»Sie wurde heute erschlagen. Und du bist in Tel Aviv. Erklär's mir.«

Er lehnte sich zurück und unterdrückte einen Rülpser. Den freien Arm ließ er lässig über die Lehne baumeln und klopfte einen kleinen Akkord auf das Seitenpolster. Die Phase: Mir kann keiner was. Ich bin der Schlauste.

»Da gibt es nichts zu erklären.« Er wies mit seiner Flasche in meine Richtung. »Merit wurde erschlagen, und *du* bist in Tel Aviv. Überall wo du auftauchst, sterben die Leute. Hast du dir darüber schon mal Gedanken gemacht? Ich würde es an deiner Stelle tun.«

Während er erneut die Flasche hob, ließ er mich nicht aus den Augen. In diesem Moment wusste ich es. Sie würden mich finden, hier, in diesem Zimmer, auf diesem Bett, mit einer Kugel im Kopf und einer Pistole in der Hand. Er war nicht hergekommen, um mit mir zu reden. Er war hergekommen, um mich zu töten.

Es gibt diesen Moment, in dem zwei Menschen genau das Gleiche denken und das auch wissen. Wir mussten es nicht aussprechen. Mein Handy lag außer Reichweite auf der anderen Bettseite.

Ich sagte: »Wäre es nicht viel einfacher für dich, Rudi alles in die Schuhe zu schieben? Er kann sich nicht mehr wehren. Ich schon.«

»Gibt es auch Schnaps hier?«

»Schau nach.«

Er beugte sich zur Seite und hangelte nach der Kühlschranktür.

Wahllos griff er in die Seitenleiste und holte zwei kleine Flaschen heraus. Eine warf er mir zu. Der Verschluss knackte, als er seine öffnete und den Inhalt in einem Zug hinunterstürzte. Vielleicht war die Lösung ja ganz einfach: Ich musste ihn nur sturzbetrunken machen und ihn anschließend von Schwartzmann abholen lassen.

»Aber mit Merit, da musst du dir was anderes einfallen lassen.«

Das Glimmen in seinen Augen wurde dunkler.

»Sie hat dich erpresst. Stimmt's? Mit was? Was war falsch an eurer Aussage damals? Ich sag's dir: Sie ist nie mit Daniel nach Griechenland gefahren. Er war wirklich bereit, die Sache mit Rebecca durchzuziehen. Abhauen bei Nacht und Nebel. Mit der Fähre nach Zypern. In Nicosia oder Larnaca standesamtlich heiraten, wie sie es heute noch tun, wenn ihnen kein Rabbi seinen Segen gibt. Erzähl es mir. Was ist schiefgelaufen in dieser Nacht?«

Ich tastete nach der leeren Flasche neben dem Bett. Wenn er heute noch genauso viel vertrug wie damals, war er nüchtern wie ein neugeborenes Baby. Mir blieb nur diese eine Chance, um ihn außer Gefecht zu setzen.

»Du hast ihn in der Baracke erwischt, als er heimlich seine Sachen gepackt hat. Wahrscheinlich zusammen mit Rudi. War es so?«

Er maß mich, abschätzend, nicht wissend, ob eine Antwort noch irgendetwas ändern würde an der Tatsache, dass er mich beseitigen musste. Ich denke, in diesem Moment hätte ich ihn noch umstimmen können. Mir musste nur so etwas wie die rettende Lösung einfallen und ein guter Grund, warum ausgerechnet ich sie ihm auf dem Silbertablett servieren sollte. Das Telefon klingelte. Es stand auf dem Nachttisch am Fenster, also eher in Plogs Reichweite. Er beugte sich vor und riss mit einem Ruck den Stecker aus der Dose.

»Ja«, sagte er schließlich. »So war's.«

»Aber du wolltest ihn nicht gehen lassen. Ich nehme an, es ging um Geld. Hatte er Schulden bei dir? Spielschulden?«

»Ha.« Mike hatte die Kühlschranktür gleich offen gelassen und griff sich den nächsten Schnaps. »Daniel und Spielschulden. Hast du ihn jemals bei uns gesehen?«

»Nein.«

Mike kippte sich das Zeug hinter die Binde und zielte dann, wobei er das linke Auge zusammenkniff, auf den Papierkorb. Er traf.

»Okay, du willst es wissen, und du hast ein Recht darauf. Ja, hast du. Es klingt ziemlich beschissen und glaub mir, ich sehe es heute genauso wie du. Es war nichts. Eine Lappalie. Aber Daniel, unsere Rechtschaffenheit auf zwei Beinen, musste natürlich ein ganz großes Ding daraus machen. Ein Riesengezeter. Er ging auf mich los. Rudi war draußen. Er kam reingestürzt, aber da hatte Daniel mir längst eine verpasst, und ich musste mich irgendwie wehren. Es war eine nette Schlägerei. Rudi ging als Erster zu Boden. Wir waren ja nicht schlecht beisammen damals.«

Er öffnete und schloss die rechte Faust, betrachtete sie nachdenklich.

»Dann hat er mich erwischt. Er hat mir alles abgenommen, was ich bei mir hatte. Das ganze Geld. Er brauchte es für Zypern. Nur ich ... ich habe es auch gebraucht.«

»Welches Geld?«

Mike holte tief Luft und zog wieder den Vorhang zur Seite. Der deprimierende Ausblick hatte sich nicht verändert. Mit einer zornigen Handbewegung ließ er ihn wieder los.

»Du erinnerst dich noch an Ian?«

Ein stiernackiger rotgesichtiger Lunatic, der arbeiten konnte wie ein Tier. Allerdings nur mit gleichbleibendem Alkoholpegel. Geriet der aus dem Lot, wechselte man am besten die Straßenseite.

»Ich hatte Schulden bei ihm. Daniel hätte das Geld wiederbekommen, auf Heller und Pfennig. Aber er hat es mir nicht gegeben. Obwohl ich genau«, sein Zeigefinger schoss hoch, »wusste, wo er es gebunkert hat. Einem alten Kumpel nicht aus der Patsche helfen.« Er ließ die Hand resigniert auf die Lehne schlagen.

Wieder der Griff in den Kühlschrank.

»Tausend Schekel. Eine Menge Geld. Du weißt doch, wie Ian ist. Er schlägt dich zum Krüppel, wenn du nicht zahlst. Der Einzige, der sein Geld noch nicht versoffen oder verspielt hatte, war Daniel.«

»Mich hast du auch abgezockt. Bei mir ist es um dreihundert Mark gegangen. Wie viel war es bei Daniel, dass er dafür sterben musste?«

Ein mattes Lächeln. »Hab oft an dich gedacht, Joe. Oft. Immer mal wieder.«

Er griff in die Innentasche seiner Anzugjacke. Sein Gesicht verzog sich überrascht, dann beugte er sich zu der Aktentasche hinunter. Er öffnete sie, und während er darin herumwühlte und so tat, als würde er etwas suchen, stand ich, die Flasche in der Hand, langsam auf. Uns trennten zwei Meter und das Bett. Zur Tür war es für uns beide gleich weit.

»Ich muss es doch irgendwo haben ... Ich dachte, ich gebe dir dreihundert Euro zurück. Ist ja jetzt das Gleiche, oder?«

In dem Moment hob ich die Flasche und stürzte auf ihn zu. Sofort zog er die Hand aus der Aktentasche. Metall blitzte auf. Mike sprang hoch, und noch bevor ich einen Treffer landen konnte, traf mich ein Schlag am Kinn und warf mich zurück aufs Bett. Die Welt explodierte. Es war wie bei dem Unfall – man wird weggeschleudert und ist machtlos. Ich hatte mich angestellt wie ein Idiot.

Noch bevor ich mich fragen konnte, warum er zugeschlagen und nicht geschossen hatte, hörte ich ein wütendes Schnauben.

Er hatte keine Pistole. Es war ein Messer, ein schweres Gerät, wie man es in einem Gewächshaus einsetzte oder in einem Garten in Jechida, um Zucchini zu ernten. Er hielt den dicken Knauf umklammert, die Klinge war schartig und voller Rostflecken.

»Du Arsch!«, brüllte er. »Was bildest du dir ein? Einfach auf mich loszugehen? Was hab ich dir getan?«

Ich stützte mich auf einen Ellenbogen und prüfte, ob noch alle Zähne dort saßen, wo sie hingehörten. Mein Kiefer war nicht gebrochen, trotzdem sickerte Blut aus den Mundwinkeln und tropfte auf die weiße, gestärkte Bettwäsche. Mühsam hob ich die Hand. »War ein Versuch.«

Ich lag auf dem Handy. Weiß der Teufel, wen ich zuletzt angerufen hatte. Aber wenn es mir gelang, die grüne Taste zu drücken, würde hoffentlich irgendjemand am anderen Ende abheben und mithören.

»Was für eine Scheiße! Schau dir das an! Diese ganze Sauerei!«

Verwundert starrte ich auf die Blutflecken. Machte er sich in seiner Situation etwa noch Gedanken darum, wie man das wieder herausbekam?

»Steh auf. Los. Wird's bald? Aufstehen!«

In zwei Schritten war er bei mir, riss mir den Kopf an den Haaren zurück und setzte mir das Messer an die Kehle. »Mach, was ich dir sage. Hoch jetzt.«

»Ist ja gut«, röchelte ich. »Mike, gib auf. Vielleicht kriege ich einen Affekt für dich hin. Schau dich doch mal an. Du kommst nicht weit. Man hat dich unten gesehen.«

»Eben nicht. Ich bin durch die Tiefgarage rein.«

Er ließ mich los. Ich versuchte hochzukommen. Dabei gelang es mir, eine Hand unter das Kissen zu schieben und die Anruftaste zu drücken. Schwartzmann, Marie-Luise, Rachel, egal wer – irgendjemand musste rangehen und handeln. Mike kannte Gewalt. Er hatte Merit mit ungeheurer Brutalität erschlagen. Er würde mich mit durchgeschnittener Kehle in diesem Zimmer liegen lassen, wenn es sein musste. Ich brauchte Zeit.

»Mike.« Blut und Speichel tropften aufs Bett.

Er zog mich hoch. Kaum war ich auf den Beinen, hatte ich auch schon wieder das Messer am Hals. Ich hob die Hände.

»Mike. Warte. Warte!«

Abrupt ließ er mich los. Ich taumelte zur Wand und blieb dort schwer atmend und halb zusammengesackt stehen. Er war wachsam wie ein Bluthund, bereit, sofort zuzustechen, sollte ich auch nur eine falsche Bewegung in Richtung Tür machen.

»Was hast du vor?«

»Joe, du hast mich in diese Scheiße reingeritten.«

»Ich?«

»Er wollte reden. Weißt du das denn nicht mehr?« Seine Stimme kippte. Eben noch der eiskalte Killer, jetzt der Feigling, der nach Entschuldigungen suchte. Du hast mich gezwungen. Die böse Welt war's, die Gesellschaft, mein Nachbar, die Zeitung, Mutti, das Amt … »Er wollte zur Polizei und aussagen.«

»Von wem zum Teufel redest du? Von Rudi?«

»Ich bin dir hinterher in seine Wohnung. Du hast es nicht mitgekriegt.«

»Joe, mach dir keine Sorgen. Ich werde das aus der Welt schaffen. Eine kleine Rangelei, nichts weiter. Können wir uns bitte darauf einigen?«

»Dabei ging es doch nur um den Überfall.«

»Glaubst du? Glaubst du das wirklich? Du warst kaum weg, als ich zu ihm rein bin. Er hat mich angestarrt wie eine Erscheinung. Er sagte: ›Es kommt alles ans Licht. Die Sonne wird es an den Tag bringen.‹ So ein Stuss. ›Nichts kommt raus, wenn wir dichthalten‹, hab ich ihm gesagt.«

Mike ging leicht in die Knie und griff erneut in den Kühlschrank. Er holte die letzten beiden Schnäpse aus dem Flaschenfach und reichte sie mir. »Mach sie auf.«

Es war Johnny Walker. Ich fragte mich, wie lange es dauern würde, bis jemand irgendwo auf dieser Welt meinen Anruf entgegennahm und aus dieser wirren Konversation entnehmen konnte, dass es mir gerade an den Kragen ging.

»Aber Rudolph Scholl wollte nicht dichthalten«, sagte ich so laut und deutlich, wie es mir mit meinem halb ausgerenkten Kiefer möglich war. An meinen Fingern klebte feuchtes Blut. Ich konnte die beiden Verschlüsse nur mit Mühe öffnen. Als ich eine der Flaschen an Mike zurückreichte, starrte er sie voller Ekel an.

»Also hast du ihn zum Schweigen gebracht. Und damit gar nicht erst in die falsche Richtung ermittelt wird, hast du Rachel ins Spiel gebracht. Dein Unfall war ein Fake, stimmt's? Sie sollte in Verdacht geraten, und du warst fein raus.«

»Wohlsein.« Er prostete mir zu, als ob diese ungeheuerlichen Vorwürfe nichts anderes als das Gewäsch zweier Betrunkener wären.

Ich schüttete den Inhalt in mich hinein. Blend Whisky war nicht mein Ding, aber wenn es half, die Sache aufzuhalten, würde ich sogar Spülwasser trinken. Er setzte an, ich schlug mich nach rechts zur Tür durch. Im selben Moment durchschnitt ein pfeifendes Geräusch die Luft, und ein brennender Schmerz jagte quer über meinen Unterarm.

»So nicht, mein Lieber.«

Mike trat schwer atmend zwei Schritte zurück, exte seine Flasche und warf sie aufs Bett. Mit dem Handrücken wischte er sich den Mund ab. Ich hielt mir den Arm und biss die Zähne zusammen, um nicht laut aufzujaulen. Der Schnitt war nicht tief, doch er schmerzte höllisch. Das Zimmer glich langsam einem Schlachthaus. Ich hatte keine Idee, was er damit bezwecken wollte. Überall waren unsere Fingerabdrücke. Ein leiser, stiller Mord sah anders aus.

»Rudi war ein Romantiker. Hättest du das gedacht? Dieser jüdische Calvinist? Auf einmal steht er Rebeccas Tochter gegenüber, und peng! sind alle Schwüre vergessen.«

Er griff in seine Anzugtasche und holte ein gebrauchtes Pokerspiel hervor, das schon durch viele Runden gegangen sein musste. Er hielt es hoch, spannte den Stapel zwischen Daumen und Zeigefinger und ließ die Karten fliegen. Sie schossen in alle Himmelsrichtungen, über das Bett, auf den Fußboden, überallhin. Die letzte Karte fiel mir direkt vor die Füße. Pik zehn.

»Okay, Zauberer«, sagte ich. »Was hast du vor?«

»Ich war in einer Kneipe am alten Busbahnhof. Dort, wo die Russen Poker spielen. Ich habe ein paar von ihnen auf mein Zimmer im Grand Zion eingeladen. Ohne Limit. Unter deinem Namen. Sie werden bald hier sein. Sie kommen nicht durch die Tiefgarage, und sie werden, wenn du gefunden wirst, einiges erklären müssen. Ich bin ein unbescholtenes Blatt. Niemand kennt meine Fingerabdrücke.« Er warf einen Blick auf seine Uhr. »Es tut mir leid, Joe. Ich hätte es gerne anders gehabt. Um der alten Zeiten willen.«

»Was hast du mit Daniel gemacht?«

»Ich musste mich wehren, Joe. Ich hab ihm mit der Flasche eins übergebraten, und plötzlich war er tot. Rudi wollte, dass ich das melde. Aber ich hatte keine Lust auf zwanzig Jahre Knast wegen Raubmord. Und die hätte ich sicher gekriegt, oder? Ganz bestimmt hätten die mich eingebuchtet. Die konnten uns doch sowieso nie leiden.«

»Eine Schlägerei unter *volunteers*? Du hättest auf Notwehr gehen können. Totschlag. Keine drei Jahre. Mike!«

Ich wollte mich aufrichten, aber er zielte mit dem Messer, und ich wollte nicht, dass es so schnell vorbei war. Ich hatte immer noch Hoffnung.

»Rudi und ich haben ihn im Pool vergraben. Am nächsten Tag kam Beton drauf und gut war's. Rudi hätte den Mund gehalten. Er war ja Mittäter, sozusagen. Mitwisser. Wusstest du, dass er Rabbiner werden wollte? Das hätte ihm seine ganze Laufbahn versaut. Na ja, so ernst war es ihm dann wohl doch nicht mit der Religion, was? Hat das mit dem Seminar irgendwann sausen lassen.«

»Vielleicht hatte er ein Gewissen.«

»Und ich nicht? Denkst du, mir ist das leichtgefallen?«

»Warum Merit?«, fragte ich. »Scholl kapiere ich ja noch irgendwie, wenn man sich in dein krankes Hirn hineinversetzt. Aber Merit?«

Er schwankte. Mit dem Messer befahl er mir, ein paar Schritte von der Tür wegzutreten. Als er das Gefühl hatte, die Lage ausreichend unter Kontrolle zu haben, setzte er sich. Ich stand in der Zimmerecke, eingequetscht zwischen Nachttisch und Wand, und blutete vor mich hin.

»Merit hat damals Fotos vom Pool gemacht. Jeden Tag eines, immer von derselben Stelle aus. Sie hatte keine Ahnung, dass sie am nächsten Morgen ein Grab fotografiert hat. Wie auch? Sie war ja so versessen darauf, Rebecca eins auszuwischen. Ich bin am nächsten Morgen zu ihr hin und habe sie gefragt, ob sie für einen kleinen Scherz unter Freunden bereit wäre, sich ein paar schöne Tage zu machen. Ich habe ihr deine dreihundert Mark gegeben, dazu das Geld für ihr Ticket. Zwei von Daniels Schecks durfte sie auch noch einlösen. Das mit dem Boot war ihre Idee. Weiß der Teufel. Frauen haben's manchmal drauf, wenn sie uns eins auswischen wollen, was? Sie war sofort Feuer und Flamme.«

»Und sie hat kein einziges Mal nach Daniel gefragt?«

»Natürlich. Ich hab ihr gesagt, dass er zurück nach Deutschland ist, der Schisser. Ich brauchte sie gar nicht lange zu überreden, sie war sofort dabei. Es muss ihr eine Riesenfreude gemacht haben, jedem diese Geschichte zu erzählen. So hatte wenigstens eine von uns ihren Spaß ...«

Er sah auf die Karten zu seinen Füßen. Pik sechs und sieben. Wenn wir so weitermachten, käme noch ein Straight Flush dabei heraus, bevor er mich nach Russenart abstechen würde. Ich wusste, dass ich kein zweites Mal lebend in die Nähe der Tür käme.

»So lange ging alles gut. Ein kleiner, böser Scherz. Selbst Rebeccas Tragödie nach Daniels Tod war irgendwann vergessen. Es ist im wahrsten Sinne des Wortes Gras darüber gewachsen. Aber dann ...«

Er hob die Pik sieben auf und warf sie aufs Bett.

»Dann ist diese Rachel bei ihr aufgetaucht. Und ein paar Tage später du. Spätestens da wusste sie, dass das Märchen von Marianne und Daniel ausgeträumt war. Sie hat die alten Fotos vom Pool rausgesucht und, voilà, auf einem ist die frische Erde zu erkennen. Nur wenn man genau hinschaut und es mit dem Foto vom Vortag vergleicht. Eigentlich wertlos, irrelevant. Außer man beginnt dort zu buddeln und eine dämliche Kuh erinnert sich daran, dass sie es war, die die Geschichte mit Daniel und Griechenland in die Welt gesetzt hat. Ich dachte erst, sie blufft. Sie wollte hunderttausend Euro von mir. Dann würde sie über Daniels Grab schweigen wie ... eben auch wie ein Grab. Scheiße. Warum verraten mich alle? Warum?«

Ich dachte an Marianne Schöbendorf und daran, dass Plog kurz davorstand, ungeschoren davonzukommen. Er erhob sich mit einem Ächzen, als ob er stärkere Schmerzen hätte als ich.

»Los. Versuch's. Renn um dein Leben.«

»Nein.«

»Jetzt mach schon. Oder soll ich dich abstechen wie ein Schwein?«

Er kam näher, das Messer in der erhobenen Hand. Ich trat nach ihm, er wich zurück. Die Lampe fiel runter, die Birne zerbrach auf dem Boden, es war stockdunkel.

In drei Schritten war ich an der Tür. Ich spürte eine Hand an meiner Kehle, und dann schlug ich mit aller Wucht auf Holz, oder das Holz schlug auf mich. Jedenfalls stürzte ich nach hinten, und etwas Glühendes bohrte sich in meine Seite. Licht drang von draußen herein, der Raum war voll von brüllenden Schatten. Ich hörte Schreie und Rufe. Da waren Hände, die mich unter der Tür hervorziehen wollten, aber ich wollte nur dorthin, wo dieses Licht war. Raus in den Flur, einen endlos langen Flur mit blinkenden Neonröhren, deren zuckender Schein weit hinten zu einem weiß glühenden Nebel wurde, aus dem sich eine Silhouette formte.

Ich wusste, wer sie war und dass ich zu ihr wollte, mit aller Macht, mit aller Kraft, und sie drehte sich zu mir um und hielt mir die Hand entgegen. Lächelte mich an und sagte: »Alles ist gut.«

43

»Alles ist gut. Joe?«

Ich hatte diesen Traum schon einmal geträumt. Ihr sorgenvolles Gesicht, das dem ihrer Mutter so ähnlich sah, dazu der Davidstern an der goldenen Kette, der leicht hin und her schaukelte, als sie sich zu mir beugte. Nur lag ich dieses Mal auf einer Trage, die gerade vor dem Grand Zion in einen Krankenwagen geschoben wurde. Polizisten drängen Hotelgäste und Besucher ab. Ein paar Gestalten beschwerten sich lauthals und trollen sich. Ich hätte schwören können, dass sie russisch sprachen.

Die Trage rastete ein. Der Krankenwagen fuhr mit eingeschalteter Sirene los. Rachel hatte eine Hand auf meine Stirn gelegt und sah nun hoch zu jemandem, der hinter mir hantieren musste. Offenbar ein Notarzt, denn das bärtige Gesicht eines Mannes mit freundlichen blauen Augen erschien nun auf den Kopf gedreht über mir. Er wechselte ein paar beruhigende Worte mit Rachel und verschwand wieder. Mühsam hob ich den Kopf. Neben ihr saß ein junger Mann.

»Joel.«

Der Junge brachte ein verschämtes Grinsen zustande. Seine Maschinenpistole hatte er nicht dabei, und wir verloren kein Wort darüber, wo wir uns schon einmal gegenübergestanden hatten.

»Uri ist noch mit Kommissar Schwartzmann im Hotel. Sie haben Michael Plog festgenommen. Erst mal wegen Körperverletzung.«

»Körperverletzung?« Ich wollte mich aufrichten, doch Rachels sanfte Hand drückte mich zurück.

»Nicht. Das hat Zeit.«

Über mir baumelte eine Blutkonserve. Ich schloss die Augen, aber der Arzt erteilte mir in freundlich mahnendem Ton eine Anweisung, die Rachel übersetzte.

»Du musst wach bleiben. Du hast viel Blut verloren. Er hat dich ziemlich böse erwischt.«

»Wie böse?«

»Es wird schon wieder«, sagte sie. Doch in ihrem Blick flackerte für einen Moment die Angst. Und Angst war etwas, das ich an ihr nicht kannte.

Mir war kalt.

»Sie sagen, ich soll mit dir reden. Dich ansprechen. Ein bisschen bei Laune halten, bis sie dich wieder zusammengeflickt haben.«

Ich versuchte zu lächeln, aber ich war mir nicht sicher, ob ich mit diesem Gesicht je wieder so etwas wie Mimik zustande bringen würde.

»Uri und Joel sind zusammen nach Tel Aviv gekommen. Er wollte mit dir reden, um den Verdacht aus der Welt zu schaffen, er hätte etwas mit Daniels Tod zu tun. Hat er das? Joe? Hat er's oder hat er's nicht?«

»Nein, hat er nicht«, keuchte ich.

Die Erleichterung erhellte ihr Gesicht. »Wir wollten das als Familie klären, alle zusammen. Die nette Frau an der Rezeption hat uns gesagt, dass schon jemand bei dir auf dem Zimmer wäre. Ein Mann. Ein Deutscher. Und dann hast du mich angerufen. Ich habe alles mitgehört, was dieses Schwein gesagt hat. Währenddessen hat Uri die Polizei informiert, und Joel ist mit uns hoch. Wir wussten ja nicht, ob er eine Waffe hat. Nur dass es ernst war, sehr ernst.«

»Mike hat Rudolph Scholl umgebracht.« Das Sprechen war unendlich mühsam. »Wahrscheinlich könnte man es noch als Unfall mit Todesfolge hindrehen. Aber Merit ...«

Rachel übersetzte flüsternd, was ich gesagt hatte. Der junge Mann nickte.

»Warum hat er sie umgebracht?«

»Weil die beiden wussten, was mit Daniel passiert ist.«

Ich spürte, wie sie meine Schulter drückte.

»Und was ... was ist mit Daniel passiert?«

»Er liegt in Jechida. Unten im Pool, unter den Fliesen und dem Beton und all dem Dreck der letzten Jahrzehnte. Es war eine Schlägerei. Sie ist eskaliert. Es ging um Geld. Einfach nur um Geld.«

Ich wollte die Augen schließen und Rebecca wiedersehen in diesem Licht, das mir so verheißungsvoll erschienen war. Aber Rachel ließ es nicht zu.

»Joe. Joe! Bleib wach, hörst du? Er hat Daniel getötet? Ist das wahr?«

»An dem Abend, an dem ... an dem er abhauen wollte. Ich glaube, am nächsten Tag wollte er mit deiner Mutter aufs Schiff nach Zypern. Er ist nie in Haifa angekommen. Während Rebecca am Hafen auf ihn wartete, haben Mike und Scholl den Boden des Pools mit Beton ausgegossen und ihn für immer begraben. Das dachten sie jedenfalls.«

Rachel schlug die Hände vors Gesicht. Ihr Bruder, dieser junge hübsche Kerl mit Pranken wie Gartenschaufeln, zog sie an sich und betrachtete mich mit einem finsteren Blick. Er hellte sich erst etwas in Richtung sorgenvoll auf, als Rachel zu Ende übersetzt hatte.

»Da machte im Kibbuz schon das Gerücht die Runde, dass Marianne – du kennst sie als Merit – mit Daniel durchgebrannt wäre. Uri muss das mitbekommen haben. Er hat deine Mutter zurück nach Jechida geholt. Er wollte ihr die Schande ersparen. Er hat es gut gemeint, Rachel. Du musst ihm ...« Mein Atem ging pfeifend, ich bekam kaum noch Luft. »Du musst auch mit Daliah reden.«

»Hab ich längst getan. Sie hat meiner Mutter über Monate hinweg Schlaftabletten verkauft und erst viel zu spät erfahren, dass sie schwanger war. Sie hatte Angst, dass mir etwas passiert sein könnte. Dass die Tabletten mir geschadet hätten. Aber das haben sie nicht. Sie war an dem Tag im Krankenhaus, weil sie ein schlechtes Gewissen hatte und wissen wollte, wie es uns geht. Ich bin gesund auf die Welt gekommen, aber Rebecca ...«

Rachel schluchzte auf. Der Junge zog sie wieder mit links an seine breite Heldenbrust. Seinem Gesichtsausdruck nach würden wir noch eine Weile brauchen, bis wir Freunde wären. Der Krankenwagen schien kein einziges Schlagloch in Tel Aviv auszulassen. Ich spürte, wie die Kälte langsam meinen ganzen Körper erfasste. Er wurde taub, als hätte ich einen Schierlingsbecher geleert.

»Du hast ja deinen Davidstern wieder«, flüsterte ich.

Sie lächelte unter Tränen. »Ja. Ich habe ihn bei jemandem liegen gelassen. Er hat ihn mir heute wiedergegeben. Er bedeutet mir sehr viel.«

»Der Stern?«

»Auch«, sagte sie. »Der auch.«

Die Umgebung trübte sich ein, nur das Licht direkt über mir war noch da. Es blendete mich. Ich schloss die Augen.

»Joe. Joe!«

Mir war es so was von egal. Ich wollte einfach nur noch dorthin, wo es hell war und jemand mit dem schönsten Lächeln der Welt auf mich wartete.

Rachel redete auf den Arzt ein. Plötzlich spürte ich einen Schlag. Die Kraft von einem Hunderttausend-Volt-Blitz jagte durch meinen Körper und hinterließ ein sphärisches Dröhnen.

Sie würden mich umbringen, wenn sie nicht damit aufhörten. Jemand schlug mir ins Gesicht.

»Wach auf! Joe! Wach auf!«

Ich tat ihr den Gefallen und blinzelte sie an.

Wieder ein Schlag. Rachel bewegt ihre Lippen, doch ich kann sie nicht hören. Sie schreit, sie schüttelt mich, aber ich merke, dass wir uns verlieren wie zwei Astronauten im All, die voneinander wegdriften. Sie in die eine, ich in die andere Richtung. Den nächsten Schlag spüre ich kaum noch. Er ist nur noch fernes Donnern, das durch meinen Körper rollt. Etwas, das ich lediglich mit schwachem Erstaunen zur Kenntnis nehme.

Das Gesicht über mir verschwimmt, die Konturen lösen sich auf, das Licht wird diffus wie Novembernebel, verschwindet mehr und mehr und lässt mich zurück.

Ich glaube, die größte Enttäuschung am Ende ist, dass man nicht in dieses Licht geht. Sondern in die Nacht.

44

Die Einladung kam Anfang Dezember, zu der Zeit also, als Marie-Luise Hoffmann alle Hände voll zu tun hatte. Aus unerfindlichen Gründen – Theorien dazu gab es viele, doch keine war jemals durch ein öffentliches Statement verifiziert worden –, umhüllt vom Dunkel eines nie gelüfteten Geheimnisses, fielen die Justizbehörden ab Mitte Dezember in einen agonieähnlichen Schlaf, aus dem sie zögernd erst Mitte Januar erwachten und mindestens zwei weitere Wochen brauchten, bis der Motor wieder seine normale Drehzahl erreicht hatte. Eingaben, Schriftwechsel, Anträge, Zulassungen, alles musste am besten schon mit dem Öffnen des ersten Türchens am Adventskalender erledigt sein, sonst war das Jahr verwirkt. Auf Marie-Luises Schreibtisch türmten sich die Akten, ihr E-Mail-Postfach wagte sie schon gar nicht mehr zu öffnen. Sie betrachtete die Karte, las den Text zum gefühlt hundertsten Mal, legte sie in den Ablagekorb, um sie zu vergessen, holte sie dann doch wieder hervor.

You are cordially invited to the wedding of Rachel Cohen and Rick Zahavi, Sunday, 20th December 2015, 10 am at the Great Synagogue of Tel Aviv.

Ein Samstag auch noch, einen Tag vor dem vierten Advent.
»Ein Samstag auch ...«
Sie brach ab und sah durch die geöffnete Verbindungstür in das leere Büro, in dem Vernau gesessen hatte. Immer wieder pas-

sierte es ihr, dass sie mit ihm sprach, obwohl er gar nicht mehr da war.

Ihr Kontostand war erschütternd. Sie musste endlich mit den Mahnungen anfangen und die Außenstände einfordern. Im Kopf überschlug sie, wie viel Geld zusammenkommen würde, wenn auch nur die Hälfte ihrer Schuldner den Forderungen nachkäme. Es würde nicht nur für den Flug und das Hotel, sondern auch für ein Hochzeitsgeschenk reichen.

Rachel … traute sie sich also doch. Von Margit Schöbendorf wusste sie, dass es keine einfache Verbindung gewesen war. Ein junger Mann aus einer orthodoxen Familie, der sich unter großen Opfern aus seinem Umfeld befreit und schon seit Jahren auf die Scheidung gewartet hatte. Kaum war er frei gewesen, hatte er Rachel einen Antrag gemacht, und jetzt musste wahrscheinlich alles sehr schnell gehen …

Vermutlich war die Hochzeit auch eine Reaktion auf die Ereignisse in Tel Aviv, die niemanden unberührt gelassen hatten. Abstand gewinnen. Das Schwarz der Trauer mit hellen, romantischen Farben übertünchen. Neue Erinnerungen schaffen, die die alten in die Spinnwebecke der vergessenen Traumata verweisen. Plogs grausamer Mord an Merit und das, was er Vernau angetan hatte, war allen unter die Haut gegangen. Um ein Haar wäre es ihm auch noch gelungen, Rachel und Margit Schöbendorf den Mord an Rudolph Scholl in die Schuhe zu schieben. Und sein eigenes Attentat zu inszenieren – auf die Idee musste man erst einmal kommen.

»Auf die Idee muss man erst mal …«, murmelte sie.

Warum auch nicht? Sie konnte Selbstgespräche führen, soviel sie wollte. Keiner war da, der ihren Geisteszustand mit einem spöttischen Grinsen kommentieren würde. Niemand, der sich ungeniert aus ihren Kaffee- und Teevorräten bediente oder der …

Sie riss die oberste Akte vom Stapel und schlug sie auf. Aber es gelang ihr nicht, sich zu konzentrieren. Die Karte war aus schwerem Bütten, die Lettern in Gold gedruckt. Eine jüdische Hochzeit, wie schön. Endlich mal was, worauf man sich freuen konnte. Sie überlegte, was sie anziehen könnte, resignierte, rechnete, schrieb lustlos ein paar zweite und letzte Mahnungen, kontrollierte online ihren Kontostand, seufzte, griff zum Telefon und rief Frau Vernau an.

»Marie-Luise! Wie geht es Ihnen?« Die mütterliche Stimme von Hildegard Vernau war wie Weichspüler für ihre verfilzten Gedanken.

»Gut, danke. Haben Sie auch eine Einladung von Rachel Cohen bekommen?«

»Ja! Sie auch? Natürlich fahren wir hin. Nach allem, was ich weiß, hätte es ja durchaus eine verwandtschaftliche Beziehung zu der jungen Dame geben können, nicht wahr?«

Das leise Bedauern in ihrer Stimme entging Marie-Luise nicht.

»Ich finde das sehr nett von Frau Cohen, dass sie an uns denkt. Wir kennen uns ja gar nicht. Nur über Joachim. Ach, wenn doch alles anders gekommen wäre ...«

Marie-Luise ließ der alten Dame die Freude, noch eine Weile über ihren Sohn und seine dem Rest der Welt relativ unbekannten positiven Seiten zu reden, dann stand ihr Entschluss fest.

»Wir sehen uns am Flughafen.«

»Da freuen wir uns aber! Eine Hochzeit haben wir schon lange nicht mehr erlebt. Wie schade, dass mein Sohn und Sie es nie ...«

»Auf Wiedersehen, Frau Vernau.«

In den kommenden zwei Wochen dachte Marie-Luise das eine oder andere Mal darüber nach, ob es wirklich schade gewesen war. Sie konnte sich nicht entscheiden. Seit es Vernau nicht mehr in ihrem Leben gab, waren ihr Dasein ruhiger und ihr Einkommen regelmäßiger geworden, so viel zur Habenseite. Aber das leere Büro ging ihr auf die Nerven, und die halbherzigen Versuche, einen Ersatz für ihn zu finden, waren immer wieder daran gescheitert, dass sie Vergleiche zog. An jedem Bewerber, an jeder Interessentin hatte sie etwas auszusetzen. Lange würde sie die Entscheidung nicht mehr hinauszögern können, und sie fürchtete sich davor, dass eines Tages jemand anders an Vernaus Schreibtisch sitzen würde.

Es war einer jener unentschlossenen, nasskalten Wintertage, an dem die Maschine nach Tel Aviv abfliegen würde. Ihr Konto stand kurz vor dem Kollaps, und gerade als sie an einem Selbstbedienungscafé in der Abflughalle mehrere Zuckertütchen einstecken wollte, schlug ihr jemand auf die Schulter.

»Mundraub?«

Sie fuhr herum. Ihr Herz machte einen Freudensprung.

Vernau grinste sie an. Schmal, fast schon abgemagert, mit tiefen Schatten unter den Augen und zwei eingekerbten Falten um den Mund, aber aufrecht und ohne Krücken.

»Was machst du denn hier?«, stellte sie die blödeste aller Fragen.

»Dasselbe wie du.«

Mit einer Handbewegung bestellte er einen Espresso und bekam ihn auch umgehend – eines der Mirakel, die Marie-Luise nie ergründen konnte, denn sie selbst wurde ständig übersehen.

»Mutter hat mir erzählt, dass du auch kommst. Netter Familienausflug. Hast du sie schon gesehen?«

Er rieb sich die Hände und hauchte dann hinein. Er fror. Kein Wunder, so dünn, wie er geworden war. Zwei Wochen Intensivstation, vier Wochen Reha und ein Genesungsverlauf, der eher an einen Marathon in Zeitlupe erinnerte. Er streckte die Hand aus, und sie wühlte ein Zuckerpäckchen aus ihrer Manteltasche.

»Nein. Aber sie müssten gleich da sein. Wie geht es dir?«

»Gut, danke.« Er öffnete das Päckchen mit der linken Hand.

Sie wusste, dass er am rechten Arm eine tiefe Narbe hatte. Aber die war nichts gegen die Verletzung, die Plogs Messer wenig später angerichtet hatte. Klinisch tot, vier Minuten lang. Es gab Menschen, die nach solchen Nahtoderfahrungen Depressionen bekamen. Vernau sah nicht glücklich aus, doch sie würde sich hüten, danach zu fragen.

»Arbeitest du wieder?«

»Piano, piano.«

Er rührte um und trank seinen Kaffee. Gerade als er die Tasse absetzen wollte, ging ein Lächeln über sein Gesicht. Sie folgte seinem Blick und sah drei schwer beladene Gestalten in die Abflughalle kommen. Frau Vernau und Frau Huth mit mehreren Koffern, gefolgt von einem älteren Herrn, der etwas mit sich schleppte, das man nur sehr wohlwollend als einen aus dem Ruder gelaufenen Geigenkasten beschreiben konnte.

»Was zum Teufel haben die denn dabei?«, fragte sie verblüfft.

»Ein Alphorn.«

»Ein Alphorn?«

»Ja. Ich war froh, dass ich ihm die Kettensäge ausreden konnte. Die Hälfte seiner Instrumente verstößt gegen den internationalen Waffenhandelskontrollvertrag. Hattest du auch was, außer dem Zucker?«

»Nein. Was will er denn mit einem Alphorn in Israel?«

»Ich fürchte, er hat für das Hochzeitspaar eine Sonate geschrieben.« Vernau warf mehrere Münzen auf den Stehtisch. »Da müssen wir durch. Familie.«

Er lächelte sie an, und etwas an diesem kurzen, flüchtigen Moment zog ihr das Herz zusammen. Es war, als hätte Vernau in Israel etwas verloren. Einen Teil seiner Persönlichkeit, der bisher zuverlässig für Ironie und Abstand gesorgt hatte. Der neue Vernau gefiel ihr nicht. Er war zu nett.

»Familie, ja ...«

Er wollte zu der Prozession, die mittlerweile von Sicherheitskräften umstellt war und Hilfe brauchte.

»Was ist, kommst du?«

»Warum hast du eigentlich keine Kinder?«, fragte sie, während sie durch die Halle gingen. Hüthchens Mezzo und Withers Bassbariton vermischten sich gerade mit Frau Vernaus ängstlichem Zwitschern.

»Nie die richtige Frau gefunden«, sagte er kurz. »Und du?«

»Nie den richtigen Mann.«

Gemeinsam erreichten sie die kleine Gruppe, gerade noch rechtzeitig, um das Alphorn zum Sportgerät zu deklarieren und ihren Flieger zu erreichen.

Danke!

1982 war ich zum ersten Mal in Israel. Ich habe in einem Kibbuz im Norden des Landes gearbeitet und im Anschluss noch einige Zeit in Jerusalem verbracht. Es waren intensive Monate, über die ich Tagebuch geführt habe. Diese Aufzeichnungen fielen mir im letzten Jahr beim Aufräumen wieder in die Hände.

Ich setzte mich also mit dem Tagebuch, einer chinesischen Kladde in rotem Brokat, in meinen Lesesessel und schlug die erste Seite auf. Plötzlich war ich wieder in Galiläa, in diesem flirrend heißen Sommer vor über dreißig Jahren. Ich stand bis zu den Knien in Hühnerdreck, kratzte Etiketten von alten Kupferspulen und topfte Erdbeerpflanzen ein. Ich war braun wie eine Haselnuss, lernte Poker und Iwrit, saß mit der Zeitung im Toten Meer und traf diesen Jungen aus Irland in Jerusalem wieder – doch das ist eine andere Geschichte. Es war wie ein Zeitfenster, eine Reise zurück zu mir, als ich jung und neugierig war auf die Welt. Jung bin ich heute nicht mehr, aber die Neugier ist geblieben.

Ich habe Israel seitdem oft besucht. Es hat mich sehr erschüttert, dass vor wenigen Wochen, während ich in Haifa recherchierte, eine Welle der Gewalt ausbrach, die viele bereits als Beginn einer dritten Intifada betrachten. Hoffentlich nicht. Ich glaube, dass Politik in meinen Büchern nichts zu suchen hat. Wer sie liest, der weiß, was Vernau denkt. Das reicht, finde ich. Ich bin aber fest davon überzeugt, dass es für uns Menschen nur eine erstrebenswerte Lösung geben kann: Frieden. Verzeihen. Frieden. Und noch mal Frieden.

Mein Tagebuch ist in einer Zeit entstanden, in der ich ohne Probleme den Felsendom besuchen konnte und der Tempelberg allen Weltreligionen offenstand. Etwas von diesem Geist weht vielleicht noch durch diese Geschichte, etwas von Aufbruch und Zuversicht. Und die Liebe zu Israel, die bis heute geblieben ist.

Ich liebe die Menschen dort. Und Städte, die am Meer liegen, haben schon immer eine große Faszination auf mich ausgeübt. Tel Aviv ist großartig. Lässig, entspannt und zugleich *busy* und international. Als ich vor einem Jahr zum ersten Mal wegen »Totengebet« dort war, hatte ich nur ein paar Telefonnummern. Daraus sind Freunde geworden und wunderbare Helfer und Ratgeber.

Ich freue mich jedes Mal, wenn ich Jacob Rothschild dort treffe. Welch ein Glück, welch ein Gewinn, ihn zu kennen! Und erst seine wunderbaren Freunde Valerie und Matan. Durch sie durfte ich das junge Tel Aviv kennenlernen, diese smarte Metropole mit ihrer weltoffenen Toleranz. Rachels Stadt, modern, laut, nachtaktiv. Ihr Lebenslauf ist das Ergebnis langer Sitzungen im Florentine oder Old Yafo und der einen oder anderen Flasche Maccabee … Jacob verdanke ich nicht nur eine Menge Schimpfwörter, von denen lediglich ein Bruchteil den Weg in dieses Buch gefunden hat, sondern auch die Sicht junger Leute auf ihr Land.

Dank an Richard C. Schneider, der mir als langjähriger Studioleiter und Chefkorrespondent der ARD in Israel Hintergrundinformationen zum politischen Status quo gegeben hat. Dieser kluge Blick eines Insiders war für mich von unschätzbarem Wert. Ich kann nur ahnen, wie voll sein Terminkalender stets war, aber er hat immer ein bisschen Zeit für mich freigeschaufelt und mir mit Engelsgeduld alle meine Fragen beantwortet. Ganz nebenbei habe ich durch unsere Treffen auch einen Einblick in seine Arbeit in Israel und Palästina bekommen – die allein ein weiteres Buch wert wäre. Schade, dass er jetzt in Rom ist. Seine Berichte aus Israel für die *Tagesschau* werden mir sehr fehlen.

Rabbi Dr. Walter Rothschild ist nicht nur der Vater des wunderbaren Jacob und zwei weiteren liebenswerten Töchtern. Mit großer Geduld – wer diesen aktiven, streitlustigen und humorvollen Mann kennt, der weiß, was ich ihm mit meiner Unkenntnis abverlangt habe – hat er mir einen Einblick in die *halacha*, das jüdische Religionsrecht, gegeben. Schokolade half, ihm und mir … An dieser Stelle sei gesagt: Seien Sie bitte gnädig, falls ich in diesem Buch etwas nicht hundertprozentig getroffen habe. Verzeihen Sie mir, so wie Dr. Rothschild mir verzeihen möge, sollte mir der eine oder andere Fehler unterlaufen sein.

Ein ganz besonderer Gruß geht an meine Freunde Avitall Gerstetter und Samuel Urbanik. Avitall ist, sofern sich nicht über Nacht etwas an diesem Status geändert haben sollte, die einzige jüdische Kantor*in* in Deutschland. Ich möchte jedem ans Herz legen, einmal einen Gottesdienst mit ihr in der Neuen Synagoge zu besuchen (Berlin, Oranienburger Straße). Das geht völlig problemlos und ist ein unvergessliches Erlebnis, egal welcher Glaubensgemeinschaft man angehört. Sie und Samuel haben mein Buch von Anfang an mit Begeisterung begleitet. Ihre Berliner Salons sind legendär, im Januar waren wir zusammen in Jerusalem, sie haben wunderbare Freunde, die mich mit- und aufgenommen haben, und wer Avitall bei ihrem Projekt »We will call out your name« unterstützen möchte, kann das unter avitall@avitall.de tun. (Mehr dazu unter: www.youtube.com/watch?v=ayQdmj52s30.) Kennengelernt haben wir uns übrigens durch …

… Gerhard Haase-Hindenberg. An seinem Schabbes-Stammtisch trifft man die interessantesten Leute. Jeden Freitag nach dem Gottesdienst führt dieser leidenschaftliche Impresario die unterschiedlichsten Menschen zusammen. Kneipengespräche über Martin Buber *und* Hertha BSC – diese Mischung gibt es nur bei ihm. Ich liebe sie!

Schreiben ist, unbenommen, eine einsame Sache. Umso schöner, wenn man den Arbeitsplatz verlassen und raus ins Leben gehen kann, um jemanden zu treffen. Eigentlich wollte ich Michael Lehr nur fragen, was seiner Meinung nach in die Auslage eines jüdischen Antiquariats gehört. Daraus wurden die Wiederbelebung unserer Freundschaft, ein wunderschöner Nachmittag in Schöneberg und das Kapitel mit Vernau und Nechama, das ich einzig und allein ihm zu verdanken habe. Michael ist einer der letzten Antiquare, die noch Kataloge bibliographieren. Die allein sind kleine Schätze. Sein Wissen macht mich sehr bescheiden. Seine Liebe zur Literatur ist so inspirierend und mitreißend. Wer sich ansehen möchte, was Michael macht, hier ist seine Webseite: www.antiquariat-lehr.de.

Ich danke Anke Veil und Kerstin Kornettka, dass sie mein Manuskript vorab gelesen und mich mit liebevoller Kritik begleitet haben. Es braucht diesen Blick von außen, und ihr habt mir sehr geholfen! Danke an die Pressestelle der israelischen Botschaft, an das Archiv der Zeitschrift »Der Freitag«, an Thore Schröder und an alle, die mir mit Rat und Freundschaft zur Seite gestanden haben. Angela Troni, meine Lektorin, hat sich wieder einmal mit unglaublichem Elan daran gemacht, meine Fehler auszumerzen, ohne in Verzweiflung zu geraten – hart, gnadenlos, großartig!

Danke an meinen Verleger Georg Reuchlein und Goldmann-Cheflektorin Claudia Negele für euer Vertrauen und die große Unterstützung! Ich freue mich so über dieses Buch, darüber dass es seine Heimat bei euch hat und dass ihr stets die Nerven bewahrt, wenn der Abgabetermin schon wieder gefährlich nahegerückt ist … Die herzlichsten Grüße an alle lieben Kollegen!

Last but not least: An dieser Stelle möchte ich endlich einmal die Gelegenheit nutzen, all diejenigen zu erwähnen, die Vernau mittlerweile zum vierten Mal ins Fernsehen gebracht haben. Das sind die Mitarbeiter von Network Movie, allen voran Dr. Dietrich Kluge, der ein unerschütterliches Vertrauen selbst in meinen schwierigsten Plot hat (man nennt das dann »komplex«), und seine Chefin Jutta Lieck-Klenke, die ein unerschütterliches Vertrauen in Dr. Dietrich Kluge hat ☺. Dank an Jan Josef Liefers, der Vernau auf unnachahmliche Weise Leben einhaucht und gar nicht weiß, wie viel mir das bedeutet, an Anna Loos, die nach *Zeugin der Toten* auch *Das Dorf der Mörder* geadelt hat, an Carlo Rola dafür, dass er aus meinen Drehbüchern so wunderbare Filme macht, und an Daniel Blum, Redakteur für Fernsehfilm und Kinoproduktionen beim ZDF. Wir sind ein gutes Team, und es macht Spaß, mit euch zu arbeiten!

Und nun, fast am Ende, kommen die Wichtigsten: Das sind Sie. Bis zu diesen Zeilen haben Sie durchgehalten, und es war mir eine Ehre, Sie im Geiste auf der anderen Seite meines Laptops zu sehen. Das Buch in der Hand, mit Vernau in Berlin und Israel. Ich hoffe sehr, es hat Ihnen gefallen, auch wenn ich Vernau dieses Mal arg getrieben habe. Wenn Sie Kontakt zu mir aufnehmen oder erfahren möchten, woran ich gerade arbeite (oder nicht arbeite …), meine Facebook-Seite heißt »Elisabeth Herrmann und ihre Bücher.« Ich freue mich schon auf unsere nächste Geschichte!

Elisabeth Herrmann
Berlin/Tel Aviv/Altenstadt, im Oktober 2015

Glossar

Kibbuz: Eine genossenschaftliche Gemeinschaft, zusammengeschlossen in Dörfern mit bis zu 2000 Einwohnern. Die Idee dahinter sind gemeinsames Eigentum und ein kollektiv organisiertes Gemeinschaftsleben. Der erste Kibbuz wurde 1910 am See Genezareth gegründet. Nach einer Hochzeit in den Fünfziger- und Sechzigerjahren des vorigen Jahrhunderts ging die Begeisterung zurück. Heute gibt es noch 272 Kibbuzim, aber so gut wie keine Neugründungen mehr. In vielen Kommunen ist mittlerweile Privateigentum erlaubt, teilweise werden auch leistungsbezogene Gehälter gezahlt.

Bat-Mizwa/Bar-Mizwa: Die religiöse Mündigkeit. Mädchen (Bat-Mizwa) erreichen sie mit zwölf, Jungen (Bar-Mizwa) mit dreizehn Jahren. Wird nach dem Gottesdienst mit einer Feier begangen.

Kibbuznikim: Mitglieder eines Kibbuz' – siehe oben.

Goj: Eigentlich hat das Wort die Bedeutung »Volk« oder »Nation«. Heute wird es für Nichtjuden verwendet. Die weibliche Form ist Gojah.

Volunteers: Freiwillige Helfer im Arbeitseinsatz in Israel. Im Gegenzug gibt es Essen und ein Dach über dem Kopf, manchmal wird auch ein Taschengeld bezahlt.

Mesusa: Eigentlich heißt es Türpfosten, bezeichnet aber im allgemeinen Sprachgebrauch eine Kapsel, die am Türpfosten angebracht ist. Darin befindet sich ein Schriftstück mit Versen aus der Bibel. Die Mesusa schützt das Haus und die Bewohner. Sie wird auf Armhöhe leicht schräg angebracht.

Kippa/Kippot: Die Mehrzahl von Kippa lautet Kippot: eine kleine, runde Kopfbedeckung für männliche Juden. Sie wird beim Gebet, im Gottesdienst und auf Friedhöfen getragen. Fromme Juden tragen sie auch im Alltag.

Schabatt: Auch Sabbat, der Ruhetag. Im Judentum darf an diesem Tag keine Arbeit verrichtet werden. Er beginnt Freitagabend bei Sonnenuntergang und dauert bis zum Sonnenuntergang am Samstag.

Davening: Eine Form des gemeinsamen Betens, der sich immer mehr junge Juden anschließen. Gemeinsam beten und anschließend gemeinsam feiern.

Haredit: Angehörige des ultraorthodoxen Judentums *(jahadut charedit)*.

Eshet chayil: Wörtlich: eine tapfere oder heldenhafte Frau.

Iwrit: Modernes Hebräisch.

8200-er: Die Unit 8200 ist eine Eliteeinheit des israelischen Militärs und zugleich die zentrale Sammelstelle für militärische Informationen. Die Anforderungen sind sehr streng. Wer sie erfüllt, wird Teil der »Intelligence« und geht direkt in Israels Hightech-Industrie.

Mamser: Nach jüdischem Gesetz das Kind aus einer verbotenen Beziehung. Zum Beispiel Ehebruch, weshalb Mamser ab und zu auch noch mit Bastard übersetzt wird.

Maccabee: Israelische Biermarke.

L'chaim: Auf das Leben!

Yemenite wineyard: Ein quirliges Viertel rund um den Hacarmel Market im Herzen von Tel Aviv. 1903 von Einwanderern aus dem Jemen gegründet, ist es mit seinen engen Gassen und kleinen Häusern, vor allem aber wegen der Restaurants, ein Schmelztiegel der arabischen und israelischen Kultur.

Bashana haba'a, neishev al hamirpeset: Isarelisches Volkslied. Bei uns bekannt durch Daliah Lavis Interpretation »Dieses Jahr, dieses Jahr« aus dem Album »Willst du mit mir gehen?«.

»Das Trauma erwacht im Alter«: Dieser Artikel ist 2004 in »Der Freitag« erschienen und hat mich seitdem nicht mehr losgelassen. Es geht um NS-Verfolgte, deren Erinnerungen im Alter mit Vehemenz zurückkehren, und wie die Pflegekräfte in israelischen Altersheimen damit umgehen. Man kann ihn unter https://www.freitag.de/autoren/der-freitag/das-trauma-erwacht-im-alter abrufen. Ich bedanke mich herzlich bei Jutta Zeise und der Redaktion des »Freitag«, die mir erlaubt haben, diese Reportage zur Grundlage des Kapitels in Ramat Gan zu machen.

Geveret: Weibliche Anrede, Frau.

Ka'ak: Sesamkringel. Lecker.

Zatar: Orientalische Gewürzmischung.

Sukka: Laubhütte. Juden bauen jedes Jahr eine solche für das Laubhüttenfest. Während dieser Woche wird darin gegessen und übernachtet. Das Fest entspricht im weitesten Sinne unserem Erntedankfest.
Ben zona: Hurensohn.
Muezzin: Der Ausrufer, der muslimische Gläubige fünfmal am Tag zum Gebet ruft.
Imma: Mama.
Efo at?: Wo bist du?
Toda: Danke.

Die Erklärungen habe ich nach bestem Wissen und Gewissen zusammengetragen. Ihre Kürze kann eine tiefergehende Beschäftigung natürlich nicht ersetzen, für die hier kein Platz ist. Sie sollen lediglich das Verständnis erleichtern.

Unsere Leseempfehlung

480 Seiten
Auch als E-Book
erhältlich

Ein abgeschiedenes Dorf in den Bergen: Elviras ruhiges Leben wird zerstört, als sie eines Tages einen grausam hingerichteten Toten findet. Dies ist erst der Anfang eines entsetzlichen Mordens, das kein Ende zu nehmen scheint. Da entdeckt Elvira, dass eine alte Heiligenlegende der Schlüssel sein könnte. Während sie verzweifelt versucht, die Logik des Täters zu begreifen, schneiden Schnee und Eis das kleine Dorf von der Außenwelt ab. Niemand kann mehr entkommen – und Elvira ahnt, dass der Mörder auch sie nicht verschonen wird ...

www.goldmann-verlag.de
www.facebook.com/goldmannverlag

GOLDMANN
Lesen erleben